KB067711

의식은 육체의 굴레에 묶여

의식은 육체의 굴레에 묶여

Susan Sontag

수전 손택의 일기와 노트

수전 손택 지음 * 데이비드 리프 엮음 * 김선형 옮김

이후

엮은이의 글

1990년대에 들어서면서 어머니는 자서전을 쓸까, 하는 생각을 열없이 깨작거리기 시작하셨다. 어머니는 당신의 이야기를 직접적으로 다루는 글쓰기를 최대한 회피하는 작가였기 때문에 나로서는 놀랄 일이었다. "주로 나 자신에 대해서 쓴다는 건, 쓰고자 하는 바에 다다르기까지 꽤나 돌아가는 길이라고 생각됩니다."라고 『보스턴 리뷰』의 인터뷰에서도 말씀하신 적이 있다.

"내 취향, 내 행운과 불운이 특출한 자질을 갖고 있다고 진심으로 믿어 본 적이 한 번도 없어요."

어머니가 이 말씀을 하신 건 1975년의 일이다. 당시 어머니는 여전히 잔인하리만큼 혹독한 화학 요법을 받고 계시던 중이었다. 어머니가 일 년 전 진단 받은 전이성 유방암 4기의 경우, 의사들조차, 아니 적어도 당시 나와 의논한 의사는, 이처럼 혹독한 요법으로도 완치는 고사하고, 솔직히 재발을 오래 방지하기조차 힘들 거라고 예상했다.(당시만 해도 환자의 가족이 환자 본인보다 질병에 대해 더 많은 정보를 얻는 시대였다.) 어머니는 참으로 당신답게도 일단 다시 글을 쓸 수 있게 되자 『뉴욕 리뷰 오브 북스』에 에세이 시리즈를 기고하기로 했다. 이 에세이들은 훗날 『사진에 관하여』라는 책으로 묶여 출간되었다. 어머니는 이 책에서 자전적인 의미의 존재를 거의 드러내지 않았을 뿐 아니라, 그 당시 암 환자로서 사회적 낙인을 찍힌 경험이 없었다면 아예 쓰지 않았을 책인 『은유로서의 질병』에조차 거의 등장하지 않는다. 암이라는 질병의 낙인은 이제 많이 줄어들었지만, 지금도 여전히, 대개는 자기 스스로 찍는 낙인이라는 형태로 남아 있다.

어머니가 작가로서 노골적인 자서전적 글을 썼던 경우는 네 가지밖에 생각나지 않는다. 첫 번째는 1973년 처음 중국을 방문하기 전날 발표된 「중국 여행 기획Project for a Trip to China」이라는 단편소설이다. 폭넓은 의미에서 이 작품은 어머니 자신의 유년기, 그리고 중국에서 성년기를 보내고 어머니가 네 살 때 슬프게도 단명하신 사업가 부친(어머니는 현재 톈진이라 불리는 영국 조계지에 부모님을 따라가지 못했고 뉴욕과 뉴저지에서 친척과 유모의 보살핌을 받으며 살았다.)에 대한 단상이었다. 두 번째는 1977년 『뉴요커』에 기고한 단편 「가이드가 없는 투어Unguided Tour」다. 세 번째는 1987년, 역시 『뉴요커』에 게재된 「순례」다. 이 글은 로스앤젤리스에서 청소년기를 보내던 1947년 당시 퍼시픽팰리세이즈에 기거하던 토머스 만을 찾아갔던 추억을 기록하고 있다. 그러나 「순례」는 어디까지나 어머니가 그때 누구보다 우러러보던 작가에 대한 숭모의 마음을 전면에 놓고 있다. 역시나 어머니답게 자화상은 까마득하게 뒤처지는 부차적 관심사였다. 그 만남은 어머니의 표현대로 "민망하고 열렬하고 문학에 취한 아이와 망명한 신의 조우"였다. 마지막으로, 어머니의 세 번째 소설 『화산의 연인*The Volcano Lover*』은 과거의 인터뷰나 작품에서도 본 적이 없는 방식으로 여성이라는 게 어떤 것인지를 술회하며, 2000년 출간된 마지막 소설 『인 아메리카*In America*』에서는 유년기의 추억들을 단편적으로 일별하기도 한다.

"내 삶은 나의 자본, 내 상상력의 자본이에요."

예의 『보스턴 리뷰』의 인터뷰어에게 어머니는 이렇게 말하면서 삶을 "식민지화"하고 싶다고 덧붙였다. 정말이지 돈에 일말의 관심도 없었을 뿐 아니라 사적인 대화에서도 재정적인 은유를 쓰신 기억이 전혀 없기에, 내게 그 표현은 굉장히 이상하고 어머니답지 않게 느껴졌다. 하지만 한편으로는 작가로서 어머니의 방식을 지극히 정확하게 포착한 표현이기도 했다. 그래서 어머니가 자서전을 쓸 생각을 한다는 사실 자체가 그토록 놀라웠던 것이다. 자본주의적 비유를 이어 나간다면, 자본의 결실, 이윤을 먹고사는 게 아니라 자본 자체를 잠식한다는 뜻이기 때문이었다. 문제의 자본이 돈이든 소설의 자료든 단편이든 에세이든 비합리의 절정이 아닐 수 없다.

결국 자서전의 기획은 무위로 끝났다. 어머니는 『화산의 연인』을 썼고, 그 과정에서 심지어 최고의 에세이들을 내놓던 시절에도 당신의 영원한 꿈이었던 소설 창작으로 회귀했다는 느낌을 받았다. 그 책의 성공 덕분에 1967년 두 번째 소설 『데스 키트』를 발표하고 양극으로 갈리는 평단의 반응에 쓰디쓴 낙망을 맛보았던 어머니는 잃었던 자신감을 회복했다. 그리고 『화산의 연인』을 집필한 후로는, 보스니아와 포위된 사라예보 문제에 오랜 시간에 걸쳐 깊이 간여하게 되었고, 결국 어머니는 이 문제에 열정을 모조리 쏟게 되었다. 그 후로 어머니는 다시 소설로 돌아갔고, 내가 아는 한 한 번도 회고록 이야기를 다시 꺼내신 적이 없다.

호사를 부리고 싶은 마음이 들 때면, 나는 가끔 어머니의 일기가—이 책은 세 권 중 두 번째다—당신이 끝내 쓰지 않은 자서전일 뿐 아니라(어머니가 자서전을 쓰셨다면, 대단히 문학적이고 일화적인 책이 되었을 거라 상상한다. 존 업다이크의 『자의식*Self-Consciousness*』 비슷한 책이 되지 않았을까. 어머니는 생전에 그 책을 몹시 높이 평가하셨다.) 끝까지 쓸 생각조차 하지 않았던 위대한 자전적 소설이 아닐까 생각한다. 편리한 궤적을 따라 이 기발한 생각을 계속 이어 가자면, 일기의 첫 권, 『다시 태어나다』는 빌둥스로만bildungsroman, 즉 교육소설에 해당한다. 토마스 만의 위대한 성취를 참고하자면 어머니 식의 『부덴브로크 가의 사람들*Buddenbrooks*』[1]이 되었을 테고, 그보다 조금 소소한 문학적 수준에서 찾아보자면 『마틴 에덴*Martin Eden*』이 되지 않았을까. 어머니는 어렸을 때 잭 런던의 『마틴 에덴』을 읽었고 말년에도 애정을 담아 그 책의 이야기를 하셨다. 나는 본 책의 제목을 『의식은 육체의 굴레에 묶여』라고 정하기로 했다. 이 구절은 책에 포함된 일기 중 한 편에서 인용한 것이다. 이 책은 정력적으로 성공 가도를 달리는 성년기의 소설이 될 터이기 때문이다. 세 권이자 마지막 권에 대해서는, 일단 말을 아끼도록 하겠다.

이런 설명의 문제는, 어머니가 기꺼이 당당하게 자인했듯 평생 배움의 길을 걷는 학도였다는 사실이다. 물론 『다시 태어나다』에서 아주 젊은 수전 손택은 몹시 의식적으로 자아를 자신이 원하는 형태로 창조, 아니 재창조하고 있었다. 그녀가 원하는 자아는, 그녀가 태어나 성장한 세계와 아주 멀고 동떨어져 있었다. 이 책은 어머니가 유년기를 보낸 남부 애리조나와 로스앤젤리스를 실제로 떠나서 시카고 대학, 파리, 뉴욕으로 가서 성취(분명히 말해 두지만 행복은 아

1. 독일 작가 토마스 만의 대하소설로 1910년 발표되었다. 〈어느 한 가족의 몰락Verfall einer Familie〉이라는 부제를 붙였으며 작가 자신의 고향 뤼베크를 무대로 어느 상업 가문의 발자취를 4대에 걸쳐 추적한다.

니다. 행복은 전혀 다른 개념으로서, 안타깝게도 어머니는 행복의 우물물을 담뿍 마셔 본 적이 한 번도 없다.)를 이루는 과정을 다루지는 않는다. 그러나 어머니가 두 번째 일기에서 연대기적으로 기록하고 있는 작가로서의 위대한 성공, 함께 어울렸던 각계각층의 작가, 예술가, 지식인들—라이오넬 트릴링에서부터 폴 바울즈, 재스퍼 존스에서 조셉 브로드스키, 피터 브룩에서 조셉 콘래드까지—과 어린 시절 꿈꾼 그대로, 말 그대로 마음만 먹으면 어디로든 여행할 수 있는 여력, 이 모든 걸 얻었음에도 어머니는 여전히 열렬히 배우는 학도였다. 오히려 성공으로 인해 더 훌륭한 학생이 되었다.

이 책에서 가장 눈에 띄는 점을 하나 꼽으라고 한다면 나는 어머니가 전혀 다른 세계들을 오가는 방식이라고 말하겠다. 어느 정도는 어머니의 깊은 양면성, 사유의 모순성과 관련이 있다. 나는 이러한 모순이 어머니의 사유를 축소 환원하기는커녕, 더 깊고 흥미롭고, 궁극적인 의미에서…… 글쎄, 해석에 저항하는 글로 만들어 주었다고 본다. 그러나 내 생각에 더 중요한 요소는, 어머니가 바보들한테 참을성을 발휘하는 사람으로 유명하진 않아도(어머니가 정의하는 바보는 상당히 포괄적이었다.) 진심으로 우러러보는 사람들과 함께 있을 때면 대부분의 시간 동안 선생 노릇을 좋아했던 어머니가 기꺼이 학생이 되었다는 점이다. 그래서 내가 생각하는 『의식은 육체의 굴레에 묶여』의 최고 강점은 숭모의 실천이다. 수많은 사람들에 대한 존경심이 드러나지만, 그중에서도 가장 저릿하게 마음을 울리는 숭모의 감정은, 서로 전혀 다른 식으로 표현되지만, 재스퍼 존스와 조셉 브로드스키를 향하고 있지 않을까. 이 대목들을 읽으면 정말로 어머니의 에세이들을 더 잘 이해할 수 있게 된다. 특히 발터 벤야민, 롤랑 바르트, 그리고 엘리아스 카네티에 대한 에세이들은 특히 그렇다. 이 글들 자체가 뭐니 뭐니 해도 경의의 표현이었기 때문이다.

나는 이 책이 또한 정치적 성장소설이라 불려 마땅하다고 믿고 싶다. 한 사람의 교육과 성숙에 도달하는 과정이라는 엄밀한 의미에서 그러하다. 이 책의 초반에서, 어머니는 베트남에서 미국이 벌인 전쟁의 어리석음에 분노하며 무기력감을 느끼고, 나아가 첨봉에 선 사회운동가가 되었다. 아무리 어머니라고 해도 미국 공습 중에 하노이를 방문했던 당시 당신이 하셨던 몇몇 발언의 수위를 돌이켜 보면 움찔했을 거라 생각된다. 그러나 아들로서 어머니를 걱정하는 마음이 들거나 내 마음이 아픈 여러 주제에 대한 글들을 포함했듯이, 나는 망설임 없이 그런 발언들까지도 수록하고 싶었다. 그저 베트남에 관해서는 어머니를 그토록 극단으로 밀어붙인 전쟁의 참상이 상상력의 소산이었다는 말을 덧붙이고 싶을 뿐이다. 언행은 현명하지 못했을지 모르지만 그 전쟁은 어머니의 생각대로, 말로 형용할 수 없는 참상이었다.

어머니는 베트남전 반대 입장을 끝까지 철회하지 않았다. 그러나 수많은 동료들과 달리(여기서는 말을 조심하려 한다. 하지만 날카로운 안목을 지닌 독자라면 어머니와 같은 세대의 미국 작가들 중에서 내가 언급하는 인물이 누구인지 알 것이다.) 어머니는 공산주의의 해방적 가능성을 신봉했던 과거를 후회했고 지지를 철회한다고 공공연히 밝혔다. 여기서 공산주의란 소비에트연방이나 중국, 쿠바식 변형뿐 아니라 체제 자체를 말한다. 조셉 브로드스키와 심오한 교유를 맺지 못했다면 이런 심장과 정신, 양면의 변화가 과연 가능했을지, 나는 자신 있게 뭐라 말할 수가 없다. 조셉 브로드스키와의 인연이 평생 어머니가 대등한 사람과 맺은 유일하게 감상적인 관계가 아니었을까. 브로드스키의 말년에 두 사람이 멀어지긴 했지만 어머니에게 그가 미학적으로든, 정치적으로든, 인간적으로든, 얼마나 중요한 사람이었는지는 아무리 강조해도 지나치지 않다. 뉴욕 메모리얼 종합병원에서 임종을 맞은 어머니는 생애 최후의 날까지 공기를, 생명을 찾아 허덕였다. 신문의 헤드라인들은 아시아의 쓰나미로 도배되어 있었다. 그때 어머니는 단 두 사람의 이름만 말했다. 당신의 어머니와 조셉 브로드스키였다. 바이런의 말을 살짝 바꾸어 인용하자면, 그의 심장이 어머니의 법정이었던 셈이다.

어머니의 심장은 자주 부서졌고, 이 책은 상당 부분이 실연의 상세한 기록에 할애되어 있다. 어떤 면에서는 어머니의 삶에 대해 잘못된 인상을 주기 쉽다. 왜냐하면 어머니는 불행할 때 일기를 쓰는 경향이 있었고, 몹시 불행할 때 제일 일기를 많이 썼으며 그럭저럭 괜찮을 때는 잘 쓰지 않았기 때문이다. 그러나 비율이 정확하지는 않다 해도, 불행한 사랑 역시 글쓰기로부터 얻은 심오한 성취감만큼이나 어머니의 일부였다고 생각한다. 어머니는 특히 글을 쓰지 않을 때, 영원한 학생으로서 삶에 열정을 불어넣었다. 위대한 문학의 이상적인 독자이며 위대한 예술의 이상적인 감상자였으며 위대한 연극, 영화, 음악의 이상적인 관객이었다. 그래서 어머니 당신의 모습에 충실하게, 그러니까 어머니가 살아온 생애에 충실하게, 이 일기들 역시 상실에서 학식으로 이동하고, 학식에서 다시 상실로 회귀한다. 내가 어머니가 누리셨기를 바라는 삶이 아니었다는 사실은 여기에도 저기에도 없다.

본 권을 편집하면서 마지막 교정본을 너그럽고 기꺼운 마음으로 살펴봐 준 로버트 월시 덕분에 얼마나 결과물이 훌륭해졌는지 모른다. 로버트 월시는 초교에서 헤아릴 수 없이 많은 오류와 빈틈을 잡아내 주었다.

여전히 남은 실수의 책임은 물론 내가, 전적으로 나 혼자 짊어질 몫이다.

데이비드 리프

차례

일러두기

1. 한글과 외래어 표기는 〈국립국어원〉 표준국어대사전 표기 및 '외래어 표기법'을 따랐다. 단, 원칙대로 표기할 경우 현실과 지나치게 동떨어진 음이 나오면 실용적 표기를 취했다.
2. 단행본, 정기간행물에는 겹낫쇠(『 』)를, 단편이나 논문, 기고문, 에세이, 시 등에는 홑낫쇠(「 」)를, 단체 및 영화나 오페라, 연극 명의 경우 꺽쇠(〈 〉)를 사용했다.
3. 본문 중 대괄호([ ])는 편집자 데이비드 리프의 첨언이다.
4. 본문 아래 주석은 모두 옮긴이의 주석이다.

1964년

5월 5일.

오른손—공격적인 손, 자위하는 손. 그러므로 왼손을 선호할 것!…… 왼손을 낭만화하고, 감상적으로 다룰 것!

***

나는 아이린[쿠바계 미국인 극작가 마리아 아이린 포네스Maria Irene Fornes—1957년 파리에서 한동안 손택의 연인이었고 1959년에서 1963년까지 뉴욕에서 파트너로 함께 살았다.]의 마지노선이다.

아이린의 "삶" 자체가 나를 거부하고, 나에 대한 전선을 구축하는 일로 지탱되고 있다.

만사가 나한테 걸려 있다. 내가 희생양이다.

[이 항목은 여백에 수직으로 선을 그어 강조하고 있다.] 나를 밀어내는 일에 몰두하는 동안은 아이린이 자기 자신과, 그리고 자신의 문제들과 맞닥뜨리지 않아도 되기 때문이다.

도저히 아이린을 설득시킬 수가 없다—이성적으로는—납득을 시킬 수가 없다—그렇지 않다는 걸.

마찬가지로 아이린 역시 나를 설득할 수 없었다—우리가 함께 사는 동안—자신을 필요로 하지 말라고, 붙잡거나 매달리지도 말고, 기대지도 말라고 아무리 말해도 난 설득되지 않았다.

***

지금은 내게 아무것도 남은 게 없다—기쁨은 없고 슬픔뿐이다. 어째서 난 버티고 사는 걸까?

이해가 안 되니까. 도저히 아이린의 변심을 정말로 인정할 수가 없으니까. 돌이킬 수 있다는 생각이 든다—설명을 하면, 내가 그녀에게 좋은 짝이라는 걸 보여 준다면.

하지만 아이린이 나를 거부하는 건 어쩔 수 없는 일이다—내가 아이린에게 매달리는 게 어쩔 수 없는 일이었던 것처럼.

***

"나를 죽이지 못하는 것들은 나를 강하게 만들 뿐이다."[괴테의 변용]

아이린에게는 나에 대한 사랑도 자비도 친절도 없다. 나를 위해서, 나한테만큼은, 잔인하고 제멋대로 군다.

공생의 끈은 끊어졌다. 아이린이 치워 버렸다.

이제 아이린은 그저 "지폐 쪼가리"를 내놓을 뿐이다. 이네즈, 조앤, 카를로스!

나 때문에 자존심을 다쳤다고, 아이린은 말한다. 나와 알프레드[미국 작가 알프레드 체스터Alfred Chester]가.

(잔뜩 부푼, 유약한 자아.)

그리고 내가 아무리 뉘우쳐도, 아무리 사과해도, 아이린의 마음을 다치게 했던 행동들을 정말로 고친다 해도, 아이린의 마음을 달랠 수도 없고 치유할 수도 없다.

2주일 전 〈뉴요커〉[외국 영화와 옛날 영화를 전문으로 상영하는 맨해튼의 극장이다. 수전 손택은 1960년대에 이곳을 일주일에 몇 번씩 찾곤 했다.]에서의 "계시"를 그녀가 어떻게 받아들였는지 기억할 것!

"나는 돌로 쌓은 장벽이야." 아이린이 말한다. "나는 바위야." 정말이다.

아이린은 아무 반응도 보여 주질 않고, 용서도 하지 않는다. 내게는 오로지 딱딱함뿐이다. 귀머거리. 침묵. 심지어 동의한다는 뜻의 신음소리조차 아이린에게는 "위반"이다.

나를 거부하는 건 아이린이 자기 주위에 둘러친 껍데기다. 방호"벽"이다.

***

—데이비드에게 모유를 먹이지 않은 이유:

어머니는 내게 모유를 주지 않으셨다.(데이비드에게 똑같이 함으로써 나는 어머니를 옹호한다 — 괜찮아요, 나도 내 자식한테 똑같이 해요.)

나는 난산으로 어머니에게 엄청난 고통을 주었다. 어머니는 내게 젖을 물리지 않았고, 한 달 동안 병상에 누워 있었다.

데이비드는 (나처럼) 크게 태어났다 — 고통이 엄청났다. 차라리 의식을 잃고 아무것도 모르고 싶었다. 데이비드에게 젖을 물린다는 생각은 아예 떠오르지도 않았다. 출산 뒤 한 달 동안 병상에서 몸조리를 했다.

***

……

사랑하기 = (공기와는 다른) 순수한 산소처럼 강렬한 형태의 감각.

***

헨리 제임스Henny James —

모든 게 의식의 특정한 관례를 근거로 한다.

자아와 세계(돈) — 헨리가 생략하고 있는 '세계 속에 존재하는' 수많은 방법들 중에, 육체의 의식은 없다.

***

이디스 워튼Edith Wharton의 전기. 간헐적으로 강력한 지적 결론으로 매듭지어지는 진부한 감수성. 그러나 이디스의 지성은 사건들을 변화시키지 못한다 — 예컨대, 그 사건들의 복합성을 드러낸다든가 하지도 못한다. 그저 진부한 서술에 부수적으로 딸려 갈 뿐이다.

＊＊＊

……

8월 5일.

존재론적 불안, "벨탕스트Weltangst"[1] 텅 빈—아니면 무너지고 갈기갈기 찢기는, 세계. 사람들은 태엽인형들이다. 나는 두렵다.

"선물"은 내게 이런 의미였다:

나 자신을 위해서는 이걸 사지 않겠지만 (좋고, 사치스럽고, 필요하지 않으니까) 너를 위해서는 사 주는 거야. 자기부정.

세계에는 사람들이 있다.

명치가 죄어드는 아픔, 눈물, 한 번 소리를 내어 버리면 한도 끝도 없을 것만 같은 비명.

일 년 동안 어디 멀리 가 버려야만 해.

1. 독일의 철학자 슈펭글러가 『서구의 몰락』에서 이야기한 것으로, 실존적 인간은 벨탕스트, 즉 '세계불안'을 지닐 수밖에 없다고 했다.

8월 6일.

어떤 감정, 어떤 인상을 "말"해 버리면 작아져 버리고, 사라져 버린다.

그러나 가끔 감정들이 너무 강력할 때가 있다. 격정, 집착. 낭만적 사랑처럼. 아니면 비탄이나. 그러면 사람은 말을 해야 한다, 그렇지 않으면 터져 버릴 테니까.

***

확답을 하고 싶은 욕망. 그리고 마찬가지로, 확답을 받고 싶은 욕망.(아직도 내가 사랑받고 있는지 묻고 싶은 근질거리는 욕망. 그리고 지난번 말한 후로 상대가 잊었을까 봐 반쯤 두려움에 떨며, 사랑해, 하고 말하고 싶은 근질근질한 욕망.)

"껠르 꼬네리Quelle Connerie." ["얼마나 어리석은지."]

***

나는 직업적 능력과 힘을 귀히 여기며, (네 살 무렵부터?) 적어도 그런 것들은 "그저 사람으로서" 사랑받는 것보다 더 쉽게 획득할 수 있는 거라고 생각한다.

***

아이린에 대한 집착을—그 슬픔과 절망과 갈망을—또 다른 사랑으로 떨쳐 낼 수가 없다. 지금은 아무도 사랑할 수가 없다. "지조"를 지키고 있다.

하지만 집착은 어떻게든 흘려버려야 한다. 그 에너지를 억지로라도 어디 다른 곳으로 돌려야 한다.

다른 소설을 쓰기 시작할 수만 있다면…….

***

어머니로부터 배운 것: "사랑해"는 "다른 사람은 사랑하지 않아"라는 뜻이라는 것. 그 끔찍한 여자는 언제나 내 감정에 발을 걸고, 내가 자신을 불행하게 만들었다고, 내가 "차갑다"고 입버릇처럼 말했다.

어린애가 부모에게 사랑과 감사를 빚지기라도 했단 말인지! 절대 그렇지 않다. 부모는 아이들의 육체를 돌보는 것은 물론이고 사랑과 감사 또한 당연히 주어야 하지만 말이다.

***

어머니로부터: "사랑해. 이것 봐. 내가 불행하잖니."

어머니 때문에 이런 기분이 들었다: 행복은 불효다.

어머니는 자신의 행복을 감추었고, 자기를 행복하게 만들어 보라고 내게 도전장을 내밀었다. 어디 할 수 있나 보자고.

치유[당시 손택의 심리치료사는 다이애너 케메니Diana Kemeny였다.]는 탈조건화deconditioning다.

***

메리 맥카시Mary McCathy의 웃음—반백의 머리—, 빨갛고 파란 촌스러운 정장. 클럽 여자들의 가십. 메리는 「그룹」[손택의 소설이다.] 그 자체다. 메리는 남편한테 잘한다.

***

상대가 떠나 버릴까 봐 두려워하는 마음: (버려질지도 모른다는 두려움)

내가 떠나 버릴까 봐 두려워하는 마음: 상대가 보복할 것에 대한 두려움(역시나 버려지는 것이 문제다—그러나 떠남으로써 거절을 표현하는 데 대한 복수로 버리는 것이다.)

8월 8일.

나는 작가로서보다 인간으로서의 반경이 더 넓다.(어떤 작가들은, 반대다.) 예술로 변화될 수 있는 건 내 자아에서 아주 작은 조각에 불과하다.

***

기적은 그저 정교한 장치들이 갖춰진 사고에 불과하다.

변화—삶—는 사고들을 통해 온다.

***

과거를 향한 내 충성심—이 가장 위험한 성질 때문에 나는 너무나 큰 희생을 치렀다.

***

자존. 그게 있다면 난 사랑해 줄 만한 사람이 될 텐데. 그리고 그게 훌륭한 섹스의 비밀이다.

***

SW[철학자 시몬 베이유Simon Weil]에게서 가장 좋은 점은 관심이다. 의지와 범주적 규범, 둘 다에 맞서 싸울 수 있게 만든 관심.

***

누구에게도 감정을 바꾸라고 요구할 수는 없다.

***

8월 18일. 런던.

"다양한 동질성들이 완벽한 아름다움을 구성한다."

— 크리스토퍼 렌Christopher Wren 경.

버스터 키튼Buster Keaton: 전두엽 제거 수술을 받은 깡디드.[2]

2. candide, '순진하다'는 뜻을 지닌 프랑스어이자, 철학자 볼테르가 쓴 소설 『깡디드』의 주인공 이름. 한없이 낙천적인 인물이다.

[미국 소설가 제임스 존스James Jones에 대한 묘사]: [목이 어찌나 짧은지] 귀에서 어깨가 나온 사람처럼 보인다.

외형질은 (전위된) 정액이다—19세기의 영매들은 "근대"의 여성적 섹슈얼리티가 각성하는 일탈적 증후다.

예. [헨리 제임스의] 『보스턴 사람들*The Bostonians*』, 패드모어북스.

"'찰나'의 심리학과 인상학."

메리 맥카시는 그 미소로 뭐든 할 수 있다. 심지어 그 미소로 미소도 지을 수 있다.

***

뇌손상을 입은 어떤 여자는—거의 다 회복된 뒤에도—영화 한 편도 제대로 이해하지 못했다.

비틀즈, 그들의 사위일체.

촉촉한 연체동물 같은 열두 살짜리 소녀들.

덱사밀[손택이 1960년대에 글을 쓸 때 의존했던 약품인 암페타민이다. 먹는 양은 차츰 줄였지만 약 자체는 1980년대 초반까지 꾸준히 사용했다.]은 영국에서 '보랏빛 심장(퍼플하트)'이라고 불린다.([미국에서와 마찬가지로] 알약은 녹색이 아니라 보랏빛이다.)—애들은 한꺼번에 스무 알씩 콜라와 함께 삼킨다……. 그리고 (점심시간에) 불쑥 (21명 이상은 입장 불가인) 로큰롤 바 "케이브"에 가서 와투시[3] 춤을 춘다.

***

헤밍웨이는 셔우드 앤더슨Sherwood Anderson의 『와인즈버그, 오하이오*Winesburg, Ohio*』를 패러디해 자신의 두 번째 소설 『봄의 격류*Torrents of Spring*』(1926)를 썼다. 『해는 또다시 떠오른다*The Sun Also Rises*』를 쓰기 직전에 쓴 작품이다.

***

벨기에 철학자 아르놀트 휠링크스(Arnold Geulincx, 1924~1969)—데카르트의 추종자, [사무엘] 베케트가 학생 시절에 아놀드의 책을 읽었다.—[휠링크스는] 합리적인 인간은 오로지 자기 자신의 마음 속에서만 자유로울 수 있다고 주장한다.—외부 세계에서 자신의 몸을 통제하려는 시도에 에너지를 낭비하지 않는다.

***

형용사들:

간간이 끼어드는Punctuate	작은 반점이 있는Punctate?
원숭이 같은Simian	주홍색의Vermillion
뻔뻔스러운Impudent	교활한Crafty
그르렁거리는Whooping	성문聲門으로 내는Glottal
간결한, 말수 적은Laconic	허둥지둥하는Unnerved

3. 1960년대에 유행했던 솔로 댄스. 트위스트 이후 최대의 유행이었다.

정신을 못 차리는Besotted　　하늘색의Cerulean

거친Gritty　　굳센, 다부진Stout

몹시 빠른, 맹렬한Cracking　　생생한, 원색의Vivid

부패성의Septic　　무기력한, 무책임한Feckless

발정한Ruttish　　첨두식의, 고딕식의Ogival

회의적 경향이 있는Aporetic

간명한Terse　　이를 드러낸Toothy

머리가 돈Barmy　　유선형의Streamlined

……

8월 19일.

스토리: “커플이라는 무한한 시스템”

……

***

코크니 속어[4]: [체스] 나이트가 옆으로 비키는 것처럼, 라임 더하기.

젖가슴Breasts = 브리스톨Bristol (도시city > 찌찌titty)

치아Teeth = 햄스테드[5] (히스heath > 이빨teeth)

4. cockney slang, 런던 지역에서 쓰이는 압운 속어를 말한다.

5. 햄스테드Hampsteads는 런던에 있는 고급 주택지이며, 브리스톨은 영국 남서부 지역의 항구 도시다.

동사들:

난도질하다Slash
얇은 조각으로 벗겨내다Flak
심하게 진동하다, 삐걱거리다Judde
뿜어나오다, 분출하다Spurt
단거리를 역주하다Sprint
불쾌감을 주다Jar
몰래 도망가다Slip away
물물교환하다Barter
주무르다, 함부로 고치다Tamper
무디게 하다Blunt
강타하다Bash
애처롭게 울다Whimper

……

***

외피(피부)를 꿰찌르는 느낌은 무시무시하다.

벼려지다…….

***

[미국 작가 윌리엄 S.] 버로스William S. Burroughs:
언어 = 통제
언어에 대한 "테러리스트" 공격(녹화 편집 방식)
예. [프랑스 실험주의 작가 레이몽] 루셀Raymont Roussel — 『나는 어떻게 썼는가*Comment J'ai Écrit*』…….

우주로의 도피(에스에프SF) 대 역사

『소프트머신*The Soft Machine*』
『노바 익스프레스*Nova Express*』
『네이키드 런치*Naked Lunch*』
『데드 핑거스 토크*Dead Fingers Talk*』[6]

***

"범트링켓Bumtrinkets"[7]—항문 털에 붙은 대변 찌꺼기(예를 들어, [17세기 극작가 토머스] 데커Thomas Dekker의 『구두장이의 휴일*Shoemaker's Holiday*』에 나오는 등장인물 시슬리 범트링켓Cicely Bumtrinket[8]처럼).

"딩글베리dingleberries"[9]도 마찬가지.

***

명사들:

투구의 깃털 장식, 허세Panache	갑주, 장갑판Armature
변수, 특질, 한계Paramete	드잡이, 난투Scuffle
신조어Neologism	수조, 저수지Cistern
배짱, 육감Guts	야유, 희롱Persiflage
외피, 포피Integument	박자Tempo
챙을 꺾은 중절모Snap brim	격정, 열정fedora Furore

6. 모두 윌리엄 S. 버로스의 소설 제목이다.
7. 쓸데없이 들러붙어 떨어지지 않는 귀찮은 것, 눈치 없는 사람을 말하는 속어.
8. "잠자면서 방귀를 뀐다"고 묘사되어 있는 하녀의 이름. 그러나 'bumtrinket'이 여성의 질을 우회적으로 표현한 속어였다는 설도 있다.
9. 털이 많이 난 엉덩이에 붙은 똥 덩어리를 말한다.

걸쭉한 죽Gruel　　　　　　얽히고설킨 오해Imbroglio

……

＊＊＊

"윈느 앵세리튀드 드 쥬네스Une inceritude de jeunesse"([베르톨트 브레히트의 첫 희곡] 「바알」, ["청춘의 불확실성Youthful uncertainty"]

＊＊＊

SF 에세이

1. 책보다 나은 영화들 — 왜?
2. 내용

사탄 숭배자로 그려지는 과학자([괴테의] 『파우스트』, 포,[10] [너대니얼] 호손).

- 제대로 통제하지 못하면 인류를 파괴할지도 모르는 힘을 가진 사람으로, 과학자를 상징하고 있다.
- 예를 들어, 장난삼아 힘에 손을 댔다가 그 힘을 온전히 통제하지 못하게 된 정신없는 마술사(프로스페로[11] 같은)로 과학자를 묘사하는 과거의 시각.

10. 미국 작가 에드거 앨런 포Edgar Allen Poe를 말한다.
11. Prospero, 윌리엄 셰익스피어의 희곡 『폭풍*The Tempest*』에 등장하는 마법사.

근대적 알레고리로서의 SF:

광기에 대한 근대적 태도("점거당한다"는 인식)

죽음에 대한 근대적 태도(화장, 멸절)

***

풍부한 은유의 보고는 다음과 같다(조나단 [밀러Jonathan Miller, 영국 작가이자 연출가]):

1. 컴퓨터
2. 수력학[12]
3. 사진: 광학
4. 갑각류의 생리학
5. 건축
6. 체스와 군사 전략

[이런 은유들을 밀러가 활용하는 방식의 예시:]

"모터바이크를 타고 시동을 거는 것처럼—나는 이제 홀로 간다."

"수야드 길이의 산문."

"……에 대항해 감행한 피켓[13] 최후의 자살 공격……."

"매력으로 크롬 도금된……."

12. hydraulics, 주로 토목공학에서 물의 역학적 성질을 연구하는 학문.

13. Pickett George Edward, 1825~1875. 미국 남북전쟁 당시 남군의 장군이었다.

***

조나단: 정신의학과 미학의 교차 지점.

……

***

브리티시 팝

로니 도네건[14]

크리스 바버[15]

……

클리프 리처드와 그의 그림자들

실라 [블랙][16]

헬렌 샤피로[17]

……

머지 [비트]:[18]

비틀즈

데이브 클라크Dave Clark 5

롤링스톤즈The Rolling Stones

더 비스츠The Beasts

14. Lonnie Donegan, 1931~2002. 비틀즈 이전 영국에서 가장 성공한 뮤지션으로 뽑힌 바 있으며, '스키플 skiffle'을 영국 대중음악으로 수용해 발전시켰다. 〈일곱 송이 수선화Seven Daffodils〉가 대표적 히트곡.
15. Chris Barber, 1930~ . 영국의 트롬본 주자이자, 재즈밴드 〈크리스바버〉의 리더다.
16. Cilla Black, 1943~2015. 영국 리버풀 출신의 여성 뮤지션.
17. Helen Shapiro, 1946~ . 영국 팝/재즈 가수.
18. Mersey [Beat], 1960년대 초반에 생겨난 로큰롤계의 사운드로, 발상지인 영국 공업 지역 리버풀에 흐르는 머지 강에서 그 이름을 가져왔다. 비틀즈가 대표적.

더 프리티 씽즈The Pretty Things

더 버즈The Birds

……

더스티 스프링필드Dusty Springfield

***

……

편두통의 시퀀스:

원근의 상실(평면화) > "강화 현상"(흰 선—측면에서 줌 인, 일방으로) > 메스꺼움과 구토 > 급성 편두통

(버티는 건 언제나 지독한 통증의 일환이다.)

***

후각은 뇌에서 가장 큰 부분을 차지하는 감각이며 또한 가장 원시적인 감각이기도 하다.

아주 강력하지만 의미가 분절되어 있지는 않다—그걸로 아무것도 할 수가 없다.(그냥 '명명'할 뿐)

억양만 있고 통어법은 없고.

냄새를 맡는 것은 사유가 깨끗하게 싹 씻겨 나간 감각적 지혜를 얻게 한다.(듣거나 보는 것과는 달리)

로골로지[19]에 대척하는 오스몰로지.[20]

***

[프랑스 작가 나탈리] 사로트[21] —

『트로피즘*Tropismes*』(첫 번째 책)—"산문시"인가 뭔가 하는 건데—사로트가 그렇게 불렀다.

첫 책은 1932년에 씀.

1939년(드노엘Denoël), 1957년 〈에디시옹 드 미누이Éditions de Minuit〉에서 재출간, 1939년과 1941년 사이에 여섯 권을 더 씀.

이것이 사로트의 형식이다!—'소설'을 쓰겠다고 작정했으면서도, 소설의 결은 반소설적이다. 그리고 자신의 방법에 근거해 소설에 대한 중요한 비평을 시작했다.

***

스페를롱가—로마 근처의 해변.

***

……

노년에는 뇌동맥에 천천히 찌끼가 쌓여 막히고—뇌에 피 공급이 서서히 줄어들게 된다.

19. logology, 언어를 의미 체계로 써서 세계를 파악하는 접근법.

20. osmology, 냄새를 의미 체계로 세계를 파악하는 접근법.

21. Nathalie Sarraute, 1902~1999. 프랑스 소설가, 철학자. 누보로망의 대표 주자이자 이론가.

8월 20일.

……

회화에 대한 사진의 영향:

1. 오프센터링(중심 탈피): 주요 주제가 구석에 있다.
([이탈리아 감독 미켈란젤로] 안토니오니, [스위스계 미국인 사진작가] 로버트 프랭크)

2. 움직이는 인물: [19세기 영국 사진작가 에드워어드] 마이브리지.[22]
이전에 모든 인물은 움직이지 않고 가만히 있거나(휴지 상태) 아니면 운동의 최종 상태에 있다(예를 들어, 사지를 끝까지 뻗은 상태)

브뤼겔의 춤추는 인물들과 드가의 〈롱샹의 경주마들Horses at Longchamps〉을 비교해 보라.

3. 초점의 이해: 눈은 자동으로 초점을 맞추기 때문에 그 과정을 볼 수 없다. 이는 주의 집중의 기능이다.

사진 이전의 모든 회화는 초점이 균일하다. 화가의 눈이 평면에서 평면으로 이동함에 따라 순차적으로 초점이 맞춰지게 된다.

22. Eadweard Muybridge, 1830~1904. 영국의 사진작가. 미국 서부 지역을 촬영한 사진들로 명성을 얻었다. 1872년 이후 모션픽처(활동사진)를 개발하여 각지에서 강연했다.

***

필름 스톡[23]의 품질이 중요하다—화상 입자가 거칠건 아니건, 오래됐건 새것이건 상관없이 말이다. ([스탠리] 큐브릭은 〈닥터 스트레인지러브〉의 작전 지휘실 장면을 위해 제2차 세계대전 때의 뉴스 촬영용 필름 중 사용하지 않은 것을 썼다.)

***

몽블랑 만년필(프랑스제)

이탤릭체(에 대한 책을 구할 것)

포의 단편 「마성의 매력Magnetism」과 「변태 소악마The Imp of the Perverse」를 읽을 것.

***

[이 대목은 하이라이트로 강조되어 있다.] 오프센터링, 현대 소설과 시에서 중대한 테크닉.

***

단어는 그 자체로 견고성을 갖는다. 페이지 위의 단어는 처음 그 단어를 착상한 인간 정신의 나약함을 드러내지 않을(은폐할) 수도 있다. > 사유는 모두 업그레이드된다—활자화되면 명징한 이해, 정의, 권위를 더 많이 갖게 된다—그 말은, 그 사유를 하는 사람과 떨어져 있게 된다는 말이다.

23. 쓰지 않은 필름이나 촬영용, 인화용으로 쓰이는 필름 원본.

잠재적 사기—적어도 잠재적으로는—의 기질이 모든 글에 있다.

[리처드] 에버하트Richard Eberhart, [폴] 틸리히Paul Tillich, 드와이트 맥도날드Dwight Macdonald, 메리 맥카시를 만나게 되다니 얼마나 의미심장한가!

조나단 [밀러]: "나는 트릴링[24]과 친해진 후로 그의 사상을 예전처럼 진지하게 생각하지 않게 되었다."

***

감수성은 지성이 자라날 부식토다.
감수성에는 문장론이 없으며—그래서 묵살된다.

***

비평을 읽으면 새로운 생각들이 유입되는 배관이 막힌다. 문화적 콜레스테롤.

사람의 무지는 보물이므로, 아무렇게나 써 버리면 안 된다.

—[폴] 발레리

***

체질 [손택은 자신을 묘사하고 있다.]

24. 미국 비평가 라이오넬 트릴링Lionel Trilling을 지칭하는 것으로 추정된다.

- 키가 크다.
- 저혈압.
- 잠이 아주 많이 모자란다.
- 순수 정제 설탕이 갑자기 미칠 듯이 먹고 싶어질 때가 있다. 그러면서도 디저트는 싫어한다. 설탕 농도가 충분치 않다는 까닭으로.
- 술에 대해서는 관용이 없다.
- 줄담배를 피우는 골초.
- 빈혈 성향.
- 단백질에 극심하게 의존하는 식성.
- 천식.
- 편두통.
- 아주 튼튼한 위장—역류성 식도염, 변비 따위는 없다.
- 생리통은 신경 쓰지 않아도 될 정도.
- 서 있으면 쉽게 피곤해진다.
- 높은 곳을 좋아한다.
- 기형적인 사람을 보는 걸 좋아한다.(관음증)
- 이빨을 잘근잘근 깨물어 씹는다.
- 이 갈기.
- 근시, 난시.
- 프릴뢰즈(Frileuse, 뜨거운 여름을 좋아하고, 추위에 아주 약하다.)
- 소음에 그리 민감하지 않다.(선택적으로 청각적 초점을 맞추는 고도의 능력)

고혈압 약은 우울증을 유발한다.

알코올은 우울증을 유발한다.

8월 22일. 파리.

믿어지지 않을 정도의 통증이 다시, 또다시, 또다시 돌아온다.

8월 23일.

단편을 끝냈다. 일단은 「미국의 운명An American Destiny」으로 하자. 이제는 이 소설이 『은인』[(*The Benefactor*, 손택의 첫 소설 제목이다.]과 같은 뿌리에서 나왔다는 걸 알겠다. 좀 더 파격적으로 코믹하지만 축소된 프라우 안데르스[25] 비슷한 인물.

[여백에 쓰인 글:] 내 팝 아트 단편

얻은 것:

- 1인칭보다는 3인칭.
- 판타지 프랑스보다는 판타지 아메리카(내가 파리에 있기 때문에?!)
- 속어 사용—능동형 동사.

25. Frau Anders, 미스 안데르스. 『은인』의 주인공 이름이다.

8월 24일.

위대한 예술은 아름다운 단조로움이다—스탕달, 바흐(그러나 셰익스피어는 다르지.)

스타일의 필연성에 대한 감각—아티스트에게는 대안이 없다는 감각, 그렇게 철저히 자신의 스타일을 중심에 두고 있다는 것.

[구스타브] 플로베르Gustave Flauber와 [제임스] 조이스James Joyce("불뤼voulu"[26] 구축되고, 복잡하게 얽혀 있는)를 [쇼데를로 드] 라클로스Choderlos de Laclos와 [레이몽] 라디게Raymond Radiguet와 비교해 볼 것.

가장 위대한 예술은 구축된 게 아니라 분비된 것으로 보인다.

***

캠프: 아이러니, 거리, 양면성(?).

팝 아트: 오로지 부유한 사회에서만 가능한 예술. 그래야 아이러니한 소비를 자유롭게 즐길 수가 있으니까. 그리하여 영국에 팝 아트가 있는 거다—하지만 스페인에는 없다. 그곳에서는 여전히 소비가 너무 진지하니까.(스페인에서 회화는 추상이 아니면 사회적 시위의 리얼리즘이다.)

26. 프랑스어로 '요구된, 필요한'이라는 뜻이다.

***

갑옷을 입은 조각품.

***

〈모로코〉[마를렌 디트리히와 게리 쿠퍼가 주연하고 조세프 본 스턴버그가 감독한 1930년대 할리우드 영화]:

디트리히: 깨끗하고, 단단하며 — 동작은 결코 유약하지도 부유浮遊하지도 치졸하지도 않다 — 보기 드문 인물이다.

본 스턴버그: 통 크고 헤프다.

[여백에 쓴 글:] 그들은 서로 달라서 상대를 환하게 돋보이게 해준다.

***

프랑스어 "파고타지Fagotage"(명사) — 실패작, 망측한 옷차림. >
프랑스어 "파고테Fagoter"(동사) — 우스꽝스러운 옷을 입히다. >
이 단어가 "파곳faggot"[27]의 어원일까?

***

8월 11일 이후 본 영화들:

〈군중The Crowd〉(킹 비더)[28] — 시네마떼끄

27. 미국 속어로 '남자 동성애자, 매춘부'라는 뜻이다.

28. King Vidor, 1892~1982. 미국의 영화감독. 무성영화 후기부터 유성영화로 전환하는 시대의 대표적인 감독이다.

〈국외자들Band à Part〉([장 뤽] 고다르)—고몽 리브 고슈

〈여자는 여자다Une Femme est Une Femme〉(고다르)—시네마떼끄

〈만리장성〉(일본?)—노르망디

〈마치스테 대 키클로페스〉(이탈리안?)—시네 고벨린스

[프랑스 영화감독 조르주] 프랑주의 첫 장편영화, 〈간수들[La Tête contre les murs]〉, 미친 정신병원에 대한 영화—끔찍하고 멍청하고 사악한 영화감독

[프랑주의 다음 영화] 〈얼굴 없는 눈Les Yeux sans visage〉과 아주 비슷한 영화.

영화에서의 고딕 호러

시설—예를 들어, [로버트 빈의 1920년 바이마르 영화인] 〈칼리가리 박사의 밀실〉 등.

8월 28일.

"자연의 속성 중에서 가장 중요하고 가장 아름다운 것은 동작이다. 동작은 언제나 자연을 동요시키지만, 이 동작은 그저 범죄의 항구적인 결과에 불과하며 오로지 범죄라는 수단으로만 유지된다."

—사드 자작

휴머니즘 = 세계를 도덕적 관점에서 해석하므로, 사드가 말하는 "범죄들"을 인정하길 거부한다.

***

사람은 자기가 자기에 대해 갖는 생각 그대로다. 스스로 사랑스럽다고 생각하면 사랑스러운 거다. 아름답고, 재능 있고, 기타 등등.

8월 29일.

P.[손택이 1950년에서 1959년 사이에 결혼해 살았던 미국 사회학자 필립 리프.]—

다른 사람들은 다 진짜가 아니다—아주 멀고 작은 인물들. 나는 천 마일(약 1,600킬로미터)은 헤엄쳐 가야 간신히 관계의 변방에 다다를 수 있을까 말까. 아마 그 건너편에 다른 사람들이 있을 텐데. 거기는 너무 멀고, 나는 너무 지쳤다.

무한하다시피 뻗어 나가는 인간관계의 네트워크.
그 촘촘한 직조,
그게 나를 붙잡았다—

아니야.(적어도 강한 결로는 I.[아이린 포네스] 근처에도 못 가지.)
P.의 독창성, 가치, 소중함에 대한 감각—

H.[해리엇 소머즈 즈월링Harriet Sohmers Zwerling, 버클리 캘리포니아 대학에 다닐 때 손택과 사귀었다가 1956년과 1957년에는 파리에서 아이린 포네스와 손택 두 사람 모두와 사귀었다.]—아주 칠칠치 못하고

느슨하게 얽힌 관계—그리하여 한참 훗날에는, 우정의 가능성도.

＊＊＊

사람이 2백 년을 살 거라는 사실을 안다면, 서른다섯에 이렇게 지칠까?

피로감은 죽음과의 즉흥적 공모인가—대충 적당한 때가 되었다고 판단할 때 손을 놓기 시작하는 걸까?

아니면 객관적으로 그런 걸까, 어쨌든 서른다섯 나이에는 피로해지고 다음 165년 동안 "스 트레낭se traînant"["울적하게 정처 없이 돌아다니다"라는 뜻의 프랑스어.]"하면서 살아야 할까?

＊＊＊

의식 일부를 잘라 낼 수 있다면…….

아네트[손택이 1957년 파리에서 만난 미국인 영화학자 아네트 마이클슨Annette Michelson]에게 6년 전 나르시스트로 보였던 것. 나는 여전히 너무나 몽매했고, 핵심에서 비껴나 있었다. 죽은 것이나 다름없었다. 아니, 아예 태어나지 않았다.

＊＊＊

내가 죽기 전에는 이 통증이 사라지지 않을 것 같다.(시간이 흐르면 치유된다, 등등.) 나는 얼어붙고 마비되어 있고, 기어는 꽉 끼어 꼼짝도 않는다. 행여 내가 슬픔에서 분노로, 절망에서 인정으로—감정을 전위할 수 있다 해도 통증은 그저 뒤로 물러나 줄어들 뿐일 것이다. 나는 능동적이 되어야 한다. 내가 나 자신을 (능동이 아니라) 피동으로 계속 경험하는 한, 이 견딜 수 없는 아픔은 날 저버리지 않을 것이다—

***

내 글쓰기의 끈질긴 동기:

X가 말한다, 묻는다, 요구한다—그러나 대답하지 않으면, 돌아선다. X는 최선을 이끌어 내려 한다.

[날짜가 기입되지 않은 쪽지 한 장이 끼워져 있다.] 오늘 아침 일곱 시에는 괜찮아질 거야.

***

어린 시절 어머니는 대답하지 않았다. 최악의 벌이고—궁극의 좌절이었다. 어머니는 화가 나 있을 때마저도 언제나 "꺼져" 있었다.(음주는 이런 증후였다.) 하지만 나는 계속 시도했다.

이제는 아이린과도 똑같다. 아이린이 4년 동안은 대답을 했기 때문에 더욱더 괴롭다. 할 수 있다는 걸 아니까.

그 4년의 세월! 그 시간의 길이—그 무게, 손에 잡힐 듯한 농도가—나를 강박적으로 사로잡는다. "어떻게 그녀가……" 같은 거.

나는 사람들의 "과거 모습"에 너무나 들러붙어 있다—

……

8월 30일.

이브—
부서지기 쉽고,
침울증에 걸린, 마르고, 하룻밤에 열 시간씩 푹 자야 하고—알약에 기대 산다.

프로방스에서—낭트, 푸아티에
쁘띠 부르주아
아버지—작은 옷 공장을 갖고 계셨고, 군복을 만드셨다.
어머니—골동품 상인.

붉은 머리, 하얀 피부, 반듯한 외모.

로켓을 탄 군대를 위해 일한다—구역의 큰 중심.

"주 세 크 주 베 비에이르 트로 토트 에Je sais que je vais vieillir trop tôt et ……."["나는 너무 일찍 늙어 버릴 거라는 걸 안다, 그러니까……."]

편집증—
돈을 훔쳤다. 은행에서는 아버지 친구에게, 그리고 〈퀴어 아트 갤러리〉에서는 아네트의 친구인 딜러에게.

"드니즈"—레진느라고 부른다—스무 살이고, 이번 여름에는 파리 항공사에서 일한다.

그가 처음 아네트와 함께 있을 때: "누가 지금 나를 알아준다면 얼마나 좋을까." 지난 3년 동안—아네트: "엘 네 파 마 렌 아 무아Elle n'est pas ma reine à moi." ["그녀는 나만의 여왕이 아니야."]

***

병렬(느슨한 연상 관계의 절들clauses)에서 종속(논리적 관계와 하위 관계의 더 엄밀한 지표)으로.

***

……

연극:

의사

세상은 몸뚱어리다

***

글쓰기는 작은 문이다. 어떤 판타지들은 커다란 가구라도 되는 양 통과하질 못한다.

***

고대 종교에서 모든 의미 있는 행동은 신성한 원형에 따른다.

인간 > 세력들의 투기장, 전장

신들 = 중요한 것의 이름들

A) 의지의 호메로스(예를 들어, 슈넬[『그리스 철학과 문학에서 정신의 발견*The Discovery of the Mind: In Greek Philosophy and Literature*』을 쓴 독일 고전학자 브루노 슈넬Bruno Sneil])

B) 비극

인과관계의 분석

신들이 뜻하고 > 인간들이 행한다.

역할의 개념이 없다.

개인성의 근대적 관념 < > 역할 놀이(예컨대, 자의식)

『햄릿』과 『오이디푸스』를 비교.

9월 3일.

[폰 스턴버그의 1935년 영화] 〈악마는 여자다The Devil is a Woman〉는 얼마나 아름다운지! 이제까지 본 중에서 가장 극단적인 영화들 중 하나다. 디트리히는 완벽한 객체다—옻칠을 하고 향유를 바른 것처럼. 장식의 절대성에 대한 연구: 인격을 지워 버리는 스타일……. 디트리히는 의상과 거대한 모자 안에서 "발사 준비를 완료"하고 있다. 흩날리는 색종이 조각, 장식 리본, 비둘기, 자동차 그릴, 비 뒤편에서……. 장식은 "과잉"이다. 아름답고도 패러디적인—

[이탈리아 감독 루키노] 비스콘티(《센소Senso》, 《표범》)와 비교할 것, 그리고 물론 〈황홀한 피조물들〉[Flaming Creatures, 1963년 미국의 실험적 영화감독 잭 스미스가 만든 영화. 손택이 이 영화에 대해 쓴 에세이는 첫 번째 논문집 『해석에 반대한다』(1966)에 실렸다.]과도.

***

[존] 던의 "화이트홀의 설교"—1627년 2월 29일.

***

내 잘못:

- 내 악행을 놓고 다른 사람들을 검열한 것.
- 내 우정을 연애로 만든 것.
- 사랑이 모든 걸 포괄하기를(배제하기를) 요구한 것.

※ 그러나 아마도 열에 달뜬 혼란스러운 순간에 가장 뚜렷해질 것이다—내 안의 무언가가 퇴락해서, 무너지고, 붕괴할 때 절정에 달한다. 그러니까: 수전과 에바[수전은 매사추세츠의 캠브리지에서 사귄 수전 손택의 절친한 친구 수전 타우브를, 에바는 손택과 타우브의 친구인 에바 베를리너 콜리쉬를 말한다.]에 대한 나의 분노. 육체적 결벽증.

N. B. 내 허세의 입맛—진짜 욕구—이국적이고 "혐오스러운" 음식들을 먹고 싶다는 욕구 = 결벽증의 부정을 진술하려는 욕구. 반대 진술.

……

9월 8일.

"나는 도망쳤지만, 팔다리는 두고 와야 했다……."

돌아보지 않는다는 건 억압되지 않는 기억들로 지나치게 충만한 현재에 모든 것들을 가두어 격리한다는 뜻이다. 내 삶을 소독해 ○○○를 없애고 거의 불멸에 가까운 이 슬픔을 없애고자, 나도 모르게 이것, 이것, 그리고 이것을 삼가게 된다. 가장 큰 상실은 섹스다. 그것과, 너무나 많은 다른 것들이 나로 하여금 ○○○를 떠올리게 한다.

나는 현재에 그 어떤 깊이도 부여할 수 없고 그 어떤 밸러스트도 실을 수 없다. 왜냐하면 (내게) 그건 과거를 뜻하고, 과거는 ○○○와 함께 나눈 모든 것들을 뜻하기 때문이다.

나는—슬퍼하지 않을 때는—가루처럼, 놓쳐 버린 헬륨 풍선처럼 파삭하게 메말라 버린 느낌이 든다—

나는 스스로에게 사유하고 감정을 느끼는 걸 금지했다. ○○○를 생각하고 느끼는 것 때문에—

이런 식으로 어떻게 계속 살아갈 수가 있지?

또 어떻게 그러지 않을 수가 있지?

***

"내 사랑하는 ○○○

편지를 쓰지 못해서 미안해. 삶은 험하고, 이를 갈면서 말하는 건 어려운 일이야……."

***

영화에서 컬러

[키누가사 테이노스케의 1953년 영화] 〈지옥문〉

〈센소〉

[알랭 레네의 1963년 영화] 〈뮤리엘〉

두 개의 팔레트:

하나는 스킨 베이스, 하나는 아니고.(도시, 플라스틱, 네온)

오르가즘—〈마리앙바드〉[알랭 레네의 1961년 영화 〈지난해 마리앙바드에서Last Year at Marienbad〉]에서 반복적으로 과잉 노출되는 시퀀스.

캠프의 풍자, 그리고 자기 풍자와의 관계.

이푸스테기[21세기 프랑스 화가 장 로베르 이푸스테기]의 조각—영웅 인물상(커다란 머리, 쫙 펼친 양팔, 훈장처럼 달고 있는 음모—페니스는 무임승차), 황동 조각, 하지만 갈라지고 틈새가 생겼다…….

***

“네 과거에 대해 알고 싶지 않아. 너무 무거울 것 같은 예감이 들어.”

“하지만 우리는 저울에 올라간 게 아니잖아.”

“하지만 그런 걸.”

***

마르크스주의 입장 마주보기 문화.

—— [테오도르] 아도르노, 『신음악의 철학*Philosophy of New Music*』

[아르놀트] 쇤베르크 = 발전

[이고르] 스트라빈스키 = 파시즘(A가 단 한 시기, 신고전주의와 동일시하는 것)

[여백에 쓰인 글:] NB는 스트라빈스키 + 피카소 사이를 병렬한다—서로 다른 스타일들로 과거를 급습하고—발전에 대한 헌신은 없고.

—— [게오르그] 루카치

[토마스] 만 = 리얼리즘 = 역사 감각 = 마르크스주의

[프란츠] 카프카 = 알레고리 = 탈역사화 = 파시즘

—— [발터] 벤야민

시네마 = 전통의 철폐 = 파시즘

(이걸 루카치 에세이의 서문으로 활용할 것)

***

[동시대 프랑스 소설가 장 마리 구스타브] 르 클레지오Jean Marie Gustave Le Clezio의 소설 두 권을 읽다.

"제 베수앵 드 보꾸 드 땅드레스J'ai besoin de beaucoup de tendresse."["나를 엄청 다정하게 대해 줘야 해요."]

"에크리르 뵈 디르 알레 쥐스코 부. 제 르농세 아 사 당 마 비, 메 당스 끄 제크리, 쥬 두아 프랑드르 앵 리스크.Écrire veut dire aller jusqu'au bout. J'ai renoncé à ça dans ma vie, mais dans ce que j'écris, je dois prendre un risque." ["글을 쓴다는 건 끝까지 간다는 의미다. 삶에서는 이걸 부정했지만, 글을 쓰는 것에 있어서는 위험을 감수해야만 한다."]

"세 트로 에 세 쥐스트 아세 뿌르 무아.C'est trop et c'est juste assez pour moi."(장 콕토) ["그건 너무 지나치고 내게 딱 적당하다."][『카이에 뒤 시네마』 미국 시네마 특별호(1963년 1월)의 모토.]

……

[루이스 르네 데 포레Louis-René des Forêts가 쓴] 『말꾼*Le Bavard*』의 계보: 포

[호르헤 루이스] 보르헤스 가라사대: [G. K.] 체스터튼, [로버트 루이스] 스티븐슨과 폰 스턴버그의 초기 영화들

9월 10일.

에세이 주제:

- 일인칭 서사, 이야기
- 폰 스턴버그
- [허먼 멜빌의 소설] 『피에르』 [또는 『모호함』]
- 스타일과 침묵, 그리고 거트루드 스타인 등등.

***

모든 위대한 예술은 그 핵심에 사색, 역동적 사색을 품고 있다.

캠프는 예술에서 행동주의의 일종이다. 너무나 극단적으로, 반영할 그 어떤 규준도 갖고 있지 않다.

***

현대 미학은 "미"의 관념에 의존하기 때문에 불구의 상태다. 예술이 미에 "대한" 것도 아닌데! — 과학이 진리에 "대한" 것이 아닌 것처럼 말이다.

***

키타이[동시대의 미국인 화가 로널드 B. 키타이Ronald B. Kitaj]: "발견해서 + 보강된 대상"

***

……

사로트의 작품에 대해서는, [피에르] 불레즈(〈도멘 무지칼Domaine Musicale〉에서 출간됨)의 초기 에세이 「쾌락주의에 관하여」를 읽을 것.

레비-스트로스[손택은 동시대 프랑스 인류학자 클로드 레비-스트로스에 대한 에세이를 썼다.]에 대해서는, 『에스프리』에 실린 [폴] 리쾨르의 에세이를 읽을 것.

……

[동시대 독일 작곡가 카를하인즈] 스토크하우젠의 작품은 '작곡'의 개념을 폐기한다 —그리고

1) 리듬이 있는 구조라면 무엇이든 박자에 유기적으로 조응할 수 있다. 2) 무한한 치환의 사이클을 제안한다.
불레즈는 (1)과 (2)를 둘 다 거부한다.

……

9월 23일. 뉴욕.

영감을 주는 강조점.

들이마시다 > 더 낮게(횡격막을 판판하게) > 감각을 억압함—골반의, 즉, 성적인 감각.

그러므로 감정의 비밀은 숨을 '내쉬는' 법을 배우는 것.

＊＊＊

영적인 화학작용…….

효과는 빛을 발하며 다른 구역들로 퍼져 나가고…….

대화를 절단해 차단막을 만들고, 거대한 화면을 만든다…….

10월 3일.

〈황홀한 피조물들〉은 성적이다. 그리고 성이란 게 한편으로 어리석고 그로테스크하고 서툴고 추하다는 것과 같은 의미에서 성적으로 자극적이다.(단순한 성의 희화화가 아니다.)

한 남자는 행동하기 전에 사유한다. 다른 남자는 행동하고 나서 사유한다. 둘 다 상대방이 생각이 너무 많다고 생각한다.

어떤 살인: 어두운 숲속에서 빛을 발하며 겁에 질린 이름 모를 숲속 생물들을 모두 밝히는 전구(파노라마 사진)처럼.(댈러스—1963년 11월)

＊＊＊

주제: 자아의 두 번째 탄생.

미친 "프로젝트"를 통해서.

과거를 허물처럼 벗고—망명—자아를 유산하기.

***

잉여의 원칙(예를 들어, 신호등)

빨강 < > 초록
위 < > 아래
정지 < > 진행

더 정확한 소통을 취할 것.

영어는 몹시 중복적이기 때문에 그토록 엄밀하다……. 예를 들어, [20세기 영국 문학 비평가이자 시인인 윌리엄] 엠슨William Empson이 복잡한 단어들에 대해 한 말: 단어들에는 공명, 휘광, 진동이 있다. 문학적 작품은 그걸 꿰어 만든 것이다. 예를 들어, "바보", "정직한".

전보에 관하여.

중복은 정보를 전달하기 위해 필요하다—그러나 아름다움, 비실용성과의 관계는 무엇인가.

수학자가 어떤 공식에 대해 "아름답다"고 말하는 건 너무나 단순하고 중복이 전혀 없기 때문이다.

스타일(세련됨)과 중복의 관계[—]예컨대 폰 스턴버그의 영화들.
중복과 "복제" 간의 관계.

***

여성들은 19세기에 "정치적으로 투명"하다.

***

우리는 모든 요소들을 갖추고 있다—그것들을 볼트로 조립하고 고정시켜 탄두를 붙이고—발사하기만 하면 된다.

***

스며들다.
현수선 곡선.[29]

복제품들에 대한 현기증을 극복하기만 하면, 현대 삶에는 향유할 수 있는 것들이 너무나 많다.
멈포드[도시성urbanism을 논한 20세기 미국 작가 루이스 멈포드Rewis Mumford] 대 필립 존슨[동시대 미국 건축가] 같은 유미주의자들.

진지함—최고의 형식은 아이러니와 매한가지다.

29. 줄을 양쪽에서 잡아당기면 결코 완전한 직선이 되지 않고 포물선 형태로 아래로 늘어지게 되는데, 이때 이 곡선은 매달린 줄 모양의 하이퍼코사인 곡선, 즉 현수선 곡선catenary curve이 된다.

11월 1일.

나는 어머니를 두려워했다, 육체적으로 두려워했다. 어머니의 분노가 두려웠던 것도 아니고, 어머니가 내게 주었던 얼마 되지도 않는 정서적 양식이 줄어들까 봐 두려워했던 것도 아니고, 어머니가 두려웠다. 로즈[수전 손택의 유모인 로즈 맥널티]도 두려웠다.

어머니는 내 따귀를 때렸다—말대꾸를 했다고, 자기 말에 반대를 한다고.

나는 언제나 어머니를 위해 변명을 했다. 한 번도 어머니에게 나의 분노를, 엄청난 분노를 쏟아내 버리지 않았다.

＊＊＊

세상을 심판할 수 없다면 나 자신을 심판해야만 한다.

세상을 심판하는 법을 배우고 있다.

＊＊＊

작가로서 나는 오류를, 한심한 작태를, 실패를 용인한다. 그러니 가끔 내가 실패한들, 어떤 단편이나 에세이가 아무짝에도 쓸모가 없다 한들 뭐가 어떻단 말인가? 가끔 일이 정말로 잘 돌아가면, 작업도 잘 된다. 그러면 그걸로 충분한 거다.

하지만 섹스에 대해서는 난 이런 태도를 가질 수 없다. 오류도 실패도 용인하지 않는다. 그래서 처음부터 초조해지고, 그래서 더 실패할 가능성이 높아진다. (내가 억지로 뭘 하지 않아도) 잘 될 때도 있을 거라는 자신이 없다.

＊＊＊

섹스에 대해서도 글쓰기 같은 감정을 가질 수 있다면 얼마나 좋을까! 내가 나 자신을 넘어서는 어떤 기운을 담는 그릇이고, 매개이고, 도구라고 생각할 수 있다면!

글을 쓸 때는 떠오르는 대로, 손이 가는 대로 쓴다—가끔은, 거의 받아쓰기처럼 느껴질 때도 있다. 그러면 오는 대로 두고, 간섭하지 않으려고 애쓴다. 나 자신이면서 나 이상의 것이기에 존중한다. 그건 개인적이면서 개인의 한계를 초월한 것이다.

섹스에 대해서도 그렇게 느끼고 싶다. "자연"이나 "삶"이 나를 이용하는 것처럼 말이다. 그리고 난 그것을 믿고, 나 자신이 이용되도록 허락하는 거다.

자기 자신에 대해, 삶에 대해 항복하는 자세. 기도. 뭐가 어떻게 되든 될 대로 되어라, 하는. 나 자신을 그것에 내준다.

기도: 평화와 관능.

여기서, 수행의 객관적 규준에 비추어 왜소하고 초라한 자아가 몇 점이나 받을까 전전긍긍하는 수치와 불안이 끼어들 자리는 없다.

섹스에 대해서는 경건해야 한다. 그리고 감히 불안해해서도 안 된다. 불안은 절대로 있는 그대로 정체를 드러내지 않을 것이다—영적인 비열함, 치졸함, 편협함이라는 정체를.

***

Q: 항상 성공하십니까?

A: 그래요, 30퍼센트는 성공해요.

Q: 그러면 항상 성공하는 건 아니네요.

A: 아뇨. 30퍼센트 성공은 거의 늘 성공하는 거나 다름없죠.

귀족적인Aristocratic	익살을 떠는Clowning
냉소주의자Cynic (조지 샌더스George Sanders, 빈센트 프라이스Vincent Price)	냉소주의자Cynic (제로 모스텔Zero Mostel, 시드니 그린스트리트Sydney Greenstreet, 찰스 로튼Charles Laughton)
개인 성향에 따라 윤리적 법은 위반하지만 미학적 법은 준수함	윤리적·미학적 법을 위반함
우아한	얼굴에 대놓고 방귀를 뀐다, 항상 조물조물 만지고, 배를 쿡쿡 찌른다.
사람들이 그를 두려워한다— 자신을 서투르고, 교양 없고,	사람들은 그가 재미의 비밀을 안다고 믿는다—그에게서 따분한

하층 계급이라고 생각할까 봐 두려워한다.
(그게 그의 권한이다.)

인간이라는 말을 듣고 싶어하지 않는다.

자기가 악하다는 걸 인정한다.

사람에게 상처를 준다—그리고 폭소를 터뜨리게 만든다. 수치를 모르지만, 자기 자신의 악은 부정한다. 짓궂고 사랑스러운 아이처럼 행동한다.

***

확인:

레비스트로스가 『더 뉴 소사이어티*The New Society*』(잡지)에 기고한 크리스마스에 대한 글.

[마르셀] 프루스트, [미국 문학 비평가 F. W.] 뒤퓌가 편집한 『플레저스 앤 데이즈*Pleasures and Days*』에 게재된 "플로베르의 문체에 대하여"(앵커북스 출간)

『에르메스*Hermes*』—신비주의(엘리아데[미르체아 엘리아데],[30] 와츠[앨런 와츠],[31] 코빈[헨리 코빈][32] 등등)에 대한 프랑스의 새로운 잡지.

30. Mircea Eliade, 1907~1986. 루마니아 출신의 미국 종교학자이자 문학가로 인도철학자 다스굽타 문하에서 인도 철학을 연구하여 『요가:불멸성과 자유』를 썼다.
31. Allen Watts, 1915~1973. 미국의 신비 사상가.
32. Henry Corbin, 1903~1978. 소르본 대학의 이슬람학 교수. 철학자이자 종교학자.

뷔토르[동시대 프랑스 작가 미셸 뷔토르Michel Butor], 『사계절*The Four Seasons*』, 『신세계 글쓰기*New World Writing*』(로스코[33]—부드러운 몬드리안 작품)

[손택이 여백에 × 표시를 했다:] 루이 르네 데 포레 작품의 영어 번역판(런던에서는 [존] 콜더 [출간])

***

과학소설—
몰개성성에 대한 현대의 부정적 상상력을 위한 대중 신화

외계의 피조물들 = 그것, 점령하는 것

***

에세이: 스타일, 침묵, 반복

***

커트 골드스타인, 『언어와 언어 장애*Language and Language Disturbances*』(그룬&스트래튼, 1960)——

실어증　　　　읽다

***

33. Mark Rothko, 1903~1970. 러시아 출신의 미국 화가. '색면 추상'이라 불리는 추상표현주의의 선구자로, 거대한 캔버스에 스며든 모호한 경계의 색채 덩어리로 인간의 근본적인 감성을 표현했다.

고귀한 감정 / 치욕적 감정

품위

존중

자기 자신에 대한 의리

***

……

[폴] 클레 + 발레리의 비교

이론 + 예술

***

가보[러시아 출신 미국 구성파 조각가 나움 가보Naum Gabo]: 부정적 공간

무언가를 "구성"한다는 건 (공간을 드러내기 위해) 그것을 조각해 공간을 만든다는 뜻이다.

[가보:] "우리는 공간의 표현으로서 부피를 부정한다……. 우리는 입체성의 요소로서 고체 덩어리를 부정한다."(1920)

가보: 조각은 사방에서 보아야 한다—삼차원이니까.

혁신: 새로운 소재의 활용—플라스틱, 셀룰로이드, 철사 같은 것으로 조각을 움직이게 만들기(그걸 보기 위해서 / 아니면 움직임이 바

로 주제이기 때문에) > 예를 들어, 〈키네틱스 구조물〉(1920)[34]

조각을 건축에 더 근접하게 하라.

***

[마르셀] 뒤샹: 예술이 아니라, 철학적 논점으로서의 기성품

문체:

순환적 문체([거트루드] 스타인) > 도널드 서덜랜드[Donald Sutherland, 미국 비평가 겸 극작가 겸 작사가다. 1951년에 거트루드 스타인과 그녀의 작업 이야기를 담은 전기를 썼다.]의 책을 읽다.

비교하자면, [알베르] 카뮈의 『이방인』의 "백색 문체"에 대한 [장 폴] 사르트르의 글.

……

***

W. 제임스[윌리엄 제임스]는 "병적인 우울 편향"이 건강한 정신보다 "훨씬 넓은 경험의 폭"을 아우른다고 인정했다—아니, 정의했다.

—악惡과 광기의 "가치"

34. 나움 가보의 모빌 조각 작품.

***

[에릭] 사티의 "가구 음악"[35]—배경, 원래 온전히 주의를 집중해 경청하라고 만든 음악이 아니다.

앤디 워홀의 영화들.

***

힐리스 밀러[동시대 미국 문학 비평가 제이 힐리스 밀러]의 책을 읽다.

예술은 의식의 한 형식이다.

***

……

감정에 '이름을 붙이는' 것("나 기분이 끔찍해")과 감정을 '표현하는' 것("오오……")의 한 가지 차이는 돌아오는 반응이다.: "왜?" 아니면 "문제가 뭐야?" '배출'하기 위해 감정에 이름을 붙이면—정신분석에서도 아주 권장하는 행위다—위로해 주는 사람을 함께 추론하는 사람으로 만들게 된다.

***

영화 필름 롤에 표시하는 걸("리더"[36]) 영화 내용의 일부로 활용하

35. 에릭 사티는 현대 사회에서 음악을 이용하고 즐기는 법에 대한 문제를 제기하며 지루하게 반복되는 '가구 음악furniture music'을 발전시켰다. 음악을 집중해서 듣는 게 아니라, 어느 순간 모르는 사이에 흘려듣게 되는 것이 음악이라는 생각이다. 설치 음악이라고도 한다.

36. 화면 대신에 넣는 설명 자막.

기: 브루스 코너의 〈어떤 영화A Movie〉(건물 골조나 세트의 메커니즘—브레히트—을 노출하는 것처럼)

낡은 영화의 인용문과 영화의 사건을 교차편집.

고다르, 〈비브르 사 비Vivre Sa Vie〉, 르네 팔코네티와 안나 카리나 [출연]

[미국 실험영화 감독] 앵거, 〈스콜피오 라이징〉 [이 영화에서는] 세실 B. 데밀의 〈왕중의 왕〉 + 오토바이를 타는 사람들의 난교 파티 [를 교차 편집했다](사운드 트랙: "파티에 가다"[사실은 "파티의 조명Party Lights"이다]

[스페인 영화감독 루이스] 브뉘엘의 〈황금시대L'Age d'Or〉, 드 사드 일화를 설명하기 위해 그리스도를 끌어왔다.

***

폴 리쾨르, "구조와 해석학" 『에스프리』 1963년 11월호에 게재.

같은 호에 레비-스트로스에 대해 다른 논문 세 편이 실렸고, 인터뷰도 실렸다.

***

……

18세기 위대한 캠프의 시대—캠프가 전 문화에 걸쳐 분포되어 있었다.

[알렉산더] 포프—"아르부스노트 박사에게 보내는 서한"에 나오는 비논리적 구절: "……그리고 그는 자기 자신의 반대 대구."

[윌리엄] 콩그리브—(당구처럼) 대칭적: 열정 A, 열정 B.

몰리에르?

……

18세기 드라마: 발전도 없고—전체 캐릭터가 뻔하게 드러나고—짧은 경구 한 줄로 즉각적 감정이 축약됨—사랑은 태어나거나 죽거나.

……

***

아르누보 회화 + 드로잉의 특징들.
대칭적 구성, 가늘어진 곡선, 색채의 절제된 사용, 날씬한 육체들.
르 루제의 레스토랑—몽파르나스 역 근처의 아르누보 데코.

***

……

포르노그래피.

드 사드, 안드레아 드 네르시아, 레스티프 드 라 브레톤 >>> 18세기 난봉꾼의 삼두정치.

로체스터 백작[존 윌모트], 존 클리블랜드 >>> 영국(N. B. [로렌스] 스턴, 존 윌크스 + 로버트 번즈는 모두 에로틱한 비밀 회합 소속이었다. 윌크스는 메드메넘 수도회, 번즈는 칼레도니아의 뮤즈들)

18세기—죄책감 없음; 무신론; 더 철학적이고 논쟁적.

19세기—죄책감, 공포.

안드레아 드 네르시아—프랑스의 직업 육군 장교.

(아버지는 이탈리아인); 대령이라야 한다.

두 편의 위대한 철학적 저작:

[라디게의 소설] 〈육체의 악마〉(3권)—서사 + 대화를 번갈아 오감; 백작 부인(헤픈 여자) + 후작 부인(여주인공—[프루스트의 캐릭터] 게르만테스 공작 부인처럼—아름답고, 세속적이고, 부유하다; 모든 사람이 그녀의 비위를 맞춘다.)

두 사람 사이의 불륜—+ 공작 부인이 이야기를 알려 줌.

섹스는 절대 비난받지 않고, 언제나 쾌락을 준다.

다량의 사회 풍자.

[안드레아 드 네르시아의 소설] 『아프로디테들*Les Aphrodites*』(3권)—비밀 성교 회합; 이야기들을 들려준다.

그리고 소설 『몽로즈*Monrose*』와 『펠리시아*Félicia*』(가장 유명한 책—

성적이지만 신사답고, 포르노그래피적이지 않다.)

***

……

죽음 = 철저히 사람 머릿속에 있음.

삶 = 세계.

……

11월 4일.

프루스트, 편지에서:

"게다가 에르비외,[37] 에르망[38] 등등, 속물근성은 워낙 외부에서 자주 재현되었기 때문에 나는 사람의 내면에서 속물근성을 보여 주려 노력했다, 마치 환상적인 상상력처럼……."

캠프처럼

***

사람은 자기가 알아보고 + 자기 내면에서 경멸하는 것이 타인에

37. 폴 에르비외(Paul Hervieu, 1857~1915), 프랑스의 극작가 겸 소설가.

38. 아벨 에르망(Abel Hermant, 1860~1950), 프랑스의 극작가 겸 소설가.

게서 보이면 비판한다. 예를 들어, 다른 예술가의 야심에 혐오감을 느끼는 예술가라든가.

***

우울증 밑에서 나의 불안을 찾았다.

***

영화의 역사

이건 영화사를 의식하는 1세대 감독들이다. 시네마는 이제 자의식의 시대로 진입 중.

노스탤지어.

[독일 영화 학자이자 작가인 지그프리드] 크라카우어: 영화들—반反예술: 반反작가

***

……

여성성 = 약함(아니면 약함을 통해 강함)

그냥 강인하기만 하고 + 결과를 책임지는 강한 여성상은 없다

……

11월 17일.

모든 관계를 주인과 노예 사이로 파악함…….

각 사례에서, 나는 어느 쪽이 되어야 할까? 나는 노예로서 더욱 만족감을 느꼈다. 더 많은 자양분을 받았다. 그러나—주인이건 노예이건, 부자유한 건 매한가지다. 캐릭터를 벗어 버리고 훌쩍 떠나 버릴 수는 없으니까.

동등한 이들의 관계는 "역할"에 매이지 않는 것이다.

***

질투를 감지하면, 나는 비판을 삼갔다—내 동기가 불순할까 봐, 그리고 내 판단이 공정하지 못할까 봐 두려워서. 나는 인정이 많았다. 타인들, 무심했던 사람들에 대해서만 심술궂게 굴었다.

고귀해 보인다.

하지만 그렇게 해서, 내 혐오, 내 공격성으로부터 내가 우러러보았던 "윗사람들"을 구출해 냈다. 비판은 내가 존경하지 않았던, 나보다 "못한" 사람들을 위해서만 아껴 두었다……. 나는 기득권을 확인하기 위해서 비판 능력을 썼던 것이다.

***

웨인 앤드루스, 『건축, 야망, 그리고 미국인들: 미국 건축의 사회사』

존 케이지, 『침묵』
올리버 로지 경, 『레이먼드』
데이지 애쉬포드, 『젊은 방문객들』

11월 22일.

맥스 비어봄, "사보나롤라 브라운", 『피렐리 추기경』[로날드 퍼뱅크의 1926년 소설], 니진스키의 일기를 읽다.

(4편의 강의에서처럼) 생생히 살아 있음. 즉 즉흥적이며 발화되는 당시의 상황에 동시간적으로 대처한다는 미덕을 지닌 연초점[39]의 사유—vs. 더 정확하고 복잡하고 반복이 없지만 사전 준비가 필요한 뚜렷한 초점의 사유(글쓰기)—멍한 눈빛의 그리스 조각처럼.

***

저항하고 싶은 울적한 감정 (Z)가 든다고 치자—내가 거듭 되풀이하거나 그러지 말걸 후회하는 어떤 감정을 유발하는 그런 감정 말이다.

그런 감정을 단순하게 억누르면 (그게 가능하기나 한지 모르겠지만) 그 배후의 감정이 재충전된다.

39. soft focus, 부드러운 초점. 사진이나 영상의 선명도와 색조 간의 대비를 약화하여 우아하고 낭만적이며 신비스러운 영상을 표현하는 기법.

그런 감정을 죽이는 레시피: 과장된 형식으로 '발산'한다.

그때 느끼는 유감이 훨씬 더 기억에 남고, 따라서 더 치유적이다.

***

"내가 어디서 튕겨 나가느냐에 달렸지……."

곰브리치[오스트리아계 영국인 역사가인 에른스트 곰브리치], 『빌헬름 마이스터』[1795년 출간된 괴테의 두 번째 소설, 『빌헬름 마이스터의 도제 시절』]을 읽다.

***

다쳤다, 얼굴에 흉터가 생겼다.

〈소문난 여자Marked Woman〉[로이드 베이컨과 마이클 커티즈가 감독하고 베티 데이비스, 험프리 보가트, 롤라 레인이 주연한 1937년의 할리우드 영화]

베티 데이비스—M.

- 처음에는 담배를 피움(보스—조니 배닝—에게서 독립된 존재라는 표시 / 그의 면전에 대고 담배 연기를 불다.)

***

니체: "사실은 없다, 오로지 해석뿐이다."

예술은 결코 사진이 아니다.

***

예술의 모방 이론: 예술 < > 리얼리티

플라톤: 예술을 진실의 규준으로 측정함.

아리스토텔레스: 거짓말의 정서적 효과

***

사회적 사실들 > "사실"

심리적 사실들 > "상상력"

예술 + 팩트 사이의 많은 다른 관계들

1) 기록하는 방식
2) 아이러니한 방식—팝 아트[—]앤디 워홀의 〈129명 제트기에서 죽다129 Die in Jet〉[40]: 『데일리 미러』[허스트가 소유했던 뉴욕의 타블로이드 신문으로, 1963년 폐간되었다]의 1면.
3) 생색을 내며 리얼리티를 다루는 방식: 『뉴요커』 소설; 『더 그룹 시선詩選』[41]의 몇 대목

40. 1962년 작품으로, 같은 해 6월 4일자 여객기 사고로 승객 129명이 사망했다는 신문의 1면 헤드라인을 그대로 캔버스에 옮긴 평면 회화다.

41. The Group Anthology. 1963년 피터 홉스봄을 비롯한 시인들이 공동으로 출간한 시집. 케임브리지 대학을 주축으로 모인 〈더 그룹〉이라는 계파를 형성했다.

***

작가로서의 문제:

모델에 대해 전혀 생각지 않는다.

예술의 단위가 사실(팩트)이라고 생각지 않는다.

"팩트 부재"

***

어윈 스트로스, "똑바른 자세" 〈비정상 심리학 연구Journal of Abnormal Psychology〉, 1942년 게재.

***

……

(문학에서의) 부활들

다자이 오사무,[42] 『인간실격』, 『사양』

[얀 포토키],[43] 『사라고사 매뉴스크립트』

[기슬랭 드 디즈박][44] 『군주들의 장난감』

42. 다자이 오사무(1909~1940), 20세기 일본 근대 문학을 대표하는 작가로, 인간 내면의 극단적 파멸을 다룬 자전적 소설 『인간실격人間失格』으로 논란과 열풍을 불러일으킨 채 자살했다.

43. Jan Potocki, 1761~1815. 폴란드 귀족이자 언어학자, 민족학자, 이집트학자, 모험가이자 대중소설가.

44. Ghislain de Diesbach, 1931~ . 콩쿠르 상을 수상한 프랑스의 작가.

[마샤두 지 아시스],[45] 『하찮은 승자의 묘비명』

[비톨드 곰브로비치],[46] 『페르디두르케』

[스탕달], 『아르망스』

[크누트 함순], 『팬』

***

"또 즐거운 하루"

"미친 듯이 생떼를 쓰다."

……

[안토닌] 아르토와 [자크] 리비에르가 주고받은 서한에 대해서, [모리스] 블랑쇼의 『도래할 책*Le Livre à Veni*』 45~52쪽.

……

[토머스] 칼라일, 『의상철학』을 읽다. 댄디—"댄디적인 몸"에 대한 책

"제 르 카파르J'ai le cafard." ["나는 우울하다."]

45. 요아킴 마리아 마샤두 지 아시스Joaquim Maria Machado de Assis, 1839~1908. 19세기 브라질의 시인이자 소설가. 브라질 문학의 거장이다.

46. Witold Gombrowicz, 1905~1969. 폴란드의 소설가, 극작가.

12월 3일.

홍미로운 새 조각이 돌받침을 거부하다.(슈거맨[미국 조각가 조지 슈거맨] 등등)

세련, 정교한 만듦새: 캠프는 이런 가치를 과장함으로써 이를 핵심적으로 만든다. 하지만 사실은 그렇지 않다. 활력, 원기도 적어도 그만큼 중요하다. 그러나 중요하기는 하다. 예. 재스퍼 존스.[47]

캠프에 대한 에세이[48]는 감수성—의 중요성—이라는 관념—이라는 더 큰 논지의 일례다. 캠프에 대해 말하는 건 이런 논지를 주장하는 한 방법.

현대 예술은 20세기 그래픽 아트의 혁명과 연관이 있다. 우리는 인류의 역사에서 활자화된 인공 구조물(만화, 광고판, 신문 등)에 에워싸여 살아가는 첫 번째 세대다—이는 제2의 자연이다.

[미국 미술사가 마이어] 샤피로는 [잭슨] 폴락, [윌렘] 데 쿠닝에 처음으로 관심을 가진 사람들 중 하나다.(1940년대 후반)

1956년 『리스너』에 실린 현대 미술에 대한 샤피로의 논문을 발견.

* * *

47. Jasper Jones, 1930~ . 팝 아트의 아버지로 불리는 미국 화가.
48. 수전 손택의 『캠프에 대한 단상』

워홀 아이디어들: (단조롭게 변조된) 단일한 이미지: 몰개성적인 것.

***

"어디 쓸 데가 있어?"보다 "그게 뭐야?"를 우선으로.

***

앙드레 브르통, 자유의 감식가.

***

뒤샹

***

마이어 샤피로.

"추상예술의 본질" 『마르크시스트 쿼털리』 1권 1호 (1937) 델모어 슈워츠의 답, 그에 대한 샤피로의 답, 앞에 언급된 책 1권 2호 (1937년 4월~6월)

"스타일"(크뢰버 vol.) [알프레드 루이스 크뢰버의 『앤스로폴로지 투데이*Anthropology Today*』에 실린 샤피로의 에세이]

현대 예술에 관하여, 『더 리스너』, 1956.

"영화를 위한 형이상학" 『마르크시스트 쿼털리』 1권 3호(1937년 10~12월호)—모티머 아들러에 대한 공격.

- [K. 바라타 아이어 저] 『예술과 사상』에 실린 "로마네스크 예술의 미학적 태도에 관하여"……

***

……

『신부와 노동자: 앙리 페랭 자서전』, 버나드 월 번역 해설.

……

***

[이 말에 네모가 쳐져 있다.] 스타일

예술에서 변화의 방식인 스타일.
스타일의 의식은 예술 작품의 역사성의 인식과 같다.
현대 회화에서 스타일의 속도.

콘트라 "스타일" 유미주의—예. [1960년대부터 줄곧 손택의 친구로 지낸 프랑스 비평가 롤랑] 바르트, "레 말라디 뒤 코스튐 드 테아트르 Les Maladies du Costume de Théâtre"—〈에세 크리티크*Essais Critiques*〉

***

예술 작품.

실험, 연구 ("문제"의 해결) vs. 유희의 양식.

……

***

[미켈란젤로 안토니오니의 영화] 〈정사L'Avventura〉

불과 4년 전에 제작된 영화라는 게 믿기지 않는다…….

결말에 가서야 비로소 클라우디아가 가난하다는 사실을 알게 된다.

……

A의 신scene들은 실제 삶에서 일어나는 것과 동일한 시간 동안 스크린에 보여진다—편집 과정에서 시간의 조작이 전혀 없다—

"부정 + 긍정의 초자연적 궤변은 버려라."—A는 산드로를 악인으로 만들기를 거부한다.

감정에 대한 영화들을 만들면서 배우들이 "감정을 표현"하는 걸 허락하지 않는다. ([이탈리아 영화감독 페데리코] 펠리니 + 비스콘티 식으로)—그런 건 "수사적"이 될 테니까.

새로운 스타일: "수사에 반대하다"

……

A의 영화들은 복잡한 인용들로 꽉 차 있다는 점에서 "문학적"이다.

자의식적 영화 제작—L'A[〈정사〉의 원제 L'Avventura를 줄인 말]에 나오는 피츠제럴드[의 『밤은 아름다워』]

……

(그들에게는 읽고 쓸 수 있는 각본들이 있었지만) 전통적인 이야기들과는 전혀 달랐다.

> A의 영화들: 배우들을 "이용해서" 감독이 행하는 일종의 글쓰기("카메라—스틸로"[프랑스 비평가 겸 감독인 알렉상드르 아스트뤽 Alexandre Astruc의 말뜻 그대로 "카메라—펜"])

※ 사람은 왜 "쓰나"?
※ 답—영화가 기록, 체현이라는 관념.

소재는 극적이지 않도록, 방산放散되어 있어야 한다.(따라서 [안토니오니의 1957년 영화] 〈외침Il Grido〉의 실패)

***

……

[여기서부터 세 편의 일기들에는 네모 표시를 둘러쳐 두었다.]

숫자는 그 어떤 세트보다도 서로 대등한 세트다.

기수는 비슷한 부류들 중 한 부류다.

무한한 세트 하나 하나에는 기수가 할당될 수 있다.

12월 6일.

내 우정들에는(폴—[손택의 친구였던 미국 화가 폴 테크] 등등) 무게가 없다. 이제—이후로, 난 그들이 골치 아픈 유지 보수 문제처럼 느껴진다. 스케줄을 아슬아슬하게 돌리면서 연체된 비용을 갚고 있다…….

"모든 삶은 특정한 형식의 옹호다."[—호주 작곡가 안톤] 본 베베른

(키타이 그림)

***

읽은 것:

산 것: OUP 에디션으로 산 [웨일즈 연금술사이자 〈장미 십자회〉[49] 회원이었던 토머스] 본, [앤드루] 마블 + [형이상학파 시인 리처드] 크래쇼.

49. 연금마법술을 행하던 비밀 결사 조직.

죽어 가는 것에 대한 본의 설교.

[프랑스 작가 알프레드 드 뮈세의 1834년 희곡) 〈로렌자치오Lorenzaccio〉
……

발터 벤야민이 바로크에 대해 쓴 책.

프레드릭 파라, 『해석의 역사』(1886)

시—단편들

아이리스 머독, “내가 소설을 쓰는 방법”, 『예일 리뷰』, 1964년 봄호.

프란츠 보르케나우, 17세기에 대한 책(1934)—파스칼, 라신, 데카르트, 홉스[봉건주의에서 부르주아 세계관으로의 이행]

- 존 케이지, 〈침묵〉

[러시아 시나리오 작가 프세볼로트[푸도브킨이 영화에 대해서 쓴 책[『영화 테크닉과 영화 연기』]

……

12월 19일.

소설: 몸의 삶을 발견하기(자세, 제스처, 캐롤리[미국 퍼포먼스 예술가 캐롤리 슈니먼Carolee Schneemann]의 "나는 불을 다루어야 했다."[스웨덴 조각가] 클래스 올덴버그의 "요즘은 복도에 몹시 몰두하고 있다.") …… 두 캐릭터들 — 하나는 만들고, 하나는 안 만들고.

1965년

[날짜가 쓰이지 않은 낱장의 종이들]

언어는 일련의 죽은 "백색" 색조들이 되어 가고 있다.

***

(인간으로서) 완벽한 피치Pitch를 가진(?) 사람.

***

누가 지적이든 아니든 그런 건 관심을 갖지 않는다. 사람들 간의 상황은 무엇이든, 서로 정말로 인간적으로 대하기만 한다면, "지성"을 창출해 낸다.

***

작가들은 단어들이 똑같은 의미라고 생각한다 —

[1960년대에 나온 손택의 일기들은 방대한 양이지만 갈수록 점점 더 날짜 표기는 아무렇게나 하거나 아예 하지 않았다. 다음 메모들은 "1965 —, 소설, 합본한 메모들"라고 표시되어 있는 공책에서 나왔지만 날짜나 순서는 구체적으로 명기된 바가 없다. 여기에 옮겨 놓은 항목들은 내가 보기에 보통 책의 개요보다는 좀 더 손택에 대해 말해 주는 바가 많고 여운이 남는다고 판단한 것이다.]

[×자로 지웠지만 여전히 읽을 수 있는 내용:]

버로스Burroughs가 『벌거벗은 점심』에서 어떻게 1인칭에서 3인칭으로 넘어갔다가 아무런 공식적 안내 없이 다시 1인칭으로 돌아오는지 주목할 것.

박학다식을 괄호 속에서 활용하는 법도 주목할 것.

[×자로 지웠지만 여전히 읽을 수 있는 내용:]

"나"의 성性은 무엇인가? "나"를 여성이라고 말하면서 인간 조건에 대해 글을 쓰려면 신이 여성이라고 믿어야 하는 건가?

"나"라고 말할 권리는 누구에게 있는가? 그 권리는 획득해야 하는 것인가?

꿈의 요소.

[×자를 쳐서 지웠으나 여전히 읽을 수 있는 내용:]

마약의 황홀경[—]에. [프란시스] 피카비아[1]의 회화 〈보편적 매춘Universal Prostitution〉 보편적 간음.

에로틱 판타지의 묘사: "아름답지도 추하지도 않고" 정서적인 무게도 없고, 그저 있는 그대로—그저 "흥분되게".

1. Francis Picabia, 1879~1953. 프랑스의 화가이며 시인, 편집인. 인상주의로 시작하여 입체파, 황금 분할파, 오르피즘, 다다이즘과 초현실주의까지 20세기 미술 전반에 걸쳐 왕성한 활동을 펼쳤다. 특히 모든 예술적 관습을 타파한 다다이즘 작가로서 당시 예술계에 획기적인 변화의 바람을 일으켰다.

이것을 소설의 주제로—『은인*The Benefactor*』에 나오는 꿈들처럼 판타지들이 서로 얽혀 있다.

……

나는 플롯을 찾고 있지 않다—나는 "색조"를, "색채"를 찾고 있는 거다. 나머지는 자연스럽게 따라온다.

모든 게 똑같다면, 하지만 아무도 말하지 않는다면 어떻게 되지.

……

게임으로서의 소설(버트)[손택의 친구이자 미국 소설가인 버트 블레크먼Burt Blechman을 말함]—"규칙"을 정하고, 그 규칙이 캐릭터 + 상황을 결정한다.

문제: 내 글의 '얄팍함'. 문장 하나하나가 취약하다. 너무 건축적이고, 너무 만연체고.

재스퍼[재스퍼 존스. 손택은 1960년대 중반 존스와 사귀었다.]의 강고한 과묵—절로 외경심을 갖게 될 정도—이에 더해 논쟁적인 성향.

"현대의 미국에서. 현대의 미국에서."

와이퍼 버로니 복음교회(사우스캐롤라이나).

블롭스 공원—맥스 E. 블롭 공원—볼티모어 근교.

스태튼아일랜드의 티베트 박물관.

……

무엇이 누군가를 움직이게 만들까?

그는 쫓기고 있다.

그는 무언가를 찾고 있다.

그는 도망치고 있다.

그는 불안하다.

그는 미쳤다.

그는 질투를 한다.

……

[20세기 프랑스 작가 조르쥬] 바타이유가 (유전성) 매독으로 죽었다—60대 초반에

그는 사서였다—

그런 캐릭터는 소설에 넣을 수도 있겠다…….

바타이유: 성 + 죽음, 쾌감 + 통증의 관계, 예. 『에로스의 눈물 *Larmes d'Éros*』

[여백에:] 삶의 유일한 목적은 황홀경, 환희, 지복

(에로틱한) 판타지는 본질적으로 열린 형식이다……. 판타지는 디테일들—장식, 의상, 낱낱의 움직임과 제스처—을 추가함으로써 계속해서 다시 흥분을 유발할 수 있다.

[현대 프랑스 소설가 알랭] 로브그리예의 소설들에 나오는 강박적 시선은 (억압된) 에로틱 의식이다.

요점은—판타지는 노골적이야 한다는 것이다.

플롯 & 상황

구원의 우정(두 여자)

편지로 된 소설: 은둔하는 화가와 그의 딜러와 천리안

지하세계로의 여행(호메로스, 베르길리우스 [그리고 헤르만 헤세의 소설에 나오는] 황야의 이리Steppenwolf)

모친 살해

암살

집단적 환시(단편)

[×자로 지웠으나 읽을 수 있음:] 오르페우스와 에우리디케의 대화

[×자로 지웠지만 읽을 수 있음:] 판타지의 구축: 우연한 자극—점진적 세련 + 정교한 세공—복습 + 극복—새로운 허구의 장치들—데탕트(긴장 완화)가 필요.

도둑질

사실은 인간들을 지배하기 위한 '기계'인 예술 작품

소실된 원고의 발견

근친상간에 휘말린 두 자매

우주선이 착륙했다

늙어 가는 영화계의 여배우

미래에 대한 소설. 기계들. 사람마다 각자 기계를 갖고 있음 (메모리 은행, 암호화된 결정 기계, 등등.) 기계를 "플레이"한다. 모든 게 인스턴트.

거대한 미술 작품(회화? 조각?)을 해체해 몰래 국외로 반출하기—"자유의 발명"이라는 제목

프로젝트: 고결(실비아 플라스의 정직성을 갖춘 SW[시몬 베이유]를 기반으로—"나"라는 성의 문제를 해결할 유일한 문제는 그것에 대해 말하는 것.

[×자로 지웠으나 읽을 수 있음:] 뒤바뀐 아기의 테마—어린이 SW(미시시피에서)와 바타이유 사이에 오간 편지들

질투

갱생의 경험:

바다로 풍덩 뛰어들기

태양

오래된 도시

침묵

눈이 내림

동물들

과거에 대한 천사 같은 견해—중립성—

모든 경험은 똑같이 중요하고, 유일하다.(정신분석학은 자기 자신의 경험을 판단하고 과거를 판단할 수 있게 해 준다.)

……

각 세대는 영성을 재창조해야 한다.

열렬한 이성

가장 위대한 주제: 자아의 초월을 추구하는 자아 (『미들마치』, 『전쟁과 평화』)

자기—초월(혹은 변신)의 모색—완벽한 표현성을 허락하는 무지의 구름(이에 대한 세속적 신화)

"나"에 대하여:

WE('우리'를 지칭하는 대명사)의 사용

결혼한 부부

국왕이 스스로를 칭할 때(짐)

뉴스 방송

간호사—환자(유모—아이) 관계: "우리 오늘 좀 짜증을 잘 내네?" "아, 우리 열이 높네요?"

부모의 "우리": "우리는 언제나 네게 최선이 무엇일까 생각한다."

나환자촌 발견.

과학소설은 최후의 스토리텔링(타자성, '데페이즈망'[익숙한 환경에서 벗어나 낯선 곳에 떨어진 느낌]을 인식하게 한다.)

……

"레시récit"[2] 형식의 필연성: 왜냐하면 "I"가 복수이므로.

해리된 의식(예. [사르트르 작] 『말*Les Mot*』) 스스로를 보고, 스스로의 관객이 된다.

행동하다 > "행동하다"
대리인 > "대리인"

"나"는 나 자신의 역할을 연기하고 있다.

미래에는, 사람이 전선으로 재연결되고, 다시 프로그램될지도 모른다—더 큰 희열, 더 많은 휴식—약에 의해—파괴적인 연상들은 끝장남 [/] 자발적, 선택적 기억상실.

LSD: 엄청난 광각 렌즈: 평면화하면서 심도가 소실된 관점(멀리 떨어진 것들이 손으로 잡힐 듯 보임)

……

저활력의 인간(20와트의 성격)—예. [시어도어 드라이저의 소설] 『미국의 비극』—지나친 세련됨에 더해 에너지(+ 위트) 부족 > 당혹감,

2. 글 또는 구두로 된 이야기.

혼절, 환희, 자가 체벌

유년기에 류머티즘에 걸린 심장—자기 자신의 몸을 잘 돌봐야 한다.

……

조화롭지 못한 상상력

몸 > 판타지가 절대적이 되면 몸을 파괴함 : s-m(사드), 마약 > 육신의 부패(버로스)

종교적 어휘로 인해 총체적 판타지에 한계가 생김—이건 이제 사라짐.

또한 몸 + 자연(사람을 '몸'으로 인식하기—예. 나무)의 비유들도 사라짐.

……

사람들로 하여금 "소설"을 오브제로 받아들이도록 이해를 구하는 게 얼마나 어려운가. 프랭크 스텔라나 래리 푼즈는 이해하면서 "하나 + 둘 + 셋 + 넷……"이라고 말하는 거트루드 스타인은 난해하다고 하는 사람들이라니…….

대다수 흥미로운 현대시는 산문시 형식이다.([앙리] 미쇼,[3] [프랑시스] 퐁쥬,[4] [블레즈] 상드라르,[5] [블라디미르] 마야코프스키[6])

……

경직된 형식이 소설에서는 무엇이 될까?

(음악 + 회화에서처럼) 수학적·추상적이 될 수는 없다. "소재"가 있다.(영화와 똑같은 문제)

소설에서 '무한한 변주'를 가질 수 있는지…….

한 가지 형식적 이상: 다중 감각. 예. 하이쿠. 『율리시즈』, [알랭 로브그리예의 소설들인] 『질투*La Jalousie*』 + 『엿보는 자*Le Voyeur*』

형식은 소재에 대해 유기적인 관계라야 한다. [앨저논 스윈번의] 『사랑의 교류』의 서간문 형식은 그 자체가 이야기다. 이야기를 서간문 형식에 담는다는 스윈번의 아이디어에 국한된 것이 아니라는 말이다. 그 이야기는 이 여자가 너무나 강력하고, 너무나 힘차서 편지

3. Henri Michaux, 1899~1984. 20세기 중반 벨기에 태생의 프랑스의 시인이자 화가. 신비주의와 광기의 교차점에 서는 독자적 시경을 개척, 현대 프랑스 시의 대표적 시인의 하나로 지목된다.

4. Francis Ponge, 1899~1988. 프랑스의 시인 겸 비평가. 시는 대개 돌멩이, 물, 스포츠맨 등 일상적이고 비근한 사물이나 현상을 제재題材로 하는 것이었는데 인간 역시 사물화事物化된다. '사물주의事物主義'라 불리는 이 시詩, 이 철학적 시도는 젊은 시인과 작가들에게 큰 영향을 끼쳤다.

5. Blaise Cendrars, 1887~1961. 20세기 전반 프랑스의 시인이자 소설가. 시의 코스모폴리터니즘(세계주의)을 확립했다. 작품은 「노브고로드의 전설」, 「완전한 세계」, 「절단된 손」 등이 있으며, 「에펠탑」(1914)은 20세기 초의 기념비적 작품이다.

6. Vladimir Mayakovsky, 1893~1930. 러시아의 대표적인 미래주의 시인 · 극작가로, 15세 때 러시아 사회민주노동당에 가입한 후 반체제 활동으로 여러 번 체포되었다. 1912년에는 동료들과 「대중의 취향에 따귀를 때려라」라는 미래주의 선언문을 담은 책을 발간하였으며, 작품을 통해 스탈린 체제의 권위주의와 새로운 경제 정책과 함께 나타난 기회주의를 풍자하였다. 대표작으로는 「배반의 플루트」(1916), 「전쟁과 세계」(1917), 「인간」(1918) 등이 있다.

들과 약간의 대면으로도 사람들의 삶을 조종하고 연인들이 야반도주하는 걸 막을 수 있다는 생각, 그 자체다. 그 이야기는 레이디 미드허스트의 수사—그 야비함, 지능, 정확성, 풍부함에 있어 너무나 유혹적이고 설득력이 있다 못해 '원격'으로도 타인을 조종할 수 있는 수사 그 자체다.

반면 토머스 포크 소재[당시 손택이 추진하고 있던 소설 프로젝트, 그러나 결국 폐기되었다.]를 서간문 형식으로 담는 것은 뜬금없었을 것이다. 그냥 마무리를 짓거나 서사의 선택들을 국한하는 방식에 불과했을 테니.("레시"에서도 그렇듯이. 물론 사람의 '사유'에 대한 경우에는 좀 얘기가 다르지만) 이야기에 유기적으로 배어들지 못했을 것이다.

……

각각의 파트가 모두 다른 스타일로 쓰인 작품? 그러나 서로 다른 스타일들 '사이의' 관계는 무엇인가? 그리고 어째서 '이런' 순서로 썼는가? 조이스는 『율리시즈』에서 이를 학문적인 관점에서 시도했다.

……

소설에서 [미셸] 푸코가 제안한 것을 해 보기—광기의 '복잡성'을 묘사하기.

제정신을 잃어버린 사람을 상상해 보라. 그는 무엇을 잃었던가? 오히려 제정신을 '멈추는' 능력이라고 해야 할까.

테러에 대한 방어로서 광기
비탄에 대한 방어로서 광기

……

상황: 부모가 특출한 아이에 대해 글을 쓰고 있다—일기나 일지를 쓴다.
J. S.[존 스튜어트] 밀 류의 아이(예. 여섯 살에 [제레미] 벤섬에게 쓴 편지)

이건 일기 형식에 대한 유기적 정당화가 될 수도 있다.

부처 같은 아이를 양육하기.

……

카프카 "진지한" 문학 최후의 스토리텔러. 거기서부터는 어디로 가야 할지 아는 사람이 하나도 없이 다들 헤매고 있다.(그저 그를 모방할 뿐)

꿈 > 사이언스 픽션

1월 5일.

소설을 영화적 용어로 생각해 보자: 클로즈업, 미디엄샷, 롱샷.

조명의 문제

사례: [윌리엄] 포크너의 "붉은 낙엽들"

***

나의 몰두, "다 꺼 놓기"—말허리 끊고 끼어들기, ○○의 이야기로 인해 떠오르는 일화나 나 자신의 기억을 말하기.

***

……

매너리즘 화가들: 자코포 폰토르모, 조르주 드 라 투르, 몽수 데시데리오, 루카 캄비아소.

***

아무도 (아니면 극소수만) 마음이 없다는 내 느낌 = 아무도 (x x) 관심이 없다는 내 느낌

43번 국도. 우리 어머니는 아름다운 것(중국 가구)을 갖고 계셨지만 관리하며 간직할 만큼은 관심이 없었다. 에바 [베를리너]는 "전집"을 살 만큼 [18세기 후기와 19세기에 걸친 독일 작가 하인리히 폰] 클라이스트에 대한 관심이 없었다.

***

매너리즘: "그 자체로서 스타일을 인식하는 것"

부스케, 26쪽 [프랑스 미술사가 자크 부스케의 『매너리즘』이 1964년 영어로 번역되어 출판되었다.]

***

……

"사람은 진실을 체현할 수 있으나 알 수는 없다."

— [W. B.] 예이츠 (마지막 편지) d. 1939

……

……털을 바짝 깎이다

……결을 파고들다

……두들겨 맞아 납작해지다

불만을 품은

박대받은

의심 많은

뿜어내다

발사하다

……에 맞지 않게 하다

애매모호한

표명된

오염시키다

자리바꿈하다

최상급의 모욕……

타락한
해산된
임시변통의
의기소침한

1월 16일. 미니애폴리스. [손택의 서른두 번째 생일]

인간적이 되기 위해서 인간성을 버리다(비인간적 행위를 저질러서)…….

원하는 것을 얻기 위해서는 본능(혹은 훈련)에 맞서야 한다는 자각을 한다는 것.

곤충은 빛을 공기, 탈출구와 동일시한다—따라서 튜브에 든 곤충은 뒤쪽 어둠속에 있는 출구를 묵살하고 반대편에 빛이 있는 유리벽에 죽을 때까지 몸을 부딪는다.

***

로브그리예: 30세까지는 생물학자

사람들과 사물들 사이의 관계에 흥미

a) 사물을 해석(인격화)하기를 거부
b) 시각적 지형적 자질들에 대한 정확한 설명을 강조(그것들을

묘사할 수 있을 정도로 엄밀한 단어들이 없기 때문에 다른 감각 양상들을 배제—오로지 그 이유로?)

***

칼[20세기 미국 시인 로버트 로웰의 학창 시절 별명. 성인이 된 후에도 친구들은 그를 그렇게 불렀다.]의 사악함이 간헐적으로 광기에 의해 일깨워졌다.

칼의 병증으로 인해 원래부터 존재하던 어떤 자질들이 두드러져 보이게 된다.

"입체적 영상"

***

그 감정들의 마개를 따다…….

디킨즈의 캐릭터들은 단일한 동기로 움직이는 꼭두각시 인형들에 유머를 "끼얹은" 것이다—인형의 성격은 곧 뼈대와 모양에 대한 연구가 된다.(그러므로 캐리커처의 역사와도 연관된다)

***

인간을 기계로 보는 관념의 역사: 매너리즘의 드로잉들, 캐리커처, [19세기 프랑스 일러스트레이터인 J. J.] 그랜드빌, 버로스, [19세기 프랑스 화가인] 페르낭 레제, [로렌스 스턴의 소설[『트리스트람 샌디』(?)

***

모든 수도는 자기 나라의 다른 도시들보다는 서로 더 많이 닮았다.(뉴욕 사람들은 세인트폴 사람들보다는 파리 사람들과 더 비슷하다.)

***

칼: 광기에 젖어, 제어하는 사람도 없이, 정상 속도보다 5배속으로 돌아가는 기계—땀을 흘리고, 방귀를 뀌고, 말들을 쏟아내고, 앞 + 뒤로 왈칵 쏠리며 비틀거리고.

***

경멸

내가 타인에게 느끼는 경멸—나 자신에 대해서는 다르다. 죄책감처럼 내면화된 건 아니다.

내가 속속들이—나빴다고 생각하는(아니면 생각해 본 적이 있는) 건 아니다. 난 내가 불완전하기 때문에 매력도 없고 사랑받지도 못한다고 생각한다. 잘못된 건 나라는 사람 자체가 아니고, 내가 '그 이상'이 못 된다는 사실이다. (더 감응하고, 더 살아 있고, 더 너그럽고, 더 사려 깊고, 더 독창적이고, 더 민감하고, 더 용감하고 등등.)

내가 겪은 가장 심오한 체험은 질책보다는, 무관심이다.

***

스타일: 사물들이 '쾌락'을 위해 설계된 것처럼 우리 눈에 보이는

방식.

***

살 것: [루드비히] 비트겐슈타인의 『철학일기』

1월 25일.

작업실이 불타 버린 일에 대한 캐롤리 슈니먼의 이야기. "나는 내 작품에 무슨 일이 일어났는지에 대해 흥미를 갖게 되었다."—어떻게 그녀가 그것을 이용했는지—

○○[누구를 말하는지 확실치 않다]은 고집불통이다—그러나 그것이 그의 캐릭터를 퇴락하게 하지는 못한다.

[미국의 배우, 극작가 겸 연극 연출가, 손택의 절친한 친구] 조 차이킨은 속내를 드러내지 않는다. 자기 안의 무언가가 나오도록 허락하기 위해서는 속내를 드러내지 않아야 한다고 생각한다.

***

매일 아침 일어날 때마다 내 옷장에 걸려 있는 옷가지처럼 바로 곁에서 낡은 감수성이 기다리고 있다 해도, 새로운 감수성을 포기하지 않기.(니체, 비트겐슈타인; 케이지; 마샬 맥루한)

***

소설:

화가

그의 작품과의 관계

"문제"의 종류들

아무개는 자기 작품이 아름답기를 바란다

불순함

객체

지도 위에서 사람들은 무엇인가*—

모든 행위는 타협이다.(사람이 원하는 것 + 가능하다고 생각하는 것 사이의 타협)

* 열등한 사람들이 평균을 낮춘다.

……

[다음의 항목들은 공책에 날짜가 적혀 있지 않지만, 1965년 1월 하순이나 2월 초반에 쓰인 게 거의 틀림없다.]

두문자 약어:

예. 레이저laser(방사의 유도 방출에 의한 빛의 증폭light amplification by stimulated emission of radiation)

성 토머스 아퀴나스: "누군가를 사랑한다는 건 오로지 그 사람이 잘 되기를 비는 것이다."

존 듀이—"문학의 궁극적 기능은 세상을 감상하는 것이다. 가끔은 분노하고 가끔은 슬픔에 젖을 때가 있겠지만, 그 무엇보다 좋은 건 운 좋게 가능한 일에 찬사를 보내는 것이다."

두에Doué["재능을 타고난"]
바스퀼레Basculer[앞뒤로 움직이다]
쿠슈 드 시니피카시옹Couches de signification["켜켜이 중첩된 의미"]

[다니엘] 드포의 특징적 형식, 의사 회고록

2월 17일.

『미국의 비극』은 뭐가 좋지?

지성(클라이드 등에 대한)

참을성 + 드라이저 상상력의 디테일함

비교하자면(톨스토이)

예술은 자양분 공급의 한 형식이다.(의식, 영령)

가끔 스테이크를 먹고 싶은가 하면, 가끔은 굴을 원한다.

에세이:

4권의 미국 책: 『피에르』
『미국의 비극』
[거트루드 스타인의] 『세 명의 인생』
『벌거벗은 점심』

[이 부분에는 동그라미를 쳐 놓았다.] 스타일

[이것도 동그라미를 쳐 놓았다.] 영매가 메시지다.

"스타일은 이름이 없더라도 위치는 가져야 한다……. 거의 찾는 일이 없다 해도 고향이 있어야 한다."

([토마스 B. 헤스] 『2번 위치*Location #2*』, 49쪽)

"오브제로서의 작품" }

"메시지로서의 영매." } 말소된 정치 이데올로기들의 우리 시대에

[로버트] 라우센버그 캔버스—아주 크다—제목은 〈액슬〉—영화적으로 조직된 파편화된 표면에 [존 F.] 케네디를 (여러 번) 묘사하고 있다.

성녀 구네군다

"사고들"을 허락하기—"오브제"를 작업하기

"스위시 팬"[7]

읽을 것:

세사르 그라나, 『보헤미안 대 부르주아: 19세기의 프랑스 사회 + 프랑스 문학인』(베이직 북스)

어빙[미국 비평가 어빙 하우]에게 물어볼 것

3월 26일.

"이봐, 눈에 보이는 대상들은 죄다 마분지 가면에 불과한 거라고."

—『모비 딕』(홀트, 라인하트, 윈스턴 출판사), 161쪽

"힙"—

7. Swish Pan. 카메라가 빠르게 수평 이동함으로써 중간 영역이 흐리게 보이는 카메라 기법. 장소 변화 및 시간 경과를 암시하는 경우에 많이 쓴다.

[이어지는 네 개의 인용은 존 윌코크, "'힙한' 사백 명" 1965년 3월 4일자 『빌리지 보이스』가 출처다.]

"'힙'하다면, 자기 시대에 존재한다는 자각과 그 시대와 소통할 수 있는 능력을 갖고 있는 거다." —[미국 시나리오 작가] 셜리 클라크)

"특정한 경험의 흐름에서 일어나야만 할 일 + 일어날 수도 있는 일에 대한 의식을 몹시 날카롭게 갖고 있는 사람이고 + 무엇이 가짜이고 허세인지에 대해 극히 예민한 사람이다."

—([미국 저널리스트] 냇 헨토프)

"정치적 + 사회적 의식…… 그리고 오늘날의 성적 혁명을 신봉하고 + 그에 참여하고 있는 사람이다."

—(피터 오를로프스키[미국 시인 앨런 긴즈버그의 연인])

***

새로운 반문학적 기구(회화, 건축, 도시 계획, 영화, 텔레비전, 신경학, 생물학, 전자공학)

버크민스터 풀러 >> 여름 요트 세미나—그리스 백만장자 독시아데스가 후원하는 "인간 거주 공학ekestics"

마샬 맥루한
레이너 밴햄
지크프리트 기디온[8]

게오르기 케페스

[여백에:] 분극화되지 않은 이름들!

{(그러나) 아니다: 해롤드 로젠버그[미국 예술비평가]—너무 정치적이다; 또는 [루이스] 멈포드—너무 정치적이고 / 또는 너무 문학적이다.}

첫 번째 열쇠: [영국 신경생리학자 겸 조직학자인] 찰스 셰링턴 경—거리(촉각형의) + 즉각적 감각들 사이를 구분.

눈은 감금된 장기—감언이설에 노출되어 있음—붙잡지 못하고, 즉자적 쾌락을 요구함.

최근의 회화(팝 아트, 옵 아트)—쿨하다; 가능한 질감을 최소한도로—빛의 색채들

색채들을 허공에 떠다니게 할 수는 없으니 캔버스를 반드시 가져야만 한다.

"에키스틱"한 집단

프로그래밍에 관심

"감각들의 혼합"

장래의 "감각들의 혼합"은 무엇일까?

8. Sigfried Giedion, 1893~1968. 스위스의 건축가. 하버드 대학 등에서 후진을 양성하면서 20세기 전반의 근대 건축 운동을 이끌었다. 근대 건축 국제회의의 서기장을 맡아 활동하기도 했다. 저서로는 『공간 · 시간 · 건축』 등이 있다.

철저히 비정치적

매슈 아놀드(배타적으로 문학적인 비평—문화 비평으로서 문학)와의 완벽한 절연

그러므로 고급 + 저급 문화 사이의 간격(매슈 아놀드적 기제의 일환)도 사라진다.

재스퍼 존스 회화나 오브제의 감정(감각)은 슈프림스[9]와 같을지 모른다.

***

팝 아트는 비틀즈 아트

***

또 다른 핵심 텍스트: 오르테가[호세 오르테가 이 가세트], "예술의 비인간화"

모든 시대는 대표적인 연령 집단이 있다—우리 시대는 청년이다. 시대의 정신은 쿨, 비인간적, 유희, 감각, 탈정치적이다.

***

재스퍼 존스 = [끌로드] 모네가 그린 뒤샹

9. The Supremes, 다이애나 로스가 리더를 맡았던 여성 보컬 그룹.

***

옵 아트 : “트롱프뢰유”[10] 키네틱 아트

감각을 프로그래밍하기.

『사이언티픽 아메리칸』만 읽어도 매달 새로운 예술 운동을 얻을 수 있을 것 같다.

***

“인쇄된 회로”—트랜지스터라디오를 가능하게 한 것.

***

“무아레moiré”[11]

***

푸르 키 튀 므 프랑Pour qui tu me prends?[“나를 대체 누구로 아는 거예요?”]

***

[다음 이어지는 글들은 낱장에 날짜 표기도 없이 쓰여 공책 뒤에 끼워져 있었다. 이들은 1965년 여름에 쓰인 게 거의 확실하다. 8월에 본 영화들의 목록이 있다.]

10. trompe l'oeil. ‘눈속임, 착각을 일으킴’이란 뜻으로 ‘속임수 그림’이라 번역할 수 있다. 실물과 같을 정도의 철저한 사실적 묘사를 말하며, 바로크 시대까지 정물화와 천정화에 사용됐다. 현재는 슈퍼리얼리즘이 이에 가까운 기법을 사용한다.

11. 기하학적으로, 규칙적으로 분포된 점, 또는 선을 포개었을 때에 생기는 얼룩무늬. 예를 들면 3색판의 인쇄로 각판을 겹쳐 찍었을 경우, 스크린 각도를 틀리게 하면 현저하게 무아레가 나타나기 때문에 스크린 각도를 바르게 정하여 무아레(물결무늬)가 생기는 것을 방지하도록 한다. 또 망판 인쇄물을 원고로 하여 망판을 복제할 경우, 또는 묘화 평판에서 필름 전사 등의 경우에도 무아레가 생기기도 한다.

순수한 내레이션(구술) >>>>	더욱 + 더욱더 복잡한 내레이션의 형식들(글!)
중국 동화	모든 걸 망쳐 놓기!
"그녀는 말이 되고 싶었다. 그래서 그녀는 말이었다."	이미 호메로스에서: 인과율에 대한 관심(예. 개연성)
일어나는 일은 선형[線形], 있는 그대로가 아닌 다른 것은 될 수 없다.	새싹 / 주선[主線]에서 돋아난다: 무엇인가는 다른 무엇과 닮았다.(직유)
내레이션은 그냥 있는(존재했던) 사건을 추적한다.	

***

……

모네의 "수련"은 거꾸로 뒤집어 놓아도 아마 별로 다를 바 없어 보일 것이다—공간은 수직화된다.

"단음 회화"(20세기)는 1880년대에 이미 나타난다.

……

[에드바르드] 뭉크의 〈키스〉—나무결이 재현된 인물보다 더 높은 수준의 현실성을 갖고 있다.

4월 20일.

더 많이 보기—(프로젝트들)

예를 들어, 색채들 + 공간적 관계, 빛

내 시각은 정제되지 못하고 둔감하다. 이건 내가 회화를 대할 때 맞닥뜨리는 고충이다.

또 다른 프로젝트: 베베른, [미국 작가 폴] 보울즈, 스토크하우젠. 레코드들을 살 것, 읽을 것, 일을 좀 할 것. 나는 몹시 게으르게 지냈다.

『파리스 리뷰』의 [미국 작가] 릴리안 [헬먼]처럼 명료하고 + 권위적이고 + 직설적으로 말할 수 있을 때까지 인터뷰는 하지 않겠다.

읽을 것(살 것): > 이번 여름 파리에서 [프랑스 작가, 작곡가이자 음악가인 앙드레] 호데이르의 책

음악에 관한 아도르노의 책

미슐레[12]에 관한 바르트의 책

아네트 [마이클슨]:

12. 쥘 미슐레Jules Michelet, 1798~1894. 프랑스의 역사가로 〈국립 고문서보존소〉 역사부장, 파리대학 교수, 콜레주 드 프랑스 교수를 역임하였다. 역사에서 지리적 환경의 영향을 중시하고 민중의 입장에서 반동적 세력에 저항하였다.

나는 "읽어야" 하는 회화를 좋아하지 않는다—그래서 플랑드르 회화(보슈, 브뤼겔)에는 별 관심이 없다—한눈에 전체 구조를 파악할 수 있기를 바란다.

현대 음악(불레즈 등)의 네오 피타고라스적 성격

총체적 구조(총체적 구조를 가지고 있는, 총체화하는)의 예술 작품에 대한 관심

……

새로운 감수성 > 더 방해되는 세심함

우오모 디 쿨투라uomo di cultura["교양인"]([20세기 이탈리아 작가 세자레] 파베세)

로젠퀴스트[미국 화가 제임스 로젠퀴스트]의 〈하얀 담배〉, 여기에는 〈키스 미 데들리〉[미키 스필레인의 범죄소설이 원작으로, 1955년 제작한 로버트 알드리치의 영화]의 죽은 밤의 시가 약간 있다.

미로[20세기 카탈루냐 화가 호안 미로]의 생체 표현(바이오모피즘)[13]

13. Biomorphism. 생태표현주의. 자연과 유기적 생체의 형태를 흐르는 듯한 선으로 변형시켜 표현한 추상예술의 현 형태. 호안 미로와 헨리 무어 등이 대표적 작가로 꼽힌다. 1936년 입체파 전시회를 기점으로 '바이오모피즘'이라는 신조어가 통용되기 시작했다.

새로운 발전: 플라스틱 기반의 물감

이미지의 스케일을 바꾸기([래리] 리버스, [로이] 리히텐슈타인, 워홀)

[19세기 영국 예술비평가 존] 러스킨: 예술 형식들은 윤리적이다…….

……

5월 20일. 에디스토 비치. [손택은 사우스캐롤라이나에 있는 재스퍼 존스의 자택을 방문하고 있던 참이었다.]

주제: 회화 + 에크리뛰르[14]

무언가가 "아주 강하다"는 건—무엇?

오브제는 중요하지 않다. 그러나 회화는 오브제다.(존스)

벌써 무언가를 '명료하게' 볼 수 있다는 건 대단한 일이다. 왜냐하면 우리는 '아무것도' 명료하게 보지 못하기 때문이다.

회화는 오브제다. 음악은 퍼포먼스다. 그러나 책은 암호다. 그건 생각들 + 감상들 + 이미지들로 옮겨 쓰여야 한다.

14. écriture, 프랑스어. 문자, 표기법, 필적

드로잉 > 유화 > 리토그래프(똑같은—세 가지 버전)

"오만한 오브제"(존스)

사람은 경험으로부터 배우지 않는다—왜냐하면 사물들의 본질은 언제나 변화하기 때문이다.

중립적 표면은 없다—무언가는 다른 무엇(해석? 기대?)과 상관관계에서만 중립적일 수 있다—로브그리예

라우센버그가 신문지, 타이어를 활용하는 방식

존스: 빗자루, 옷걸이

누군가 말했다. "[존] 케이지는 내게 텅 빈 오브제는 없다는 사실을 가르쳐 주었다."

내 흥미를 끄는 유일한 변신은 철저한 변신이다—아무리 미세한 것이라도. 난 '모든 걸' 바꿔 놓을 사람이나 예술 작품과 조우하기를 원한다.

……

5월 20일. —사우스캐롤라이나—

'초록'—참나무, 소나무, 팔메토 야자나무[15]—포슬포슬한 회녹색 스패니쉬 모스, 나무마다 나뭇가지마다 거대한 동아줄처럼 칭칭 늘어져 있는 스패니쉬 모스[16]—'빽빽하다'

대양은 차분하고 얕고 아주 따뜻하다—

한밤에 쇤베르크의 편지들을 읽기

맨발에 깡마른 흑인들이 길을 따라 걷고 있다—작은 머리들

할리우드, 사우스캐롤라이나—세계의 양배추 수도

(얼려) 서리가 낀 금속 "글래스"에 든 박하술—잔을 들려면 냅킨이 필요하다.

마당의 홍관조 한 마리—귀뚜라미들, 사이렌처럼 크레센도; 메추라기("밥화이트"[17])

개미, 각다귀, 등에, 장님거미, 뱀, 말벌(노랑+검정)

15. palmettoes, 미국 동남부산의 작은 야자나무.
16. 나무 위에서 자라는 스페인 이끼.
17. 북아메리카산 메추라기의 일종.

하얀 시트, 얇고 흰 이불호청, 하얀 벽 + 천정 (널찍한 탁자)

챙 넓고 부드러운 남자 모자 속에서 잠을 자는 커다란 우리 안의 명주원숭이("제니")

껍데기들: 소라고둥, 가리비, 대합, 굴

진흙탕 강둑—짙은 갈색의 벨벳 진흙—수천 개의 작은 구멍들 + 찬찬히 살펴보면, 그 구멍들 안 + 밖으로 종종걸음치며 들락날락한다, 수천 마리의 농게들

까마중 무리[18]: 해변 끄트머리에 자라나는 (식용) "바다 꼬리"

마당에서 자라는 바질, 차, 민트; 옻나무

작은 알루미늄 호일 깃발들을 달고 있는 텔레비전 안테나들

***

J. J.[재스퍼 존스]가 이제, 핑크 옆에 드 쿠닝[19]의 흰색을 스스로에게 허락하고 있음—한 조각

라우센버그:

18. 가시 돋친 열매가 자라는 북아메리카산 돼지풀의 일종.

19. Willem de Kooning, 1904~1997. 구상과 추상을 아우르는 추상표현주의 화가.

"회화가 변화하면서 인쇄물은 물감만큼이나 중요한 주제가 되어(나도 내 작품에서 신문지를 쓰기 시작했다.) 초점의 변화들을 유발하게 되었다. 제3의 팔레트가 생긴 것이다. 빈곤한 주제란 없다.(그림을 그리고자 하는 인센티브가 무엇이건 얼마든지 유효해진 것이다.)"

"캔버스는 결코 텅 비어 있지 않다."

"이미지들의 복제"(대칭?)

무한한 가능성들의 시

혼합—회화들, 혼합—드로잉들

"예전에 보지 못한 그림을 마주했을 때 마음을 바꾸지 않는다면, 당신이 완고한 바보이거나 그림이 아주 훌륭하지는 못한 것이다."

"나는 내가 보는 습관들을 검토하고 더욱 신선한 시각을 견지하기 위해 기존의 습관들을 반박한다. 나는 내가 하고 있는 일들에 낯설어지려고 애쓴다."

5월 22일. 에디스토 비치.

사유에 대한 소설—

이번에는 꿈들이 아니다(그것들은 내면적 성찰을 위한 메타포였고, 핑계였고—따라서 사실적으로, 심리학적인 의미가 있었던 게 아니다.) [〈은인〉에서 그랬다는 말이다]

자기 작품에 대해 사유하는 예술가

화가? 음악가?(나는 회화에 대해서는 살짝 덜 무지하다.)

작가는 아니다—예. [블라디미르 나보코프의 소설] 『창백한 불*Pale Fire*』—그때는 나보코프가 그러하듯 작품의 텍스트를 주어야 할 테니까.

……

[여백에:] 영적인 프로젝트—그러나 오브제를 만드는 일에 매여 있음(의식이 육체에 묶여 있듯이)

……

단테: 형벌이 범죄에 맞는다는 생각
칸토[20] 21 + 22 — "가고일[21] 칸토"

예술에서 '거리'라는 생각

20. Canto, 장편시의 한 부분.
21. gargoyle, 교회 건물에 붙어 있는 괴물 조각상.

당신은 얼마나 "멀리" 있을 수 있는지?

한 가지 방식은 추상을 통한 것이다—자연에서 구조의 발견—엑스레이처럼(예. [폴] 세잔)

새로운 방식—라우센버그, 존스—은 직설을 통한다—시각을 확장해 우리가 보기는 하지만 결코 보지 못하는 사물들을 강렬하게 바라보는 시선을 포함하도록 하는 것

존스의 깃발은 깃발이 아니다—
폴 [테크]의 고기는 고기가 아니다.

또 다른(?): 우연("의도"를 초월함)

회화에서 모든 건 동시에 현전한다.(음악, 소설, 영화에서는 그렇지 않다.)

"화가가 될 것이다"와 "화가이다"의 차이

회화는 일종의 제스처다—너그럽고, 과묵하고, 순결하고, 아이러니하고, 감상적이고 등등

……

5월 24일.

……

수전 T.[타우베스]: 섹스를 포기한다기보다는—그러지 않고서는 안 된다. 에로틱해진 궤도 밖에서 움직이고 싶지 않다.

……

6월 5일. 파리.

서정抒情을 거부한 카프카; 대상에 이름을 붙여 주는 것으로 충분하다.

클로소브스키[프랑스 작가이자 화가인 피에르 클로소브스키]가 번역한 중국 포르노그래피 소설(1660): 라 셰어 콤 타 디 프리에*La Chair comme tapis de prière*[기도용 깔개로서의 육신] 포베르 출판사, 1962년.

보마르셰 가의 레스토랑(21번지?): 랑클로 드 니농L'Enclos de Ninon [원문 그대로임]

……

6월 8일. 오전 7시.

25시간의 일을 마치고 나니(덱사밀—로트먼[미국 저널리스트 허버트 로트먼]과 한 시간, 그리고 나중에 〈알파빌〉[장 뤽 고다르의 영화]을 본 것 말고는 아무 방해도 받지 않았다.) 이제 좀 정리가 된 것 같다.

여기 적어도 두 개의 프로젝트가 있다:

A. 어제 오후에 쓴 신경쇠약 시퀀스를 중심으로 한 토마스 포크(아니면 다넬)에 대한 노벨라.[22]

그 속에는—슬픔, 트라우마, 지배에 대한 내용들—겁에 질린다는 것. 음침한 하숙집, 캘리포니아의 유년기 등등이 들어 있다.

B. 가능하다면, 영적인 귀족 "R"에 대한 소설. 그에게는 신경쇠약 따위는 없다.

그는 화가다. 불같은 열정이 있다.

유년기 따위는 신경 쓰지 말 것. 그냥 "있어야 할 곳에" 대한 언급만. 품위를 떨어뜨린다.

그는 밀랍 등등으로 작업한다. 누나와 친밀한 사이. 몹시 말이 짧고, 퉁명스럽다.

아무도 그의 출생지를 확실히 알지 못한다.

22. 중편 소설.

누나는 자기도 모른다고 주장한다.

부모가 능동적인 나치들이었다? 아니면 누나가? 그리고 그가 용서해 주었나?(그는 전쟁 중에 스웨덴에 있었다.)

독일적인 것: 지독한 우울, 괴팍함.

그는 무엇 때문인지 주사를 맞는다.—건강 염려증?

광기 = 행위의 결함(해방이 아니라)

나폴리 대주교(1920년대)가 말하기를, 아말피의 지진은 여자들의 치마 길이가 짧아진 데 대해 신이 분노했기 때문이라고.

〈베이비페이스〉—바바라 스탠위크 주연의 영화[알프레드 E. 그린이 1933년에 감독한 영화]—그녀는 거대한 회사를 한 계단 한 계단 밟고 올라서서 출세한다.

……

7월 16일. 파리.

분노를 동원하는 법을 아직 배우지 못했다—(호전적 감정 없이 호전적 행동을 한다.)

'분노'는 전혀 없고 (내가 사랑한다면) '상처받거나' (그렇지 않을 경우에는) 반감, '불쾌'를 느낄 뿐이다.

아무한테도 전화를 걸지 않는다. 혹시라도 그럴 수만 있다면, 내 아파트에서 나가는 사람한테 부탁해서 편지를 대신 부쳐 달라고 부탁하고 싶다—누군가 나를 위해 무엇이든 해 줄 거라 믿지 않는다—내가 모든 걸 다 하고 싶다. 그게 아니라 누군가에게 어떤 일에서든 내 대리자 노릇을 허락할 경우에는 일이 제대로 되건 말건 아예 (미리부터) 체념하고 만다.

아침 시간이 최악이다.

사람들은 마분지다, 이기적이다—그렇지만 상관없다, 난 받아들일 수 있다. "그 사람들은 개인 감정이 있어서 그러는 게" 아니니까.

지난 2년간 나는 퇴락하고 있나?—메말라 버리고, 엄혹해지고, 내성적이 되었나?

분노로 이글이글 끓고 있다. 하지만 감히 드러낼 수가 없다. 분노가 점점 더 증폭되면 나는 그냥 빠져 버린다.(아네트 등등)

미래의 이미지가 하나도 없다.

백일몽 따위를 꾸고 싶지는 않아. 뭐! 그리고 괜한 희망이나 걸어 보라고?

내 커리어는 내 자아 외부에 있는 무언가로서 내 삶이다. + 그래서 나는 그 삶을 다른 사람들에게 보고한다. 내 안에 있는 건 내 슬픔이다.

되도록 기대를 하지 않는다면 상처받지 않겠지.

……

7월 22일.

……햇빛과 수동성 사이의 관계 "내면의 눈이 멀어 버리는 날에"(클리템네스트라[아이스킬로스의 비극 〈오레스테이아〉에 나오는 인물])

8월 1일. 파리.

[손택이 기획한] 보르헤스 에세이에서, 강조할 것:

로버트 루이스 스티븐슨에게 빚진 부채(—에 관한 보르헤스의 에세이들을 볼 것)—예. "돈키호테의 작가 피에르 메나드"[보르헤스의 단편], 환상적인 이야기들.

고른 글쓰기의 개념—말의 투명성—"영도의 글쓰기degré zéro de l'écriture"[롤랑 바르트의 개념인 "영도의 글쓰기"[23]를 지칭하고 있음]

23. 롤랑 바르트가 최초에 내놓은 평론집의 이름이기도 한 "영도의 글쓰기"는 주관이 최대한 배제된 중립의 글쓰기를 말한다.

(번역된) 카프카의 전통 vs. 조이스 + 로브그리예 둘 다.

블랑쇼의 소설 『기다림, 망각*L'Attente, L'Oubli*』을 읽다.
[장] 레베르지[24]
[조르주 바타이유] 『눈 이야기*Histoire de l'Oeil*』
[피에르 루이][25] 『세 딸과 어머니*Trois Filles de Leur Mère*』

반反언어로서의 프랑스어, 그래서 블랑쇼의 소설들이…….
로브그리예의 얀센주의적 전통…….

로브그리예의 소설들은 '행동'에 대한 것이다.

8월 19일. 코르시카.

예술 = 구상적인 추상과 추상적인 구상을 만드는 것.

'음악'은 가장 순수한 역사주의를 갖고 있다(행해지는 것이고 = 다시 할 수 없다.)—가장 추상적인 예술이기 때문이다. (이런 점에서는 수학과 같다.)

[코르시카 소재] 바스티아의 정면성—똑바른 길들, 네모들—퇴색

24. Jean Reverzy, 1914~1959. 프랑스의 의사. 첫 소설 「통과*Le Passage*」로, 1954년 르노도상을 수상했다.
25. Pierre Louÿs, 1870~1925. 프랑스의 시인이자 소설가. 고답파의 영향을 받고 시를 쓰기 시작하였다. 고대 그리스를 동경, 관능적 헬레니스트로서 유미주의를 구가하였다.

된 파스텔 색채처럼 보이는 6~8층짜리 회색 건물들.

[스테판] 말라르메는 상속자가 없었다.(여성 시인 생엘름Saint-Elme을 제외한다면) — 즉 '모호한' 프랑스 시는 없다. 따라서 제라드 맨리 홉킨스가 프랑스어로 번역되면 철저히 명징해진다. 아주 프랑스적이다. 참된 아이디어는 명징하고 뚜렷한 것으로 정의(!)될 수 있다는 데카르트의 생각 말이다.

문학은 예술의 일환인가?
(사르트르 에세이를 읽다)

[에이젠슈타인의] 〈영화 형식〉 "병치"

예컨대 > 파업 노동자들의 학살 // 도살장([에이젠슈타인 작] 〈파업〉)
> 수인들의 해방 // 해빙([푸도프킨 작] 〈어머니〉)
> 독수리 // 나폴레옹([아벨 강스 작] 〈나폴레옹〉)
> 완행열차 // 달팽이([강스 작] 〈바퀴La Roue〉, 〈복수하는 코르시카인The Avenging Corsican〉)

첫 작품들 — 성체 공존 겸 감정 강화.

두 번째, 세 번째, 네 번째는 그렇지 않다: 그저 해설적.

또 다른 예. 아버지가 협박을 당한다. // 옥죄는 바이스를 찍은 샷(〈바퀴〉)

그냥 무성영화의 테크닉일 뿐인가?

***

"생략 부호"

시간에서.

공간에서. 이것이 편집의 본질이다.

***

"플래시백"

이건 언제 들어오나?

"설정숏"[26]

사람들, 사물들의 공간적 관계를 보여 준다.

……할 때는 별 큰 차이가 없다.[문장을 제대로 끝맺지 않고 생략부호를 썼다]

8월 22일.

……노엘[미국의 영화비평가이자 감독인 노엘 버치, 1951년 프랑스로 이주했다.]

26. establishiong shot, 주로 와이드 숏. 한 신의 도입부에서 장소와 위치를 설명해 주는 숏.

8월 24일.

코르시카—

—항상 두 가지 언어를 자유자재로 오가며 말하는 사람들.

—선인장; 유칼립투스 + 플라타너스; 엉겅퀴; 종려나무

—교회들 + 비계[27]를 세웠던 자국으로 규칙적인 무늬의 사각형 구멍들이 남아 있는 다른 낡은 건물들(세워졌던 방식대로; 목재 비계를 처음 건물의 형태대로 올림)

—기승을 부리는 여름 태풍; 잦은 정전

—꾸준한 인구 감소: 최근 "피에 누아르"의 본국 송환[알제리의 프랑스 정착민들, 사정에 따라 일부는 자발적으로 프랑스로 떠났으며 다른 일부는 1962년 알제리 독립의 여파로 강제 본국 송환되었다.]

—섬에서 주로 쓰이는 열 개의 이름들(아주 동종교배적이다. 마테이……)

—"마키maquis"[코르시카 내륙의 "빽빽한 잡목숲"], 모닥불.

27. scaffolding. 건축공사 때에 높은 곳에서 일할 수 있도록 설치하는 임시 가설물로, 재료 운반이나 작업원의 통로 및 작업을 위한 발판이 된다.

—오 도레자Eau d'Orezza(“pétillante”[“탄산의”], 섬 안의 천연 광천수)
시로 도르자Sirop d'orgeat(오르자[보리 음료] 시럽)

—샤르퀴트리 드 코르스Charcuterie de Corse(코르시카 지방의 햄)

—카지노: [코르시카 말로]유 캐소네U Casone

—핑크빛 도는 연한 갈색의 석조 주택들—빛바랜 빨간 타일 지붕

……

바타이유: 섹스 + 죽음, 쾌락 + 고통의 관계(예. 『에로스의 눈물』)

자신감—인간에 대한 한 가지 요점은 인간이 ‘결코’ 가면을 벗어 던지지 않는다는 사실이다. 인간은 언제나 믿음직하고, 매력적이고, 친절하고 기타 등등으로 ‘보인다.’ 그에 대한 ‘경험’을 그에 대해 ‘알게’ 되는 사실로 상쇄할 수가 없다는 말이다.

아이린: 내가 그녀를 4년 6개월 동안 겪은 ‘경험’은 무한하고 아낌없는 사랑이었다.([다이애너 케메니 등등]을 통해) 억지로 그녀에 대해 생각하려 하는 것은—그녀의 지배욕, 타인을 굴복시키고 전복하려는 욕구—간략하게 말해 내 앎은 언제나 내 경험에 의해 단락된다. 그러므로 “어떻게 그녀는 그럴 수가 있(었)지?” 등등.

앎으로 경험을 압도할 수 있나? 아니면 또 다른 경험으로 대체하

는 것만 가능한가?

아이린:

—그녀의 완벽한 장담("내 생각에는"이라든가 "이건 십중팔구 바보 같은 짓이겠지만"이라든가 "어쩌면" 따위는 없다—그저 단언이 있을 뿐.)

[여백에:] 독학자

—죄책감 + 회한으로부터 자유로운 그녀("이러면 좋겠어"라든가 "그러지 말 걸 그랬어"라든가 "난 왜 그랬을까?" 따위는 없다)

[여백에:] 즉흥성의 컬트
[노먼] 메일러의 윤리—제인, 리카르도, 메그

—그녀의 일관성

—그녀의 관용 + 기꺼이 자신을 타인의 손에 철저히 맡기는 태도

완벽한 조합: 난 그녀의 손에 나를 던졌다—

그녀는 나를 사랑한다.
그녀는 나보다 더 잘 안다.(삶, 섹스 등등에 대해)
그녀는 자신의 지식 + 그녀 자신을 기꺼이 내 처분에 맡긴다.

결과:

내가 무언가가 필요하면 가져다준다.(사실, 있는 줄도 몰랐던 욕구들을 습득한다 — 욕구들을 가지면 부탁하지 않아도 충족되니까)

우리의 의견이 일치하지 않으면, 그녀가 옳다.

내가 틀리면 그녀가 가르쳐 준다 .

내가 그녀를 도우려고 하면 — 아니면 성적 주도권을 쥐면 — 아니면 그녀의 언행을 고쳐 주거나 하면, 내가 틀리고, 서투르고, 부적절한 거다.

내가 더 나아지면 그녀를 행복하게 해 줄 것이다.

그래서 나는 받고 + 받는다 — 최고의 자양분을 얻으면서도 어쩐지 불안하고 초조하고 악에 받혀 있다.

내가 그녀를 답답하게 한다 — 그러나 그녀는 너무나 착하다, 내게 순교자처럼 대한다, 참을성 있게 = 나는 죄책감과 안주 + 불안의 감정을 오간다.

난 그녀를 행복하게 해 주고 싶다, 하지만 이건 내 쪽에서 일종의 주제넘은 짓이 되어 버렸다. 나는 어차피 자격 미달이다 — 아직은 — 그녀를 행복하게 해 줄 수 없다.

그러나 그녀는 나를 사랑한다. 왜? 내 수련 과정이 결국은 결실을 보리라 믿기 때문에 — 아니면 그녀 자신도 어쩔 수 없어서?

내가 그녀를 행복하게 해 주는 것처럼 보이지는 않는다 — 아니, 그녀를 사랑하거나. 그저 그녀가 허락해 줄 뿐이다. 전부 그녀가 하는 거다. 그녀가 성적으로 수동적이면, 나는 그녀를 취하는 게(아니면 유혹이라도 해 보는 게) 아니다. 그녀의 허락하에 나는 능동적인 역할을 연기하게 되고 + 그제야 하는 거다.

***

이 미묘하고, 낭창하고, 정교한 지배의 형식이—나를 공황에 빠진, 적의에 차고, 의존적인 어린아이로 전락시키는 이 형식이—아이린 나름대로는 '사랑'을 조달하는 방식이라는 사실을 이성적으로 논해 봤자 아무 소용도 없다. 그녀가 아는 유일한 방식일 뿐이니까.(처음에는 아낌없이 쏟아 붓는 다정함, 어루만지고 + 씻기고 + 먹이고 + 섹스 + 문제들을 살펴봐 주고 지나치다 싶은 호강을 하게 해 주고 > 기타 등등 기타 등등) 그리고 또한 강력해지는 + 자신이 약하다는 느낌을 극복하는 그녀 나름의 수단이기도 하다.('베풀기'를 통해서 그녀는 승승장구하고 + 거세한다!)

소용없다—내가 그것을 사랑으로 체험하니까.

아이린, 사랑이 넘치는 방식으로 나를 대해 준 첫 번째 사람 + 내가 감사히 사랑을 받은 유일한 사람.

나는 성생활의 완벽한 괄호 속에 남겨졌다—그녀는 내가 침대에서 형편없었기 때문에, 지금도 형편없어서 나를 거부했다—그리고 철저히 몰개성적인 게 아니라면 (심지어 한 잔의 커피라도) 사람들로부터 받는 것에 대한 끔찍한 불안감만 남았다.

***

아이린은 데이비드를 질투했다. 자신이 철저히 장악할 수 없는 내 인생의 유일한 부분이었으니까.

데이비드가 없었다면, 그녀는 오래도록 머물러 주었을까?

데이비드가 없었다면, 내가 그 4년 반의 시간 동안 죽지 않고 살아남을 수 있었을까?

한 가지는 안다: 데이비드가 없었다면, 나는 작년에 자살했을 것이다.

***

나는 공포에 질려 있었다.(하지만 그걸 몰랐다.) 지금도, 끔찍한 공포에 질려 있다.(아이린에게는 자격이 있다; 나는 아니다. 아이린은 눈이 높아서 나를 사랑하지 않는다. 나나, 대다수의 사람들이 타협하고 주저앉는 선에서 주저앉을 사람이 아니다.) 그리고 나는 계속해서 치명적인 공포에 시달린다—그녀가 분노할까 봐, 나를 떠날까 봐, 내가 어리석고 배려 없고 이기적이고 성적으로 부적절한 인간이라는 걸 그녀가 알게 될까 봐—그녀가 혹시라도 돌아오게 된다면 말이다.

지난 2년간 내가 밸도 없이 굴종한 사실에 아이린은 쾌감을 느낄까? 케메니(+노엘 버치)가 하는 얘기가 그런 거다. 나는 믿을 수가 없다—내가 사랑하는(했던) 사람인데. 그러면 그녀는 괴물일 거다—

난 늘 (최악의 경우) 그녀가 '아무' 감정도 못 느낀다고 생각했다—그녀가 기가 막히도록 딱딱해지고, 스스로 눈멀어서, 자유로워져야 한다고 생각했다—그래서 죄책감을 느끼지 않으려 한다고.

하지만 그녀가 실제로는 '쾌감'을 느낀다면 어떻게 되는 거지?

난 도저히 그게 상상이 되지 않는다—다른 사람들 눈에는 자명해 보이는 사실을.

***

말할 수 있을까: 나는 아이린에게 '실망'했다고. 내가 생각했던, 믿었던 사람이 아니라고?

아니라고?

왜?

왜냐하면 그녀가 한발 빨랐으니까—그녀가 먼저 '나한테' 실망해 버렸으니까.

***

내 "마조히즘"—이번 여름 아이린과 교환한 편지들에서 캐리커처로 그려진—은 고통을 느끼려는 욕구가 아니라 내가 고통 받는다는 사실을 시위함으로써 분노를 달래고 무관심에 생채기를 내 보려는 욕구를 반영하는 것이다.(그러므로 나는 "착하다"고. 즉 무해하다고 시위하는 거다.)

케메니가 늘 "나는 너무 착해서 상처받아."라는 이야기를 인용하

는 속뜻

엄마는 자기가 정말로 내게 상처를 준다는 걸 안다면, 나를 그만 때릴 것이다. 그러나 아이린은 우리 엄마가 아니다.

8월 25일.

망디아그[20세기 프랑스 작가 앙드레 피에르 드 망디아그]는 이제까지 쓰인 최고의 에로틱한 책 두 권이: 『눈 이야기』 + 『세 딸과 어머니』라고 말한다. 그것들은 양 극이다: 앞의 책은 절제되어 있다—단어 하나하나가 의미 있다—정결한 언어—간결하고, 군더더기 없고. 뒤의 책은 음란하고—에콩트라크트, 바바르데décontracté, bavardé["이완되고, 수다스럽고"]—끝이 없다.

N. B. 루이[『세 딸』]의 결말 부분—프리트 센 드 테아트르petites scènes de théâtre([장 주네 작] 『발코니*Le Balcon*』처럼)

바타이유 작품[『눈 이야기』]의 피카레스크 형식 (모험) vs. 루이의 방 두 개짜리 세트: 문, 침대, 계단

사우스캐롤라이나에서 밀랍으로 마네킹을 만드는 토마스 포크, 그렇지만 마네킹들은 구별이 잘 안 된다.

—교수 자신의 밀랍 인형을 미리 예시함.

어째서 나는 말하지 못하나(않나): 내가 섹스의 챔피언이 될 거라고? 하!

8월 27일. 아비뇽.

예술은 현재에서 '과거'라는 장대한 조건.(예. 건축) "과거"가 된다는 건 "예술"이 된다는 것—예. 사진들도 그렇다.

예술 작품은 소정의 '파토스'가 있다.

그들의 역사성?
그들의 쇠락?
그들의 베일에 싸인, 신비한, 부분적으로는(+영원히) 접근 불가능한 면모?
아무도 다시는 그걸 하려고 하지도 (할 수도) 없다는 사실?

아마, 그렇다면, 작품은 예술이 '될' 뿐—그 자체로 예술이 아니다.

+ 그들은 과거의 일부가 될 때 예술이 된다.

'동시대의' 예술 작품은 모순이다.
우리는 현재를 과거에 동화하나?(아니면 뭔가 다른 걸까? 몸짓, 연구, 문화적 기념품?)

비트겐슈타인 // [아르뛰르] 랭보

소명의 포기:

W. —교직, 병원 잡역부 일

R. —아비시니아

그들의 일을 하찮게 묘사—

퐁텐블로파.[28]

에로틱한 회화

"매너리즘적인"

(모든 게 젖가슴으로 귀결)

아비뇽(뮈제 칼베):

>> [자크 루이] 다비드,[29] 〈조세프 바라의 죽음Mort de Joseph Bara〉

[장 바티스트] 그뢰즈[30]

28. School of Fontainebleau painting. 이 용어는 16세기 프랑스의 퐁텐블로 성과 관련되어 하나의 양식으로 함께 작업한 일군의 작가들을 말한다. 퐁텐블로 궁에서 작업한 두 명의 가장 탁월한 이탈리아 미술가는 피오렌티노Rosso Fiorentino와 프리마티치오(Francesco Primaticcio,1505~1570)였다. 이들과 프랑스와 플랑드르 미술가들의 결합은 특별한 매너리즘 양식을 탄생시켰는데 이는 감수성과 예민한 장식적 감각, 그리고 여성적인 관능미와 창백함 우아함으로 대별된다.

29. Jacques-Louis David, 1748~1825. 프랑스 신고전주의 화가.

30. Jean-Baptiste Greuze, 1725~1805. 프랑스의 화가. 일반 시민 생활을 묘사하는 데 힘썼다. 의상, 실크나 레이스 등의 섬세한 질감의 표현은 대중적인 생활화가로서의 그의 위치를 굳혔다.

[장 오노레] 프라고나르[31]

[장 바티스트 시메온] 샤르댕[32](예. 루브르 박물관에)

[프랑수아] 부셰[33]

[앙트완] 와토[34]

[A. J. T.] 몽티셀리[35] + [J. M. W.] 터너[36] — 인상파의 전신

***

"영 도^{0} Degree"의 글쓰기: 꿰뚫어 본질을 보다, 본질은 "데페이즈망 dépaysant"["방향감각을 교란"시킨다]

예. SF 소설들

"영 도"의 영화들

예. B급 영화들 — 형식적 정교함이 전혀 없고, 대신 주제의 폭력이 있음.

매체는 투명하다.

소설, 서사, 텍스트 (지금 두 개의 유효한 전통 또는 가능성들)

31. Jean-Honore Fragonard, 1732~1806. 프랑스의 풍속화가. 로마에서 유학하고 돌아와 아이와 여인 등을 소재로 한 풍속화를 주로 그렸다. 동판화에 재능을 보이기도 했다. 〈음악 레슨〉, 〈목욕하는 여인들〉 등의 작품이 있다.

32. Jean-Baptiste-Siméon Chardin, 1699~1779. 프랑스의 화가. 정물화, 풍속화, 초상화로 유명.

33. François Boucher, 1703~1770. 프랑스 로코코 미술의 전성기를 대표하는 화가.

34. Antoine Watteau, 1864~1721. 프랑스의 화가. 궁전 풍속을 비롯하여 프랑스 상류사회에서 펼쳐지던 풍속이나 취미에 적합한 작품으로 로코코 미술 특유의 테마와 정서 확립에 기여.

35. A. J. T. Monticelli, 1824~1886. 이탈리아계 프랑스의 화가. 선묘線描에 의하지 않고 색채의 농담으로 낭만주의적인 작풍을 확립.

36. J. W. M. Turner, 1775~1851. 영국의 화가로 고전적인 풍경화에서 낭만적 경향으로 기울어져 대표작 〈전함 테메레르〉, 〈수장〉 등에서 낭만주의적 완성을 보여 주어 인상파에 큰 영향.

(1) 0도: 카프카, 보르헤스, 블랑쇼, SF [카뮈 작]『이방인』("레시")

(2) 조이스의 끝맺지 못한 유산—언어, 결, 담론의 구체성으로서의 소설—듀나 반즈, 베케트, 초기의 존 호크스, 버로스

음악

베베른의 전집을 구할 것

호데이르, 아도르노 책들

[클로드] 드뷔시—『유희*Jeux*』, 『바다*La Mer*』

……

두 개의 전통

들리기 위한 음악(점점 더 복잡해지는 형식적 구조들)

개념적 음악—작곡가는 음악이 어떻게 들릴까가 아니라 그 음악이 표현하는 개념이나 수학적 관계에 더 흥미가 있다.

케이지, 바레즈는 또 다르다. 그들은 음악이 아니라 소리(정의: 음악 = 유기적으로 조직된 소리)에 관심이 있기 때문이다.

바라케[프랑스의 실험적 작곡가 장 바라케]로 말하자면, 예컨대 마지막 시험은 어떻게 들리는가이다—라셰브스키[우크라이나계 미국인. 수학적 생물리학 학자 니콜라스 라셰브스키]에게는 그렇지 않다. 시퀀

스를 다음 시퀀스로부터 분리하는 간극이 29초, 30초 + 31초일 수도 있다—귀로는 감지할 수 없다.

전자(테이프로 녹음된) 음악으로 새로운 음악의 자원이 열린다.

……

다시 듣기 위해: [헨리] 퍼셀, [장 필립] 라보, [루드비히 폰] 베토벤의 5번, 〈바다〉, [프레데릭] 쇼팽, 후기의 [프란츠] 리스트, [프란츠] 슈베르트의 8번.

19세기는 퇴행하는 음악으로 가득하다(즉 베토벤 이후면서도 후기 베토벤을 넘어가지 못하고 있다는 얘기). 그럼에도 대단한 발전을 이룬다—예. 슈베르트—슈베르트는 생전에 실질적으로 '선율'의 가능성을 소진시켰다 해도 과언이 아니다. (순전한 음조의 멜로디) 슈베르트의 후계자들: [요하네스] 브람스, [표트르 일리치] 차이코프스키, [구스타프] 말러, [리하르트] 슈트라우스(?) 예. 〈장미의 기사Rosenkavalier〉 삼중창, 2막, 〈낙소스의 아리아드네〉 아리아들

'선율'과 '서정'을 구분.

〈장미의 기사〉 삼중창은 아마도 음악에서 '서정'의 절정일 것이다.("사랑의 죽음Liebestod"[37]을 능가한다) 그러나 그 위대함은 음성들

37. 리하르트 바그너의 오페라 〈트리스탄과 이졸데〉에 나오는 아리아.

의 대조로 인한 유희에 있다—화음, 오케스트레이션—멜로디 라인의 고양된 감정주의—슈베르트적 의미의 순전한 멜로디보다 훨씬 더 복잡한(그리고 데카당트한?) 것들이다.

철학은 예술 형식이다—사유의 예술 또는 예술로서의 사유.

플라톤과 아리스토텔레스를 비교하는 건 마치 톨스토이와 도스토예프스키, [또는] 루벤스와 렘브란트를 비교하는 것이나 마찬가지다.

옳고 그름, 참과 거짓의 문제가 아니다—서로 다른 "스타일들"이 그렇듯.

영어로 쓰인 최후의 훌륭한 소설들:

[포드 매덕스 포드] 『훌륭한 병사*The Good Soldier*』
[F. 스코트 피츠제럴드] 『위대한 개츠비』, 『밤은 부드러워』
[E. M. 포스터] 『인도로 가는 길』
[윌리엄 포크너] 『팔월의 빛』

과도기적 "소설들":

[버지니아 울프] 『댈러웨이 부인』
[듀나 반즈] 『나이트우드』
[장 폴 사르트르] 『구토』
[이탈로 스베보] 『제노의 고백』
[어네스트 헤밍웨이] 『태양은 또다시 떠오른다』

[헤르만 헤세] 『황야의 이리』

너대니얼 웨스트

새로운 "소설들":

[블랑쇼] 『나를 따라오지 않던 자*Celui qui ne m'accompagnait pas*』

[버로스] 『벌거벗은 점심』

[조이스] 『율리시즈』 + 『피네간의 경야』

초기의 호크스

[로브그리예] 『미로 안에서*Dans le labyrinthe*』

8월 28일. 마르세유.

……

두 명의 캐나다 의사가 보고했다. 둘 중 한 의사가 기증한 피부로 어느 여성 환자에게 피부 이식을 했다고—몇 차례에 걸친 최면 치료에서 이식이 확실히 잘 될 거라고 여자에게 말해 줬다고 한다.

내가 매혹되는 것:

할복

벌거벗기기

최악의 열악한 조건(『로빈슨 크루소』부터 수용소까지)

침묵, 음 소거 상태

내가 관음적으로 매료되는 것:

장애인(루르드[38]로의 순례 여행—그들은 독일에서 밀폐된 열차를 타고 온다.)

괴물

돌연변이들

A를 단순히 "주제"로서가 아니라 예술에서의 '형식'으로 활용할 수 있다—형식은 의지의 제스처다—내게 강렬한 의지가 있다면, 그 의지에 유기성이 있는 경우 문학적 텍스트"에" 효과가 있을 것이다.

A와 B는 연관이 있나? 병치되나?(처음으로 여기 그 둘을 배치하겠다는 생각이 들었기 때문이다.)

B는 사람들의 모든 축복을 보상하는 내 감수성의 가학적 요소인가?(케메니가 종종 말하듯)

A는 어떤 가학적 충동의 분출로부터도 조심스럽게 분리해 떼어낸 가학적 비전인가?

자기도 똑같은 것들을 좋아했다는 데 주목하고 섹스에서 가학적 역할을 하는 걸 좋아한다는 사실을 깨달은 X를 비교해 보라—의학책, 장애인들 구경하는 것 등등.

38. Lourdes, 프랑스 서남부 도시로 가톨릭 순례지다.

아니면 그 이상의 무언가가 있나? 예를 들어:

나 자신을 장애인과 동일시하기?

나 자신이 움찔하는지 시험해 보기?(예를 들어 음식에 관련해 어머니의 결벽에 반응한다든가)

열악한 조건에 매료되는 것—장애물, 핸디캡—장애인은 그런 상황의 '은유'인가?

나 자신에 대한 체계적 연구:

올여름 나는 경미한 폐쇄공포증을 감지한다: 작은 방 안에서 답답한 느낌, 창문을 열어야 한다는 욕구 + 레스토랑에서 창가나 문가에 앉는다든가.

다른 사람들의 약점에 대해 내가 경멸을 드러내는가?(노엘 말로는 그렇다고 한다—그가 "뱃멀미"를 하거나 + 건강 염려증을 보일 때—그렇지만 그럴 때 그도 스스로에 대해 경멸을 느낀다.)

내 조악한 ("캘리포니아") 매너가 이제 더는 쓸모가 없어졌나? (나는 품위가 떨어진다.) 권위적이고 자기 확신이 있는 사람들에게 숙이고 들어가는 내 성향에 공모하게 되었다. + 전혀 공격적이거나 경쟁적이지 않은 척 굴면서 내 공격성의 정도에 관해 사람들을 기만하는 전략을 영속시킨다.

이제 사람들을 안심시키려고 들면서—그들을 오도하는 짓을 그만둘 때다.(이번 봄 + 여름:

게오르그 [리히트하임, 독일에서 망명한 비평가이자 마르크시스트 역사가로, 손택을 사랑했다], 더웬트[당시 영국 라디오 잡지 『더 리스너』 5월호의 문학 편집자였다.], 노엘!)

8월 29일. 탕헤르.

[손택은 1965년 8월의 마지막 나날들과 9월 초반을 모로코 탕헤르에 있는 폴과 제인 보울즈 부부를 방문해서 함께 보냈다. 그때쯤 손택과 이미 사이가 멀어진 알프레드 체스터는 시내에 살면서 젊은 모로코 남자 드리스 벤 후세인 엘 카스리와 사귀고 있었다.]

……

라비 샹카르[39]

내가 편집증이 아닌 이유(심지어 반反편집증이다.) 사람을 잘 믿고, 내가 해를 끼친 적 없는 사람들의 악의는 아무리 봐도 그때마다 놀란다.(알프레드, "에드워드 필드—나디아 굴드") 나는 어린아이였을 때 심히 홀대를 받고 묵살 당했으며 남들 눈에 띄지도 않았다—아마 항상 그랬을 것이다, 아이린을 사귈 때까지. 아이린이 유일한 예외다—

심지어 박해, 적의, 질투가 내 눈에 "오 퐁au fond"[저 깊은 바닥에서는] 내가 앞으로 받게 될 관심보다 훨씬 더 주목을 받는 걸로 보인

39. Ravi Shankar, 인도 출신의 작곡가 겸 시타르 연주자.

다. 나는 낯선 타인과 지인과 예의바르게 대한 친구들의 선의를 믿는다. 내가 그들에게 그렇게 큰 의미가 있다는 믿음을 가질 수가 없으니까—그들이 내게 그만큼의 관심을 두고 있다고 믿지 못하기 때문에—그래서 예의바르게 말고 어떤 행동을 "돌려 줘야" 하는지 알 수가 없어서. 질투에 찬 판타지의 주체가 되다니……, 나는 누구지?

기억하라—아이린이 지난여름 "케이트"에게 내 존재를 말했다는 사실에 내가 얼마나 놀랐는지. 알프레드가 (방금) 내가 탕헤르에 갈 예정이라고 에드워드에게 편지를 보낼 정도로 중요한 인사로 대접해 줬으니까.

알프레드의 소설:
시간적 시퀀스 부재, 그러나 서사는 시퀀스적이다.
프로타고니스트, 즉 중심인물이 없고, 앙상블이다.

……

알프레드:

남을 윽박지르는 덩치, 매력적인 유혹자, 재사才士, 현인, 배신자—티레시아스, 오스카 와일드, 이시도어—의 저변에는 한 문장도 제대로 끝맺지 못하고, 질문 하나 제대로 대답하지 못하고, 다른 사람이 대체 무슨 말을 하는지 알아듣지도 못하는 이 히스테리투성이의 성깔 더러운 아이가 도사리고 있다.

그러나 알프레드는 언제나 신탁을 기다리고 있다.(세인트 스타니슬라우스, 아이린, 에드워드, 폴 바울즈)

이제 그는 가발을 태워 버렸고[체스터는 머리털이 한 올도 없는 대머리였다.] + 자기 거시기가 작다고 + 음모도 없다고 얘기한다. 그는 언제나 자기가 추하다는 느낌을 받았고 + 이제는 그에 대해 말하고 싶어 한다. 다른 얘기는 아예 하고 싶지도 않단다.

그가 현명했던 적이 있나? 아니면 지혜를 잃은 걸까?(그의 매력처럼 지혜도 "레퍼토리"였던 건지.) 그리고 그는 아무 의미도 없는 곳에서 "의미"를 찾는다.("상징들", 로맨스) — 유사 — 문제점들!

수전 타우베스[1969년 롱아일랜드 바다에 몸을 던져 자살했다. 손택이 시신의 신원을 확인해 주었다.]는 남이 하는 말에 집중을 하지 못한다. 그 말과 + 자기 발밑의 낙엽 사이의 관계를 이해하고 싶은데 — 그럴 수가 없어서.

유사 — 문제들!

아무것도 신비스럽지 않다, 그 어떤 인간관계도. 오로지 사랑뿐.

오늘은 알프레드에게 홀딱 반해 버렸다 — 아직도 예전 그대로인데도(+ 그리고 예전과는 달라져 버렸는데도).

왜냐하면 지금은 나 자신을 존중하기 때문이다.

나는 늘 남을 윽박지르는 인간들에게 반하곤 했다—나를 그렇게 멋지다고 생각지 않는다면 아마 대단한 사람들이 틀림없다는 생각을 했다. 날 거부한다는 건, 그들의 우월한 자질, 훌륭한 취향을 보여 주는 것이란 말이다.(해리엇, 알프레드, 아이린)

나는 나 자신을 존중하지 않았다.(나 자신을 사랑했던가?)

이제 나는 정말로 아픔을 안다. 그리고 살아남았다. 나는 혼자다 + 사랑받지도 못하고 + 사랑할 사람도 없다—내가 세상에서 가장 두려워했던 일이다. 난 바닥을 쳤다. 그리고 살아남았다.

물론, 나 자신을 사랑하지는 않는다. (언제는 그랬나!) 어떻게 그럴 수가 있단 말인가, 내가 신뢰했던 단 한 사람이 나를 거부하고 내친 마당에—내가 나 자신의 사랑받을 자격을 조정하고 + 창조할 권능을 준 그 사람이 나를 거부했는데 말이다. 나는 심오한 고독을 느낀다. 매력도 없고 단절된 느낌—예전에 한 번도 느껴 보지 못한 고독. (나는 얼마나 오만하고 + 천박했던가!) 도저히 사랑해 줄 수 없는 사람 같은 느낌이 든다. 그러나 나는 그 사랑해 줄 구석 없는 병사를 존중한다—살아남고자 고군분투하고, 정직하고자 그저 명예롭고자 고군분투하는 병사를. 나 자신을 존중한다. 다시는 나를 윽박지르는 인간에게 빠지지 않을 것이다.

……

『은인』: "예언자의 초상화"!

제인 [보울즈][+ 셰리파 [보울즈의 모로코 연인]

“그녀는 미쳤어. 그 여자 미치지 않았어, 폴?”

“도대체 입을 닥칠 줄 몰라!”

“그 여자는 노예 취급을 받고 싶어 하지 않아.”

“그 여자 몇 살이야, 폴?”

“그 여자 조금이라도 내게 더 가까이 다가오면 소리 지를 거야.”

“알잖아, 그 여자는 미개해.”

“그 여자 못생겼다고 생각지 않아?”

“그 여자 너 때문에, 네가 여기 있어서 굉장히 흥분했어. 아무나 여자만 보면 흥분한다니까.”

“그 사람들 꼭 원숭이 같아, 안 그래?”(셰리파 + 모하메드)

폴 + 그의 “친구”(택시가 왔는지 보라고 그를 내려보냈다.)

고든 [세이저]: “내가 돈을 줘야 되나?”

폴: “그러지 마. 그러면 버릇 나빠져.”

보울즈 부부

알프레드 + 드리스

아이라 코헨 + 로절린드

타기스티 + 브라이언 기신

밥 포크너(제인 B. + 존 라투슈, 삼십 대 중반의 반짝거리는 젊은이)

고든 세이저

앨런 앤슨

알렉 워 + 저민 백작, 뉴욕에서 하바나를 통해서 온 “어빙”

리즈 + 데일

찰즈 라이트 + 늙은 주정뱅이

(과거: 스타인, 듀나 반즈, 보울즈, [앨런] 긴즈버그, [그레고리] 코르소, 해롤드 노스, 어빙 로젠탈)

S—M—L:

아편—모르핀—헤로인

페요티[40]—메스칼린—LSD

[이블린 워의 소설] 『쇠퇴와 타락』 + [로널드] 퍼뱅크 + [제임스 퍼디의 소설] 『맬컴』 + [제인 보울즈 작] 『심각한 두 숙녀*Two Serious Ladies*』의 세계는 진짜 현실 세계다! 그런 사람들은 존재하고, 그런 삶을 살아간다! 여기에(보울즈 부부, 앨런 앤슨, 고든 세이저, 밥 포크너 등등)! 그런데 난 그게 다 농담이라고 생각했다—그 강박증, 그 비정함, 그 잔인함이. 그 국제적인 동성애의 스타일이—세상에, 얼마나 제정신이 아니고 + 인간적으로 추하고 + 불행한 것인가.

[미국 작가] 앨런 앤슨은 아테네의 구두닦이 소년에게 소포클레스식의 고전 그리스어로 말장난을 할 사람이다. 탕헤르에서 여름을 보내기 위한 3백 권의 책과 레코드들은 다시 궤짝으로 실어 보내야 한다. ("남자들"을 위한) 아테네—탕헤르 순회 여행.

40. 멕시코 선인장에서 채취한 환각제.

오든[앵글로 아메리칸 시인인 W. H. 오든]은 부분적으로나마(영적으로) 이 세상을 초월한 유일한 작가인가?

9월 5일. 탕헤르, 테투앙.[41]

테투앙까지 가는 길 내내 택시에서 향을 피움(엄지 + 검지 사이에 향을 들고 있었다.) (아이라 코헨, 로절린드, 나)

질 드 레[42][중세 브레튼의 기사로 아동 연쇄 살인범으로 악명이 높다.]의 이야기로 오페라 만들기.

아랍 버전의 플래퍼[43]가 찻집에 앉아 누군가가 보여 준 밀로의 비너스 사진을 보며 폭소하다 못해 울부짖고 있다.

브로케이드(은 + 금사) 실크 "카프탄"—길고(바닥까지 끌린다.) 넓게 재단되어 있으며, 긴 통소매.

키프는 뇌를 녹인다. 덱사밀은 테두리를 날카롭게 벼린다.(키프는 사람을 표류하게 한다—일 분 전 누군가 한 말을 까맣게 잊게 한다—긴 이야기나 농담은 따라가기 힘들고, 다른 사람들에 대한 반응 수위를 낮춘다.("사려 깊지" 못하게 된다. 즉, 사람들의 반응을 '기대하지' 않게 된다.)—

41. 모로코 북부의 지중해 연안 도시.
42. Gille de Rais. 『푸른 수염』의 모델.
43. Flapper. 짧은 스커트나 소매 없는 드레스를 입고 단발머리를 하는 등 종래의 규범을 거부하는 방식으로 입고 행동하던 1920년대 젊은 여성을 가리킨다.

젊은 모로코인들은 키프에게서 등을 돌리고 (“키프를 피우던 사람들은 절대 아무 일도 하지 않는다—성공도 못 하고, 야심도 없고) 알코올을 찾고 있다.(정확히 그 반대!)

코르시카의 나태함에 대한 수많은 농담들, 속담으로 나와 있다. 남의 어깨 위에 무동을 타고 전구를 끼우려는 사람 이야기. “자, 돌아 봐.”

버로스는 보르헤스처럼 박학다식에 늘 관심이 있었다.(“판타스틱한 것”에서처럼)

광기: 사유의 증식 + 융해. 밀랍 인형처럼.(토머스 포크의 이미지들)

알프레드 증후군:

전기 이미지
“나는 전선 연결이 잘못됐어.”
“전선이 틀려먹었어.”
“내가 방사능 물질 같아.”
“자동차에 도청 장치가 되어 있어—모두가 다 듣고 있어.”

기억(그가 기억하지 못하는 건 뭐든 끔찍하게 중요하게 느껴지는 모양이다.)에 대한 집착. 숫자, 우연, 동명이인 등등에 대한 강박.

마술, 텔레파시에 대한 믿음. [예컨대] 폴 보울즈가 [체스터의] 책을 썼다든가, 트루먼 카포티의 책과 뭔가 연관이 있다든가.

건망증: 5분 전에 했던 말을 잊어버림.

편집증: 뒤에서 따라오는 경찰차를 무서워함. "모두 나를 쳐다보고 있어." "왜 자동차들이 이렇게 많지?" "왜 우리가 하는 말이 다 방송되고 있는 거야?"

요람에서 바뀐 아이의 테마(알프레드: "나는 인간이 아니야."(머리카락 때문에): "나는 어렸을 때 요정이 바꿔치기한 아이야."

……

키프 = "대마초"
취한 = "약기운에 절은"
해시시 = "마리화나"

메디나에서 아침 7시에 무료 급식 시설에서 먹기. 양손으로 먹는다—그러고 나서 (주인이 작은 플라스틱 용기에 물을 받아 손을 씻으라고 따라 준다. 그 물은 양철 양동이로 받는다. + 그리고 자기가 입고 있는 앞치마 자락을 가리키며 손을 닦으라고 한다.)

벽들이 연기로 시커멓게 그을렸다—
바닥의 타일 무늬와 벽의 타일 무늬가 다르다. ("꿈의 기계") 방 창문들이 바깥의 중정으로 열린다—

『아라비안나이트』를 버튼의 번역으로 읽다.

순수. 순수한 삶을 산다는 것. 우편도, 전화도 없고, 묻지도 않고, 기다리고. 쓴 걸 전부 출판하지도 않고.(노엘은 데 포레의 사례를 인용했다.)

테투앙: 시의 스페인 구역에 있는 길고 좁은 정원. 여러 종류의 나무들.(바르셀로나의 가우디 정원) 그중에서도 특히 한 종류, 연회색 나무껍질, 아주 키가 큰 나무—줄기 + 가지들이 둥글거나 튜브 형태가 아니라 정강이뼈나 비골 두 개가 맞붙어 있는 것처럼 푹 꺼져 있다. 그리고 뿌리들이 뚝뚝 떨어져, 벽 위로 녹아내린다—넘어가서 + 옆에 있는 나무뿌리들과 한데 얽힌다.

……

라디오로 타국에 대한 의식을 갖게 됨. 탕헤르에서 작은 트랜지스터라디오로도 스페인 방송국들(세비야 등등)을 아주 또렷하게 수신할 수 있음.

……

시간을 가능성의 실현으로 보는 스콜라 학파의 정의.

내가 아주 여러 번 맞닥뜨리면서도 + 정체를 파악하지 못한(나 자신이 직접 경험한 게 아니기에) 키프의 정신세계가 있다. 조 차이킨이 그 한 예고, 아이라 + 로절린드가 또 다른 두 명이다. 속도가 느려진 것. 느긋한 태도. 만사가 똑같이 중요하고, 대단히 중요한 건 하나도 없고. 하찮은 관계들, 우연들이 대단해 보인다. 보호받는 느낌. 만물이 다 위해 주는 느낌. 다른 사람들은 초점 안으로 들어왔다 + 나간다. 말하면서 한 가지 주제에 머무는 게 어렵다—마음이 부유하고 표류한다. 식탐이 많아 자주 배가 고프다. 강력한 나른함—앉거나 누워 있고 싶다. 계획을 바꾸는 게 아주 간단하고, 순간의 기분에 따른다. 머리에 보송보송 솜이 들어서—모든 게 "아름답다"—그리고 활강해 날아갔다가 또 멀어진다.

이것이 비트 제너레이션의 정신이다—케루악에서 리빙시어터[44]에 이르기까지. 모든 "태도들"은 수월하지만—반항의 몸짓이 아니다—약에 취한 정신상태의 자연스러운 결과물이다. 그러나 약에 취해 있지 않더라도 그들과 함께 있는 사람은 누구나(아니면 그들의 책을 읽는 독자들은 누구나) 자연스럽게 그들을 자신과 같은 정신을 가진 것으로—그저 다른 주장을 펼칠 뿐인 것으로—해석하게 되어 있다. 그들이 어딘가 '다른' 곳에 있다는 걸 알아차리지 못한다.

키프를 많이 하면 절대 일하고—글을 쓰고—싶지 않을 것이다. 에너지가 빠져나가는 느낌이 든다. 그리고 격리되고, 외로운 기분에 젖는다.(그렇다고 더 불행한 건 아니지만—)

노엘?

44. The Living Theatre. 1947년 '의식의 각성을 증진하고 삶의 신성함을 강조하며 장애물을 제거할 것'을 목표로 J.벡과 J.말리나 부부에 의하여 뉴욕에서 결성되었다. 몇 개의 레퍼토리를 정해 그것을 계속 상연하는 레퍼토리 극단으로 G.스타인, L.피란델로, A.자리, T.S.엘리어트 등이 참여하였다. 주로 급진적이고 개혁적인 주제를, 혁신적 실험극을 통하여 관중에게 전달하려고 하였다.

9월 6일. 탕헤르.

일 년(13살 때) 동안 마르쿠스 아우렐리우스의 『명상록』을 언제나 호주머니에 넣고 다녔다. 죽는 게 너무나 두려웠고— + 오로지 그 책에서만 어떤 위로를, 버틸 수 있는 힘을 얻을 수 있었다. 내가 죽는 순간 손으로 만질 수 있게 언제나 갖고 다니고 싶었다.

케메니에게 내가 내린 중대 결단을 말하다—11살 때의 의식적 결단. 맨스필드[애리조나 소재의 중학교]에 입학하겠다는 결단 말이다.

카탈리나[투손의 또 다른 중학교] 같은 대재앙을 다시 겪을 수는 없었다. ([손택의 유년 시절 친구] 아빌 리디케이 등등.) "나는 인기를 끌 거야." 하지만 역시나, NHHS[노스 헐리우드 고등학교]에서 더 재능을 발휘.

외면 + 내면의 차이를 이해한다. 6살짜리한테 쇄골을 '클래비클'이라고 한다는 걸 가르치려 한다거나 [손택의 동생] 주디스에게 48개 주의 수도를 가르쳐 보려고 애써 봤자 아무 소용도 없다. (12살 때, 2단 침대를 쓸 무렵)

나는 소인국 릴리푸트의 걸리버인 동시에 + 거인국 브롭딩나그에도 있었다. 그들은 나에 비해 너무 강했고, 나는 그들에 비해 너무 강했다. 나로부터 그들을 보호하고 싶었다. 나는 크립톤 행성 출신이면서도 온순하고 예의바른 클라크 켄트였다. 미소를 짓고, "착하게" 대하고 싶었다……. 그런데 정치가 끼어들어왔다—그건 어떤 명분의 지지였을까, 아니면 불행한 의식의 소산이었을까? 다른 사람들보다 내가 "더 운이 좋았기에" 나는 죄책감을 느꼈다.(베키: 하수구를 파헤치는 고등학교 동창. 어머니의 폰티악 자동차를 몰고 UCLA로 드라이브 가던 길에 그랜드캐년에서 베키를 보았다.]

아네트는 다른 사람들, 소인들은 읽을 수 없는 존재가 되기로 결심했다.(억양, 매너, 박식의 과시) 나는 굳이 고집을 부리지 않았다. 나는 해독 가능해졌다.

***

글쎄, 자기 변혁의 프로젝트가 뭐가 잘못이란 말이야?

4인의 원로 생존 작가들:

나보코프, 보르헤스, 베케트, 쥬네

그의 정신에는 구멍이 숭숭 뚫려 있다.

"격식 차리지 않는 회화"

재스퍼[뒤샹에 대한 재스퍼 존스의 견해]: "정확성 + 무관심의 아름다움에 대한 회화"

사진이 예술인가? 아니면 그냥 영화의 사생아, 혹은 사산아인가? 노엘은 아름다운 사진을 보면 '빌어먹을, 어째서 움직이지 않는 거야?'라는 생각이 든단다.

사진

회화 ∧ ∧ 영화

(루이스 캐롤) ([앙리] 카르티에-브레송, 로버트 프랭크)

아마도 유일하게 만족스러운 부류의 사진은 회화적인, 포즈를 취한, 인위적인 것일지도 모른다.(19세기의 루이스 캐롤처럼)

영화가 일련의 사진처럼 보인다면, "벨 이마주belles images["예쁜 이미지들"]"의 나열로 보인다면, 그건 결함인가? (해리어트가 1958년 동베를린에서 [세르게이 에이젠슈타인의 1927년 영화인] 〈시월〉에 대해 말했던 것처럼 말이다.)

예. "아테네 신전"에 대한 블랑쇼의 에세이

……

노발리스…… 새로운 예술은 온전한 '책'이 아니라 파편이라는 걸 알아보았다. 파편의 예술—파편적 발화에 대한 요구, 소통을 방해하는 게 아니라 절대적으로 만드는 것(그럼으로써 과거, 폐허가 우리에게 의미와 소용을 갖게 된다.)

……

알프레드:

모든 게 문장 중간에서 하얗게 지워져 버린다—

"아무것도 없어."

"전 세계가 내가 하는 말을 듣고 있는 것 같아."

"수전, 대체 무슨 일이 일어나고 있는 거야? 굉장히 이상한 일이 벌어지고 있잖아."

"너, 나한테 뭔가 숨기고 있지?"

"나 매독에 걸린 거 같아. 아니면 암이나."

"수전, 너무 슬퍼 보인다. 그렇게 슬퍼 보이는 모습은 처음이야."

탕헤르:

붉은색 + 하얀 줄무늬의 면 치마를 입고, 하얀 면 상의를 걸친 리프 고산 지대—챙 넓은 밀짚모자 밑으로 땋은 머리 네 가닥이 내려온다—갈색 레깅스 같은 피부.

탕헤르에서는 새벽에 닭 울음소리가 들린다—마을에 온통 당나귀들burro 투성이이고, 바로 바깥에 낙타들이 있다.

메디나의 시립병원—바다를 관망하는 벽에. 요새였던 게 틀림없다. 거대한 녹슨 대포들이 안뜰에 있다.

베니 마카다—도시의 정신병원: 모든 환자에게 전기충격 요법을 쓴다.

오손 웰즈Orson Welles가 아홉 살짜리 딸에 대해 한 말: 프로페셔널이 될지도 모르겠군. 아주 착한 애고, 아주 예의가 발라. 프로페셔널리즘은 일종의 예의범절이니까…….

……

[앨런 앤슨이 말하기를] 『벌거벗은 점심』에서 서사의 하위 구조, 캐릭터 구축 + 장소 묘사가 흐릿하게 빛바래 "일상적 궤적"이 된다—반면 사람들, 장소 + 행위들의 고양된 판타지 투사는 + 마약, 질병에 대한 박식한 주해로 들어가고 + 한편으로는 사회적 관행들이 있고.

판타지의 쾌감을 만드는 건

견딜 만하게 만드는 건

대부분의 사람들에게, 대체로는—사실—판타지가 현실이 되기를 바라지 않는다는 사실이다.(섹스, 영광의 꿈 등등) 나는 판타지들이—사랑, 온기, 섹스 등등의—견딜 수 없이 고통스럽다고 느끼는데, 그 이유는 항상 그것들이 판타지에 '불과'하다는 의식을 갖고 있기 때문이다. 나는 원한다—그 갈망을 뒤집어 보지만—실제로 일어날 리 없다. 나는 원한다, 너무 많이.

[블라디미르 니지] 『에이젠슈타인과의 수업』(런던: 조지 앨런 & 언윈, 1962년)

탕헤르:

하얀 터번을 쓰고 긴 오렌지색 수염을 기른 노인(헤나 염색)

그랑수크 광장의 벵골보리수 + 낡은 대포들(1620년대)

순수한 광천수를 파는 물장수가 유리잔에 물을 따라 준다—그리고 입맛을 돋우라며 반짝이는 월계수 잎 몇 장을 띄워 준다.

하미드—드리스의 형제—깡마르고—줄무늬 잠옷 차림으로 앉아 있다—병동의 침대에 걸터앉아 두 다리를 대롱거리고 있다—콧수염—괴저가 생긴 한쪽 발에는 양말을 신고 있다—한쪽 손 손톱들은 다 헤나로 물들였다—그의 어머니 + 누이 파티마가 그에게 빵을 가져다주었다.

커다란 그릇이나 프라이팬에서 음식을 나누어 먹는 것—그것도 손으로—다들 빵을 한 조각씩 들고 찍어 먹는다.

아라비아 말로 더빙된 인도 영화들(스펙터클), 프랑스 + 스페인어로 더빙된 유럽 영화들(시네 룩스, 시네 알카자르, 시네 리프, 시네 복스, 시네 고야, 시네 모레타니아 등등)

파스퇴르 대로변의 시립 카지노

9월 7일. 탕헤르.

high = "약에 취한", "완전히 절은"

알프레드: 집 밖에서는 아예 식사를 하지 않기로 결정했다(독살당할까 두려워서). 지난밤에는 드리스의 커피도 받아 마시려 하지 않았다. 자동차도 판단다. 자기한테는 유효한 여권(사진)도 없다고 생각한다. 드리스의 시계 속에 녹음기가 숨겨져 있다면서 시계를 망가뜨렸다—

["시타"] = 아랍 말로 악마(예. 사탄)를 뜻한다—꿈속에 찾아와, 큰 소리도 지르지 못하게 만든다.

……

시골 사람들이 늦은 일요일 오후 당나귀를 타고 탕헤르를 떠나고 있다—시장 때문에 왔던 사람들이다—메디나에서 항구의 아베니다 데 에스파나로 이어지는 길이다.

……

식당에서 자기가 방금 민트 차를 가져다준 사람들에게 장미수를 뿌려 주는 웨이터—그리고 차에도 장미수를 뿌려 준다.

"나나" = 민트

"아타이" = 차

브살레마 = 안녕히(샬롬)

……

계피 + 설탕을 (별도로) 쿠스쿠스에 뿌려 먹는다.

알프레드는 자기가 양성 인간이라고 생각한다.

작년에 한 번 완전히 "뒤집어졌을" 때, 알프레드는 자기 단편집 50권을 가족 + 이웃들에게 보냈다—"그래야 그들이 나를 알지, 나는 너무 못생겨서 언제나 숨어 있었거든. 나 자신을 더 노출하고 싶었어."—심지어 14살 때 돌아가신 부친에게도 (변호사를 통해) 한 부를 보냈다.

"나는 작가로서 실패작인 것 같아. 내 책들은 팔리지 않아. 나는 생각만큼 좋은 작가가 아니야."

"있잖아, 아무도 혼자 책을 쓰지 않아. 모든 책들은 협업이야."

"나는 생각했어, '난 죽어도 싸. 유태인을 배반했으니까.' 그런데 다음날 저녁에 압살롬(라이언+리저드에서 일하는)이 말라가 와인 한 잔을 권하더라고."

……

탕헤르를 찾은 방문객들: 새뮤얼 페피스(그 일기 작가), 알렉상드르 뒤마, 피에르 로티, [니콜라이] 림스키—코르사코프, [카미유] 생상, 유제니 들라크르와, [앙드레] 지드 〉 거트루드 스타인, 듀나 반즈, 테네시 윌리엄즈, (〈카미노 레알〉의 소코치코), 폴 보울즈, 기타 등등.

포르투갈의 탕헤르 점령기(1471~1662)—1662년 샌드위치 백작의 영국 해군 + 피터버러 백작의 육군에 의해 축출됨. 영국군은 도시 대부분을 파괴한 후 1684년 후퇴—알리 벤 압달라 군대에 쫓김—그의 가문이 1844년까지 지배. 즉 "모로코인"이었음.

[앨런 앤슨이 논한] 버로스—

『부드러운 기계』: 작품 전체가 전투 배치 상황에서 일어난다(작품의 이데올로기가 우리를 지나쳐 달려가서 일회용 소모품이 되는 길로 치닫는다.) 간결하게 말해, 독창적 활력은 삶—각본을 쓰는 작가들에게 붙들리고 만다. 그들은 자아를 화려하게 치장하고자 하는 목적으로 생생한 유기체에 죽음의 패턴들을 부과한다. (삶—각본의 수준을 떨어뜨리는 건 가능하지만, 심지어 최고의 삶—각본이라도 금제를 정하며 몹시 유해하다.) 희생자들은 교대로 말하고 + 단어 + 이미지를 던짐으로써 반란을 일으킨다.

이안 소머빌의 플리커 머신
브라이언 기신의 드림 머신[45]

불이 켜진 전구가 중간에 달린 턴테이블 위에 천공 실린더를 놓고(구멍들은 일부 또는 전체가 다른 색깔의 반투명한 물질로 덮여 있을 수도 있다.) + 턴테이블을 회전하기 시작한다. 실린더를 뚫어져라 바라

45. 드림 머신Dreammachine, 플리커 머신이라고도 한다. 브라이언 기신과 이안 소머빌이 제작한 스트로보 조명 설치 미술 작품으로 구멍이 뚫린 실린더를 레코드 축음기 위에 올려 돌리고, 가운데에 조명을 설치한 형태였다.

본다.

그 결과는 컷업[46]으로 얻어지는 사운드트랙의 파편화에 등치되는 이미지 트랙의 파편화다. (또 다른 "통제"다. 세세한 규제를 가한다기보다는 암시적인 통제다. 이는 사운드 + 이미지 트랙들의 상호 연결성에 대한 고려의 초기 형태다—모음에 대한 랭보의 소네트)

새벽녘 메디나의 찻집 뒤편에서 목이 베인 채 똑바로 누워 있는 모로코인. 누군가 그의 목에 무화과 잎을 얹어 상처를 가렸다.

빌라 드 프랑스 다이닝 룸의 무한한 슬픔—"모로코식" 실내장식, 헝가리식 3인 콤보(피아노, 바이올린, 베이스 + 실로폰 위에 허리를 푹 숙이고 고꾸라져 있는 남자), "프랑스 요리", 빳빳한 중하층 계급의 영국인 관광객들 + 괴짜들(안경 끼고 붉은 안색을 한 정신 나간 독일 여자가 혼자 밥을 먹고 있다. + 음식에 대해 불만을 토로한다. 두 명의 미국 남자들, 한 사람은 거대한 머리에 약 142센티미터의 단신, 나머지 한 사람은 키가 훤칠하고 짧게 깎은 머리에 안경을 끼고 있다, 어디 이름 없는 지방 대학의 조교수처럼 나이에 걸맞지 않게 중년 같은 외모다.)—전체 풍경이 마치 1930년대 중반 〈카르파티아〉호의 2급 식당 칸처럼 보인다. 날씬한 모로코 웨이터들이 페즈[47]를 쓰고 형편없는 프랑스어로 말을 건다…….

70세의 노부인: 이집트가 10년 전 근대화를 맞았을 때 여기로 온

46. 문장이나 이미지를 조각조각 잘라내는 기법.

47. Fez, 양동이를 엎어 놓은 것 같은 챙 없는 둥근 모자. 터키 사람들이 즐겨 쓴다.

수많은 알렉산드리아 사람들 중 하나…….

일을 그만두고 + 그냥 글만 쓸(알프레드가 뉴욕에서 그랬던 것처럼) 수 없는 이유 중 한 가지는 남한테 부탁을 못 하는 성격이기 때문이다. 도저히 빚을 질 수가 없다—애걸하거나, 빌리거나 + 살기 위해 도둑질을 해야 할 때는 그래야 하는데. 독립적일 필요가 있다. 사람을 믿지 않아야 한다. 그냥 중산층의 소심함 때문만은 아니다…….

동사들: 피하다, 퍼뜨리다, 번개처럼 줄행랑쳤다, 비위를 맞췄다, 밀쳤다, 퍼덕거렸다, 흔들었다, 몸을 흔들며 시미춤[어깨와 허리를 몹시 흔드는 춤]을 추다, 줄줄 뒤를 따라갔다, 총격을 벌이다, 들썩거리다, 내뿜다, 철컹거리다, 불꽃이 튀었다, 움켜쥐었다, 쉭쉭 쉿소리를 냈다, 혀를 찼다(스페인어, 가슴이 부풀었다, 반짝이다, 공격하다, 킁킁거렸다, 스르르 미끄러졌다, 갉아먹었다, 스며들었다…….)

……

판테온(파리)에 있는 퓌비스 드 샤반의 그림.

예술가는 얼마나 많이 알아야 하는가?(코르시카의 노엘과)

자의식 vs. 타불라 라사[48]—비트겐슈타인 등등

48. 아무것도 씌어 있지 않은 종이, 즉 백지白紙라는 뜻. 이 말은 멀리 스토아학파도 썼는데, 감각적인 경험을 하기 이전의 마음의 상태를 가리킨다.

도스토예프스키는 유젠 수가 위대한 작가라고 생각했다—지금도 그렇게 생각할 수 있을까?

조지 큐커의 영화들……[그리고 전체 목록이 이어진다.]

슬랭(코크니)의 운율 맞추기: Hamsteads = Hamstead Heath = teeth, fire alarms + charms, arms, German bands + hands, loaf of bread + dead

……

탕헤르—파격적인 데페이즈망["낯선 곳에 떨어진 듯한 이질감"]의 경험을 찾는 사람들. 그런 맥락에서는 금지된 중독의 욕망을 온전히 배출할 수 있기 때문에.(소년, 마약, 술)

당신이 나가 떨어지면, 사람들은 안쓰럽게 생각할 테지만 기본적으로 무관심하다. 자기 책임이다—원래 산다는 게 그렇지 않은가?—모든 사람은 각자 알아서 살아야 한다…….

헤매다가 샤렝트[드 사드가 구금되어 있던 파리 외곽의 정신병자 수용소]으로 들어온 것만 같았다. 그렇게 외지인 같은 느낌은 처음이었다. 경악하고, 불쾌감을 느끼면서도, 매혹되었다—철저히 "데페이제dépaysé"["낯선 곳에 떨어져 방향감각을 잃은"]되고 말았다—열여섯 살 때 해리어트와 샌프란시스코에서 보낸 그 첫 주말 이후로 처음이었다.

공산주의—그 정의상—는 "데페이즈망"의 가능성을 배제한다. 이질성은 없다.(소외도 없다—명쾌하게 설명되어 사라지고, 극복해야 할 문제로 비친다.) 모든 인간은 똑같다, 형제들이다.

평범한 대화에서 내가 얼마나 개념화를 당연하게 여겼는지를, 드리스에게 말을 걸 때까지 미처 깨닫지 못하다가, "알프레드가 언제부터 이런 식이었어요?"라고 말했는데, "얼마나 오래?"와 "이런 식"이 둘 다 들어 있었다.

마리화나에 취하면, 모든 일이 두 번 일어난다. 뭐라고 말을 하면, 그 말이 자기 귀에 들린다.

……

노엘에게 보내다:

[에리히 아우에르바하] 『미메시스』
엘리아데, 『요가』
토마스 가스펠
『정거장들』
[비트겐슈타인] 『철학적 탐구』

……

에로틱한 강박에 대한 소설들: 발자크, 『황금눈을 가진 소녀*La Fille*

aux Yeux d'Or』 루이, 『여인과 인형*La Femme et le Pantin*』, 라실드, 『무슈 비너스*Monsieur Venus*』(라울은 [스탕달의] 『적과 흑*Le Rouge et le Noir*』에 나오는 마틸드의 치매 걸린 후계자다.)

[테오필 고티에 작] 『마드무아젤 드 모팽*Mlle. de Maupin*』은 어디에 배치해야 할까?

9월 9일. 탕헤르.

[이 공책에는 첫 장에 버지니아 울프의 사진이 테이프로 붙어 있고, 두 번째 장에는 프레드리히 횔덜린의 시 구절 "산다는 건 형식을 옹호한다는 것이다"를 인용한 베베른의 글이 쓰여 있다. 그리고 세 번째 장에는 발레리노 루돌프 누레예프의 사진 밑에 "다리 옆 터널에 살았다"고 쓰여 있었다.]

구아온Guaon, 젤랄라Jellalah, 하마차Hamacha >>> 트랜스—그룹들 (컬트들, 각각 다른 성스러운 대상을 모시는)

젤랄라Jellalah(아니 Djellalah인가): 다 합쳐 12명, 9명의 남자 + 3명의 여자

댄스의 절정에 이르면 (가끔) 그들은 선인장을 껴안고, 달구어진 숯을 집어 들고(먹고?) 산 암탉을 발기발기 찢어 + 먹고, 제 몸에 채찍질을 하거나 칼로 자해를 하기도 한다.

어떤 여자의 입에는 재갈을 물렸다.

한 여자가 구토를 하고 곧이어 발작적 경련을 일으키자, 또 다른 여자는 흐느껴 운다 — 중태에 빠지면 마사지를 하고, 그걸로 안 되면 인공호흡을 한다 — 그리고 물 한 잔.

다 끝나면 한 여자가 방 안의 모든 사람들에게 미소와 키스를 날리며 인사를 한다.(감사의 뜻?)

처음으로 "들어가는" 여자는 포옹을 받는다 — (여자들은 여자들이 신경을 써 주고, 남자는……) — 그리고 서서히 사람들 사이의 애정은 희박해지고 서로 예의를 차리게 된다.

삭발한 남자(흑인), 흰 터번을 벗고 + 계속 머리를 문질렀다(마룻바닥에 주저앉아서).

여자들은 길게 늘어지는 회색 옷을 입었다.

그녀는 동작에 방해되지 않게 뒤에서 옷을 벗었다.

세 가지 가능성:

독립적 단편 또는 노벨라 — "댄스" — 어떤 사건에 대해서 다루고 + 누군가가 지켜보고 있고 + 그걸 해석하려고 노력하는 ([카프카 작] "유형지에서"처럼)*

"조직"의 2부—1부의 유태인들에 맞서는 대조군(즉, 조직의 대안이 될 만한 대체물) [손택은 「조직」이라는 제목의 단편을 썼고, 1960년대 중반에 이 단편을 근간으로 그녀가 영국의 연극 연출가 피터 브룩과 미국 여배우 아이린 워스를 통해 만남을 가진 구르지예프[49]파를 어느 정도 반영한 소설을 쓰려고 시도했다.]

보간—누군가 이야기를 한다—토마스 포크에 대한 소설에서.

* 구경꾼이 궁금증을 갖는다:

1. 그것은 예술인가?
2. 아니, 그것은 심리치료다.
3. 아니, 그것은 섹스다.
4. 아니, 그것은 종교다.
5. 아니, 그것은 상업이고, 연예다.
6. 아니면 게임인가?

12명의 참가자
각각 자기 나름의 리듬을 가지고 있다.(모든 리듬은 아주 비슷하고, 뿌리가 같다—감질나게 할 수 있다—It는 누구?)

당신 차례다. 그들이 그녀를 밀쳐 앞으로 나가게 한다.

49. Georgei Ivanovitch Gurdjieff, 1877?~1944. 아르메니아 출신의 신비주의자.

어째서 그녀는 두 번째에 다시 돌아가나?

충분하지 않아서—더 필요해서(치료약이 필요하듯)
그룹이 그녀를 벌주고 있다—억지로 그런 일을 두 번 겪게 만든다(도망칠 수가 없다).
과시, 누가 가장 터프한가를 두고 경쟁이 붙어서
식탐 때문에

이걸로 할 수 있는 게 여럿 있다:

한 번은 외면에서 서술하고—다음에는 ("댄스") 내면에서 서술.

「조직」의 주인공이 2부에서 깨닫는 건, 무조건 「댄스」의 구경꾼이 제기하는 수많은 해석 중 하나가 된다.

[여기서 손택은 탕헤르에서 본 댄스로 돌아간다. 하지만 어디까지가 그녀가 실제로 목격한 내용이고, 어디서부터가 허구의 스케치인지는 분명하지 않다.]

댄서는 악기(예. 핸드 심벌즈)를 거부하고 가까이 다가들 수 있다—그래서 머리를 플루트 사이에 묻을 수도 있다.

그들은 그녀를 위해 연주하고 있다: 그들은 의미심장한 눈길을 교환한다—그들은 자신들의 힘을 느낀다—그들이 그녀를 "갖고" 있다.

가끔 그들은 연민의 마음이 드는지, 잠시 덜 격한 간주곡을 연주하기도 한다.

그녀의 눈이 감긴다—입이 헤벌어진다.

브래지어를 차고 있지 않다…….

핸섬한 회색 젤라바[50] 밑으로 빨간 줄무늬의 리프 랩스커트가 보인다. 그녀는 부끄러워하는가?

여자가 그녀에게 키스를 할 거라는 생각이 들었는데 정말 그렇게 했다.

그들은 스스로 뿌듯해 하는 눈치다…….

그들은 향(조이)을 피우고 + 향 단지를 댄서의 콧구멍 밑에 댄다. 사실 두 가지 종류의 향이 있다—하나가 더 강렬하고 + 값도 비싸다. 흥분 효과가 있나, 없나?

그들은 식료품에 대해 얘기하고 있다—그 사이 그는 "들어간다": '그들의' 리듬이 아니다. 방금 전만 해도…….

여러 지점에서 구경꾼은 성적인 흥분을 느낀다.

50. djellabah, 모로코 남녀의 전통 의상.

그들은 성인을 찬미하고 있다고, 누군가 그에게 말한다.

9월 16일. 파리.

논증을 반박하는 주된 테크닉:

모순을 찾아라.
반대 사례를 찾아라.
더 넓은 맥락을 찾아라.

(3)의 예:

나는 검열에 반대한다. 형태를 막론하고. 걸작—고급 예술—이 스캔들을 일으킬 권리만을 옹호하는 게 아니다.

그러나 (상업적) 포르노그래피는 어떻게 하고?
더 넓은 맥락을 찾는다:
바타이유 식의 관능 개념?
그렇지만 애들은 어떻게 하고? 애들한테도 검열은 안 된다? 호러 만화 등등.
날마다 신문에서 더 끔찍한 것들을 보는 애들한테 왜 만화는 안 되는지.

공정하면서/차별적인 검열이란 불가능하다.

9월 17일. 파리.

[바타이유의] 『마담 에드바르다』는 서문이 달린 단순한 레시["작품"이라는 말이 가위표로 지워져 있다]가 아니라 에세이와 레시로 된 2부작이다.

바르트, 『미슐레』

명예. 명예. 명예. 항상 최고의 모습을 유지한다는 것(레옹 모랭처럼)[레옹 모랭은 장 피에르 멜빌의 1961년 영화 〈레옹 모랭 신부Leon Morin, Pretre〉의 주인공]

못된 미국년
도덕적 기준이 높아서 남자가 결국 그에 승복하고, 사랑을 받을 "자격"을 획득하게 되는 여자(프리츠 랑의 영화 〈퓨리Fury〉에서처럼, 스펜서 트레이시 + 실비아 시드니)

두 가지 타입의 여자, 미국에만 독특하게 나타나는 신화들.

9월 17일. 뉴욕으로 가는 비행기에서.

헤밍웨이에게는, 이상理想이: "시련 속에서의 기품"

사르트르: "사람들의 의견이 서로 그토록 다른데 어떻게 같이 영

화를 보러 간단 말인가?"

[시몬 드] 보부아르: "적과 친구 모두에게 모두 웃어 주는 건 자신의 헌신을 단순한 의견의 상태로 전락시킬 뿐 아니라, 좌파와 우파를 막론하고 모든 지식인을 천박한 부르주아의 조건으로 떨어뜨리는 짓이다."

비교하기:

비탄은 그 어떤 화폐로도 환전될 수 없다.

사적인 슬픔을 환전할 수 있는 화폐는 없다.

9월 22일. 뉴욕.

1장을 어떻게 끝내지:

토머스 포크가 여동생이 마네킹이나 인형의 모습으로 나타나는 환각을 본다.

……

바로크 스타일: 기상the conceit

[리처드] 크래쇼 (시)

[지안 로렌조] 베르니니(조각) — 예. 〈성 데레사〉

10월 4일.

흑 + 백에서 컬러로 가다(영화):

[마이클 파월] 〈천국으로 가는 계단Stairway to Heaven〉

[구로사와 아키라] 〈천국과 지옥High and Low〉 — 노란 연기

[몬티 버먼과 로버트 S. 베이커] 〈잭 더 리퍼〉 — 피blood

[새뮤얼 풀러] 〈충격의 복도Shock Corridor〉

[요리스] 이벤스Joris Ivens 〈발파라이소A Valparaiso〉 3분의 2 [흑백으로] > 피 > 3분의 1 [컬러로]

[세르게이 에이젠슈타인] 〈폭군 이반Ivan the Terrible, Part II〉

[알랭 레네], 〈밤과 안개Night and Fog〉

[마이클 파월,] 〈피핑 톰Peeping Tom〉(컬러 영화; 추억[흑백]의 장면들

은 과거다.)

[다음에 나오는 영화 제목 앞에는 "추가, 1966"이라는 손택의 주석이 달려 있다.]

[세르게이] 파라자노프Paradjanov, 〈불의 말The Horses of Fire〉 [또는 〈잊힌 조상들의 그림자〉]

각 사례의 원칙을 파악하라.

래트너스Ratner's[1960년대에 유명했던 뉴욕 이스트빌리지의 델리로, 밤새도록 영업을 했다]에서 폴 [테크]와 나눈 대화.

토마스 포크의 작품:

내면 + 외면
—애벌레
—애벌레의 형태, 그러나 껍데기는 (상자, 케이스처럼) 유기적인 게 아니고 + 밝고, 다양한 색채.

변신Metamorphosis
—얼굴, 밀랍으로 빚어진—
펩진성?
늑대—인간으로 변하는 과정에서 돋아나는 털—뱀의 형상—거대함—하지만 기계화된 관객보다는 대상(대상을 감옥에 가둠으로써)에 대해 더 가학적인 예술.

주제를 철창에 가두기—관음증과의 관계, 억압된 성적 가학주의.

[여기서 손택은 토마스 포크 프로젝트로 돌아간다;]

토마스 포크는 돌연변이들, 참사의 사진들 등등을 보는 걸 즐긴다.

[손택은 슬쩍 이런 메모를 남겼다.] 모든 예술은 성적 판타지를 체현한다…….

토마스 포크는 예술 + 삶의 간극에서 행동하는 게 아니라 "삶"에 추가한다—공상의 전 계열, 전 영역에서 충족되지 않은 가능한 대안들을 취한다는 말이다—크로뮴 컬러를 목에 두르고 어깨에 아가미가 달린(참조. 〈폭발한 티켓The Ticket that Exploded〉, 버로스의 "외계인")

"그것은 존재하지 않는다. 그러므로 내가 만든다."

미국 사회의 율법주의:
최후 변론: "그게 법이다" 하면 그걸로 통한다. 법에 대한 호소는 전통, 사회 계급의 권위 등에 호소하는 것을 대체한다. 그리고 다른 어떤 나라에서도 법원이—특히 대법원이—이렇게 엄청난 권력을 휘두르지 않는다.

이 소설["토마스 포크"]에는 메시지가 없다. 그보다는 (발레리가 글뤼크의 오페라 일부에 대해 말했듯이) "감정을 움직이는" 완벽한 "메커니즘"이 있다.

감각 + 감정을 구분할 것

[손택은 이 항목 옆에 두 개의 물음표를 그려 놓았다.] "새로운 소설들은 흄Hume적이다. 잘못된 방식으로 원자론적이다."

……

카뮈 (『작가 수첩*Notebooks*』 2권: "비극적인 딜레탕트주의는 있는가?"

예술이(삶이) 내 마음을 가장 크게 움직이는 경우는: 고귀함. 이것이 브레송[프랑스 영화감독 로베르 브레송의 영화들을 말함]에게서 내가 가장 사랑하는 점이다—고귀한 존재로서 인간에 대한 관심 말이다.

"토마스 포크": 폴 니장[51]에 대한 사르트르 에세이의 고양 + 평정심

그 에세이를 다시 읽으면서 사르트르가 내게 얼마나 중요했는지 새삼스럽게 깨닫는다. 사르트르는 진정한 모델이다—그 풍부함, 명징함, 박식함. 그리고 저급한 취향까지.

51. Paul Nizan, 1905~1940. 20세기 중반 프랑스의 소설가. 급우였던 사르트르, 보부아르 등에게 사상, 견식, 인격을 통해 영향을 주었다. 여행 산문집 『아뎅 아라비아』(1931), 소설 『음모』 등이 있다.

……

10월 13일.

예술의 '형식적' 본질을 논하는 것에 반대하고 + (내 '스타일' 에세이에서 당연한 것으로 치부하는) "예술"이라는 관념 자체에 반대하는 두 논증

……

10월 15일.

포의 단편집을 구할 것!

성공의 마멸: 에너지의 분산

(예술가에게 있어) 회고적 관점이라는 대재앙; 향후의 모든 작품들이 사후 작품이 된다.

게임으로서의 예술 작품
현대 회화에서 구상의 역설
비평가: 감수성의 고갈

비평가 + 창조적 예술가 — 두 가지 다른 입장. 전자는 객관성을 배양하고(앎, 지식), 후자는 주관성(무지?)을 함양한다. 비평가는 상충되는 자극들의 폭격에 자발적으로 노출되고자 한다. 그는 열려 있는 채로 남아야 하지만, 하나의 w-o-a[work of art, 예술 작품]이 또 다른 작품과 충돌해 상쇄될 수도 있다.

〈리지아〉[1964년 영화 〈리지아의 무덤Tomb of Ligeia〉[52]을 볼 것([로저] 코먼) + 〈밀랍 인형 박물관〉[1933년 영화 〈밀랍 인형 박물관의 미스터리Mystery of the Wax Museum〉](오리지널 버전 + 빈센트 프라이스 주연의 리메이크[앙드레 드 토트가 연출한 1953년작 〈밀랍의 집House of Wax〉])

보호재가 없는 왁스가 잘생긴 얼굴의 남자를 녹인다 — 소녀를 강간하려 한다 — 소녀는 남자의 얼굴을 할퀸다 — 얼굴 피부가 벗겨진다 — 그 밑에, 괴물이 있다.

10월 17일.

가다Gadda[20세기 이탈리안 작가 카를로 에밀리오 가다]의 에너지 + 사람들에게 그가 보이는 반응의 섹슈얼리티

이제 앞으로 하려는 생활을 다 한 걸까? 이제는 구경꾼이 되어, 마음을 가라앉히고 있다. 『뉴욕타임스』와 함께 잠자리에 들려 한다.

52. 에드거 앨런 포의 단편소설을 영화화한 고전 호러 영화.

하지만 이 정도의 상대적인 평화에 진심으로 감사하는 마음이다—체념. 그 사이 저변의 공포가 자라나 딱딱하게 굳어진다. 사람이 어떻게 사랑을 할 수가 있지?

긴 회복 기간. 그건 어쩔 수 없다고 체념했다. 다이애너[케메니]의 감독 하에 내 품위와 자존감을 찾을 것이다.

찰나의 퇴행: 캘리포니아에서 온 뉴스. 주디스가 밥과 재결합했다는 소식을 듣고 나니("해피엔딩") ○○와 함께 시간을 보내는 꿈을 꾸지 않을 수 없었다.

그러나 과거를 생각해서는 안 된다. 추억을 파괴하고 전진해야 한다. 현재에 뭔가 진정한 에너지를 느꼈다면(금욕주의, 훌륭한 병사다움 이상의 어떤 감정), 미래에도 희망이 있다.

나는 사실, 만나는 사람이 없다. 폴[테크]과의 관계는 아득하게 멀어지고 가늘어져서 거의 끊어져 간다. 오늘 저녁에는 집에 머물렀다. 전화기는 울리지 않았다. 그게 내가 원했던 바가 아닌가? 이따위 사람들이 아니라…….

탐정 소설(가다, "어떤 범죄Un Crime") 모두 그의 관점으로 서술된다.

코흐[미국 작가 스티븐 코흐]의 보르헤스론:

계시의 무한한 지연(: 시의 반대; 예. 랭보: 시는 계시가 되거나 아무것도 아니어야 한다.)

[보르헤스 작] 『픽션들*Ficciones*』 = "현실" 세계의(+에 대한) 문제적 관계의 묘사들: "세계"와의 고도로 논리적인 대화의 일환; 근본적 인간 행위의 모든 범례들. (세계는 해결할 수 없는 양면성들의 패턴이고, 보르헤스의 미학은 그 한 가지 해석이다.) 철저한 양면성의 알레고리들. 통합은 오로지 미로의 끝에만 존재한다.

그러므로 보르헤스는 사유의 예술가다. 그러나 인습적인 예술―삶 구분을 거부한다.

말씀, 영원한 로고스에 대한 믿음에 근거한 커리어(참조: 칼라일, 호손, 파스칼 연구) 일련의 은유들, 무한한 퇴행의 이미지들……. 신은 무한한 퇴행이다. 신은 숨겨져 있지만 끝없는 미로와 같은 신의 깊이는 또한 그의 다양성이다.

"의미"의 문제(열정이 아니라)

예술가에게 이상적인 몰개성의 입지를 부여. (따라서 보르헤스는 종종 차갑다는 비난을 받는다.) 보르헤스는 생존하는 예술가 중 가장 위대한 사색가다.

후이징가[53][네덜란드 역사가 요한 후이징가]의 논문, 「문화사의 과

53. Johan Huizinga, 1872~1945. 네덜란드 역사가. 네덜란드 그로닝겐대학교, 레이덴대학교의 역사 교수를 지냈다. 프랑스와 네덜란드의 생활과 사상을 밝힌 『중세의 가을』(1919)로 명성을 얻었다.

업』을 읽다.

10월 18일.

토마스 포크는 히폴리트[『은인』의 주인공]와 마찬가지로 자기 집에 갇히고 만다. 유일한 차이는 새 소설에서는 그 "결정"(패배)의 강압 + 통증이 노출된다는 점이다.

그러나 여전히, 똑같은 얘기다. 늙어 가는 정부와 연상의 친구(과거)로 위장했다가 이제는 누나와 연상의 친구(지금)로 가장한, 끔찍한 부모의 손에 자유를 속박당하고 + 산 채로 껍질이 벗겨지듯 참혹한 괴롭힘을 당하는 얘기.

10월 21일.

토마스 포크너에 대한, 기막히게 멋진 제목

『눈과 그 눈의 눈*The Eye and Its Eye*』(1차 세계대전 후 초현실주의 작가 조르주 리브몽-데세뉴Georges Ribemont-Dessaignes의 책 제목)

살 것: 조르주 르메트르, 『프랑스 문학으로 본 큐비즘에서 초현실주의까지』(하버드출판부, 1947)
줄리앙 레비, 『초현실주의』(뉴욕: 블랙선출판사, 1936)

더 많은 스틸들: [손택은 영화 스틸들을 수집했다]

턱시도를 입은 디트리히

[러시아 감독 아브람 룸의 1927년 영화 중 한 장면]

〈침대와 소파〉

〈폭풍의 언덕〉[에 나오는 로렌스 올리비에]

두 가지 밀랍:

순수한 비즈 왁스: 흰색, 빛을 투과한다; 녹이면 맑고 + 투명해진다.

카노바 왁스(더 비싸다): 불투명 — 셸락 도료 같은, 연갈색 — 사금파리 같은 조각들로 판다 — 녹이면 반투명해진다 = 더 높은 온도에서 녹는다.

[살바도르] 달리: "나 자신과 광인의 유일한 차이는 내가 미치지 않았다는 점이다."

11월 7일.

피카소: "예술 작품은 파괴의 총합이다."

D. G.[리처드 굿윈. 미국 작가. 린든 존슨 대통령의 연설문 작가이자 보좌관이었으며 훗날 로버트 케네디를 위해서 일하며 1966년 노동법 초안

을 작성했다. 손택은 그와 잠시 사귀었다.]와 함께 있으면 완전히 새로운 신경증의 대륙이 항해를 하던 내 시야에 불쑥 나타났다.(아틀란티스) 지금의 나 자신이. "그들"에게 결코 그걸 빼앗기지 않을 테다. 멸절되지 않을 테다. (내가 도저히 이해할 수 없는 것! 그녀는[손택의 모친]는 내가 그저 조금 추파를 던지는 걸 보았을 뿐인데 엄청나게 그걸 과장했다.] 여자들은 내가 사람이라는 걸 받아들인다—어쨌든, 대부분은 그렇다. 재키 케네디 같은 여자들은 자기네들이 워낙 이국적이라 나한테 신경 거슬려 하지 않는다—반면 "그들"은 나를 여자로 먼저 보고, 그 다음에 사람으로 본다.

바르트가 받은 가장 큰 영향: [가스통] 바슐라르(『불의 정신분석 *Psychoanalysis of Fire*』—그리고 흙, 공기 + 물에 대한 책들)를 읽은 것, 두 번째로는 모스[프랑스 사회학자 겸 인류학자 마르셀 모스Marcel Mauss], 구조주의적 민족학, + 물론, 헤겔, 후설. 현상학적 관점의 발견. 그 다음에 무엇을 보든 + 새로운 사유를 낳게 된다. '무엇이든': 문 손잡이든, 그레타 가르보[54]든 무엇이든. 바르트와 같은 정신을 갖는다는 걸 상상해 보라—그 정신은 언제나 훌륭하게 작동한다(…) 그러나 사실 그건 블랑쇼가 시작한 것이다.

두 사람의 가장 위대하고 영향력 있는 비평가들—발레리; 그리고 블랑쇼.

54. Greta Garbo, 1905~1990. 스웨덴 출신의 미국 영화배우로 오랫동안 할리우드 MGM의 인기 스타로 있었다. 무성영화 시대의 대표작으로 〈마타하리〉, 〈안나 크리스티〉 등이 있다.

11월 8일.

〈나만의 감자 텃밭The Private Potato Patch〉[J. 로이 설리반 연출로 저드슨 포엣츠 씨어터Judson Poet's Theater에서 상연된 그레타 가르보의 연극]을 3분의 2쯤 보았을 때, 나는 가르보가 되고 싶었다.(나는 그녀를 찬찬히 뜯어보았다; 그녀와 동화되고, 그녀의 몸짓을 배우고, 그녀가 느끼는 감정을 느끼고 싶었다.)—그리고 결말에 가까워지자, 나는 그녀를 원하기 시작했다. 그녀를 성적 대상으로 생각하고, 그녀를 소유하고 싶었다. 내가 그녀를 보는 행위가 끝날 무렵이 되자—숭모는 지나가고 갈망이 찾아왔다. 내 동성애적 성향의 시퀀스인가?

조이스 애런[미국의 여배우]; 그녀는 느끼는 감정을 전부 표현한다. 즉흥적인 발산. (감정과 접점을 유지하기. 언제나 감정이 뒤처져 따라오지 않게 하기—만성적인 "에스프리 드 레스칼리에esprit de l'escalier"[55]

[손택의 단편] 「마네킹The Dummy」에서 희곡을 만들자(노래를 넣어서?). 변신들(조[조 차이킨]의 작품)

……

뉴욕에 "커뮤니티"는 별로, 아니, 아예 없지만 "풍광"의 지각은 커다랗게 자리한다. 지금 런던에서 시작된 것—지난 이삼 년 동안.

55. '층계의 정신'이라는 뜻으로, 제때 정확히 할 말을 하지 못하고 제때 감정을 느끼지 못하는 것을 말한다.

지난 이 년간 내 가장 큰 즐거움들은 팝 뮤직에서 왔다.(비틀즈, 디온 워릭, 수프림스) + 앨 카마인즈Al Carmines의 음악.

어젯밤 펠리니 파티에서 줄스 파이퍼[미국 만화가]에게 내가 소송을 하겠다고 말했다!

다음 아파트에서는, 식물들을 아주 많이, 무더기로 길러야지.

돈 앨런의 인류학, "새로운 시학을 향하여"를 위해 에세이를 쓸 것.

조[조 차이킨]는 몹시 관능적인 사람은 아니다.

딕 굿윈[리처드 굿윈]은 1) 강한 성격의 소유자이고 2) 사람들을 신중하게 판단하며 3) 자기 입으로는 남의 뒷이야기를 하지 않는 사람이라면, 그 사람이 분별력이 있다고 확실히 믿어도 된다고 말한다. 예를 들어서 릴리언 [헬먼]은 1) + 3)이지만 2)가 아니라서 테스트에 통과하지 못한다.

11월 12일.

뉴욕으로 돌아온 이후 영화들(9월 17일)

[뉴욕 영화] 페스티벌:

쿠로사와, 〈붉은 수염〉 — [토시로] 미후네

비스콘티, 〈올사의 아름다운 별Vaghe Stelle (dell 'Orsa)〉 — [클라우디아] 카르디날레

프랑쥬, 〈사기꾼 토머스Thomas L'Imposteur〉

[예르지] 스콜리모프스키, 〈부전승Walkover〉

[마르코] 벨로키오, 〈주머니 속의 주먹Pugni in Tasca〉

고다르, 〈작은 병정Le Petit Soldat〉 — [안나] 카레니나

[다른 곳에서 봄:]

[리처드] 레스터, 〈헬프〉 — 비틀즈

[장] 르느와르, 〈밑바닥The Lower Depth〉[56] — [루이] 주베, [장] 가뱅

[로만] 폴란스키, 〈혐오Repulsion〉 — 카트린느 드뇌브

비스콘티, 〈흔들리는 대지La Terra Trema〉

[아서] 펜, 〈미키 원Mickey One〉 — 워렌 비티

[프레데리크 로시프,] 〈마드리드에서 죽다To Die in Madrid〉[1960년대, 1970년대 초반에 손택의 동거인이었던 니콜 스테판 제작]

[D. W.] 그리피스, 〈포장도로의 숙녀Lady of the Pavements〉 — 루프 벨레즈

[버트 I. 고든] 〈거인들의 마을Village of the Giants〉

[오토] 프레밍거, 〈버니 레이크의 실종Bunny Lake is Missing〉 — 올리비에, 케어 덜레어

[월터 그라우먼] 〈삶의 열망A Rage to Live〉 — 수잔 플레셰트

56. 막심 고리키의 1902년작 희곡을 각색한 영화.

[잭 아놀드] 〈약소국 그랜드 펜윅의 뉴욕 침공기The Mouse that Roared〉—피터 셀러즈

[찰스 크라이튼]〈라벤다 힐 몹The Lavender Hill Mob〉—[알렉] 기네스

[클라이브 도너, 리처드 탈매지] 〈고양이What's New, Pussycat?〉—피터 오툴

펠리니, 〈영혼의 줄리에타Juliet of the Spirits〉

[존 슐레징거] 〈달링Darling〉—줄리 크리스티, 더크 보가드

스턴버그, 〈최후의 명령The Last Command〉(1928)—에밀 재닝스

프리츠 랑, 〈이유 없는 의심Beyond a Reasonable Doubt〉(1956)—데이나 앤드루스, 존 폰테인

프리츠 랑, 〈오명의 목장Rancho Notorious〉(1952)—디트리히, 멜 페러, 아서 케네디

스턴버그, 〈뉴욕의 선창The Docks of New York〉(1928)—조지 밴크로프트, 베티 콤슨, 바클라노바

[돈 샤프] 〈후만추의 얼굴The Face of Fu Manchu〉—크리스토퍼 리

[프랭클린 샤퍼] 〈군벌The Warlord〉—찰턴 헤스턴

[윌리엄 캐슬] 〈나는 네가 한 짓을 알고 있다I Know What You Did〉

머빈 르로이, 〈쿼바디스Quo Vadis〉—로버트 테일러, 데보라 커, 피터 유스티노프, 레오 겐

문제: 내 글쓰기의 '얄팍함'—문장 하나하나, 빈약하기 짝이 없다—지나치게 건축적이고, 논설적이다.

주제:

무기력한 늙은 건달의 "의례적" 살인—〈디 엘리펀트 + 캐슬〉[57] 근처 폐가의 이름 모를 도살자들이 행한 부랑자의 의례적 처형—아니면 시골 사람들의 마녀 집회, 유모차에 방기된 아기.

딸을 폭압적으로 지배하는 아버지.

근친상간적인 두 자매.

우주선이 착륙했다.

나이가 들어 가는 여자 영화배우.

맥루한—예술은 DEW(원거리 조기 경보Distant Early Warning) 체제다.

이 시점 폴[테크]의 문제: 네모난 뱀, 금속 피부, 피범벅이 된 살점. 어떻게 유기적("고기")인 것 + 반유기적인 것(사각형 실린더, 금속 + 금속 스프레이 페인트)이 병존하게 할 수 있을까.

서사에서 내 관심을 끄는 것들은:

서사의 "요소들"(나는 서사를 짧은 부분들로 쪼개는 걸 좋아한다—내가 보기에 연속적 텍스트는 문제적이다. 심지어 사기일 수도 있다.)

비본질적 디테일—리얼리티에 균열을 일으키는 것(핍진성이 아니라)

……

57. 런던 중심가의 교차로, 또는 유명한 영국식 술집의 이름. 이 일기만으로는 어느 쪽인지 확인하기 어렵다.

11월 13일.

재스퍼 존스[뒤샹에 대하여]: "정밀함의 회화와 무관심의 아름다움"

제로 존the Zero zone: 우리 무한한 기대의 영역

[로라] 라이딩 이야기 식의 프롤로그:
태초에 '조직'이 있었다—강한 사람들 + 약한 사람들

11월 14일.

그 책은 내 마음속에서 점점 명료해지고 있고, 1월까지는 초고까지 빨리 해치워 버리고 싶다. 하루에 다섯 페이지씩 쓴다면 60일이면 300페이지를 쓸 수 있다.

……

11월 16일.

……

로라 라이딩: 그녀 침대 머리맡에 붙은 구호: "신은 여자다."

……

LSD: 모든 건 썩고 분해된다(피, 세포, 철사) — 구조도 없고, '상황들'도 없고, 연루된 바도 없다. 모두 다 '물리학'이다.

……

11월 20일.

이미지 일지를 쓰자. 하루 한 장.

오늘: 휑한 흰색 무대 위에 (그림의 한 장면처럼 자세를 취하고) 미동도 하지 않는 다섯 신부, 흑인 한 명 — 우뚝 솟은 광대뼈들.

위에서 비추는 조명은 친절하고, 아래에서 비추는 조명은 잔인하다. 한 여자는, 아래에서 조명을 비추니 예순 살은 되어 보였다.

테이프 — 반향실eco chamer로 "나는 — 나는 — 나는 — 나는"

"그건 당신이 아니야."(소년의 목소리)

"그건 나야."

……

"버드"를 위하여:

18세기의 영국 소설을 보라. 경직되기 전의, 형식을. 드포,[58] [새뮤얼] 리처드슨, [헨리] 필딩, 스턴: 거기에도 "미디어"를 혼합할 수 있었을 텐데…….

58. 대니얼 드포.

소설뿐 아니라 에세이 발췌분(박식함 등등), 시, 등등.

소설의 한 가지 미래는 혼합 미디어 형식에 있다.

사례:

『율리시즈』

『벌거벗은 점심』(영화 시나리오, "박식함" 등등)

『창백한 불』(시, 주해 등등)

[버트 블레크먼의] 『옥토퍼스 문서*The Octopus Papers*』

"조직"을 혼합 미디어로 보는 건 어떨까? >

……

권태의 기능. 좋은 점 + 나쁜 점

[아르투르] 쇼펜하우어, 권태에 대해 논한 첫 번째 주요 작가(『수상록』에서)—권태를 삶의 쌍둥이 악으로 "고통"과 동등한 위상에 놓음(무산자는 고통, 유산자는 권태—이는 부의 유무와 관련된 문제다.)

사람들은 "따분해"라고 말한다—마치 그게 간청의 최종 기준인 것처럼. 그리고 어떤 예술 작품도 우리를 따분하게 만들 권리는 없다는 것처럼.

그러나 우리 시대 흥미로운 예술 작품 대다수는 '따분하다.' 재스퍼 존스는 따분하다. 베케트는 따분하다. 로브-그리예는 따분하다.

기타 등등. 기타 등등.

어쩌면 예술은 '따분해야만' 하는지도 모른다, 이제는.(물론 그렇다고 따분한 예술이 반드시 좋다는 건 아니다—당연한 얘기지만)

따분함은 집중의 여러 기능 중 하나다. 우리는 새로운 집중의 양식을 터득하고 있다—예를 들어, 눈보다 귀를 더 선호한다든가—따라서 과거에 집중하던 틀로 작업하는 한 ×를 따분하다고 느낄 수밖에 없다……. 예를 들어, 소리보다 의미를 찾으며 듣는다거나 (지나치게 메시지 지향적인 방식으로) 하면 말이다. 문자 텍스트나 음악이나 영화에서—한참 똑같은 구절, 비슷한 수준의 언어나 이미지가 반복된 후 지루함을 느낀다면, 우리는 올바른 집중의 틀을 작동시키고 있는지 따져 보아야 한다. 동시에 두 가지 틀을 구동해서 부담을 (의미와 소리) 양쪽에 나누어 실어야 할 때, '단일한' 하나의 옳은 틀만 고집하고 있을지도 모르니까.

메일러는 자신의 글이 시대의 의식을 변화시키기를 원한다고 말했다. 물론 DHL[D. H. 로렌스] 역시 마찬가지였다.

내 글은 그러길 원치 않는다. 적어도 내가 전달하려 애쓰는 특정 관점이나 비전이나 메시지와 관련해서는.

나는 그렇지 않다.

텍스트는 오브제다. 나는 텍스트가 독자에게 영향을 주기를 원한다—하지만 그 방식은 얼마든지 달라질 수 있다. 내가 쓴 글을 체험하는 단 하나의 올바른 길은 없다.

나는 "무언가를 말하는" 것이 아니다. 나는 "무언가"가 독립적인 존재(내게서 독립한 존재)로서 목소리를 내기를 원한다.

나는 오로지 두 가지 상황 하에서만 생각한다, 그러니까 진짜로 생각한다, 그건:

타자기 앞에서 또는 이 노트에 글을 쓰고 있을 때(독백)
다른 사람들에게 말하고 있을 때(대화)

글을 쓰는 수단이 없이 혼자 있거나 글을 쓰지 않을 때, 사실 나는 잘 생각하지 않는다—그저 감각을 느끼거나 파편적 생각들을 할 뿐.

나는 글을 쓴다—그리고 말한다—내가 무슨 생각을 하는지 알아내기 위해서.

그러나 그건 "내가" "정말로" 그런 "생각을 한다"는 뜻은 아니다. 그저 그게 "글을 쓰는 동안(아니면 말하는 동안)의 내 생각"이라는 뜻일 뿐이다. 내가 또 다른 날 글을 쓰거나 또 다른 대화를 나누었다면, "나"는 다르게 "생각"했을지도 모른다.

이것이 소크라테스가 일곱 번째 서신에서 "대화dialogue"와 "논문

treatise"에 대해 말한 바에 대한 가장 유용한 추론/해석이다.

목요일 저녁 MOMA[뉴욕현대미술관]에서 패널을 마친 뒤 내가 올비[미국 극작가 에드워드 올비]를 공격했다고 불평한 그 재수 없는 인간한테 해 준 말의 요지도 이거다. "난 내 견해가 옳다고 주장하는 게 아닙니다."라든가 "내가 의견을 갖는다고 해서 그게 옳다는 의미는 아니지요."

……

11월 21일.

구스타프 클림트—화가 ([구스타브] 모로와 동시대)—에로틱
작년에 구겐하임에서 전시회—카탈로그 얻어 옴.
작품 대다수는 브뤼셀 + 비엔나에 있음.

단편영화("이야기")에는 별 의미가 없다—뭐든 좋은 건 100페이지 길이는 되어야 한다.

카를로스[쿠바계 미국인 비평가이자 손택의 친구인 카를로스 클래런스]《도리안 그레이》—내가 그를 알고 지낸 세월 동안 전혀 나이를 먹는 것 같지가 않다. 더욱 경이로운 건, 더 똑똑해지는 기미도 없다는 거다.

……

볼 영화들:

〈신부 + 야수〉(1948?)—신부는 과거 역할 "룰루"에서 사실 고릴라였다.(아스타 닐센)[레오폴트 예스너의 1923작 〈지령Erdgeist〉[59]을 말한다.]

셰리던 르 파뉴[60] 〈카밀라〉([프랑스 영화감독 로제] 바딤, 〈그리고 쾌락에 죽다Et Mourir de Plaisir〉

……

11월 24일.

릴리안[헬먼]은 베키 샤프[윌리엄 메이크피스 새커리의 〈허영의 시장Vanity Fair〉에 나오는 여주인공]와 동일시했다—언제나 사람들을 꼬드겨 유혹하는 악녀가 되고자 했다.

나는 그 눈물 찔찔 짜는 여선생한테 사전을 던져 버릴 수 있었던 그녀를 향해 벅찬 흠모와 질투를 느꼈을 뿐이다. 남자들을 마음대로 조종하고 어쩌고 했던 것들은 머리에 잘 들어오지도 않았다.

59. 여성의 성적 본능과 그로 인한 남성들의 파국을 그린 프랑크 베데킨트의 4막 비극(1898년)을 영화화한 것.
60. Joseph Sheridan Le Fanu, 1814~1873. 19세기 아일랜드의 고딕 미스터리 작가.

분석: 내 눈에서 콩깍지 두세 겹이 벗겨졌다. 이제 한 백 겹만 더 떨어지면 되나?

나는 매일 새벽 두 시와 세 시 사이에 온다. 〈뉴욕타임스〉는 내 애인이다.

……

묘기: '내가' 이런 걸 하고 있다면 무슨 의미인가 묻는다. (바꿔 말해서: 그런 말이나 행동을 하는 어떤 사람을 향해서 내가 비열하다고 느끼거나 적의를 가져야 할 것인가?)

난 누가 무슨 말을 하면 말뜻 그대로 받아들인다. 글을 읽을 때처럼 말이다. 배후에 '나'에 대한 동기나 감정을 가진 누군가가 하는 말이라고 생각지 않는다. 그건 너무 주제넘다는 느낌이 든다—그래서 이렇게 "에스쁘리 드 레스깔리에esprit de l'escalier"[61]가 고질병인 모양이다.

이유

어머니의 요구 + 행동의 잘못을 인정하는 것에 대한 두려움(그렇게 되면 어머니와 적대하고, 어머니를 거부해야 하니까 + 또 나는 어디로 가겠어?)

61. 일이 다 지나가고 난 후 깨닫거나 대처하는 것. "뒷북"에 가장 가까운 표현이다.

책을 발견하면서 강화된 성향—몰개성적 소통, '나를' 향하지 '않는' 말들

객관성의 배양 > 비평적 편견: 텍스트는 작가에게서 독립적이다.

……

뒤샹: "공기 계량기를 설치하라. 공기 사용료 지불을 거부하는 사람이 있으면 공급을 끊어라."

재스퍼: "거리 표지판이 〈RUN(뛰시오)〉이라든가 〈RUN FOR YOUR LIFE(목숨 걸고 뛰시오)〉라고 쓰여 있으면 어떻게 할까?"(〈WALK(가시오)〉라는 신호등 표시가 깜박거리자 길을 건너는 여자)

……

11월 25일.

정보를 흡수하는 내 "능력"; 사실 관계를 지향하는 욕구

나는 지금 어디? 모로코(하산 2세)에 있는 인구 30만 명의 도시 탕헤르다. 예전에는 스페인령 모로코의 일부였다가 1956년까지는 자유 도시였다가 등등.

불안의 '거짓' 진정—
나는 어디 있나?

만들어지지 않은 위대한 예술들: 에이젠슈타인의 〈미국의 비극An American Tragedy〉

어렸을 때, 상영 당시 보았던 영화들:

뉴욕

〈싱싱에서 보낸 2만 년20000 Year in Sing Sing〉
〈페니 세레나데Penny Serenade〉
〈지상의 성좌Blossoms in the Dust〉
〈도버의 하얀 절벽The White Cliffs of Dover〉
〈판타지아Fantasia〉(1940)
〈천국의 사도 조던Here Comes Mr. Jordan〉
〈여자의 얼굴A Woman's Face〉
〈스트로베리 블론드Strawberry Blonde〉
〈죽음 교육Education for Death〉
〈누구를 위하여' 종은 울리나For Whom the Bell Tolls〉
〈코르시카의 형제The Corsican Brothers〉
〈백설공주와 일곱 난장이Snow White + the 7 Dwarfs〉
〈양키 두들 댄디Yankee Doodle Dandy〉
〈레베카Rebecca〉
〈오즈의 마법사The Wizard of Oz〉

〈라인의 감시Watch on the Rhine〉

〈이것이 우리의 삶인가Is This Our Life〉(1942) 자매 — [베티] 데이비스

〈의혹의 그림자Shadow of a Doubt〉

〈사하라Sahara〉

〈시민 케인Citizen Kane〉(1941)

〈위대한 독재자The Great Dictator〉

〈내 친구 플릭카My Friend Flicka〉(1943)

〈바그다드의 도적The Thief of Bagdad〉

〈양키스의 자랑Pride of the Yankees〉

〈해밀튼 부인That Hamilton Woman〉

〈북극성North Star〉

〈미세스 미니버Mrs. Miniver〉

〈영 톰 에디슨Young Tom Edison〉(1940)

〈애치슨, 토피카 + 산타페the Atchison, Topeka, + Santa Fe〉[손택이 말하고 있는 건 하비걸스(1946)의 노래 제목이다.]

1943~1946(투싼 + LA에서의 1945년 여름)

〈헌신Devotion〉 이다 루피노[62]

〈폭풍의 언덕〉

〈밀드레드 피어스Mildred Pierce〉

〈도둑맞은 삶A Stolen Life〉 — [베티] 데이비스

〈스펠바운드Spellbound〉

62. Ida Lupino, 1908~1995. 당대에 강력한 영향력을 행사했던 여배우이자 선구적 여성 감독.

〈우리 생애 최고의 해The Best Years of Our LIves〉

〈백주의 결투Duel in the Sun〉

〈밀회Brief Encounter〉

〈오명Notorious〉

〈떠오르는 해The Rising Sun〉[일출]—실비아 시드니

〈윌슨Wilson〉

〈그들에겐 각자의 몫이 있다To Each His Own〉

〈잊을 수 없는 노래A Song to Remember〉—코널 와일드, 멀 오베런(멀 오베런이 연기하는 조르주 상드)

〈버나데트의 노래The Song of Bernadette〉

〈제인 에어Jane Eyre〉

〈말타의 매The Maltese Falcon〉

〈자메이카 여인숙Jamaica Inn〉—찰스 로튼, 모린 오하라

〈가스등Gaslight〉

〈절해의 폭풍Reap the Wild Wind〉

〈카사블랑카Casablanca〉

〈도쿄 상공 30초30 Seconds Over Tokyo〉

11월 26일.

『은인』은 데카르트에 대한 명상. 그걸 잊고 있었다! 버트 드레이퍼스[손택의 친구]가 오늘 말을 꺼내기 전까지는 말이다!—지난 7년간의 인생을 문맹들과 함께 보내면서 책에 대한 지식이 필요한 그 어떤 얘기도 입 밖에 내지 않는 데 너무나 익숙해져 버렸기 때문이다.

(다른 것들도 그렇지만) 정신분석은 정말 수치스럽다. 나 자신의 진부함이 창피하다. 초라해진 기분이다. 내가 정신분석에 대해 "사적"이기보다는 "직업적"인 관계를 유지하는 데 골몰하는 이유 중 하나다.

안다는 건 '체현된' 의식(단순한 의식이 아니라)과 관련이 있다.—이것은 데카르트 + 칸트로부터 후설 + 하이데거까지 현상학에서 홀대받은 중요한 주제인데—사르트르 + 메를로-퐁티[20세기의 프랑스 철학자 모리스 메를로-퐁티]가 다시 화두로 삼기 시작했다.

몸(인간)은 무엇인가?—그것은 앞 + 뒤, 위 + 아래, 왼쪽 + 오른쪽을 갖고 있다—공간에서 '전방'으로 움직인다는 점에서 기능적으로 불균형하다.

몸과 건물의 관계.(무엇이 몸의 의식을 충족시키는가—예를 들어, 앞으로 나아가는 움직임을 방해하는 장애물이나 파편이 없다든가.) 참조. 제프리 스코트의 〈휴머니즘의 건축Architecture of Humanism〉 마지막 장.

11월 29일.

재스퍼와의 주말[손택은 그해 초에 재스퍼 존스와 사귀기 시작했다.]

'말해진' 것들 중에 참은 없다.(말이 진실이 '될' 수는 있어도)

긴 침묵들. 말은 더 무겁고, 손에 잡힐 듯 물성을 띤다. 말수를 줄이면 공간을 차지하는 물적 존재로서의 나를 느낀다.

말해진 모든 것들에 대해 "왜?"라는 질문을 던질 수 있다.("왜 내가 그런 말을 해야 해?"도 포함)

재스퍼와 있으면 모든 것이 신비로워진다. 나는 사유한다—단순히 의견을 갖거나 정보를 주(거나 요청하)는 것이 아니다.

지성이 반드시 좋은 것이라거나, 값지게 여기고 배양해야 하는 무엇은 아니다. 오히려 다섯 번째 바퀴 같은 것이다—뭔가 고장났을 때는 필요하거나 바람직한 것이다. 만사가 잘 돌아갈 때는 멍청한 편이 낫다……. 어리석음은 지성만큼이나 값진 것이다.

일반화하지 말기. 이러지 말 것: 나는 언제나 또는 대개 이런저런 일을 한다, 하지만: 그때는 그랬다. 그리고: 미래의 행동을 예측하지도 말 것. 그 상황에서 어떤 행동이나 감정을 느낄지 모르니까. (아니면: 상황이 어떨지도 모른다.) 그리고 다른 사람들을 유도해서 그들 자신에 대해 일반화하게 만드는 일도, 절대, 절대로 하지 말라.

좋은 질문: 이 남자는 (지금) 무엇을 하고 있나? 당신은 (지금) 그것을 원하는가? 등등.

피드백의 불쾌함—내 작품에 대한 다른 사람들의 반응들, 흠모하건 적대하건 상관없이. 그에 대해 반응하고 싶지 않다. 지금도 나는 충분히 비판적이다(+ 뭐가 잘못됐는지는 내가 더 잘 안다.)

예술 작품에 대해서 "아름답다"고 말하는 것의 좋은 점은 그 말을 할 때 아무 말도 하지 않는다는 사실이다.

나는 멍청한 기분이 드는 게 좋다. 그런 식으로 세상에는 나를 넘어서는 것들이 많다는 걸 알게 되니까.

제발 저리로 좀 가. 이런 말을 한다는 건 대체 무슨 의미일까? 어디로 가라고?

너한테서 악취가 나니까
네 사진을 찍고 싶으니까
너하고 공놀이를 하고 싶으니까
저 서까래가 네 머리 위로 확 떨어져 버렸으면 좋겠으니까

재스퍼는 뭐든 결정되는 걸 좋아하지 않는다. (코즐로프[미국 비평가 맥스 코즐로프]의 기사: 뒤샹은 이렇고 존스는 저렇고; 뒤샹은 이렇고 존스는 저렇고.) 그러면 종결되어 닫혀 버리니까.
닫혀 있는 게 아니라고 결정하면, 그렇지 않은 거다.

G[거트루드] 스타인으로부터—

고전이 되는 건 예술 작품의 운명이다. 고전의 주요 특징은 아름답다는 것이다.

그러나 죽은 물건이 되는 것 역시 예술 작품의 운명이다.

"예술"(+"예술 작품")은 "자연"만큼이나 자의적이고 + 인위적인 범주다—회화 + 소설은 공통점이 거의 없다—산 + 흐르는 냇물 사이의 공통점을 찾으려는 거나 다를 바 없다.

생체공학(동물의 행동 + 감각을 도구적 또는 기술적 대응물과 등치하려고 하는 신과학)

(식물 + 동물에서) 생물발광Bioluminescence

12월 3일.

지난 주에 본 영화들:

폰 스턴버그 작 〈썬더볼트Thunderbolt〉—조지 밴크로프트

***** [자크] 드미, 〈셸부르의 우산The Umbrellas of Cherbourg〉

[그레고리 라토프][63] 〈오스카 와일드Oscar Wilde〉

[케네스 G. 크레인] 〈녹색 지옥에서 온 괴물Monster from Green Hell〉

[케네스 G. 크레인과 이시로 혼다] 〈반인Half Human〉[혐오스러운 눈사람의 이야기]—토호[일본 영화 제작사]

[칼] 드레이어,[64] 〈오데트〉

브레송, 〈잔다르크의 재판Procès de Jeanne D'Arc〉

리카르도 프레다, 〈테오도라, 노예들의 여황제Theodora, Empress of

63. Gregory Ratoff, 1897~1960. 러시아 영화감독.

64. Carl Theodore Dreyer, 1889~1968. 유럽 여러 나라에서 활동한 덴마크 최고의 영화감독. 날카로운 직관과 객관을 통해 영화를 표현하였고 무성영화 시대 마지막 작가로 평가받는다.

Slaves〉(1954)(—로버트 햄튼)

라파엘 전파pre-Raphaelite의 무대와 의상

[허셸 고든 루이스], 〈피의 만찬Blood Feast〉

********* 데이비드 린, 〈위대한 유산Great Expections〉

********* 존 포드, 〈밀고자The Informer〉

가 볼 곳:

윈체스터 미스터리 하우스(캘리포니아 산호세)

브루클린 소재 롤라 몬테즈[65]의 묘지

비엔나의 공공 건물 + 주택에 있는 클림트의 회화들

플로리다 에버글레이즈 + 새니벌 섬

폴란드 크라쿠프 근교의 소금 광산[크라쿠프 근방의 비엘리치카 소금 광산을 말한다.]—천 년 전부터 존재했고, 지하로 약 129킬로미터 깊이까지 이어진다고.

뉴 암스테르담 극장—42번가—아르누보 프레스코 + 부조(1906)

경찰학교—NY—매주 수요일 오후 투어

레인보우 룸—RCA 빌딩 꼭대기—1930년대 원양 여객선

티파니 테니스 코트—NYC 아르누보

65. Lola Montez, 1818~1861. 1846년부터 1948년에 걸쳐 바이에른 국왕 루트비히 1세의 총애를 받은 아일랜드 출신의 무희. 국왕이 그녀에게 바이에른 국적과 백작 부인 지위까지 하사하자, 학생들이 이에 반대해 1848년 2월 반대 운동을 일으켰고, 결국 국왕이 추방당했다. 이 사건과 관련하여 독일 각지에서 옷을 벗은 롤라가 캐리커처로 묘사되었는데, 이는 왕권의 정치적 전복과 민중의 사회적 해방, 성의 해방을 표현하는 것이었다.

뮤제 그레뱅(파리)[66]—특히 떼아트르 데 미라클(기적의 극장)

왓츠 타워—LA—왓츠 타워처럼 샤르트르의 성당 근처의 집[삐까씨에뜨의 집La Maison Pcassiette][67]

……

예술은 "상황"이다.

예술은 현존하는 가장 대규모의 골동품 사업이다. 문화적 기념품으로서의 예술.

……

아름다움이 중요한가? 어쩌면 가끔은, 아름다움은 따분하다. 어쩌면 더 중요한 건 "흥미로운 것"일지 모른다— + 흥미로운 모든 것은 종국에는 아름다워 보인다.

비교. 따분한 것에 대한 존 케이지의 텍스트(선禪): 한 번 따분하다면 두 번 해라. 여전히 따분하다면 네 번 해라. 계속해서…….

멜빌의 『타이피*Typee*』를 읽다—언어 + 소통의 이론

66. 프랑스 파리에 있는 밀랍 인형 전시관.

67. 삐까씨에뜨는 남의 집을 전전하며 구걸하던 사람들을 일컬으며, 이 집은 삐까시에뜨의 사기그릇 파편들로 지어졌다.

다중 화자의 장치(참조. 영화들)

예술에서 다음 것들 간의 차이:

재현representation, 제시presentation

행위Behavior

그 차이를 만드는 요소들 중 하나는 지속성duration("durée")이다.

그러므로 앤디 워홀의 〈키스〉(또는 〈먹다Eat〉)는 되지만—엠파이어 스테이트 빌딩은 안 되는 것이다. 그것은 "진짜" 시간, 또는 지속성이다. 그러나 에로틱한 것처럼 정해진 소재들만이 이런 취급이나 변신에 열려 있다. 건물이 아니라 말이다.

이제 모든 미학적 입장은 일종의 급진주의다. 내 질문은: '나의' 급진주의는 무엇인가, 내 성정으로 정해진 급진주의는 무엇인가?

『은인*The Benegactor*』은 내가 앞으로 쓸 책들 중에서도 가장 덜 급진적인 책이다.

케이지, 해프닝 등등

공감각: 동시에 여러 가지 종류의 행위가 진행되면서(사운드, 댄스, 영화, 말 등등) 거대한 행위의 마그마를 창출하는 것

내가 케이지의 미학을 좋아하는 이유는 내 것이 아니기 때문이다. 케이지가 표시하는 영역의 경계나 지평 근처에 가고 싶지도 않지만

그래도 계속 시야에 두고 볼 정도로 값지다고 판단하고 있다. 케이지는 내가 다른 입장이었다면 공감할 수 있는 소정의 입장을 견지하고 있다.

영화 이론에 대해 유일하게 좋은 점: 에이젠슈타인—특히 디킨즈, 발자크, 파노프스키[독일 미술사가]에 대한 에세이

내가 에세이를 하나라도 더 쓰게 된다면, 브르통 + 케이지에 대한 짧은 글 한 편을 쓰고 싶다.

"견인drag"의 의미—프랑스의 "트라베스티"(변장—부차적으로는 이성의 옷을 입는 변장) > 예술에서는 [고티에의 소설] 〈마드모아젤 드 모팽〉을 참조

가면, 가면무도회의 기능(비교. 할로윈—파괴적 행동을 하기 위해 변장을 한 아이들)

브란쿠시[조각가 콘스탄틴 브란쿠시]에 대한 이야기를 아네트한테 들음: B(브란쿠시)는 7월 14일 파티를 주최하는 친구들 옆집에 살고 있었다고 한다.
—브란쿠시는 친구들의 파티 준비를 도왔다. 파티 시간이 다가오자 미국인 숙녀가 흑인 보디가드를 데리고 왔다. 브란쿠시가 말한다. "저 사람을 당신이 초대했소? 난 도저히 못 갑니다." 파티를 주최하는 부인이 경악했다. "죄송합니다, 셰르 메트르(선생님)." 한 시간 뒤 브란쿠시가 전화를 한다. "해결책이 있소. 내가 '앙 트라베스티(en

travestie, 변장을 하고)' 가도록 하지요." 그러더니 이불 호청을 둘러 쓰고 와서—즐거운 시간을 보냈다.(그는 파티에 "자기 자신을" 대신 보낸 것이다!)

예술에서 다른 성적 모티프들:
관음주의
s-m

12월 5일. [손택의 친구인 비평가] 엘리어트 스타인의 생일.

많은 19세기 예술은 영화 쪽으로 선도하고 있다.

가족사진 앨범
밀랍 인형 박물관(뮤제 그레뱅 등)
카메라 옵스큐라[68]

소설(?)

……

68. 암상자暗箱子. 어원적으로는 '어두운 방'이라는 뜻. 캄캄한 암실 한 곳에 작은 구멍이 뚫려 있으면 반대 측면에 외부 정경이 역방향으로 찍혀 나온다. 이 원리를 응용하여 바깥의 대상을 찍어, 거울과 렌즈를 사용하여 그것을 묘사하기 위해 작은 구멍을 뚫어 놓은 상자를 말한다. 서양에서 17~19세기의 화가들이 초벌 그림 제작에 이용한 예가 적지 않다. 1569년에 이탈리아의 조반니 바티스타 델라 포르타(Giovanni Battista della Porta, 1542경?~1597)가 처음으로 이것을 만들었다고 하나 그 원리는 이미 르네상스 초기부터 알려져 있었다. 그 영상을 정착시키면 사진이 된다.

엘리어트는 관음주의자들이 대체로 멍청하고 + 성 기능 부전인 경우가 많다고 한다.

〈피핑톰〉은 관음주의자에 대한 얘기가 아니다—그는 사디스트다.

"음울하고 음침한 것." 토머스 포크는 그런 것들에 매료된다.

……

12월 12일.

옷 입기 > 좋다 (여가 vs. 일이라는 뜻)
나쁘다 (다른 사람들을 위해서 vs. 자기 자신을 위해서라는 뜻)

내게, 옷을 입는 건 "정장을 차려입는 것"이고, 어른의 게임을 한다는 뜻이다. 내가 나 자신 그대로일 때는 칠칠치 못하고 추레하다.

예수교가 기도 + 명상에서 집중력을 향상하는 (수많은 장치 중 하나의) 장치: "장소의 구성"이다. 교훈을 주는 사건(예를 들어, 예수님의 십자가 처형이라든가)이 어디서 일어났는지 찬찬히 생각해 보는 것이다—날씨, 주위의 동식물들, 색채 등등— + 이렇게 해서 심오한 의미를 더 수월하게 이해한다는 것

"이런저런 것들을 기억하는 게 싫다"—에즈라 파운드

12월 15일.

악은 악과 공존할 수 없다. 악은 악을 먹고 자라나며, 선을 먹고살 수 없다.(라클로스의 의미[〈위험한 관계La Liaisons Dangereuses〉])

라클로스 소설 + 메일러의 신작[〈미국의 꿈An American Dream〉]의 차이는 전자는 윤리적이고(악이 처벌을 받으니까) + 후자는 그렇지 않다는 게 아니라, 전자는 삶에 대한 '진실'을 말하고 + 후자는 그렇지 않다는 것이다.

내 성정의 SW[시몬 베이유]적인 측면

절대적인 자기희생의 매혹
사적 관계에 서툴러 결국 고독으로 이어짐
잔인성에 대한 강박

3)에 대하여: 새로운 소설의 플롯을 보라!

나는 가위눌리고 있다. 내 꿈들은 모두 악몽이다.

일: 끝없는 모래밭을 터벅터벅 가로지르고 있다

……

12월 17일.

[다음 세 편의 일기 옆 여백에는 커다란 물음표가 두 개 그려져 있다.]

주네Genet가 "도덕 규준에 못 미친"다고? 도덕적 문제들은 사람이 성인의 의식을 유아적 의식에 반대하는 것으로 인식하는 (그리고 선호하는) 지점에서 생겨난다.

아이들에게 타인의 감정은 현실이 아니다. (그러므로 파괴의 판타지에서 쾌감을 느낀다.) 이런 짓을 계속할 수 있는 건 우리 안의 어린아이다—우리가 SF 영화에서 파괴를 즐길 때처럼 말이다.

주네가 잔인한 행위를 성적 쾌감을 주는 것의 개념에 종속시킨 것은 어린애처럼 구는 거다.

……

[20세기 미국 작곡가] 모튼 펠드먼: 음악이 방금 가청 범위의 한계를 넘어섰다.

정신분석이 글쓰기를 훼손하는가?
아니—(글을 쓰는) 광기의 방 옆에 (살아가는) 맨정신의 방을 짓는데 도움이 된다.

방이 하나밖에 없는 집을 가질 필요는 없다.

……

12월 19일.

……

재스퍼: 나는 진술을 꺼린다—최대한 개인적이기 위해 구경꾼의 체험을 원한다.

12월 21일.

……

브르통의 '르 카다브르 엑스키Le cadavre exquis'[69] + 버로스—지신[70]의 컷업 방식: 막간이 없다(퍼뱅크[71] 참조)

구르지예프[미국 태생의 교사이자 신비주의자였던 조지 구르지예프]

69. 작은 종이를 이용한 고전적인 놀이에 초현실주의자들이 붙인 공식화된 명칭으로, 'cadavre'는 '시체, 잔해, 비밀' 등의 뜻을, 'exquis'는 '우아한, 말쑥한, 미묘한' 등을 뜻한다. 초현실주의자들은 1925년을 전후해 실제로 이 놀이를 했다고 한다. 전체적인 작업의 형태를 참가자들 각자가 알지 못하더라도 공동으로 하나의 문장이나 데생을 만들어 가는 것을 말한다. 화가, 도안가 이외에 그래픽 미술에 대해 거의 문외한인 이들도 작업에 함께 참여할 수 있다. 이렇게 만들어진 데생들은 내면세계와 외부 세계의 소통이 무의식 속에서 이루어지는 것을 경험하게 된다.

70. Brion Gysin, 1916~1986. 영국의 화가, 배우, 낭송시인sound poet이자 설치미술가.

71. Ronald Firbank, 1886~1926. 파격과 혁신을 추구했던 영국 작가.

+ 크리슈나무르티[인도철학자 지두 크리슈나무르티]를 읽다

……

12월 22일.

[프리츠] 랑, 〈크림힐트의 복수Kriemhild's Revenge〉(1924) — 클림트, [오브리] 비어즐리, 에이젠슈타인

귀신 축출. 예전에 있었던 것이, 이젠 더는 존재하지 않는다. 나 자신의 감정을 인식하고 있기.

열세 살 때 나는 규칙을 정했다: 백일몽은 금지.

궁극적 판타지: 돌이킬 수 없는 과거의 복원. 그러나 꾸며낸 행복한 미래에 대해 백일몽을 꿀 수 있다면…….

12월 25일.

재스퍼 어쩌고는 모든 게 "신기"하거나 "어렵"다고 한다. "저런 상황에 대처하기가 어려워."
좋아하는 단어들: "상황", "정보", "환상적", "행위", "흥미로운", "생기 넘치는"

……

잽[재스퍼 존스의 별명]: "나는 무조건 미래에 건다."

모튼 펠드먼: "나는 서른아홉 살이다—앞으로 남은 인생은 군더더기다."

뒤샹: "내 회화들(기타 등등)이 어떻게 '보이든' 아무 관심 없다—표현한 생각에 관심이 있을 뿐이다.

크리스천 울프—하버드 그리스어 강사, 지금은 대략 서른—출판업자 커트 울프의 아들—그가 케이지의 유일한 "제자"다.

12월 28일.

아벨 강스의 〈나폴레옹〉은 영화계의 에베레스트 산이다. "기법"으로 충만하다: 상징주의, 트리플—스크린, 슈퍼,[72] 컬러와 흑백, 필름 스톡의 서로 다른 리듬, 서로 다른 결들

영화에서 혁신의 방향은 상당히 선형이다—"편집"의 문제—즉,

72. superimposition. '디졸브'가 한 화면에서 다음 화면으로 겹쳐서 넘어가는 것을 말한다면 '슈퍼'는 넘어가다가 중간에 멈춘 것이다. 화면이 전환되다가 중간에 멈춰 버리면 두 화면의 잔상이 겹쳐져 보기가 이상할 것 같지만 한쪽 화면의 밝기를 조정하면 화면 전환이 중지돼도 자연스럽게 두 화면이 보일 수 있다. 이 슈퍼 방식의 화면 전환을 가장 잘 활용하는 것이 자막을 넣는 것이다. 자막 넣을 때 '슈퍼 인Super in'이라고 부르는 것이 이런 이유 때문이다. 화면과 자막을 '슈퍼'하는 것이다.

생략의 문제. 더 크고 더 세련된 생략의 전개

다른 가능성들은 대체로 묵살된다. 예컨대) 어째서 영화 전편에서 똑같은 타입의 필름스톡을 쓰는가?(영화 한 편은 "단일한 물건"이기 때문에?)

예외: [잉그마르 베리만 감독] 〈벌거벗은 밤The Naked Night〉, 〈닥터 스트레인지러브Dr. Strangelove〉

영화에서 시점의 문제—

영화 제작을 주제로 삼은 영화—〈피핑톰〉

유일한 "모던" 건축가: 버크민스터 풀러

"모더니스트" 회화라는 일원적인 실체가 있나? 그래서 누군가를 보고 (프리드[미술 비평가이자 역사가인 마이클 프리드]가 뒤샹을 보고 말하듯) 그는 "실패한 모더니스트다"라고 말할 수 있는 건가?

재스퍼는 그렇지 않다고 한다—

케이지 & 거트루드 스타인

아네트: "모던" 뮤직, 세 가지 요소, 진행:

운명("음악적 운명"—형태들)—베토벤에서 바그너까지

의지—쇤베르크, 베베른, 불레즈

우연—케이지

……

게오르게 리히트하임: '독일' 낭만주의 가운데 유일하게 꽃을 피운 완성형 낭만주의다. 반反교양, 반反모던, 반反도시, 반反민주적이었다.(반反개인주의, 반反유대주의)

독일 낭만주의는 독일 + 중앙 유럽 문화의 최고봉을 일으킴—즉, 가장 선진적이고 실험적이고 + 이론적인 근대 문화 말이다.

독일에게는 철학, 독일 음악, 사회학, 문화철학, 마르크스, 프로이트, 쇤베르크, 카프카, [막스] 베버, [빌헬름] 디티, 헤겔, 바그너, 니체 등등

+ 또—니체 + [오스발트] 슈펭글러가 중재하고—정치적으로 전환되었을 때, 최악은: 나치즘

독일 낭만주의(횔덜린, 노발리스, 셸링)를 키츠, 콜리지, 워즈워스, 샤토브리앙과 비교해 볼 것!

……

1966년

1월 3일.

예술 작품 또는 논설문을 만드는 세 단계

구상
실천
2a) 이해
방어

사람들은 이 세 가지 모두를 당연하다고 치부하지만—나는 이 세 번째, 사후의 단계가 왜 필요한지 모르겠다.

오히려: 폐지가 되어야 하지 않나.
사람은 마무리를 짓고 나면 언제나 다른 곳에 도달해 있다—처음 시작할 때 있었던 곳이 아니라.

어째서 자물쇠를 걸어 잠근 채로 머물러야 하나?—자기 행위를 변호(정당화, 확신을 가지고 설파)하는 입장에 있으려면 그래야 하는데.

이 단계는 어리석다—

……

내 지성의 형성:

노프 출판사 + 모던 라이브러리 문고

PR[〈파르티잔 리뷰〉] ([라이어널] 트릴링, [필립] 라브, [레슬리] 피들러, [리처드] 체이스)

시카고 대학 [=] [조세프] 슈왑을 통한 P&A—[리처드] 맥키언, [케네스] 버크

중앙 유럽의 "사회학"—독일계 유태인 망명 지식인들([레오] 스트라우스, [한나] 아렌트, [게르숌] 숄렘, [헤르베르트] 마르쿠제, [아론] 구르비치, [야콥] 타우베스, 등등……)

하버드—비트겐슈타인

프랑스인들—아르토, 바르트, 시오랑[20세기 루마니아 철학자 에밀 시오랑], 사르트르

그 외 종교사

메일러—반지성주의

예술, 예술사—재스퍼, 케이지, 버로스

결과: 프랑스적-유태계-케이지주의자?

……

데이비드의 뺨, 그 달콤함

오늘 조 차이킨의 소식에 도저히 '반응'할 수가 없었다—그가 곧 아주 위험한 심장 수술을 받고 6개월간 요양을 해야 한다는데. 느낄 수도, 집중할 수도 없었다—심지어 그가 말하는 중에도. 간신히 기

계적인 위로를 하긴 했지만 어려웠다.(예전보다 더 어려운 건가? 언제나 이런 식이었던 건가?) 내 마음은 계속 표류해 하찮은 관찰들 + 오늘 뉴스로 흘러가곤 했다.

나는 죽었다—그의 목소리가 계속 희미해졌다—나 자신에게 걱정하라고 명했다—그러나 계속, 방금 그가 무슨 말을 했는지 잊었고, 계속 그 소식은 내 머리에서 스르륵 빠져나가 버렸다.

불안하고 우울하고 초조해지기 시작했다. 그렇지만 그에 대한 걱정 때문이 아니었다. 나에 대해서였다. 나는 어디 있는 거지? 어째서 내 감정에 손이 닿지 않는 거지? 그런 걱정을 했다.

1월 4일.

회화의 상황은 답답하다: 과학 같다. 모두가 "문제들"을 의식하고 있고, 무엇을 어떻게 조치해야 하는지도 안다. 예술가들은 각자 최신작을 내놓으며 이런저런 문제들에 대한 "백서"를 발간하는 셈이다. + 비평가들은 예술가들이 선택한 문제들이 흥미로운지 하찮은지를 판단한다. (바바라 크라우스[미국 비평가])는 재스퍼의 손전등, 맥주 깡통이 '대좌pedestal'를 (오브제와 관련해서) 어떻게 할 것이냐 하는 현대 조각의 주변적(하찮은) 문제에 대한 모색/해답이라고 판단한다. 재스퍼의 대답은 대좌를 조소적으로 만든다는 것이다—등등. 반면 프랭크 스텔라의 작품은 몹시 흥미롭다고 간주되는데, 그 이유는 핵심적 문제들에 대한 해답이기 때문이라는 것이다. 최근의 예술사 + 그 "문제점"에 대한 지식이 없다면 누가 프랭크 스텔라에게 흥미를 가질까?

예술가들은 정신없이 작업하고 있다 — 몹시 시간에 쫓기며 — 6개월마다 모든 게 바뀌어 버린다. 서로 다른 아카데미들에서 "작품"들이 쏟아져 나오니까. 계속 쫓아가면서, 아주 민감한 레이더로 정찰하고 있어야 한다.(뒤떨어지지 않기 위해서, 흥미롭기 위해서)

반면 문학에서는 전부 너무나 느슨하게 결이 짜여 있다. 눈가리개를 하고 낙하산 점프를 해도 될 정도다 — 어디 착륙하든, 열심히 밀어붙이기만 하면, 흥미로운 전인미답의 '가치 있는' 영토를 발견할 수 있다. 다른 작가나 비평가들이 활용한 적도 별로 없고, 별로 생각해 본 적도 없고, 논의된 적도 없는 온갖 대안들이 널려 있다.

조이스의 유산을 생각해 보자 — 베케트 + 버로스 말고는 제대로 활용하기 시작했다고 말하기도 어렵다. 아니면 문학적 서사에서 '영화적' 서사 기법들을 의식적으로 사용할 가능성이라든가. 포크너 일부 작품, 그리고 역시, 버로스를 예외로 한다면.
십여 개의 다른 문제들.

한 가지 문제(로브-그리예, 사로트 등 "누보로망"에서)를 체계적으로 탐색하는 노력이 있었던 건 오로지 프랑스에서뿐이다. 화가들 + 조각가들이 '다 같이' 오늘날 작업하는 식으로는, 그것 하나가 전부다.

재스퍼는 내게 잘해 준다. (그렇지만 한동안만) 그는 미쳤다는 걸

자연스럽고 + 좋고 + 옳다고 느끼게 해 준다. 말이 없는 것도. 뭐든 꼬치꼬치 따져 묻는 것도. 왜냐하면 그 자신이 미친 사람이니까.

케이지의 글은 스타인 없이는 불가능하다. 사실, 그는 스타인의 유일한 미국인 적자다. 그러나 더 절충적이고, 덜 엄격하다. ([D. T.] 스즈키 + [앨런] 와츠며 온갖 작가들 = "부드러운" 영향) 훨씬 덜 엄격하고 + 독립적인 정신. 본질적으로 인상주의적 조합이다.

지혜. 위대한 작가는 지혜가 있다. 그 권위는 어디서 오는가? 자기가 상찬하는 삶을 살기 때문에? 그렇게 간단하지 않다. D. H. 로렌스는 꽥꽥거리는 목소리의 앙상한 인간이었고, 거시기 세우는 것도 힘들었으며, 적나라한 섹슈얼리티를 지닌 프리다에게 욕설을 퍼붓고 괴롭혔다는 사실은 왜 아무도 주목하지 않나? 그리고 왜 아무도 노먼 브라운[미국의 급진주의 사회학 이론가]은 얇은 입술의 교수라고 보지 않는가? 브라운은 의심의 수혜를 받는다. 그는 모세지만, 약속된 땅에 들어가지 않는다. 로렌스는 가짜다. 로렌스의 글에는 애초에 의심스러운 데가 있다—억지스럽고, 감상적이고, 거침없고, 앞뒤가 맞지 않는다.

난 악마들에게 애정이 있다. 사람들의 악마성에도. 그것뿐인가? 궁극적으로는, 그렇다. 광기, 그러나 고온의 반주류적 광기: 자기만의 발전기를 가진 사람들, 필립[손택의 전 남편]은 미쳤고, 아이린과 재스퍼도—어젯밤 조 [차이킨]의 워크숍에 왔던 리빙시어터의 그 처녀, 다이앤 그레고리도. 그녀의 커다랗고 뜨거운 검은 눈 + 벌린 입 + 마루까지 끌리는 퀼트 드레스. 샐리[미국 문학비평가 샐리 시어즈, 손택의 친구였다]의 광기는 혐오스럽다—그녀의 감성은 너무나 국한적이고 + 길들여져 있기 때문 + 그리고 의존의 형태를 띠고 있기 때문이다.

미친 사람들 = 혼자 서서 + 불타오를 수 있는 사람들. 그런 사람들은 나 역시 그렇게 하도록 허락해 주기 때문에 난 그들에게 끌린다.

데이비드는 내가 어렸을 때만큼 조숙하거나 창의력이 뛰어나지 않다 + 그래서 그 애는 속상하다. 그 애는 아홉 살 때의 나를 같은 나이의 자신과 비교했고, 지금의 자기 자신과 열세 살 때의 나를 비교한다. 나는 그렇게 총명할 필요가 없다고 말한다. 다른 만족스러운 점들이 많이 있으니까.

나는 안주하기 때문에 야심만만하지 않다. 다섯 살 때 나는 메이블(?)[손택이 뉴욕과 뉴저지에서 어린 시절을 보낼 때 돌봐 주던 유모. 가족이 애리조나로 이사할 때는 따라오지 않았다]에게 노벨상을 탈 거라고 말했다. 내가 세상의 주목을 받을 줄 알게 되었다. 삶은 사다리가 아니라 에스컬레이터였다. 그리고 나는 또한 알게 되었다—세월이 지나면서—내가 쇼펜하우어나 니체나 비트겐슈타인이나 사르트르나 시몬 베이유만큼 똑똑하지 못하다는 걸. 나는 제자로서 그들과 함께 하며, 그들의 수준에서 연구하는 걸 목표로 삼았다. 알고 있었다, 내가—내게—훌륭한 정신이, 심지어 강력한 정신이 있다는 것을. 사물을 '이해'하고 + 정리하고 + 활용하는 데 소질이 있었다. (지도 제작자 같은 정신으로) 그러나 나는 천재가 아니다. 나는 늘 그 사실을 알고 있었다.

나의 정신은 충분히 훌륭하지 못하다. 사실 진짜 일류는 아니다. 그리고 내 성격, 내 감수성은 궁극적으로 너무 인습적이다. (나는 로지-어머니-주디스-냇[손택의 계부]에게 너무 심하게 감염되었다. 헛소리. 십오 년 동안 그 많은 헛소리들을 들은 게 나를 망쳤다.) 나는 충분히 미치지 못했고, 충분히 강박적이지 못하다.

천재가 못 된다고 해서 억울한가? 슬픈가? 그에 따르는 대가를 기꺼이 치를 각오가 되어 있는가? 그 대가는 지금 살고 있는 이 비인간적 삶, 고독이라고 생각하는데 한시적이기를 바란다. 지금도—아이린 없이 지낸 지난 2년 반의 세월 덕분에 내 정신이 일보 전진했다는 걸 알고 있다. 다른 사람과 공유한다고 해서 내 반응들을 포장하고 + 희석할 필요는 없다. (불가피하게, 필립 + 아이린과는 합의가 되어, 하향 평준화했지만 말이다.) 재스퍼가 내게 남긴 충격은—지난 일 년 내 삶에 새롭게 들어온 지적인 영향—아직도 아이린과 함께였다면 불가능했을 것이다.

그러나 왜 나는 원하는가 + 그리고 그런다고 무슨 소용이 있나—계속 내 감수성을 더 극단으로 + 극단으로 밀어붙이며, 정신을 벼리기를 원하는가. 왜 더 독특해지고, 더 괴짜가 되길 원하는가.

영적인 야심? 허영? 인간적인 만족을 포기했기 때문에?(데이비드를 위한 것만 예외)

내게 이런 것—나의 정신이 있다. 그것은 점점 커져 가고, 그 식욕은 만족을 모른다.

……

1월 8일.

……

우리는 새로운 아이디어가 필요하다. 그건 아마 원시적인 것이 되리라. (우리가 그걸 알아볼 수 있을까?) 모든 유용한 아이디어들은, 한동안, 매우 세련된 것이었다.

……

[단순히 "1966~1967"이라고 쓰인 공책 첫 페이지에, 손택은 2년에 걸쳐 했던 여행들을 나열한다. 1960년대와 1970년대에 습관처럼 했던 것으로 보인다. 여기 옮긴 부분은 대표적인 표본으로, 1966년 여름의 목록이다.]

1966년
6월 3일 뉴욕 출발(에어프랑스), 런던 도착
6월 3일~15일 런던. 임페리얼 호텔.
6월 15일: 파리로 비행.
6월 15일~7월 8일: 파리
7월 8일: 프라하로 날아가서, 다음에는 [체코슬로바키아] 카를로비-바리.
7월 8일~19일: 카를로비-바리("호텔 오타바")

7월 19일: (엘리어트 스타인, 지리 무하[체코 아르누보 화가인 알폰스 무하의 아들], 마르티와 함께 프라하로) 자동차를 몰고 감

7월 19일~25일: 프라하("호텔 앰배서더")

7월 25~26일: 프라하에서 파리까지 기차 여행

7월 27~8월 1일: 파리

8월 1일: 런던으로 비행

8월 1일~6일: 런던 (S. W. 7. 얼스테라스 18번지)

8월 6일: 포크스톤까지 기차, 기차로 다시 런던

8월~ : 런던(S. W. 7. 글로스터로드 153번지)

8월 11일: 파리로 비행

8월 29일: 기차("르 미스트랄")로 안티베

9월 4일: 기차로 베니스

9월 5일: 베니스 도착—"그리티 팰러스 호텔"에서 첫날 밤, 다음 사흘은 "호텔 루나"에서 묵음

9월 10일: 기차(1:35 am)로 안티베: 4시 도착

9월 11일: 안티베

9월 12일: 기차("르 미스트랄")로 파리

9월 12일~21일: 파리

9월 21일: 뉴욕으로 비행(에어프랑스)

6월 26일. 파리.

극심한 우울: 죽음의 미화. 파리 카타콤베의 지하묘지(데이비드 + 내가 아침에 방문) 죽음은 관객을 위해 "진열"되어 있다. 모토, 사색,

훈계, 벽에 붙은 석조 명판들이 산더미처럼 쌓인 유골들의 거대한 더미들 사이에 있다. 관객에게 죽음에 대해 단일한 해석이나 메시지를 주는 건 아니다—상충되는 감정들을 모아 둔 선집이라고 해야 할까. (베르길리우스, 창세기, [알폰스 드] 라마르틴, 루소, NT[신약, New Testament의 약자] 호라티우스, 라신, 마르쿠스 아우렐리우스)

가이드를 맡았던 성격 좋은 백발의 노부인은 긴 터널에서 실제 "죽은 자들의 제국"으로 들어서자 말씀하셨다—"생각해 봐요. 여기 묻힌 칠팔백만 명의 사람들 중에 정말 천재는 열 손가락으로 꼽을 정도밖에 안 될 거예요."

미학적 정서의 기원에 대하여: 자기가 갖고 다니던 콘티 각본에 끼워져 있던 "피라냐"라든가 "악어" 클립을 내가 갖고 노는 걸 보고 엘리어트가 한 말. "젖꼭지에 끼우기 좋아. 아니면 고환의 늘어진 살이나." 나는 왼쪽 검지 관절을 클립으로 집어 시험해 보았다—클립은 옥죄는 힘이 매우 셌고 + 몇 초가 지나자 몹시 불편해지기 시작했다. "그렇지만 젖꼭지나 고환에 끼우면 엄청 아플 거 같은데." 내가 말했다.

"하지만 어떤 사람은 너무나 아름다워." 그가 말했다. "나체로, 신체 부위 여기저기에 그런 걸 주렁주렁 붙이고 있으면 말이야."

공포 영화들—그 테마들을 프라즈[1]의 『낭만적 고뇌*Romantic Agony*』에서 나열되는 목록과 비교할 것

1. Mario Praz, 1896~1982. 이탈리아의 작가.

***

꿈에서 자아가 두 배로 확장

예술에서 자아가 두 배로 확장

악몽은 '두 개의' 세상이 있다는 것이다.

악몽은 오로지 '하나의' 세상, 이 세상만 있다는 것이다.

***

푸코[리처드 하워드가 번역한 『광기와 문명』이 출처다]: "광기는 한때 예술 작품의 독창적 진실을 일별할 수 있는 미정의 공간이었으나, 이제는 이 진실이 돌이킬 수 없이 멈춰 버리는 결정의 장소가 되었다……. 광기는 예술과의 절대적 단절이다. 결정적으로 예술을 무화시키는 순간을 구성해, 예술 작품의 진실을 서서히 해체한다. 광기는 외부의 테두리, 융해의 선, 허공과 인접한 윤곽선을 그려 낸다."

***

영화적 구조를 가진 소설들

헤밍웨이, 『우리들의 시대에*In Our Time*』

포크너,

[호러스] 맥코이, 『그들은 말을 쏜다*They Shoot The Horses, Don't They?*』

로브-그리예, 『고무지우개*Les Gommes*』

그의 첫 소설 + 가장 영화적 + 데쿠파주[2]

2. 불어로 '자르다'라는 뜻. 극적 연기를 구성 숏constituent shots으로 분할하는 것.

[조르주] 베르나노스, 『윈 씨*M. Ouine*』

아이비 컴튼-버네트,

V. 울프, 『막간*Between the Acts*』

필립 토인비, 『굿먼 부인과의 티타임*Tea with Mrs. Goodman*』

데 포레, 『거지들*Les Mendiants*』

첫 소설—다중 관점

[반즈], 『나이트우드』

레베르지, 『통과*Le Passage*』

버로스,

[존] 도스 파소스,

퍼뱅크, 『변덕*Caprice*』, 『허영*Vainglory*』, 『기호*Inclinations*』(삼부작)

일본 작가 가와바타 야스나리(시각적 감각, 변화하는 장면들의 낭창한 유연성)—『설국』 등.

디킨즈(에이젠슈타인 참조)—

카메라 이전에 카메라의 눈으로 사고한 사람들이 있었다.(그 자신을 전위하는 통합된 관점)

너대니얼 웨스트

블레크먼

"새로운 소설가들": 클로드 시몽, 『궁*Le Palace*』

클로드 올리에, 『미장센*La Mis-en-Scène*』

(모두 장식의 구성에 근거하고 있다)(북아프리카)

클로드 에드몽드 마니의 미국 문학 책을 읽다.[『미국 소설의 시대*L'Age du Roman Américan*』]

꿈 > 과학소설
이름: 월터 파트리아카
"분신"은 오브제로서의 자아를 의미
오브제라는 비인간적 존재

강박:

소유하기
질투

유령의 도시—
광막한 광장들—석조의 조망—공원
수입한 고전주의—강, 다리들—
성당 밖에서 시위를 하고 있는 학생들—
눈부신 침대 리넨: 카페들 + 과자 가게
초콜릿 + 아몬드케이크가 즐비한 상점들—
오페라에서 가슴이 봉긋한 미녀들—대리석—
철제 스케이트

사물의 본질

좋은 기호들은 자의적이다 > 『신화』에서 바르트
"자연적"인 것만큼 나쁘다.

기꺼이 존재하고, 열려 있고자 하는 태도…….

무엇이든 지금 내게 빙의한 목소리들 중 남아 있는 목소리로 네게 말할 것이다. 그들은 외친다. 낱낱의 문장, 낱낱의 숨결이 가르고 절단한다.

이 편물fabric, 이 벼락 같은 언어는 누구에게 속하는가?

발언 <> 말하는 사람

항상?

크리스티나 여왕의 이야기…….
집단적 환각의 이야기…….

오르페우스와 에우리디케 사이에 오간 대화

전체 소설은
자기가 누구인지
어디에 있는지
누구한테 말하고 있는지
다음에 무슨 일이 일어날지

의문을 갖고 따지는 화자의 목소리다.

3) 과학 소설의 문제를 탐구한다.
5) 종말의 테마를 탐구한다.

W. [비트겐슈타인]

"내 언어의 한계는 내 세계의 한계다."

"언어를 상상한다는 것은 삶의 방식을 상상한다는 것이다."

[20세기 오스트리아 작가 헤르만 브로크 작] 『베르길리우스의 죽음 *The Death of Virgil*』 죽음을 앞둔 병상에서 창조자를 사로잡는 자기 작품을 파괴하고 싶은 황혼의 고뇌.

특출하고 소통 불가능한 경험을 한 사람

참고. 윌리엄 거하디, 『부활』(1935) — 소설가, 거하디는 『부활』이라는 소설을 쓰고 있다 — 친구인 밥과 얘기를 나눈다.

실비아 플라스:

시인 —

남편, 아버지

두 아이 —

자살 —

7월.

본 영화(7월) + = 시네마테크

(파리에서)

+ 줄리앙 뒤비비에, 〈홍당무Poil-de-Carotte〉 — 해리 바워

+ 오즈 야스지로, 〈부초Histoire d'en Acteur Ambulent〉

(1934 — 무성!)

+ 미하일 롬, 〈파시즘의 실체Le Fascisme Tel Qu'il Est〉(1965~1966)

빅터 플레밍, 〈지킬 박사와 하이드〉(1941) — [스펜서] 트레이시와 [잉그리드] 버그먼

+ 토니 리처드슨, 〈마드무아젤Mademoiselle〉(1966)

카를로비-바리

(* 체코 영화)

헤르미나 티를로바, 〈눈사람〉(단편)

얀 슈미트 + 파벨 유라체크, 〈요제프 킬리안〉(단편)

이반 파세르 〈내밀한 불빛Intimni Osvětlení Éclairage Intime〉(1965)

율리안 미후, 〈백색 재판Prosecul Alb〉(1965) — 루마니아적 특징

[루벤] 가메즈, 〈비밀 공식The Secret Formula〉(무아옝moyen[3]) — 멕시칸 (1965)

즈비네크 브리니치, 〈다섯 번째 기수는 공포다The Fifth Horseman Is Fear〉(1965)

밀로스 포먼, 〈피터와 파블라Peter and Pavla〉(체르니 페트르Černý Petr[말 뜻 그대로] 〈검은 피터〉)

고다르, 〈남성, 여성Masculin, Feminin〉(1966)

에발드 쇼름, 〈일상의 용기Everyday Courage〉

[자크 고드부] 〈율871Yul871〉

3. 프랑스어로 '평범하다'는 뜻.

제르지 카발레로비츠, 〈파라온Faraon〉(1966)

카렐 카치냐, 〈비엔나행 마차Wagon to Vienna〉,

[베르너 헤어조크] 〈파타 모르가나Fata Morgana〉

장-폴 라프노, 〈성城의 삶La Vie de Château〉

[야로밀 이레스] 〈첫 번째 외침The First Cry〉

[장-가브리엘 알비코코] 〈방랑자The Wanderer〉

베라 치틸로바, 〈오 니켐 이니엠O Něčem Jiněm(또 다른 삶의 방식)〉

카렐 카치냐, (〈공화국 만세〉)

[바츨라프 보를리체크](〈누가 제시를 죽이고자 하는가?〉)

알랭 레네, 〈전쟁은 끝났다La Guerre est Finie〉

7월 5일.

소재:

조직

초고

로라 라이딩 신화

SF 아이디어들 참조. 스테이플던[영국 작가 윌리엄 올라프 스테이플던을 말함]에 나오는 텔레파시

음모

집단 환각

예술가 — 광기 — 신경쇠약의 체험

토머스 포크

"실비아 플라스"
소통 불능에 대한 푸코의 아이디어들
밀랍 인형들, 피부 이식
사물의 비인간적 존재감

에로틱한 강박
오르페우스 + 에우리디케의 대화
포르노그래프
어떤 "판타지"

황홀한 체험
탕헤르
여자 화자
아르누보—흘러내리는 머리카락, 뱀처럼 낭창한 몸

[기욤] 아폴리네르는 첫 시집에서 모든 구두점을 지웠다.

지가 베르토프[4](1922년경)는 자기 영화들을 "시네마 베리떼(Cinema-Verite, 진실의 영화)"라고 불렀다—그리고 나중에는 "시네마-어유(Cinema-Oeil, 눈眼의 영화)"라고 했다.(뉴스릴에 시기적으로 앞서나?)

어휘들의 풍경(조이스, 스타인)은 "이야기"의 요소를 말살한다—

4. Dziga Vertov, 1896~1954. 러시아의 영화감독으로, 다큐멘터리 영화를 개척한 감독으로 평가 받는다. 〈영화—진실〉 시리즈, 〈세계의 6분의 1〉 등의 여러 실험적인 작품을 만들면서 영화의 혁명적 예술로서의 가능성을 다큐멘터리를 통해 나타내었다.

비언어적이고, 캐릭터, 막, 태도 같은 전통적인 구분 말이다.

발레리의 생각(예술 작품은 반드시 필요해야 하며, 그렇지 않으면 아무것도 아니라는 생각)과 뒤샹의 생각 사이의 관계. 〈큰 유리Large Glass〉[5]는 "기술적으로나 + 지적으로나 우리 시대 가장 복잡한 예술 작품이다……. 그 당혹스러운 인용 + 암시의 정교함……. 간결하면서도 수학, 문학 + 우연의 법칙으로 뻗어 나가는 부차적 영향……. 뒤샹은 지적 의식을 그 자체로 창조의 원칙으로 고양시키는 작업을 한다."

* "조직"을 계속할 방법—

멤버들이 서로 어떻게 소통하는가에 대한 문제가 있다. 문자로? (지하 우편 체계?) 텔레파시로?

조직의 수장이 미래로부터 메시지를 받고 있다는 걸 알게 된다.

수장은 조직의 설립에 관련된 신화를 이야기해 준다.

희생양을 기다리는 중이다.(신화의 일부)
그 희생양은 화자로 밝혀진다.

5. 마르셀 뒤샹의 작품으로 『보그』지 커버로도 쓰였다.

7월 6일.

다음과 같은 형식의 소설:

편지들, 편지
일기
시 + 논평
백과사전
고백
목록
매뉴얼
"문서" 컬렉션

"조직"은 소설인가, 노벨라인가?

N. B. 이건 예술 작품 창작과 전혀 관련이 없다. 그 소재들은 다 아껴 두고…….

시련, 순교

이상하고 탁월한 언어

"우리"는 무엇인가? 다른 종류의 "우리"—

"조직"의 캐릭터들:

화자

수장

친구, 월터

아카이브 관리자

말하는 컴퓨터

화자의 어머니

가수, 롤리 포

책 전편에 걸쳐서 전쟁이 치러진다. 폭격에 대한 신문을 읽고—둔탁한 통증……

"다른 세상은 있다, 하지만 이 세상 안에 있다." ([예이츠] 패트릭 화이트의 책 『견고한 만다라*Solid Mandala*』에 대하여)

결말에 화자는 암살당한다. 그렇다면 이야기를 하는 사람은 누구인가?

한 무리의 서퍼, 떠도는 고속도로 바이커들

사람들의 '육신'성, 오즈의 영화들에서 살(냄새가 나고 가려운)이라는 당연한 것으로 치부되는 것. 전반적인 일본 문화? 〈부초Histoire d'un Acteur Ambulant〉(1934)에서 사람들은 심지어 회한, 비탄, 사랑의 순간에도 계속 자기 몸을 긁어 댄다.

엘리너 글린의 〈3주일Three Weeks〉의 대부분을 차지하는 폴과 "귀

부인"(발칸의 여왕)의 긴 러브신은 아르누보다—N. B. 긴 머리, 꽃, 뱀처럼 휘어지는 여성의 몸을 에로틱하게 활용하는 것. 나른함, 혼절, 의식을 잃는 것을 에로티시즘으로 본다.

영어판 두덴 사전[6]을 오늘 샀다. 보물이다! 인스턴트 레이몽 루셀[7](목록들…) 인스턴트 월드—거기 있는 건, 온 세계, 즉 재고 조사 목록이다.

7월 8일. 카를로비-바리.

급류가 흐르는 운하—거대한 황토색 호텔들—분수 근처 작은 광장에 있는 칼 마르크스의 흉상—볼품없는 옷차림—자동차들의 부재(거리는 백화점이나 다를 바 없다. 아무도 인도를 지키지 않는다.)—사람들의 정중함 + 친절함—비효율성—오줌 + 뜨거운 아스팔트 냄새. 그대로 과거 유럽의 요지경으로 돌아간다.

체코 영화들:

〈내밀한 조명〉(이반 파세르)
〈공화국 만세〉(카렐 카치냐)
〈밑바닥에서 캔 진주Pearls from the Bottom〉(쇼름, 치틸로바)
〈일상의 용기〉(에발드 쇼름)
〈열정Appassionata〉(지리 바이스)

6. 대표적인 독일어 사전.

7. Raymond Roussel, 1877~1933. 프랑스의 시인, 작곡가, 극작가, 소설가이자 체스광이었다.

〈사랑에 빠진 금발 여인A Blonde in Love〉(밀로스 포먼)

〈피고인The Accused〉(얀 카다르, 앨리노어 클로스)

〈요셉 킬리안〉(단편)

〈손The Hand〉(단편)(지리 트른카)

〈피터와 파블로〉(밀로스 포먼)

체코 연출가들의 새 세대: 파세르, 포먼, 치틸로바, 쇼름

나이 든 세대: 지리 바이스, 카렐 제만, 카다르 & 클로스

7월 17일.

서사의 방식:

두 가지 독립적인 이야기를 교차 편집—치틸로바, 〈뭔가 다른 것〉 밖으로 "벗어나는" 움직임

7월 23일. 프라하.

사람들에게 가 닿기 위해서, 혼자가 아니기 위해서 명성을 얻는 것.

나는 데이비드와 동일시한다는 의미에서 그 애와 지나치게 "가깝다". 데이비드와 많은 시간을 보내면, '나의' 나이에 대한 감을 잃게

된다. 그 애의 세계(섹슈얼리티도, 수줍음도, 그 밖의 것들도 없는 세계)의 한계를 수용하게 된다.

나는 웃음이 헤프다. 대체 그 소리를 몇 년째 하고 있는 건지? 적어도 15년은 됐을 것이다. 내 안에 있는 '어머니와 주디스' 때문이다—

혼자 있는 법을 배워야만 한다—그리고 발견한 사실은 데이비드와 함께 있으면 혼자가 아니라는 것이다.(쓰라린 고독감이 들더라도 말이다.) 그건 그 자체로 하나의 우주이고, 그 우주에 나는 적응한다. 데이비드와 함께 있으면, 혼자 있을 때와는 다른 사람이 된다.

바바라[손택의 친구 바바라 로렌스]와 함께 있을 때 좋았던 건 대다수 사람들과 달리 그녀와 함께 있으면 더 어른이 된 느낌이 들었기 때문이다. (예를 들어 엘리어트나 폴[폴 테크]하고 어울리면 유치해진다.)

한참 시간이 흘러—혼자가 되면—난 사람들을 바라보기 시작한다. 데이비드와 있으면 그러지 않는다.(그 애 때문에 금제가 생기는 걸까? 그 애 때문에 정신이 팔리는 걸까?) 엘리어트와 있을 때도, 그러지 않는다.(그의 관심사, 그의 전공, 나를 혼란하게 만들고 정신이 산란해진다.)

앰배서더 호텔 로비에서 이 글을 쓰고 있는 이 몇 분—화창한 토요일 아침 활짝 열린 문간의 흰 테이블보가 깔려 있는 식탁에 앉아 방금 배부른 아침식사(삶은 달걀 두 개, 프라하 햄, 꿀 바른 빵, 커피)를 마치고 혼자, 나 혼자(데이비드는 이층에서 아직 자고 있다.) 있다—로

비에 있거나 테라스에 있거나 길을 걷는 다른 사람들을 지켜본다—여름이 시작된 후로, 잘살고 있다는 느낌을 처음 받은 순간이다.

나는 혼자다—나는 가슴앓이를 한다—소설은 지지부진하다—기타 등등. 하지만 처음으로, 그 모든 고뇌 + "현실의 문제들"에도 불구하고, 나는 '여기' 있다. 고요하고, 온전하고, '어른'이라는 느낌이 든다.

7월 28일. 파리.

미국은 종족 학살을 딛고 건국되었다.
(> 미국 노예제의 독특한 성격, 제한이 없는 유일한 노예제였다는 사실) >) 베트남에서의 종족 학살

원주민, 검은 피부의 사람들이 사는 황무지를 싹 청소해 버리는 것, 미국적 건국 관념의 응용에 불과하다.

다큐멘터리 영화의 "권위"는 사실과의 연관성, 리얼리티의 이미지에 있다. 연극은 배우들이고, 제시보다는 재현이다. 연극이 사진의 진정성에 상사相似하는 무엇을 과연 내놓을 수 있을까? 배우의 진심 어린, 꾸밈없는 노력. 배우의 희생에 근거한 연극. ([리빙시어터의] 『구금실*The Brig*』, [제르지] 그로토브스키, 등등)

[여백에:] 〈영창〉과 [피터 브룩이 연출한] 〈마라/사드〉의 공통점은 이

것이다.

베트남은 최초의 텔레비전 전쟁이다. 지속적인 해프닝. 당신은 그곳에 있다. 미국인들은 독일인들이 그랬던 것처럼—하지만 우리는 몰랐는걸요—라고 말할 수 없다. 그건 마치 CBS가 다하우 강제수용소에 중계를 나가 있었던 것과 같다. 1943년 독일에서 패널 토론을 했다면 네 명 중 한 명은 다하우가 잘못이라고 말했을 것이다.

잔혹극, 해프닝, 아르토 등등은 (연극, 예술에서의) 충격, 폭력이 효능이 있다는 생각에 근거한다. 그것은 사람의 감수성을 변화시키고 마비로부터 깨운다.

베트남전쟁—거대한 폐쇄회로 텔레비전 프로덕션—은 정반대의 사실을 입증하고 있다. 이미지들이 증폭되면 반응하는 능력은 줄어든다.

현대의 감수성에서 가장 야만적 요인을 딱 하나 꼽자면 텔레비전이다. (텔레비전은 삶의 리듬 전체, 개인적 관계들, 사회의 결, 윤리를 바꾼다—이 모든 게 이제야 눈에 띄기 시작했다. "이미지란 무엇인가?"라는 생각을 도저히 하지 않고는 못 배기게 만든다.

'형벌'의 미로—카프카, [휴고 폰 호프만슈탈[8]] 〈찬도스 경Lord

8. Hugo Von Hofmannsthal, 1874~1929. 오스트리아의 시인이자 극작가. 17세 때 운문극인 〈어제〉를 발표하여 조숙한 천재성으로 주목받았다. 운문극 〈티치안의 죽음〉, 〈치인과 죽음〉 등을 발표하였고 오페라 〈바라의 기사〉의 대본을 쓰기도 했다. 독일 문화유산의 검증 문제로 고심하면서 〈독일어의 가치와 영예〉를 집필하였다.

Chandos〉[9]; 조이스

'입회'의 미로—보르헤스, 로브-그리에, 호프만슈탈 —— [알아볼 수 없는 이름]

'건축적' 미로—루셀

명징함 + 엄정함 베케트

희극Comédie

두 여자와 한 남자(남자는 딸꾹질을 하고 있다.)

이번 여름 나 자신에 대해 새롭게 알게 된 것들(보잘것없는 사람)

> 내가 바지를 입는 주된 이유는 뚱뚱한 다리를 가리기 위해서—다른 이유들은 부차적
> '나'는 진짜고, 유효하고, 공감 능력이 있다고 믿지만 내 행동들은 기만적이다.(조[차이킨] 말로는 자기는 반대란다.)

한 사람에 대한 집착이 어찌나 커지는지, 2년 전 여기 파리에서 〈만리장성〉을 비웃는 청년을 보았던 때와 비슷하게, 아무리 해도 도저히 믿기지가 않는다.

9. 원주는 없으나 호프만슈탈의 작품 『찬도스 경의 편지*Der Brief Des Lord Chandos*』를 지칭하는 것으로 보인다.

연기(연극) vs. 스타가 되기(영화들). 영화는 주로 (배타적이지는 않지만) 대체로 한 역할에서 다른 역할로 전환할 때 성격, 매너, 외모가 '지속적으로 연결'되는 매력을 지닌 배우들을 쓴다. 가르보, [더글러스] 페어뱅크스, 보가트, 프리츠 라스프[프리츠 랑의 〈메트로폴리스〉에 출연한 독일의 스타 영화배우] 가르보는 가르보고, 캐릭터는 부차적일 뿐이다. 캐릭터, 역할은 스타를 가리면서 또한 드러내는 핑계에 불과하다. 연극은 배우의 부재 속에서 영예를 누린다. 올리비에나 기네스, 아이린 워스나 로버트 스티븐스 같은 사람은 한 역할에서 다음 역할로 넘어가면 거의 딴판으로 바뀌고, 알아볼 수조차 없어진다. 연기는 체현, 배우는 카멜레온.

[페이지 오른쪽 위의 귀퉁이에, 이 일기 바로 위에, 프랑스 단어들이 쓰여 있다. 수슈souches("나무 등걸, 밑둥"), 그리고 앙부트망envoûtement("마성의 매력")

조, 데이비드, 마릴린[미국 조각가 마릴린 골딘], 세 명 모두 그들이 아는 사람들 중에서 내가 다른 사람들에 대해 비판적이며—들이대는 기준도 높다는 데 열렬하게 동의한다. 조는 내가 기분 나쁜 반응을 자청하고 다닌다고 한다…….

윌라 킴[의상 디자이너]이 "그들이 자아 발전을 하고 있는데"라고 말했을 때—의 반응. 주목!

[독일 표현주의 감독 폴] 레니의 〈웃는 남자The Man Who Laughs〉(1928) [동명의 빅토르 위고 소설을 영화화한 무성영화]

"권플레인" 역의 콘라드 바이트
"데아" 역의 메리 필빈

당신은 어째서 웃고 있지? 난 웃는 게 아니야. 나로선 어쩔 수가 없어. 내 얼굴은 늘 이렇게 생겼으니까.

나보코프가 비주류 독자들에 대해 말한다. "비주류 독자들이 있어야 한다. 비주류 작가들이 있으니까."

코끼리 크기의 사전을 사기—

작가에게 여행은 아무 "의미"도 없을지 모른다. 여행은 내레이션의 한 형식이다. 〈미궁 속에서Dans Le Labyrinthe〉에서 여행의 선택은 이런 부류라고, 로브-그리예는 말한다. 카프카와는 전혀 다르다고! "그 형식은, 내 이전 작품들에서 길을 인도하는 실과 같은 역할을 했던 철학적 정당화로부터 자유로워질 수 있게 해 주었다."

{40년 전 오르테가 이 가세트는 소설의 죽음에 대한 에세이를 썼다.

{게다가 T. S. 엘리어트(1923)[엘리어트의 논문, "『율리시즈』, 질서, 그리고 신화"는 그 해 가을『다이얼』잡지에 게재되었다.]

조직, 리그:

전쟁에 반대해 시위하기 위해. 미덕, 지혜를 추구하기 위해.

체념의 길을 모색하는 남자—

사실, 메시지를 운반하고 있다.(비밀 우편 체계)

어제 조가 왔을 때 비로소 나는 지난 두 달간 절망의 깊이를 깨달았다. 내 심장이 쿵쾅거리며 뛰기 시작했다—그냥 뒤 마고Deux Magot[파리의 카페]에서 그의 맞은편에 앉아 커피를 마셨을 뿐인데. 미친 듯이 아무것도 아닌 일들에 대해 떠들어 대고 있었다!(연극, 피터 브룩, 뉴욕) 그리고 처음으로 그런 생각이 들었다: 하지만 뉴욕으로 돌아갈 수도 있어—영주권은 포기하고. 어째서 지금 이 순간까지 그런 생각을 떠올리지도 못한 거지? 나는 마비되었다—

풍성한 금발을 절망적으로 욕망하는 영화 거물

피터 브룩이 루이지애나 주의 그린베레 캠프 훈련을 소재로 제작한 영화를 묘사한다—훈련 상황에서 군이 연출한 "해프닝" 한 가지: 군인들을 두 그룹으로 구분한다. 한 그룹은 미국 포로들 + 다른 그룹은 그들을 포로로 잡은 베트콩군이다. 베트콩이 미국인들을 때린다.(……케첩 한 병을 들고 기다리면서)

8월 4일. 런던.

[손택은 피터 브룩과 배우들 몇 명의 워크숍 협업을 중재하는 일로 런던에 있었다—그중에는 〈왕립 셰익스피어 극단〉 출신의 글렌다 잭슨, 폴란

드 실험 극단 연출가 제르지 그로토브스키, 그리고 그가 이끄는 〈래보러토리 씨어터〉의 배우들 몇 명이 있었다.]

"삼십 분 열두 시에 와."
"삼십 분 세 시." 등등.

파르테논의 메토프[10]에서 의식ceremonial의 몸은 자연의 몸과 다르다. (진짜) 몸은 사회화된 신체와 다르다.

이집트 조각상에서는, 심지어 몸에 글을 쓸 수도 있다. (더 엄밀하게 말하자면, 빳빳한 의상에) 이 글은 사람의 신분이나 기도를 명시한다. 그리스 조각상에서는 생각할 수도 없는 일이다.

파르테논 메토프에서 인간과 동물(말)의 몸은 동일하다 — 근육, 뼈, 혈관, 살. 같은 질감, 같은 수준의 정교함, 같은 관능적 권위.

8월 5일. 런던.

인간의 온기를 얻고자 "정보"를 거래해 버리는 나의 습관. 미터기에 실링 동전을 넣는 것과 마찬가지다. 5분 동안 효과가 있고, 그 다음에는 또 동전을 하나 더 넣는다.

그러므로 벙어리가 되고 싶다는 내 해묵은 소망 — 대다수의 내 발

10. 도리아식 건축에서 세로로 홈이 파진 기둥 두 개 사이에 끼어 있는 네모진 벽면.

화가 무슨 목적인지 알고 있고, 수치심을 느끼기 때문에.

사람과 함께 있다가 헤어진 뒤에는—만성적인 욕지기에 시달린다. 내가 얼마나 프로그램화되어 있고, 얼마나 진정성이 없으며, 얼마나 겁이 많은지에 대한 의식(사후 의식).

조 말로는 나는 사람들을 보면 그들의 한계부터 찾는다고 한다. 마치 집에 지붕밖에 없는 것처럼. 언제나 지붕이 너무 낮다면서. 단 한 사람과 있을 때만 (…) 나는 한계를 인식하고도 별로 개의치 않았다. 지붕이 낮아도, 집은 넓다는 걸 알았다—

다른 것들도 많겠지만, 내 강박의 문제는 나 자신이 타인의 좋은 점을, 그들의 가능성을 보지 못하게 막는다는 것이다.

그로토브스키의 작품은 모든 사람은 각자 사악한 동물적 이마고[11]와 퇴행적이고 착하고 유아적인 이마고를 갖고 있다는 암시를 남긴다. 어떤 이들이 보기에는 두 가지 이마고가 모두 '그로테스크'하고, 캐리커처이고 셀프 패러디이며 광기의 분출일 것이다. 그러나 한편으로 다른 사람들은—[리샤르 치즐락] 같은 사람을 상상해 보라—둘 다 아름답다고 본다. 정화, 오로지 "인간적 스타일"로 발전.

G: 뭐든 쉬운(가능한) 것은 불필요하다.

두 가지 초보 입문용 불교 묵상: (1) 호흡에 대해 (2) 공감, 친절에

11. imago, 이미지. 정신분석에서는 타인을 지각하고 관계를 맺게 하는 인간 정신의 원형을 가리킨다.

대하여

#2는 시퀀스다.

나는 나 자신에 대해 생각한다. 내가 총체적이며 온전하고 조화롭고 성숙하고 행복하고 마음이 편안한 사람이길 바란다.
친구를, 내가 사랑하는 누군가를 생각한다, 그 누군가 ○○하면 좋겠다고 바란다.
원수를 생각한다…
가족을 생각한다…
……내 지역사회 등등
……지각력이 있는 모든 존재들

[아게하난다] 바라티, "탄트라 불교"

8월 6일. 런던.

그로토프스키는 내가 『은인』에서 투영했던 수많은 아이디어들을 활용해 자기 초월(영적, 육적으로)을 이론화할 뿐 아니라 실천하고 있다. 그러나 막상 나는 아이러니한 간격을 두고 멀찌감치 떨어져 있는 반면—이런 생각들이 미쳤다는 믿음 + 그 생각들이 진실이라는 믿음 사이의 모순을 해결할 수가 없다—G.는 몹시 진지하다. 그는 내가 한 말을 '의미한다.'

그는 이런 모순을 느끼지 못하기 때문에? 그에게, 그것들은 단순히 아이디어가 아니기 때문에—그가 실천에 옮겼기에—

피터 브룩:

몹시 몰두하고, 어조가 높고, 연한 파란색 눈—머리가 벗겨지는 중—검은 터틀텍 스웨터를 입고—따뜻하고 육감적인 악수—살집이 있고 통실한 얼굴

햄스테드에서 말년을 보내고 있는 제인 힙(1920년대에 〈리틀 리뷰〉로 유명했다)과 동창이다. 구르지예프의 제자. 그녀의 일요일 오후들.

남의 지혜를 이용하는 사람
제레미 브룩에 대하여: "오. 그쪽은 그렇게 생각하나요? 난 그가 흥미로운 실패작이라고 생각했어요."

브룩의 아내, 나타샤. 결혼한 지 13년째. 한동안 결핵을 앓았고, 부부가 아이를 가지려 노력한 지 얼마 되지 않는다. 딸 하나, 세 살(?). 7주 후에 아내가 둘째를 낳는다.

부모가 모두 의사였다—영국으로 왔고, 다시 학위를 따야 했고(수치심 등등) + 시험을 쳐야 했다. 러시아 출신이다.

캠브리지로 진학했다—재학 중에 연출을 했다.

어머니가 완하제를 발견했다. "브룩의 엑스렉스"[12]

달리 〈살로메〉(오페라), 〈당신에게 오늘밤을*Irma La Douce*〉, 〈리어왕〉, 〈차막들*The Screens*〉, 〈대리인〉(파리에서), 〈물리학자들*The Physicists*〉(런던과 파리), 런트 폰탠 씨어터에서 〈방문〉, 〈마라/사드〉

제스처를 취하는 특유의 방식, 유혹적인 저음의 목소리

[영국 극작가] 피터 섀퍼 말로는 브룩이 사람들을 "자기 마음대로 배후조종"한다고 한다.

'아주' 조용히 앉아 있을 수 있다.

무리 중에 있으면: 그는 스포트라이트를 끈다. 당신의 조명이 켜진다—사람들은 그를 위해 연기하고 싶어 몸이 단다.

그로토브스키:

35분쯤

칼리가리나 [토마스 만]의 『마리오와 마법사』에 나오는 마법사처럼.

그의 성생활에 대해서는 아무도, 아무것도 모른다.

12. ExLax, 변비에 좋은 초콜릿 제품명.

비평가였던 적은 없다

한동안 인도에서 요가를 배웠다.

함께 있을 때면, 아무도 그에게 자신의 사적인 문제들을 꺼내지 않는다.

종교에 강박(로마 가톨릭교회에 대한 증오); 그의 위대한 테마: 성 + 종교

반복적인 모티프: 십자가형 + 태형("좀 테네시 윌리엄스스럽지", 브룩이 말한다)

[페드로] 칼데론 희극[〈불굴의 왕자*The Constant Prince*〉]

왕자 역을 맡은 치에슬라크는 대좌 위에 거의 나체로 서 있고, 나머지 배우들은 중세의 원시적 의상을 입고 그의 주위를 돈다.

함께 있는 시간 내내 쉬지도 않고 환상적인 에너지가 철철 흘러넘친다.

그들은 수건으로 치에슬라크를 세차게 채찍질한다—

G.는 그들이 각 부분에 새 한 마리씩을 활용해 몇 달 동안 논의를 하고 + 대본도 처음부터 끝까지 읽었다고 한다.

고요해지려면, 몸이 '되려면.'

그렇다면: 글쓰기는 비밀스러운 무언가가 될 것이다. 말의 해악은 찌꺼기가 된다. + :

그럴수록 더욱 치열해진다.

참조: 스테이플던—말은 하나의 예술 형식일 뿐이다.

그로토브스키 + 배우(치에슬라크: "강사")

(G.) 미스터 마인드:

뚱뚱(통통?)

검은 정장, 하얀 셔츠, 좁고 검은 넥타이

젊다(34?)

검은 선글라스

절도 있는 몸짓

각이 무너진, 살짝 붉은 기가 도는 얼굴

검은 갈색 머리, 소가 핥은 듯한 앞머리

담배

(C.) 미스터 바디:

검은 트렁크

밤색 스웨트 셔츠

말랐다

헐떡거림

높은 광대뼈

얇은 다리

슬리퍼

미소, 다정함

29살

얼굴 주름이 많음

연갈색 머리카락

가슴, 눈썹, 겨드랑이 흰 손수건으로 닦음

고개를 가슴까지 파묻고 걸어다닌다

이목을 끌기 위해 손뼉을 침

떠듬거리는 영어로 말함

강사가 그로토브스키라면—검은 선글라스를 쓴 뚱뚱한 남자를 데려와 그로토브스키 시늉을 하게 한다면?

[윌리엄 캐슬의 1959년 영화] 〈팅글러〉를 기억하라!

(그로토브스키!)

N. B. 그로토브스키가 말하는 모든 것이 브룩에 의해 반복될 수밖에 없는 극적 효과.(내게는, 프랑스 자막을 단 미국 영화를 보는 것 같은 기분이다. 둘 다에 똑같이 + 동시에 흥미가 있다.) 그리하여 배우들은 브룩의 목소리, 억양 + 제스처와 G.의 메소드를 배우게 된다. 브룩의 권위는 아무런 위협도 받지 않는다.

8월 7일. 런던.

로널드 브라이든이 『옵서버』에 오늘 실은 에세이에서 한 말: "광고의 테크닉은 (…) 소망에서 충족으로의 점프 컷이다. 이것은 새로운 국제적 대중 시네마의 테크닉이 되었다. (…) 그리고 이러한 가속과 함께, 자동적으로 코미디가 나온다. 채플린이 보여 주고 싶어 했던 것처럼, 무엇이든 가속되어 페이스가 빨라지면, 어쨌든 부조리해진다. 새로운 네 컷 만화식 시네마는 즉흥적이고 부조리한 만족이다……."

얼마 전 밤에 불교의 스님("비르야") =

품위
규칙
몸이 반듯이 펴진다
말이 필요한 것이 된다.

8월 8일. 런던.

치졸한 착취—궁핍

베케트(조르주 드뚜이와 나눈 세 편의 대화록에서)

"불완전한 대상이 아니라 없어진 부분들까지 다 갖춘 총체적 대상. 정도의 문제."

[이 부분은 강조되어 있다.] "난관의 손아귀에 잡혀 있기보다는, 낙관을 찾아 나가는 것. 적수가 없는 사람의 불안."

"예술가가 된다는 건 감히 다른 사람들이 꿈도 못 꾸는 실패를 한다는 것이다……. 실패는 예술가의 세계다∧…"

1944년~1945년에 걸친 기근의 겨울에 네덜란드

수장[The Chief]은 전자화되기 전의 레코드들을 어마어마하게 많이 수집해 소장하고 있다.

젊은 시절 뭔가 은밀한 치욕을 겪었다.

롤리 팝('빅 비트 메피스토'가 편곡한 음악)

제목: 수인[囚人]

먹을 것 아이디어들

노발리스, 『수상록[*Thoughts*]』:

[강조된 부분]: "알파벳과 참고 서적들이 시적으로 보이는 순간들이 있다."

"캐릭터(인물)는 온전히 빛어진 의지다."

……

[강조된 부분]: "철학은 결국 향수다. 어디에서나 집처럼 편안하고자 하는 소망이다."

"진실을 제대로 알기 위해서는, 먼저 불신을 하고 + 반박 논증을 해야 한다."

"자신과 무관한 개인성에 사람이 온전히 자신을 던지는 힘은—단순히 모방하는 게 아니라—아직도 많이 알려져 있지 않다. 그건 예리한 관찰 + 지적인 흉내로부터 생겨난다. 진정한 예술가는 원하는 그 무엇으로든 자기 자신을 바꿀 수 있다."

미국에서 종교는 '행동'과 등치된다. 교회나 유대교 회당에 발길을 끊는 건 (유럽에서처럼) 신앙이나 믿음의 위기 때문이 아니라 금제나 과다한 예식의 부담 때문이다. 그러므로 중서부 사람이 청년이 되어 뉴욕에 오면서 교회에 가지 않게 되더라도, 그가 결혼해서 + 롱아일랜드로 이사를 가면 아이들을 주일 학교에 보낼 가능성이 높다. 그저 롱아일랜드에 있는 개신교 교회는 옛날 아이오와에서 그랬던 것처럼 담배도 술도 못 하게 하지는 않는다는 사실만 확인하면 된다…….

[새뮤얼 베케트의 『프루스트, 그리고 조르주 뒤투이와 나눈 세 번의 대화』

의 발췌분을 대여섯 장 적어 내려간 후에, 손택은 다음 글을 덧붙였다.]

나는 더욱더 나다운 나가 될 것이다

1. 다른 사람들의 속내를 덜 '이해'하게 된다면
2. 다른 사람들이 창조하는 걸 덜 '소비'하게 된다면
3. 웃음을 줄이고, 말할 때 최상급과 불필요한 부사 + 형용사들을 싹 없애 버린다면

2 때문에 나는 수많은 경험들에 온전히 임하지 못한다—더 무장하면, 더 많이 흡수할 수 있다. 더 열리면, 한두 가지로 채워질 수 있다—더욱 깊이 그 체험들을 직면할 수 있다.

1로 인해 나는 자꾸 나 자신에게서 이탈해 튀어 나간다—내 나름의 지각 차원에 충실하지 못하고.

내 감정을 너무 기꺼이 다른 사람들에게 말해 버리는 바람에 그걸 천박하게 만들어 버린다. 조[차이킨] + 피터 브룩 + 소냐[조지 오웰의 미망인이자 손택의 친구였던 소냐 오웰]에게 그로토브스키에 대해 말해 버린 것처럼. 매번 그 각각의 사람들이 그로토브스키에게 어떻게 반응할지 나는 파악했고 + 그에 적응했다!

영국 스님의 이름은 이제 비르야다. 에너지라는 뜻이라고 한다. 수모네라 비르야.

에너지를 어떻게 움직이는가.

G.는 거의 언제나 무기력하다—에너지를 낭비하지 않는다?

아니면 그가 이러는 건 나쁜 건가—스위치 두 개가 있어서, 켜져 있고 + 꺼져 있고. 아니면 풍부한 표현으로, 악마적으로 굴 때, 그런 그를 만드는 원동력인가?(지킬 박사 + 하이드 씨)

연극계의 용어:
"자신과 맞서 연기하다", "다른 사람과 맞서 연기하다"

자아를 숨기는 것의 반대는 자아를 보여 주는 것이 아니라(그건 역전되긴 했지만, 결국 같은 거니까) 보여 주거나 숨겨 주는 것 이상의 무언가다.(뻔뻔스러움 또는 수치)

숨기고 보여 주는 건 둘 다 일단은 '자기 자신을' 바라보는 태도다.

온 정신을 다른 사람에게 팔고 있는(그저 그 눈에 비친 자기 자신의 이미지를 보고 싶어서) 태도를 상상해 보라. 자아의 '의식'(자아 그 자체라고 말하기는 힘들지만)은 지워져 버리는 그런 태도 말이다.

이것이 목표인가—자아의 '의식'을 폐지하는 것

참고. 사르트르, 그는 바로 그것이 가능하다고 주장했다.

하버드[1960년대 내내. 하버드를 나온 손택은 박사 과정을 수료하고 논문 자격 시험까지 치르고 하버드를 떠났지만 논문은 쓰지 않았다.] 논문이 없으니 그때쯤 다시 한 번 해 볼까 생각이 들었다.

현대 프랑스 철학(블랑쇼, 바타이유, 사르트르)에서 자기 초월에 대해 생각

더 정확한 논문 주제:

현대 프랑스 철학에서 자의식, 자아의식, 그리고 자기 초월:
[앙리] 베르그송, 사르트르, 바타유, 블랑쇼, 바슐라르

자기 조종의 역할
언어와 침묵의 역할
예술, 이미지들(시각)의 역할
종교의 역할
구체적인 에로틱 관계들의 역할
객관성, 형평성의 역할

G.는 언제나 똑같은 옷차림이다:
반짝반짝 광을 낸 검은 구두: 검은 양말
실내에서도 늘 검은 선글라스를 낀다.

C.[치에슬라크]: 몇 벌의 다른 스웨터—하나는 베이비 블루색, 하나는 밤색, 하나는 네이비 블루, 바지 몇 벌, 갈색의 캐주얼한 신발

P. 브룩: 두상이 길고 이마가 높다.

그렇게 우리는 앉아 있었다. 자아 망각의 마비 상태로.

영사로 일하다가 은퇴한 어느 프랑스인 + 장서에 묻혀 조용히 살았다.

8월 10일. 런던.

"조직"의 요소

그건

우정
편집증

에 대한 고찰.

가장 편집증적인 사람(애런)이 배반자다. 그의 회한.

조직이 선한지 악한지 결정을 해 줘야 하나?

선악이 뒤섞인 채로 놔두자. 유대인들처럼—
"조직"은 수많은 천재들을 세상에 내보냈다는 사실을 강조하자.

이 사람들이 훗날 "조직"의 일원이라는 사실을 부정하는 경우가 비일비재하지만—

"조직" 사람들의 쇼비니즘—

"조직" 사람들은 다른 사람들보다 영특하다는 대중의 편견—

요즘은, 대도시에서 그들을 보게 되는 경우가 있다 과거와는 달리—

폴 굿먼의 "입 속 깊숙이Down in the Mouth" 중에서, 1955년 공책

"'객관적 진실'을 안다는 것—이는 상당히 나태하며 대개는 접촉의 근절에서 나타나는 현상이다."

"(…) 나는 '나의' 진실을 가지고 성공하지 못했기에 진실을 알 자격이 없다."

작업의 미래, 감히 생각해 본다면.(저 너머 그 무엇이 과연 "조직"에 침잠해 있는 아픔을 덜어 줄 수 있을까 생각해 보기)

각 백 페이지가량의 중편 두 편으로 구성된 책. 각 중편은 일종의 "연극적" 이벤트를 중심으로 진행된다.

T.의 마렌

미덕의 희생(아니면: 리허설)
(G. C. 등등)

제목: "두 개의 무대"

그래서: 『은인』(소설)
「결탁in league」(소설)
「두 개의 무대」(중편들) 〉「증인」, 「리허설」
「토머스 포크의 고난」(소설)

8월 23일.

이번 여름에 읽었다: [아놀드 베네트] 『늙은 아내들 이야기*The Old Wives' Tale*』, [토머스 하디] 『캐스터브리지의 시장』, 거하디, 『부활』, 블레즈 상드라르, 『모라바진*Moravagine*』, 셰리던 르 파뉴, 『카밀라』, [기드 모파상], 『홀라*The Horla*』, [제인 오스틴] 『오만과 편견』, H. H. 에베르, 『마법사의 제자*L'apprenti Sorcier*』, 올라프 스테이플던 『최후이자 최초의 인간*Last and First Men*』, 제라르 쥬네트 『문채(文彩, *Figures*)』, [조르지오] 드 치리코, 『헤브도메로스*Hebdomeros*』, [디드로], 『라모의 조카』와 『수녀』

오늘, 고다르가 HLM[어떤 공공 건축 프로젝트의 프랑스어 이니셜]에서 〈그녀에 대해 알고 있는 두세 가지 것들〉을 촬영하는 모습을 보았다.

[허버트] 로트먼—작가 + 흡혈귀—이 묻는다. "이 영화의 주제는 뭐요?" [고다르의] 대답: "모릅니다." 질문: "주제가 있기는 있습니까?" 답: "아니오." 질문: "당신 영화들의 전반적인 테마는 무엇입니까?" 답: "그건 당신이 말해 줘야죠."

8월 26일.

데이비드, 엘리어트 [스타인], 그리고 루이스와 함께 파리 16구를 산책하며 [엑토르] 기마르,[13] [쥘] 라비로트[14] + [샤를] 클랭이 지은 건물들을 구경했다.

…… 그리고 발자크의 자택, 말레—스티븐스[15]의 아파트 건물 등

……

소설: 편집증 + '탈신화'의 과정에 대하여: 겁에 질린 사람들, 사회적인 사람들, 그룹, 무엇이 유대를 형성하는가?

……

13. Hector Guimard, 1867~1941. 프랑스의 건축가. 아르누보 양식이 지배적이던 시대에 독자적인 작품을 많이 선보였다. 특히 파리 지하철 역사와 앙베르 드 로망 음악당은 철과 유리를 결합해 아름다운 곡선미를 드러내고 있다.

14. Jules Lavirotte, 1864~1929. 프랑스의 대표적인 아르누보 건축가. 파리 7구의 라비로트 빌딩이 대표적이다.

15. Robert Mallet-Stevens, 1886~1945. 프랑스의 건축가.

9월 2일.

안티베 > 모나코 > 로크브륀-카프-마르탱(샤토/포르 10번지) > 라 투르비에(알프스의 트로피) > 안티베

……

9월 10일. 베니스.

이탈리아어 "장틸레자gentilezza"[16] "시빌타civiltà"[17](…)

게토[18]: 베니스에서 가장 높은 건물들(6, 7, 8층)—회당 5군데—명판, 중앙 회당 벽에 나치 희생자 비문이 새겨져 있다.

생존해 있는 위대한 두 작가: 보르헤스와 베케트

발레리: "말로 형용할 수 없는" 상황에서 "언어는 실패한다." 문학은 "언어"를 통해 "언어가 실패하는 상태"를 창출하려고 노력한다.(『순간들*Instants*』, 162쪽)

라 뷔시에르, "르 망죄르 드 도시에le mangeur de dossiers"[말 뜻 그대로를 풀면, "기록을 먹는 사람"]—다른 여러 사람들 중에서도 특히 조제핀 드 보아르네를 단두대로부터 구한 서기(강스의 『나폴레옹』에 나온다.)

16. 친절, 호의, 기품, 우아함…….

17. 문물, 문화…….

18. 유태인 거주 구역.

[날짜 미상, 1966]

8,000

6,085

1,915

『해석에 반대한다』가 6,085권 팔렸다.

초판본 1,915권이 남아 있다.

***

1967년

[손택의 일기에는 낱장의 종이들에 써서 공책 사이에 끼워 놓은 일기들이 아주 많다. 이 낱장들의 정확한 시기에 대해서는 손택 자신도 분명하게 알지 못했다. 다음 일기는 손택의 필체로 "오래된 메모—1967?"이라고 표시되어 있다. 이를 근거로 여기에 포함했다.]

예술은 현재에서 '과거'의 전반적 상태다.(비교. 건축) "과거"가 된다는 건 "예술"이 된다는 의미다.(비교. 사진도 그렇다.)

예술 작품들에는 어떤 '파토스'—애상이 있다.

역사성 때문에?
쇠락 때문에?
베일에 가려진, 신비스러운, 부분적으로 (그리고 영원히) 접근 불가능한 면모 때문에?
아무도 다시는 '그것'을 하지 않으리라는(할 수도 없다는) 사실 때문에?

아마, 그렇다면, 작품들은 예술이 '될' 뿐이다. 그 자체로 예술은 아니다.

그리고 작품들은 과거의 일부가 되었을 때 예술이 된다.

(과거를 창조)

그러므로 "동시대의" 예술 작품이라는 말은 모순이다.

우리는 현재를 과거에 동화한다.(아니면 또 다른 걸까? 제스처, 연구, 문화적 기념품?)

과거를 창출하는 행위의 애상

복제의 현기증을 일단 극복하기만 하면, 삶에서 너무나 많은 것들을 향유할 수 있다.

뒤샹: 예술이 아니라 "오브제"로서의 작품에 "우연"을 허하는 행위에 대한 철학적 논점으로서의 기성품들

4월 11일.

…콕토의 말이다: 원시인들이 아름다운 것들을 만드는 건, 다른 건 본 적이 없기 때문이다. 내가 어렸을 때 했던 것도 마찬가지다. 나는 정신을 써서 사고하기 시작했다. 누가 그러는 걸 본 적이 없었기 때문이다. 위인의 반열(거의 다 죽었고, 외국 사람이었다.)에 든 이들—퀴리 부인, 셰익스피어, 만 등등—을 제외하면 사람한테 정신이 있다는 생각도 못 했다. 나머지 다른 사람들은 다 우리 어머니, 로지, 주디스와 같았다. 그 사이에 자리가 있다는 걸 알았다면 얼마나 좋았을까—그 모든 지적이고 사려 깊고 예민한 사람들이 있다는 걸 알았다면? 그랬으면 모르지. 어쩌면 난 내 정신을 그렇게 계속

+ 계속 + 계속 쓰지 않았을지도 모른다. 내가 그렇게 했던 이유 중에는 아무도 정신에 마음을 쓰지 않고 있다고 여겼던 탓도 있기에. 내 정신이 살아남으려면 내가 도와주어야만 했다.

4월 18일.

로지: 거실에 코끼리 한 마리를 키우는 것 같다. 내가 태어났을 때부터 열네 살까지. 그런데 열아홉 살에, 내가 데이비드한테 똑같이 했다니!(수전 타우베스와 똑같다: 나한테 좋은 건 내 아이들한테 좋다고. 정말이지: 내 자식들이 나보다 더 좋은 대접을 받아야 하나?)

로지가 말한다: 끝없이 흘러내리는 용암처럼, 낙진처럼. 내 머릿속에 새겨져 있다 — 말로, 글로, 언어의 지독한 오염.

"어머니" 등등.

아이린이 철자법을 몰라서 짜증을 냈던 것도 그런 이유.

8월 3일. 포르 드 프랑스[마르티니크].

몸의 이미지들.

폭력으로 가득 찬, 방어되는 몸.

중력과의 끊임없는 싸움으로 정의되는 몸. 털썩 무너져 내리고, 누워 버리고, 구부러지고 싶은 욕망에 맞서는 분투. 꼿꼿이 서려면 (척추, 목 등등) "의지"가 있어야 한다.

"등"이 제 몸의 일부가 아닌 것처럼 취급하기: 샐리 [시어즈]. 책장의 뒷면처럼.

8월 6일. 포르 드 프랑스.

픽션(산문 서사)의 미래는 점점 더 + 점점 더 많은 사람들이 '모든 것'이라고 말하는 (일화적이고, 특정한 것을 억압하면서) 쪽으로

'분석'의 도구로서 예술의 강조(표현, 진술 등등보다는)

8월 9일.

…이 모든 것에 내가 항상 경도되어 있었던 거다—(비밀 중의 비밀을 지키자고) 자신에 대한 거짓말에 공모하고, 편리한 자기 폄하에 동의하고. 그리고 게걸스럽게 먹고 남은 찌꺼기를 싹싹 거둬 먹고 다니고—내 모든 관계에 있어 걸신들린 것처럼 굴고. 생각해 보라고! 이건 메릴한테서 얻어야지, 이건 필립에게서, 이건 해리어트, 이건 아이린, 이건 아네트한테서, 이건 조에게서, 이건 바바라에게서 등등. 보물을 수확하면서 나는 그들이 아는 걸 알게 되고, 아니면 그들과의 관계를 통해 무언가 발전을 시키거나(그들에게서 영감을

받아 내 어떤 재능을 계발한다거나)—그러고 나면 휙 떠나 버리는 거다. 그들이 가진 것을 빼앗은 건 아니라는 건 알지만(내가 떠난 후에도 뭐가 없어지진 않았을 테니까) 그래도 어쨌든 난 그들을 먹고살고 있었다. 그들보다 내가 더 많이 안다는 걸 난 알고 있었던 것이다—그래서 그 앎을 그들이 접근할 수 없는 더 큰 체계에 맞추고 있었던 것이다.

[여백에]: [헨리 제임스의] 『성스러운 샘*The Sacred Found*』에서처럼

내가 삶의 동반자를 원했던 것일 수도 있는 걸까? 그렇다. 한 사람 한 사람을 사귈 때마다 진심으로 노력했지만 포기하고 나면 내가 뭘 하려는지 말하지 않았다.

아이린과의 관계에서 난 가장 치열하게 노력했다. 그러나 가망이 없다는 걸 깨달았다—아이린은 "고귀한 품성"이라는 게 천성적으로 불가능한 사람이라는 걸 알게 되었다. 그러자 관계는 거짓이 되었다. 나는 자아를 왜소하게 축소시켜 그녀가 줄 수 있는 것만 얻는 심리학적인 (사례사cace-histort[1]) 나로 전락했다. 사례사의 나는 절대적인 진품이었다—얼마나 안심이 되는지, 그 표현을 쓴다는 것 자체가 축복이다—그쪽 방면으로 나는 너무나 많은 거짓말을 쌓아 지탱하고 있었다. 그러나 그건 내 전부가 아니었다. 그동안 내내 나는 알고 있었다. 아이린의 일거수일투족에 노예가 되었던 어린 시절의 훼손된 자아 곁에 견디고 살아남은 초월적 자아가 있다는 걸 내

1. 사회복지학에서, 출생부터 현재까지 생활사를 통해 해당 사건이나 현상을 전체적으로 파악하고 분석하는 방법.

내 알고 있었다. 그리고 아이린은 그 자아를 이해할 수도, 손잡을 수도, 사랑할 수도 없었다.

나는 (아이린과 함께 있을 때) 똑똑해지기 위해서는 멍청해져야 했다. 나는 그녀의 지혜를 원했다—그 지혜를 섭취하고, 내 것으로 만들고 싶었다—더 큰 총합의 일부로 동화시키고 싶었다. 그러나 나는 오로지 백치로, 고객으로, 고분고분한 존재, 의존적인 존재로서만 그 지혜에 접근할 수 있었다. 이 모든 것들도 어쨌든 나라는 걸 알고 있었다. 그러니 거짓말을 좀 한들 무슨 대단한 해가 될까? 그러나 당연히 해를 끼쳤다. 내가 시작한 게임을 할 만큼 나는 충분히 강하지 못했고, 폭군 같은 그녀가 지지를 거둬들이자 버티지 못하고 거의 쓰러질 뻔했다. 나는 언제나 신의를 배반하는 행동을 하고 있었다. (그러나 달리 내가 취할 수 있는 길이 있었을까? 아, 천만의 말씀.)

어떤 사례사:

에바 [베를리나]에게, 세계는 '빽빽하게 들어찬' 사물 + 사람들 더하기 그들의 환각적 분신들(오브제는 넥타이와, 정원에 물을 주는 호스다.) 사물과 사람은 (특히 몸의 일부는) 언제나 악마적 존재로 변신할 수 있는 가능성으로 점철되어 있다.

몇몇 결과들:

비딱하고 경계심 많은 걸음걸이—그녀는 언제나 뒤를 돌아보고 있는 것처럼—온몸의 하중을 온전히 땅에 내려놓을 수가 없는 사람처럼 걷는다.

고개를 모로 꺾고—곁눈질로 쳐다본다.(내가 뭘 보게 될까?)

계속 정신을 놓게 되어—시야를 스쳐 가는 많은 것들을 보지 못한다. "관찰력 부재이거나"(거르트[거르트 베를리너, 에바의 전 남편, 화가이자 사진가]의 표현처럼) 아니면 그저 간헐적으로, 비체계적으로 관찰하는 것이거나.

독서 장애—판타지에 자극을 받을까 봐 독서를 두려워함, 그녀가 읽는 책에 대해 "실수"를 할까 봐 두려워함.

따라서 책 읽는 속도도 느리다—눈으로 받아들이는 것을 마음속으로 소리 내어, 제대로 읽고 있는지 '두 번' 확인해야 한다.

[여백에:] 정보와 지식의 흡수에 저항—이것이 "일반적"으로 느껴지기 때문에—앎이란—앎이란 뭔가 구체적인 것, 부분(?)을 안다는 것

영화를 이해하는 데도 가끔 고충이 있음—다른 곳을 보거나 멍하니 생각을 놓는 경우가 상당히 잦기 때문에(이미지들이 위협적으로 변형되려 할 때)

복잡하게 체계화된 사람들에 대한 불신: 본질이 안정적이라는 자

신감을 도저히 갖지 못함. 심지어 인지적으로도 불가능.(문으로 들어오는 아들 유리가 용일지도 모른다는 생각을 함. 친구 조앤의 얼굴이 몸에서 분리된 음탕한 입으로 변할지도 모른다는 두려움)

몸을 쓰는 데 서투름. "사물"과의 관계가 편치 않아서 사물을 당연하게 치부하고 + 아무렇지도 않게, 탐색하듯, 권위를 가지고 사물을 다룰 수가 없음.(이번에도 역시 사물들에 무의식적 환각의 아우라가 둘러쳐 있기 때문에) 어쩔 수 없이 성적으로도 서툴 수밖에.

다른 사람들의 감정을 관찰하고 + 감지하는 그녀의 재능을 훼손한 건 1) 타인의 현실성에 대한 불안감(유아론적 우주—그들은 모두 내가 쓴 연극의 배우들이다.) 2) 자신의 지각이 얼마나 믿을 만한가에 대한 불안감(내가 그녀라면, 나의 느낌은 아마도……와 같은 보완적 조치가 필요함)

인간으로서 불연속적인 느낌. 내 다양한 자아들—여자, 어머니, 교사, 연인 등등—그들이 다 어떻게 하나로 어우러지는 걸까? 그리고 하나의 "역할"에서 다른 역할로 넘어가는 순간의 불안감. 지금부터 15분을 버틸 수 있을까? 내가 되어야 하는 그 사람으로 변해, 그 사람으로 온전히 살 수 있을까? 성공적으로 해낼 수 있는지 여부와 무관하게 한도 끝도 없이 위험천만한 도약으로 느껴진다.

이것의 더 일반적 형태: 다른 사람에게 "충실"할 수 있는 자기 능력에 대한 (어느 정도는 근거가 있는) 불신

여기에서 추론할 수 있는 것(훨씬 더 많이 있지만):

어렸을 때 겪은 그녀의 자아, 자존감에 대한 야만적인 공격. 어머니의 불안정한 심리, 총명한 딸과의 경쟁 심리—

에바가 어머니와 맺은 "계약"—어머니는 순박하고 예민하고 창의적인 여자인 반면, 에바는 더 지적이고 영특했다. 그러나 아버지가 싹을 잘라 버렸다. 그녀는 학교에서 공부를 잘하고 싶었다—자기에게 주어진 역할을 훌륭하게 해내 어머니를 기쁘게 해 주고 싶었다—그러나 하기 싫기도 했다—한계를 두고 그녀에 대한 정의를 내리는 어머니를 당연하게도 증오했기 때문이다. 그래서 어머니가 좌절하게 만들고 싶었기 때문이다.

부모가 자기를 망치고자 한다는 느낌을 받으면 아이는 우주가 적대적이며 자신을 박해하려 한다는 사실을 알게 되고, 이로부터 자신을 '방어'해야 한다고 믿는다. 또한 부모의 분노를 달래야 하며—자기 자신의 분노와 무력감에도 대처해야 한다. 결국 아이는 부모가 긍정하는 것 이상의 자아를 갖지 못한 존재가 된다. 부모가 사랑을 주지 않는 건 부모가 보기에 아이가 나쁘다는 것이고, 아마도 실제로도 나쁠 거라고 판단하게 되는 것이다. 부모가 틀릴 리가 없으니까. 그래서 아이는 자기가 나쁜 사람이라고 생각하면서도 사랑해 주지 않는 부모를 어쨌든 미워하게 된다. 사실 부모는 좋은 사람이니까, 이런 증오는 죄책감을 낳는다. 그래서 아이는 자기한테 벌을 주기 시작하고, 증오의 감정은 (그중 일부는 부모와 한편이 되어 자기 자신을 향하게 된다.) 줄어들고 + 그들을 오히려 더욱—사적으로 사랑하는 일이 가능해진다.

에바의 경우, (판타지들에서, 혹은 섬광처럼 스치는 환각들로) 이 세계를 항상 침범해 들어오는 환각 속의 "다른 세계"는:

> 주변의 다른 사람들(원래는 부모)을 판단하는 진술, 도상학
> 자기 처벌의 한 형식—스스로에게 귀신처럼 들러붙어 괴롭힌다 + 자기 자신을 끈질기게 괴롭히도록 허락한다—이런 나쁜 감정들에 대한 벌로써.
> 그녀의 진짜 감정을 알게 되면 다른 사람들이 하게 될 보복을 상징적으로 상상

이런 환각적 이미지들은 부모를 박해자이자 악마로 체험했던 데서 유래한 게 틀림없다—부모의 그런 모습을 '캐리커처'로 그리고 있는 것이다. 이런 이미지들은 어떤 형태의 위트다—그러다가 그게 세계 전체로 확장되고 일반화되어, 나무나 그림자나 의자가 괴물로 변할 수 있게 된 것이다. 그러나 세계 전체(지각의 범위)를 '일차적'으로 체험하면서 악마로 인식한다는 건 불가능하다. 사람들. 아니, 사람의 일부—어머니의 젖—를 처음 체험할 때 말이다.

(세계의 지각은 제유법으로 '시작'한다—부분을 보고 전체로 환치하는 것이다. 참된 배움의 구조는 부분에 대한 구체적 지각을 잃지 않으면서 더욱 참되고 + 더욱더 참된 전체를 발견하는 것이다.)

신체 부위들(섬광처럼 스치는 환각들의 형태, 거인국 같은 형상)이 보

이는 건, 베라[에바의 심리치료사]의 말대로 일종의 공격이다. 에바는 사지를 절단하고 왜소하게 만들어 주제넘게 구는 이를 혼내면서 캐리커처로 희화화한다. 그러면서 자신에게도 겁을 주고 불안감과 자기 경멸과 금단현상을 무제한으로 허용한다. 그 사람의 무장을 해제하는 동시에 예전보다 훨씬 더 위협적으로 만드는 것이다. 그건 틀림없이 부모를 향해 품었을 환각의 소우주다.

사람들에 대한 환각을 전체 사물들의 세계로 일반화하는 것 역시 이중의 목적을 갖고 있다.

> 부모에 대한 비난을 희석한다—부모들만 문제가 아니야, 온 세상이 문제야.
> 전체성이라는 의미에서 자기 처벌의 강도를, 그녀가 치러야 하는 대가를 강화한다.

그로써 죄책감을 덜게 된다. 부모를 '그렇게' 많이 비난하지 않고, 특별히 지목하지 않기 때문에 그녀의 죄과는 경감된다.(다른 사람에게도, 심지어 사물에게도 그러니까) 게다가 그녀의 괴로움도 더 커지니까.

그러나 고통을 받고자 하는 일반화된 욕구는 남는다. 부모를 향한 원래의 증오는 끝까지 청산하지 못하고 남는다. 그래서 자학적 판타지들이 생겨나는데, 이는 또한 강압의 느낌을 필요로 하는, 더 구체적으로 성적인 패턴에도 들어맞는다. 성적인 감각을 깨우기 위해서는 '선택의 여지'가 없다는 느낌이 꼭 필요하다는 말이다.

예전에 그녀는 내게 말했다. 자기 방어에 있어 최고의 무기는 조롱이라고. 그 어떤 말도 "똑바로" 할 수가 없었다고. 거절이, "배신"이 두려웠던 것이다. 내가 진짜 속마음을 너한테 보여 주면, 너는 나를 사랑하지 않을 거야. [여백에 물음표가 있다.] = 너는 나를 조롱할 거야—내 선물을 거절할 거야. 그러니까 내가 선수를 치겠어. 내가 너를 조롱하겠어.

어떤 면에서 머리가 좋다고도 할 수 있다. 그러나 동시에, 그녀는 그런 자신의 총명함을 불신하게 된다. 자신의 정신을 주로 공격 수단으로, 다른 사람들을 향해 날이 서 있는 무기로만 체험했기 때문에 차라리 없애 버리고 싶은 마음을 갖게 된다. 정신이 없어진다는 건 곧 사랑할 수 있는 능력(자유)과 등치된다. 따라서 거트Gert.("진짜 여자"가 된다거나 등등.)

조앤은 에바가 감히 "똑바로"—조롱 없이—말할 수 있는 용기를 낼 수 있도록 충분히 사랑을 쏟았다.

그리하여 조앤은 에바에게 자기가 그녀를 사람으로 만들어 주겠다고 말했다. 그리고 에바는 정말 그럴 거라는 걸 인정했다. 그런데도 여전히 조앤과 절연하게 될지도 모른다는 두려움을 품고 있다. 그런다고 인간 면허를 박탈당하는 것도 아닌데.(조앤과의 유대에 있어 마술적 사고는 '부분'적인 역할을 할 뿐이지만 그렇다고 간과해서도 안 된다.)

(여기에는 내가 아이린과 맺는 관계와 비슷한 점들이 좀 있다.)

……

내가 언제나 의식해 왔던, 그래서 언제나 죄책감을 느끼게 만들었던, "나쁜" 보기seeing를 초월하기

나는 언제나 "내 눈 뒤에 숨어" 왔다. (릴리언 케슬러는 작년에 리처드 + 샌디네 집[손택은 시인이자 번역가인 리처드 하워드와 평생 가깝게 지냈다. 샌디는 당시 리처드 하워드의 동거인이었던 소설가 샌포드 프리드먼을 말한다.]에서 이 사실을 간파했다.) 나는 보기를 원했으나 내가 얼마나 많이 보는지 알리고 싶지는 않았다—그걸 알면 다른 사람들이 반감을 가질 테니까—그리고 내가 뭘 보는지도 말하고 싶지 않았다. 적어도 내가 보는 것 중 일부는 숨기고 싶었다.

그러나 어째서 사람들이 내게 반감을 가진단 말인가? 내가 그들을 꿰뚫어 본다는 걸 알기 때문이다—내가 가장 호의적일 때라도, 난 그들의 계획이나 꿍꿍이 정도는 얼마든지 뛰어넘(을 수 있다)는다는 걸 간파한다. 그리고 그들의 실패와 약점을 꿰뚫어 보는 일도 비일비재하다. 그것들을 쭈그러뜨려서—바짝 마른 베이컨 조각(내가 어머니에 대해 꾸는 꿈)이나 오래 익힌 아주 작은 미트볼로 만들어 버린다.

그러나 이게 전부는 아니다—아니면 나 자신에게 (지금까지의 내 자아에게) 못할 짓을 하는 거다. 나한테는 또한 사람들의 불행이 보인다. 사람들의 불행을 보는 데 엄청난 재주가 있다. 어린 시절 우리 어머니와 함께 있으면서 계발한 재능이다. 물론 어머니가 자초한 불행이었다. 그건 내 사랑을 얻기 위한 한 수단이었다. 아마도, 당시의

정황에서는, 내 사랑이 그렇게 수월하게 흘러나오는 그런 건 아니었다. 어머니는 내게 당신의 불행 + 약점을 보여 주었다. 난 어머니를 동정했다—그리고 그 동정심이 어머니를 사랑할 이유를 주었다. 이 동정심은 어머니를 향한 증오와 원망을 초월하고 억누르고자 내가 찾던 수단, 아니 절대적 언명이었다. 그러나 이는 한편으로—마음속 깊은 곳에서—나로 하여금 그녀를 경멸하고, 나 자신을 경멸하게 만들었다. 우리 사이에 다리를 놓을 수 없는 간극을 만들어 버렸다. 나는 어머니를 우러러보고 연민하고 내 공감 능력을 발휘했으며, 그렇게 약한 몸에 '나'의 욕구와 '나'의 분노라는 짐을 지우지 않으려고 했다. 나는 친절하고, 너그럽고자 했다. 그러나 한편으로 나는 어머니보다 우월해졌다. 내가 더 강했다. 내게도 욕구는 있었지만, 나는 강인했기에 어머니(또는 다른 누구에게든)가 그 욕구를 충족시켜 줄 거라 기대하거나 요청할 필요가 없었다. 그래서 나는 욕구불만인 상태로—욕구는 나 혼자 충족하고—심지어 어머니의 욕구를 만족시켜 주려고 노력할 수 있었다. 그래서 어머니의 분노를 두려워하는 만큼이나(어머니가 갑자기 + 자의적으로 이 거래에서 물러나겠다고 선언하고, 그나마 보장되던 듬직한 애정의 초라한 허울마저도 걷어 가 버릴까 봐 끝없는 두려움에 떨며 살고 있었다.) 나 역시 어머니를 봐주면서 생색을 내고 있었다. 나 역시 어머니를 경멸했다. 그래서 어떤 도착적인 방식으로, 내 부차적 욕구를 해결해 주는 어머니와의 관계에서 기꺼이 공모자가 되어 주고 있었던 셈이다. 엄청나게 강력해진 건—강해지고자 하는 욕구였다. (겉으로 보이는 모습이 어떻든, 어떤 비굴과 굴종에도 불구하고) 나 자신이 "다른 사람들보다" 강인하다는 걸 느끼고, 알고 싶었다.

그래서 나는 보면서도 + 보지 않으려고 노력하며 성장했다. 내 지적 에너지를, 나의 에너지를 보는 일에, "외부의" 사물에 써 버리려고 애를 썼다. 사상, 예술, 정치, 과학, 문화. 그리고 나머지는, 사람들을 보는 데 썼다. 그러면서 그 두 가지 문제적인 (하지만 여전히 유혹적인) 보기의 방식들을 중재하려고 애썼다.

> 사람들의 고통을 보기 > 연민으로 이어짐
> (누군가를 돌봐 주는 사람, 보호자, 은인이 되고자 하는 강박적 욕망) 이것이 결국, 억압의 자각으로 이어짐. 덫에 걸려 있다는 느낌, 그 관계로부터 도망치고자 하는 욕망.
> 사람들의 (윤리적) 부적합성, 고결함의 결핍을 보기 + 치졸한 자기애 + 자기 자신에 대한 야심의 부재가 자아를 축소시킴

내 인생에서 아이린의 등장은 커다란 전환점이었다. 그녀는 내게 심오하게 이질적인 생각을 처음 소개해 주었다 — 지금 생각하면 얼마나 기가 막힌 일인가! — 바로 '나 자신'을 본다는 생각이었다. 예전에는 내 정신이 오로지 자아 밖을 보기 위한 거라고 생각했다. 나는 다른 사람들 + 다른 모든 사물들이 존재한다는 의미로 존재하지 않았기 때문이다. 다른 모든 것들은 "객체"였지만 내가 어떻게 나 자신에게 객체가 될 수 있단 말인가? 등등.

그래서 그때 나는 아이린에게서 새로운 방식의 보기를 배우고 싶었다. 아이린의 감독 하에 — 무시무시한, 전유의 욕망에 불타올라서.

그때까지 평생을 살아오면서 다른 사람들에게 내가 보일 수도 있

다는 생각을 전혀 하지 못했던 걸까? 그렇다, 전혀 하지 않았다. 그러나 난 어떻게 그렇게 체념할 수 있었을까? 누군가 봐 주었으면 좋겠다는 소망을 언제 포기했던 걸까? 틀림없이 지독하게 어렸을 때였을 거다. (그 모든 과격한 불화들: 6개월 후 떠나 버린 인라이트 부인, 그리고 로지, 우리 부모님이 오셨다 + 가셨다, 내가 네 살인가 다섯 살 때 로지도 떠나고, 그리고 아버지가 돌아가시고, 여름 캠프, 어머니의 부재, 베로나로 보내진 일[손택의 외할아버지 자택이 뉴저지 주 베로나에 있었다.])

[여백에:] 이 부분 주목

그 직후 나는 숨기 시작했던 게 틀림없다. 그 사람들한테 내가 확실히 '보이지 않도록' 하려 했다(손톱 물어뜯기는 캠프에서 시작됐고, 천식은 이듬해 겨울에 발병했다.) 항상(?) 그들에게는 내가 "과분하다"는 느낌이 들었다—다른 행성에서 온 존재처럼 느껴졌다—그래서 나는 자아의 사이즈를 원래보다 몇 단계 줄이려고 애썼고, 그렇게 해서 그들이 이해할 수 있는 (사랑할 수 있는) 존재가 되고자 했다. 하지만 그 과정에서 "참다운" 나의 모습은 절대 희생하지 않겠다는 결심만은 흔들림 없이 지켰다. 축소와 융합의 문제는 내가 충분히 영특하고 "관찰력이 뛰어나기만" 하면 되었다. 그들이 뭘 원하는지 보고. 그들이 어디까지 견딜 수 있는지 보고. 기대치보다 덜 주지도 않고(결과물이 나쁘지 않도록) 그렇다고 더 주지도(그래서 그들의 수용 능력에 부담을 주고 겁을 주고 그들로 하여금 멍청한 기분이 들게 해서 소외시키거나 바보 같은 기분이 들게 만드는 나를 증오하게 만들지 않도록) 않으려고 노력했다.

그러나 내가 그들보다 "더 큰" 존재라는 걸 나는 어떻게 알고 단정 지을 수 있었던 걸까—나의 멋진, 우주적으로 여행하는 정신에 그토록 집중할 수 있었을까? 행여 내가 그런 정신을 잠재적으로 가지고 있었다 해도(하지만 어떻게 그럴 수가 있지?) 그걸 난 어떻게 알 수 있었던 걸까? 그리고 어쩌다가 나는 자기 자신에 대해 그토록 대담한 주장을 하게 되었던 걸까? 지지하거나 자극을 주거나 도와준 사람도 아무도 없는데? 광기처럼 보이는 일이다—그런 주장이라니, 그리고 그런 주장을 헛되이 하지 않기 위해 내가 밟았던 수순들이라니. (노벨상의 판타지, 내 야심을 담을 적절한 그릇을 찾기 위한 모색 등) 그러면서도 내내 타인들과 화해를 모색했다—사랑을 받고, 돌봄을 받고자 했다. 하지만 내가 불신을 깔고 행동했던 건 사실이다.(현명했던 것 같기도 하다.) 타인들이 내게 다가오지 않는다 해도, 내겐 언제나 나의 야심, 나의 정신, 나의 은밀한 존재, 내 운명에 대한 앎이 있어 쓰러지지 않고 버틸 수 있었다. 그러니까 나는 투자의 위험을 분산했던 셈이다. 타인들이 다가와 준다면 잘 됐고 + 좋은 일이다. (그러나 그들의 사랑을 얻기 위해 내게 가장 중요한 것, 내 정신을 포기할 생각은 전혀 없었다.) 그리고 그 사람들이 다가오지 않는다면, "탕 피 tant pis"["유감이지만] 그렇다고 못살 일은 아니다.

그렇지만 내가 실제로 포기한 것들을 과소평가해서는 안 되겠다—내가 아는 한에서는 내 "참된" 자아를 충실하게 방어하긴 했지만 말이다. 무엇보다 나는 섹슈얼리티를 포기했다. 나 자신을 "평범한" 사람으로 이해하는 능력을 포기했다. 나 자신과 내 감정에 대한 평범한 범위의 접근 방식을 거의 대부분 포기했다. 사적인 관계에서의 자신감과 자존감을 포기했다. 특히 남자들과의 관계에서.

내 몸을 편안하게 받아들이는 것도 포기했다.

그리하여 특정한 부류의 소수 관계들만 남았다—내 특별 전문 분야인 무성無性의 교육적 우정.

나는 매력적이고자 노력하기를 포기했다. 모든 사람이 가끔은 "나쁘고" "연약"하건만 나는 "나쁘게" 굴거나 연약할 수 있는 권리를 포기했다. 나도 다른 사람들과 똑같이, 그랬었는데! 그러나 그럴 때 나는 [대다수] 사람들보다 훨씬 더 자기혐오가 심했다—나 자신을 거세하고, 자존감을 일 인치씩 뚝뚝 떨어뜨렸다. 나는 다른 사람들보다 원래 "나아야" 하는 게 아닌가? 그렇다면 다른 사람들한테 괜찮다는 게 내게 적당한 규준이 될 수는 없었다. 그러면서 한편으로는 내가 어떤 면에서는, 그들의 규준에 미치지 못한다는 생각도 했다.

그러니까 여러 가지 문제가 있다. 사람들과 격렬하게 목마르게 충동적으로 친밀감을 맺었다가—곧 시들해지는 내 패턴. 접촉에 대한 욕구불만들이 쌓이고 + 쌓이다가 + 내 삶에 들어와 나를 새롭고도 너그러운 눈으로 "바라보는" 것처럼 보이는 새로운 사람에게 폭발해 버리는 것. 나는 내 소망으로, 그 사람이 풍부하게 갖고 있는 자질을 넘겨짚음으로써—뚜렷하게 눈에 띄는 한계들을 미화함으로써 나 자신을 유혹한다. 그러다가 금세 그 한계만을 보게 된다. 그리고 회피 + 죄책감 + 어떻게든 친교의 전선을 후퇴시켜 보려는—그래서 완전히 관계를 깨뜨리지 않고 친밀감의 약속 일부를 취소하려는 필사적인 노력이 이어진다.(그럴 때면 종종, 옳든 그르든 간에, 그게 내가 정말로 원하는 일이긴 하다.)

이는 더 이상 사실이 아니다. 기록을 완결하기 위해 적을 뿐이다. 하지만 아주 최근까지만 해도 간헐적으로 그럴 때가 있었다. 바바라와 돈[손택의 친구이자 영화학자인 에릭 레빈]과의 내 관계는, 비록 ("투트 프로포르시옹 가르데toutes proportions gardée")["다른 모든 조건이 동등하다면"] 이런 부류의 위험으로 점철되어 있었지만, 둘 다—엄청난 위험부담을 안고도—훨씬 더 지각 있고 훨씬 더 성숙한 방식으로 이루어졌다.

그렇다면 에바와 극명하게 대조되는 나의 우주에는 오히려 너무 사람이 적게 살고 있다. 내가 경험하는 세계는 나를 침범하고 협박을 가하고 공격하지 않는다. 원초적 불안은 부재, 무관심, "달의 풍경"이다.

그로부터 나는 내 생애의 첫 5년에 대해 많은 것을 추론해 낼 수 있다. 우리 어머니도 로지도 나서서 나를 잡으려 하지 않았고, 사기를 꺾거나 나 자신에 대해 박한 평가를 내리게 하지도 않았다. 아무도 나를 놀리지 않았고, 멍청하다거나 못생겼다거나 서툴다는 생각이 들게 만드는 사람도 없었다. 그들은 나로 하여금 이 세계가 기계적이며, 대체로 예의바르고(비록 가끔 이해할 수 없으리만큼 성마르기도 했지만), 믿기지 않을 정도로 둔하고 멍청한 사람들로 이루어져 있다고 믿게 만들었다. 게으르고 산만하고 무기력하지 않다면 그렇게까지 멍청할 리가 없다고, 틀림없이 나는 그런 생각을 했던 것 같다. 노력만 한다면 그 사람들도 지적일 수 있고, 볼 수 있을 텐데. 하지만 노력하고자 하는 사람은 아무도 없었다. 그들은 너무나 굼뜨고 활기 없어 보였다. 그리고 어떤 반응을 보일지 대체로 예측할 수 있었다. 그들의 손길은 뼈가 앙상하고 + 관능적이지 않았으며 + (우리 어머니처럼) 타이밍이 좋지 못하거나 억압적이고 + 지나치게 부담스럽고 + (로지처럼) 숨이 막혔다. 그래서 교훈은: 사람의 몸을 가까이 하지 말라는 것. 차라리 말상대를 찾을 수는 있겠지만. 그래서 어렸을 때 내가 하수구 배수관에 사는 난쟁이 가족을 친구로 두는 환각을 보았던 모양이다.

주디스의 머리에 "사실들"을 주입해 동반자로 만들고자 했던 초기의 불안한 시도들……. 그러나 제대로 되지 않았다. 얼마나 오래 그게 잘 될 거라고 믿었더라? 그래서 대신 나는 불멸의 망자들과 동행하게 되었다—나 역시 언젠가는 그런 "위대한 사람들"(노벨상 수상자들)이 될 셈이었다. 나의 야심: 그들 사이에서 최고가 되는 게 아니었다. 그게 아니라 그저 그들과 어울려 동료이자 동지로서 함께하고 싶었을 뿐이다.

지금도, 이 꿈의 상당 부분이 남아 있다. 세계를 "문화"와 정보로 채우고자 했던 해묵은 강박—세계에 밀도를, 중력을 주고자 하고—나 자신을 충만하게 채우고자 했던 강박. 나는 항상 책을 읽고 있을 때면 먹는 느낌이 들었다. 그리고 독서의 욕구(기타 등등)는 지독하게 괴로운 굶주림 같다. 그래서 한꺼번에 두세 권의 책들을 읽으려 하는 경우가 왕왕 있다.

오래 전 다이애너 [케메니]가 "사실"은 내게 "독극물"처럼 작용했다고 말한 적이 있다. 무슨 뜻이었을까?

그리고 내 방 벽에 붙어 있는 수백 장의 영화 스틸 사진들. 그것들 역시 텅 빈 우주를 채우고 있다. 그 사진들은 내 "친구들"이라고, 난 스스로에게 말한다. 그러나 그 말의 의미는 그저 내가 그들(가르보, 디트리히, 보가트, 카프카, 베라 치틸로바)을 사랑한다는 것이다. 그들을 숭모하고, 그들을 보면 행복해진다. 그들을 생각하면 이 세계에 추하고 께느른한 사람들뿐 아니라 아름다운 사람들도 있다는 걸 알게 되니까. 그들은 내가 추구하는 숭고한 동행들의 유희적 버전이다. 나는 에바 같은 식으로 "판타지"에 빠지지는 않는다. 에바는 온갖 이미지들이 주위를 돌아다니며—그녀를 바라보고 있는 것을 견딜 수가 없다고 말했다. 그 이미지들은 시도 때도 없이 살아난다. "침범"한다. 내게 있어 이미지들은 기운을 북돋워 준다! 그 이미지들은 나와 한 팀이다. 아니, 내가 (소망하건대) 그들과 같은 팀이다. 그들은 내 모델이다. 절망으로부터 나를 보호해 주고, 내 눈에 보이는 것보다 더 좋은 것이 없다는 좌절, 나보다 나은 게 세상에 없다는 좌절로부터 나를 구해 준다! 그들은 살아나지 않고, 서로 이야기를 나누지도 않고, 나를 쳐다보지도 않는다. 어떤 식으로도 나를 의식하지 않고, 판단하지도 않거니와, 나를 음해하는 공모를 하지도 않는다. 그것들은 그저 내가 알지 못하는, 아득한 곳에 있는 사람들의 사진일 뿐이다. 그것들은 그저 이미지들이다. 내가 선택하고 표구해서 내 손으로 거실 벽에 걸어 둔 액자 속의 사진들일 뿐이다.

그래서 문제는 중립적이고 생명이 없고 내 존재와 무관해야 할 것들이 살아나는 걸 어떻게 막을 것이냐가 아니다. 내 해묵은 해결책은: "교양", 내 정신, 사상을 향한, 예술을 향한, 영적이고 + 윤리적인 구별을 향한 내 열정이다.

나는 가치를 인지하고, 가치를 부여하며, 가치를 창출하고, 심지어 존재를 창조하거나—보장하기도 한다. 그래서 "목록"을 만들려는 강박적 욕구가 생긴다. 그 사물들은 (베토벤의 음악, 영화들, 회사들) 최소한 이름을 적어서 그들에 대한 내 관심을 표기하지 않는다면 존재조차 하지 않을 것이다.

(관심을 갖거나, 아니면 '잠재적'으로라도 관심을 둠으로써) 유지하지 않는다면 그 무엇도 존재하지 않는다. 이것은 내 궁극적이고, 대체로 무의식적인 불안이다. 따라서 나는 언제나, 원칙적으로 + 능동적으로, 모든 것에 관심을 갖고 유지해야 한다. 모든 지식을 내 영역으로 갖고 들어와야 한다.

8월 10일.

어머니: —

나의 심각한 불안 + 어머니가 늙는 것, 늙어 보이는 것에 대한 두려움—심지어 한때는 내가 먼저 죽고 싶다는 생각을 한 적도 있다. 그걸 차마 눈 뜨고 볼 수가 없을 것 같아서—그건 뭔가 "음탕하게" 느껴질 것 같았다.

어째서 그게 그렇게 끔찍했을까? 일단 어머니의 미모는 내가 진심으로 우러러보았던 단 하나의 자질이기 때문이었다. 어머니에게 "얼마나 아름다운지 모른다"고 말할 때는 정말로 진심이었다. 그리고 나는 어머니에게 정말로, 온 마음을 다해서, 진심으로 뭔가 말할 수 있다는 게 너무나 기뻤고, 너무나 고마웠다.

그리고 또, 어머니의 노화는 내 탓일 거라는 막연한 느낌 때문이기도 했다. 내 존재는 그런 면에서 늘 어머니에게는 고통의 근원이었다. 뭐랄까, 내가 열 살이고 + 어머니의 딸이라면, 도리안 그레이 노릇에도 한계가 생기기 마련이다.(어머니는—또 어느 정도는 나 역시—사람들이 우리 둘을 자매로 오해할 때 얼마나 좋아했는가.) 그리고 어머니가 무슨 일로 그만큼 불행해져야 한다면, 그건 틀림없이 내 잘못일 터였다. 어머니는 나를 '당신의 행복을 쓰는 작가'로 명명했고, 나 역시 그 위임을 수락했다.(주디스를 사랑하지 않는다는 걸 내게 알리고, 아빠 역시 사랑하지 않았다는 느낌을 주었다. 오로지 당신의 어머니—외할머니 얘기를 할 때마다 어머니는 흐느껴 울었다—그리고 나뿐이었다.)

어머니는 내가 거의, 아니 겨우 여섯 살 때 인생이라는 참사를 겪은 니오베 같은 비극적 여주인공이 되어 중국에서 돌아왔다. 그리고 나는 어머니를 쓰러지지 않게 떠받치고, 수혈을 해 주고, 내 유년기가 지속되는 동안 어머니 목숨을 부지해 줄 사람으로 뽑혔다.

이런 일을 내가 어떻게 하느냐고? 어머니의 친구가 되어 준 거지.(나 자신의 유년기와 학구열과 의존하고 싶은 욕구를 모두 희생하고 말이다. 당장 성장해야 했다.) 어머니의 비위를 맞춰 주고.

나는 어머니의 강철 허파였다. 나는 어머니의 어미였다. 그리고 주디스의 어머니 노릇마저 위임을 받았다. 어머니가 그렇게 어른스러운 사명을 내려 주어서 으쓱한 기분이 들기도 했다. 어머니의 사랑을 차지하는 경쟁에서 동생에게 그토록 철저한 대승을 거두었다는 사실에 기쁘고 + 의기양양하기도 했다. 그리고 그렇게 엄청난 대승에 죄의식도 느꼈으며(나 때문에 어머니가 동생을 사랑하지 않게 된 것 같았다—마치 내가 어머니를 꼬드겨 주디스로부터 멀어지게 만들기라도 한 기분이었다. 더 똑똑하고 흥미롭게 굴어서, 어머니 비위를 맞추는 법을 너무나 잘 알았기에.) 주디스가 안됐다는 생각도 들었고, 한편으로는 주디스에 대한 어머니의 둔감함 + 부당함을 심히 비판하는 마음도 있었다. 그래서 나는 주디스에게 다가가 + 친구가 되려고 노력했다. 하지만 잘 되지 않았다.

어머니는 언제나 당신의 "불행" 때문에 내게 소홀하거나 매정한 어머니였다는 사실에 대해, 내가 면죄부를 내려 주기를 "강요"했다. 늘 피로에 찌들어 있었다. 그때 어머니는 술을 마시고 + 약도 먹고 있었던가?

당신 어머니의 그림자. 그 오랜 세월이 지났는데도 모친의 죽음을 두고 흐느껴 울면서, 엄마는 나한테 이렇게 말하고 있었다—나는 어린아이야, 난 열네 살이야. (나이 들어 보일지는 몰라도 말이야.) 나는 여자가 아니야, 네 어머니가 아니야. 그리고 나는 우리 어머니의 어머니의 후계자였다. (심지어 이름까지 외할머니를 따라 지었다.) 그분이 돌아가신 바로 그 지점부터 내가 떠맡았다. 우리 어머니는 여전히 어리고 불행한 소녀였다. 내가 그녀를 키워야 했다. (엄청나게 교묘한 배후조종 기술을 발휘해야 했다—바로 그게 내가 하고 있는 일이고, 바로 그게 어머니가 내게 원하는 일이라는 걸 '알게 되는' 수모를 당하지 않게 해 주려고—그리고 나 자신의 일부를 나 스스로를 위해 아껴 두려고 온갖 술수를 부려야 했다. "공유"하고자 하는 좌절된 시도로, 거짓말로, 혼합으로 오염되지 않은 순수한 나 자신으로 일부나마 남겨 두기 위해서였다.)

어머니가 두렵다—어머니의 매정함이, 어머니의 싸늘함(싸늘한 분노—커피 잔이 짤랑거리는 소리)이 두렵고, 궁극적으로는 물론, 어머니가 그냥 쓰러져 버릴까 봐, 내게서 희미해져 사라져 버릴까 봐, 다시는 그 침대에서 일어나지 못할까 봐 두렵다. 어떤 부모라도, 어떤 애정이라도(비록 그 애정을 얻고자 나는 사기 계약서에 합의했지만) 없는 것보다는 낫다.

궁극적인 나의 기획: 어머니를 살려 놓고, 어떻게든 버티게 하는 것. 내 수단: 아부, 얼마나 내가 어머니를 우러러보고 사랑하는지 무한정으로 말하고 또 말해 주는 것, 그리고 내 가치를 폄하하는 반복적 의례들.(어머니의 힐난에 나는 내가 차갑고 + 무정하고 + 이기적인 사람이라고 고백한다. 우리는 내가 얼마나 나쁜 사람인지 생각하며 함께 흐느껴 울고, 그러고 나면 어머니는 미소 짓고 + 안아 주고 + 키스해 주고 + 나는 자러 간다. 나는 내가 원하는 걸 얻었다. 그러면서 불결하고 불만족스럽고 방종한 기분에 시달린다.)

어머니를 살려 두기 위해서는 즐겁게 해 주고, 자신의 불행을 속속들이 깨닫지 못하도록 정신을 딴 데 팔게 해야 한다. (울음을 터뜨리려는 아이의 눈앞에 장난감을 달랑달랑 흔들어 대는 부모처럼 말이다.) 어머니의 자기애를 주시하면서, 마음속으로는 반감을 느끼더라도 겉으로는 부추기고 입바른 말로 활활 타게 한다. 그러면서 불안하게 그녀를 바라보며 내 말들이 의도한 효과를 내는지, 내가 어머니의 기분 전환을 제대로 시켜 주고 있는지 살핀다.

그러나 물론, 그와 동시에, 나는 어머니의 자기애를 혐오한다. 내가 아니라 어머니 자신과의 관계에 몰입되어—나를 거절한다는 뜻이기 때문이다. "다른 사람들"에게 자기가 어떤지 걱정할 정도로 '유약한' 어머니에게 나는 경멸을 느낀다. 어머니는 남을 너무 의식한 나머지 빨래, 화장, 옷 차려입는 일에 얼마나 많은 시간을 투자하는지 모른다. 나는 이런 것들에 철저히 무관심하기 때문에 어머니에게 '우월감'을 느낀다. 그리고 어른이 되고 나서도 절대 그런 것들에는 관심을 갖지 않을 거라고 다짐한다. 나는 전혀 다른 부류의 여자가 될 작정이다. 나는 나의 흠모를 받으며 어머니가 느끼는 쾌감을 경멸한다. 어머니는 나를 보지 못한다. 나도 '무언가'를 원한다는 걸 어머니는 보지 못하는가?(내 말은 진심에서 한 말이지만)

그리고 나중에—십 대 때—나는 아직도 아름답고, 아직도 실제의 나이보다 훨씬 더 젊어 보이는 어머니에게 좀 더 복잡하게 갈라진 감정을 느끼게 된다. 여전히 어머니가 자랑스럽고, 친구들에게도 자랑을 하지만 남몰래, 마음속으로는, 그게 내게는 약간 "소름끼치는" 느낌으로 다가오기 시작했다. 사기/거짓말의 또 다른 사례로. 어머니라는 사람의 본질 + 실체에 대한 지배적인 거짓말. 나는 어머니가 나이 들어 + 다른 사람들처럼 미모를 잃게 되기를 갈망했다. 예외가 되는 짓은 그만두고, 나 역시 특별한(느슨한) 법칙들로 어머니를 멋대로 판단하지 않을 수 있게 되었다.

그러나 내가 어머니를 두려워한다면, 어머니 역시 나를 두려워한다. 좀 더 구체적인 차원에서 말하자면, 어머니에 대한 내 가차 없는 판단이 두렵다. 내가 그녀를 멍청하고 교양 없고(안녕히 주무시라는 인사로 키스를 하러 방 안에 들어갔을 때 침대 이불 밑에다 야한 책을 숨긴다거나) 화려하고 비윤리적인 사람으로 보게 될까 두렵다.

그리고 나는 고분고분하게 최선을 다한다. 보지 않으려고, 의식에 기록하지 않으려고, 그리고 절대로 내가 보는 것을 어머니에게 불리하게 들이대거나, 내가 보게 되더라도 + 어머니가 그런 사실을 의식하지 못하게 하려고 최선을 다한다.

하지만 그게 다가 아니다. 설명하기가 어렵다. 어머니가 내게 마법의 힘이라도 주면서, 행여 내가 그 힘을 거두면 당신이 죽게 될 거라고 일러두기라도 한 것처럼 말이다. 나는 계속 버텨야 한다. 어머니를 거둬 먹이고, 펌프질로 그 몸이 무너지지 않게 지탱하면서.

나 자신의 노화: 내가 실제 나이보다 훨씬 더 젊어 보인다는 사실은 마치,

> 어머니를 모방한 것 같다—어머니에게 노예처럼 복속된 상태의 일환. 어머니가 기준을 정한다.
> 어머니를 보호하기 위해 은밀한 약속을 아직까지도 지키고 있는 기분이다—어머니의 나이를 거짓으로 속이고, 어머니가 젊어 보이는 걸 돕겠다고 했던 약속.(내가 나이보다 젊어 보이는 것보다 더 어머니의 젊음을 잘 입증할 수 있는 길이 어디 있을까?)

어머니의 저주 같다. (나는 내 안에 어머니를 닮은 데가 하나라도 있는 게 싫다—특히 신체적으로 어머니를 닮는 게 싫다.) 종양 + 자궁절제술의 가능성이 어머니가 남긴 유산이자 저주라고 느낀다. 그래서 더욱더 우울하기도 했다.

어머니를 배신하는 것 같다—어머니에게 좋을 게 없는데 내가 젊어 보인다는 사실이. 이제 어머니는 늙어 가고 있고 + 늙어 보인다. 그러나 나는 그렇지 않다, 여전히 젊음을 유지하고 있다—내가 우리 두 사람의 나이 차이를 벌려 나가고 있다.

어머니가 나를 잡으려고 놓은 덫 같다—그래서 이제 사람들은 데이비드 + 내가 누나 + 동생 사이라고 생각하고 + 그러면 나는 말도 못 하게 기분이 좋아지고 흥분하게 된다. 그러다가 문득 어머니를 떠올린다—그럴 필요가 없는데 굳이 억지로 숫자까지 들먹이며 내 나이를 자랑하고, 데이비드 얘기를 할 때면 한두 살 나이를 덧붙이기도 한다—그리고 사람들의 얼굴에 떠오르는 놀라운 표정(비위를 맞춰 주는?)을 즐기는 것이다. 그러니까 나는 어머니와는 달리—유약하지도, 자기애에 빠져 있지도 않다고 느끼면서—동시에 내가 사실은 그런 사람일지도 모르겠다는 두려움을 갖는 것이다.

내가 맡은 일: 어머니가 자신의 참모습을 보지 못하게 막는 것. 그것이야말로 어머니가 견딜 수 없는 깨달음일 거라는 추정에서. 따라서 나는 어머니의 어리석음을 부추겼던 거다—일단 진단을 끝낸 후로는. 그러면서 내내 나 자신이—내 판단에 따라서—어머니보다 훨씬 더 강하다고 알고 있었다.(더 강한 사람은 더 많이 알고, 더 많이 볼 수 있는 사람이다.)

[여백에:] 한 가지 정의

그러나 한편으로는 너무나 유약했다. 1) 내가 어린아이였고 2) 아이에게 당연한 방어기제를—자의식이 없는 상태, 공격성 + 좌절의 표현, 생떼, 등등—몰수당했기 때문에 두 배로 약했다. 나는 볼 수 있었기에 스스로를 무장해제했다.(나는 너무 많이 보았다—어머니의 약점, 어머니의 낮은 자존감, 유약한 자아) 내가 본 것을 토대로 어머니를 이용하는 건 너무 잔인한 짓이 될 터였다. 게다가 나는 어머니의 보호자가 되려고 노력하고 있었다. 내가 스스로 그런 다짐을 한 건 자기희생과는 거리가 먼 동기에서가 아니었던가? 그게 내게는 어떤 종류든 사랑 + 주목을 받을 수 있는 최선의 길로 보였다.

그래서 어머니를 파괴하고 + 난도질하는 짓은 어머니를 성장시킨다는 내 목표를 꺾는 일이었다.

게다가 나는 성인이 되겠다고 맹세하지 않았던가—어머니는 어린애들이 싫다고 말했다—그 말은 "어린애다운" 욕구를 표현할 권리나 어머니의 역할에서 "나를 실망시킨" 어머니를 비난할 권리마저 다 포기했다는 뜻이었다.

나는 어머니가 두려웠다—하대하며 생색을 냈다—어머니는 나를 두려워했다—나는 "더 작아지기" 위해 움츠러들었고, 나 자신을 더 크게 보여 주지 않으려고 일부러 숨겼다. 그래야 어머니에게 위협적으로 보이지 않을 테니까—그러면서 나는 어머니를 경멸했고 나 자신을 경멸했다(내 비겁함과 애정결핍과 거짓말들을 경멸했다.)—어머니는 내게 더 가까이 다가왔다—그러면 나는 뒤로 물러서서, 나 자신의 은밀한 쾌락으로 빠져들었다(나의 정신, 나의 판타지들, 책과 프로젝트들)—그러면 어머니는 내게 늙고 + 매정하고 + 이기적이라고 질책한다—그러면 나는 나 자신을 잊고(!) 어머니를 실망시켰다는 죄책감 + 회한에 사로잡혀 어쩔 줄 몰랐다—그러면 나를 향해 무시무시한 비판의 향연이 쏟아지고 + 나는 더 잘하겠다고 맹세한다—어머니는 나를 용서하고, 나는 행복하고 기분이 좋아지고, "착하게 굴기"라는 프로그램을 시작한다(어머니에게 더 신경을 쓰고, 어머니가 좋아할 수 있는 나를 만들어 내고)—하지만 보상은 내 기대만큼 크지 않고 나는 기운이 빠지고 지겨워진다—집중력이 흐트러지고 주의가 산만해지거나 오만방자하고 "뻔뻔스러워진다"—그러면 어머니는 격하게 화를 내고, 따귀를 때리고, 내 면전에 문을 닫고 들어가 버리고, 며칠 동안 내게 말도 하지 않는다—나는 괴로워하며, 보통은 정확히 내가 무슨 나쁜 짓을 했는지, 즉, 어머니가 왜 화를 내는지 잘 알지도 못하는 경우가 많다—하지만 어머니는 몇 날 며칠 동안 괴로움 + 불안감에 시달리는 나를 그냥 내버려 두기 일쑤다—그러다가, 굉장히 뜬금없이, 끝이 난 것처럼 보인다—어머니가 화났을 때 실제로 내가 마음을 돌릴 수 있을 거라는 느낌을 받아 본 적이 없다. 화를 내자고 정말로 작정했을 때는 그 무엇으로도 어머니 마음을 움직일 수가 없다(그래서 내가 그토록 어린 나이에 떼 부리기를 포기했던 것이다—그래 봤자 아무 소용이 없었으니까) 오로지 어머니 당신만이 스스로의 분노를 끝낼 수 있었다. 알 수 없는 이유로 기분이 좋아져야 했다. 그래서 분노는 나 자신 + 어머니를 조종하기 위해 어떤 꾀와 술수를 부려도 통제할 수 없는 단 하나의 감정이었다. 분노는 자기 나름의 생명이 있었다. 그래서 어머니의 분노는 최대한 미리 막아야만 했다.('내' 분노로 말하자면 애초에 전혀 효과가 없다는 걸 깨달았다.) 분노만은 안 되었다—다른 대체물이라면 그 무엇이라도, 아무리 부정직한 감정이라도 좋았다. 그러나 여전히, 나는 어머니가 끔찍스럽게 무서웠다. 대체로 이해가 되지 않던 그 격한 분노들이 무서웠다. (내가 도발한 감정이라는 건 알고 있었지만 일부러 그런 건 절대 아니었다—그래서 내가 부주의하거나 미처 신경을 쓰지 못했거나 잠시 멍청하게 굴었다는 느낌이 드는 것이었다. 내가 놓치고, 내가 실수한 것처럼 느껴졌다. 다음에는 더 조심해야겠다는 생각이 들었다.)

그리고 어머니의 분노를 두려워하는 나 자신이 경멸스러웠다. 손찌검을 하려고 어머니가 팔을 치켜들면 걷잡을 수 없이 움츠러들고 + 울음이 나오는 내가 한심했다. (나치나 일본인들에게 포로로 붙잡혀 고문을 받아도 굳건하고 + 꿋꿋하게 견뎌 내는 게 내 판타지인데. 천식으로 병상에 누워 있을 때 일주일에 한 번씩 주사를 맞으면서 길러 낸 내 금욕적 인내심—그건 불구가 된 내 자존감에 발라 줄 연고였다. 나는 용감하고, 얼마든지 참을 수 있다고.)

마음 깊은 곳에서는, 어머니가 나를 한 번이라도 좋아한 적이 있는지 그조차 믿지 않았다. 그럴래야 그럴 수가 없지 않은가? 나를 "보지도" 못했는데. 어머니는 내가 보여 주는 내 모습만 믿었다.(조심스럽게 편집한 버전 말이다.) 어머니가 나를 필요로 한다는 느낌이 들었지만, 그게 다였다. 거듭되는 어머니의 부재와 여행들 속에서 나 역시 그런 생각을 부추겼다. 어머니가 필요로 할 수 있는 "나"를 만들어 내려고 안간힘을 썼다. 어머니가 점점 더 의지할 수 있는 그런 아이. 가끔은, 정말 그랬다. 또 어떤 때는, 어머니가 나를 전혀 필요로

하지 않는 것 같았고 + 그럴 때면 내가 얼마나 주제넘은 생각을 했는지 자괴감에 풀이 죽곤 했다. 그런가 하면 내 쪽에서 아무것도 유도하지 않았는데 어머니가 나를 필요로 할 때도 있었고, 그럴 때면 난 압박감을 느꼈다. 어머니의 호소를 못 본 척하면서, 슬며시 피하려 했다.

내가 어머니를 기쁘게 해 주었던 것 중 하나는 에로틱한 흠모였다고 생각한다. 어머니는 내게 추파를 던지고, 나를 흥분시키는 수작을 걸었다. 나는 흥분해 주는 걸로 게임에 동참했다(+ 실제로 흥분하기도 했다.) 그러면 어머니는 기뻐했다—그리고 나 역시 어머니 뒤 배경에 늘어선 남자 친구들을 의기양양하게 물리친 셈이 되었다. 그들은 어머니의 깊은 감정까지는 바라지 않더라도 어머니의 시간은 빼앗으려 노리고 있었다. (어머니는 내게 그런 얘기를 입버릇처럼 해 주었다.) 어머니는 나와 있을 때 "여성적"이었다. 어머니와 함께 있을 때 나는 수줍게 어머니를 흠모하는 소년 역할을 했다. 나는 섬세했다. 반면 남자 친구들은 더러웠다. 나는 또한 어머니와 사랑에 빠진 역할을 했다.(여덟 살 때인가 아홉 살 때 읽었던 『소공자』에서 보고 그대로 베낀 행동들이었다. 어머니를 '달링'이라고 부른다든가.)

어떤 의미에서 나는 우리 어머니의 어머니(그리고 여동생의 어머니)였기에, 나는 아주 이른 나이부터—열 살쯤이었을까—강력한 보상의 판타지를 가졌다. 앞으로 나 자신이 어머니가 될 때에 대해서.

[여백에:] 그보다는 좀 늦은 나이였던가?

나는 아들을 갖고 싶었다—데이비드. 진짜 엄마가 되고 싶었다. 그리고 딸은 그만 낳고 싶었다. 이건 유년기에서 벗어나, 진정한 성년이 되는 것에 대한 판타지였다. 자유, 그리고 나 자신을 출산하는 일에 대한 판타지였다. 나는 어머니(좋은 어머니)로서의 나 자신인 동시에 아름답고 충족된 아이이기도 했다.

오래된 퍼즐: 내가 어떤 사람을 "본다." 그런데 어떻게 그 사람은 나를 "보지" 못할 수가 있지?

내가 누군가를 보면 나는 그보다 더 강해지는가(현명해지는가)? 그를 보면, 나는 그보다 "나은" 사람이 틀림없다. 그러면 나보다 약한(멍청한) 그 사람이 나를 어떻게 볼 수가 있단 말인가? 자기는 그럴 수 있다고 믿을지 몰라도, 그건 틀린 생각이다. 그가 보는 건 내 일부에 불과하다.

이것이 아이린 + 그리고 다이애너와의 문제였다. 그들이 나를 볼 수 있다고 생각했기에 나는 내가 그들을 볼(해부하고 감정하고 해석하고 파악하고 판단할) 가능성을 아예 배제했던 것이다.

내 "시선"은 언제나 공격적이고, 타자를 적대하는 행위인가? 아니다. 그렇지만 그건 적어도 언제나 자기 긍정의 행위이고, 나 자신의 힘을 능동적으로 체험하는 행위다.

그러나 내가 체험한 내 힘(내 정신, 내 눈, 내 지적 열정)은 나를 영원한 고립 상태로 몰아넣고, 타자와 격리되게 만들었다. 나는 타인들에게 다가가기 위해서는 "약해져야만" 했다. (그래야 그들이 내가 가까이 다가오도록 허락해 주었으니까.) 그렇지 않으면 내가 그들을 펌프질해 채워 넣고, 실체적인 것으로 그들을 채워 더 "강하게" 만들어야만 한다.

[여백에:] 어떤 방식으로든, 괴리를 좁히는 거다. 내가 오랫동안 가져온 일련의 교육적 관계들—항구적으로 스승-제자 관계를 유지하는 게 아니라 나 자신과 동등한 사람들을 만들어 내 곁에 두기 위함이다.

나의 에너지, 나의 야심과 다른 사람들의 에너지나 야심 사이에서 항상 느껴지는 간극의 체감이 답답하기만 하다. 다른 사람들은 스스로 너무나 낮은 목표를 설정하고, 너무 쉽게 지치며, 너무 활력이 부족하다.

내 자아의 원초적 풍경에는 나 말고도 다른 사람들이 있다. 나는 에바 같은 유아론자는 아니다. 세계는 내 머릿속에서 만들어 내는 거라거나, 다른 사람들은 나처럼 실체적이지 않다든가, 그들이 모두 내가 쓴 각본에 따라 움직이고 있다거나, 그런 판타지에 한 번도 혹한 적이 없다. 아니, 그 사람들은 거기 존재한다—실재한다. 그러나 그게 전부다. 그들은 모두 미미한 사람들에 불과하다. 거의 활동이 없고, 제대로 살아 있거나 느끼거나 생각한다고 할 수도 없다. 내가 그들에게 생각하는 법 + 살아가는 법을 가르쳐서 말 상대가 되고, 좋아할 수 있고, 흠모할 수 있는 사람으로 만들어야 한다. 풍선에 바람을 넣듯이 그 사람들을 빵빵하게 채워 넣어야 한다. 아니, 꼭 그런 것도 아니다. 실체에 납득이 가려면, 그 밀도가 높고 묵직하고 빽빽해야만 한다. 그러나 그들은 너무 게을러서 혼자 힘으로 절대 그러지 못한다. 그들도 마음만 먹으면, 정말로 노력한다면, 그럴 수 있을 거라 믿어 의심치 않는다. 그러나 그들은 나를 추동하는 그런 비전 + 에너지로 추동되는 것처럼 보이지 않는다.

8월 12일.

심리적 흡혈이라는 테마에 대한 내 매혹(거의 강박에 가깝다). 에너지의 교환. 좋고 + 나쁜 진동과 발산들.

아이린에게 이런 전보를 보내라는 에바의 제안. 죄책감 생산은 중단되었음. 마지막 배달은 어제. 공장은 무기 카르텔한테 팔아 버렸음.

"이등"이라는 감정. 내게는 너무 파격적인 전환이었다. 난 스스로를 위반했다. 유기적이지 않은, 과도한 의지의 행사였다.(일단 앞서서 뛰쳐나가면, 온갖 짐을 짊어진 나머지 자아가 언젠가는 쫓아와 따라잡아 주기만을 빌었던 거다.) 여전히 내게는 어딘지 "허위"적으로 느껴진다. 내 운명이 아니었고, 내 모국어가 아니었다. 난 스스로 망명을 택했다. 물론 내 선택이었다. 그러나 마음 한구석에서는 내가 외국어를 하고 있다는 걸 알고 있었다.

아이린은 작가이자 후원자였다. + 그러므로 내 새로운 존재의 보증인이었다. 그런데 후원을 그만두겠다고 했을 때 내가 얼마나 공황에 빠졌겠는가. 그녀는 나를 계속해서 후원해 주고, 보증해 주어야 한다는 깊은 확신이.

그러나 나는 그녀가 이 체제의 발명자가 아니라는 사실을 받아들여야 한다. 물론 아주 유능한 대변인이긴 하지만 말이다.

그리고 마지막 4년 동안은 그녀가 그 체제를 거의 포기했다는 수수께끼가 있다. 체제를 회의했던 걸까? 하지만 어떻게 (아이린이) 그걸 포기할 수가 있지? 그녀는 낚시를 하고 있다. 나를 벌주기 위해, 내가 죄책감에 시달리게 하기 위해서 그런 짓을—복수를 하는 것이다. 그러니까 내가 아이린을 흡혈귀로 만든 기분이다. 선물에 독이 들어 있었다. 나는 이 자리에 고착된다. 죄책감을 통째로 생산하고 + 배달하기 시작한다—속죄로, 채무의 상환으로, 그녀를 회유하기 위한 수단으로. 그러나 그녀의 분노는 절대 누그러지지 않는다. ("충분히" 죄책감에 시달리고 나면, 내가 혼자서 모든 책임을 짊어지면, 자존감과 자긍심을 건 우리 거래에서 내가 "아무것도" 얻지 못했다고 한다면, 그녀가 내게 돌아올지도 모른다는 미끼가 한동안은 있었는데.)

[여백에:] 여름이 두 번 지나기 전까지는

나는 어머니의 강철 허파 노릇을 했다. 나도 누군가가 나를 위해 그런 강철 허파가 되어 주길 원했다. (그래서 아이린을 양육하는 프로젝트를 시도했다—그녀의 자아, 그녀의 정신을—그래서 그녀에게 이 역할을 떠맡기고 싶었다.) "받기"보다는 훨씬 더 많이 "주면서" 다른 사람들의 에너지 + 재능에 대해 품고 있던 은밀한 감정을 끝내고. 나는 "공평한" 대가를 받을 자격이 없으니 대신 공개적으로 + 도제 관계를 맺기로 한 것. 이 상황의 전제 조건은 내가 주는 선물이 쓸모없고, 멍청하다는 것. 내 선물은 모두 잠재성이고, 내가 받는 보상은 모두 미래를 약속한다.

내가 보아야 하는 것은 아이린의 타고난 재능(그녀는 내가 영주권을 얻기를 그토록 바라는 나라에서 태어난 시민이다.)이 아니라 그런 재능이 오염되었다는 사실이다—그리고 이건 아이린 + 내가 만나기 오래전에 이미 일어난 사건이 틀림없다. 아이린이 『빌리지 보이스』(에드 팬처, 댄 울프[노먼 메일러와 함께 이 신문을 창간한 사람들이다], 그리고 노먼 메일러, 알프레드 체스터, 바바라 뱅크, 해리어트 [소머즈] 등등.)에 연루되기 시작하던 때부터. 신경증적이고 성이 거세된 유태계 지식인들 사이에서 쿠바 출신의 성적 매력 충만한 여성 노릇을 하다 보니. D. H. 로렌스 부인께서 도시의 희생자들을 외설 + 진짜배기 감정으로 계몽하셨다고나 할까. 아이린은 자기 재능을 마음대로 남용할 수 있다는 걸 깨달았던 거다. 그 재능이 자산이며, 인간 시장에서 "값어치"가 있다는 걸, 그것도 고가로 팔린다는 걸 알게 된 거지.

아이린은 윤리적인 요구의 흔적이라도 끼어들면(나한테는 늘 그게 자연스러웠지만) 섬세하게 날아가는 우리네 지적인 판타지로부터 편집증적인 굉음을 내며 추락해 버린다.

아이린을 탈신화화하는 프로젝트. 또한 진실로 신화적인 형태를 취하게 된, 나에 대한 그녀의 지배력을 해결하는 문제와 나란히.

아이린은 "순진"하다는 묘사를 요구한다—"선하"다는(내 제안이다.) 표현을 거부한다. 그녀는 자기 행위에 대한 궁극적 책임을 아예 면제받기를 원했다. 어떤 면에서, 자기 자신을 모욕하는 거다……. 물론, 그 당시, 나는 그런 걸 전혀 이해하지 못했다. 뭐가 정말로 내기 돈으로 걸려 있는지 몰랐다. 그저 막연하게, 멍청하게, 알고(느끼고) 있었던 건, "순진"한 것보다 "선하다"는 평판이 훨씬 더 좋다(크다)는 사실 뿐이었다. 선은 지식이 있지만 "여전히" 선하다는 의미다. 어째서 그녀가 자기가 바란 것보다 더 큰 칭찬을 해 주면 거부하는지, 내가 더 큰 찬사를 바치는데 마다하는지, 그보다는 순진하다고 생각해 달라고 우기는 그녀가 내게 원하는 게 뭔지 이해할 수가 없었다. (내게, "선"이라는 건 순진한 것뿐 아니라 그 이상을 포괄하는 모든 좋은 것들이었다.)

[여백에:] MOMA의 토요일 오전 10시 상영회에서 집으로 돌아오는 택시에서

아이린 + 내가 합쳤을 때, 나는 언제나 그녀를 "기막히게 멋지다"고 생각하겠다고 약속했다. 그건 우리 계약의 한 조항이었고, 어떤 식으로든 그걸 위반하는 건 배반이자 공격이자 거절이었다. 그러나 누구를 막론하고 그런 걸 관계의 '조건'으로 삼아야 한다니(사람의 자아 상태 등등을 말이다.) 상상을 해 보라. 다른 사람의 정신이 자유롭게 사고하지 못하게 한계를 두게 된다.

그리고 그게 내 신경계에 어떻게 고착되었는지. 내가 얼마나 항상 누군가를 기막히게 멋지다고 생각하게 되기를 바라고 갈망했는지!

일평생 그랬다. 그리고 아무도 내가 그렇게 할 수 있도록 도와주지(시키지) 않았다. 그들을 "보거나" 거리를 두고 멀찌감치 서거나 그들을 이해하고 흠을 잡을 권리가 내게는 없다고 명시적으로 말한 사람도 없었다. (내가 알던) 모든 사람은 항상 어디쯤에서는 보이고, 이해되길 원했다. (심지어 어머니도, 심지어 필립도.) 이제, 내가 그런 금제를 갈망한다! (나를 보지 마. 내가 너를 볼 거야!) 그런 오만, 그런 확신, 그걸 시행할 '재능'이 있는 누군가를 위해서.

모든 꿈은 전형적인 자기 분석이다. 형편없는 꿈은 자기 "문제"를 단순하게 진술하거나 분석한 것이다. 좋은 꿈은 더 복잡하고, 환원적인 진술이나 극화도 아니다. (좋은 꿈은 승리를 거두고, 행실을 바르게 하고, 기분 좋게…… 잠에서 깨어나는 것이라는 둥 그런 평범한 생각은 없애야 한다.) 꿈의 가장 중요한 부분은 서사적 해결이 아니라 분석적 진술이다.

두 가지 내 전형적인 풍경: 사막(메마르고 혹독하고 텅 비고 무더운) 그리고 열대(축축하고, 충만하고, 심지어 과하게 빽빽하고, 덥고). 양극이긴 하지만 한 가지 공통점이 있다—획일적으로 일 년 내내 단 하나 무더위만 찾아오는 기후. 계절의 변화를 보는 내 "놀라움"(뉴욕에 겨울이 올 때마다 우발적인 사건처럼 느끼며, 뭔가 '실수'가 있는 게 아닌가 생각하게 되는 나). 추위에 대한 내 두려움(반감)은 텅 빈 것, "르 비드le vide(허공)"에 대한 불안보다 더 심오하고 절대적이다.

이건 수영에 대한 공포증의 주요 요인이다. 바다를 뭔가 '차가운' 것으로 인식하고 침잠을 두려워하는 것. 우리 어머니의 전형적 내면

풍경—자연은 거의 하나도 없고, 오로지 따뜻해야 한다는 것.(가벼운 옷을 입거나, 수영복 차림이어야 한다.) 그랜드 호텔이다. 침실, 커다란 화장실, 댄스 플로어가 있는 바, 레스토랑, 테라스, 수영장, 어쩌면 골프 코스도 있을지 모른다. 서로 인접해 있는 이런 장소들을 왔다 갔다 오가는 것. 지속적으로 보장되는 "서비스". 시중을 받는 상황. 더 에너지를 발산하고 자치적으로 행동해야 한다는 요구의 압박을 사면해 주는 것. 그녀 스스로를 위해 + 그리고 (나 같은) 다른 사람들을 위해 뭔가를 하지 않아도 된다. 집에서는 나태나 게으름이겠지만 리조트 호텔에서는 그렇게 간주되지 않는다. 또한 호텔에서 맺게 되는 따분하고 중화되고 고상한 류의 계약. "당연한" 예의범절의 시스템. 어머니가 요청할 필요도 없고, 만들 필요도 없고, 혹시라도 누가 위반할까 봐 자나 깨나 마음 졸일 필요도 없다. 어머니는 어떻게 행동해야 할지 알고 있다. 다른 사람들도 그럴 거라 추정한다. 안 그러면 여기 오지도 않았을(여기 올 용기도 내지 못했을) 테니까. 그들은 체크인하기 전에 행실의 계약서에 서명을 했다. 자기 선택의 과정. 하층민의 제거.

에바가 지적한 것처럼, 내가 "칸트"에서 "D. H. 로렌스 부인"으로 대전환을 이루지 않았더라면, 나는 아마 결코 소설을 쓰지 못했으리라.

첫 번째, 절대적으로 필요한 단계는 물론—결혼 생활을 끝내는 것이었다. 필립과의 내 삶은 "칸트"의 길을 따라 계속 + 계속 더 나아갈 문맥으로 선택되고 + 설계된 것이었다. 올바른 종류의 보상 + 올바른 종류의 박탈. 그건 정말로, 그 나름대로, 엄청난 성공이었고 +

내 훌륭한 판단력의 증거였다.

"새로운 존재"를 처음 시험 운전한 사람은 해리어트였다. 그래서 "객관적인" 장애물(내 사회적 금제 + 속물근성, 세속적 무지 + 세련되지 못함)들을 일부 타파하게 되었고.

그러다가 진정한 성인식을 치르게 된 거다—아이린 덕분에. 내 주체성의 일대 변신.

사람들의 외면이 내면의 삶과 상응한다면, 우리는 지금처럼 "몸"을 가졌을 리가 없다. 내면의 삶은 너무 복잡하고 다양하고 유동적이다. 우리 몸은 내면적 삶의 편린만을 체현할 뿐이다. (외양의 "배후"에 무엇이 도사리고 있는가에 대한 편집증의 끝없는 불안이 정당화되는 부분이다.) 내면의 삶이 지닌 에너지 + 복잡성을 똑같이 유지한다고 한다면, 사람들의 몸은 좀 더 가스와 비슷한 것이 되어야 할 것이다—가스 같으면서도 구름처럼 구체적인 형체가 있는 그런 물질. 그러면 우리 몸은 신속하게 변형되고, 확장되고, 수축될 수 있다—일부가 떨어져 나갈 수도 있고, 파편화되고 융합되고 충돌하고 축적되고 사라졌다가 다시 형체를 갖게 되고 팽창했다가 흐릿해졌다가 다시 짙어질 수도 있고 기타 등등. 하지만 사실, 우리는 부드럽지만 여전히 이 세계에서 대체로 정형화된(특히 크기 + 차원 + 형태 쪽이 정해져 있다.) 물적 존재에 붙들려 있다—그러니까 "내면적" 과정으로 변하는 이런 과정들에는 거의 전적으로 부적당한 형태다. (예를 들어, 결코 전적으로 발현되는 일이 없기에 발견하고 추론해야만 알 수 있고, 숨길 수 있는 그런 과정들) 그러면 우리 몸은 내면을 담는 그릇이 된다—가면이 된다. 우리는 (몸을) 확장하고 + 수축할 수 없기 때문에 굉장히 뻣뻣하게 경직시킨다—몸에 긴장을 새긴다. 그러면 그게 버릇이 된다—몸에 설치된 습관은 다시 "내면"에 영향을 준다. 라이히[오스트리아의 심리학자 빌헬름 라이히[2]]가 주목했던 '성격갑옷'이라는 현상이다.

불완전한 설계! 불완전한 존재!

물론, 아마 우리는 "외면"이 내면의 삶을 기록할 수 있도록 더 훌륭하게 설계되었다 해도 그렇게 대단한 주체성을 담지 못했을지도 모른다. 어쩌면 우리가 체험하는 그대로의 주체성(그 모든 압박, 힘, 에너지, 격정을 통틀어)이 바로 우리 존재 안에 "구금"된 상태를 정확하게 반영하는 결과일지 모른다.(밀봉된 금속 용기 속에서 가스를 가열하면 내부 압력이 점점 더 높아지는 것처럼)

(이것이 그런 불균형의 목적인가—좋은 점인가? 그러나 그건 너무 극단적으로 낙천적인 생각이다.)

물론, 그렇긴 하다. 그게 세상 모든 현인들이 알고 있었던 사실이다—"내면"과 "외면"의 화해 요구가 있으면, 그들은 언제나 (우리가 기껏 갖고 있던 것과 비교해서) 엄청나게 생기 없고 밋밋하고 단조롭고 공허해 보이는 주체성을 가정한다. 플라톤, 그노시스교[3]적인 비전, 헤세의 구슬 게임 커뮤니티[4] 등등.

2. Wilhelm Reich, 1897~1957. 오스트리아에서 태어나 미국에서 활동한 정신분석학자로서 성기능 치료 대체 심리 요법인 라이히요법의 창시자이며, 파시즘의 심리학을 연구했다.

3. 헬레니즘 시대에 유행했던 종파, 그리스, 이집트 등지의 다양한 종교가 혼합해 이원론, 구원 등의 문제에 있어 정통 기독교와 차이를 보여 이단이라 비난 받았다. 다양한 종파의 교리와 사상에 영향을 미쳤다.

그게 바로 천사들에게 몸이 없는 까닭이다(아니면 "천사의" 몸을 갖고 있든가)—단순히 육체에 대한 (기독교적인) 신경증적인 반감 때문이 아니다.

아이린과 관련해 내가 느끼는 죄책감의 원천(내 쪽에서): 내가 처음부터 부정직하게 행동했다는 것—나는 "정말로" 모든 걸 포기하지 않았다, (그녀의 요구대로) 정말로 자기 비하를 하지도 않았고, 정말로 내가 멍청하다고 생각해 본 적도 없다.

"최초의 자아" 대 "제2의 자아"(아이린이 내게 소개해 준 새로운 내 존재)라는 문제 전체를 지배하는 건 더 큰 틀이다. 몽상적 '자아'는 한 번도 회의의 대상이 되지 않았다. 내가 아이린과 자발적으로 연루된 문제는 "오로지" 의식의 구체적 스타일에 국한되어 있었다. 어디서부턴가 반은 알고 반은 모르는 채로, 나는 속임수를 쓰고 있었다. 아이린이 자기 지식을 절대 쓸 수 없었기에 내가 "이용"할 작정이었다. ("고결성"의 부재 등등) 내게는 그녀의 지혜를 활용할(더 큰—) 프레임워크[5]가 있었다. 그래서 나는 그녀의 도제가 되었다—온 마음을 다해서, 참된 충성을 바쳤다. 그게 나 자신에게 수모를 주고 내 마음을 상납하며, 그 마음은 무능하고 + 천박하고 + 죽음으로 얼룩져 있고 + 제대로 된 삶의 도구가 될 수 없다고 공언한다는 걸 의미

4. 헤세의 소설 《유리알 유희》에 나오는 게임. '카스탈리엔'이라는 유토피아를 배경으로 한 이 소설에는 인류가 내면세계를 갈고 닦는 모습이 그려지는데, 지식과 명상, 사색이 통합된 '사유 게임'이다. 음악 이론가 바스티안 페로트가 음악의 구조를 형상화하고 변화시킬 목적으로 고안해 낸 유리알과 철사로 만든 장치로 놀이를 한다. 미래의 엘리트 지식인들은 이 '유리알 유희' 게임을 위해 특유의 언어도 만들어 냈고, 기호와 약호로 유리알 장치를 대체한 뒤 이러한 방식의 유희는 모든 학문 분야로 퍼져 나갔다 한다.

5. 소프트웨어 어플리케이션이나 솔루션의 개발을 위해 소프트웨어의 설계와 구현을 재사용 가능하도록 협업 형태로 제공하는 소프트웨어 환경을 말한다.

함을 깨달았을 때에도, 고군분투해야 했지만 그래도 결국은 다 해냈다. 그러나 그동안 내내 나는 "그 이상"이 있다는 걸 알았다. 내가 "그 이상"이라는 걸 알았다. 나중에는 훨씬 더 많은 것이 따르리라는 걸 알았다—내가 아이린의 지혜를 획득해서 + 내 것으로 만들게 되는 날.

그런데 지금 나는 깊디깊은 죄책감에 빠진다. 어떤 면에서는, 내가 늘 그래 왔던 것처럼. 나는 흡혈귀나 식인종이 된 기분이다. 나는 다른 사람들의 지혜와 학식과 재능과 미덕을 먹고 산다. 그런 자질을 파악하고 + 도제를 자청해 습득하고 + 내 것으로 만드는 데 천재적인 재주가 있다.

그러면 내가 도둑이 되나? 꼭 그런 건 아니다. 난 한 번도 내가 이런 자질들을 빼앗는다는 느낌은 받지 못했다. 내가 떠나고 난 뒤에 그들이 조금이라도 가난해진 건 아니니까. 그럴 수가 없지 않나? 들고 갈 수 있는 물건도 아닌데. 그들도 여전히 갖고 있지만 이젠 나도 갖고 있다는 게 다를 뿐이다. (소유자가 이런 자질들을 포기할 수는 있어도—아이린?—도둑맞는 법은 절대 없다.)

그렇다면 무엇이 문제인가? 내가 해치는 건 누구인가? 답: 그들이다. 그리고 나다. 타자를 도둑질하거나 고갈시키거나 축소하는 건 불가능한 일이라 해도 나는 거짓 핑계를 대며 움직이기 때문이다. 그들은 내가 자기네로부터 무엇을 원하는지 모르지 않는가? 적어도, 이런 건 모른다—알 수가 없다—내가 얼마나 탐욕스럽게, 집요하게 그것들을 원하는지를. 그리고 내가 그들에게 말할 수도 없다. 그들이 알게 된다면 절대 내게 주지 않을 것이기 때문이다.

나도 보답으로 무언가를 주지 않는가? 물론이다, 그것도 굉장히 많이 내놓는다. 어쩌면, 어떤 경우에는, 거래에서 내가 받는 몫보다 더 내놓을 때도 많다. 그건 나 자신의 억압적 죄책감(육식동물 같은 기분에 대한)을 쫓기 위한 강박적 베풂(선행, 아량)이다.

그리고—이것이 결정적인 요점인데—나는 배울 걸 다 "배우고" 나서 배를 채운 후에는 언제나 그들을 떠난다. 나 자신을 위해 그들을 "끝까지 이용하고 나면" 새로운 원천을 찾아가고 싶어 하는 것이다.

나는 다른 사람들의 우물(?)을 습격해 내 양동이에 길어 채워서 + 그 속에 담긴 걸 전부 나의 슈퍼 우물에 퍼다 넣으며 온 세상을 바삐 돌아다닌다. 아무도 전체를 보지는 못한다. 그 안에 담겨 있는 부富는 아무도 온전히 가늠하지 못한다. 내 가장 깊은 비밀! 그들이 볼 수 있는 건 오직 이런 수고를 통해 축적한 자원으로 가능해진 내 솜씨와 그—미미한—산물밖에 없다.

9월 18일. 뉴욕.

미학적 책: 『은인』
윤리적 책: 『데스 키트』

그리고 지금? 제3의 단계?

S. K.[쇠렌 키에르케고르]는 옳았다. 미학으로는 충분하지 않다. 어느 쪽도 윤리적이지 않다.

진실을 말하는 것에서 새로운 "형식"이 생겨난다.("정답"으로서가 아니라 실존적 의미에서의 진실)

사람들의 육체적 움직임을 묘사하는 데 곤란을 겪는다—디테일(?)

……

『은인』이 『데스 키트』보다 일관성이나 통일된 어조가 결여되어 있나?

『은인』은 삶에 대한 미학적 접근의 귀류법이다.—즉, 유아론적 의식(자아 밖에 있는 존재를 근본적으로 인정하지 않는 의식)이다. 나는 [보들레르 시인의] 『내 심장*Mon coeur mis ànu*』에 나온 댄디의 묘사를 생각하고 있었다.

[10월, 날짜 미상]

[거트루드] 스타인—사건이 원인과 그 결과로 일어난다("이것"이 "저것"으로부터 이어진다)는 생각을 포기하면 어떤 일이 일어나는지 탐색하기

케이지 + 소로가 침묵과 축소에 대해 쓴 글—

……

무언가의 "논리적 발전", 사람이 "내면적 논리"를 갖고 있다는 생각을 회의하기. 나는 언제나 이걸 당연하게 여겼다.

11월 17일.

내 신경증은 (샌디 [프리드먼]의 경우처럼) 주로 나 자신의 문제가 아니라 타인과의 문제다. 그러므로 글쓰기는 언제나 내게 효과가 있고, 심지어 우울증에 빠졌다가도 기분이 좋아진다. 나는 글쓰기에서 내 자치권과 내 힘과 다른 사람들을 필요로 하지 않는 독자성을 (가장 크게) 체험하기 때문이다. (샌디는 글쓰기에서 자신의 약점을 가장 날카롭게 느낀다.)

실제로, 나는 나 자신을 좋아한다. 언제나 그랬다. (정신적 건강을 붙들고 있는 가장 강력한 수단인가?) 그저 다른 사람들이 나를 좋아할 거라 생각지 않을 뿐이다. 그리고 그런 그들의 관점을 "이해"한다. 그러나—만일 내가 남이라면—나를 아주 좋아할 것이다.

접촉의 공포. 나는 다른 사람들을 "본다." 그러나 나와의 관계에서 보는 게 아니다. 그건 불투명하다, 수수께끼다—아니면 그냥 단조롭다.(그가 나를 "좋아한다", 그는 나를 좋아하지 않는다.) 나는 그것에 대해 말하는 게 창피하다. 주제넘은 짓 같다.

구석 자리에서, 괴물 같은 욕구를 품고 있는 나. 그리고 다른 사람들은 전부 저 너머에 있다! 괜한 바보짓을 하지 않겠다고 맹세한다.

……

구성파 [—카지미르] 말레비치,[6] [블라디미르] 타틀린[7](《탑》[8] 참조)—바우하우스에서의 졸렬한 모방, [발터] 그로피우스[9]는 멍청해서 러시아인들을 이해하지 못했다—그저 아름다운 물건들을 만들고 싶었을 뿐이다—금세 좌절하고 말았다.

20세기 초반 러시아 현대 미술의 위대한 시기, 하지만 그들은 너무 앞서 나갔고 + 너무 고립되어 있었다.

6. Kazimir Malevich, 1878~1935. 러시아의 화가이며 교사, 이론가. 절대주의 운동의 창안자로 추상회화를 가장 극단적인 형태까지 끌고 감으로써 순수 추상화가 발전하는 데 핵심적인 역할을 했다. 그는 예술이 향유로서가 아닌 철학적 사유의 대상으로서 인지하게 했으며, 후대 미술가들은 구상 미술을 벗어난 그의 작품으로부터 풍부한 예술적 영감을 제공받았다.
7. Vladimir Tatlin, 1885~1953. 러시아의 화가, 조각가, 무대 장치가. 모스크바에서 출생, 모스크바 미술학교에서 배우고, 1913년부터 금속편과 목편에 의한 구성적 작품을 만들기 시작하여, 그것이 〈반 릴리프〉, 〈코나의 릴리프〉로 발전하여 구상주의의 모태로 되었다. 〈제3인터내셔널 기념탑〉(1919~1920, 현존하지 않음)의 모형이 유명하다. '레타르린'(1930~1931, 모스크바, 항공사박물관)이라는 인력 비행기 연구도 있다. 무대 장치와 디자인도 많이 했다.
8. 〈제3인터내셔널 기념탑〉을 말하는 것으로 추정된다.
9. Walter Gropius, 1883~1969. 독일의 건축가이자 디자이너로 베를린에서 출생, 미국으로 귀화하여 보스턴에서 사망했다. 제1차 세계대전과 제2차 세계대전 사이 유럽 예술의 흐름을 이끈 바우하우스 운동의 창시자다. 뮌헨과 베를린에서 건축 교육을 받고, 1907년부터 베렌스의 사무실에 근무했으며 1910년 독립, 아르페르트의 파그르 신공장(1911)과 쾰른의 독일 공작연맹전의 모델 공장(1914)에서 근대 양식을 확립했다.

거리의 연극—〈겨울 궁전의 질풍〉[10]에 나오는 수천 명[손택은 나중에 에이젠슈타인이 영화 〈시월〉에서 사건을 재현한 것을 말하고 있다.] 마야코프스키 페이퍼 아틀리에(로스타[마야코프스키가 일했던 러시아 국영 통신사]는—날마다 새로 찍어 냈다.)

10. The Storming of the Winter Palace. 1920년 10월혁명 3주기를 기념하여 상트페테르부르크의 겨울궁전에서 열린 대규모 퍼포먼스.

1968년

[1968년 봄, 손택은 미국 반전 운동가 대표단의 일원으로 북베트남 정부의 초청을 받아 2주간 북베트남을 방문했다—이 여행은 엄청난 논쟁을 촉발했고 같은 해 발간된 손택의 책 『하노이 여행』의 기반이 되었다. 대체로 그녀의 공책은 베트남 정부 측이 하는 말을 그대로 받아 쓴 녹취록이거나(손택이 듣고 있는 내용에 대해 주를 달거나 긍정 또는 회의를 하는 표식은 전혀 찾지 못했다. 이 공책들은 비평가라기보다는 기자의 노트처럼 보인다.) 일정, 그리고 언제나 그렇듯 그녀의 눈에 보이는 장소들에 대한 사실적이고 역사적인 기록과 일련의 베트남 단어들과 영어 뜻 같은 것들이 적혀 있다. 그래서 나는 그런 항목들을 대표하는 몇 가지 표본만 싣고 대신 그중에서 자기성찰, 회의, 분석이 주가 되는 몇 안 되는 항목들을 가감 없이 인용하기로 결정했다. 여기서 손택의 자의식은 적어도 내가 보기에는, 다른 공책들은 물론이고 저서인 『하노이 여행』에서도 볼 수 없는 형태로 드러난다.]

[날짜 표기는 없다. 5월, 하지만 하노이에서 5월 5일, 또는 6일에 쓴 것이 거의 확실하다.]

문화적 차이는 이해하기 가장 어렵고 극복하기도 힘들다. "풍속", 스타일의 차이. (그리고 그중 어디까지가 아시아적인 것이며, 어디까지가 베트남 고유의 것인지 첫 아시아 방문에서 파악할 길이 없다.) 손님, 이방인, 외국인, 적을 대하는 다른 방식. 언어와 맺는 다른 관계—물론 이미 속도를 늦추고 단순화한 내 말들이 통역을 거쳐야 하고, 내가 직접 영어로 그들에게 말하면 유치한 애들의 대화밖에 할 수 없다는 사실로 인해 이 관계는 복잡해진다.

어린애의 상태로 전락하는 곤경에 더해서: 일정을 강요받고, 이리저리 안내받고, 설명을 듣고, 부산스럽고 호사스러운 시중을 받고, 감시를 받는다. 우리 한 사람 한 사람이 다 어린애다—심지어 분통 터지게도 '한 무리의' 어린애들이다. 그들은 우리 유모고 교사다. 나는 그들을 서로 구별해 주는 특징을 찾으려 애쓰다가(오안, 히엔, 팜, 토안) 그들도 내가 어디가 다르고 특별한지 못 알아보면 어쩌나 걱정을 한다. 나도 모르게 자꾸 그들 비위를 맞추려 하고 있다. 좋은 인상을 주려고—반에서 최고점을 받고 싶어서. 나는 지적이고 매너도 좋고 협조적이고 글씨도 잘 쓰는 학생처럼 군다.

모두가 똑같은 스타일로 말하고, 전부 할 말이 똑같은 주제는 첫인상이다. 그리고 이건 환대의 의례가 정확히 반복되면서 강화된다. 휑한 방, 낮은 탁자, 의자들. 우리는 모두 악수를 하고 자리에 앉는다. 테이블 위에는: 반쯤 썩은 그린바나나 두 접시, 담배, 물에 젖은 쿠키들, 종이 포장된 중국 사탕 한 접시, 그리고 홍차 잔까지. 우리는 소개를 받는다. 그쪽 그룹의 리더가 우리를 본다. "카오 봄[cac ban]……"[베트남 말로 "환영합니다"라는 뜻] 누군가 커튼을 걷고 들어와 홍차를 서빙하기 시작한다.

처음 며칠은 가망이 없어 보였다. 넘을 수 없는 장벽이 있는 것 같았다. 그들이 얼마나 이질적인지를 실감한 나머지—공감을 할 수도, 이해할 수도 없었고, 그쪽 역시 우리를 이해 못 하는 게 틀림없어 보였다. 그들에게서 부정할 수 없는 우월감이 느껴졌다. 이해할 수는 있었다. (그쪽 입장에서가 아니면, 공감을 하기는 힘들었지만) 내 의식이 그들의 의식을 포괄한다는, 아니, 그럴 수 있다는 느낌을 받았다. 하지만 그들의 의식은 내 의식을 절대 포괄하지 않았다. 그리고 나는 절망적으로 생각했다. 내가 가장 사랑하는 것에 무감각해져 버렸다고. 내 의식은 너무 복잡하고, 지나치게 많은 기쁨을 알아버렸다. 나는 베르톨루치 영화[1964년의 베르톨루치 영화 〈혁명 전야Before the Revolution〉]의 모토를 생각했다—"혁명 전야를 살지 못한 자, 삶의 달콤한 맛을 보지 못했다"—그래서 앤디[미국 작가이자 반전운동가였던 앤드루 콥카인드Andrew Kopkind]에게 그 얘기를 했다. 앤디는 동의했다.

가망 없는 정도가 아니다. 시련이다. 물론, 여기 온 게 후회되지는 않는다. 의무였으니까—정치적 행동, 한 편의 정치적 연극이었다. 그들은 그들의 역할을 연기하고 있었다. 우리는(나는) 우리(내) 역할을 해야만 한다. 이 모든 게 이토록 부담스러운 이유는 각본을 전적으로 저들이 집필했기 때문이다. 그리고 연극도 연출하고 있었다. 마음속으로는 원래 이렇게 되어야 하는 거라는 확신이 있었다. 그러나 내 행위는 다른 무엇도 아닌 의무로 보였을 뿐이다. 그리고 나는 내심 몹시 슬펐다. 왜냐하면 이 말은 내가 그들로부터 아무것도 배울 수 없다는 뜻이었기 때문이다—미국 혁명가는 베트남 혁명에서 아무것도 배울 수 없다는 뜻이었기 때문이다. 내가 보기에는 (예컨대) 쿠바 혁명에서는 배울 수 있을 것 같은데—적어도 이 관점에서는—쿠바인들이 우리와 상당히 비슷하기 때문이다.

우리에게는 주어진 역할이 있었다. 우리는 베트남의 투쟁을 돕는 미국의 친구들이었다. 집단 정체성. 하노이 여행은 일종의 보상이자 후원이었다. 우리는 맛있는 과자를 선사받은 후—우리의 수고에 감사한다는 말을 듣고—한층 강화된 충성심을 안고 다시 고국으로 파견되어 우리가 적당하다고 생각하는 개별적 노력들을 계속하면 되는 것이었다.

물론 이런 집단 정체성에는 세심한 예의바름이 있다. 우리는—개인으로도 단체로도—우리가 이 여행을 할 자격이 있는지 이유를 추궁당하지 않는다. 우리가 초대되었다는 사실과 기꺼이 오겠다고 한 우리의 의지가 우리 노력들을 모두 같은 수준에 놓아 버린 것으로 보인다. 우리는 각자 할 수 있는 일을 한다—그게 내포된 전제처럼 보였다. 아무도 우리가 투쟁을 위해 구체적으로 어떤 일을 하는지 따져 묻지 않는다. 아무도 우리에게 설명하라고 하지 않고, 더구나 정당화는 바라지도 않는다. 우리 노력의 수준과 품질과 전략도 묻지 않는다. 우리는 "카오 봄cac ban, 작은 새싹"이다.

모두가 말한다. "우리는 미국인들이 친구라는 걸 알고 있습니다. 미국 정부만이 우리의 원수입니다." 그리고 나는 처음부터 분통이 터져 소리를 질러 대고 싶었다. 기품 있는 태도는 존중하지만, 그런 순진함은 딱하기 짝이 없다. 정말 저 사람들은 자기가 하는 말을 믿는 걸까? 미국에 대해서 아무것도 이해하지 못하는 건가? 내 마음 한편에서는 그들을 영원히 어린애로 보고 있었다—아름답고, 순진하고, 고집 센 어린애들. 그리고 나는 내가 아이가 아니란 걸 안다—이 연극이 내게 어린애의 역할을 연기하기를 요구하고 있기는 하지만 말이다.

내가 사는, 3차원의 질감이 살아 있는 어른의 세계가 그리워 미칠 것 같다—내가 방문한, 이 윤리적 동화의 2차원 세계에서 볼일을 보고 다니는 이 순간에도.

이곳은 단색으로 표현된다. 모든 것의 도수가 같다. 모든 말들은 똑같은 어휘에 속한다: 투쟁, 폭격, 친구, 침략국, 제국주의자, 승리, 동지, 프랑스 식민주의자들, 꼭두각시 병력. 나는 내 언어를 평면적으로 만들지 않으려 저항하지만, 저들에게 뭐라도 쓸모 있는 말을 하려면 (어느 정도 순화시켜서) 그 어휘를 써야 한다는 걸 금세 깨닫는다. 그건 심지어 (ARVN[베트남 공화국군, 남베트남군] 대신 "꼭두각시 병력"이라는 말을 쓰고 세력—우리를 말한다!—과 "사회주의 진영"(나는 "공산주의"라고 말하고 싶어 입이 근질거리는 바람에 혼났다.)이라는 의미심장한 그 지역의 표현들까지 포괄했다. 어떤 것들은 벌써 편하게 입에 붙었다. "베트콩" 대신 "전선"이라고 쓴다거나, "제국주의"와 "흑인들"과 "해방 구역" 등이 그중 일부였다. (보아하니 "마르크스주의"라는 말을 쓰면 보통 "마르크스-레닌주의"라고 통역이 되고 있었다.)

내가 그리워하는 건 '심리학'의 세계다.

뭔가 설명을 한다고 하면 주축에는 반드시 날짜가 있다. 대체로 1956년 8월(베트남 혁명과 건국 기념일이었다.)이나 1954년(프랑스 식민주의자들의 축출)이다. 그 전후 그 이후는… 저들의 개념은 연대기적이다. 나의 개념은 연대기적이면서 지리적이다. 지속적으로 비교문화적인 비유를 하고 있다—적어도 그러려고 노력한다. 내 질문 대다수는 이런 맥락에 위치한다. 그리고 그들은 내가 하는 여러 질문들에 약간 어리둥절한 모습을 보이는데, 이는 우리가 문화적 맥락을 공유하고 있지 않기 때문이다.

처음 며칠 동안 나는 계속 베트남을 쿠바 혁명과 비교하고 있다. (1960년에 내가 직접 겪은 쿠바 혁명의 체험과 다른 사람들의 기록을 통해 알게 된 혁명의 추이 둘 다의 측면에서.) 그리고 내가 하는 비교들은 거의 모두 쿠바에 유리하고 베트남 사람들에게 불리하다. 미국 급진주의에 무엇이 유용하고 교훈적이고 모방할 만하고 의미가 있는지, 그런 기준에서 볼 때 그렇다는 말이다. 이런 짓은 그만두고 싶은데 영 어렵다.

이곳의 누군가가 지각없이 굴어 주면 좋겠다. 기분에 휩쓸려 자신의 "개인적"이거나 "사적인" 감정을 토로하면 좋겠다. 쿠바 사람들은 칠칠치 못하고 충동적이고 광적인 (마라톤) 수다쟁이였던 걸로 기억한다. 이곳은 모든 게 끔찍하게 형식적이고 계산적이고 통제되고 계획되어 있으며 위계질서가 분명하다. 모든 사람이 흠잡을 데 없이 예의바르지만 (어쩐지) 밋밋하다.

이 사회의 강한 위계적 성향은 즉시 눈에 띄며 불쾌하다. 비굴한 사람은 아무도 없지만 많은 사람들이 자기 분수를 안다. 쿠바 혁명의 대중주의적 방식을 환기해 본다. 어떤 사람들이 타인에게서 받는 존경은 내 눈에는 언제나 우아하고 기품 있어 보인다. 그러나 분명 어떤 사람들은 다른 사람들보다 더 중요하며(귀하며) 따라서 얼마 안 되는 편리를 더 많이 누리는 게 당연하다는 느낌이 뚜렷하다.

외국인들(외교관, 영빈)과 고위 정부 관료를 위한 상점이 따로 있는 것처럼 말이다. 사흘째 되던 날 우리를 그곳에 데려다 줘서 바지와 샌들을 샀다. 우리 가이드가 매우 자랑스럽게, 전혀 부끄러운 기색 없이, 이곳은 특별한 상점이라고 말해 주었다. 그런 시설의 존재 자체가 비공산주의적이라는 걸 그들이 깨달아야 한다고 생각했다.

아주 짧은 거리도 차를 타고 이동해야 한다는 점이 답답해서 미치겠다—사실, 두 대의 자동차다—기사가 딸린 커다랗고 못생긴 검은색 러시아산 볼가들은 우리가 어디로 가야 할 때마다 호텔 문 앞에 나타나 대기하고 있다. 어째서 우리한테 걷도록 허락해 주지—요청하지 않는 걸까? 우리더러 걸으라고 종용한다면 훨씬 좋을 텐데. 예의 때문일까? (손님들한테는 무조건 최고의 대접을 해야 한다?) 그러나 그런 류의 예의는 공산주의 사회에서는 철폐해도 된다고 본다. 아니면 우리가 유약하고도 나약한 외국인(서구인? 미국인?)이라고 생각하기 때문에? 우리가 걷는 게 품위에 걸맞지 않는 일이라고 여긴다는 생각만 해도 소름이 끼친다. (귀빈, 공식적 손님, 유명 인사, 그 어떤 자격으로도 말이다.) 이 점에 있어 그들에게 이의를 제기한다는 건 있을 수 없는 일이다. 우리는 커다란 검은 차를 타고 자전거들이 빼곡하게 들어찬 거리를 굴러간다. 운전사는 걷거나 자전거를 타는 사람들에게 조심하라고 경고하고 수시로 비키라고 요구하기 위해서 경적을 빵빵 울린다. 물론 최선은 저들이 우리에게 자전거를 제공하는 것이다. 그러나 그런 요청을 한다 한들 진지하게 받아들일 리가 없다. 적어도 재미있어 하려나? 그런 얘기를 꺼내면 우리가 어리석거나 무례하거나 멍청하거나 아무튼 그렇다고 생각하려나?

하노이 어디를 가든 사람들은 우리를 빤히 쳐다보고, 가끔은 입을 헤벌리고 구경을 한다. 정확히 왜 그런지 모르겠지만 굉장히 기분이 좋다. 특별히 우호적인 시선도 아니지만 그들이 우리를 "즐기고" 있다는 느낌이 든다. 그들에게도 우리를 보는 게 기분 좋은 경험이라는 느낌 말이다. 오안에게 우리를 보고 미국인이라는 걸 아는 사람들이 많은지 물어보았다. 그런 생각을 하는 사람이 그리 많지는 않을 거란다. 그러면 우리를 누구라고 생각하는 거냐고 물어보았다. "십중팔구 러시아인이라고 생각하겠죠." 그가 말했다. 그러고 보니 한두 번인가 사람들이 우리에게 "토바리시tovarich, 동지"라든가 또 다른 러시아 단어들을 말한 적이 있다……. 하지만 대체로는 아무 말도 하지 않는다. 조용하게 바라보며 손가락질을 하고 이웃들과 뭐라고 우리에 대해 이야기를 나눈다. 우리를 보고 가장 많이 하는 말은 키가 정말 크다는 얘기라고, 히엔이 말해 주었다. 사람 좋은 표정으로 놀라워하면서.

우리에게 거듭거듭 읊조리는 베트남 역사의 단조로운 흑백 판본. 삼천 년에 걸쳐 외세의 침략을 막았다고. 현재는 시간 속에서 과거로 뻗어 나간다. 미국인들 = 프랑스 식민주의자들 = 일본인들 (잠시) = "북부 봉건주의자들"의 천 년 지배—즉 "중국인들"이다. 심지어 13세기에도 구정 대공세[1]가 있었다고 한다. 1288년의 밧당강 해전은 디엔비엔푸[2]에서 프랑스에게 거둔 승리의 또 다른 버전이었다.

1. 1968년 1월 30일 밤부터 전개된 베트남 인민군(NVA)과 남베트남 민족해방전선(NLF, 베트콩)의 대공세다. 초반에는 베트콩이 미군과 남베트남의 주요 시설을 빠른 시간 내에 점령했지만, 곧장 미군과 남베트남 국군에 의해 진압되었다. 이로 인해 남베트남 내 존속했던 베트콩이 궤멸 직전에 이르렀으나, 국제 여론이 반전 여론으로 쏠리면서, 북베트남에게 전술적 승리 대신 전략적 승리를 가져왔다. 이 때문에 구정 대공세는 베트남 전쟁에서 베트남민주공화국이 승리하는 결정적 원인이 되었다.

항상 단순 선언문으로 말하기. 모든 담론이 설명문 아니면 의문문이다.

우리가 뭘 하든, 우리는 우리 자신 안에 갇혀 있다. 그렇지만 무엇이든 한다는 사실 자체가 우리 밖의 것과 우리가 접촉하는 정도를 표시한다.

한 미국인이 하노이에 가지고 온 건 아주 복잡한 자아다.

베트남은 한 발 떨어져서 영화 속에서, 요리스 이벤스[3]의 〈위도 17도17th Parallel〉를 볼 때 가장 리얼해 보인다.

베트남 아이들이 "조종사 나포" 놀이를 할 때, 가장 키가 큰 사람은 미국인일 것이다.

최초의 북베트남 영화는 1959년 제작되었다. 이제 이 나라에는 영화 스튜디오가 네 군데 있다.

프놈펜[캄보디아 소재]에서 여행을 시작할 수 있었다는 점에서 나는 운이 좋았다—프놈펜에서 나흘을 묵으면서 〈국제통제위원회〉[4]

2. 베트남 북서부의 도시로 인도차이나 전쟁 당시 프랑스 기지가 있었다. 베트남인들이 약 1만 4천 명의 프랑스 군인을 사살, 공격하거나 포로로 잡은 1954년의 디엔비엔푸 포위 공격은 프랑스의 인도차이나 식민 지배를 종식시켰다.

3. Joris Ivens, 1898~1989. 네덜란드의 기록 영화 감독. 미국의 R. J. 플라허티와 함께 초기 다큐멘터리 영화 작가의 쌍벽을 이룬다는 평가를 받는다. 주로 건설적, 생산적인 제재를 다룬 기록 영화를 만들었다. 〈자위더르호〉, 〈영웅의 노래〉, 〈스페인의 대지〉 등 세계 각지에서 기록 영화를 만들었다.

의 비행기를 기다렸다. 심지어 더 운이 좋았던 건(하지만 봅[전업으로 반전운동에 뛰어든 코넬 출신의 수학자 로버트 그린블라트], 앤디 + 나는 재수없다고 욕을 했지만) [라오스의] 비엔티안에 나흘 더 발이 묶인 것이었다. 그건 적어도 우리로 하여금 좀 더 객관적으로 사태를 파악할 수 있게 해 주었다.

……

하노이는 폭격 전 인구가 대략 백만 명이었고, 지금은(1968년) 약 이십만 명이다…….

2, 3년 전 팜반동[당시 북베트남 수상]이 당 간부들 사이에서 횡행하는 "미사여구병"을 질타하는 연설을 했다. 그러면서 정치 간부들은 좀 더 문학에 관심을 쏟으라고 충고했다—베트남어를 발전시키고 싶다고…….

혁명은 언어에 의해 배신당했다.

……

감상주의

엄준함: 베트남의 창의성—사회……, 모든 것을 활용하는 문화

순결: 가이드들, 운전사들과 간호사가 같은 방에서 잤다.

4. International Control Commissions. 1921년 코민테른 제3회 세계대회에서 설치된 기구로, 국제공산주의자의 규율을 감시하며 특히 일탈을 방지하는 것이 주임무였다.

정절
캄보디아와 마찬가지로 반바지도 안 되고 맨가슴을 드러내도 안 됨.

AK[앤드루 콥카인드]가 궁금하단다: 베트남 사람들 사이에서 자아는 어디쯤에 있지?

[하노이에서]

이젠 더 이상 스님은 받지 않음

[도시의] 가난—똑같은 색깔(녹색, 빨강, 노랑)—어두운 파랑, 베이지, 카키색 등

DRV[Democratic Republic of Vietnam][5] 건립
삶—훈련—엘리트주의?

시민군 한 소대가 가든 스퀘어에서 훈련하고 있다

오페라하우스에서 사이렌들은 다음과 같은 것들을 활용함:

* 대비: DRV의 독립과 동유럽 위성 체제 탈출 기념

5. 베트남민주주의공화국.

라디오 스피커가 10시 30분에 켜진다—알람을 알리고 + 음악—인쇄 노동자들의 노래

우리를 따라다니는 아이들을 쫓아 보내는 어른.

5월 7일.

저녁: 8시~11시

북베트남에서 사용된 미국 무기 전시회 방문
보통 폭탄(폭약)—100~3000파운드
대인살상무기—a) 덤덤탄[6] b) 세열폭탄[7]-CBU[8] i) 실린더 ii) 라운드-슈라이크,[9] 나비형 폭탄 c) 소이무기[10] i) 백린탄[11] ii) 네이팜_네이팜 A, 네이팜 B, iii) 테르밋[12] iv) 마그네슘 CBW-생화학무기[13]: 고엽제, 독성 화학물, 독가스

6. dum-dum bullet. 목표물에 맞으면 탄체彈體가 터지면서 납 알갱이 따위가 인체에 퍼지게 만든 탄알. 1886년에 영국이 인도의 덤덤 공장에서 처음 만들었으며, 뒤에 그 참혹성 때문에 사용을 금지하였다.
7. fragmentation bomb. 기폭시켰을 때 다량의 초고속 세열細裂 파편을 형성하는 폭탄으로, 주로 인명 살상용으로 사용한다.
8. 집속탄cluster bomb unit. 공중에서 투하될 경우, 집속탄은 무수한 폭탄으로 분리되어 일정 범위 이내에 수많은 폭발을 일으킨다. 이 폭탄은 정확성을 목표로 하는 대상에 사용되는 것이 아닌 다수의 대상 또는 일정 범위를 공격하는 용도로 사용된다.
9. AGM-54 shrike. 공대지 대레이더 미사일.
10. incendiary weapons. 목표물을 불살라 없애는 무기. 소이탄 화염 방사기 등이 있다.
11. white phosporous. 인으로 만든 발화용發火用 폭탄 또는 포탄.
12. thermite. 알루미늄과 산화철酸化鐵의 분말을 동일한 양으로 혼합한 혼합물. 점화하면 3000℃의 고온을 내므로 철이나 강鋼의 용접에 사용한다.
13. Chemical Biological Warfare.

희생자들, 해골들, 뇌의 절단면, 네이팜에 탄 쌀의 사진들

5월 10일.

『난단*Nhan Dan*』[베트남 공산당의 공식 신문]의 편집장 트렁 씨:

미합중국에 대한 애정

아주 조근조근한 말씨

미합중국의 운동 효과: L. B. J(린든 B. 존슨)는 미국 인민의 투쟁과 감정을 잘못 평가하고 있음. 공격에 찬성하는 미국 인민은 소수다

전쟁을 하기 위해서는 재정, 병력, 무기, 국민 대다수의 찬성이 있어야 한다—인민 전쟁—무기 없이 시작했다.

관제 토론회—징집 거부—"미합중국 자유의 전통"을 좋아함—서명운동—신문광고를 좋아함—운동의 서로 다른 형태 + 경향들, 그러나 풍요로운 성격을 좋아함—50만 명 4월 15일과 펜타곤 습격[14]—강력한 조직적 성향이 있을 것이다—그 운동은 공산주의적이라고 부를 수 있다고.

["]우리는 미합중국 내 공산당 동지들의 수가 그리 많지 않다는 걸 압니다.["]

14. 1967년 〈국가동원위원회National Mobilization Committee〉라는 반전 단체가 주관한 UN에 대한 시위에는 무려 50만 명이 모였다. 그리고 같은 해 같은 단체가 펜타곤 앞에서 대규모 시위를 주관했다.

자유를 수호하려는 운동 + 미국의 특권—"또 다른 미국"—단순히 미국의 병력만이 아님

["]운동은 에버릴 해리먼 씨[15]를 파리로 파견하는 데 도움이 되었다.["]

5월 12일.

작가 조합의 밤에서:

모리슨[노먼 모리슨, 볼티모어의 퀘이커 교도로 미국의 베트남 참전에 반대하며 국방장관 로버트 맥나마라의 국방성 사무실 밑에서 1965년 11월 2일 분신했다. 노먼 모리슨은 전쟁 중에 북베트남의 영웅이었다.]은 애국자 + DRV의 은인이라고.

1945년 호[북베트남의 지도자 호치민]: "인민은 선하다. 정부들만 나쁘다."

……

15. William Averell Harriman, 1891~1986. 뉴욕 출생. 미국의 철도왕 E. H. 해리먼의 아들이다. 예일대학교를 졸업한 후 해리먼 회사 사원으로 실업계에 투신하여, 1932년에는 유니언 퍼시픽 철도회사의 사장이 되었다. 주로 운수 관계업에 종사하던 중 1934년 대통령 F. D. 루스벨트에 의하여 기용되어 전국부흥국의 행정관, 1937년에는 미국 상무성商務省의 실업위원회實業委員會 위원장이 되었다. 1943~1946년 소련 주재 대사로 대전大戰 처리에 관한 국제회의에 참가하여 대소 강경론을 주장하였다. 1968년 '베트남 평화 파리 회의'의 미국 수석 대표로도 활약하였다.

모리슨은 자기 밖의 문제를 해결했기 때문에 위대한 인물이다—그는 베트남 사람이 아니고 공산주의자도 아니었다—그는 그런 식으로 행동할 필요가 없었다.

……

[다음은 앤드루 콥카인드의 메모지만 수전 손택이 자기 필체로 공책에 옮겨 적었다. 일부만 발췌해 포함했는데, 그중에는 콥카인드의 기록 중에서 북베트남에서 손택의 활동들에 대한 언급이 있다.]

5월 13일. 아침.

커피—오안과 러시아인들에 대해 토론—오안 말로는 러시아 대사관 내에 분열이 있다는 걸 "우리가 안다"고 한다. 일부 러시아인들은 "타락"했다—[톰] 헤이든 말로는 그들이 "사이공의 미국인들" 같다고 한다—오안은 베트남 인민들이 러시아에 대해 알고 놀랐다고 말한다—소련의 "나쁜 교육의 소산"이다—오안은 또한 제2 평화회담에 대한 소식도 가지고 있었다. 북베트남 + 미국 시민들만이 합의할 수 있는 문제에 합의했다고. 그리고 학생들을 지지하는 프랑스의 대규모 시위 소식도 있었다.

경보—몇 분 내로 다 끝났다—대피소로 갈 시간도 없었다.(흥미를 가질 시간도 없었다.)

가볍게 비가 내린다—몇 구역 차를 타고 교육부까지 갔다. 낡은 프랑스 빌라 또는 관청—안내를 받아 들어가니 미소를 짓는 책임자와 여섯 명의 젊은 교사들이 있다—국방복, 초록과 파랑 셔츠—긴 테이블에 둘러앉아—차, 쿠키, 사탕, 담배들—벽에 휑하게 전선이 다 드러나 있다—교사들의 전공은 다양하다

타 쾅 부 교수—제네바 조약에 서명했다.

교수: 1956년 이전에는 고등교육이 없었다—17세기 + 이전으로 거슬러 가면—국가적 특성을 살린 고등교육이 있었다—프랑스는 전통을 지워 버리려는 노력을 했다(교수는 오안의 통역을 고쳐 준다)—나는 프랑스 지배 하에서 교육받았다—프랑스어 + 영어를 할 줄 안다. 1954년 이후로 교육받은 학생들은, 러시아어를 안다

……

전쟁의 참상에도 불구하고, 교수와 학생들은 동원되지 않았다 [이 문장이 강조되었다]—대학 교수 6천 명—2차 직업학교 교사 5천 명—c. 총 (각종 학교와 대학을 합쳐) 20만 명이 징집되지 않았다—정부 + 당은 기술적 + 경제적 기획을 하는 기간요원의 양성 + 질적 향상에 특별한 관심을 쏟고 있다.

[교수:] 특히 중요한 난관은 지적인 고립이다—그러나 우리는 순수 + 응용 학문 양면으로 발전을 해 왔다.

……

손택이 미국 교육의 대략적 체계를 설명한다—첫 12년간의 교육이 제공되지만 진지하지 않다—그것을 만들어 내는 사회 + 정치적 조건을 바꾸기 위한 혁명이 필요하다

……

호텔의 회의실—대피소 근처—긴 테이블—30명, 대체로 남자들, 여자들은 극소수—아주 간소한 방, 선풍기들이 돌아가고 있다. 히엔이 통역을 한다—귀에 전선을 꽂은 남자들이 곁에 있다.(청각장애인들인가?)

……

(긴—십 분—경보로 회의 중단. 아무도 대피소에 가지 않지만 대화는 중단된다.)

질문: 가난한 인민의 행진[1968년 봄 랄프 애버내시 목사[16]가 조직한 미국의 대규모 시위 "빈민의 행진Poor People's March"을 말한다. 애버내시 목사는 마틴 루터 킹 목사가 암살된 후 〈남부 그리스도교 지도자 회의Southern Christian Leadership Conference〉의 수장이 되었다.]

미국의 심리(손택의 긴 대답)

16. Ralph Abernathy, 1926~1990. 미국의 흑인 목사이자 인권운동 지도자로, 1973년까지 〈남부 기독교지도자회의〉의 의장으로 일하였다. 1971년에는 동독의 평화 훈장을 수상하였다.

질문: 평범한 사람들은 전쟁을 어떻게 생각하는가? 미국인들 + 베트남에 대한 이중 잣대의 효과에 대해서는? 손택은 미국 대중이 프로파간다를 믿는다고 생각하는가?—베트남의 무수한 다수 국민 역시 프로파간다를 의심하지 않는다.

……

저녁 + 그리고 작은 극장. 로버트 그린블라트 + 나는 중간에 나왔다. (…) 손택은 끝까지 남았다—돌아왔다—스웨덴 사람들 + 학생들과 대화를 나누었다. [미국 기자] 마크 소머는 아주 나이브하다—저녁 식사 때 우리는 다시 그의 생색 섞인 태도에 대한 얘기를 했다—베트남 사람들에게 인간적이라고 칭찬을 했던 것이다(전쟁과 미국인의 잔인성에도 비인간적이 되지 않았다면서)—마치 니그로들에게 리듬 감각이 뛰어나다는 칭찬을 한 거나 마찬가지다—베트남 사람들의 인간성은 화두가 될 수 없다. 우리의 인간성이 문제다. 미국 사회에서 우리의 순응에 대한 긴 토론—손택이 마크를 공격했다—그는 정말로 약간 둔감하고 + 생각이 없다—손택이 돌아온 후, 우리는 다시 이곳의 "장벽" 이야기를 했다—그러나 장벽은 그 자체로 표현이다—베트남 현실의 표면적 투영—표현이란 말이다. 또한 저변에는 다른 게 있지만 표면에 드러나 있는 걸 간과할 수는 없다…….

……

손택은 미국인 포로들을 방문한다—두 명. 1명은 3년, 또 한 명은

1년—장소도 가르쳐 주지 않고 그들이 감금된 장소의 표시도 전혀 없다—둘 다 절을 한다—한 명(3년)은 아주 깊게, 또 다른 사람은 기계적으로—둘 다 "파자마" 차림이지만 다른 색이다—스트라이프 + 단색

3년은 더 "비굴"하고 1년은 무뚝뚝하다. 오안 + 다른 세 명이 실내에 동석하고 있다. 좁은 군 초소에 호텔에서 대략 열 명이 와 있다…….

두 전쟁 포로는 정기적으로 미국에서 우편물을 받는다고 했다—가족사진들

계급이 높다. 중령과 소령, 둘 다 공군에서 장기 복무했다—한국전쟁 + 나이 많은 쪽은 더 이전—제2차 세계대전. 연장자는 제네바 조약에 대해 아무것도 몰랐다고 했다. 그들은 정보를 얻는다—빈민의 행진, 애버내시, RFK[17] 등에 대해 알고 있다

손택은 그들에게 미국의 정치적 변화에 대해 이야기해 주었다.

손택은 두 사람을 별개로 보았다.

한 사람은 베트남어를 약간 알아들었다—장교가 베트남어로 과일 + 사탕을 가져다줄 수 있다고 말하자 반응을 보였다.

17. 로버트 F. 케네디.

전쟁 포로들은 전쟁에 대한 읽을거리를 제공받았다 — 펠릭스 그린 책[그레이엄 그린의 친척인 펠릭스 그린은 1960년대 초반 『샌프란시스코 크로니클』의 기자였으며, 미국의 베트남 참전에 반대했고 친북베트남 성향을 보였다.] 베트남어로 된 신문.

포로들은 절을 하고 떠났다.

……

[여기서부터는 손택이 쓴 일기다.]

서구인들의 "혁명" 사랑 : 원시주의, 소박한 삶/사람들이라는 마지막 로맨스

사랑이 있는 탈중앙화된, 정직한 사회

……

[6월, 날짜는 없다]

다이애나 [케메니] — 부정적 전위는 없음; 분노, 눈물을 허락지 않음; 내 공모자; 상세하게 내게 뭔가 이야기를 해 준다.

내 전략 하나:

사람들을 무장해제시켜라: 사람들은 위험하다, 회유해야 한다.

……

[날짜는 없고 "1968년 7월 파리"라고만 쓰여 있다]

"미니멀" 시네마
(《매춘부》에 우연히 찍힌 워홀의 고양이)

베르톨루치: 장면 하나하나를 독자적으로 만들어 몽타주를 줄여라.

언어에 대한 영화를 만들기—사람들이 모두 각자의 언어를 말하는.

……

키이츠: "길거리의 드잡이는 싫어할 만하지만 그 속에서 발현되는 에너지는 좋다."

바바라 밀러 레인, 『독일의 건축 + 정치, 1918~1945』 사기

……

8월 7일. 스톡홀름.

이제는 남성 동성애자와 친근함을 느끼는 나의 패턴에 이미 알고 있었던 것(나 자신의 탈성별화, 여전히 안전하고 위협적이지 않은 남성 동반자—내가 갈망하기도 하고—가 있음, 등등) 말고도 또 한 가지, 아주 중요한 의미가 있다는 걸 알겠다. 그건 또한 내 여성성의 우회적 복원, 또는 보존을 의미한다! "여성적인" 모든 것은 "앙 프랭서플en principle"[원칙적으로] 어머니로 인해 오염되어 내게는 독성을 갖게 되었다. 어머니가 하고 싶어 하더라도, 나는 하고 싶지 않다. 어머니가 좋아했더라도, 나는 좋아할 수가 없다. 그건 남자들의 향수, 매력적인 가구, 스타일리시한 옷, 화장, 화려하거나 정교한 물건들, 부드러운 선, 곡선, 꽃, 색채, 미장원에 가는 일, 햇빛 내리쬐는 곳에서 휴가를 보내는 것까지를 다 포함한다!

[여백에:] 알코올, 카드 게임 + 텔레비전은 두말할 것도 없다. 어머니가 아이들, 음식, 영화, 책, 그리고 학문을 좋아하지 않으신 게 천만다행!

불쌍한 나. 그러나 나는 오히려 "여성적"인 것들을 숭모하고 모방하는 일련의 남자들과 친해짐으로써 영특하게 이런 것들로 통하는 뒷문을 찾아왔다. 나는 그들 속에서 그런 것들을 받아들인다. (그들—여자도, 우리 어머니도 아닌—은 그것을 유효하게 한다.) 그러므로, 나는 나 자신 안에서 그걸 용인할 수 있다. 그래서 지난 십 년간 나는 내 삶에서 서서히 더 "여성적인" 것들, 취향 + 활동을 늘려 왔다. 나는 "아르누보"(그 모든 곡선, 뽀얗게 빛나는 유리, 미친 꽃들)를 사랑할 수 있다. 꽃을 향유할 수 있다. 춤을 추기를 좋아한다. 아름다운 옷들을 사랑한다. (뭐, 사실은 아니지만, 머릿속으로는) 파티에 가고 파티를 여는 걸 좋아한다. 눈이 휘둥그레질 가구들을 갖춘 아름다운 아파트를 원한다. 밝은 색 옷을 입기를 즐긴다.

11년 전의 나와 얼마나 다른가(결혼 생활을 끝내고 나서): 꽃도 없고, 색깔도 없고(내 옷들은 그냥 몸을 숨길 검정, 회색 + 갈색 천에 불과했다—최대한 몸을 가렸고) 그 어떤 종류의 경박함도 없었다. 유일하게 좋은 건 일, 공부, 내 지적 + 윤리적 야심이 "강인"해지는 것뿐이었다.(왜냐하면 우리 어머니가 "유약"했으니까.)

그래서 나는 갑자기 오늘 아침—그저 여기 호텔에서 잠을 깨고 이미 다 읽은 『라 캥젠 리테레르*La Quinzaine Littéraire*』 잡지를 집어 들고 카를로스 푸엔테스의 새 소설 리뷰를 보고 "아르누보"를 수집하는 여성 캐릭터의 묘사를 읽었을 뿐이다—지난 11년간 남성 동성애의 세계와 연루되어 왔던 건 단순히 내게 나쁜 것이라든가, 신경증적 증상, 퇴행, 나 자신의 섹슈얼리티 + 온전한 성숙함의 발현에 대한 방어에 불과한 게 아니었다. 그건 또한—애초의 내 문제들을 고려할 때—아주 긍정적인 것이기도 했다. 나는 그로 인해 도움을 받았다—그 무의식적 전략으로 인한 수혜는 이제 다 받은 것 같고, 더 이상의 쓸모는 별로 없다고 생각되지만. 왜냐하면 나는 더 온전하게 여성이 될 수 있기 때문이다.(하지만 여전히 강인하고, 여전히 자치적이고, 여전히 성인으로서) 어떤 남자보다 더 온전하게 여성이 될 수 있다!

이 모든 걸 생각해 냈다는 게 얼마나 이상한 일인가—즉흥적으로! 물론 글을 쓰는 데는 삼십 분이 걸렸지만 말이다—그것도 "아르누보"에 대한 단 세 문장을 보고서. (내가 읽고 + 소장하고 있는, 통째로 "아르누보"에 할애된 수많은 책들을 생각해 보면 말이다—엘리어트[스타인]과의 대화 등등)

작년에는 나 자신과 접점이 있었기에 스스로에 대해 사유하는 게 어마어마하게 힘들었다. 똑같이 정체된 사유만을 거듭했을 뿐이다. 마르트니크 섬에서 일 년 전 한꺼번에 다발로 떠올랐던 사유 이후로는 새로운 아이디어나 통찰은 없었다.

대체로 내 삶에서 다이애나가 부재한다는 사실과 관련이 있다고 나는 짐작한다. 일기에 이렇게 글을 적게 쓴 적은 없었다—그래서 아직도 '똑같은' 공책이다—이 공책—일 년도 넘었는데 + 여전히 다 채우려면 멀었다.

또 하나의 짧은 사색. 오늘 아침 침대에서 이 아이디어가 생각났을 때(내가 새로운 아이디어를 떠올리다니!) 새로운 생각을 해냈다는 사실이 너무 기뻤다—정말이지 무지하게 오랜만이란 말이지! 올해는 내 정신이 지옥으로 날아갔다고 확신하고 있었고 + 다른 모든 사람들처럼 나도 멍청해지고 있다고 생각했단 말이지—그래서 내 기쁨을 표현하기 위해 뭐라도 하고 싶었다. 그래서 상당히 자의식적으로, 큰소리로 외쳤다: "자, 이것 보라지. 아이디어다!" 아니, 뭐 그 비슷한 것. 그런데 나 말고는 아무도 없는 이 방에 울려 퍼진 내 목소리의 소리는 심히 나를 우울하게 했다.

혼잣말을 큰소리로 하는 법은 절대 없다—시도도 하지 않는다—그런데 내가 왜 그러지 않는지 이제 알았다. 굉장히 괴롭다. 그러면 '정말로' 내가 혼자라는 걸 알게 되기 때문이다.

아마 그래서 나는 글을 쓰는 모양이다—일기장에. 그건 "괜찮다"고 느껴지기 때문에. 내가 혼자이고, 여기 쓰는 글의 유일한 독자라는 걸 알고 있다—그러나 그 앎은 고통스럽지 않다. 반대로 그로 인해 더 강해진 느낌이 든다. 뭔가를 적을 때마다 더 강해진 느낌이다. (그러므로, 지난 일 년간 내 걱정은—나 자신이 일기에 더 이상 적을 수 없으며, 적고 싶은 마음도 들지 않고, 완전히 막혀 버렸든가 뭐 그렇게 된 거라는 사실 때문에 나 자신이 끔찍하게 '약해졌다'고 느꼈기 때문이다.)

(그러나 그건 내가 언젠가 누군가 내가 사랑하고 나를 사랑하는 사람이 이 일기를 읽을 가능성이 있다고 + 심지어 내게 더 가까워진 느낌이 들 거라고 정말 믿기 때문일까?)

"나는 선해지고 싶어."
"왜?"
"내가 숭모하는 사람이 되고 싶으니까."
"어째서 지금 있는 그대로의 네가 되고 싶지는 않지?"

9월 19일. 스톡홀름.

이탈리안 트로츠키파 잡지 『라 시니스트라*La Sinistra*』(사벨리 편집)

지난달에 읽다: 체호프 단편 열한 편, 멜빌의 『사기꾼』, 막심 고리키, 『어머니』, 예브게니 자마찐, 『우리』, 톨스토이 『크로이체 소나타』, 나보코프의 『왈츠 인벤션』,[18] 콘래드의 『노스트로모』, 아가사 크리스티 작품 세 편.

쇤베르크의 『스타일과 아이디어』를 구할 것.

앞으로 쓸 에세이: 아르토, 아도르노, 정신 기법(영적 자유 + 심리학적 규율), 문화혁명의 정의에 대한 메모

……

18. 블라디미르 나보코프Vladimir Nabokov가 1938년에 쓴 3막짜리 희비극.

1969년

[6월, 날짜는 없음. 이 일기들이 적힌 일기장은 표지에 "정치"라고 표시되어 있다.]

"혁명적 이론 없이 혁명적 운동은 불가능하다." —레닌(1902)

로자 룩셈부르크는 "멘셰비키들의 영적인 동맹"(리히트하임)이었나, 아니면 좋은 공산주의자였나?([미국 반전운동가] 스타우튼 린드) 이걸 어떻게 결정할까?

1968년의 이중적 경험—프랑스의 5월, 체코슬로바키아의 8월.

"해결책은 정신의 효과적인 봉기에 있다." 생쥐스트. 생쥐스트의 『에스프리 드 라 레볼뤼시옹*Esprit de la Révolution*』 등을 읽다.

("봉기는 (…) 반드시 공화국이라는 항구적 상태라야 한다." _사드)

"1848[1]이 재미있는 유일한 이유는 사람들이 유토피아를 스페인의 성들처럼 짓는다는 거지." —보들레르

이반 일리치[손택이 1960년대 후반 만났던 오스트리아 천주교 사회비평가]는 한 가지 단순한 법이 통과되면 사회에 얼마나 파격적인

1. 1848년 혁명을 일컫는 것으로 보인다. 프랑스의 2월 혁명을 비롯하여 자유주의를 확산시킨 전 유럽적인 반항 운동 모두를 가리킨다.

변화가 일어날까 언급한 적이 있다. 바로 국경 안의 그 무엇도 시속 30마일 이상으로 달리면 안 된다는 법. 그러면 생산되는 상품의 우선순위 + 품질에 어떤 변화가 일어날지 생각해 보라. 그런 국가는 50년 동안 지속되는 자동차를 만들 것이다.

"열정적이기를 그만두는 순간 사람은 멍청해집니다."

—끌로드 아드리앙 엘베티우스

감옥에 갈 죄만 빼면 모두 사회적으로 용인된 행위다.

독서를 요하는 주제:

차코 전쟁(1935)[2]

1947년 마다가스카르의 학살

1944년 세티프의 4만 5천 명 알제리인들의 학살

1919년~1920년 북이탈리아 공장 점거

제1차 세계대전 전 보스니아 학생운동

……

2. 차코전쟁. 그란차코 지방의 소유권을 놓고 파라과이와 볼리비아가 벌인 전쟁. 파라과이 승리.

1970년

2월 4일. 파리.

사유는 절대(?) "무겁"지 않다—무거운 건 사유에 수반되는 불안이다.

손으로 만지고 / 손길이 닿기를 바라는 갈망. 누군가에게 손이 닿으면 고마움을 느낀다—애정 등등 뿐만 아니라. 그 사람은 내게 몸이 있다는 증거를 허락해 준 것이다—그리고 세계에 몸들이 있다는 것도.

대식가라는 것 = 내게 몸이 있다는 걸 확인하고 싶은 욕구. 음식의 거부를 몸의 거부와 동일시. 먹지 않는 사람들에 대한 짜증—심지어 불안감(처음에는 [당시 손택의 연인]과 있을 때 그랬다.) C[칼로타 델 페조]와 불쾌감(수전 타우베스와 있을 때처럼). 지난 5개월의 교훈: 나는 많이 먹을 필요가 없다는 것.

2월 10일. 뉴욕.

오늘 오후 스티븐[코흐]과 긴 대화를 나누었다—어마어마하게 큰 도움이 되었다.

내겐 생각했던 것처럼 그렇게 대안이 많지 않다—사실은 딱 두 개뿐이다. 감정을 뿌리 뽑아 버리거나, 그녀(칼로타)에게 지옥에나 가 버리라고 하든가—아니면 주에 르 쥬jouer le jeu[게임을 플레이]하거나.

당연히 두 번째가 되겠지. 순수의 시대는 끝났다.

이건 이야기의 끝이 아니다—3단계의 시작일 뿐이다.

1단계는 7월~8월: 열정, 희망, 갈망. 2단계는 9월 2일, 내가 뉴욕으로 돌아왔을 때부터 지난 주 파리에서까지: 짙어진 갈망, 강박, 고생, 일에서의 마비, 마술적인 순결, 순수(아직까지), 사랑받는다는 느낌의 희열, 함께 하는 우리 삶이 시작되기를 참을성 있게 기다리기.

이제 3단계. 게임을 플레이하는 시간. 칼로타는 내 삶의 중심이 될 수 없고, 오로지 (아마도) 일, 친구, 다른 연애들을 포함하는 다수의 중심에서 일부를 차지할 것이다. 원할 때 나와 함께 있다가 다시 떠나 버릴 수 있는 자유를 그녀에게 허락해야 한다. 그런 상황으로 허락되는 자유를 이용하고 순수하게 만끽하는 법을 배워야 한다.

강해 보여야 한다—그 말은 정말로 강해야 한다는 얘기다. 나의 고생, 그녀를 향한 나의 갈망을 사랑의 증거랍시고 내놓으면 안 된다. 심지어 사랑한다는 말도 자주 하면 안 된다. 나와 함께 있는 게 그녀를 위해 좋은 거라고 말로 설명하려 들어도 안 된다.(그러면 의존에 대한 두려움을 일깨우고 만다.) 나를 안심시켜 달라고, 나를 사랑한다고 말해 달라고 부탁해서도 안 된다. 뉴욕에 언제 오느냐고 물어서도 안 되고, 그저 오기를 바란다는 말만 해야 한다.

무엇보다, 나는 이번 주에 일어난 일이 결정적인 것처럼 행동하면 안 된다.(그게 결정적인 사건이라는 확신을 그녀에게 구해서도 안 된다.) 그녀에게 결정적인 사건은 없다. 내가 아니라고 말해 달라고 부탁하면, 그녀는 아마 궁지에 몰린 느낌을 받을 것이다—배타적인 헌신을 요구하는 것처럼 느낄 것이다.

내가 내 일, 데이비드, 내 친구들에게 관심이 있다는 걸(그리고 그들로부터 기쁨을 얻는다는 걸) 보여 주어야 한다. 그녀를 위해 그들을 부정한다면, 그건 유약함의 징표다—그리고 그녀는 협박당하는 느낌을 받을 것이다.(물론 내게는 그것이 힘의 징표이고—내 사랑의 증거다.)

강하고, 관대하고, 비난하지 않으며, (그녀와 별개로) 기쁨을 향유할 줄 알고, 나 자신의 욕구들을 해결할 능력이 있어야 하고(그러나 그녀의 욕구를 충족시켜 주기 위해 내 능력, 소망은 조금 양보할 줄도 알아야겠지). 지난번에 내가 첫인상과 달라 보인다고 했던 말 기억나?(독립적이고, "쿨"하고) 처음에 끌렸던 건 바로 그런 사람이었던 거지. 가끔씩은 아직도 그 사람을 내 안에서 감지할 테고. 그녀에게 내 약점을 다 보여 줄 수는 없다. 터놓고 사랑하기 위해 갈증을 제한해야만 한다.

나를 사랑해 달라고, 믿어 달라고, 함께 있어 달라고, 말로 그녀를 설득할 수는 없다. 행동으로 해야만 한다. 자유롭게 내게 오게 해야만 한다. 그렇게 해 줄 거라 예상하고 있는 티를 내서도 안 된다. 말하지 말고, 무엇보다 확인을 청하지 말아야 한다. 그녀와 함께 하는 열흘이 열 달과 다름없는 듯 행동해야 한다.

지난 주의 일 덕분에(내 자신이, 그녀를 향한 내 사랑이) 더욱 강해진 느낌이 든다고 말할 수 있다—그러나 "우리"가 강해졌다고 말해서는 안 된다. 그건 이미 헌신을 요구하는 거니까.

기다려 달라고, 참을성을 갖고, 희망을 품으라는 청을 내게 해 주기를 바라면 안 된다. 단순히 내가 실제로 이 모든 일들을 하고 있다는 걸 보여 주기만 하면 된다. 불안 없이, 심하게 괴로워하지도 않고.

에바[베를리너]와의 대화:

지난 주 칼로타의 "무너짐"이 어떤 의미인지: 있잖아, 할 수만 있다면 하고 싶지만, 그럴 수가 없어. 행위가 효과를 가지려면(예를 들어 자기 면죄부를 준다거나) 그 무너짐은 '철저해야만' 해. 아무리 미미해도 나를 위로하거나 확신을 주는 몸짓은 배제해야 하지. 그런 몸짓을 할 수 있다면 그건 나를 걱정할 수 있다는 뜻이 되고(책임감을 느낄 수 있기도 하고) 그러므로 그 무너짐은 철저한 게 아니라는 뜻이고, 그렇다면 이론적으로는 그녀에게 이런저런 요구를 해도 된다는 의미가 된단 말이야.(의식적이든 무의식적이든 사디즘이 아니라 그것이 지난 며칠 동안 내게 아주 미미한 위로조차 주지 못했던 이유를 해명해 주는 거지.)

내가 극복해야 하는 것: 자아가 시들어야 사랑의 가치가 올라간다는 생각. 칼로타가 원하지 않는 것—누구든 그런 걸 원해야 하나?—그건 내가 그녀를 위해 모든 걸 포기(평가절하)할 준비를 하고 있는 거지. 그녀가 내게서 매력을 느낀 건, 내가 흥미로운 관심사와 성공과 힘을 가진 사람이기 때문이니까.

아이린에게서 배운 나쁜 교훈. 그녀는 자신을 위해 내가 모든 걸 포기하길 바랐지. 그리고 내 사랑을 위해 내가 기꺼이 포기할 수 있는 것들로 측량했다.

칼로타의 지난 주 상태: 그녀는 "나"라는 게 없다. "그것"이 그녀로 하여금 이런저런 일들을 하게 만든다. 그게 그녀의 문제다: 진정한 "나"가 없다는 것. 그 말은, 자기 자신을 증오한다는 얘기. 그 말은 자기가 킬러라고—근본적으로 사람들에게 나쁘다고 믿는 것. (따라서 "내"가 없는 사람에게 "책임감"의 개념은 무의미함.) 그러나 아무도 칼로타에게 "나"를 줄 수 없다. 그럴 수 있는 사람이 있더라도, 그녀는 위협으로 받아들일 것이다. "나"를 줄 수 있는 사람은 그걸 빼앗아 갈 수도 있으니까.

에바가 말했다: 나를 위해 모든 걸 기꺼이 포기하겠다는 사람이 있으면 난 겁이 날 것 같아.

칼로타는 내게서 첫째, 강인함의 과시를 보여 준다—나를 파괴할 수 없다는 확신을 원한다. 그건 이 순간, 내가 여전히 그녀를 사랑한다는 확신보다 훨씬 더 중요하다.

2월 12일.

스티븐 [코흐]와의 대화:

미국인	유럽인
분석 >>> 내면의 개조	육감 >>> 행동
정신분석	점성학
자기 조종—자아 초월의 목표	사람의 천성을 바꿀 수는 없다
내 본성보다 더 좋은 게 틀림없이 있을 것이다	나는 혼자여야만 한다(모든 게 나를 흔들어 넘어뜨린다—나는 내가 느끼는 걸 본다)
끊임없는 말(말로 다 푼다) 도와줘	만인은 궁극적으로 혼자다
왜 나는 그때 X를 하고 지금은 Y를 하는지 해명해 줄 체제는 무엇인가	말을 많이 하는 건 천박하고 (불필요하고, 문제만 일으킨다.) 아는 게 아니면 모르는 거다
…해서 이렇게 했다	그렇게 "논리적"으로 굴지 말라. 나는 지금 나 자신보다 더 나은 사람이 되고 싶다. 최근의 내 말(행동)을 나라고 생각하라—예전에 내가 좀 다른 얘기를 했다는 게 왜 문제가 되는가? 그때는 다른 기분이었는데.
미국의 프론티어 테제(나아가자—변화를 위한 변화의 가치)	

나한테 어떤 조언을 해 주고 싶어?(나, 어떻게 해야 할까?)	아무도 다른 사람한테 조언을 할 수 없다(위험하고, 무의미하다)
내가 당신을 얼마나 사랑하는지 알아?(다른 종류의 사랑들)	사랑 = 사랑
혼자라는 건 특이하다(부자연스럽다)	이런저런 일들은 일어나기 마련이다 — 내가 통제하는 건 별로 없다.
내가 하는 모든 일에 대해 책임을 져야 한다. 내 인생은 내가 만들어 간다	사람한테 하고 싶지 않은 일을 시킨다는 생각의 무의미함
계획을 세움 이제 나는 어떻게 해야 하지? 내가 뭘 해야 하지?	이런 질문은 무의미함

나는 "결정의 수장"이다. 나는 나의 경험으로 일반화를 한다. 자존감의 주된 근원은 내가 결정을 할 수 있고, 하고 싶지 않을 때라도 행동한다는 데 있다. (혹은 나 자신을 억지로 하게 만든다.) 나는 나 자신을 "통제"한다. 지성의 기능: 자아의 극복.

칼로타는 기연주의자[1]다. — 행동(발언)들 사이에 인과적으로 연결하는 조직이 거의 없다. "의도"에 구속될 필요를 느끼지 않는다.

한 달 전 나는 돈[에릭 레빈]에게 이렇게 말했다: 사랑에 빠진다는 건 다른 사람을 위해서 자기를 기꺼이 망칠 수 있다는 뜻이야. 그러나 지금은 아니야! 나는 파리에서 사랑을 엄청난 (철저한) 관대함이

1. Occasionalist. 우인론자偶因論者라고도 한다. 우연을 중시하며 가능성과 미래를 현실보다 우위에 두는 사람들을 일컫는다.

라고 정의했어.

나는 내 삶에 대해 선행적 관점을 가지고 있다.

칼로타는 절대로 자기 행위에 대해 "실수"라고 말하지 않을 것이다. 계산에 의한 판단에 근거해 행동하고 있다고 스스로 생각하지 않기 때문이다. 그녀는 오로지 감정과 능력에 근거해 행동한다고 생각한다. 감정은 실수가 될 수 없다. 그녀가 한 일이 나쁠 수는 있다. 슬플 수도 있다. 그러나 실수일 수는 없다. 나는 의식적 판단, 평가(이것이 의도한 효과를 낼 수 있는가? 장기적인 결과는 무엇일까? 등등)의 요소가 내 결정 행위에 적절히 개입한다고 전제하기 때문에 종종 내가 한 행위를 '실수'라고 말한다.

칼로타는 애매모호한 문제에 갇히지 않는다. 에바가 자주 그랬던 것과 달리. 격하게 양극을 오가는 진자운동을 통해 작동하지만, 예를 들어, 베아트리스[손택이 칼로타를 만났을 당시 칼로타의 연인]에 대해 모호한 감정을 갖고 나를 향해 움직여 오다가, 나에 대한 모호한 감정을 갖고 다시 베아트리스에게 돌아가고, 다시 나를 그리워하고 등등, 그러지는 않는다는 얘기다. 그녀는 우리 둘 다 절대 모호하게 대하지 않는다.

칼로타는 영웅적으로 헤로인을 끊은 일에 대해 (자존감에서 적당한 이득을 얻거나) 완전한 인정을 받지 못하고 있다. 나는 끊었어, 그러니까……가 아니라 "내게는 끊는다는 게 가능했어"라야 한다.

베아트리스가 "중국인"이라는 게 칼로타에게 안전한 느낌을 준다. 나는 사랑받는다, 하지만 지나치게 많은 사랑은 아니다. 지나치게 표현하고, 지나치게 소유욕을 발하고, 지나치게 따져 묻는 그런 사랑이 아니다.

베아트리스에게 가장 유리한 심적 요소: C.는 그녀에게 고마움과 부채 의식을 갖고 있다—지난 4년간 더 "건강하게" 살지 못해서. 확실히 지금은 나아졌다. 베아트리스는 정말로 그녀에게 잘해 주었던 게 틀림없다. 그러나 베아트리스가 은근히(그렇게 은근하지도 않은가?) 칼로타에게 이런 부채 의식을 부추기고—증폭시키는 것 역시 사실이다. 8월 1일 나폴리의 호텔 〈산타 루치아〉에서 열린 우리의 정상회담 때 그녀가 내게 한 말: "나는 칼로타에게 내 인생의 4년을 주었어요."—"얼마나 마음이 여린 사람인지 알아요?"

언젠가 밀라노에서 칼로타에게 말했다. "당신이 내 인생을 좌지우지한다는 걸 알아?" 그녀는 그건 사실이 아니라고 대답했다.

2월 15일.

이번 주에 칼로타를 주제로 스티븐, 돔, 에바, 조 [차이킨], 플로렌스 [말로]와 연달아 가졌던 세미나의 기능들: 이해의 구조를 세우기(상대적 세계관, 상대적 의식) 슬픔, 불안, 거짓 희망을 초월하기—전략을 짜기("현실적인" 희망을 품고, 실수하지 않기)—(지성을 활용해) 거장의 경지를 경험해 정서적 패배, 성적 불능감을 상쇄하기—친구들에게 더 가까이 다가가 지적이고 예민하고 정이 많은 그들을 다각도로 체험하고 내게 자양분이 될 수 있음을 느끼기(C.에게 버림을 받아도 내가 혼자가 아니라는 체험)

사랑에 빠진다는 것(라무르 푸l'amour fou["미친 사랑"]) 사랑의 병리학적 변이. 사랑에 빠진다는 것 = 중독, 집착, 타자의 배제, 현존에 대한 충족될 수 없는 욕구, 다른 관심사나 활동의 마비. 사랑이라는 질병, 열병.(그러므로 황홀함) 사람은 사랑에 "빠진다." 그러나 이건 꼭 걸려야 한다면, 잘 안 걸리는 것보다는 차라리 자주 걸리는 게 나은 병이다. 자주 사랑에 빠지는 게(세상에는 멋진 사람들이 많으므로 부정확성이 덜하다) 평생 두세 번 사랑을 하는 것보다는 덜 미친 짓이다. 아니, 어쩌면 복수의 사람들과 항상 사랑에 빠져 있는 게 더 나을지도 모르겠다.

나를 흥분시키는 자질(내가 사랑하는 사람은 적어도 두세 가지를 갖추어야 한다.)

1. 지성
2. 아름다움, 품위
3. 부드러움["온화함, 달콤함"]
4. 성적性的 매력, 명성
5. 힘
6. 활력, 성적 열정, 명랑함, 매력
7. 정서적 표현력, 상냥함(언어적·육체적), 다정함

지난 몇 년간 한 가지 커다란 발견은 '내가 4에 얼마나 반응하는가?'라는 것이다—재스퍼—심지어 딕 구드윈, 워렌 비티—이제 칼로타까지.

지성은 정말로 독창적이지는 않더라도 확실한 개인적 특징이 있는 감수성(명시적 표현이 가능하고 언어화할 수 있는 감수성)을 지니고 있다는 의미다. 어떤 사람이 하는 이야기들에 스릴을 느낄 수 있다는 의미다.(필립이 그랬다—아이린—재스퍼—에바)

성적 매력은 사람과 사람에 선행하는 이미지(타이틀) 사이의 공간을 요구한다. "이 분은 X입니다. 화가 재스퍼. 공작 부인 칼로타. 영화스타 워렌." (그러나 독일 교사 에바는 아니다—이미지보다는 역할이니까. 사람과 역할 "사이"에는 공간이 없다.)

이반 일리치와의 대화에 관하여;

학교는 아이들의 생산을 담당하는 기관이다. 참조. [필립] 아리에스[『수세기의 유년*Centuries of Childhood*』의 작가]

"배움"을 "가르침당함"으로 대체함. 이제 학생들은 배우는 게 아니라 가르쳐 달라고 요구함.

학교에 대한 "근대적" "서구적" 개념 배후의 전제

1) 보편적이고, 이상적으로는 강제적

2) 연령 특화("어린이들"에 맞춰)

3) 학년별 커리큘럼

4) 시험 >>> 자격

5) 교사의 역할

학교는 복권이다. 이론적으로는 모두가 노벨상 수상의 기회가 있다. 계급 사회, 위계적 관계를 강화하고 기정화한다.

어째서 수정헌법 제1조를 소환해 학교를 기소하지 않는가.("국교"가 있을 수 없다면, 다른 학년 커리큘럼도 있어서는 안 된다.) 또한 수정헌법 5조(시험 = 자기 고발), 그리고 반독점법(단일한 교육적 표준을 확립하고 싶다?) 모든 사람들이 "유년기"에 교육을 받아야 한다고 우기는 대신에, 태어날 때 최소한 5년간의 교육을 받을 수 있으며 원할 때 (사용하거나) 현금으로 환급받을 수 있는 에듀 카드를 발급하면 어떤가? 교육의 일부를 "성년"으로 넘길 경우에는 배당금을 줄 수도 있을 것이다.

밥 실버스[『뉴욕 리뷰 오브 북스』의 창립 편집자이자 손택과 평생 동안 우정을 나누었던 친구]가 떠난 뒤 이반과 한 얘기들:

나는 미덕, 선, 존엄을 "우상화"한다. 나는 선을 지나치게 탐욕스럽게 갈망함으로써 오히려 내 내면의 선함을 타락시키고 만다. 그리고 언제나 내 우상들이 내 의식의 가장 훌륭한 부분들이라고 생각해왔다.(나의 우상 = 나의 윤리적 지향점, 내 사적 판테온—니체, 베케트 등등; 나 자신에 대한 내 "규준")

나는 단 한 사람의 타자와 나누는 대화(대체로 언어적, 가끔은 육체적)에서만 가능한 종류의 충만함에 굶주려 연회(많은 사람들)를 소홀히 한다.

이반은 실수를 저지를 가능성이 있는 행위를 할 때 의식을 하지만 절대 뒤돌아보지 않는다고 한다. 그는 죄를 저지른다는 걸 의식한다—예를 들어 냉랭하고 착취적이고 잔인하게 군다든가 할 때 말이다. 자기가 죄를 저지른 상대의 용서를 받을 수는 있다. 그러나 자기 자신을 용서할 수는 없다. 죄를 저질렀다는 의식으로 무슨 일을 할 수 있을까? 아무것도 없다. 그냥 품고 살아야 한다.(용서받는다 해서 죄가 상쇄되는 건 아니다.)

죽음의 과정sterben 대 죽음todt. 죽음의 과정 = "자유낙하"를 목표로 한다. 영어는 죽음 + 죽어 감(Sterben/ Todt; nekros / thanatos)에 대해 두 단어를 갖고 있지 않다. 희망(레스푸아르l'espoir / 레스페랑스 l'espérance)에 대해 두 단어를 쓰지 않는 것과 마찬가지.

대도시에서 여성이 강간을 당할(그리고 살해당할) 때마다, 린치가 벌어지는 셈이다. 여성해방. 그 메타포는 얼마나 많은 것을 밝혀 주는가. 성적인 것(예. 남성 지배 사회에 따르면 "사적인 것")이 정치적(예. 공적/사회적) 범죄가 된다—공적 이데올로기적인 여성의 종속에 뿌리 박은 범죄 말이다.

의식적인 것과 의식 간 관계의 변증법:

—언어의 기능(언어는 의식을 증진하고 / 의식의 증진은 철학적으로

힘을 약화시키지만(참고. 도스토예프스키의 『지하로부터의 수기』, 니체) 더욱 중요한 건 윤리적인 힘도 약화시킨다는 것이다.

“학교” 이전에는 모든 전통적 사회에서 의식을 훈련시키는 집단적 형식이 있었다. 의례, 순례, 탁발, 침묵, 연도.

이반: 신의 말씀보다 더 사람을 타락시키는 요인은 없다.

내가 존재의 총체로 현존하지 않을 때마다 타락했다고(타협했다고) 느끼는 것도 내 입장에서 영적 오만 아닐까? 일종의 윤리적 히스테리아? ([잉그마르 베르히만의 1966년 영화] 〈페르소나〉의 문제—마틴이 답을 가지고 있나?) 피조물의 현실에 대한 부정.

사람은 언어를 말하는 게 아니라, (어떤 주어진 한 시점에서 항상) 특정 언어를 말한다. 전반적인 음악 그 자체를 창조하는 게 아니라, 어떤 주어진 한 시점에서 항상, 특정한 음계 내에서 움직일 뿐이다.

아이들은 이제 죽음(todt, 살해당함)에 노출된 셈이다. 반면 (삶의) 과정으로서의 죽어 감은 아이들에게 점점 더 무의미해질 것이다. 따라서 담배가 암을 유발한다든가 헤로인 중독이 결과적으로 치명적이라는 논증은 성립하지 않는데, 이것이 저들의 논점 중 하나다. 묵시록(살해당함)에 대한 취향. 적어도, 예컨대 마약에 의한 죽음은 핵무기의 대량살상에 의한 죽음과 달리 스스로 초래한 것이고, 개인적이다.

사막에서 3개월 동안 침묵을 경험하고부터, 말한다는 건 격하게 육체적인 행위다.(얼마 동안?)

이반은 내가 한 어떤 말에서 대답을 찾고 있다. "잠깐……, 그 맛은 느낄 수 있는데 표현할 말을 찾을 수가 없네."

나는 내 윤리 의식을 우상으로 삼는다. 선을 추구하는 것은 우상 숭배의 죄에 의해 오염된다.

2월 17일.

나는 망명(유럽)으로부터 망명(아메리카)하고 있는 중이다.

버림받았다. 버림받은 느낌에 휩싸이지 않으려고 고군분투 중.

클라이스트(인형 극장): 자기 내면에 중력의 중심을 갖고 있지 못하다면, 어딘가 다른 곳(다른 사람?)에 두고 있는 셈이고 그러면 무한한 왜곡의 가능성들이 생겨난다. 칼로타의 모호함—(에바와 달리) 그녀는 그 모호함을 사람들에게 투사하지 않고(그러기엔 너무 온화하고, 다정하고, 본질적으로 사람들에게 비판적이지 않다.) 자기 자신에 대해 무한한 모호함을 느낀다. 자기 자신을 심오하게 의존적인 인간으로 경험하고 그런 자신을 경멸한다.

그녀의 전보에 대하여: "파리는 너무나 멀게 느껴져."

—내가 이해해야만 하는 건 파리가 칼로타에게 전혀 긍정적인 경험이 아니었다는 사실이다. 내게는 그랬는데: 아무리 고통스러워도 그녀와 함께 있었으니까.

칼로타에게 "교양을 갖춘다"는 개념의 중요성. "교양인"이 된다는 건 자기 통제력을 갖고, 절망을 느낄 때도 명랑하고 우호적으로 대할 수 있다는 뜻이다. 엄청난 개인적 고통 속에서도 지인과 통화를 웃으며 통화할 수 있다는 게 그녀에게는 "교양"이다. 내게는 해리되고 불안을 자극하는 걸로 보인다. [교양]은 이런저런 것들을 별개로 생각한다는 뜻이다—사람들과 함께 있는 각각의 상태들, 자기표현과 자기 현현의 서로 다른 방식들—그리고 그 기준은 함께 있는 사람들을 기분 좋게 해 주어야 한다는 것이고.

칼로타는 자기가 "데카당트"하다고 생각한다. 얼마나 심오한가? 오로지 귀족들만 데카당트할 수 있는 건가? 그녀는 자기가 "타락"("자기 타협")했다거나 "부패"했다고 생각지 않는다—나라면 나 자신에게 그런 형용 어구를 붙였을 텐데.(물론 난 나 자신을 절대 데카당트하다고 묘사하지 않을 것이다.)

오늘 칼로타의 전보로 결국 우리는 첫 번째 네모 칸으로 다시 돌아왔다. 그녀는 과연—그렇다면 언제—기운을 차리고 또 한 수를 두게 될까?

(지난 주) 칼로타는 내가 하노이에서 돌아온 이후 가장 큰 지적 사건이 되었다. 그리고 내 의식을 회의하게 한다. 하노이 여행으로 나

는 내 정체성, 내 의식의 양태, 우리 문화의 영적 양상, "진지함"의 의미, 언어, 윤리적 결정, 심리학적 표현, 등등을 재평가하게 되었고, 파리 여행으로 인해—고통, 상실, 버림받음, 고뇌 + 불안의 도래—내 사유와 감정의 양상을 거의 전적으로 재평가하게 되었다. 내 의식을 파고드는 축대—깊이 더 깊이(돈, 스티븐, 에바와—특히 돈과 이야기를 나눌 때)—"세미나." 정서적 성숙은 아니라도 지혜, 지각력 분야에서는 얻은 것이 많다고 느껴진다. 지난 여드레는 마치 다이애나와 일 년치 일을 한 만큼 값진 것이었다. 어떤 면에서 정신분석 상담보다 더 낫고 풍요로웠다—친구들과의 분석이—그 친구들이 내 개인적 심리 + 개인사를 잘 알고 있어서만이 아니라, 나 역시 내 의식의 문화적(유태인, 미국인, 정신분석적 등등) 양태들을 분석할 수 있기 때문이다.

실연의 아픔과 고뇌 속에서도 경지에 다다른 느낌을 받는다. 이런 지성의 돌파—언어로 표현될 뿐 아니라 길고 탐색적이고 결말이 열린 담론으로 풀려 나가는 인식들—내가 살아 있고 성장하고 있다는 걸 깨닫게 해 준다. 사랑에 빠진 것만큼이나—내 안에서 펄떡펄떡 뛰는 삶의 감각을 느끼는—커다란 활력의 근원이 되어 준다. 다시 한 번, 내가 죽어 가느라 분주하지 않다는 사실을 실감하고, 또 만끽한다—나는 아직도 태어나느라 바쁘다.

또 미국 대 유럽:

C는 자기 자신을 역사의 소산이 아니라 천성의 매개체라 본다. 내게는, 나 자신이 역사의 소산이다. 내 "본성"이 거기까지다—그리고

내 역사가 얼마나, 부분적으로, 작위적인지 알기 때문에—그 결과인 내 본성도 논리적으로 생각할 때 개조 가능하고 초월 가능하다.

정신분석학적 사유는 자아의 우발적 자질을 민감하게 받아들이게 한다. 주어진 본성의 표현이 아니라 그보다는 우발적인 역사의 소산으로 바라보게 되는 것이다. 그러면 우리가 단순히 우리의 자아를 받아들이기만 할 때 "수동적"으로 행동하는 거라고 믿게 된다……. 그래서 이 문화가 본질적으로 낙관적이라는 거다. 정신분석이 유럽 어디에서도 정착하지 못했으나 미국에 뿌리를 내리게 된 이유다. "행복 추구"의 현실적 가능성을 지지하기 때문이다.

칼로타는 사랑, 인간관계, 행복의 가능성에 대해 심오하게 비관적이다. 궁극적으로—내 온갖 우울과 절망에도 불구하고—나는 그렇지 않다. 나는 해낼 수 있다고, 돌파할 수 있고, 덫을 피할 수 있다고 생각한다.(우아함, 행운, 지성, 경계, 열정, 예술, 활력—무엇이든 동원해서)

가장 큰 위험은 그녀가 나를 포기하는 것이다.

나는 C.를 그 어느 때보다 많이 사랑하지만 내 사랑은 더 이상 순수하지 않다—그리고 다시는 순수해질 수 없다. 그래서 몹시 슬프다—바로 그 지점에서 어마어마한 상실감을 느끼고, 이는 결국은 그녀를 잃게 될 거라는 나의 불안감과는 완전히 동떨어진 것이다. 하지만 그건 피할 수 없는 일이겠지. 결국은, 어쩌면 더 나은 일일 수도 있고. 그녀에 대한 내 감정의 순수함을 파괴할 만한 상황을 초래

하지 않으려면 칼로타가 너무 말도 안 되게 온전하고 건전한 정신의 소유자여야만 했을 것이다. 그리고 그건 그녀에게—아니 그 누구에게라도—너무 지나친 요구다.

몇 년 만에 내가 처음으로 사랑에 빠진 게 데이비드와 내가 따로 살기 1년 전이라는 건 우연이 아니다. 지난 6년 동안 그 애가 내게 너무나 중요했기에 도저히 나 자신을 누구 다른 사람한테 줄 수가 없었다. 그 애는 안전이고 은신처였다. 벽이었고, 말 그대로와 윤리적 의미 양면에서 절실한 존재, 필요한 존재, 사랑받는 존재라는 확신의 근원이었다. 어떤 정당화도 필요하지 않은 관계—그 자체로 정당하고, 온전히 기능하고, 제한적인 관계였다. 그러나 이제 (데이비드가 성장하면서) 내가 그간 발휘해 온 부모로서의 재주를 계속 보여줄 대상을 잃게 되었으니, 그 재능을 발휘할 수 있도록 청하는 사람과 사랑에 빠진 것 역시 우연은 아니다. 가끔씩이라도 칼로타와 "함께" 있다는 건—이제 항상 함께 있다는 게 상상조차 안 되는 상황이니, 차선책이라도 얼마든지 받아들일 수 있다(어쩌면 그녀뿐 아니라 내게도 그 편이 더 나을지도 모른다)—여전히 이타적으로, 너그럽게, 아무 바라는 것 없이 줄 수 있는 내 능력을 아주 많이 요구하게 될 것이다. 그녀를 기쁘게 해 주는 데서 기쁨을 얻고, 그녀를 행복하게 해 주는 일로 행복해지고—관대하고 강인하고. C.가 어떤 연인에게든 아이 역할을 한다는 느낌이 드는데, 그건 베풂을 받고, 지원을 받고, 위로와 확신을 받을 수 없다는 뜻이다. 그녀는 (얼마든지 허망하게 사라질 수 있는) 자신의 존재를 제공하고—아름다움, 매력, 활력, 애수, 위트와 지성을 제공한다. 그러나 어떤 약속도 하지 않는다(의리도, 지조도, 신빙성도, 현실적 도움도.)—그 점에 있어서는 지독하게 신중하고 솔직하다. 약속을 하는 건, 다른 사람들, 그녀를 사랑하는 사람들이다. (칼로타를 사랑했던 사람은 누구나 그 정도는 애초부터 이해하고 시작했을 것이다.) 그리고 칼로타는 그들에게, 그들이 스스로 한 약속을 지키지 못하더라도(아니면 마음이 바뀌더라도) 자기는 놀라거나 원망하지 않을 거라고 말한다. 그녀는 언제나 그들이 너무 약속을 남발한다고—그리고 자기는 그들이 기꺼이 내놓는 자아만큼 값진 존재가 못 된다고, 그러니 그들이 결국은 그들도 그녀라는 사람에게 실망하게 될 거라고 생각한다.

칼로타는 놀라우리만큼 격노, 분노, 악감정, 적대심으로부터 자유롭다. 그녀는 심오하게 온화한 사람이다. 나는 그녀의 이런 점을 사랑한다.(나 자신을 떠올리게 하니까.) 그러나 이 점이 그 끔찍하게 자기 파괴적인 개인사에 일익을 담당하고 있다. 그녀는 자기를 방어하는 법을 잘 알지 못했고, 오로지 후퇴하기만 했다.(무시하거나, 도망치거나.) 어떻게 그녀는 적개심이라는 정상적인 능력조차 전혀 계발하지 못했을까? 이걸 설명해 줄 수 있는 건 오로지 그녀의 유년기 때 있었던 일들뿐이다. 분노를 허락하기엔 자아 불안이 너무 심했던 것이다. 그러나 분노를 겪어 보지 못한 사람은 위험에 노출되어 있다는 느낌에 시달리고—불안감이 견딜 수 없는 수준까지 고조되고 만다. 그래서 이미 열여덟 살에, 자신을 사회로부터 분리하기 위해 헤로인이라는 극단적인 조치를 강구해야 했던 것이다.(언젠가 그녀가 해 준 얘기로는, 헤로인을 하지 않았다면 자살을 했을 거라고 한다.)

오거스트 로베르티노[칼로타의 친구]가 내게 했던 말이 기억난다. "칼로타를 사랑하는 사람은 많은 걸 포기해야 하지요." 그리고 그녀가 우리 둘에게 조용히 이렇게 대답했을 때는 또 얼마나 놀라고 감동했는지. "하지만 나도 많은 걸 포기해요."

소유욕을 버리고, 한없이 너그럽게 사랑할 수 있을까—나 자신을 거두지 않고, 한편으로 방어벽과 전략적 후퇴를 하지 않고, 또 한편으로는 사랑의 양과 강도를 줄이거나 하지 않고? 칼로타와 함께라면 한번 해 보고 싶다. 내가 그녀와 철저히 사랑에 빠져 있어서가 아니라—물론 그렇기도 하지만—가능한 건 뭐든 다 해 보는 것 말고 다른 도리가 없기 때문이다. 그것은 내게도 아주 좋을 것이기 때문이기도 하다. 사랑에 빠지면 그 사람에게 나 자신을 철저히 던져 버리는 경향이 몹시 강하기 때문이기도 하다. 그래서 모든 걸 포기하고, 철저히 소유하고 또 철저히 소유당하기를 원하기 때문이기도 하다. 내가 칼로타와 어쩌면 가능할지도 모르겠다고 상상하는 건, 과거에 내가 겪었던 공생적이고 샴 쌍둥이적인 결혼들의 정반대다. 어쩌면 나는 온전히 (예전에 한 번도 해 보지 못한 경지로) 사랑을 하면서도 동시에 자치성을 지키고 괴로움 없이 혼자 있는 법을 배웠는지도 모른다. 그건 엄청난 승리다, C.가 내 "천성"이라고 부를 만한 것 (그러나 나는 그렇게 중요하지는 않은 거라고 고집스럽게 우길 만한 것)에 엄청난 변화가 일어난 것이다.

에바에게 프랑스어로 자꾸 (플로렌스어와 함께) 말하다 보면 내 영어 능력이 쇠퇴한다는 얘기를 했다—나는 말했다. "마치, 궁극적으로는, 내게는 딱 한 가지 언어가 들어갈 만한 여유밖에 없는 거 같아."—에바는 웃음을 터뜨리더니 말했다. "일부일처제를 좋아하는 네 취향의 또 다른 예로구나."

나는 파티에서 작위적이라는 느낌을 받는다. 부단한 "진지함"을 요구하는 개신교—유태인적 성향. 파티에 간다는 건 "수준 낮은" 행위다. = 진정성 있는 자아가 오염되고 파편화된다—사람은 "역할"을 연기한다. 역할 놀이를 넘어서서 온전히 실재하지 못한다. 전체의 진실을 말하지 않고(말할 수 없고), 그 말은 말 그대로 거짓말을 늘어놓지는 않더라도 거짓말을 하고 있다는 뜻이다.

칼로타는 이런 부류의 (전형적인 청교도적) 의식은 조금도 갖고 있지 않다. 연회는 그 나름대로 가치가 있고, 그 나름대로 적절한 실재의 척도가 있다. 이런 척도를 만족시키는 건 "교양" 있다는 뜻이다. 그녀에게는 나처럼 파티에 가는 상황 자체와 연루된 죄의식이 전혀 없다. 그보다는 아마 비사교성, 좋은 일행이 되지 못한 데 따르는 약간의 죄책감이 있을 수는 있겠다. 사교성이 요구하는 정도의 거짓말, 아니면 부분적인 진실의 토로는 시빌타(교양)의 일부다. 천주교 문화에서는 완전한 진정성을 내적으로 요구하는 일이 전혀 없다.

내 종교는 이류의, 절단난 청교도주의다. 나쁜 영화나 연극을 보러 가더라도 우울하거나 타락하거나 천박해진 기분이 잘 들지 않는데, 파티들은 나를 우울하게(천박해진 느낌이 들게) 한다. (내면적으로는 어떤 반응을 보이더라도) 관객, 구경꾼인 한은, 자아를 본질적으로 침해하거나 천박하게 만드는 일은 없다. 참여와 관음 사이의 선을 분명하게 긋는다. 내가 가는 파티 중에서 유일하게 맑은 기분이 드는 (대체로 우울하지 않은) 파티는 내가 구경꾼처럼 행동하는 파티들이다—파티가 영화가 된다—그러면 나는 함께 간 사람이나 그 파티에서 내가 아는 단 한 사람과 파티 얘기를 한다. 그리고 새로운 사람을 만나는 건 내 필수 활동을 침해하는 거라고 간주한다. 아니면 파티를 실내장식으로, 내가 함께 간 사람과 사적으로 함께 있을 수 있는 또 다른 방식, 또 다른 배경으로 활용하는 것이다.(아이린과 함께 가던 파티들이나, 폴 [테크]과 함께 춤을 추러 파티에 다닐 때 그랬듯이)

내가 성숙한 청교도라면 보는 것만으로도 타락하는 것을 걱정할 텐데. 하지만 난 그건 아니다.

비사교적이라는 데 죄책감을 느끼지는 않는다. 가끔 외로움이 뼈에 사무칠 때 아쉽기도 하지만. 그러나 세상으로 나아갈 때면 그게 윤리적 타락처럼 느껴진다. 꼭 매음굴에서 사랑을 찾는 것 같다. 게다가 나는 어디쯤에서는 비사교성을 "진지함"의 증거이자, 윤리적 존재로서의 내 존재에 필요하다고 간주하는 자질로 여긴다. 얼마나 이상한 전제들의 총합인가. 칼로타의 전제들과 비교해 보니 이제야 알 것 같다. 칼로타는 자기 자신에게나 다른 사람에게나 "진지한" 사람이라는 사실을 확립하려 드는 법이 없다. 오히려, 그 개념을 잘 이해하지 못하겠다고 말한다. 내가—세상에, 내가 얼마나 입버릇처럼 읊조렸는지—그녀를 향한 내 사랑이 "진지"한 거라고. 나는 "진지한" 사람이라고 말할 때마다 그녀는 은근히 웃긴다고 생각했던 것 같다. 이제야 처음으로, 그게 얼마나 우습게 보였을지 알겠다.

C.에게 감정—행동—은 존재한다. 그 자질과 지속 시간은 부연 설명이 필요 없다. 그들에게 "진지하다"는 걸 증명하는 자격증이나 그런 류의 사후 평가는 전혀 필요가 없다. 그녀에게는 꼭 무슨 허세 부리는, 무의미한 수사 나부랭이처럼 보일 것이다.

감정과 행동의 간극은 나보다 C.에게 더 크다. 나는 "할 것이다"를 수시로 쓴다. 윤리적 당위, 논리적 비약. 그런 다리를 놓는(놓아서 자기 자신의 등을 그 위로 떼민)다는 개념 자체가 없다면, 우유부단하기란 훨씬 더 쉬울 것이다. 개신교 + 유태인은 의지 + "당위"에 대해 가톨릭 신도들보다 훨씬 더 애착을 갖고 있다. 이런 경향은 그녀에게 아주 강한 게 틀림없다—제미니 캐릭터라든가, 신경 패턴 등등보다 더.

칼로타—남부 유럽인, 천주교 문화—신경을 끄고 쉬기 위해 향연(파티, 만찬 등)을 활용한다. 개신교—유태교 문화는 일을 활용한다. 일 속에서 온전하고 진정성 있는 사적 자아로서—소명, 전문적 직업, 일 등을 수행하는 데서—모든 걸 잊고 몰입한다. 일 그 자체가 자아의 수련과 다른 사람들과 소통할 필요성을 충족하는 윤리적 언명이기 때문이다. 일은 수련으로서 체험되고, 그 배후에는 금욕이 있다—물론 쾌감을 주기도 하지만. 일 속에서 "몰개성화"되어 자아를 잊을 수 있게 된다(가장 은밀한 정서와 욕구를 잊을 수 있다는 말이다.)—온전히 일에 헌신하기 위해서는 이 모든 게 필요하기도 하고 말이다. 파티와 다른 형식의 향연들은 물론, 전혀 금욕적이지 않다. 오히려 정반대다. 몰개성화는 쾌락주의적이며 공리적이지도 윤리적이지도 않다.

칼로타는 자신의 행동이 "진정성"이 있었는지 결코 자문하는 법이 없다. 자신의 행동이 감정에 상응하는지 스스로를 점검하는 일도 없고, "진정한" 감정에 닿지 못한다고 절망하는 법도 없다. 그녀는 자신의 문제를 자신의 진짜 감정을 아는 것이 아니라 (상충되는) 감정들을 받아들이고 사는 것—그리고 그 감정들 때문에 너덜너덜 자아분열을 일으키지 않는 것으로 경험한다.

북유럽, 미합중국:

개신교 문화는 자아를 자아에 대한 미스터리로 제시한다. 따라서 내면적 성찰의 부상, 일기 쓰기, 개신교 국가들의 침묵.(참고. 스웨덴, 특히 후자의 경우) 천주교 문화는 자아를 심리적인 수수께끼로 제시하지 않는다. 그저 복잡하고 모순적이고 죄 많은 것으로 볼 뿐이다. 칼로타는 자신의 자아를 자신으로부터 소외된(숨겨진) 것으로 보지 않고, 오히려 거의 견딜 수 없을 정도로 모순적이라고 느낀다. 그녀가 아직 풀지 못한 건 자기 자신과의 공존(평화로운 공존)의 문제이지, 내가 내 문제(이자 임무)라고 느끼는 자아와의 접촉 문제는 아니다.

나는 삶을 프로젝트/업무의 연속으로 본다. C.는 그렇지 않다. 덕분에 나는 훨씬 더 수월하게 의사 결정을 할 수 있고, 아니면 적어도 결정을 내려야 한다는 결론을 내릴 수가 있게 된다. (그리고 없는 걸 만들어 내는 한이 있어도, 한 가지를 선택하도록 스스로를 닦달한다.) 물론, 내 정신세계가 이 세상에서 업무가 완수되는 조건들에 훨씬 더 상응한다. 그리고 다들 천주교 문화보다는 개신교 문화에서 훨씬 더 많은 일들이 이루어진다는 데 동의한다. 이런 관점은 확실히 천주교 국가의 여자에게서는 약화되는 걸로 보인다. 일을 해낼 수 있는 능력을 창출하는 사고방식을 좌절시키는 강력한 압박이 모든 소녀들에게 가해지기 때문이다. 지적인 기술, 특히 감수성의 계발을 수반하는 능력은 소녀들에게 권장되지 않는다. 수행적이거나 관리적 힘은 "공격적"이고 거세적이며, 어울리지 않고, 여성스럽지 못하다고 폄하된다. 여자들은 명령을 받는 상황에서만 일을 하도록—아니면 (집안일처럼) 철저히 무위로 돌아가는 작업만 하도록—천주교 국가들뿐 아니라 어디에서나—권장받는다. 여자가 창조적이거나 기획을 지휘하는 것은 문화적 정의로 볼 때 '공격적'이다. 여자가 자치적이고 독립적이고 의사 결정을 하는 존재로 기능하는 것은 문화적 정의로 볼 때 여성답지 못하다—금제에 저항하고 이런 식으로 기능하는 소수의 걸출한 여성들을 문화가 허락하고 심지어 비위를 맞추며 아첨을 하더라도 마찬가지다. 그래서 의지, 행위, 의사 결정을 존중하는 칼로타의 사고 체계는 그녀의 문화로 인해 주입되었을 뿐 아니라, 여자라는 사실 때문에 몹시 복잡한 영향을 받았다.

여자들은 전통적으로 "남부"의 가치를, 남자들은 "북부"의 가치를 대변해 왔다—그건 어느 나라든 마찬가지다. 여자들은 더 느긋하고 부드럽고 상냥하고 책임감이 덜하고 지성이 모자라고 일에 대해 덜 진지하고 더 즉흥적이며 더 육감적이다. (그렇다고 더 섹슈얼한 건 아니다—섹슈얼리티는 의지, 힘, 의사 결정, 주도권을 쥐기, 통제력의 행사, 선제적 행위라는 남성적 영역의 일부로 남아 있다.)

단순한(지나치게 단순한가?) 가설: 프로젝트라는 부담 자체가 사람의 감정을 흐트러뜨린다. 궁극적으로 감정에서 자아를 차단하고 해리를 조장한다. 나는 내 삶을 선형線型으로, 프로젝트의 연속으로 파악한다. 계획들, 의지의 행사, 능숙한 판단, 그리고 의사 결정에 있어 훌륭한 육감이 나로 하여금 하나의 프로젝트에서 다음 프로젝트로 옮겨 가며 계속 내 삶의 선상을 따라 전진하는 걸 가능하게 해준다. 이 모든 일에서, 감정이—내 경우에는, 여전히(심지어 옛날 내

가장 암울했던 시절에도) 모든 프로젝트의 선택과 수행에 있어 강력한 동기를 부여하는 추진력이 되어 주었는데—약간 길을 잃는다는 게 뭐 놀라운 일일까?

칼로타는 자기 삶을 프로젝트의 연속이라고 생각해 본 적이 없다—삶은 선형이라든가, 고속도로 같은 게 아니다—기본적으로, 독립적으로 존재하는 사건들의 그룹이다. 각각의 사건들은 서로 비교될 수 있고, 그녀의 행위들이 공유하는 무엇—그들의 근저에 있는—그녀의 "천성"을(적어도 부분적인 면모나마) 투사하는 것으로 이해할 수 있다. 그녀의 행위들은 모두 천성을 드러낸다. 그녀는 자신의 천성을 행위를 통해 발견한다. 그리고 실제로, 천성을 발견하는 데 행위를 이용하기도 한다—행위들, 그리고 어떤 특정 행위를 할 수 있는 능력. 그리하여 그녀는 나와 함께 뉴욕으로 떠나지 못하는 자신의 무능을 통해 뉴욕에 가는 일에 대한 자신의 감정을—패닉의 정도, 나에 대한 두려움, 베아트리스에 대한 죄책감 등등—발견했다. 그러나 다른 행위들보다 더 중요하고 더 자신을 잘 드러내는 "결정적" 행위라는 개념은 아예 없다.(심지어 일련의 결정적 행위들이라는 복수 개념도 없다.) 따라서 어떤 의미에서, 단일한 행위 중 돌이킬 수 없는 행위란 없다—아니면 돌이킬 수 없이 자아를 규정하는 행위도 없다. 따라서 그녀는 헤로인에게서 자유로워질 수 있게 해준 자신의 행위를 들어 스스로를 용감하다고 정의하지 않는다. 자신이 우리를(우리의 계획들을) 저버리고 움츠러들어 뉴욕에 가지 않았다고 해서 우리 관계가 끝났다고 정의하지도 않는다.(그리고 이건 내가 품고 있는 희망의 가장 강력한 근거다.)

그녀는 자신의 행위들로부터—일반적으로—결론을 도출하지 않는다. 물론 그 행위들이 특정 시점에서 특정한 감정과 능력의 상태에 대해 말해 주는 바가 있음에도 말이다. 이로 인해 미래는 열려 있다는 (그리고 예측 불가능하다는) 그녀의 믿음이 생겨난다.

미래는 열려 있고 예측 불가능하다는 걸 나도 안다. 그러나 내 스타일은 적어도 내 가장 사적인 관계에 관한 한 임박한 미래(3개월, 6개월, 1년)나 그보다 더 장기적 미래라 하더라도 그 미래를 닫고—예측 가능하게 만들고—싶어 하는 것이다. 완전히 열린, 예측 불가능한 미래는 나를 견딜 수 없이 불안하게 만든다. (나는 효과적이고 창조적이고—실수가 없는—방식으로 기능하는 것이 계획을 수립하는데 수반되어야 한다고 전제하기 때문에) 이래서야 어떻게 온전히 기능을 하고 살지 모르겠다. 물론, 내 앞에 어떤 확실성도 없다 하더라도 어떻게든 기능을 할 거라—하지만 수준이 낮게—믿는다. 그러나 이제야 깨닫는 거지만, 이런 건 그저 바람직하지 못한(그리고 사랑의 경우, 지극히 고통스럽고 파괴적인) 한계에 불과하다고만 생각했지, 달리 생각해 볼 여지도 없었다. 그건 마치 늑대들이 득실거리는지 아닌지조차 알지 못한 채로 숲속을 헤치고 걸어가는 거나 마찬가지다. 뭐, 어쨌든 숲은 건너갈 것이다—그러나 정보를 얻을 수 있는데도 정보를 얻지 못한다는 건 그냥 멍청하고 무의미한 위험으로 느껴진다.

[이 문장 옆에는 여백에 두 개의 수직선이 그어져 있다.] 이제야 나는 내 인생관의 한계를 보았다—내가 얼마나 신중하게 놀라움, 위험의 감수, 예기치 못한 변화의 근원을 국한시켜 왔는지.

사실을 말하자면 나는 일 문제로는 흔치 않게 여유롭고 위험 감수를 마다하지 않는다—대다수 다른 사람들에게 견딜 수 없을 정도의 불안감을 조장하는 작업 상황에서도 참을성 있고, 비교적 불안감도 덜하다. 그러나 사랑 문제에 있어서는 엄청나게 신중하고 자기 방어적이고 창의적이지 못하며 불안감에 시달리고 확인을 구걸해 왔다. 사랑보다는 일 측면에서 훨씬 더 쿨하고 느긋하고 모험심도 강하다. 훨씬 더 창의적이다. "이것"이 제대로 되지 않으면 또 다른 게 될 거라고—언제나 "그 이상"이 있을 거라고 쉽게 믿어 버린다. 사람들에 대해서는 그게 되질 않는다—친구든 연인이든.

[여백에] "사랑의 희소성 경제"

나는 내 행동들을 서로 연결해 본다.(지금도 그러고 있다.) 내 행동에서 결론을 도출하는데, 사후에 그럴 뿐 아니라 행위를 하는 시점에서도 그렇게 한다. 그것들로부터 쉽게 일반화를 한다. 물론, 나는 종종 내 의견을 바꾼다—그리고 일반론을 수정한다—그러나 그 사유의 형태는 내게 ("자연스럽다"고는 말하지 않으련다) 버릇으로 남아 있다.

칼로타는 특정화하는 경향이 있다. 일반화는 약하고 막연하고 ("약하고", "데카당트하고", "의존적"이라서) 그녀의 행위와 솔직히 잘 조응하지 않는다—아니면 그 행위를 숙고해 평가한 결과로부터 흘러나오지 않는다. 그녀의 일반화들은 사실 사유라기보다는 감정 상태의 징표로 활용되는 추상적 단어들이다. 그 추상적 단어들은 특히 거의 다 그녀 자신에 대한 혹평이다.(그녀의 기분이 "좋지 못할" 때의 증후들이다.) 그리고 감정 상태가 변하면—그녀의 감정들은 몹시 유동성이 높다—그 감정 뒤에서 말들의 활용은 (그리고 확신은) 변동하고, 희미해진다.

나는 그간 감정을 고정시켜 놓으려고 노력한다는 무의식적 목표를 갖고 살아왔다. 나쁜 감정을 추방하거나 억제하고, 좋은 감정들을—일단 생기면—그곳에 항상 남아 있으면서 언제나 내가 (의지만 있으면) 실제로 활용할 수 있다고 믿고 살 수 있게 증진하고. C.에게 내 사랑이 "진지하다"고 말했을 때는 이런 뜻이었다—제자리에 고정되어, 변하지 않을 거라고. (내가 나 자신을 보증한다고.) 그녀가 그 말을 이해하지도 못했을 뿐더러 불편한 반응을 보인 것도 당연하다. 그녀가 보기에는 정말로 미친 소리로 들렸으리라.

나는 나 스스로를 "약속"하고 싶다. 한 가지 이유를 든다면 불안감이다. (안전한 항구를 찾고 싶은 마음, 버려질지도 모른다는 기운 쭉 빠지는 두려움에서 자유로워지고 싶은 바람)

[여백에:] 어린 시절의 찌꺼기

그게 신경증적 측면이다. 또 하나, 건강한 이유는 내 (무의식적이고, 평생에 걸친) 복수의 프로젝트, 중층의 활동을 수행하며 사는 삶이라는 관념. 뭔가가—이상적으로는, 내 가장 사적인 관계들—확실히 정해지고 든든해지면, 나는 홀가분하게 다른 일들로 주의를 돌릴 수 있다. 주로 일이지만 또 친구들도 있다. 내 가장 깊은 관계에서 안전하지 못하면, 다른 것들에도 집중을 할 수가 없다. 항상 고개를 돌려 등 뒤를 보면서, 다른 사람이 아직 거기 있나 불안하게 살피게 된다.

칼로타는 자기 자신을 두고 약속하기를 원치 않는다. 그 생각 자체만으로도 다른 사람에게 발목 잡힌 느낌, 의존적이 되어 자유를 잃는 느낌에 사로잡힌다. 물론, 그녀 역시 어딘가에서 안전하기를 바란다. 그러나 그녀는 자기가 종종 시험을 하고 도전하고 거부할 수 있는 사람과의 상황에서만 안전함을 용인할 수 있다. C.의 문제는 안전을 해방적이고 힘을 주는 것이라 여기지 못한다는 점이다. 그럴 수 있다고—적어도 내게는 그렇다고 생각하는 내가 옳을까?

그리고 C.는 사람이 사랑하는 누군가와의 관계에서 안전할 때 비로소(불안으로부터, 사랑의 굶주림으로부터) 더 자유로워져서 다른 일을 구체적으로 잘할 수 있고, 자기 프로젝트들을 완수할 수 있다는 개념 자체가 없다. (베아트리스도 이걸 알고 있었을 거라 확신한다.) 이번에도 역시, 그녀에게는 프로젝트란 게 아예 없다. 그녀 스스로 잘한다고 생각하는 공적인 성격의 활동이 전혀 없다—아마 개인적인 미모의 창출: 옷이라든가 그런 것들 정도가 있을까. 그녀의 자기애 결핍, 자존감 결핍은 너무 심해서 아마 자기가 잘할 수 있는 활동은 아예 가치가 없다고 생각해 버릴 정도다. 그리고 확실히 이런 이유 때문에 스스로 높이 평가하는 활동에서 유능한 경지를 획득하려고 책임감 있게 노력하는 것 자체를 할 수 없었다.

다시 아까의 논점으로 돌아가서: 칼로타에게, 자신의 감정을 안다는 건, 어떤 주어진 시점에서도, 필수적인 문제가 아니다. 하지만 감정을 언어로 표현하라는 청을 받으면, 문제가 될 수 있다. 어떤 면에서, 확실히—그녀는 자신의 감정에 대해 말할 때 스스로를 위배하는 셈이다. 감정 상태에 대해 장황하게 말을 하거나 묘사를 하면 언제나 일반화의 얼룩, 유혹이 수반되기 때문이다. 감정 자체에 대한 말은 감정을 제자리에 고착시킨다. (적어도 겉으로는 그렇게 보인다.) 그녀의 문제는 감정과의—동일시—또는 접촉이 아니라, 그래서 그걸 어떻게 할 것이냐다. 그것들이 유발할 수 있는 몇 가지 행동 중에 그녀가 무엇을 취할 것이냐다. 그녀는 보통 행동의 여러 가지 가능성들을 보는데, 그 이유는 감정을 복수로, 상충되는 것으로 체험하기 때문이다. 그 문제는 행동이 그녀의 사생활 바깥의 요구로 체험될 때 훨씬 쉽다—켄[칼로타가 간헐적으로 일을 받아 해 준 패션 디자이너 켄 스코트]은 그녀가 1월 20일 쇼를 할 거라 기대했다—아니면 명백하게 책임감을 감정보다 우위에 놓았을 때 사생활의 반경에서 나오든가—그녀의 어머니는 그녀가 팔월에 열흘 동안 이스키아[2]로 와 주기를 바라고 있다.

한 가지 행위를 하기 위해 복수의 감정 중에서 선택을 한다는 게 문제기 때문에, 그녀가 하는 모든 행위는, 근본적으로 잠정적이다. 그녀는 행동을 하기 전에 자주 망설인다—그리고 행위를 하고 있는 동안 옳은지, 그른지, 계속해도 되는 건지(그럼으로써 유약하고, 심리적으로 부서지기 쉽고 여리다는 자아 판단을 강화한다) 회의에 휩싸이게 된다. 행위는 보통 진짜로 보이기가 쉽지 않다—적어도 오랫동안 해 오고 있는 동안은 말이다. 바로 그게 그녀가 자신은 적어도(어떤

2. 이스키아 섬Island of Ischia. 이탈리아 남부 나폴리만과 가에타만 사이 티레니아해에 있는 화산섬.

형태로든) 그 사람과 "함께" 한 시간이 적어도 일 년은 될 때까지는 정말로 사랑하지 않는다고 말했던 이유다. 그녀는 자기가 행하는 모든 일의 이런 잠정성, 역전 가능성, 우연성, 작위성으로 자신의 행위를 '탈현실화'한다. 그리고 상황들은 오랜 시간이 지난 후에야 비로소 그녀에게 현실이 되니까(아마 철저히 현실이 되는 일은 아예 없을 수도 있다.) 그녀는 파괴적으로, 믿을 수 없게, 변덕스럽게, 자기만족적으로, 무책임하게 행동할 수 있는 공간을—말하자면, 불완전한 헌신이 주는 여유를—갖게 되는 것이다.

[여백에:] 이 모든 건 그녀의 말이 아니다.

그러므로 그녀는 자신의 헌신을 그 사람과 함께 있을 때의 행동이나 상황에 맞추어 시험한다—이 시험들을 통과하면, 그럴 자격이 있는 거고(적자생존), 그렇지 않으면 옳지 않았던 것이다. 그러나 이로써 또한 그녀는 자기 증오의 부담 역시 증가시킨다. 왜냐하면 마음속 어디선가는 그녀도 자기가 사랑하는 사람들과 함께 있을 때 파괴적으로 행동한다는 걸 알고 있기 때문이다.

바로 이 자책과 자기 비난의 부담이 너무 크다는 게 부분적으로는 그녀가 자기 삶의 사건들을 대체로 "독립적"이라고 보게 된 원인이기도 할 것이다. 사건들 간의 인과관계의 조직은 C.의 관점에서 보면 아주 얇다. 그녀는 되도록 그걸 최대로 줄인다. 아마 그녀가 하는 일들 사이에 얼마나 많은 관계들이 있는지 알게 되면, 지금 그러하듯, 견디기 어려워할 것이다. (만일 그녀가 총체적으로 처신할 수 있다면—육감적으로든 추론적 지성을 행사해서든 말이다) 전체를 견뎌 내는 것—자기 자신을 부분의 총합으로 인식하는 것—그건 그녀가 자기 자신을 방만하게 사용된 비방용 경구들과 개별 부분들의 합으로 처신하는 것보다 훨씬 더 고통스러울 것이다.

칼로타는 "처신"을 한다는 것 자체를 어려워한다. 그러므로 그녀는 일정 정도의 부정확성에 어느 정도 지분을 둔다—언제 뭘 하는지, 자기 말, 감정을 "과장한다." (예. "나는 절박해." "어디로 사라져 버리면 좋겠어.") 또한 신경을 꺼 버릴 수 있는 능력에도 통 크게 투자한다—향연의 쾌락, 돌체 비타, 심지어 온갖 진짜 감정의 문제들을 다 회피해 가는 베아트리스와의 수다에도. (7월 + 8월에 하루에 두 번씩 밀라노에서 했던, 유쾌하기 짝이 없는 전화 통화들.) 과장—부정확성은 자아라는 짐의 정확한 윤곽선을 흐릿하게 한다. 여흥은 한시적으로 의식을 억압한다.

내 일처리 방식과 얼마나 다른가! 나는 명징함에서—그리고 현학적일 정도의 정확성이—내 감정에 닿을 수 있는 유일한 가능성을 찾는데. C.의 허풍은 언제나 나를 화나고 짜증나게 한다. 어째서 그녀는 주제가 중요할 때(진지할 때!) 엄밀하게 말해 사실이 아닌 말들을 하고 싶어 하는지 도저히 이해가 되지 않는다. 그녀는 내게 유머 감각이 결핍되어 있으며 내가 너무 직설적으로 사고한다고 생각한다. 그 점에 있어서는 나도 같은 생각이라고 말하기는 했다. 하지만 나는 그게 사실이 아니라는 걸 안다. 아니, 적어도 훨씬 더 복잡하다. 물론 설명을 하자면, 내가 말할 때는 그녀가 말할 때와 전혀 다른 문제들—전혀 다른 불안들이 걸려 있다고 해야겠지만. 그녀는 나처럼 창조적 대화로서의 말하기에 꽂혀 있지 않다.

[여백에:] 그녀는 언어로 바꾸는 게 자신의 감정 파악에 더 도움이 되지는 않는 모양이다. 그건 나보다 그녀에게 훨씬 더 순전히 생물적이고 환락적인 활동이다.(내게 그것은 구원을 가져다줄 최고의 매개체다.)

다른 처리 방식—여흥거리를 찾고, 신경을 끄는 일—역시 내게는 생경하기만 하다. 물론, 가끔은 나도 그렇게 할 수 있고, 또 하기도 한다. 하지만 나 스스로를 위배한다는 느낌을 지울 수가 없다. 내 건강이 온전하고 내밀한 자아를 알고—경험하는 데 달려 있다면, "사회적" 자아로 도피하는 건 그저 기분이 나빠질 뿐이다. 내가 원하는 건 신경을 꺼 버리는 게 아니다. 내 출발점인 나쁜 상황이라는 게, 철저한 무관심의 대상이 되었다는 느낌이니까.

나는 나 자신을 좇고 있다(몇 년간 그랬다.) 이제 나는 칼로타도 좇고 있다. 그녀는 자기 자신을 직면하지 않기 위해 도망치고 있다. 내게서 도망치고 있다—이건 물론, 이 상황을 요약할 수 있는 가장 우울한 묘사다. 이것보다는 훨씬 나았다.

2월 18일.

C.에게 "당신은 나를 도와줄 수 있다"고 말했다. 그녀와 함께 연결된 느낌은 나를 성장하게 하고, 훨씬 더 살아 있게 해 준다. 내가 지난 며칠 동안 쓴 2페이지가 그 구체적인 증거다. 그녀가 읽기를 바랐다. 그러나 그건 자기만족적인, 나만의 희망이었을 것이다. 나는 그

소망으로—그녀가 나 자신인 것처럼 그녀를 대한다. 그녀에게 말이, 생각이, 분석이, 대화가 필요하기라도 하다는 듯이. 그러나 이런 식으로는 그녀가 받아들일 수가 없다.

내가 쓴 글을 그녀에게 보여 주고 싶어 하는 건, 그녀에게 좋을 거라고(그녀의 자존감을 높여 주는 데 도움이 될 거라고) 생각하기 때문일까, 아니면 (내게 있어) 그녀를 향한 내 사랑의 보람과 가치를 입증하는 증거를 강요하기 위해서일까? 물론 둘 다다. 그러나 주로 후자다—그래서 이런 소망을 몹시 수상쩍게 여겨야만 한다. 내 잇속만 차리려는 거니까. 나는 내가 그녀를 사랑함으로써 얼마나 많은 걸 얻었는지 그녀가 안다면 자기 자신을 더 많이 사랑하게 될 거라고 상상한다. 물론, 나도 그걸 원한다. 그러나 결국 나는 그녀가 나를 사랑할 수 있는 것보다 그녀 자신을 더 사랑하기를 원하지 않는가?

내가 지닌 미덕에의 탐욕—내가 선을 우상화함으로써 우상숭배의 잘못을 저질렀다는 발견—을 비판하며 쓴 내 글들의 상당수는 여전히 우상숭배의 변증법에 갇혀 있다는 비난에 취약하다. 내가 나의 윤리적 의식에 대해 윤리적 비판을 했다. 메타 우상숭배.

비슷한 비판은 칼로타와 나에 대한 상대적 의식이라는 내 관념들을 겨냥할 수도 있다. 나는 비즉흥적이고, 의지에 의해 추동되며, 의사 결정을 갈구하고, 선제적이고 선형적이며, 담론 의존적인 내 스타일의 감정과 행위, 그 한계를 발견했다는 느낌이 든다. 칼로타의 의식이 지닌 (영적, 심리적, 실용적) 이점과 유효성을 파악했다고 고백한다. (신경증적 동기들과 자기 파괴성의 반동을 훌훌 떨쳐 벗고 나면, 그의식은 사물들을 보고 세상에서 기능하는, 동등하고 완벽한 방식을 제공하기 때문이다.) 나 자신 안에서 이성의 유린을 감지했다고 고백한다. 그러나 나는 힘겹게 이성을 행사하여 내가 일별한 바 있는 좀 더 유기적이고, 덜 문제적이고, 의식에 덜 찌든 세계관을 압도해 버리고 있지는 않은가? 내가 타진해 본 칼로타의 세계관이 지닌 요소들은 이 일기장 안에 오로지 내 이성에 의해 잘 포장된 형태로만 존재한다. 아무래도, 지금 나는 나 자신을 위한 프로젝트만 제안하고 있는 것 같지는 않다.

이 일기는 오로지 자아비판에만 할애되는 것 같다—내 말은, 메타-자아비판.

나의 지혜를 나 혼자를 위해서, 아니면 내가 사랑하는 사람들을 위해서 쓰려고 포장해 놓은 상품으로 만들고 싶지는 않다. 그렇지만 어떻게 해야 미련을 버리고 굴레를 끊고 자유로워질 수 있을까?

내가 수동성(과 의존성)을 두려워한다는 걸 안다. 정신을 활용하면, 어쩐지 능동적인(자치적인) 존재가 된 기분이 든다. 그건 좋은 일이다.

내가 없애 버리고 싶은 건 내 자기 조종의 절차들이다. 나 자신을 "겨냥"하는 건 그만두고 그저 겨냥을 하고 싶다. (헤리겔[20세기의 독일 철학자이자 작가인 유겐 헤리겔]의 궁술의 도에 대한 저서에 틀림없이 이런 얘기가 굉장히 많이 나올 것이다.) 그러나 아직은 그럴 수가 없다. 너무 겁이 난다.[이 마지막 두 문장 옆 여백에 수직선이 그어져 있다.]

즉흥성이—지금 나보다 훨씬 더 감정이 이끄는 대로 따라가는 일—적어도 내게는, 수동성으로 이어질 지점을 두려워해야 한다고 생각한다. 그럴 리는 없지만, 실제로 겪어 보기 전까지는 정말로 알 수 없으니까.

이 모두는 사실 내가 내 안에 존재한다는 느낌을 받는가 하는 문제다. 그래야 밖으로 나가 뒤로 돌아가서 밀어야 하는 게 아닐까 걱정하지 않아도 되니까. 그리고 나는 행동에 있어 효율성(효과성)의 기준을 포기해야만 한다. 행동이 반드시 "결과"로 파악될 수 있는 무언가로 이어질 필요는 없다. 내가 좀 더 내 감정 안에 존재한다면—칼로타를 향한 사랑뿐 아니라 광범위하고 다양한 감정들 말이다—어차피 결과들에 그렇게 관심을 갖지 않게 되리라. 심리적 여유를 그렇게 많이 확보할 필요도 없을 것이다. 내 감정을 좀 더 불가피하고 엄연한 형태로 체험하게 될 것이고, 감정에 근거해 행동함으로써 만족감을 얻는 건 훨씬 더 대단하고 뿌듯한 경험이 될 것이다. 그리하여 "나중에 (아니면 "다음에") 어떻게 될까"를 그렇게 많이 생각하지 않고 이어진 결과가 정말로 불쾌하거나 답답하더라도 심지어 별로 개의치도 않으리라.

나 자신에게 훨씬 더 충실하고, 내 "삶"에 훨씬 덜 충성하리라. 삶의 차원들이란 이미 결정된(결정 가능한) 그릇인 것처럼, 그리고 그걸 최고급으로 채우는 건 내 책임인 것처럼, 삶을 그렇게 취급하는 짓은 그만두리라.

2월 20일.

에바와의 대화:

온갖 아픔이 다 날뛰고 있다. 어째서 난 분노가 실감이 나질 않는가? 나는 무엇을 느끼는가? 우울. 그러나 그건 내가 다른 감정을 "억압하고" 있다는 뜻이다. 그렇다면 절망. 그러나 절망은 통증의 역사로부터 도출해 내는 결론이다.(또 이런 일이 벌어지고 있다.)

나쁜 유년기를 보낸 모든 사람은 화가 나 있다. 나도 처음에는(일찌감치) 분노를 느꼈으리라. 그때 나는 그 분노로 뭔가 다른 짓을 "했다." 알고 보니—무엇이었겠는가? 자기 증오 > 두려움(내 분노에 대한, 다른 사람들의 보복에 대한 두려움) 절망. 공정하고 정당할 수 있는 능력—그리고 초연할 수 있는 능력.

에바는 내가 분노를 말하는 걸 보면 한 번도 정신분석을 받아 보지 못한 사람 같다고 한다.

칼로타는 화가 났나? 확실히, 끔찍한 어린 시절을 겪었던 게 틀림없다—막상 자신은 의식적으로 그에 대해 '전혀' 모르고 있지만—그렇지 않다면 지금과 같은 모습일 리가 없고, 열여덟 살부터 헤로인에 손을 댔을 리가 없다. 그녀가 내게 준 유일한 단서는, "나는 우리 어머니를 보면 꼭 내 딸 같은 느낌이 들어"라는 말뿐이다—모든 연인들에게 아이 노릇을 하는 그녀가! 어머니와의 분리를 두려워하는 것도 무리는 아니다—그렇게 어머니를 자주 찾아뵈어야만 하는 것도.(물론 짧은 시간이지만) 그녀가 유일하게 자신이 더 성인이라고 느낄 수 있는 관계인 것이다. (정도는 약하지만, 죠바넬라[영화 제작자이자 칼로타와 손택의 친구였던 죠바넬라 자노니] + 로베르티노와 있을 때도 자기가 더 어른이라고 느낀다—그들의 어린애 같은 면모를 아주 좋아하고, 또 그런 면에 예민하게 반응한다.)

2월 21일.

휘태커 채임버스가 윌리엄 F. 버클리 주니어에게 보낸 편지에서—무의미하게 살해된 사람에 대한 이야기를 하며: "간절하게 치유를 원하지만 도저히 나을 수 없는 자상처럼 내 마음을 정말로 베어 갈라놓는 듯합니다. 그러므로 가장 큰 죄악 중 하나는, 아마도 가장 큰 죄는, 이렇게 말하는 것이겠지요. '상처는 나을 겁니다, 벌써 나았어요, 상처는 없습니다, 이 상처보다 더 중요한 무언가가 있어요.' 이런 말들 말입니다."

……

2월 22일.

이른 유년기에 내가 내린 단정, "세상에, 저 사람들은 날 절대 이해 못 할 거야!"(망가지지 않고 살아남기 위한 절대적 판정)은 정서적으로 초연할 수 있는 나의 능력에 근거해 주로 이루어졌다.[이 단어 옆의 여백에 '아닌가?'라고 쓰여 있다.] 그들이 나를 견딜 수 없이 불행하거나 혼란스럽게 만들기 전에 감정을 꺼 버릴 수 있는 능력 말이다—그리고 이런저런 일들을 하고, 다른 일들에 관심을 가졌다. 세상에는 나만 있는 게 아니고 훨씬 더 큰 것들이 있어, 등등. 따라서 내게 있어 가장 건강한 점은—나의 "맷집"이다. 살아남고, 다시 튕겨 나와 뭔가를 해내고, 번창할 수 있는 능력—이는 내 가장 큰 신경증적 취약점과 밀접하게 연관이 되어 있다. 너무 수월하게 감정을 차단해 버리는 성향. 약점을 줄이면서 강점을 유지할 수 있는 방법이 있을까? 어려운 일이다. 위험이 따른다. 다이애나는 이걸 알았을까?

어렸을 때 나는 버림받고 사랑받지 못하는 느낌이 들었다. 이에 대한 내 반응은 아주 착해지고 싶다는 것이었다. (내가 어마어마하게 착하게 굴면 저들이 나를 사랑해 주겠지.) 아주 다르게 반응할 수도 있었다. 자기혐오라든가, 청소년 비행이라든가(다른 사람들에게 복수를 하고 관심을 끄는 방법으로), 에바가 그랬던 것처럼 반항아-비평가-무법자-범죄자 역할과 동일시를 한다든가. 나는 그러지 않고 대신 어마어마하게 착해질 거야—그래서 사랑받을 자격을 갖출 거야, 라는 태도로 응대했다. 그리고 책임감, 권위, 통제, 명성, 권력을 추구했다.

내가 떠나기 전 C.가 오를리[파리 공항]에서 "넌 정말 천사였어"라고 했던 말, 그건 전적으로 칭찬은 아니었다. 나는 환상적으로 "착하게"(너그럽고, 참을성 있고, 사랑을 주고, 절대 화를 내지 않는 것) 굴면 C.의 마음을 얻을 수 있을 거라—옛날의 내 생각—전제해 버렸다. 그러나 그녀가 내게 끌리는 이유 중 하나는 내가 터프하고 독립적이기 때문이다—내가 천사처럼 착해서가 아니란 말이다. 천사처럼 착하다는 말은 (무의식적으로) 그녀에게 내가 나이브하고, 유치하고, 순진하다는 뜻을 깔게 된다—그래서 그 결과, 그녀가 필요한 정말로 강한 사람이 못 된다는 의미다.

C.에게 분노를 표출하는 걸 두려워해서는 안 된다—그녀를 쫓아버릴까 두려워하지 말아야 한다. 내가 그녀를 사랑하지 않는다는 표시를 하고, 내가 "착하지" 않다는 걸 보여 주는 걸 겁내지 말아야 한다.(물론, 나는 그게 엄정히 볼 때 미덕의 일환이 아니라고 간주한다—타락이고, 저열하고, 천박하다고 생각한다.)

……

C.에게 이런저런 것들을 요구할 수는 있지만 그녀를 필요로 한다는 전제를 깔아서는 안 된다. 그러면 그녀가 겁을 먹는다.

……

…… 에세이: 비트겐슈타인: 현대 미술에 미친 그의 영향에 대한 논평

……

[비트겐슈타인에게는] 윤리와 미학이 하나다. (『논리철학논고』)

……

2월 22일.

…[칼로타는] 욕구가 끝없이 되풀이되며 만족을 모르는 것일까 봐 두려워한다—그래서 덫에 걸릴까 봐 겁을 낸다. 또한 그녀는 자기가 누군가 다른 사람의 욕구를 채워 줄 수 있다고 믿지 않는다—자기는 너무 약하고 가치도 없으며, 쓰레기 같은 인간이라고, 등등.

그녀가 나의 욕구를 실제로 채워 준다는 표시는 계속 하는 게 중요하다. (콜레트의 표현대로 단순히 "에로틱한 매력의 극極"에 불과한 게 아니라는 것)—왜냐하면 그건 사실이고 그 말을 하면 나 역시 기쁘기 때문이며, 또한 그녀의 자존감도 높아지기 때문이다.(그녀에게 절박하게 필요한 일이기도 하다.) 그러나 내 욕구를 충족시켜 달라고 애원해서는 안 된다—그냥 실제로 그녀가 그렇게 해 준다는 암시만 해야 한다.

2월 23일.

몇 주일 후 C.에게 이런 편지를 쓸 수 있을까? "나는 걷잡을 수 없이 분노하고 있어. 상처받았어. 화가 나. 당신이 내게 이런 짓을 하지 못하게 할 거야."

내 분노에 접속하는 게 어려운 이유(내가 사랑하는 사람들을 겨냥하는 분노일 때)는 사랑받을 자격을 얻으려면 착하게 군다는 내 관념과 정면으로 충돌하기 때문이다. 물론 내가 모르는 사람들, 내가 잘 알지 못하는 사람들, 내가 그렇게 많이 사랑하지 않는 사람들에게 분노할 때는 아무 문제가 없다.

착하게 군다니!
"난 착하다 못해 아프다고!"

내 우상숭배: 나는 선을 탐해 왔다. 지금, 여기서, 절대적으로, 갈수록 점점 더 많이 선을 원한다. 따라서 과거의 작업은 자동적으로 폄하된다. 좋지만 충분히 좋지 않은 거다……. 언제나 '더'가 있다.(더 많은 선, 더 많은 사랑) 이제 나는 선을 탐하는 건 정말로 선한 사람이 하는 일이 아니라는 의혹을 품는다.

3월 2일.

죠바넬라와의 대화 관련: 로마의 (그리고 남부의) 사회에 대한 냉소주의—이상주의에 대한 의혹; 우스꽝스러워질까 봐 두려워함; 사람은 가볍고 "유머 감각"을 갖춰야 한다는 요구. 비비 꼬는 말들을 하는 게임(꼬인 말에 헛갈리지 않는 사람이 게임의 승자가 된다.) 강박적 수다—무리를 지어 여행함.

……

3월 5일.

글을 쓰는 법을 배울 준비가 되었다는 생각이 든다. 아이디어로 생각하지 말고, 말로 생각하라.

……

3월 7일.

어제 다시 본 [루이스] 브뉘엘의 〈은하수La Voie Lactée〉는 "매너리즘" 영화다.(참고. [20세기 독일 역사가] 구스타프 레네 호케가 매너리즘에 대해 쓴 책 『미로로서의 세계*Die Welt als Labyrinth*』 아르침볼도[3]에 대한 장, 154~164쪽) 매너리즘 예술: 난쟁이, 꿈, 거인, 샴쌍둥이, 거울, 마법 기계들. 변신: 생물 < > 무생물, 인간 < > 동물; 평범 < > 경이.

연극적인 것에 강조점: 의상, 데코 등.

……

3. 주세페 아르침볼도Giuseppe Arcimboldo, 1527~1593. 이탈리아 화가. 밀라노에서 출생, 사망. 처음에 유리 그림과 타피스리 밑그림을 제작. 1562년 프라하에 가서 신성로마황제 막시밀리안 2세(Maximilian II, 재위 1564~1576)와 루돌프 2세의 궁정화가로서 1587년까지 궁전 축제를 위해 디자인을 했으며 특히 동식물, 고기, 기구 등의 조합만으로 정물화, 화환, 초상화, 그리고 우의화寓意畫이기도 한 이중 영상의 기발한 작품으로 알려졌다. 대표작 〈겨울〉(1563), 〈물〉(1566, 빈, 미술사미술관). 이때 이중 영상화를 '아르침볼도풍 인물, 풍경'이라고 불렀다.

3월 10일.

[여백에] "루스트라Lustra"[4]: 로마인들이 생애 주기나 단계를 표시해 파악한 단위인 5년의 시간.

윌리엄 고드윈의 초기 무정부주의 소설, 『케일럽 윌리엄스*Caleb Williams*』 읽기.

"롬 키 메디트 에 텅 아니말 데프라베L'homme qui médite est un animal dépravé" ["사색하는 사람은 타락한 동물이다."] (루소, 〈인간 불평등의 (…) 대한 담론〉[5] D. H. L.[D. H. 로렌스] 등등.

……

4월 26일.

의사에 대한 소설—치유하려 노력하는—

편람 = 핸드북 또는 생존 매뉴얼

***

4. 로마에서 5년간 매년 희생 제물을 바치는 정결 의식.
5. 장 자크 루소의 『인간 불평등의 기원과 토대에 대한 담론*Discours sur l'origine et les fondments de l'inegalite parmi les homes*』을 줄여 씀.

……

내 삶에서 데이비드의 막대한 가치:

—내가 무조건적으로, 전폭적인 신뢰로 사랑할 수 있는 사람—이 관계의 진정성(사회가 보장하고 + 내가 만들어 내니까)을 알고 있기 때문에—내가 그 애를 '선택'했고, 그 애가 나를 사랑하기 때문에(한 번도 의심해 본 적이 없다)—사랑과, 관대함과, 배려를 온 마음을 다해 체험한 단 한 번의 경험

—내 성년의 보장—나 자신의 유치함을 실감할 때라도, 나는 어머니이니까 어른이라는 걸 안다.(교사라든가 작가 등등은 이런 느낌을 이토록 명료하게 주지 않았다.)

—질서, 구조, 자기 파괴성의 성향에는 뭐든 제한이 부과되어야 한다.

—그 애와 함께 할 때의 무한한 기쁨—동행, 친구, 남동생이 있다는 것(나쁜 점: 샤프론, 세상을 막을 방패도 있다.)

—그 애가 내게 가르쳐 준 것, 왜냐하면 그 애는 철학적으로 인식 능력이 뛰어나고 나를 아주 잘 알기 때문이다.

—소년이 되는 것에 대한 내 판타지를 달래 줌. 나는 데이비드와 나를 동일시한다. 내가 되고 싶어 했던 남자애니까—그 애가 존재하

므로 나는 소년이 될 필요가 없다.(이것의 나쁜 결과: 그 애가 동성애자가 된다면 기분이 나쁠 것이다. 그러지 않을 거라 확신한다. 그러나 무의식적으로 금지해서도 안 된다.)

……

5월 25일.

예술은 만물의 궁극적 조건이다.

……

그로토프스키: "삶에서 첫 번째 질문은 어떻게 무장하는가 하는 법이며, 예술에서는 어떻게 무장을 해제하는가이다."

진실은 아니지만 도움은 된다.

……

[에드윈] 덴비의 소설 『W. 부인의 마지막 샌드위치*Mrs. W's Last Sandwich*』를 보았다. 별로 유망해 보이지 않는다. 나는 갈수록 점점 더 [잭 런던의 소설] 『강철군화』에 마음이 끌린다. 미국 영화가 필요하다. 이건 적절한 (혁명적 SF이고) 싸게 찍을 수도 있다—고다르적으로 등등.

예전의 내 아이디어 두 개—[멜빌의] "사기꾼" + [대실 해밋의] 『데인가의 저주』—더 비싸고 + 어려울 것이다.(클린트 이스트우드를 데리고 『데인가의 저주』를 찍을까?)

철학적 대화: "존재의 이유들." 자살에 대한 사색, 수전 타우베스의 죽음에 영감을 받음.

—선택
—사람들은 어떻게 삶이 견딜 만하다고 생각하는지?
—변화, 유동성
—의지(+의 한계)
—비극적 인생관
—달의 시점(폴 테크)
—입맛(까다로움)
—자아 확장의 프로젝트

[여백에:] 나는 나 자신의 사유재산이다.

……

6월 22일. 나폴리.

그 어느 때보다도 더—그리고 다시 한 번—삶이 에너지의 수준 문제라는 실감을 한다. 지난 열하루 동안 나는 뜻밖의 성적/애정의 박탈 때문에 수그러지고 시들어 가고 있었다. 활력의 대체 근원을 찾을 수가 없다—내 안에서—왜냐하면 지난 몇 주일 동안 나는 그 근원을 C.와 나의 연계에서 찾으려 했기 때문이다. 그런데 찾지 못했다는 사실 때문에 나는 무겁고, 멍청하고, 원망에 가득 찼다. 뻔뻔스럽게 위로를 청함으로써 스스로 나 자신을 모욕하고, C.를 더 우울하게 만든다. 언제 나는 그녀에게 위로해 달라고 청하지 '않는' 법을 배우게 될까?

아, 사물이 "마땅히" 어떠해야 한다는 내 고정관념을 없애 버릴 수만 있다면!

내가 원하는 것: 에너지, 에너지, 에너지. 고결함, 고요함, 지혜 따위를 바라는 건 그만둬—이 바보야!

여기는 파리가 아니지만 나는—적어도 처음 며칠 동안은—마치 여기가 파리인 것처럼 대응했다. 퇴짜맞은 기분에 젖고 절망에 빠지고, 등등. 지금은 기분이 나아졌지만 여전히 C.에게로 벽을 깨고 나아갈 수 있기를 바라는 마음이다. 내가 그녀 입장이었다면 절대로 지금 그녀가 나를 대하는 것처럼 행동하지는 않았을 것이다. 그러나 그녀는 나와 다르고, 그런 그녀를 존중하니까(은근히, 어느 정도는 무의식적으로) 내 방식대로 행동하게 만들려고 노력하는 일도 그만둬야 한다.

7월 8일. 나폴리.

내 감정에 충실하다니. 그게 무슨 뜻일까? 내가 좋아하는 감정만 계속해서 붙잡고 있고 싶다는 걸까? 그게 무슨 엉터리 같은 소리야!

C.는 감정을 따르지만 감정에 충실하지는 않다.

어린아이였을 때 C.의 얼굴(오늘 오후 그녀 집에서 본 앨범 사진들에서). 분노와 호전성으로 그득그득했다. 싸울 태세를 갖추고, 반박할 준비를 갖추고 있는 얼굴. 그 또래의 사진들에 나온 내 모습은 너무나 여리고 예민하고 온순해 보인다. 그러나 우리 둘 중 누가 실제로 더 터프하고, 더 반항적인가? 사진들 속에서 보이는 C.의 소년 같은 모습은 그녀가 싸울 권리, 육체적인 호전성을 갖고 있었다는 의미다. 소녀 시절 나의 소년 같은 모습은 뭔가 전혀 다른 걸 의미했다—나는 전혀 싸우지 않았고, 싸우고 싶어 한 적도 없다. 자유로울 수 있는 권리, 도망칠 수 있는 권리를 원했다. 다들 꺼져 버리라고 말하고 싶지 않았다. (그 생각은 아주, 아주 일찍 포기했던 게 틀림없다.) 그저 그들에게 등을 돌리고, 멀리 가 버리고 싶었다.

7월 9일.

C.는—식사를 즐겼을 때라도—먹고 난 뒤에 아쉽다고 말한다. 나는 그 마음을 이해한다. 나 역시 지금 그런 기분이다. 그러나 그녀는 또한 마음 한구석에서, 항상, 사랑을 나누고 난 후에 슬픔을 느낀다.

무언가를 잃어버린, 무언가를(욕망을) 죽여 버린 것만 같아, 더 약해지고 더 보잘것없어진 느낌에 시달린다고 한다. 나는 언제나 사랑을 나누고 나면 기쁘다—내가 정말로 좋아하는 사람이 아닐 경우가 아니라면(그럴 때는 슬퍼지는데, 섹스가 사랑의 유희 같은 게 되어 버리기 때문이고 내가 정말로 바라고 그리워하는 건 사랑이기 때문이다.) 그러나 심지어 그럴 때라도 나는 살아 있다는 느낌이 든다. 내 몸 안에 있을 때 느끼는 것보다는 훨씬 더 살아 있다는 느낌에 젖는다. 나를 만지는 사람이라면—적어도 조금은—누구나 사랑한다. 나를 만지는 사람이라면 그 순간 내게 무언가를 준다: 바로 나의 몸을.

C.에게는 이렇게 말하면 안 된다: 어떻게 내가 그런 짓을 하고, 그런 생각을 할 수 있다고 생각할 수가 있어? 내 헌신이 부족하고 진지하지 못하고 사랑이 순수하지 못하다고 생각할지도 모른다고 해서 상처를 받았거나, 모욕감을 느낀다고, 그런 얘기는 하면 안 된다. 우리는 똑같은 규준을 공유한다고 암묵적으로 전제해서도 안 된다—안타깝지만, 그렇지 않으니까. 나는 항상, 내가 잠재적으로 그녀가 피상적이거나 감정이 없다거나 무감각하다는 비난을 할 가능성에 대비해 그녀를 보호한다. 이 잠재적 비난을 가져다가 그걸 '나'를 향한 (설명할 수 없는, 부당한) 비난으로 전환한다. 그래서는 안 된다. 오히려, 나는 이렇게 말해야 한다: 정말로 그렇게 할 거야? 그런 식의 감정을 느끼고 싶어? 정말 이상해! 나라면 절대 그러지 않을 거야, 그럴 수 없을 거야. 알았어, 그걸로 됐어!

* 또 다른 영화 제목: 〈내 동생 칼〉[이는 손택이 1970년 스웨덴에서 제작한 두 번째 영화의 제목이 되었다.]

7월 11일.

영화의 변수들

[1] 쇼트의 길이
[2] 쇼트의 구성
[3] 카메라의 움직임 / 정지
[4] 쇼트 전환

영화의 리듬은 주로 [4]에 의해 주로 결정된다. 쇼트 전환은 적어도 하나 이상의 정당한 이유가 있어야 한다: 다중의 기능, 영화의 “이중 담론”(연속성 < > 불연속성)

대다수 사람들은 (1)이 리듬의 비결이라고 생각하지만 그렇지 않다. 쇼트의 지속 시간은 너무 주관적이다—쇼트의 대사, 가독성에 달려 있다. 고정 촬영으로 10초간 지속되는 얼굴의 클로즈업을 보여준 후 고정 촬영으로 찍은 분주한 거리의 롱 쇼트를 10초간 보여 주면, 대다수 사람들은 첫 쇼트는 20초간 지속되었다고 생각하고 두 번째 쇼트는 5초밖에 안 된다고 생각할 것이다.

(2)의 경우 불균형의 가치에 주목할 것. 카메라맨들은 대개, 자동적으로, 인물들을 쇼트 한가운데에 놓는다. 이것이 원하는 바가 아니라면 그렇게 하지 못하게 하라.

* 〈스코프Scope〉의 이점들: 그 모든 여유 공간—해결되어야만 하

는 형식적 문제들을 제시한다! 이 영화에 활용할까? (2백 달러에 달하는 특별 렌즈들—똑같은 로 스톡; 흑백 〈스코프〉는 흔치 않다. 참고: 브뉘엘, 〈어느 하녀의 일기〉[6])

노엘 [버치]는 DFC[손택의 첫 영화인 〈식인종을 위한 듀엣Duet for Cannibals〉]에는 쇼트 전환이 너무 많다고 말한다. 400쇼트가 아니라 200쇼트 정도만 있어야만 했다. 대다수는 아무런 기능을 수행하지 않는다고 그는 말한다. 쇼트 전환에 대해 그들이 했던 아이디어들이라고는 a) 드라마투르기적이거나 b) 공간 감각의 상실을 증폭하기 위한 것들이었다.

a) = 지금　　　　　b) = 우리는 어디 있는 거지?

고다르의 쇼트 전환은 대부분 디렉트 컷이 아니라 컷어웨이[7]들이다. (같은 사물의 다른 쇼트)

브레송은 50밀리미터 렌즈 말고 다른 건 거의 쓰는 법이 없다.

〈포템킨〉은 에이젠슈타인의 영화들 중에서 (필름 1피트 당) 쇼트가 가장 많다. 각 액션은 미분된다—쇼트의 모자이크. 반대는 [헝가리 감독 미클로스] 얀초와 [프랑스 감독 장-마리] 스트라우브다—전부 시퀀스 쇼트들이다.(뭐 하러 커트를 해?) 미분의 사례를 들면 〈아시아

6. Journal d'une femme de chambre, 1964. 루이스 브뉘엘 감독의 극사실적 흑백영화로, 파시즘과 성도착을 연계시킨 사회성 짙은 드라마다.
7. Cutaway. 주요 인물과 같은 장소에 존재하면서 그와 관련성을 가지는 다른 어떤 사람이나 피사체를 보여주는 컷.

의 폭풍Storm over Asia〉[8]의 마지막 시퀀스.

[이 글자에 네모가 쳐져 있다] 영화들

나폴리:

[빈센트 셔먼] 〈필라델피아의 청년들Young Philadelphians〉(1959) — 폴 뉴먼, 바바라 러시

마리오 바바[9] 〈공포의 허니문Il Rosso Segno della Follia〉(1970) — 로라 베티

파리 7월 9일 >:

히치콕, 〈남회귀선〉(1949) — 잉그리드 버그먼, 조셉 코튼, 마이클 와일딩, 마가렛 레이튼

장 외스타슈[10] 〈돼지Le Cochon〉(1970)

미셸 파노, 〈타인들의 영역Le Territoire des Autres〉(1970)

스톡홀름 7월 13일 > 9월 27일

- *테렌스 영, 〈닥터 노〉(1962)

8. 1928년 소련 영화로 프세돌로프 프돕킨 감독 작품.
9. Mario Bava, 1914~1980. 이탈리아 영화감독으로 호러 장르의 거장으로 꼽힌다.
10. Jean Eustache, 1938~1981. 누벨바그 이후 프랑스 영화사에서 가장 중요한 감독으로 꼽힌다. 주요 작품은 〈나쁜 친구들〉, 〈산타클로스는 파란 눈을 가졌다〉, 〈페삭의 처녀〉등이다. 대표작 〈엄마와 창녀〉로 칸영화제 심사위원 특별상을 받았다.

- 엘리어트 실버스타인, 〈말이라 불리운 사나이A Man Called Horse〉(1970)
- 마이클 와드라이, 〈우드스톡〉(1970)
- *마이 세테를링,[11] 〈처녀들Flickorna〉(1968)
- **베리만, 〈침묵Tystnaden〉(1963)
- 로만 폴란스키, 〈박쥐 성의 무도회The Fearless Vampirc Killers〉(1967)
- 르네 클레망, 〈빗속의 방문객Le Passager de la Pluie〉(1970) — 찰스 브론슨, 마를렌 유베르
- 로이 안데르손, 〈살아 있는 당신네들En Kärlekshistoria〉(1970)
- *마이클 커티즈 + 윌리엄 키슬리, 〈로빈 후드〉(1938) — 에롤 플린, 올리비아 드 하빌랜드, 베이즐 래스본, 클로드 레인즈
- 토니 리처드슨, 〈네드 켈리〉(1970)
- 알프 조베르그, 〈바라바스〉(1953) — 울프 팔메
- 클로드 샤브롤, 〈코린트 특급La Route de Corinthe〉(1967)

……

로마 9월 27일~10월 9일

브뉘엘, 〈트리스타나〉(1970) — 카트린느 드뇌브
[조지 시튼] 〈에어포트〉(1970) — 버트 랭카스터, 딘 마틴

11. Mai Zetterling, 1925~1994. 스웨덴의 여배우이자 영화감독, 소설가. 영국 BBC 텔레비전의 다큐멘터리 영화 〈전쟁놀이〉, 〈사랑하는 한 쌍〉 등을 공동 집필하였다. 이 밖의 주요 작품으로 〈고양이 이야기〉, 장편소설 『밤의 유희』, 『철새』, 단편집 『태양의 그늘 속』 등이 있다.

뉴욕 10월 9일~25일

마이크 니콜스, 〈캐치-22〉(1970)
[밥 라펠슨], 〈잃어버린 전주곡Five Easy Pieces〉(1970)
[도널드 캠멜과 니콜라스 로에그] 〈행동Performance〉

***

〈식인종을 위한 카니발DFC〉에서 시퀀스 사이에서 했던 것을 이 영화의 쇼트 사이에서 해야 한다. 〈DFC〉에서 최고의 쇼트들은 "공격 쇼트들"과 그 다음 것이다—즉, 각 시퀀스에 나오는 처음 두 개의 쇼트들이다. "공격 쇼트"는 종종 공간적 또는 드라마투르기적인 정위定位의 문제를 제기하고 두 번째 쇼트가 그 답을 한다. 그러면 시퀀스는 끝까지 간다.

쇼트가 길수록 쇼트 전환이 중요하다(특권이 생긴다)—그래서 정당성이 더 있어야 한다.

……

각 쇼트 전환은 긴장을 창출하거나 해소해야 한다.

노엘은 내가 [프랑스의 무성영화 감독 루이] 들뤼크, 베리만, 벨로치오 같다고 한다.

……

영화의 공간적 여정을 (쇼트 전환으로) 복잡하게 하라.

……

러시아인들은 쇼트 전환에 집중했다—그래서 카메라 움직임을 거의 없애다시피 했다.

[7월 중순, 손택은 스톡홀름으로 가서 〈내 동생 칼〉 제작에 착수했다.]

7월 16일.

(…) 나는 다시 각본 작업을 하고 있다. 이것저것 뺐다가 다시 넣는다. 변화가 있을 때마다 나아 보이지만 지나치게 길다. 유감스럽지만 커트가 불가능한 세 시간짜리 영화를 만들게 될 것 같다. 가끔 보면 너무 야심만만하고 너무 복잡한 영화 같기도 하다. 시련, 존엄, 윤리적 타락, 신경증, 건강, 사랑, 사디즘, 마조히즘에 대한—한마디로, 모든 것에 대한 영화다. 캐릭터들은 엄청나게 복잡하다. 그럴 가치가 있는지 모르겠다. 파졸리니[12]처럼 윤리적 동화들을 만들 수 있다면 좋겠다.

[에마누엘] 스베덴보리에서 자라 레안더까지, [아우구스트] 스트린

12. 피에르 파올로 파졸리니Pier Paolo Pasolini, 1922~1975. 이탈리아의 시인이자 소설가이며 영화감독. 시와 소설을 통해 현대 사회의 허상과 실상을 사실적으로 묘사하여 네오레알리스모 문학의 기수가 되었다. 영화감독으로서도 〈마테오의 복음서〉 등 독특한 작품들을 발표하여 이름을 떨쳤다.

드베리에서 군나르 뮈르달[13]까지. 스웨덴은 어쨌든 강하고 고집 센 인물들의 나라다.

감라스탄[스톡홀름의 구도심, 손택은 〈내 동생 칼〉을 촬영하는 동안 감라스탄의 아파트에 살았다.]: 장인적 세계(일그러진 선들, 풍파에 닳은 소재, 고르지 못한 표면)는 인간의 세계다.

7월 26일.

…… 절망의 습관들

10월 3일.

끝났다—시작할 때와 똑같이 돌연, 신비스럽게, 뜬금없이, 예측할 도리 없이.

내내 운다—내 가슴, 목구멍, 눈, 얼굴 피부가 눈물로 두터워졌다, 천식이 있다: 산소가 필요해, 내게 양분을 줄 공기가 필요하다—그러나 없다.

13. Gunnar Myrdal, 1898~1987. 스웨덴의 경제학자. 사전事前, 사후事後 분석을 도입한 동학적動學的 균형 개념의 확립, 저개발국가에 관한 연구 등에 뛰어난 업적을 남겼다. 1974년 F. A. 하이에크와 공동으로 노벨 경제학상을 받았다.

아직 심한 통증을 느끼지는 않고 있다. 그건 금요일에 떠날 때 찾아올 것이다(9일). 이제 나 자신의 약함에 분노한다. 이토록 무력할 수밖에 없는 상황을 '믿을' 수가 없다. C.와 연락을 해 보려고 안간힘을 쓴다—훈계하든 유혹하든 애정이 담긴 접촉을 하게 만들려고—그러나 모든 게 실패다. 내가 무슨 일을 하고 무슨 말을 하든 간에, 그녀는 더욱더 모질거나 모호하거나 멀거나 무감각하거나 고집을 세우거나 그냥 대놓고 무례해질 뿐이다.

파리와는 다르다. 그때는 그녀가 얼마나 괴로워하는지 느낄 수 있었다—내게 사랑을 줄 수는 없었다 하더라도. 지금은 뭔가 더 나쁜, 더 무서운 느낌이 든다—그녀의 내면이 딱딱해진 느낌, 감정을 느끼고 사랑을 할 수 있는 능력이 사라진 느낌, 도저히 믿기지 않는 이기주의. 그녀는 며칠 전 자기가 아무도 사랑한 적이 없을지도 모른다는 말을 했다. 그건 물론 사실이 아니다. 그러나 어쩌면 그녀가 오로지 간헐적으로만 사랑할 수 있다는 말은 사실일지 모른다—"존재" 자체를 간헐적으로 하는 그녀니까.

내가 느끼는 이런 사랑을 그녀는 원치 않는다. D. D.의 사랑이 제공하는 간헐성을 원한다.

하나님 살려 주세요—도와주세요—그녀가 나를 더 이상 사랑하지 않는다면 나도 그만 사랑할 수 있게 해 주세요.

내 평생 그 누구보다 그녀를 사랑했으니까 매달려서는 안 된다. 내게는 여전히 그 감정의 승리가 있다—처음으로 진짜 사랑을 했다는 것—그 사랑이 패배로 끝났다 해도 말이다.

명예로운 패배다. 나는 모든 걸 걸었다—내가 가진 모든 걸 주었다—처음으로. 내 감정이 너무 어마어마하게 크고 확실했던 탓에 그만 우리 사이가 잘 될 거라 상상할 만큼 천진했는지 몰라도, 그건 명예로운 순진함이었고 부끄러워할 일이 전혀 아니다.

회복은 길고 힘겨울 것이다. 내 사랑을 포기해야 한다, 내 꿈을 포기해야 한다—C.를 만날 때까지 온전한 감정을 느낄 수 없도록 막은 마음의 벽을 다시 쌓지 않고서.

[여백에] 이 사랑의 실패로부터 아무것도 배우고 싶지 않다.

(내가 배울 수 있는 게 있다면 냉소적이 되거나 경계심을 키우거나 심지어 예전보다 더 사랑을 두려워하게 되는 거다.) 아무것도 배우고 싶지 않다. 어떤 결론도 도출하고 싶지 않다.

나로 하여금 계속 벌거벗은 채로 나아가게 해 주세요. 상처는 아프게 앓게 해 주세요. 그러나 살아남게 해 주세요.

10월 15일.

C: 최면에 걸려(?) 자기가 변신할 능력이 없다고 믿게 됨("병들고", "혼란스러움")

감정적 관용을 베풀 줄 모름—황금빛 광휘를 주지만 조심스럽게, 예리하게, 아무것도 약속하지 않음.

우리 관계의 모든 '타이밍'은 그녀의 것이었다.

바이스Bice는 현자다, 은신처다. 중국인이고 성욕이 약하고 불안하고 열정도 없고 등등이기 때문에 어느 정도까지 아무런 요구가 없다. 위험 요소는 나다. 너는 요구하고, 나는 약속한다—나 자신을, 변신의 기적을. 내 관용은 무겁고 억압적이다. 바이스의 관용은 가볍다.

조 [차이킨]의 판타지는 아무도 모르는(이름들) 짐승과 함께 하는 사나이에 대한 것—그 짐승을 지하실로 데려가서 + 죽이려 하지만 + 절대 죽지 않는다—계속 피를 흘릴 뿐이다—점점 더 약해진다—남자를 더 이상 알아보지 못한다. 남자는 정기적으로 지하실로 돌아와서 상처를 다시 열어 본다.

소설 ## 9?): 『돌연변이들』

캐스퍼 하우저—열일곱 살까지 상자에 갇혀, 거리 감각이 전혀 없음. 별을 보고 졸증 발작을 일으킴
슈퍼맨
돼지 소녀
다른 행성의 방문객들
드라큘라

돌연변이들의 회합(마블 코믹스)

10월 17일.

녹아내리고 있다. 눈이 먼 채로—눈길을 돌린다. 마지막 이미지: 종아리를 덮는 담자주색 양말에 맨다리.

10월 19일.

나는 고통의 바다에 떠 있다. 떠 있는 게 아니라—헤엄치고 있다, 형편없이—스타일 따위는 없다. 하지만 가라앉지도 않는다.

트럭에 치인 것처럼. 길거리에 누워 있다. 그리고 아무도 오지 않는다.

깊은 통증 속에서 산다.

작은 검은 상자에 갇혀 있다—상자는 어디에도 놓이지 않는다.

유산. 지워 버린다. 끔찍한 아픔—피범벅.

풍동Wind tunnel에 서 있다. 어지럽다. 내 모든 에너지는 단단히 버티는 데 들어가고 있다—바람에 날려 쓰러지지 않고.

……

11월 19일. 스톡홀름.

[여기 네모가 쳐져 있다.] 새로운 인생

다시 한 번(몇 번이나?) 앙 쁘띠 에포르[un petit effort][“약간의 노력”]

〈판타지아〉—파시스트 미학의 완벽한 예

세계는 다음과 같이 나눠진다:

선—악
빛—어둠
빠름—느림
가벼움—무거움
큼—작음
우아함—어색함

움직임의 타입들:
“날기” “춤추기” “달리기”

거장들	< >	“소소한” 사람들
[레오폴드] 스토코프스키[14]		요정들
태풍을 만드시는 하나님		아기 동물들
무소르그스키의 악마		미키 마우스

14. Leopold Stokowski, 1882~1977. 미국의 지휘자로 필라델피아관현악단, 뉴욕필하모니교향악단, 허드슨교향악단 등에서 지휘를 하였고 뉴욕의 아메리칸교향악단을 설립, 음악감독으로 활약하였다. 〈오케스트라의 소녀〉 등의 영화음악과 방송, 레코드 음악으로도 활동하였다.

빛의 윤곽선을 두른 지휘자(스토코프스키)의 이미지—지휘봉으로 오케스트라로부터 음악을 이끌어 내는—높은 지휘자석에서.

음악 이상적인 하인들을 이끄는 완벽한 주인의 일

모든 존재들은 클리셰다, 타입이다.

> 남성 < > 여성 (여성들은 속눈썹을 파르르 떤다 —남성들이 몸을 앞으로 숙인다)
> 주인 < > 하인 (예. 흑인 하인 / 베토벤 전원 교향곡의 미니어처 여성 켄타우로스)

모두가 제자리에 있다.(아니면 재빨리 제자리로 돌아간다. 세계는 올바른 질서로 정렬되어 있다.)

〈판타지아〉는 총체적 세계관이다. 윤리, 미학, 우주발생론([스트라빈스키] 〈봄의 제전Sacre du Printemps〉), 신학(〈민둥산의 밤Night on Bold Mountain〉[19세기 러시아 작곡가 모데스트 무소르그스키의 음악으로 스토코프스키가 지휘하고 〈판타지아〉에서 디즈니가 활용했다]에 나오는 악마는 〈아베 마리아〉에 의해 퇴치된다.)

프레임: 시각화된 대로의 사운드 아이디어:

사운드 트랙—리더가 없는 즉흥연주

오케스트라(《스윙》을 연주—편안한 음악, 짓궂은 장난—스토코프스키를 기다리는 동안)

지휘자의 도착—연주자들이 대열을 정비함

베토벤의 전원 교향곡

섹스(구애), 유희, 자연(세계를 "조명"하기), 가족의 삶(페가수스—어머니—나는 법을 배우는 흑인 어린이 [—] 태풍 > 평화)

[차이코프스키] 〈호두까기 인형 조곡〉—다른 인종들, 그들의 코미디, 버섯들을 중국인으로

11월 30일.

[솔] 벨로우의 〈샘러 씨의 행성〉 136쪽—"공민civil의 심장으로 살고자 노력하기"

올라프 스태플던

빅토르 위고의 좌우명: "문체는 간결하게, 생각은 정확하게, 삶은 단호하게"

12월 18일. 파리.

테레사 성녀에 대한 영화
베르니니 조각
사드가 로마에 있을 때 찾아보았다.

? 흑과 백

……

H. G. 웰즈, 『정신의 한계*Mind at the End of its Tether*』를 읽다.

〈다양한 종교적 체험〉 중에서 "병든 영혼"에 대한 윌리엄 제임스의 챕터

……

"글쓰기는 삶의 대체물에 불과하다." —플로렌스 나이팅게일

1971년

1월 16일. [손택의 서른여덟 살 생일]

자존감의 위기.

무엇이 나에게 강한 느낌을 주나? 사랑과 일에 빠져 있기.

일을 해야만 한다.

자기 연민과 자기 경멸에 시들어 가고 있다.

……

균형을 잃었다.

나의 품위를 찾아 헤매고 있다: 웃지 마.

나는 (다른 사람들에 대해) 몹시 참을성이 없고 또한 매우 관대하다. 나 자신에 대해서는 불관용성이 절대적으로 우세하다. 나는 나 자신을 좋아하지만 사랑하지는 않는다. 내가 사랑하는 사람들에 대해서는—극단적이리만큼—관대하다.

***

시오랑의 금언들 중 하나로부터 얻은 픽션의 아이디어: "불명예를 향한 육체적 욕구. 사형 집행인의 아들이었다면 좋았을 텐데."

"사형 집행인의 딸"

***

2월 2일.

두 번째 해방마저도, 다시 한 번 시몬 드 보부아르에게 빚진다는 게 가능한 일인가? 20년 전, 『제2의 성』을 읽었다. 어젯밤에는 『초대받은 여자*L'invitée*』를 읽었다. 아니, 물론 그럴 리가 없다. 나 자신을 해방시키기 위해서는 살아 내야 할 게 아직 많다. 그러나 처음으로 나는 소리 내어 웃을 수 있었다. 자비예의 계급(가장 중요), 나이(20년의 경험이 더 있음), 국적, 그리고 체격을 바꾸면 C.의 완벽한 초상이 된다. 나는 외부로부터의 함정을 보게 된다(성적인 열정과 함께 자기희생, 기독교적 사랑이 유발되는 방식에서)—나 자신이 안됐다는 생각은 들지 않았다. 스스로를 약간 덜 경멸하게 되었다. 희망도 조금 덜 품게 되었다. 그리고 한결 홀가분해졌다. 나 자신을 보고 다정하게 웃어 줄 수 있었다.

4월 11일. 뉴욕.

조: 두 가지 부류의 사람들—자기 변신에 관심이 있는 사람들과 그렇지 않은 사람들. 둘 다 똑같은 정도의 에너지가 요구됨—변함없이 머물러 있기 위해서는 변화하는 것과 똑같은 양의 에너지가 필요하다.

나는 전자에 부합한다—그리고 나는 자기 변신의 프로젝트에 몰입해 있는 사람들에게만 흥미를 느낀다. 그러나 두 번째: 나도 그렇게 낙관적인 뭔가를 믿을 수 있다면 좋겠다. 내가 보기에는 변화하는 데 훨씬 더 많은 에너지가 드는 것 같다.

[폴란드 작가이자 시인이자 풍자가인] 스타니슬라프 예르지 레크의 좌우명: "정말 밑바닥에 다다르게 되더라도, 그 밑에서 두드리는 노크 소리를 들을 수 있을 것이다."

'일필 쌍서법[1]적 사유sylleptic thinking'라는 게 대체 무슨 말이지?

…이번 주 스트라빈스키의 죽음. [손택의 어린 시절 친구] 스트라빈스키에게 1년의—아니면 5년의 삶을 허락해 주는 대가로 우리 생명을 버릴 수 있는지 메릴과 토론을 했던 기억이 난다. 그때 나는 열네 살이었다, 아니 열다섯 살이었을 수도 있겠다.

4월 21일.

지적 자극의 결핍으로 고생하고 있다. 어렸을 때는 내가 철저히 침잠해 있던 학문적 환경에 맞서 과장을 하고 과잉대응을 했다. 그건 과장이었다. 그리고 해리어트로부터 시작해서 반대 방향으로 과잉반응을 보이기 시작했다. 추세는 점점 더 극단적으로 변해서 최근에는 거의 대다수 시간을 어중간한 정신을 지닌 사람들과 함께 보내게 되

1. 한 가지 말을 두 가지 뜻으로 사용한다는 뜻을 지닌 라틴어.

었다—그들과 함께 있으면 아무리 기분이 좋아도(그런 사람들은 더 따뜻하고, 더 육감적이고, 더 예민하고, "세상"의 경험이 더 많으니까) 내게 자극을 주지는 못한다. 생각을 점점 덜 하게 되었다. 정신이 나태하고 수동적이 되었다. 많은 것을 얻었으나 또한 큰 대가를 치렀다. 그리고 그 대가가 지금 내게 굴욕으로 돌아온다. 읽기 힘든 책들이 많다니! (특히 철학) 글도 형편없이 쓰고, 쓰는 것 자체도 힘들다.

마음이 굳었다. (그래서 여성해방 에세이에 난항이 생겼다—내 우울증보다는 그게 문제다.)

……

오늘은 [유고슬라비아 작가이자 반체제 정치인] 블라디미르 데디예로부터 노벨라의 아이디어를 얻음. "자살 클럽." 유고슬라비아—가상의 소국—를 배경으로 한 정치적 이야기다. 학생들(고등학교, 대학교) 사이에 번지는 새로운 사회운동: 자살 클럽들이 우후죽순 생겨난다. 양심을 일깨우고 정부를 협박하기 위해 "이타적 자살"을 하려는 프로젝트를 떠맡은 청년들. 집회, 워크숍, 양심을 촉구하는 그룹들을 조직해 준비를 한다. 그리고 저지른다. 다 합쳐 행하는 사람은 24명이다—(일부는 살해당하고, 마지막에 용기를 잃고 동료들에게 등 떠밀려 죽음을 맞는다.) 데디예의 아들은 열아홉 살에 자살했다—아버지의 자택 바로 위에 있는 벼랑에서 뛰어내렸다. 나중에 그 클럽들을 조직한 건 비밀경찰이라는 사실이 드러난다.

데디예에게는 아들이 셋 있다. 장남은(아버지의 활동과 관련해) 경찰에게 취조를 당하고 + 폭행당한 후 집에 돌려보내졌으나 열다섯 살에 자살을 했다—목을 매달아 죽었다. 둘째는 열아홉 살에 자살했다(자살 클럽). 셋째는 작년에 자살을 기도했으나 실패했다. 미국에서 정처 없이 유랑했고 마약을 하다가 현재는 스위스 체육학교에 재학 중이다.

노벨라는 클럽들에 대한 "소재"의 모음으로 조직된다. 푸에르토리코 + 쿠바에 대한 오스카 루이스의 인류학 연구처럼. 편지, 테이프 녹취된 인터뷰들, 연구자의 보고서……. 연구자가 나라를 떠나려고 하다가 서류를 압류당하는 것으로 끝을 맺는다.

이타적 자살에 대한 [프랑스 사회학자 에밀] 뒤르켕의 글을 읽다.

플로렌스가 친부[프랑스 작가이자 정치가였던 앙드레 말로]에 대해 해 주었던 이야기를 활용—공동묘지에서 남자 형제들을 매장하고 난 후 그녀는 아버지와 함께 주위를 걸었고, 아버지는 수메리아인들로부터 현재까지 관의 역사에 대해 즉흥 강의를 했다고 한다. 그 이야기를 써 보자—자살자들 중 한 사람의 아버지. 교수이거나 정부 고관이다.

4월 24일.

이반 일리치의 농후함density이 내게 위로를 준다—나로 하여금 더욱 강인하게, 나 자신으로 현존하게 한다.

이번 주말 잔느[프랑스 여배우 잔느 모로]: 모두 허공으로. 내가 얼마나 우울했는지.

난 기적을 믿었다—평생 동안. 그리고 마침내 기적을 만들기로 마음먹었다. 실패했다. 죽고 싶었다.

기적을 행하려면 목숨을 걸어야 한다는 걸 알고 있었다. 주저하거나 아낀다는 건 있을 수 없다. 그래서 그렇게 했다. 그리고 실패했다.

내가 평생 근거로 삼았던 전제가 마침내 시험에 올랐다. 나는—그것은—시험에 낙제했다. 내 삶이 무너졌다.

내가 삶을 재건하나? 똑같은 식으로? 더 나은 식으로? 더 나은 방식이라는 게 있나? (기적을 믿지 않는데?) 아니면 "재건"이 잘못된 은유인가?

마치 내 평생이 2년 전 도달한 그 지점을 향해 성장하고 있었던 느낌이다. 마침내 활짝 열려, 터놓고 관용을 베풀고, 나 자신을 줄 수 있게 되었을 때, 나는 거절당했다.
나는 순수했다. (그랬던가?) 그리고 나는 또한 과대망상이었나? 그게 잘못된 건가?

〈BC〉[내 동생 칼]는 기적을 행하는 일에 대한 영화다. 내가 아직 갖고 있던 그 믿음에 대한 증언이다. 내 기도, 내 자긍심……. 나는 영화를 만들었다. 칼은 성공했다. 나는 실패했다.

기적의 배후에 있는 그 에너지—그리고 그 쾌감, 보람—는 공생을 향한 갈구다. 순수하고 너그러운 꿈이다. 그러나 결함이 있는 에너지다.

완벽하게 이상적인 공생을 찾는 모색은 이제 끝인가? 사람이 그토록 심오한 갈망을 끝낸다는 게 가능하기나 한 일인가?

나는 혼자다. 이제 그건 안다. 어쩌면 앞으로 언제까지나 그럴 것이다.

4월 27일.

고독은 끝이 없다. 완전히 새로운 세계. 사막.

생각하고 있다—말하고 있다—이미지들로. 그걸 어떻게 글로 풀어 써야 하는지 모르겠다. 모든 감정이 육체적이다.

어쩌면 그래서 글을 쓸 수가 없는지도 모르겠다—아니, 이렇게 형편없이 써지는지도 모르겠다. 사막에서, 몸 안의 모든 아이디어가 실험적이다.

예전에 한 번도 살아 보지 못했던 핵심 장소를 건드린다. 나는 여백으로부터 글을 썼고, 우물물을 길었으나 아래를 온전히 내려다보지는 않았다. 말들을 건져 올렸다—책들, 에세이들. 이제 나는 저

밑에 있다: 한가운데에. 그리고 깨닫는다, 끔찍한 사실을. 한가운데는 정적뿐이다.

말하고 싶다. 말하는 사람이 되고 싶다. 그러나 지금까지 발화는 이 문제를 왼손잡이로, 눈길은 나 자신에게서 돌린 채로 다룬다는 의미였다.

나는 나 자신을 타자로서 활용해 왔다……. 이반은 그런 게 다 「포르노그래피의 상상력」[손택의 에세이]에 들어 있다고 한다.(아니, 나라면 『데스 키트』를 들 것 같다.) 그러나 정작 나는 그걸 몰랐다. 내가 했던 그 희한하고 우울하고 극단적인 생각들을 내려다보지 않았고, 오히려 경이롭게 여겼다. 그리고 그런 생각들을 전달하는 매체로서 대가를 치르지 않아도 된다는(미친다거나, 점점 짙어지는 우울증에 빠진다거나) 사실을 행운이라고 생각했다.

행운이다!

나는 미치는 게 두려웠다. 이제 나는 보았다—그 지점에 다다랐다. 미치지 않았다. 아파트에 밤이면 밤마다 혼자 있지만 심지어 우울하지도 않다.

***

내면의 공간을 확장하려고 노력하고 있다.

[유월, 날짜 미상]

맥루한: 흑인은 백인보다 텔레비전 방송에 더 알맞다—텔레비전의 시점에서 보면 백인은 이미 유행에 뒤졌기 때문이다.

(책이나 영화의) 주제를 정치적 성향과 혼돈하지 말 것. [프랑스 작가이자 출판업자 필리프] 솔레르[2]는 셀린이 문화적으로 급진주의자라고 생각한다. 그 자신의 견해는 또 다른 문제다.

몸에 대한 책을 쓸 것—그러나 정신분열증적 책은 안 된다. 그게 가능할까? 일종의 스트립쇼인 책, 진행되는 과정에서 점진적으로 정교하고도 상세한 묘사로 옷을 벗으며 뼈-근육-장기 하나하나를 짚어 내려가고 묘사하고 강간하는 책.

위대한 감독? D. W. 그리피스, 엘라hélas["안타깝지만!"]

플로라 트리스탄—프랑스, 초기 페미니스트(1803~1844)—브르통의 찬사를 받음.

파시스트 작가들: 셀린, [루이기] 피란델로, [고트프리트] 벤, 파운드, [유키오] 미시마.

가치 있는 주제들:

2. Philippe Sollers, 1936~ . 프랑스의 소설가. 작품 『공원』(1961)으로 메디시스상을 수상했다. 자본주의에 맞서는 급진적인 비평가과 창작을 담은 잡지 『텔켈』의 중심인물로 활약하고 있다.

예술가, 창조자라는 부르주아의 신화를 파괴(반反 - [펠리니의] 〈8과 1/2〉)

여성의 정치적 행동

적은 인간이지만, 여전히 적이다.([독일 병사들의] 스탈린그라드 서한들)

여성의 영적 행동

성스러운 것

[12월, 날짜 미상]

"성스러운 것" + 고독하고 소외된 예술가-창조자의 부르주아 신화는 반대 항이다.

성스러운 것의 체험은 소외의 반대다. 그건 융합되는 것이다. 언제나 다른 것들과의 관계를 내포한다 — "대중."

"성스러움"은 언제나 죽음, 소멸의 위험을 수반한다.

"성스러움"의 개념이 애매한 신비화일 수도 있을까?(보편주의의 가장 세련된 형식으로, 계급 갈등과 구체적 투쟁을 부정하는?)

1972년

[1월, 날짜 미상]

스릴러에 대한 작가의 메모(딕 프랜시스, 『몰수』): "탁월한 스릴러 작가로서 이제 그는 스티플체이스[1] 기수 챔피언으로서의 명성을 넘어섰다." 작가에 대해 '그런' 관념을 갖고 있다니.

친절, 친절, 친절.

신년에는 결심이 아니라 기도를 올리고 싶다. 용기를 달라고 기도한다.

지금 당장, 이 순간. 나는 두렵지 않다. 거의 항상 느끼고 사는 어마어마한 부담감이 사라지고 없다.

어째서 나는 그렇게 두려울까? 왜 그렇게 약한 느낌, 죄책감에 휩싸여 있을까? 어째서 어머니에게 벌써 일 년째 편지도 못 쓰고, 어머니의 편지를 뜯어 보지도 못하고 있을까?

C.를 만나야만 한다. 오늘 죠[죠바넬라 자노니]와 함께 파리에서 돌아왔다는데. 두려워해서는 안 된다……. 그리고 [로베르] 브레송과, 유이 [베링골라] + 위고[산티아고, 파리로 망명한 아르헨티나인으로 손

1. 승마에서 장거리 장애물 경주, 수 킬로미터에 달하는 크로스컨트리 경기를 말한다.

택과 절친한 친구가 되었다.], 그리고 [프랑스 학자] 비올레트 [모랭]과 폴 [테크]에게 전화를 걸어야 한다. 그리고 로저[스트라우스, 손택의 출판사 사장이자 친구] + [뉴욕의 정신과 의사] 릴리 [엥글러] + 조 [차이킨]에게 편지를 써야 한다. 지난 두 달 동안 왜 그렇게 두려워하며 살았을까?

[손택은 이 일기를 누군가에게 보여 주었던 게 틀림없다. 일기 밑에 전혀 다른 글씨체로 다음과 같은 말이 쓰여 있고 밑줄까지 처져 있었기 때문이다.] 제발 두려워하지 마!

3월 10일.

[칠레 영화감독, 연극 연출가, 시인인 알레한드로] 조도로프스키:

그로토프스키 부르주아 심리극의 종말, 그 마지막 정화.
[콘스탄틴] 스타니슬라브스키 > 고든 크레이그 > 그로토프스키

"나는 [프랑스 팬터마임 작가이자 연출자, 배우] 마르셀 마르소에게 묻곤 했죠. '왜 말을 하지 않죠?' 왜인지 알아요? 작고 깩깩거리는 목소리를 가져서 그래요, 이렇게……."

더 이상 연극은 못 하겠다—뭐라고?
마법 의식들, 의례들.

세 개의 중심: 복부, 가슴, 머리.
각각의 중심을 위해 음악을 연주하라.
(티베트 테이프들)
명상의 방

그로토프스키: 수도승처럼 수련하는 배우.
조도로프스키: 연기를 할 수 있는 수도승

만화를 그리다.(그의 모델: 『리틀 니모*Little Nemo*』, 1938년 이전의 『뽀빠이*Poppey*』, 『플래시 고든*Flash Gordon*』)

"G.는 가난한 연극을 좋아한다. 괜찮다. 나도 그렇다.(마임 등등) 그러나 나는 부자 연극도 좋아한다.(세실 B. 드밀이 좋다.)"

살 것:

괴테, 『친화력*Elective Affinities*』
폴 드 만, 『맹목과 통찰*Blindness and Insight*』
로버트 쿠버, 『점보악곡과 수창隨唱, *Pricksongs and Descants*』

소설 아이디어:

1934년 후반 파리의 신문들을 찾아볼 것—파울 떼브냉Paule Thévenin이 서술한 남작 부인과 세 청년의 갈라파고스 모험담…….

프리드리히 리터 박사Dr. Friedrich Ritter와 프라우 도레 슈트라우흐 폰 코에르빈Frau Dore Strauch von Koerwin은 1929년 갈라파고스 제도로 이주했다. 두 사람 다 독일인이었다. 그곳에 가기 전 그들은 치아를 모두 뽑고 철로 된 "라뜰리에"(틀니)로 교체했다. 그들이 원하는 건 에덴의 창조였다. 그들은 그곳을 프리도(Friedo, 두 사람의 이름 첫 음절을 따서 지은 이름)라고 불렀다. 1924년(?) 유명한 바스케 폰 바그너 남작 부인이 아주 젊은 청년 셋을 대동하고 섬에 도착했다. 갈라파고스 여왕을 자처했던 남작 부인과 두 구애자의 완벽한 실종, "페쇠르 드 파사주pêcheur de passage"["지나가던 어부"]의 시체와 함께 해변에서 운 좋게 발견된 세 번째 청년의 이야기는 1934년 말 신문들에 대서특필되었다…….

3월 13일.

[『더 뉴 아메리칸 리뷰』의 설립자인 테드] 솔로타로프 — 우리 세대(시카고 등등). 우리는 가치관에 대해서는 모르는 게 없었지만 우리 가치관과 우리 경험의 연관성은 이해하지 못했다. 우리는 우리 경험을 "평가"했고, 대부분을 우리 가치관에 맞갖지 않다고 치부해 버렸다.

흡연의 "아르누보"적 매력: 자기만의 정신, 혼을 제작한다. "나는 살아 있어." "나는 장식적이야."

5월 10일. 칸 / 캅 당티브.

여기서 본 두 영화들. 내가 배움을 얻고 감탄한 영화들. 눈멀고 귀머거리인 사람들에 대한 헤어조크의 텔레비전 스타일 다큐멘터리 [〈침묵과 어둠의 땅Land of Silence and Darkness〉]. 아틸라[2]에 "대한" 얀소 감독의 새 영화[〈라 테크니카 에 일 리토La Tecnica e Il Rito〉]—전쟁(무장 투쟁), 권력-지배에 대한 강박적 사색—내가 이제까지 본 것 가운데 가장 에로틱한 영화 중 한 편(남자들의 에로티시즘). 어떻게 카리스마적인 세계-정복자가 창조되는가에 대한 꿈: 몽환적으로 재구성된 심리적 요소들. [로베르토] 로셀리니의 〈루이 14세의 집권La Prise du Pouvoir par Louis XIV〉에서 이루어진 분석의 정반대지만, 마찬가지로 유효하다.

페미니즘: "GEDOK", 1926년 시작된 페미니스트 예술가 조직—1930년대에 히틀러에 의해 해산.

로메인 브룩스,[3] [도라] 캐링턴,[4] [거트루드] 스타인

쿠라고—분라쿠 인형극을 조종하는 검은 옷을 입은 남자들

2. Attila, 433~453. 게르만족과 연합해 서로마제국을 침범한 훈족의 왕으로, '신의 징벌'이라는 별명으로 불렸다.
3. Romaine Brooks, 1874~1970. 정신병에 걸린 오빠 때문에 우울한 유년기를 보내고 어두운 정신세계를 표현하게 된 미국의 상징주의 여성 화가.
4. Dora Carrington, 1893~1932. 영국의 여성 화가이자 장식 미술가. 동성애자로 알려진 리튼 스트래치와의 인연으로 유명하다.

지카마쓰 몬자에몬[5]의 1720년 인형극 〈동반 자살〉을 다룬 [마사히로] 시노다의 영화[신주: 텐 노 아미지마Shinju: Ten No Amijima(1969)]

6월 21일.

허구—성찰을 위한 아이디어(『뉴 아메리칸 리뷰』 14호에 게재된 [케네스 버나드의] 〈킹콩〉 스타일로: "죽어 가는 여자들에 대하여", 아니면 "여자들의 죽음", 아니면 "여자들이 죽는 법".

소재:

버지니아 울프의 죽음
[독일 소프라노] 헨리에테 존탁의 죽음(멕시코에서—투어 중에—콜레라—1854년 6월 17일)
앨리스 제임스의 죽음
[러시아 수학자] 소피아 코발레프스카야의 죽음(스톡홀름, 1891)
마리 퀴리의 죽음(1934년 7월 4일—방사능에 의한 악성 백혈병)
잔다르크의 죽음
아멜리아 이어하트의 죽음
엘렌 부셰의 죽음([프랑스] 조종사—1934년)
로자 룩셈부르크의 죽음

5. 近松 門左衛門, 1653~1725.

[프랑스 극작가이자 정치 운동가] 올랭프 드 구주의 죽음(1793—단두대)
캐링턴의 죽음

또 다른 제목: "여성과 죽음"

여자들은 서로를 위해 죽지 않는다. 형제를 위한 죽음(아름다운 행위인 "보 제스트beau geste")은 있으나 "자매"를 위한 죽음은 없다.

……

러브크래프트[미국 작가 H. P. 러브크래프트]에 대한 『카이에 뒤 레르느*Cahiers de L'Herne*』를 구할 것

현대 오페라들: 쇤베르크, 〈모세와 아론〉, 〈운명을 결정하는 손Die Glückliche Hand〉, [베른트 알로이스] 짐머만, 〈병사들Die Soldaten〉, [루이기] 노노, 〈불관용Intoleranza〉, 루이기 달라피콜라, 〈죄수Il Prigioniero〉, 〈율리시즈〉, [프란츠] 슈레커.

잊힌 작가들:

조르주 로덴바흐(Georges Rodenbach, 프랑스 "상징주의")
폴 누게(Paul Nougé, 벨기에 초현실주의자)

[7월, 날짜 미상]

프랑스어, 영어와 달리 굽히면 부러지는 경향이 있는 언어다.

7월 5일. 파리.

운동선수처럼 작가 역시 날마다 "훈련"해야 한다. "기본 실력"을 유지하기 위해서 오늘 내가 뭘 했더라?

카페 〈플로르〉에서 [미국 작가] 레너드 마이클스: 그는 우리가 닮았다고(러시아-폴란드-유태계……) 말했다. 그리고 처음 그가 내게 끌린 건 내가 [비련의 노래를 부르는 쿠바계 미국인 가수] 라 루페를 "캠프"에 관한 에세이에서 언급했다는 점 때문이었으며, 라 루페를 보러 갔었다고도 했다. 그는 라 루페처럼 글을 쓰고 싶다고 한다—그에게 글쓰기는 "음악적"이다—박자가 있는. 그는 『데스 키트』 초반부에 나오는 기차에서의 성교 장면을 마음에 들어 했다. 그리고 [새뮤얼 리처드슨의] 『클라리사』가 가장 위대한 영국 소설이라고 생각한다고 말했다. "독서를 하나요? 책을 많이 읽으세요?" 좌익은 "야만인"들이라고 생각한단다. 프랑스어는 못 하고 "플로르"는 들어 본 적도 없다고 했다. 1933년 1월 초, 로우어이스트사이드에서 태어났다. 아버지는 1920년대 초반에 이민을 왔고, 어머니는 1930년대에 왔다. 첫 아내는 그가 대학원생이었을 때(옆 방에서 37알의 수면제를 먹고) 자살을 했다. 당연히 둘째 아내는 DAR[Daughter of the American Revolution][6]이다. (그의 말)—3 + 6살의 두 아들이 있고……. 음악 + 예술[뉴욕시의 공립 고등학교]에 다녔으며 > 미시건대를 거쳐 > 버클리를 졸업했다.

7월 20일.

……

8월 25일부터 3주일간 중국에 초대를 받아 가게 되었다.

중국 책? 『하노이 여행』 식은 말고—"동양과 서양의 만남" 감성의 여행기를 또 쓸 수는 없다. 그리고 실제 여행을 기록할 의도도 전혀 없다. 나는 기자가 아니다. 주느 쉬 파 라콩퇴르. 주 데테스트 라콩테Je ne suis pa raconteur. Je déteste raconter["나는 이야기꾼이 아니다. 이야기를 싫어한다."](이야기를 활용해 논점을 부각시키려는 의도이거나 나중에 이야기를 분석 + 논의해서 + 성찰을 도출할 수 있는 게 아니라면)

어떤 책? 이제 "문화혁명의 정의에 대한 단상"을 쓸 수 있을까? 십중팔구 문화혁명은 거의 제대로 보지도 못할 텐데.(어떻게 볼 수가 있으랴? 절대로 혼자 다닐 수가 없을 텐데. 십중팔구 다 공장, 학교, 박물관 방문이 될 것이다.) 그러나 아이디어는 있다.

가족의 또 다른 관념—

6. "미국 혁명의 딸들"이라는 뜻으로, 미국의 보수적 여성 단체.

"소시에테 드 콩소마시옹société de consommation"["소비자 사회"]의 대안

4구舊에 반대: 구문화, 구습

예술가들(예술을 전문으로 하는 사람들)이 만든 예술에 반대.

비교할 것, 비정치적인 사람들([프랑스 시인 레네] 다우말, 헤세, 아르토)이 "지혜"를 구해 동양을 지향함—모택동주의자의 동양 지향. 『라 시나 에 비시나La Cina è vicina』[손택이 몹시 흠숭했던 마르코 벨로치오의 1967년 영화 〈중국은 가깝다China Is Near〉에 대한 언급]

예술에 대한 유난Yunan의 강의들.

영화의 줄거리 서술. 우리 아버지. 어렸을 때 내 머릿속의 중국. 미스 버켄의 3학년 수업 때 읽은 중국에 대한 "책". 내가 처음으로 쓴 장문의 글이었음. 그레이트 넥[뉴욕을 말함]의 집 안에 놓인 중국 가구. 첸 씨.

도입부: "나는, 내가 아는 한, 중국에서 잉태되었지만(1932년 티엔친) 부모님이 출산을 위해 미국으로 돌아오신 후(1933년 뉴욕)부터 나는 인생의 초반기를—미국에서 살면서—학교 친구들에게 중국에서 태어났다고, 실망스럽게 조심하며 말을 아끼는 부모님 몫까지 시끌벅적하게 떠들고 다니며 보냈다. 부모님은 뉴욕에서 나를 낳고 곧 중국으로 돌아가 내 삶의 첫 5년 동안 그곳에 머물렀다. 아버지는 모피상이셨고, 뉴욕의 모피 지구(웨스트 31번가 231번지)에 회사가 있었는데, 동생 아론을 그곳 사장으로 두고 당신은 티엔친의 회사 본부 경영을 맡고 있었다. 1930년 결혼하신 이후로 부모님은 그

곳에 주로 사셨다. 아버지는 티엔친이 폭격을 당하던(일본 침입 당시) 1938년 10월 19일에 돌아가셨지만, 사인은 결핵이었다. 아버지는 1906년 3월 6일 뉴욕 시 로우어이스트사이드의 가난한 이민 가족의 다섯 남매 중 넷째로 태어났다. 1912년 여섯 살 나이로 공립학교를 다니기 시작했고, 1916년 열 살에 학교를 그만두고 모피 구역의 배달 용역으로 일하기 시작해서, 1932년 열여섯 살 때 회사를 대표하여 처음 중국 출장을 갔다. 그는 몽골 유목민에게서 모피 가죽을 구매하기 위해 낙타를 타고 고비 사막으로 들어갔다. 처음 결핵이 발병한 건 열여덟 살의 일이다.

아버지에게 책을 헌정:

잭 로젠블라트를 위하여(1906년 뉴욕 출생—1938년 티엔친 사망)—"아빠"—일련의 사진들—지금 생각해 보면 소년이었던—끝나지 않는 고통, 죽음, 거대한 실종. 우리 아들이 아버지 반지를 끼고 다녀요. 나는 아버지가 어디 묻혔는지도 몰라요. 아버지 생각을 하면 눈물이 나요—점점 더 젊어지시네요. 아빠를 알았더라면 얼마나 좋았을까요.

사진들을 쓸 수 있다:

[오귀스트와 루이] 뤼미에르 1900 소재
푸도프킨 『아시아의 폭풍』
아빠의 사진들
살가죽이 벗겨져서 죽은 남자의 바타이유 사진
『차이나 뉴스』 커버에 실린, 중국인 같은 마르크스의 사진

참고 도서 목록:

서예에 대한 에즈라 파운드의 글

[프랑스의 중국학자] 마르셀 그라네

[영국의 중국학자이자 과학사 연구가] 조셉 니드햄

『텔켈』 잡지 두 호

말로

블루 컬럼비아 "차이나"

중국 춘화(스키라)

시누아즈리[7]를 다루는 책 『영국적 취향의 조류*Tides in English Taste*』(전 2권)에서

일본에 대한 바르트의 글을 볼 것.

아마 그건 브로흐[8]적인 소설 비슷한 게 되지 않을까—중국에 대한 성찰. 프레드 튜턴의 책[『대장정[9]과 마오쩌뚱의 모험』]과는 논조에서 정반대. 패러디도 결코 아니다. 그러나 역시 형식은 혼성.

7. chinoiserie. 유럽의 미술, 가구, 건축에 나타나는 중국풍. 17세기 후반부터 18세기 중반경까지 유럽 귀족 사이에 일어난 중국풍 취미의 총칭으로, 바로크나 로코코 양식의 미술 공예품에서 많이 볼 수 있다.

8. Herman Broch, 1886~1951. 오스트리아의 소설가. 가장 박학한 소설가 중 한 명으로 평가받는다. 최초의 장편 3부작 『몽유병자들』로 작가로서의 지위를 굳힌 후, 대표작 장편 『베르길리우스의 죽음』, 단편집 『죄 없는 사람들』 등의 작품을 남겼다.

9. The Long March. 중국 공산당이 국민당군의 포위망을 뚫고 9천6백 킬로미터의 거리를 걸어서 탈출한 사건. 1934년 10월 16일에 중국 남부 장시성 서금 소비에트의 7만 명 중국 홍군(공산당군)이 군수품과 온갖 물자를 등에 지고 탈출하기 시작해 1935년 10월에 산시성에 도착했다.

내가 계속 쓰려고 했던 모든 게 다 들어간 책. 리처드 하워드가 5년 전 『데스 키트』가 나왔을 때 했던 말 기억나는지? 나만의 형식을 찾아야 한다고 했다—철학적 서사, 성찰. 아마 이게 그건지도 모른다. 그가 상상했던 것과는 상당히 다르지만 목적에 부합하는.

내 평생을 이 책에 쏟아 부을 수 있다. 모든 것에 대한 책이지만 또한 달—가장 이국적인 장소—에 대한 책이기도 하고—아무것도 아닌 것에 대한 책이기도 하다.

그 책을 위한 또 다른 모델: 존 케이지, 『월요일로부터 일 년』. 콜라주. 내가 열 살 때 썼던 중국 책에서 표지와 2쪽을 복사할 수도 있다. 표지를—수전 로젠블라트와 함께—빛바랜 표지 디자인으로 쓰고, 그 위에 이 책의 제목과 '수전 손택'을 진한 검은색 활자로 겹쳐 인쇄할 것이다.

콜라주: 〈상하이 제스처〉,[10] 〈투란도트〉, 〈옌 장군의 쓰디쓴 차〉,[11] 〈대지〉, 〈상하이 익스프레스〉(디트리히),[12] 줄 베르느의 〈중국인의 모험Tribulations d'un Chinois en Chine〉에 나오는 머나 로이, 카프카, 만리장성, 〈동쪽은 붉다The East is Red〉,[13] 〈중국은 가깝다La Cina è vicina〉,[14] 〈아시아의 폭풍〉

10. The Shanghai Gesture. 조셉 폰 스턴버그 감독의 1941년작 미국 영화. 진 티어니와 월터 휴스턴 주연.
11. The Bitter Tea of General Yen. 프랭크 카프라 감독의 1933년 미국 영화. 바바라 스탠위크 주연.
12. The Shanghai Express. 조셉 폰 스턴버그 감독, 마를렌 디트리히 주연 1932년 영화.
13. 중국의 여성 연극인이자 영화배우인 왕 핑이 제작한 1965년의 뮤지컬 영화.
14. 이탈리아의 마르코 벨로치오 감독이 제작한 1967년 영화.

테마들:

데페이즈망[15]을 찾아서

비 콜렉티프Vie Collectif[16](개인주의에 맞서 싸우다)

고급 창부들 + 잔혹한 행위들

여성의 상황

섹스—중국 춘화

마오쩌뚱의 연설에 대해 브레히트 타입의 분석을 할 수 있다: 두 칼럼으로(바르트가 썼던 텍스트들처럼)

…중국에서 "금언"이라는 관념

지혜의 관념

……

서예

위인전의 스타일:

공자

노먼 베쑨[마오를 따라 대장정에 동행했던 캐나다 의사]

15. dépaysement, 전치. 특정 대상을 익숙한 맥락에서 떼어 내 이질적인 상황에 배치해 기이하고 낯선 장면을 연출하는 것. 그렌 마그리트의 그림이 유명하다.

16. '집단적인 삶'이라는 의미의 프랑스어.

마오쩌뚱

가능한 책

서사/콜라주/토론들

우리 아버지 + 그 개츠비적인 삶에 대해 열 대목 정도를 간간이 삽입—자전적

"매초 태어나는 네 명 중 한 명이 중국인이라면, 그건 우리가 아이 넷을 낳으면 네 번째 아이는……."

중국 풍경의 중요성(그림을 그렸던 예수회 수사)

조계지[17]의 삶

II. 선함에 대한 예절—위인전의 스타일

III. 중국 고문

"흰색이 상喪과 애도의 색상이라면, 검은색은……." 가치의 전도

열두 명의 여행자:

마르코 폴로

[마테오] 리치

17. 19세기 후반에 영국, 미국, 일본 등 8개국이 중국을 침략하는 근거지로 삼았던 땅을 일컫는다. 개항 도시의 외국인 거주지로, 행정권과 경찰권을 외국이 행사했다. 제2차 세계대전 이후에 없어졌다.

그림을 그렸던 예수회 수사
술리 드 모랑
폴 클로델
말로
테야르 드 샤르댕
에드거 스노
노먼 베쑨
우리 아버지
리처드 닉슨
나

VI. "그런데 〈역경易經〉 말이다"
　중국 종교가 동방으로

"음식을 남기면 안 된다. 굶주리고 있는 수많은 중국 사람들을 생각해 보렴."
제국주의: 〈아시아의 폭풍〉, 뤼미에르
제국주의적 이미저리. 영국 아편 무역, 조계지에 대한 얘기
뤼미에르 형제. 1900년 영화

VIII. 나폴레옹 이래로 없다[—]마오쩌뚱[—]대장정
IX. 문화혁명의 정의에 대한 단상
X. 마오주의자가 된다는 것(중국 밖에서)

소재: 옥, 티크, 대나무

열 가지 성찰(각 1쪽)

중국 음식

중국인 세탁소

마작

중국 고문

지금이라도 그 책을 쓸 수 있을 것 같다. 그러나 중국에 가지 않으면(아무것도 볼 수 없는 아주 짧은 기간이라도) 책의 제목, 집필 허가, 신뢰성을 얻을 수가 없다.

……

중국 신화에서 원숭이의 이미지: 교활하고 실용적. 오디세우스. 안티히어로적, "인간적".

메이란팡[18]의 연극(브레히트 + 아르토식 중국 연극의 관념)

……

카프카가 중국을 어떻게 이해했을까? 1918~1919년 무렵의 프라하에서?

18. 매란방梅蘭芳. 중국의 경극 배우로 용모와 연기력이 뛰어났으며 경극에 현대적 색채를 가미했다. 중국 혁명과 항일 투쟁에 적극적으로 참여했으며 〈중국 희곡 연구원〉 원장, 전국 인민대표직에 있었다.

7월 21일.

오늘 니콜 [스테파니]에게 『데스 키트』의 이야기 전체를 일 분 만에 구상했다는 이야기를 했다—그야말로 뚝 떨어졌다—서사 전체가. 열차, 헤스터, 인카도나, 사업상의 회의, 병원, 뉴욕으로의 귀환—위 클로huis clos["비공개 심리"]—사지로 들어감—이제는 문을 닫았지만 예전에 허구한 날 가곤 했던 블리커 스트리트의 커피하우스 "탕미유the Tant Mieux"에서 한밤중에 가졌던 커피 데이트를 시작할 무렵 존 홀랜더의 입에서 나온 수수께끼의 단어 "디디"—"뭐라고?", "디디—아, 미안. 내 말은, 리처드 [하워드]를 말한 거야. 항상 잊어버린다니까. 어렸을 때 클리블랜드에서 사람들이 부르던 애칭이래." "디디?" "그래." "철자가 어떻게 되는데?" "몰라. D-i-d-d-y일 거야." 그런데 줄곧 내 머릿속은 『데스 키트』 생각뿐이었다—나는 존에게 미안하다고, 가 봐야겠다고 했다. 집에 가야만 한다고. 장거리 전화를 받아야 한다고 했다—그래서 12시 30분에 서둘러 집에 가서 『데스 키트』를 쓰기 시작했다—도입부, 디디와 그의 삶, 자살 기도—열에 달뜬 채 새벽 여섯 시까지 계속 글을 썼다…….

오늘 그 얘기를 니콜에게 했다. "디디"라는 말 한마디에 섬광처럼, 온전한 소설 전체의 서사가 내게 주어졌다고—디디는 리처드 하워드와 아무 상관도 없었고, 비슷하게 닮은 데도 없었기 때문에—그저 그 말 한마디, 라캉[프랑스 정신분석자 자크 라캉] 식으로 일종의 "쿠 드 푸드르(coup de foudre, 첫사랑)"처럼 키 아 투 데크랑셰qui a tout déclenché["전부 술술 풀어내 버렸다"]—하지만 왜? 어째서 하필 그 단어였을까? 그동안은 도저히 알 수가 없었다—지난 5년 동안 서른 번은 더 했던 얘기를 니콜에게 하면서(얘기를 하면서, 실제 있었던 사건보다 내가 했던 얘기들이 더 많이 기억났다)—불현듯, 오늘, 섬광처럼—또 섬광이다—이해가 되었다. 5년이 지나서야 이해했다.(그런데 왜 하필 오늘일까?)

왜 디디였을까? 존 홀랜더가 그의 별명이 '부부'나 '토토'였다고 했다면—아니면 딕은? 아니! 디디, 오로지 디디여야만 했다. 그 다섯 글자. 어째서? 이해를 할 수가 없었다. 그런데 오늘 알았다.

디디
대디

그게 내 평생 심장 속에 간직했던 죽음에 관한 명상의 근원이었다.

디디는 서른세 살이었다. 아버지 역시 돌아가셨을 때 서른세 살이었다.

그랬던가? 아버지가 돌아가셨던가? 거짓 죽음의 테마, 내 작품에는 모두 라 모르 에키보그, 라 레쥐르렉시옹 이나탕뒤la mort équivoque, la résurrection inattendue[모호한 죽음, 뜻밖의 부활]가 있다—

프라우 안데르스(『은인』)
바우어 가족(『식인종을 위한 듀엣』)
인카도나(『데스 키트』)
〈내 동생 칼〉의 레나(하지만 부활에 실패한다)

써야 할 에세이—죽음에 대해

내 삶에서 겪은 두 번의 죽음

1938: 아버지: 멀리서, 동화할 수 없음

1969: 수전 [타우베스]: 나와 똑같은 이름, 마 소지ma sosie["나의 분신"], 역시 동화할 수 없음

끝났다. 아버지는 죽지 않았다.

레나의 부활이 실패한 이유는 수전이 죽었기 때문이었다. 수전이 죽은 방식—그리고 부활에 대한 카렌의 꿈—은 그 통증으로부터 나왔다.(결국 나는 실제 자살은 찍지 않았고, 꿈은 편집했다!) 내겐 카렌의 꿈이 있었다. 그걸 다이애나 [케네디]에게 말했고, 그녀는 마틴처럼 반응했다.

……

[도스토예프스키의] 『백치』의 첫 번째 구상 노트에서는 나스타샤 필리포브나를 죽이는 사람이 로고진이 아니라 미쉬킨 공이었다.

……

아마 일 년에 4일 정도, 나는 "방문"을 받는다—이런저런 것들이 찾아온다. 영감이라기보다는 접신이다. 한 해의 나머지 기간은 그 접신의 체험에 기대어 살아간다—지시 + 내가 받아 그린 스케치를 시

행하면서……, 나 자신을 상품으로 바꾼다. 타이프라이터는 내 조립 라인이다. 하지만 그것 말고 또 내가 할 수 있는 일이 뭐가 있겠는가?

……

[윌리엄] 호가스: 외면화되지 않는 건 없다. 사람의 얼굴은 인성이고 또한 사회적 위상이며 직업이다. 모두가 백 퍼센트 자기 자신이다……. 자기 작품에 대한 발자크적 개념: 사회 전체를 그림으로 그린다(해부한다, 그 속의 갈등을 보여 준다, 위선을 밝힌다.) (결합?)을 "읽어 내야 하는" 그림. 시네마. 테마들: 갈등, 위선, 육감적인 과잉

안토니오니의 〈태양은 외로워〉[19]—안토니오니 최고의 영화, 위대한 영화. 뒤라스[프랑스 작가이자 영화감독 마르그리트 뒤라스]적인 모든 것이 있다—그러나 훨씬 더 위대하고 풍요롭다. 증권거래소 장면은 에이젠슈타인에 버금간다. [알랭] 들롱과 [모니카] 비티 사이, 영화의 후반부: 아 위 클로 앙뷜랑, 데오르a huis clos ambulant, dehors["야외에서 산책하며 하는 비공개 심리"] 들롱(정말로 전문적인 배우, [장 폴] 벨몽도를 상대로 연기하며 매력을 발산)이 리듬을 결정한다—그의 동작, 절대 움직임을 멈추지 않는다.

남의 말을 잘 듣는 사람. 따뜻하고 빈틈없고 지적인 육체적 존재감—어떤 말보다 더 중요함

19. L'Eclisse. 미켈란젤로 안토니오니가 20세기 중반의 삶을 그린 느슨한 삼부작의(1960년의 〈정사〉와 〈밤〉과 함께) 마지막 작품인 〈태양은 외로워〉는 대체로 그의 전 작품을 통틀어 가장 위대한 영화로 여겨진다.

발자크를 나머지 모두와 더해야 프루스트가 되는 게 아니다. 나머지 모두를 다 더한 것이 발자크였다! 사회, 사랑, 천재성, 인격에 대한 이론들에 더한 사회의 초상—발자크가 쓴 작품의 한 장 한 장이 프루스트의 시간관, 프루스트의 인식관, 동성애와 유대인 사이의 관계에 대한 프루스트의 통찰과 마찬가지였다.

……

[20세기 프랑스 작가 피에르] 드리외 라 로셸 / 미시마 [—] 파시즘 < > 정력 컬트 < > 자살

주제: 이데올로기의 현상학

[바그너의] 〈발키리Die Walküre〉

…근친상간은 (동성애처럼) 즉각적 에로스다—1막의 에로틱한 커플은 오빠 + 동생이고 마지막 막의 에로틱한 커플은 아버지 + 딸이다.

〈발키리〉에서 청각적으로 탁월한 대목 일부는—노래가 없는 오케스트라 소절—오페라를 보게 되면 가치가 절하된다. 그러면 음악이 갑자기 반주나 배우의 제스처에 대한 설명에 불과한 것이 된다. 그리운 눈빛으로 바라보기처럼.

7월 28일.

모든 사람이 과학자가 되는 게 바람직하다는 주장이 성립될 수 없듯이 이상적인 상황은 '모든' 사람이 예술가가 되는 것이라는(과격파적-유토피아 클리셰) 주장 역시 참이 아니다.

이 모든 '물건들'로 세상은 무엇을 할까?

예술의 보편화는 생태학적 재난이다. 무한한 생산성이라는 관념.

무한한 창의성(기술) 또는 무한한 지식의 획득이라는 관념보다 나을 게 없다. 한계의 개념.

"엘리트" 활동에 참석하는 데 대한 두려움은, 이상적으로 볼 때, 모든 사람이 예술가가 되어야 한다고 말하게 만든다.

그러나 어떤 활동은 소수의 사람들이 참여할 때만 가능하다.

모든 사람이 예술가가 될 수 있다는 주장에서 유일하게 말이 되는 부분은 '공연'으로서—혹은 소모적인 삼류 예술만 배타적으로 이해된다. 예술은 사람들이 했던 어떤 일이 될 것이고, 그 결과 어떤 오브제가 나왔다 해도 미술관에 보관하지 않아도 될 것이다.(아마 보관할 수도 없을 것이다.) 그러므로 케이지는 모든 사람이 예술가가 되기를 바란다는 말을 할 권리가 있다. 그가 생각하는 예술의 관념에는 물건의 제조라는 생각이 거의 없다. 보관하고 기념할 만한 게 거의 없다. 창작의 소산이 자멸하기 때문이다.

다시 한 번 말하자면: 생태학적 문제다.

공동묘지에 대한 에세이(아니면 영화?)

> 20분. (프란주Franju)

1. “병적 우울증”이 감수성의 양식
2. 이상적인 도시 공간으로서 공동묘지
   “거리,” “정원”—꽃, “집”
3. 구조로서의 공동묘지[—] 참고. [20세기 이탈리아 작가 움베르토] 에코 악취미 키치 “사진”—링구아글로사(시실리아)
4. 공동묘지 & 기억(시간의 삭제)
5. 개인성 < > 집단 묘지
6. 문학으로서의 공동묘지[—]묘비명[—]가독성
7. 공동묘지 + 가족(사랑 = 커플)
8. 공동묘지: 인공 구조물 + 현실
9. 색채: 흰색

공동묘지:

마르세이유의 새 공동묘지

하라몽[니콜 스테파니의 집이 있던 파리 외곽의 마을]

링구아글로사(시실리아)

롱아일랜드

하이게이트(런던)

타루당 근처[모로코]

파나레아[시실리 해안의 섬]

9월 3일. 뉴욕.

자아: 보비 피셔, 제임스 조이스, 노먼 메일러, 리하르트 바그너, 마크 스피츠, [허먼] 멜빌

남성 동성애와 파시즘의 관계, 청교도주의와 공산주의의 연관성: 성 + 정치

……

9월 16일.

……

인터뷰 어조의 최고 모델: 로버트 로웰……

중국 책—한나 아렌트 + [미국 작가 도널드] 바셀미를 뒤섞은 게 될 거라고 어제 [당시 『뉴요커』의 편집장이었던] 윌리엄 숀에게 말했다.

『키니식스[20]와 맥락, 몸의 모션 커뮤니케이션에 대한 논문집』—레이 L. 버드휘스텔(밸런타인 출판사, 1972년)

어째서 이 책은 이렇게 어조가 반동적이고 혐오스러울까?

성차별주의("적절한 짝짓기", "그"라는 대명사의 사용 등)
과학자의 권리에 대한 전제
환자
문외한 // 전문가
아마추어

사회적인 것이라는 관념 예컨대 보편적 / 개인적 은어
특수어의 윤리적 함의

10월 15일. 파리.

에세이 양식의 기품 있는 어조 모델—아렌트, 『암흑 시대의 인간』

[아렌트가 쓴 고트홀트 에프라임] 레싱[21] + [발터] 벤야민 논문들을 다시 읽어야겠다, 자주!

홍콩—중국과 홍콩 사이의 선전 강을 가로지르는 루후교. 걸어서 건너다. 천 재질의 피크트 캡[22]. [손택은 자전적 소설 "중국 여행 프로젝트"에서 첫 문장을 말 그대로 활용했다.]

20. Kinesics, 말을 할 때 자연히 나타나는 몸짓이나 손짓의 의미를 연구하는 학문. 동작학.
21. Gotthold Ephraim Lessing, 1729~1781. 독일의 극작가 · 비평가. 독일 고전 희극의 창시자. 18세기 독일 계몽주의의 지도자.
22. peaked cap, 챙 달린 모자.

……

낙원에 대한 현대적 관념: 우리가 이해하지 못하는 장소(카트만두, 타라우마라 부족, 타히티 등등)

10월 20일.

(소설의 테마) 파시즘과 "환상적인 것" 사이의 관계

러브크래프트

〈판타지아〉, 벅스비 버클리의 〈휴양지 대소동〉[23]

인간의 기계화

색채의 활용

……

10월 21일.

내 인생의 근원적 메타포 두 가지:

중국 여행

사막

23. The Gang's All Here. 1943년의 멜로/로맨스 영화.

2부로 구성된 책(상드라르[24]) 스타일의 산문시:
사막(투싼)으로 귀환; 중국 여행

사막 — 정지, 공허, 헐벗음, 사람이 너무 없음, 천진함, 케케묵은 역사

중국 — 움직임, 우월한 문화, 푸르른 풍경, 장대한 역사, 사람이 너무 많음

……

10월 28일.

중국 여행이 2월 15일까지 연기되었다는 사실을 알게 되었다.

"프로젝트"를 써서 천만다행이다.

자기 보존 본능!

……

24. Blaise Cendrars, 1887~1961. 20세기 전반 프랑스의 시인이자 소설가. 시의 코스모폴리터니즘(세계주의)을 확립했다. 작품은 『노브고로드의 전설』,『완전한 세계』, 『절단된 손』 등이며,『에펠탑』(1914)은 20세기 초의 기념비적 작품이다.

[11월, 날짜 미상]

……

책으로 인생을 재활용.

11월 6일. 파리.

단편이나 노벨라 아이디어(어젯밤 니콜네 집에 왔던 [영화 제작자] 리즈 페이욜과 남편 클로드 브루어로부터):

남자 — 핸섬 — 42세 — 브뤼셀 출생, 몬트리올 성장. 작가. 음주. 장발. 그가 입는 옷은 다 여자들이 사 준 것. 라테(raté, 인생 실패자) "모르는 게 없음." 아무것도 간직하지 않음 — 재산, 옛 원고, 일기. 일도 거의 안 함 — 간헐적으로 저널리즘, 프리랜서로 홍보용 사진 촬영(1970년 칸 영화제의 콜롬브도르Comobe d'Or에서 존 레논과 요코), 각본 회생 작업. 2년 전 첫 소설 출간. 알프마리팀the Alpes-Maritime의 소규모 독립출판사 로베르 모렐Robert Morel에서 — 언덕 위 180헥타르의 대지 중앙에 자리 잡은 현대적 건물……. "금고처럼 잠기는" 철문이 하나 있음. 1만 권 인쇄 — 매진되긴 했지만, 프랑스 남부에서만 팔렸다 — 파리에서는 단 한 권도 팔리지 않음(주문이 들어와도 출판사가 파리 책방들에 책들을 보내지 않겠다고 거절함) [조금 덥던 어느 하루Une Journée un peu chaude]는 작지만 권위 있는 문학상인 로제 니미에상le Prix Roger Nimier을 수상했다. 두 번째 소설을 끝내고 세 번째 작품에 착수했다. 로베르 모렐을 그만두고—"괴로웠어."—"난 그이를 사랑해."—편지: "셰르 로베르, 쥬 부 끼트. 클로드.Cher Robert, Je vous quitte. Claude."["사랑하는 로베르, 난 당신을 떠나요. 클로드."]—말도 못하게 멍청한 이유 때문이야. 나는 파리의 서점에 들어가서 내 책이 잘 되고 있는지 보고 싶어." 그리고 그는 (사강[프랑스 소설가 프랑수아즈 사강]을 통해) "플라마리옹"[파리의 출판사]과 "그라세"를 소개받고, 그중 한 회사가 두 번째 소설을 받아 준다. 그리고 세 번째 소설 원고를 100페이지 쓴다.

그는 평생 글을 써 왔지만, 3년 전까지는 책을 낼 만한 "자신감"이 없었다. 희곡, 단편, 소설. 옛날에 쓴 글들은 없어졌거나, 갖다 버리고 찢어 버렸다.

두 번 결혼—아주 젊었을 때 (한 사람에게 충실할 것을 요구하는) 캐나다 소녀와 결혼했다가 파리로 온 후—이십 대 후반, 삼십 대 초반—리제Lise[25]를 만났다! 지금은 생트로페즈에서 카트린이라는 이름의 부유한 처녀와 동거하고 있다. 소나무 숲 속의 집.

코넬에 다녔음. 뉴욕에서 한동안 살았음.

유복한 집안 출신. (아버지 직업은?) 네 형제 중 하나. (클로드가 장남인가?) 형제 한 사람은 죽었다. 셋째? 넷째, 필립은 서른아홉 살이고 소위 "몽고 백치"다.

25. 여자 이름이다.

필립은 여섯 살까지 "말"을 못 했고, 아홉 살 때까지 걷지 못했다. "걷는 걸 가르친 건 나였다." 어머니는 이제 여든두 살. 평생 단 한순간도 필립 곁을 떠나 본 적이 없다. 여든두 살의 연세에도 불구하고 필립을 웃게 만들기 위해서라면 정원에서 재주를 넘을 수 있는 분.

"우리 어머니는 괴물이다."

그는 리제를 "페이욜"이라고 부른다. [—] "헤이, 페이욜……."

필립의 사진(약 165센티미터, 두꺼운 둥근 안경을 끼고 머리가 벗겨지고 있고 반소매 흰 셔츠, 회색 바지) 어머니(백발), 그리고 클로드—지저분하고 헝클어진 머리카락, 면도도 하지 않은 모습.

마흔다섯 살 이상의 산모에게 태어나는 50명의 아이 중 한 명은 "몽고 백치"다. 서른 살 이하의 산모에게서는 2천 명 중 하나다.

"몽고 백치"의 정식 병명은 다운증후군이다.

클로드: "몽고 백치들을 불쌍하게 여기지 마. 그 사람들은 불행하지 않아. 행복하다고."

그들은 무엇을 원하는가? "아무것도. 그저 가만히 내버려두기를 원해. 평화롭게 혼자 있기를 원한다고."

"쎄 르 꽁테스타테르 당 레따 퓌르. 일레 꽁테스타테르. 쎄 르 르퓌

토탈C'est le contestataire dans l'état pur. Il est contestataire. C'est le refus total."["그건 가장 순수한 상태의 시위지. 그는 시위 그 자체라고. 철저한 거부란 말이야."]

"몽고 백치가 하는 모든 말은 거짓이야." 학습된 거니까. 모방하는 거니까.

"거부는 태아의 잉태 때부터 시작되지. 정자가 난자를 거부하고, 난자가 정자를 거부하니까."

몽고 백치들은 보통 사람들보다 서로 "애착"이 없다.

기억력이 좋은 경우가 많다.

"우리 어머니는 필립을 이해하지 못해. 어머니는 필립이 사는 이유고, 필립은 어머니 삶의 이유야."

"어머니가 돌아가시면, 필립은 그날 바로 죽을 거야." 대부분의 몽고 백치들은 요절한다. 필립은 온 세계를 통틀어 생존해 있는 몽고 백치들 중에서 가장 나이가 많은 편이다.

그[클로드]는 17년간 어머니를 만나지 않았다.

"그 사람들은 말을 하고 싶은 생각이 없어. 억지로 말을 배우는 거야."(사실이 아니다.)

어머니가 다른 세 아들이나 남편보다 필립을 훨씬 더 많이 사랑했다고 말한다. "그 녀석이 제일 강해."

"그와 함께 있으면 결코 지루하지가 않아."

"내가 쓰고 있는 소설은 내 동생에 대한 게 아니야. 어쩌다 보니 나한테 몽고 백치 동생이 있는 거지, 그게 다라고."

소설은 1인칭이다. "나는 몽고 백치의 마음속에 들어가 보고 싶어. 그가 보는 대로 보는 세상, 그가 된 내가 보는 세상을 묘사하고 싶단 말이야." "정상적" 전제와 구조들이 없는 세계.

"우리 어머니는 사랑스럽지 않아. 그녀가 한 일은 완전히 이기적이야. 그 녀석이 죽게 해 줬어야 했어."

몽고 백치의, 발톱으로 움켜쥐는 것 같은 악력—주걱 모양의 손톱—두꺼운 목, 거친 목소리, 둥근 어깨.

분노와 불쾌감은 느끼는 대로 표현한다. 컵은 물을 마시는 것일 뿐 아니라 깨뜨리는 것이기도 하다.

"난 동생을 이해해."

어머니는 몽고 백치들을 위한 학교—기관을 설립했다. 그러나 필립은 언제나 어머니와 함께 집에만 있었다.

"어쩌면 소설에서 몽고 백치들에게 적용되지 않는 정신적 절차를 상상할지도 모르지만 그래도 아무 상관없어. 중요한 건 내가 상상할 수 있다는 사실 그 자체니까."

어머니는 클로드가 태어났을 때 마흔 살이었고, 필립(막내)이 태어났을 때 마흔세 살이었다.

이걸 어떻게 변형시킬까?

C.의 일기
혹은
C.와 S.[사강] 사이를 오가는 서신

일기에서는, 그가 자기 소설—동생—자기 삶에 대해 품는 생각들을 표현할 수 있다. 그러나 외부에서 논평을 할 능력이 있을까?—예컨대, 세 번째 소설의 기획이 어머니와 동생을 향한 폭력적 복수 행위라는 사실을 이해할 수 있을까?

이 소설을 쓰면서 그는 동생이 된다—그러나 그는 동생보다 더욱 지적이다. (그래서 자기 캐릭터가 실제로 동생이라는 사실, 또는 그가 인격화해서 그려 내는 정신세계가 사실상 전형적인 몽고 백치의 정신세계라는 게 중요하다는 사실을 부인하는 거다.)

—이 소설을 씀으로써 그는 어머니가 된다—그러나 어머니보다 더 지적이다. 그는 필립을 어머니보다 더 잘 이해한다.

어머니와 동생이 됨으로써, 그는 마침내 두 사람 중 그 누구보다도 강해진다.

그는 필립 노릇을 하고(그러나 필립보다도 더 잘한다) 그럼으로써 어머니의 사랑에 대한 소유권을 주장한다. 그는 마법처럼 총애받는 아들이 된다.

그는 필립의 사랑에서 어머니를 대체한다.

그가 언제나 원했던 것이 된다—특유의 서글프고 한심한 "보헤미안" 스타일로—완벽한 반항아가 된다.

(C.는 먹거나 자는 걸 끔찍하게 싫어한다. 아주 깡말랐다. 보통 새벽 다섯 시에서 일곱 시 사이에 잠이 든다. 하지만 술은 마신다. ????, 이 모든 건, 필립이 체현한 완벽한 반항아와 대조된다.)

편지 형식: 화자를 가질 수 있다—클로드의 전 부인이나 아내, 파리에 사는 성공적 소설가, 사강 류의 장르—이 화자가 모든 얘기를 한다. 그녀는 명쾌하고 시니컬하다.

그러나 편지 형식은 이야기를 너무 길어지게 만든다.

쿠테Chute["가을"]? 어머니가 돌아가시고, 잇달아 죽는 사람은 필립이 아니라 클로드다.

……

내 평생을 추적하며 관심을 갖는 세 테마

중국
여성
돌연변이

그리고 네 번째가 있다: 조직, 스승.

내가 관리하고—착취할 수 있는 세(또는 네) 식민지
내가 꾸밀 수 있는 방 셋(넷)

[여백에:] 이런 식으로 자서전을 쓸 수도 있겠다. 4부로.

……

11월 7일.

중국 책을 D.에게 헌정: 데이비드를 위하여
사랑하는 아들이자 친구이자 동지

……

11월 16일.

과학소설을 다시 보다. 쥘 베른(+니체)의 여성혐오.

……

1973년

1월 6일.

내 생각에는, 내게는 선택의 여지가 둘밖에 없다는 것을 아기 때부터 이미 알고 있었던 것 같다. 지성 혹은 자폐. 지적인 사람이라는 건 내게 뭔가를 "더 잘" 하는 사람이라는 뜻이다. 그게 내가 존재하는 유일한 방식이다. 내가 지적인 사람이 아니라면 긴장병 비슷한 상태에서 부유할 것이다.

레이몽 루셀의 『아프리카의 추억』(1910)을 원작으로 한 영화. 루셀은 1933년 사망했다. 웃기고 시적이고 몽환적인 영화(이야기는 연극적 캐릭터의 대관식 행사 만찬을 중심으로 전개된다.)

질 드 레에 대한 영화

1월 7일.

아마 나는 다시 생각하기 시작한 모양이다. 아직은 너무 일러서 잘 모르겠다. 내가 제정신을 잃고 미친 게 아닐까 하는 생각이 들던 참이었는데—아니면 정신이 너무 무거워서 던져 버렸든가.

내가 누군가를 (니콜) 사랑하면서 여전히 사유/비행할 수 있을까?

사랑은 씨앗처럼 흩뿌려져 날아가는 것, 표류. 사유는 날개를 파닥거리는 고독한 비행.

내가 생각하는 것에 대해 생각해야 한다. 그런데 겁이 난다.

지난 3년간 내가 겪은, 아무것도 할 수 없게 만드는, 무시무시한 자신감의 상실. 『데스 키트』에 대한 공격, 내가 정치적으로도 사기꾼이라는 느낌, 〈내 동생 칼〉에 대한 끔찍한 반응—그리고 뭐니 뭐니 해도 C[칼로타]라는 대혼란.

영화(잠정적 가설)

> 내가 하고 싶은 유일한 영화 장르는 SF다.: 꿈, 기적, 미래학. SF = 자유.
> "사극"은 그 자체로 반동적이다. 예: 프루스트, 〈사랑의 메신저〉,[1] 〈베니스에서의 죽음〉 반례: 브레송의 〈잔다르크〉—왜? 직업 배우가 나오지 않기 때문에……. 그러므로 〈초대받은 여자〉[시몬 드 보부아르의 소설을 영화화하려는 손택의 기획]는 반동적인 영화가 되었을 것이다……. 또 다른 반례: 로셀리니의 〈집권〉
> 스타들은 어떻게 하고? 〈경멸〉[고다르의 영화]에서 바르도[브리지트 바르도]의 이미지를 의식적으로 조작

1. The Go-Between. L. P. 하틀리의 소설을 조셉 로지가 각색해 만든 1971년작 영화로, 칸 영화제에서 화제가 되었다.

시네마에서의 폭력에 대한 에세이:

비교: 1) 오데사 계단 시퀀스에서 여자의 눈([에이젠슈타인의] 〈전함 포템킨〉

2) [브뉘엘의] 〈안달루시아의 개〉에서 칼로 그어지는 눈

(1)은 연민을 이끌어 내고 잔혹하게 다루지 않는다. (2) 잔혹한 취급. 켄 러셀의 〈악마들〉이 (2)에서 나온다. 〈사이코〉 이후로 관객들로 하여금 눈도 꿈쩍 않고 가학적 공격을 견뎌 내도록 길들이는 작업이 꾸준히 진행 중. (〈사이코〉, 〈반항〉,[2] 〈뮤직 러버〉,[3] 〈악마들〉, [샘] 페킨파의 〈어둠의 표적〉,[4] 히치콕의 〈프렌지〉[5] [프랑주 감독의] 〈짐승의 피〉는 이 모든 것들 중 어디에 있나?

이런 내 입장이 어떤 공적 조치로 이어진다면, 그건 검열이다. 그러나 차마 그건 참을 수가 없다. 나로서는 도저히 검열을 찬성할 수가 없다.

***

[손택은 1973년 1월 중순부터 한 달에 걸쳐 중국과 북베트남을 여행했다. 여행 기록은 많이 찾을 수 없었으나 그나마 찾은 기록의 대다수는 여기 수록했다. 중국과 직접적인 관련이 없는 일기도 있다.]

2. 원제 Repulsion. 원제의 의미는 '혐오'에 가깝다. 로만 폴란스키 감독의 1965년작.
3. Music Lovers, 켄 러셀 감독의 1970년 영화.
4. Straw Dogs, 샘 페킨파 감독의 1971년 영화.
5. Frenzy, 알프레드 히치콕 감독의 1972년 영화.

문화적 제국주의가 결정적인 이슈다. 미국에 외국인 혐오가 없는 건 이상한 일이 아니다. 미국은 문화를 수출한다—누구든 그 문화에 손대기만 하면 오염시켜 버릴 수 있다는(유혹할 수 있다는) 자신감이 있기 때문이다.

현재 중국의 슬로건: "중국은 세계에 더 큰 공헌을 해야 한다." 수출할 수 있는 것에 대한 중국의 겸손. 중국은 자국이 모델이 될 수 있다고 생각지 않는다. 심지어 제3세계를 대상으로 하더라도.

중국은 간섭하지 않기를 바란다. 새로운 시온을 만들기 위하여, 고립될 필요가 있다. 미국은 그런 기회를 가졌다. 중국은 그렇지 않고, 그렇지 못할 것이다.

미국 이데올로기의 칼뱅주의적 기반: 인간 본성은 근본적으로 어둡고, 사악하고, 죄 많고, 이기적이며, 오로지 이기적이거나 물질적이거나 경쟁적인 동기에만 반응한다.

중국과의 대면: (1) 진짜가 아니거나(쇼, 강압) (2) 오래 지속될 수 없다(두고 봐, 물질주의에 빠져 버릴 테니까!)

소비사회가 반박 불가능한 유혹자(타락 유발자)라는 믿음. 미국의 청정한 과거에 대한 향수, 그러나…….

다음과 같은 단어를 쓰지 않는 법:

연대

교리문답

세뇌

순응 대 개인주의

우중충한

[미국의 중국학자 존 킹] 페어뱅크스는 (1971년, 풀브라이트[상원 외교 상임위 의장인 아칸소 의원 윌리엄 풀브라이트를 말한다] 앞에서 증언을 하기 전에) 미국의 "개인주의"는 "호젠추이"라고 번역된다고 지적했다. 각자도생, 이기주의를 뜻하는 말이다. 중국인에게 "자유"는 "츠유"다. 책임감을 갖고 의무를 수행하는 게 아니라 통제 불가능함, 원하는 대로 하는 것, 방종을 의미한다.

소집단의 자결권이란 말도 안 되는 것이다—[중국인들은] 인민이 하나의 단위이며, 단결해야 한다고 믿는다.

상호 원조의 의례들.

식사: 절대 자기 혼자 음식을 덜어 먹지 않고 왼쪽과 오른쪽에 앉은 사람들에게 덜어 준다.(코스 요리는 둥근 테이블 한가운데 커다란 접시나 그릇에 담겨 나온다.)

중국인들은 "의장"이 없는 집단을 이해하지도, (대처하지도) 못한다.

서양의 "문화", 부르주아의 요새

문화, 사원

엘리트, 그 수호자들

비교. 니잔의 책

중국에서, 한동안은, 오로지 '하나의' 문화만이—모두에게 개방되어 있다.

하나의 도상학:

마오

"사인방"

혁명 발레

예술은 일상의 거울상

똑같은 레퍼토리—어디 가나 그것을 보고 / 들을 가능성. 오전: 어린이집 방문, 오후: 공장 방문, 저녁: 시안, 상하이, 항저우에서 직업 배우들의 노래와 춤 앙상블

여성해방

여성 // 흑인

중요한 차이: 억압의 정도나 질이 아니다.(역사상 대부분의 시기를 통틀어 여성은 노예이고 살림 도구였다—전족, 음핵 절제, 남편이 죽어 매장될 때 희생 제물로 바쳐짐 > 법적 위상도 없고, 사유재산 소유권도

없고, 투표권, 자기 이름을 가질 권리도 없다 > 낙태법, 직업 차별 등) 그러나 일부 사회들에서—예. 아랍, 중국—여자들이 거의 게토화되고 있음에도, 여성은 억압자와 통합된다는 게 사실.

결정적인 질문: 통합이냐 분리냐

분리주의는 적어도 양성성(배타적인 동성애 성적 양극화의 결과—더 통합이 진행되고, 성의 스테레오타입화가 폐지되면 서서히 쇠락할 것이다.)을 암시한다.

N. B. 분리주의를 지향하는 현재의 운동 경향—레드스타킹,[6] 동성애자 해방 전선, 웨더우먼, 『아프라』, "남성의 문학적 규준을 복제하지 않으려 애쓴다는" 칭찬을 받는 페미니스트 문학 잡지

내 견해: 순수한 통합주의자

여성해방의 목적은 모든 활동에서 성별에 국한된 규준을 철폐하는 것이다. 아마 출산과 엄청난 체력을 요구하는 소수 직업(예컨대 탄광 광부—하지만 이런 직업들은 급속히 사라져 가고 있다.)

그 자체의 규준이 있는 "흑인 문학"도 있지만 "여성 문학"은 없다. 이것이야말로 늙은 남성 쇼비니스트의 중상이 아닌가.(예. 버지니아

6. Redstockings. 1969년 엘런 윌리스(Ellen Willis, 1941~2006), 캐럴 허니쉬Carol Hanisch, 슐라미스 파이어스톤Shulamith Firestone 등에 의해 결성된 페미니스트 집단이다. 〈레드스타킹〉은 여성들의 '의식 고양consciousness-raising'이라는 개념을 중심으로 활동하면서 "개인적인 것이 정치적인 것이다The personal is political"란 슬로건을 실천하고자 했다. "만약, 모든 여성이 똑같은 문제를 공유한다면, 이 문제가 어떻게 개인적일 수 있겠는가? 여성의 고통은 개인적인 것이 아니라 정치적인 것이다"는 논리였다.

울프의 치료) 여성들은 분리된 "문화"가 없고—분리된 문화—별개의 "문화"—를 창출하려는 모색을 해서도 안 된다. 그들이 지닌 이성이 분리된 문화는 사적인 것이다. 그들이 철폐하려고 애써야 하는 건 바로 그런 것이다.

코커스의 유일한 기능—분리주의자 그룹의 형성—은 권력 이양이다. 의식을 고취하고 로비를 하고.

학교

어째서 12세~16세 학교 교육을 폐지하지 않는가? 그 시기는 워낙 질풍노도라서 종일 앉아서 내면을 전복당하는 교육에 적합하지 않다. 이 시기에 아이들은 공동생활을 하고자 한다. 시골에서 뭔가 일을 하고, 어쨌든 육체적 활동을 활발하게 하면서. 부모 없이—성을 학습하고. 학교에서 "잃어버린" 이 4년의 교육은 훗날 나이가 더 들어서 보충할 수 있다. 예를 들어, 50세~54세가 되면 모두 학교로 돌아가야만 한다든가.(특별한 경우, 중간에 단절되면 안 되는 특수한 일이나 창조적 프로젝트에 종사하고 있는 경우에는 몇 년 유예기간을 둘 수도 있겠다.) 이런 50세~54세 교육에서는, 새로운 직업이나 직종을 배우는 데 중점—여기에 더해 인문학, 보편 학문(생태학, 생물학), 언어 기술을 가르친다.

학령의 이런 단순한 변화는 a) 청소년기의 불만, 아노미, 권태, 신경증을 감소시키고 b) 50세가 되면 사람들이 심리적 지적으로 경화되는—점점 더 정치적으로 보수화되고—취향이 퇴행하는(널 사이면 연극 등)—거의 불가피한 현상에 파격적 변화를 가져올 것이다.

그러면 젊은 세대와 젊지 않은 세대 사이의 어마어마한 차이(세대 전쟁)는 더 이상 없을 것이고 5세대 내지 6세대의 차이만 존재하게 될 것이다. 그리고 각 세대의 차이는 그렇게 크지 않을 것이다.

아무튼 지금부터 대다수 사람들이 70, 75, 80세까지 산다고 보면, 교육이 생애의 첫 3분의 1 내지 4분의 1에 한꺼번에 시행되어야 하는가 말이다—그러면 그때부터는 계속 퇴보 일로일 텐데.

초기 학교 교육—6세에서 12세까지—은 강도 높은 언어 능력 교육, 기초 과학, 공민학, 예술로 구성되어야 한다.

16세에 학교에 돌아간다: 2년간 교양 교육
18세~21세: 학교 교육이 아니라 도제 수련을 통한 직업 교육.

[날짜 미상의 정치적 단상]

"문화혁명의 정의에 관한 단상"[손택이 쓰고자 했던 에세이의 제목이다]를 위하여

읽고, 또 읽자:

사르트르의 인터뷰, 『뉴 레프트 리뷰』 58호, 1969년 11월~12월

3월 15일.

…작가의 권위는 어디서 오는가? 내 권위는 어디서 오는가?

걸출한 사람들, 걸출한 행위들.

"삶"에서는, 내가 내 작업으로 환원되기를 원치 않는다. "작업"에서는, 내가 나의 삶으로 환원되고 싶지 않다.

내 작업은 지나치게 엄혹하다

내 삶은 육욕의 일화다

3월 21일.

…『마의 산』을 25년 만에 처음 다시 읽다가, 오늘 아르토 에세이에 썼던 "끝까지 소진케 하는 것만the exhausting이 진정으로 흥미로운 것이다"라는 문장이 『마의 산』의 서문에 나온 "철저히 포괄적인 것the exhaustive만이 진정으로 흥미로울 수 있다"는 문장의 무의식적 패러디였다는 걸 깨달았다.

[날짜 미상, 6월]

…"자아가 언제 악취를 풍기기 시작했던가?"([영국 비평가] 시릴 커널리, 30년 전)

[이 항목 옆의 여백에 물음표가 그려져 있다.] 레니 리펜슈탈의 소름 끼치는 "니체적" 다큐멘터리, 〈의지의 승리〉[7]

6월 하순. 베니스.

저공비행—마르코폴로 공항에 접근—풍경이 "달" 같다—메스트레의 정유 공장으로 오염된 광역이 미친 색채들로 물들었다—얕은 수심 밑에 도사리고 있는 대지의 뼈

제국주의 기획으로서의 미국 소설: 멜빌

……

7월 20일. 하라몽.

…지금은 오로지 사적인 경험을 담을 수 있는 이야기들만 쓰고 싶다. 그래서 "중국", "보고", 그리고 "아기"가 잘 되는 거다. 그래서 베니스에서 쓰려고 애썼던 우화가 실패했던 거다.

7. The Triumph of the Will, 1935. 레니 리펜슈탈이 뉘른베르크에서 열린 나치 전당대회를 기록한 작품이며, 역사적으로 다큐멘터리 영화 중 가장 논쟁을 불러일으킨 작품이다. 레니 리펜슈탈은 〈의지의 승리〉를 통해 최고의 다큐멘터리 작가 반열에 올라섰으면서도, 또한 나치의 동조자라는 주홍글씨에 평생 시달려야 했다. 리펜슈탈은 자신이 나치의 단순한 '기록자'에 불과했다고 변명한 바 있지만, 아이러니하게도 〈의지의 승리〉는 '나치의 미학화'라는 의심을 받기에 충분할 정도로 열정적이다.

『아메리칸 리뷰』에 실린 [맬컴] 로우리 이야기: 끈질기게 형태를 빚어 나가는 작가의 의지를 가장 아름답게 보여 주는 사례 중 하나.

……

6월 27일. 파리.

중요한 고민, 나를 잠식하는 고민: 과거에서 활용할 수 있는 게 뭘까—

필립
광기의 자각
아메리카
여성
돌연변이
의지
칵테일과 『오버드라이브』

이야기는 목소리다.

『오버드라이브』
[여백에는 1974년 2월 13일자로 되어 있는 메모가 덧붙여져 있다.] 이건 트럭 운전사들이 보는 잡지 제목이다.

쓸 가치가 있는 유일한 이야기는 외침, 발사, 비명이다. 이야기는 독자의 가슴을 미어지게 해야 한다.

시작: "한평생 나는 지적인 말상대를 찾았다."

이야기는 내 안의—핵심을 찔러야 한다. 머릿속에서 첫 줄을 듣는 순간 내 심장이 쿵쾅거리며 뛰기 시작해야 한다. 그런 위험부담에 나는 전율하기 시작한다.

……

형식(어조)이 떠오르기만 하면 내게 이야기가 "있다"는 걸 알고 있다. 또한 모든 건 그와 연관되어 의미를 갖는 것 같다. 그래서 실제보다 훨씬 길(더 상세할) 수도 있다.

……

"오버드라이브"라는 제목의 단편

자동차를 타고 세계 일주를 하는 사람들이 지루한 장소들을 관광한다.: 노르웨이 베르겐

『오버드라이브』는 선집의 제목이 되어야 할까? 『나, 기타 등등*I, etcetera*』은 너무 지성에 호소하는 느낌이다.[결국 손택은 『나, 기타 등등』을 선택했다.]

7월 31일. 파리.

어쩌면 2년 동안 계속해서 단편 쓰는 일을 계속해야 할지도 모르겠다—15편, 20편의 단편들—데크를 싹 비우고, 새로운 화자들을 탐색하고—그러고 나서 세 번째 장편소설을 시도해야 할지 모르겠다. 향후 2, 3년 동안 단편집 두 권을 내고 소설가로서 내 위상을 재정립(정립?)하고 앞으로 나올 소설에 대한 관심을—기대감을—끌어올려야 하겠다.

……

나는 이제 분노를 동력으로 글을 쓰고 있다—그리고 일종의 '니체적 희열'을 느낀다. 원기가 샘솟는다. 나는 폭소하며 포효한다. 모든 사람을 비난하고 모든 사람한테 꺼지라고 말하고 싶다. 머신 건을 잡듯 타이프라이터로 향한다. 그러나 나는 안전하다. 공격성의 결과를 "진짜" 책임지지 않아도 된다. 나는 세계에 콜리 피에제Colis Piégés["부비트랩이 장치된 소포"]를 보낸다.

그래서 내 화자가 점점 더 미국적이 되고 있는 거다. 마침내 직접적으로 자전적인 소재를 다루고 / 손대고 있기 때문이다. 초기 픽션의 유럽인화된 화자("translatorese")는 그저 내가 글의 소재를 옮겼다는—전위했다는—사실의 상관물이었던 거다.

그것은 폴 굿먼 에세이와 함께 시작되었다—슬픔을 절감하며, 이를 광고하고자 하는 용기(와 흥미)를 품었던 것. 두 번째 단계는 10월에 중국 여행이 취소되었다고 생각했을 때였다. 얼마나 실망했는지 모른다 — 그리고, 무엇보다 사적인 판타지들을 낭비하고(쓸 기회를 갖지 못한다니) 싶지 않았다.[여백에는 이렇게 쓰여 있다: (아빠, M.[손택의 어머니], 내 유년기)] 그 판타지들은 앞으로 다가올 여행으로 인해 일깨워졌던 것이다. 다만 그때는 못 간다고 생각했기 때문에 "중국에 갈 예정이다"라는 문장으로 시작하는 단편을 썼다. 나는 네 살짜리한테 발언 기회를 주기로 결정했다. 서른아홉 살짜리는 마오주의와 문화혁명에 대해 알 수 있는 기회를 갖지 못하게 되었으니까.(물론, 나는 1월에 결국 중국에 가게 되었다 — 중국에 갔던 건 서른아홉 살짜리였다. 놀랍게도 네 살짜리는 감히 따라갈 용기조차 내지 않았다. 가슴을 짓누르던 부담을 내려놓았기 때문이었을까? 아니 — 틀림없이 오지도 않았을 것이다 — 진짜 중국은 네 살짜리의 중국과 아무 상관도 없고, 상관이 있었던 적조차 없었기 때문이다.)

문제의 해결책 — 끝맺을 수 없는 이야기 — 그 자체가 문제다. 문제와 해결책이 서로 다른 게 아니란 말이다. 문제를 제대로 이해 = 해결책. 이야기를 제한하는 걸 숨기거나 지우려 애쓰는 대신, 그 제한 자체를 최대한 활용하라. 진술하고, 그에 대해 악담을 퍼부어라.

점프 컷을 사용할 자유

8월 14일. 파리.

방금 K[카프카]의 「개에 대한 조사」[8]를 다시 읽었다. 15년(?) 만에 처음이었는데 『은인』의 도입부 첫 줄이 — 첫 페이지의 핵심 요약 — 사실 전체 소설의 주요 내용 — 바로 그 작품에서 왔다는 걸 알았다.

쓰레기 같은 삶, 장밋빛 신화

……

일평생 나는 지적인 말상대를 찾아 헤매었다.

우리 어머니는 알코올에 취해 혼미한 상태로 침실 창문의 블라인드를 굳게 닫고 매일 오후 네 시까지 침대에 누워 있었다. 나를 키워 준 사람은 아일랜드-독일계의 주근깨투성이 코끼리였는데, 일요일마다 나를 미사에 데리고 갔고 석간 신문에 실린 자동차 사고 기사들을 큰소리로 읽어 주었으며 케이트 스미스를 사랑했다. 열일곱 살 때 나는 젠체하며 책벌레 같은 말투로 끝도 없이 말을 하고 또 하며 나를 '자기'라고 부르는 깡마르고 허벅지가 튼실하며 머리가 벗겨져 가는 한 남자를 만났다. 며칠이 지난 후 나는 그와 결혼했다. 우리는 7년 동안 말을 했다.

라디오를 켜 놓고 숙제를 했다.

그리고 월요일에는 마하트마 간디를 보려고 예약을 했다.

8. Investigations of a Dog. 카프카의 단편소설이다.

어루만지는 것처럼 말하기
누군가에게 펀치를 먹이는 것처럼 쓰기

억양이 드러나게 말하기…….

8월 20일.

지금 마무리를 짓고 있는 단편의 제목은 「지킬 박사의 또 다른 증례」다—1962~1963년에 쓴 「조직」의 부품으로 구축해 「월터와 아론」으로 투사된 소재를 활용한다.

오래된 테마들에 대해:

젊고 순진한 이들("강박증," 해결하려고 노력해 온 "문제"가 있다) > 더 나이 들고, 시니컬하고, 파시스트적인 타입

예) 토머스 / 바우어[『식인종을 위한 듀엣』]
　　히폴리트 / 장-자크[『은인』]

디디 / 인카르도나 관계[『데스 키트』]를 뒤집으면, 훌륭한 몸을 지닌 중산층의 얼간이, 그리고 육체적으로 허약한 짐승(노동자 계급)이 된다.

그러나 그게 몇 달 전 읽은 스티븐슨의 중편에서 내가 매혹적이라

고 느꼈던 점이다……—H[하이드]가 지킬보다 왜소하고 허약하고 젊다는 점.

그리고 "구르지예프"[9] 테마도 마침내 공개적으로 다루어져, 어쩌면 나 역시 마침내 그 모든 걸 쏟아내 버릴 수도 있겠다—"구르지예프 영화"를 만들지 않고—새롭고 나은 강박의 대상들로 옮겨 갈 수 있을지도 모르겠다.

"파시스트" 현자—

『은인』의 주제
1965년 6월 시작되어 폐기했던 소설 『토머스 포크의 시련』의 주된(쓰지 못한) 부분

『식인종을 위한 듀엣』의 바우어[—]영화를 처음 구상할 때 바우어는 정신과 의사였다—토머스는 그의 젊은 조수였고. 이야기는 토머스가 일하러 온 바우어의 개인 병원에서 벌어진다. [여백에: 칼리가리, 마부즈.] (『토머스 포크의 시련』 대부분은 토머스가 신경쇠약을 일으키고 나서 찾아간 사우스캐롤라이나의 병원에서 일어난다. 이 초기 판본에서……. 토머스는 젊은 의사가 아니라 환자였다.) [여백에: 하지만 영화에서는 여전히 토머스라는 이름이다.]

9. 221쪽 일기 참조.

9월 3일.

〈존재의 철학〉에서 [독일 철학자 카를] 야스퍼스가 말한 "예외"의 개념……(1937년의 강의)

사진계의 팝아트 후계자

윤리적 야심의 판단

살 것: 발레리, 〈카이에〉 1권(플레이아드 출판사)
레오 스타인버그,[10] 『다른 척도』

허버트 존슨 모자들

착어증paraphasia—(다른 요인들도 있지만 주로) 좌뇌의 혈전으로 인해 유발되는 실언, 단어의 혼동

기억언어상실증dysnomia—잘못된 이름들로 유발되는 문제들

실어증aphasia-loss of speech은 다음 중 하나

전도 타입—착어증과 유사하게 뒤죽박죽이 되는 단어들
브로카 타입—정확히 언어적 소리를 알아듣거나 만들어 내

10. Leo Steinberg, 1920~2011. 미국의 미술사가 겸 예술비평가.

지 못하며, 지적으로 독해할 수 없는 무능력 상태를 시사

9월 14일.

레제:

"못으로 못을 만드는 게 아니라 철로 만든다."

회화는 해적질이다.

"편안한 삶과 한심한 작품이냐, 한심한 삶과 아름다운 작품이냐, 양자택일해야 한다."

10월 15일.

…어서 일어나라—스위치를 켜서 의지의 백광白光을 빛나게 하라.

프란신 그레이[현대 미국 작가 프란신 뒤 플레식스 그레이]의 증고모, 1880년대 카르멜 수녀회의 수녀(이미 육십 대 나이셨다)—기차를 본 적이 없으셨다. 창밖을 보려면 바티칸의 특별 허가가 필요했다.

……

아도르노 에세이를 위해: 마틴 제이, 『변증법적 상상력』, 『논증』 III, 14호(1959) 수록 아도르노에 대한 코스타스 악셀로스의 논문 참조. 게오르게 리히트하임, 『트라이쿼털리*TriQuaterly*』 1968년 봄호.

중국 책을 위해: 칼 비트포겔[20세기 독일계 미국인 중국학자]의 중국 저서

존 케이지의 마지막 책에 나온 재스퍼의 인용문: "나는 예술이 없는 세상을 쉽게 상상할 수 있다."

병적인 우울증은 비극의 감지에 대한 방어 기제

나는 전 세계의 공동묘지들을 활보한다—환희에 차서, 매혹된 채로—브룩클린의 어느 공동묘지에 아버지가 묻혀 있는지도 모르기 때문이다.

***

[1973년 시월 아랍-이스라엘 전쟁 당시, 손택은 이스라엘과 전선(수에즈, 골란 고원)에서 다큐멘터리 영화 〈약속된 땅〉을 제작했다. 촬영에 관한 내용은 하나도 찾지 못했지만, 이 단상들은 이 몇 주일간 기입된 것이라고 믿는다.]

이스라엘
모셰 플링커—유대인/ 독일인
요람 카니우크—홀로코스트의 기억

소수자에 대한 두 가지 신화

혁명적, 세속적, 사회주의자
정통적, 종교적, 보수적
>> 소비사회(A + B 둘 다에게 거부당함)

유태인 < > 이스라엘인
디아스포라: 질투, 경멸

12월 9일. 런던.

…샌프란시스코 지진, 산 안드레아스 단층

편집증이라도 괜찮다—상상력을 확장시켜 주니까—그러나 정신분열증적인 건 안 된다(상상력을 움츠러들게 한다). [토머스 핀천의] 『중력의 무지개』를 『데스 키트』와 비교.

다음 소설에서: 긴장병 환자는 없다. 자기 맹목 + 해리 (히폴리트 + 디디처럼) 속에서 사변을 늘어 놓지도 않는다.

고어 비달이 메리 맥카시에게 한 찬사—"연민으로 타락하지 않았다"고. 나는 그렇다. 그게 내 한계다. 다음 소설에서는 "연민에 의해 타락한" 주인공을 중심으로 내세우지 않을 것이다. 얼간이는 사양!

이집트에서 플로베르가 보여 준 무정함

물욕, 소유와 점유에 근거한 삶의 스타일

…구루[11]의 테마—솔직하게 대놓고 다루기, 마음을 정할 것!

[손택의 단편소설] 「지킬 박사」에는 모호한 부분이 너무 많다—승화에 대한 내 감정은 잘 모르겠다. ([미국 비평가] 빌 마조코의 비평)

구루의 자서전?

문화의 강간—관광—(예. 사모아)

승화에 대한 내 감정이 뭐지?

스토리: "샌프란시스코 지진"—앤 고모[손택에게는 대지진에서 살아남은 대고모가 있다.) 사창가에서, 문간에 서 있기.

마르크스 브라더스—웃겨야 한다.

11. guru. 말 그대로의 의미는 힌두교의 도사, 밀교의 스승이라는 뜻이지만 미국 속어로 정신과의사라는 의미도 있다.

12월 10일.

숄렘[12][카발라 유태교의 역사가이자 한나 아렌트의 적수이며 발터 벤야민의 친구였던 게르숌 숄렘]은 자신에게 처음 윤리적 악의 존재를 깨닫게 해 준 장본인이 바로 야콥 타우베스[1940년대 후반 예루살렘에서 숄렘을 사사한 제자이며 수전 타우베스의 남편]였다고 말했다. 그는 야콥의 이름이 나오자 얼굴에 핏기가 싹 가셨다.(D[데이비드]와 내가 예루살렘에서 그와 함께 저녁시간을 보냈을 때[1973년 10월])

한나 아렌트는 숄렘이 진심으로 사랑한 사람은 오로지 벤야민밖에 없었다고 말했다.(지난 주 뉴욕의 리지[엘리자베스 하드윅] 집에서 함께 저녁을 먹었을 때. 메리 M[맥카시], [메리의 남자 형제이자 배우] 케빈 M[맥카시] 바바라 E[엡스타인, 로버트 실버스와 함께 『뉴욕 리뷰 오브 북스』의 공동 편집장을 맡았다.] 마담 스트라빈스키 + [작가 로버트] 크래프트, [역사학자] 아서 슐레징거 + [그의 아내] 알렉산드라 에멧도 거기 있었다.)

12월 16일. 밀라노.

처형 전야에 레지스탕스 사람들이 쓴 편지 속에 나타난 "토포스"[13]

12. Gershom Gerhard Scholem, 1897~1982. 유대 신비주의와 카발라 연구의 세계적 석학. 베를린의 유대인 가정에서 태어나 비알리크, 아그논 등과 친교를 맺는 동시에, 시오니스트가 되었다. 1925년 헤브라이 대학 강사, 1933년 이 대학 교수가 되었으며, 1968년 이스라엘 과학 · 인간성 아카데미 회장에 취임했다. 제2차 세계대전 후에는 유럽, 미국 각지에서 학술 · 종교 · 평화 강연을 행하였다. 『카발라 서지書誌』(1927), 『유대 신비주의, 그 주류』, 『신성의 신비적 형자』(1962) 등의 저작이 알려져 있다.

나 때문에 이런 고초를 겪게 만드는 걸 용서해 줘
후회는 없다
나는 ○○○을 위해서 죽는다(당 / 국가 / 인류 / 자유)
당신이 내게 해 준 모든 것들에 감사해
나는 ×의 형태로 계속 살아 있을 것이다
내가 ○○○했다고 이런저런 이들에게 말해 줘
또다시 나는……

유사성, 국가 + 계급을 막론하고.(토마스 만, 책 서문[『유럽 레지스탕스 사형수의 편지*Lettere di Condannati a morte della resistenza europea*』]—1954년 에이나우디Einaudi출판사 발간—톨스토이 소설, 이반 일리치의 편지 단상)

왜?
효율적인 소통을 해야 할 필요성
: a) 단순
명료
정묘함, 세련 등은 무의미

그러한 편지는, 두드러지게 실용적인 소통이다. 그 목적은:

13. 일반적으로 '토포스'는 몇 개의 모티프들이 자주 반복되면서 이루어 내는 고정형이나 진부한 문구를 지칭하는 말이다. 본래 장소를 뜻하는 그리스어인 토포스는 라틴어로는 sedes, loci, 영어로는 commonplace로 번역된다(복수는 topoi). 이 말은 또한 '공론'(김현 편, 『수사학』), '일반적 논제'(『수사법』) 등으로도 번역되어 쓰이기도 한다. 그러나 현대 비평에서 토포스는 몇몇 모티프들이 반복적으로 만들어 내는 고정형 문구나 진부한 표현이 되어 버린 문구를 가리키는 말로서, 모티프라는 개념으로 더 많이 사용된다.

괴로움을 덜기(줄이기) 위함
사후의 존재, 기억되는 방식을 보증(형성)하기 위함

(아리스토텔레스의 『수사학』을 설명하기에 완벽한 텍스트)

그럼에도 몇 가지 차이점들:
개인화, "사적인" 감정, "감수성"을 표현하는 자유의 정도 차이(적어도 알바니아에서(+ 대체로 공산주의 국가에서) 가장 낮고, 프랑스, 노르웨이, 이탈리아, 네덜란드에서 가장 높다.)
프로테스탄트 + 가톨릭 국가 사이의 차이

편지는 대체로 아버지가 아니라 어머니—아내—아이들 앞으로 되어 있다.

……

12월 23일. 하라몽.

올해 가장 충격적으로 참담한 두 번의 독서 경험—플로베르의 서신, 그리고 (어제 읽은) 시몬 페트르멍이 쓴 S. W.[시몬 베이유]의 두 권짜리 전기

두 책 모두 나를 얼마나 우울하게 만들었는지 모른다—순간순간. 그들을 향해 진짜 증오를 느꼈다—두 사람 모두를 너무나 잘 이해할

수 있었기에, 그 두 사람이 내 성정(갈망, 유혹)의 양 극단을 상징하기 때문에. 나는 "플로베르"나 "S. W."가 될 수 있다. 하지만 둘 다 아니다—한쪽 측면이 다른 측면을 수정하고 금제하고 상쇄하기 때문이다.

"플로베르": 야심, 이기주의, 초연, 타인에 대한 경멸, 작업에 노예처럼 얽매인 삶, 자존심, 고집, 무자비함, 명료성, 관음주의, 병적 우울, 관능성, 부정직함

"S. W.": 야심, 이기주의, 신경증, 몸의 거부, 순수에 대한 굶주림, 나이브함, 서투름, 무성성, 신성에 대한 욕망, 정직함

이 전기가 어찌나 고통스럽게 S. W.의 신화를 깨부수는지!

시몬의 죽음은 자살이었다—그리고 그녀는 오랜 세월에 걸쳐 (특히 굶어서) 자살하려고 노력했다.

"나는 페미니스트가 아니다." 시몬은 말했다. 당연히 아니다. 한 번도 자기가 여자라는 사실을 인정한 적이 없는 사람이니까. 따라서 그녀는 자기 자신을 추하게 만들고(절대 추한 사람이 아니었다), 옷차림도 그렇고, 성생활을 아예 할 수 없었을 뿐 아니라, 더럽고 추레한 몰골을 하고 다녔고, 자기가 묵는 방은 온통 무질서하게 어지럽힌 채 살고 기타 등등 그랬던 것이다. 그녀가 누군가와 동침할 수 있었다면 아마 여자였을 것이다. "정말로" 근본적인 동성애자여서가 아니라(그렇지 않았다) 적어도 여자와 함께였다면 강간당한다는 느낌을 받지 않아도 되었을 테니까. 하지만 물론 그 역시 불가능했다—

그녀가 살았던 시대, 특별한 환경을 생각해 볼 때는 있을 수 없는 일이다. 무엇보다 그녀가 살아남은 방식은 심오하고 + 돌이킬 수 없는 자아의 무성화를 내포했다.

(나는 얼마나 운이 좋은가. 나 역시 얼마든지 S. W.와 똑같이 "아껴 두는" 선택을 할 수도 있었기 때문이다. 그러나 나는 여자들에 의해—적어도 부분적으로는—성적으로 구원을 받았다. 16세 때부터 줄곧, 여자들이 나를 찾아냈고, 쫓아다녔고, 정서적으로 + 성적으로 나를 덮쳐 왔다. 나는 여자들에게 강간당했지만 그게 그리 위협적이라고 느끼지 못했다. 여자들이 얼마나 고마운지 모른다—내게 몸을 주었고, 심지어 그 몸을 남자들과도 동침할 수 있게 만들어 주었으니.)

S. W.를 보면 당연히 수전 [타우베스]가 떠오른다. 똑같이 순수를 욕망했고, 몸을 거부했고, 삶에 적합하지 못했다. 두 사람의 차이가 무엇일까? S. W.에게는 천재성이 있었고 수전에게는 없었다는 것. S. W.는 자기 자신의 무성화를 전제로 깔고 긍정하고 그로부터 에너지를 얻었지만—수전은 "약했다"는 것. 그녀는 여자들의 사랑을 절대 받아들일 수 없었다. 남자들에게서 상처를 받고 지배당하기를 원했다. 아름답고 화려하고 신비스럽기를 원했다. 수전의 거부는 그녀를 약하게 만들었을 뿐이다. 에너지를 주지 않았다. 그녀의 자살은 이류다. S. W.의 자살은 환희였다—그래서 마침내 S. W.는 세상에 자기 자신을 강제하고 자신의 전설을 확보하고 동세대와 후대를 협박하는 데 성공할 수 있었던 것이다.

수전은 무엇이 남았나? 아무도 읽지 않는 소설과 NY(읽지도 않고)

의 장 속에 보관해 둔 S. W.에 대한 논문. 아무도 그 논문의 존재조차 모른다.

내가 수전에 대한 단편 「디브리핑」에 한순간 S. W.의 목소리를 집어넣었다는 생각이 어젯밤에 문득 떠올랐다. 아주 무의식적으로—올해 3월에 그 소설을 쓸 때 했던 일이. 이제는 이해가 된다.

교훈: 순수와 지혜—둘 다 추구할 수는 없다—그들은 궁극적으로 상충된다. 순수는 무지, 자의식 없음을 내포한다—(심지어) 어느 정도의 백치성도. 지혜는 맑은 정신, 무지의 극복—지성을 내포한다. 순수하기 위해서는 무지해야만 한다. 지혜로우려면 도저히 무지할 수 없다.

내 문제(그리고 아마 내 어중간한 능력의 가장 심원한 원천): 나는 순수하면서 동시에 지혜롭기를 원했다.

지나친 탐욕이었다.

결과: 나는 "S. W."도 "플로베르"도 못 된다. 순수를 향한 굶주림은 진정한 지혜의 가능성을 차단한다. 나의 맑은 정신은 순수함으로 행동하려는 충동을 차단한다.

나는 자살에 끌리지 않는다—한 번도 끌려 본 적이 없다.

(아무도 밥을 차려 주지 않거나, 주위에 음식이 없을 때) 먹지 않는 건 쉽지만 나는 먹는 걸 정말 좋아한다.

1974년

1월 20일. 파리.

라빌리앙l'habillement["옷"]에 대한 단편 영화(아니면 장편?)

밀리터리 드레스
웨딩드레스(신화의 창조 / 흰색 + 순수)
배우들
복장 도착자들

모든 정장 차림은 졸렬한 모조품, 여장 남자를 지시한다.

참조. 펠리니의 〈로마〉에서 각양각색의 패션이 나오는 장면. 그리고 죽음으로…….

2월 6일.

……

"내게 백지는 망명자의 숲과 같다"

— [20세기 러시아 작가이자 반정부 운동가] 안드레이 시냐프스키

……

위대한 작가가 되기 위해서는:

형용사와 구두법(리듬)에 통달하고

윤리적 지성이 있어야 한다—그래야 작가로서 참된 권위를 갖게 되니까.

2월 9일.

"생각하는 대로 살아라. 아니면 사는 대로 생각하게 된다." —발레리

인생의 집에 잠입한 스파이.

7월 25일. 파나레아[이탈리아].

아주 작은 수트케이스를 들고 직접 경험으로부터 즉각 '도망치는' 방법으로서 "생각".

경험을 축소판으로 만들어 휴대할 수 있게 만드는 수단으로서의 "생각". 정기적으로 생각을 하는 사람들은—말뜻 그 자체로서—집이 없다.

지식인은 경험으로부터 망명하는 사람이다. 디아스포라 상태로.

직접적 경험이 무엇이 문제인가? 대체 왜 직접적 경험을—벽돌로

균혀 변형시킴으로써—그로부터 도망치려고 하는 건가?

무언가가 지나치게 즉각적일 수 있을까?
투옥: 너무 가볍다

관능성의 부족? 그렇지만 그건 동어 반복이다.

[날짜 미상]

얼마 전에는, 자주 하는 일이지만, 나 자신의 죽음에 대해 생각하다가 한 가지 발견을 했다. 지금까지 내 사유의 방식이 지나치게 추상적이면서 동시에 지나치게 구체적이었다는 걸 깨달았다.
지나치게 추상적: 죽음
지나치게 구체적: 나

왜냐하면 추상적이기도 하고 또한 구체적이기도 한, 중간의 조건이 있기 때문이다. 바로 여자라는 것. 나는 여자다. 따라서 완전히 새로운 죽음의 우주가 내 눈앞에 떠올랐다.

나는 나 자신의 죽음을 통제하려 하지 않는다.

……

한평생 나는 죽음을 생각해 왔다. + 그 주제는 이제 좀 지겨워지고 있다. 내가 죽음에 더 가까워져서가 아니라—마침내 죽음이 현실이 되었기 때문이다.(> 수전 [타우베스]의 죽음)

……

여자와 용기. 행할 용기가 아니라, 견디고 / 괴로워할 용기.

작은할아버지 카임의 아내—장례식이 끝나고 집에 와서—머리를 오븐에 처박았다. 어린 시절의 이미지—무릎을 꿇고. 하지만 오븐은 더럽다.

여자들 + 수면제 알약 + 물(총은 쓰지 않는다—[20세기 프랑스 작가 앙리 드] 몽테를랑, 헤밍웨이)

……

1975년

[1975년이라는 연도 말고는 날짜가 적혀 있지 않다]

어휘 창고를 채워 넣기—"보르트샤츠Wortschatz", "어휘의 보고"—몇 년이 걸릴 것이고, 엄청난 노력과 인내심을 요한다.

브레히트의 "플럼피스 덴겐Plumpes Denken"["조야한 사유"]—사유 + 효과가 있고 간과되지 않을 만큼 실체적인 언어

……

잭 런던의 단편 「불 피우기」—죽음을 앞둔 레닌의 침상에서 큰 소리로 낭독되었다고.

***

[러시아 비평가이자 작가인 바실리] 로자노프—[러시아 작가 니콜라이] 베리디예프 + [우크라이나계 러시아 작가 레프] 셰스토프를 포함하는 [19세기 후반 20세기 초반] 러시아 운동의 일원

***

시인: 치프리안 카밀 노르비트[1](폴란드, 19세기, 쇼팽의 친구)
블라디미르 홀란[20세기 체코 시인]

1. Cyprian Kamil Norwid, 1821~1883. 19세기 폴란드의 시인. 생존 중 알려지지 않았다가 20세기 초에 폴란드 제1급의 서정시인으로 평가되었다. 대표작은 『시집』, 『쇼팽의 피아노』 등이다.

……

"이 책은 마치 까마득한 구식 탄두를 장착한 세련된 로켓 같다." (TLS[타임즈 리터러리 서플리먼트]의 리뷰 도입부)

……

플로이드 콜린스, 1925년 눈사태에 갇힘—켄터키 중부의 동굴에—그리고 슬로모션으로 죽어 갔다. 전 세계의 수많은 사람들이 라디오, 뉴스릴, 신문으로 지켜보는 가운데.

……

"마음에서 뽑아내기 위해서 사물의 사진을 찍는 것이다." —카프카

……

3월 15일. 하라몽.

폴 [테크]: "다른 사람보다 나아지려고 노력하지 말 것. 나 자신보다 나아지려고 노력할 것."

로렌스 형제: —프랑스 로렌 지방에서 니콜라 에르망으로 태어남—마부 + 병사로 잠시 군에 복무, 1666년 파리에 소재한 맨발의

카르멜 수도회에서 평신도가 됨(그 후로 "로렌스 형제"로 알려짐)—수도원 주방에서 일했고 80세로 세상을 떠남.

18세 때 개종한 이유는 어느 한겨울, 잎사귀가 다 떨어진 앙상한 나무 한 그루가 눈 속에 서 있는 모습을 보고, 앞으로 다가올 봄이 가져올 변화를 생각하게 되었기 때문이라고.

참조. 사르트르의 『구토』에 등장하는 밤나무

바르트는 이제 "르 랑가주 아무뢰le langage amoureux[사랑의 언어]"를 연구 중이다—『베르테르』, 오페라 텍스트들

1892년 촬영된 니체와 어머니의 사진—니체는 48세였다.[이 이미지는 1975년 3월에 시작된 공책의 안쪽 표지에 붙어 있었다.]

(1889년 토리노에서 쓰러진 후 3년 뒤다.)—니체는 자신의 팔을 붙들고 있는 어머니를 보고 있다. 어머니는 카메라를 본다.

라디오 극[손택은 이 프로젝트에서 아르헨티나 작가 겸 영화감독인 에드가르도 코자린스키와 협업했다.]:

> 라디오 성우로서 에바 페론의 경력
> 그녀가 했던 프로그램—역사상 위대한 여인들(잔다르크, 플로렌스 나이팅게일, 장제스 부인)
> 자신의 어머니
> 산후안(북부)의 홍수 피해자들을 위한 자선 행사에서 (당시

대령이었던) 페론에게 처음 소개를 받는 것으로 끝남

다른 여배우와의 경쟁 관계, 당시 라디오 스타였던 동명의 에바.

……

3월 17일.

무의식적으로 암시되면서 동시에 반박되는 영화 속 동성애자들의 이미지를 생각해 보라: 예를 들어 1930년대와 1940년대 영화에서 클리프턴 웹, 에드워드 에버렛 호튼, 조지 샌더스의 역할 상당수. 프레밍거[2]의 〈로라〉(1944)를 다시 보다가 웹이 연기한 역할(나중에 살인자로 밝혀진다)이 분명히 동성애자의 초상이라는 사실을 깨닫고 충격을 받았다. 냉소적이고, 차갑고, 세속적이고 똑똑하고 심미주의자이며 미술 수집가.

["1975년 5월의 단상"이라고만 표기되어 있다.]

내가—지금—보기에 1960년대의 문제적 논문들은 "하나의 문화 + 새로운 감수성"과 "스타일에 관하여"이다.

다시 읽어 보고, 문제들을 다시 생각하기.

2. 오토 프레밍거Otto Preminger, 1906~1986. 미국의 영화감독 겸 제작자. 사회 각층의 관심을 끄는 센세이셔널한 제재로 대작을 만들었다. 미국 영화계에서 가장 성공한, 전형적인 제작자 겸 감독이라 평가받는다. 작품으로는 〈돌아오지 않는 강〉, 〈황금의 팔〉 등이 있다.

새로운 예술, 새로운 정치와 공공연히 연루되는 관계로 돌아가고 싶지는 않다. 그러나 이런 취향/사유를 오늘날 어떻게 공식화할까?

감수성 대 윤리?

내 관점이 바뀌었다는 얘기는 아니다. 객관적 조건이 변했다.

내 역할: 적수로서의 지식인.(그러니 이제 나 자신에 대한 적수 노릇을 해야 하나?)

1960년대 초기에 유행하는 아이디어들은 순응, 평범한 교양의 문화, 일정한 부류의 금제였다. 그래서 내가 취한 미학적 입장은 선했고 + 필요했다. 또한 정치 활동의 초점이 (당연히) 반정부 + 반전에 맞춰져 있었다—정치적 적수의 역할은 옳았고, 사실 양심이 있는 사람이라면 불가피한 일이기도 했다.

그러나 1970년대 초가 되자 오남용은 아주 달라졌다—'자유'에 대한 사유가 남용되면서. 이제, 특정한 상황[1960년대라는]에서 나온 사유들은 중학교 수준의 규범이 되어 버렸다……. 이런 사유들은 어떤 위상을 갖게 되는가?

미국 자본주의의 천재성은 이 나라에서는 알려지면 무조건 동화된다는 데 있다.

나는 반문화의 정치(혁명적 잠재성이 있는 척하는)에 들어가 본 적이 없다. 쿠바 글(1967)에서 이미 나는 그 위험성을 경고했다.

—뉴레프트의 정치적 실수(1967년 경)는 제스처(스타일, 옷, 버릇)를 발명해서 사람들을 정말로 분열시킬 수 있다고 생각했던 것이다. 예를 들어: 장발, 나바호 장신구, 건강식, 마약, 나팔바지.

5월 16일. 뉴욕.

낡은 각본을 연기하며 살았다는 느낌을 받기 마련이다. 다른 민족들의 혁명을 함께 여행한 동지들: 프랑스, 러시아, 중국, 쿠바, 베트남 사람들.

참조. [미국의 사회비평가 크리스토퍼] 라쉬의 저서, 『미국의 자유주의자들과 러시아 혁명』

아마 마지막으로? "좌"와 "우"는 피로한 말이다.

운동은 적어도 세 가지 다른 경향을 품는다. 자유주의적 경향, 무정부주의적 경향, 급진적 경향. 급진적 경향은 극단적인 좌파만큼이나 극단적 우파와도 공유하는 주제들이 많다. 심지어 뉴레프트/과격 좌파의 수사는 1920년대와 1930년대 초반 파시스트 수사와 구분이 어려울 지경이다. 우익은(예를 들어 [당시 앨러배마 주지사 조지] 월러스) 잠재적인 좌파 포퓰리즘처럼 들린다.

십자군이나 혁명가연 했던 지식인들은 자기네들이 여전히 귀족이며 자유주의자라는 걸 깨달았을 뿐이다.(도시 게릴라인 척하던 아이들이 펑크로 자리를 잡듯이) "자유주의"는 광막하고 모호하고 늪처럼 질척대는 영토이며 그곳에서는 아무리 노력해도 그 누구도 빠져나오지 못한다—아마 빠져나와서는 안 되는지도 모르겠다.

정의에 대한 열정을 품게 되는 건 자유주의 때문이다.—그리고 더 정의로운 질서에 대한 갈망도 품게 된다. 하지만 그런 질서 속에서 자유주의가 보증하는 자유들은 아마 살아남을 수 없으리라. 자유주의의 문제는 혁명에 대해 양가적이지 않은 명료한 태도를 절대 취할 수 없다는 데 있다. 결국은 반혁명적 입장을 취해야만 한다.(마오주의자들이 옳았다.) 자유주의자들은 국가의 자결권(내란을 일으키고 혁명을 창조할 타민족의 권리)을 지지할 수 있고, 지지해야 하며, 그들의 자결권을 압살하는 우리 정부에 반대해야 한다. 그러나 자유주의자들은 그런 정부 아래서는 살아남을 수 없다—우리가 이제까지 집권한 모든 공산주의 정권의 역사에서, 단 하나의 예외도 없이, 보아 왔듯이.

지식인이라는 건 복수성이라는 내재한 가치, 그리고 비평적 공간의 권리(사회 안에서 비평적인 반대를 할 수 있는 공간)에 애착을 갖는다는 뜻이다. 그러므로 혁명적 운동을 지지하는 지식인이라는 건 자기 자신의 철폐에 동의한다는 뜻이다. 그건 논쟁거리가 될 만한 입장이다. 지식인들은 사치품이며 미래에 가능한 유일한 사회들에서는 아무 역할이 없다는 논증이 얼마든지 설득력을 가질 수 있다. 참조.[미국 경제학자 로버트] 하일브로너.

그러나 대다수 지식인들은 그렇게까지 나아가기를 원치 않고, 혁명적 동지로서 여행하다가 후퇴할 것이다. 참조: 라쉬의 책, [편집자 겸 작가인 미국인 멜빈] 라스키가 프랑스 혁명에 대한 영국의 반응에 대해 쓴 책.

혁명 관광의 현상—참조. [독일인 작가 한스 마그누스] 엔젠스베르거의 논문.

……

프란즈 허브만, 『유태인의 가족 앨범』(런던, 러틀리지 출판사, 1975년 출간) 4백 장의 사진 수록.

진성眞聖으로 글쓰기

파라셀수스(1493?~1541)

5월 20일.

…이미 도스토예프스키의 『지하 생활자의 수기』에서—문학적 공간, 영원히 지속될 수도 있는, 끝날 수 없는, 잠재적으로 영원히 계속되는 서사,

참조. [독일계 미국인 정치철학자 겸 역사가 에릭] 보에겔린이 『서던 리뷰』에 실은, 헨리 제임스 편지에 대한 논평

……

(밥 실버스:) 포크너의 소설에 나오는 사람들에 대한, 빽빽한 덤불숲 같은 육감들.

참조. 벨로우, 그런 재능을 지녔음에도, 기교도 지성도 없지만 위대한 작품들을 생산했다.

5월 21일.

『은인』 이후로 내가 쓴 모든 픽션에 나오는 주제: 사유의 픽션. 사유와 권력의 관계. 그 말은, 다양한 형태의 압제와 억압과 해방…….

이 주제를 온전하게 픽션으로 다룬 다른 사람은 생각나지 않는다. 베케트, 어느 정도.

오늘밤 조 [차이킨]과 대화. 연극 생각을 하면 그쪽에서 일해야 할 이유가 하나도 생각나지 않고, 자기가 하는 일의 의미도 전혀 찾을 수 없다고 그는 말했다. 연극에 대해 생각하지 않을 때만(예를 들어, 자기 일의 의미, 가치, 중요성을 자문하지 않을 때) 일을 즐길 수 있다는 것이다—그리고 조는 일을 즐긴다. 사람이 만족스러운 대답을 얻지 못하는 질문을 오랜 시간 동안 스스로에게 던지다 보면 보통 그 (답보다는) 질문이 잘못된 거라고 대답했다. 19세기 후반까지는—예술이 스스로를 정당화하거나 의미를 표출해야 한다는 요구 자체가 없었다. 그건 마치 예술에게 쓸모 있고 실용적이어야 한다고 요구하는 것과 같았다. 나는 노예적이고 실용적인 활동들과—어째서 그런 일을 하는지는 다들 안다. 쓸모 있고, 필요하고, 강제되니까—자유롭고 자발적인 잉여 활동들을 구분했다. 예술 창작은 두 번째 부류의 활동에 들어가며, 이것이 우리가 예술에 이끌리는 이유다. 나중에 우리는 무슨 실수를 저지른 것처럼 불안하고 타락한 기분이 드는데, 그건 그 활동을 정당화할 수가 없어서, 그 활동이 첫 번째 부류의 활동에 속한다고 자기 정당화를 할 수 없기 때문이다. 우리는 애초에 우리 마음을 이끈 바로 그 속성, 잉여성 때문에 우리 활동—작업—의 가치를 의심하는 상황에 놓이게 된다.

(참조. 발레리—모호함은 문학의 조건일 뿐 아니라 정신적 삶 자체의 조건이다. "그러나 아마 모호함은 파괴가 불가능할 것이다. 그 존재가 영적 광휘에 필요하므로.")

……

5월 22일.

톨스토이의 『부활』에 대해 카프카: "구원에 대해 글을 쓸 수는 없다. 구원을 살 수 있을 뿐이다."

사유의 『모비 딕』을 쓰고 싶다. 멜빌이 옳다. 위대한 주제가 필요하다.

지능—어느 정도를 벗어나면—예술가에게는 약점이 된다. 레오나르도 다 빈치와 뒤샹은 화가가 되기에는 너무 지능이 뛰어났다. 그들은 회화 이상을 보았다……. 그리고 발레리는 시인이 되기에 너무 똑똑했다.

유태인에 대한 소설: 사바타이 제비, 포트노이, 하이먼 카플란, 안네 프랑크, 미키 코헨, 마르크스, 에델 + 줄리어스 로젠버그, 트로츠키, 하이네, 에리히 혼 슈트로하임, 거트루드 스타인, 발터 벤야민, 패니 브라이스, 카프카

5월 25일.

…내 삶을 변화시켜야만 한다. 그러나 허리가 부러진 마당에 어떻게 내 삶을 바꾼단 말인가?

D.[데이비드]는 내 부단한 쾌활함에 속지 않는다고 말했다. 눈을 뜨는 순간부터 잠드는 순간까지—지난 2년 동안. 어머니가 쓴 소설을 나는 읽었어요, 데이비드는 말했다. 이런 소설을 쓰는 사람이 진심으로 그렇게 명랑할 수는 없어요.

그러나 나는 실패하고 싶지 않아, 나는 말했다. 생존자가 되고 싶어. 수전 타우베스가 되고 싶지 않아.(아니면 알프레드 [체스터]. 아니면 다이앤 아버스[1971년 자살한 미국 사진작가]나. [데이비드에게] 큰 소리로 카프카의 한 대목을 읽어 주었다—자신의 결혼 생활을 옹호하고 비판한 요약[1913년 7월 21일]

카프카 같은 기분이야, 나는 D.에게 말했다. 하지만 나는 공포를

쫓아버릴 안전한 항구들의 체제를 찾아냈어—저항하고, 생존하기 위해서.

……

내가 구축한 삶에서 그 어떤 사람도 나를 심오한 고뇌에 빠지게 하거나 화나게 할 수 없다—단 하나의 예외는 물론 D.다. (그 애 말고는) 아무도 내게 손을 대고, 내 뱃속을 뒤집고, 나를 벼랑 끝으로 밀어 떨어뜨릴 수 없다. 모두가 "안전" 인증을 받았다. 이 체제의 보석이자 센터피스는: 니콜이다.

그렇다, 나는 안전하다. 그러나 훨씬 더 약해지고 있다. 단 몇 시간이라도 혼자 있는 게 점점 더 어려워지고 있다—파리에서 보낸 지난겨울, 니콜이 오전 11시에 일어나 사냥을 나가 자정이 될 때까지 돌아오지 않았을 때 나는 얼마나 공황 상태에 빠졌던가. 뤼 드 라 페장드리[니콜 스테파니가 당시 살던 곳]를 떠나지 못하고 파리를 홀로 돌아다녔다. 토요일마다 나는 일도 못 하고, 움직이지도 못 하고, 거기 그냥 머물렀다…….

칼로타의 그림자가 나를 공황에 빠뜨린다—무엇보다도—왜냐하면 나는 그 무엇도 파장을 만들기를 원치 않기 때문이다. 나는 갈등 상황에 있는 게 무섭다. 내가 하는 일은 무조건 갈등을 회피하기 위한 거다.

대가: 섹스는 없고, 일과 D.와 나의 기함flagship인 N.과 밋밋하고 모

성애적인 우정(조 [차이킨], 바바라 [로렌스], 스티븐 [코흐], 에드가르도 [코자린스키], 모니크 [랑게], 콜레트 등등)에 온전히 헌신한 삶. 차분해지고 관찰자적이고 집요하게 생산적이고 신중하고 명랑하고 부정직하고 다른 사람들에게 도움이 되고.

내가 여생을 정말로 "작업"을 보호하는 일에 바치기를 원하는 건가? 나는 내 삶을 작업실로 바꾸었다. 나 자신을 경영하고 있다.

안전한 항구가 그렇게 안전할 시간이 얼마 남지 않았다는 생각을 떠올린다.(N.의 파산, 뤼 드 라 페장드리를 팔 수밖에 없다는 사실) 그러면 뭐든 바꾸기가 더욱 어려워지겠지—보호자연하는 관계를 좋아하는 내 취향. 어머니와 관계를 맺으면서 처음 생겨난 성향.(약하고 불행하고 혼란에 빠진 매력적인 여자들) 지난 3월 로마에서 그렇게 딱하고 쇠락한 모습을 만났던 C.와 어떤 식으로든 또 다른 관계를 시작하지 말아야 할 이유.

6월 7일.

"모더니즘"을 객관적으로 보게 하는 두 가지 텍스트: 보에겔린이 20년 전 [헨리 제임스의] 『나사의 회전』에 대해 [로버트] 하일먼에게 보냈던 편지, 베르디에 대해 이사야 베를린이 쓴 글(『허드슨 리뷰』, 1968년)

파시즘에 대해 말하면 과거의 모델들을 생각하게 된다—20세기의 전반 50년(이탈리아, 독일, 스페인 등등). 대부분 후반 50년이 낳고 있는 새로운 변종 파시즘에 대해서 말한다. 그건 더 가볍고, 더 효율적이고, 덜 감상적일 거라고 한다. 에코파시즘.

순수한 환경(공기, 물, 등)에 대한 우려는 순수한 인종에 대한 우려를 대체할 것이다. 인종적 오염이 아니라 환경적 오염에 맞서 싸운다는 근거로 대중을 동원할 것이다.

……

6월 12일.

처음으로 [메리 셸리의] 『프랑켄슈타인』을 읽었다. 열여덟 살밖에 안 된 작가라고 보면 경이로운 작품이다. 라디게[스무 살이 되기 전 『육체의 악마』를 썼다]보다 훨씬 더 놀랍다.

이건 "교육 소설"이다—"야성의 아이"의 딜레마(비교. [프랑스 영화 작가 프랑수아] 트뤼포의 〈L'E.S.〉[『야성의 아이*L'Enfant Sauvage*』], 헤어조크의 『카스파르 하우저』]…….

빅터 프랑켄슈타인은 [제임스] 웨일의 영화들에 나오는 미친 공작과는 한참 동떨어진 치졸한 부르주아 과학자다—……그리고 제네바 사람들: 속물적이고, 안일하고, 비겁하고, 허영심이 많고, 자기 과시적이다. 주인공이 괴물이다—사랑의 결핍이 광기로 몰아간 사람.

……

결혼의 테마 + [괴테의] 〈친화력〉 + 〈프랑켄슈타인〉.

……

[20세기 프랑스 시민] 올리비에 라롱드의 삶—『예술과 문학*Art & Literature*』, #10. 그의 침실에는 천체 지도가 걸려 있다. 원숭이. 은둔자의 시들. 아편. 검은 커튼

『은인』과 『데스 키트』의 연관성 : 『꿈의 해석』 말미에서의 프로이트, 꿈의 상술詳述과 총체적 심리 속에서 특수하게 작용하는 꿈의 기제를 통합하려는 시도 : "심리적 창작을 돕는 도구를 일종의 복잡한 망원경이나 카메라 같은 것으로 상상하도록 하자."

……

"인간은 무덤을 향해 달려가고,
강물은 거대한 심연을 향해 다급하게 흘러간다.
모든 살아 있는 것의 끝은 죽음이고,
시간 속의 궁전은 폐허가 된다.
흘러간 나날보다 머나먼 것은 없고
다가올 나날보다 가까운 것은 없지만,
둘 다 멀다, 까마득히 멀기만 하다
무덤의 심장 속에 은폐된 사람에게는.

—사무엘 하-나그리드(933년 코르도바 출생, 1056년 그라나다 사망)

6월 30일. [파리].

시오랑(5:30에서 자정까지)—

유일하게 용인할 수 있는 삶은 실패다.("언 이셰크un échec")

유일하게 흥미로운 관념은 이단이다.

사르트르는 애송이다—나는 그를 흠숭하고 또 경멸한다—그에게는 비극, 시련의 감각이 전혀 없다.

벌을 받아야 할 오만의 죄는 스스로에게 일 년 이상을 허락하는 것.

아프레 엉 세르텡 아주, 투 크라크Aprés un certain age, tout craque["일정한 나이가 지나면 모든 게 박살나고 무너진다."]

삶을 가치 있게 만드는 유일한 것은 황홀경의 순간이다.

무슨 일을 하느냐가 아니라 '어떤 사람인가'가 중요하다.

두 가지 부류의 대화가 흥미롭다. 형이상학적 '사상'에 대한 것과 가십, 일화

건강법으로서의 글쓰기

자유로운 지식인: 학생이 없는 교수, 신도가 없는 사제, 공동체가 없는 현인

7월 19일. 파리.

'속도', 속력에 대해 써야 할—아주 일반적이고 경구적인—에세이가 하나 있다. 아마 20세기 의식의 유일하게 새로운 범주이리라.

속도는 기계와 동일시된다. 이동과 동일시되고. 빛, 늘씬함, 유선형, 남자와 동일시된다.

속도는 권태를 멸절한다. (19세기의 핵심 문제—권태—에 대한 해결책)

보수적	혁명적
과거	미래
유기적	기계적
무거운	가벼운
돌	금속
확실성	예측 불가능성
침묵	소음
의미	무의미

[이탈리아 미래주의자 필리포 토마소] 마리네티에서 맥루한까지. 이반 [일리치]의 속도 비판과 대조.

……

진지함	아이러니
기억	망각
휴식	에너지
습관	새로운 것
분석	육감
느림	빠름
질병	건강

이것이 어떻게 파시스트 미학과 들어맞는가? 파시즘? 리펜슈탈?

이 생각의 계보학. 니체 등등.

자연	연극으로서의 삶*
비관주의	낙관주의
감상성	남성성
평화	전쟁
가족	자유

이 모든 것들과 (미래주의 등등) 의식의 산업화라는 엔젠스버거의 생각. 파시즘이 의식을 산업화하는가?

한 가지 논점은 정말로… "파시스트 미학"이라는 게 존재한다는 것이다.

> 마리네티: "가치가 있다면 그것은 무조건 연극적이다."

십중팔구 “공산주의 미학”이라는 건 존재하지 않을 거라고 본다. 어휘 자체에 모순이 있으니까. 그래서 공산주의 국가들에서 허가된 예술이 어정쩡하고 반동적인 성격을 띠는 것이다.

공산주의 국가의 공식 예술은 객관적으로 파시즘적이다.(예. 스탈린 시대 문화의 호텔 + 궁전. [마오쩌뚱 시대의 중국 선동 영화] 〈동방은 붉다〉 등)

그러나 파시즘이 과거를 감상적으로 묘사하는 건 어떤가? 나치는 바그너를 공식 음악으로 썼다. 마리네티는 바그너를 경멸했다.

이상적인 공산주의 사회는 철저히 교훈적(사회 전체가 학교다)이다. 모든 생각은 윤리적 사상의 지배를 받는다. 이상적인 파시즘 사회는 철저히 미학적이다(사회 전체가 극장이다.) 모든 생각은 미학적 사상의 지배를 받는다.

이는 미학이 정치학이 되는 또 다른 방식이다.

“미학적 판단”에 관하여. 언제나 “선호”(암시적이든 명시적이든)와 관련이 있다.

우리가 미학적 판단을 내려서는 안 되는 어떤 범주가 있다는 합의가 있나? 그런 제한은 미학적 판단이라는 관념 자체를 구성하는 일부인가?

무조건 모든 걸 미학적으로 판단하겠다고 결정한다면 어떻게 되나? 우리는 그 관념을 파괴하게 되나?

미학적 판단은 언제나 선호와 연관되지만, 선호는 항상 미학적 판단과 연관되지 않는다.

부적절한 정서적 거리를 내포하지 않고 "단순히" 미학적 판단으로 "아버지보다 어머니를 선호한다"고 말할 사람들도 있기는 하다.

그러나 누군가 "2차 대전보다는 1차 대전을 선호한다"고 말하는 걸 상상하면, 우리는 전쟁이 부적절하고 무정하게 취급되고 있다고 생각하게 된다. 즉, 전쟁이 구경거리로 취급되고 있다는 느낌을 받는 것이다.

……

7월 22일.

음악적 사유. 마술적 사유.

슬픔에 잠긴.

부정적 현현: 사르트르의 밤나무(『구토』). 긍정적 현현: 아우구스티누스의 벌레, 러스킨의 잎사귀. 요즘은 자연과 진정한 교유를 하

는 작가가 거의 없다. 글쓰기의 규준은 도시적이고 심리학적이며 지성에 호소한다. 바닥은 세계 밖으로 뚝 떨어졌다. 긍정적인 의미의 자연은 무정부적이고 비근대적이다.

뉘앙스, 분별, 음악성—그것이 내가 글쓰기에 집어넣으려 하는 것이다. 이전에는 없던 것. 관능성은 배제하고. 나는 생각하는 모든 걸 말해야 한다고 생각했다.

해롤드 로젠버그: "정통성을 갖기 위해서는 예술에서의 스타일이 예술 외부의 스타일을 끌어와 스스로 교정을 해야 한다. 궁정에서건, 무도장에서건, 성인과 고급 창녀들의 꿈속에서든 말이다."

나는 요즘 엘리자베스 H.[하드윅], 빌 마조코, 윌프리드 쉬드, [윌리엄 H.] 가서 + 개리 윌리스와 같은 이교도[유태인의 입장에서 본 타민족]들의 산문에 자극을 받는다. 사유는 없지만 음악은 대단하다! 불쌍한 유태인들!

이미지들을 볼 때 종종 짜증이 치민다. 내 눈에는 "미친" 것처럼 보인다. 어째서 X가 Y 같아야 한단 말인가?

N[니콜]이 지난 밤 르 주 드 라 베리테^le jeu de la vérité^[일종의 진실 게임]을 하자고 했을 때 속이 터져서 미치는 줄 알았다. 주제: 크리스티안. 내가 한 번 맞춰 볼까, 하고 N은 말했다. 그녀가 음식이라면? (하지만 그녀는 음식이 아니다.) 자동차라면? (하지만 자동차도 아니다.) 영웅이라면? (하지만 영웅도 아니다.) 등등. 정신의 퓨즈가 나가는 것 같았다.

직유는 그런 게 아니다.

8월 7일. 파리.

(시오랑 같은) 에세이: "예술이 몰락하게 하라……."

텍스트: [헨리 제임스의] 『카사마시마 공주』(라이어넬 트릴링의 서문이 있는—히야신스 로빈슨을 "문명의 영웅"이라고……)

그라쿠스 바뵈프의 옹호[프랑스혁명 집정부에 의해 재판을 받은 프랑스 자코뱅 출판업자] (+ 모렐리[프랑스 계몽주의의 유토피아 작가])

중국 소재

바뵈프가 모렐리를 인용해서… : …"사회는 다른 사람들보다 더 부유해지고, 더 현명해지고, 더 큰 권력을 갖고 싶어 하는 인간의 욕망을 단번에 제거하는 방식으로 작동하게 만들어져야만 한다."

"더 현명한" 중국

……

아니면 이건 소설에 합당한 주제인가? 제임스는 『카사마시마 공주』를 1880년대에 썼다. 그때 그가 알았던 것보다 지금 우리가 더 많이 알게 되었는가? 히야신스 로빈슨은 백 년 후에도 자살을 할 것인가?

품격 있는 소설을 위한 두 가지 주제:

성스러움
문명의 "문제"

현대의 히야신스는 누가 될까? 문화는 여전히 "가치"인가—1920년대에 다다이즘, 초현실주의 등등에 의해 허리가 부러진 마당에도?

[페이지 맨 위의 네모 칸에] 참조. [테오필 고티에] 『드 모팽 양孃, *Mademoiselle de Maupin*』: 공화주의 저널리즘의 리얼리즘—공리주의적 요구에 대한 공격—"…그리하여 왕족 + 시, 세계에서 가장 위대한 이 두 가지가 불가능해져 버린다…."

히야신스는 파리에 가서 대중 관광 산업에 대처할 필요가 없다—그가 사랑하는 모든 대상들의 타락. 제본소에서 그와 함께 일하는 동료 노동자들도 이제는 유럽에서 휴가를 보낸다.

(기독교도 예술에 그리 좋은 영향을 미치지는 못했다—윤리적 어조를 낮추고, 문명화되고, 복수화되기 전까지는)

([파블로] 네루다 + 브레히트와 같은 위대한 작가들이 시로써 인민에게

봉사하고 사회정의의 요구에 부응하려 했을 때, 어떤 일이 일어났는가.)

『빨간 책*The Little Red Book*』[마오쩌둥의 어록인 『모 주석 어록』을 서방에서 이렇게 부른다]은 모두가 생각할 수 있다고 가르치지만 (전통적인 중국식) 지혜의 관념을 부정한다.

『카사마미마 공주』에 대해 트릴링이 말하기를…: "히야신스는 대다수의 사람이 인정하기를 원치 않는 사실을 인지한다. 문명은 대가를, 그것도 값비싼 대가를 치러야 한다는 사실이다."

—중국!

8월 8일.

아르데코는 최후의 "국제적"—총체적—스타일이다.(미술에서 가구에 이르기까지, 그 밖의 일상용품, 옷 등등) 지난 50년간의 모든 스타일들은 아르데코에 대한 논평이었다. 예) 반듯하게 펴진 아르데코, 어지러운 아르누보의 곡선들을 사각형과 선형으로 펼친 것이 최후에서 두 번째의 국제적 스타일이었다. 바우하우스(미에스 [반 데어 로에], [필립] 존슨, 등등)는 모든 장식을 금지했지만 구조는 여전히 그대로 남아 있다.

파시스트 건축: 패러디 + 아르데코 ([알베르트] 슈피어, "무솔리니")

어째서 50년간 새로운 국제적 스타일이 없었을까? 새로운 사상,

새로운 요구가 아직 선명하지 않기 때문이다.(그래서 우리는 아르데코의 변주 + 세련에 만족하고 기분 전환 + 퓨전을 위해 더 오래된 스타일을 패러디해 — "팝" — 리바이벌했다.)

새로운 스타일은 금세기의 마지막 십 년에, 생태계의 위기가 부상하면서 등장할 것이다 — 그리고 에코파시즘의 가능성.

저층 건물
동굴
창이 없음
석조

마천루는 인간의 오만으로 비칠 것이다 + 비실용적일 것이다.

우리 세기 가장 큰 영향을 미친 "화가": 뒤샹. 예술이라는 관념의 해체

가장 큰 영향력의 시인: 말라르메. 난해한 작가라는 관념을 주창함. 난해한 작가는 언제나 있었으나(예. 비교秘教적 텍스트와 공교公教적 텍스트라는 고대의 구분) 그 이전에는 아무도 난해함 — 즉, 순수 — 즉, 내용의 제거 — 를 가치의 판단 기준으로 주창하지 않았음. 말라르메는 창작 행위가 꿈도 꿀 수 없는 방식으로 영향력을 발휘한 관념(창작이 아니라)을 발명했다.

1910년대 — 예술이 정치적 수사를 상속함(무정부주의의 수사) 참

조. 마리네티

1960년대—페미니즘이 정치적 수사를 상속함(급진 좌파의 수사) 서열, (부르주아적, 남근 중심적, 억압적인) 지성, 이론적인 것

조작된 희망, 조작된 절망

자아 성취를 위해 필요한 "그대"

예술의 권능 = 부정하는 힘

……

픽션: 계몽과 구원의 기획

장애:

페시미즘, 비탄의 문제(유혹)
문화적 외연의 와해
마비 상태의 유혹

……

"샤크 아톰 드 실랑스 에 라 샹스 덩 퓌 뮈르Chaque atome de silence est la chance d'un fuit mûr."["침묵의 원자 하나하나가 농익은 과일의 행운이다."]

= 발레리

vs.

[거트루드] 슈타인, "나는 기억나는 한 항상 말하고 있었고 말하는 동안 항상 같은 감정을 느꼈다……. 내 말이 들릴 뿐 아니라 보인다는 느낌."

예수회의 침묵; 트라피스트의 규율; 하포 마르크스; 버키 풀러

……

9월 4일. 뉴욕.

……

쾌락—나는 쾌락의 권리를 잊었다. 성적인 쾌락. 글에서 쾌락을 얻는 것, 그리고 내가 쓰기로 선택한 것을 판단하는 한 규준으로 쾌락을 활용하는 것.

나는 반박의 글쓰기를 하는 논객이다. 공격당하는 것을 지원하기 위해서, 기득권을 행사하는 것을 공격하기 위해서 글을 쓴다. 그러나 그럼으로써 나는 스스로를 불편한 입장에 놓는다. 내 내밀한 속내로는, 남을 설득하기를 원치 않고 내 소수자적 취향(사상)이 주류의 취향(사상)이 되어 버리면 어쩔 수 없이 낙담한다. 그러면 다시 공격하고 싶어진다. 내 저작과도 적대적 관계에 놓일 수밖에 없다는

말이다.

홍미로운 작가는 적이, 문제가 있는 곳에 있다. 결과적으로 스타인이 좋은 작가도 도움이 되는 작가도 못 된 이유. 문제가 없다. 오로지 긍정뿐. 장미는 장미는 장미다.

성서의 시대부터 줄곧 사람들과 성적인 관계를 맺는 것은 그들을 아는 방법이었다. 우리 세대에서—처음으로—성은 자아를 아는 방법으로 주로 가치를 인정받게 된다. 성행위가 짊어져야 하는 짐이 너무 많다.

……

쾌락　　　　순수

　　갈등?

쾌락은 "아파테이아"[3]가 찾아오지 못하도록 막지만, 떠들썩하지는 않더라도 불순하고, 고의적인 건 아니더라도 불순하다.

[영국 수필가 윌리엄] 해즐리트: "미국의 정신은 자연스러운 상상력이 결핍되어 있다. 정신은 도르래와 지렛대를 활용해 과도하게 잡아당겨야만 흥분한다."

3. apatheia. 정념情念이나 외계의 자극에 흔들리지 않는 초연한 마음의 경지.

뉴욕에서 본 영화

로버트 알트만, 〈내쉬빌〉(1975)

노먼 주이슨, 〈롤러볼〉(1975)

[닉 브룸필드와 조앤 처칠], 〈청소년 비행의 진실Juvenile Liaison〉

존 포드, 〈[스코틀랜드의] 메리〉(1936)

조지 스티븐스, 〈앨리스 아담스〉(1935)

우디 앨런, 〈사랑과 죽음〉(1975)

**** 에이젠슈타인, 〈폭군 이반〉 1부,

** 에이젠슈타인, 〈폭군 이반〉, 2부

르누아르, 〈암캐La Chienne〉(1931) — 마이클 사이먼

메이즐스 형제, 〈그레이 가든스Grey Gardens〉(1975)

헤어조크, 〈각자 알아서 살아야지Every Man for Himself〉 + 〈신 대 만인God Against All〉(1974) — 브루노 S.

오슨 웰즈, 〈악의 손길〉(1958)

버그먼, 〈마술피리〉

[하워드 지프], 〈서구의 심장부〉(1975)

월터 힐, 〈하드 타임즈〉(1975) — 찰스 브론슨, 제임스 코번

……

"윤리적 테러리즘"이라는 표현을 처음 쓴 건 칸트였다.(1798년 출간된 『학부 간 논쟁*The Disputation of the Faculties, Der Streit der Facultäten*』)

2주간 파라과이 방문

"[20세기 미국 작가] 아이리스 오웬즈는 텔레비전 같다."

—스티븐 K[코흐]

……

1976년

[날짜 미상, 2월]

…발작적으로 찾아오는 평정 상태

깊은 슬픔은 사람을 미치게 만들 수 있다.

푸코는 공동묘지에 대한 에세이를 쓰고 싶어했다—유토피아로서

…모든 상황은 사람이 쏟는 에너지의 양에 따라 정의된다—나는 내 사랑, 내 희망에 너무나 많은 에너지를 쏟아 붓는다—나의 슬픔, 상실감에도 똑같은 양을 쏟아 부을 마음이 생긴다.

데이비드를 생각해야만 한다—유이[당시 파리에서 사귄 아르헨티나 친구]가 말하기를, (맞는 말이었다) 나는 그 애를 묘사하지 않고, 그 애와의 관계(우리)를 묘사한다고 한다. 어떤 애냐고 물어보았을 때, 나는 말이 딱 막힌 기분이었다—창피스러웠다—나 자신에게 있어 가장 좋은 면을 묘사하라는 뜻이었기 때문이다. 그게 문제에 접근하는 열쇠였다. 나는 그 애와 나 자신, 나 자신과 그 애를 지나치게 동일시한다. 그 애한테는 얼마나 부담스러운 일일까—내가 그렇게 우러러보며 사랑하고, 그토록 자랑스러워하고 있다니.

나는 회복기의 환자다—주 [므] 트렌느je [me] traîne—나는 새로운 에너지의 원천을 찾고 있다.

……

[독일계 미국인 문학 비평가] 에리히 칼러가 토머스 만이 죽기 십 년 전에 쓴 글: "만은 인간의 조건에 대해 개인적으로 책임감을 느끼는 사람이다."

***

…그렇다, 나는 청교도다. 이중으로—미국인이고 유태인이고.

***

흥미롭고 명료한 방식으로, 유창하게, 말을 잘하는 건 "자연스럽지" 않다. 집단을 이루며 살아가는 사람들, 가족, 공동체는 말이 별로 없다—언어적 수단이 거의 없다. 달변—언어로 사유하기—은 고독, 근절, 고통스러우리만큼 고조된 개인성의 부산물이다. 집단을 이루면 노래하고 춤을 추고 기도하는 것이 더 자연스럽다. 발명된(개인적) 발화보다는 기존의 당연한 발화 말이다.

***

……

2월 18일.

정신의 뜨거운 희열—

젊은 시절에는, 성장하고, 몸과 함께—몸에 의해 부양된다. 늙거나 병들면, 몸이 아래로 가라앉고, 침잠 혹은 침몰해 버리고, 자아는 조난된 상태로 남아 휘발해 사라진다.

금세기에 태어난 모든 인간의 절반—혹은 그 이상이 현재 살아 있다.

시오랑: 니체적 해즐릿Hazlitt

2월 22일.

…나에게는 정신의 체련장이 필요하다.

……

6월 1일.

에너지 + 희망과의 연애[손택은 유방암을 치료해 주고 있는 주치의들에 대해 말하고 있다.]

편지를 쓸 수 있게 되면…….

***

외과의의 녹색 수술복

***

[이 일기는 여백에 그은 수직선으로 강조되어 있다.] 끊어진 스카이라인처럼 전혀 다른 종류의 텍스트들

나는 누구, 무엇으로부터 힘을 얻는가? 무엇보다, 언어. 사람들 중에서는 조셉 [브로드스키]. 책: 니체, 리지의 산문[엘리자베스 하드윅의 소설]

그걸 쓰는 건 쓴웃음이다—씩씩하고 우습고 교활한 쓴웃음. 냉소적이지는 않고. 악의적.

베케트의 주제: 시, 노망의 악의

……

6월 14일. 파리.

최소한도의 유토피아

명상하고 파악할 시간을 남겨 두기

—신의를 지키는 성정인가요?
—그래요. 쌓아서 모아 두죠.

"마네킹"에 관하여. 그건 SF라기보다는 우화, 동화다. 그가 한 선택(중퇴, 클로샤clochard["부랑자"])는 불구가 된 사람의 선택이었다—그리고 그가 거부한 황량한 삶과 연속되어 있었다.

모델: [버지니아] 울프, "쓰지 않은 소설", [로베르트] 발저,[1] "툰의 클라이스트Kleist in Thun" [브루노] 슐츠, "그 책"

***

……

시인은 실제 또는 정신적 지역성에 스스로 제한을 받는다—그리하여 그/그녀는 자신의 "우주"를 창조한 것으로 보이게 된다.

미국 시의 약점—반지성적이다. 위대한 시에는 사상이 있다.

6월 19일. 뉴욕.

일요일 밤에 돌아왔다. 무기력하게 사색하며, 억지로 앓았다. 핀에 꽂힌 벌레처럼 꿈틀거린다. 도움이 되는 건 아무것도 없다. 두려워서 꼼짝달싹도 할 수 없다. 내게는:

에너지

1. Robert Walser, 1878~1956. 스위스의 소설가, 작가.

겸손
고집
강단

이 필요하다

이 모든 걸 합치면 = 용기

고집 + 강단은 같은 게 아니라는 점에 주목. 완고했던 적은 자주 있지만 강단은 전혀 없었다.

……

형편없는 작가가 되기 위한 용기를 끌어 모아야 할 뿐 아니라— 진정 불행해질 수 있는 용기도 필요하다. 절박해져야 한다. 그리고 나 자신을 구하고 절망을 차단하려 하지도 말아야 한다.

정말로 불행하면서도 그를 거부함으로써, 나는 스스로에게 글의 주제를 불허하고 있다. 글감이 하나도 없다. 화두가 하나같이 다 쓰라리게 아픈데.

……

8월 15일.

…몸의 변화, 언어의 변화, 시간 감각의 변화. 시간이 더 빨리 간다거나, 더 느리게 가는 것 같다는 건 무슨 의미일까?

나이가 들면서 시간이 더 빨리 + 더 느리게 가는 것처럼 느껴지는 이유에 대해 재스퍼는 우리 사유의 단위가 더 커졌기 때문이라고 통찰한다. 마흔이 되면 "5년 후" 또는 "5년 전"이라고 말하는 게 열네 살 때 "5개월 후" 또는 "5개월 전"이라고 말하는 거나 마찬가지로 쉬워진다는 거다.

브로드스키는 두 개의 주제가 있다고 했다. 시간과 언어.

……

8월 30일.

[전 〈블랙 팬서〉[2] 지도자였던 엘드리지 클리버의 신문 사진 아래] "회의적". 회의적. 회의적이 되라.

(1970년대의 핵심적 교훈)

2. 1965년 결성된 미국의 급진적인 흑인 운동 단체. 흑표당(黑豹黨, Black Panther Party)으로도 불리며, 마틴 루터 킹 목사의 비폭력 노선이 아니라 말콤 엑스의 강경 투쟁 노선을 추종했다.

"새로운" 영국 소설가들: B. S. 존슨, 앤 퀸, 데이비드 플란테, 크리스틴 브룩-로즈, 브리지드 브로피, 가브리엘 조시포비치

도마뱀류
당혹스러운

스탕달은 "거의 범죄에 가까운 열정으로" 친어머니를 사랑한다고 말했다.

9월 3일. 파리.

J.—1891년 출간된 K. 위스망의 〈라 바Là-Bas〉[저 아래], 1973년 출간된 [J. G.] 발라드의 『크래쉬』 사이의 유사점

둘 다 사탄주의에 대한 것. 둘 다 악마의 미사를 묘사하고 찬양한다. 둘 다 금속성, 초인간적 섹슈얼리티에 대한 모색을 묘사함—그러나 위스망에게 전통은 이미 존재하고 있고 역사가 중세까지 거슬러 올라가는 것이지만 발라드에게는 "새로운" 포스트모던적, 또는 미래주의적 섹슈얼리티나 악마주의다.

둘 다 모던을 거부한다.

둘 다 육체의 유린(자발적 유린)에 갈채를 보낸다.

상식(르 봉 상스le bon sens)은 항상 틀린다. 부르주아 이상의 선동 정치다. 상식의 기능은 단순화하고, 안심을 시키고, 불쾌한 진실과 미스터리를 은폐하는 것이다. 단순히 이것이 상식이 하는 일이고, 결국 하게 되는 일이라는 얘기만은 아니다. 내 말은, 원래 그렇게 하도록 만들어졌다는 의미다. 물론 효과를 발휘하기 위해 상식은 일부 진실을 내포해야 한다. 그러나 그 주된 내용은 부정적이다. (암시적으로) 이건 이러하므로 이러이러하지 않다고 말하는 것이다.

이와 유사하게 모든 여론조사는 피상적이다. 사람들이 생각하는 것의 꼭대기만 모아 상식으로 조직해 내놓는다. 사람들이 정말로 생각하는 건 언제나 일부 은폐된다.

사람들이 정말 생각하는 걸 알아내는 유일한 방법은 언어를 연구하는 길뿐이다—심층 연구: 은유, 구조, 어조. 그리고 그들의 제스처, 공간 속에서 움직이는 방식.

종교와 정치를 막론하고 정통파는 언어의 적이다. 모든 정통파는 "통상적 표현"을 전제로 한다.

노발리스의 낭만주의 정의: 친숙한 것을 낯설게 하고, 경이로운 것이 평범하게 보이게 만드는 것.

……

베케트는 극의 새로운 주제를 찾았다:—다음 순간 나는 무엇을 하게 될까? 흐느껴 울고, 빗을 꺼내고, 한숨을 쉬고, 앉았다가, 말이 없다가, 농담을 하다가, 죽는다…….

[날짜 미상]

뒤샹: "해결책은 없다. 문제가 없기 때문이다." 케이지도 마찬가지. 스타인.

말도 안 되는 소리! 모더니스트—니힐리스트—잘나 빠진 남자들의 헛소리.

사방 어디를 보나 문제는 충분히 널려 있다.

[날짜 미상]

(테드 S[솔로타로프]와의 대화)

1950년대: 모두가 서른이 되기를 원한다—책임(결혼, 아이, 직장)을 떠안고, 진지해지고.

우리는 우리의 가치관을 알았다—하지만 우리의 경험을 알지 못했다.

트릴링—나쁜 랍비—은 부르주아의 상식을 삶의 비극성으로 만들었다.

11월 5일.

[SS는 1974년에서 1977년 사이에 받은 전이성 유방암 수술과 치료에 관해 유달리 말을 아꼈다.]

죽음은 모든 것의 정반대다.

내 죽음을 앞질러 달려 나가려 하고 있다—그 앞을 막아서서, 돌아서서 똑바로 대면하고, 죽음이 나를 따라잡아 나를 지나쳐 가면 그때 죽음 뒤에서 내 자리를 차지하고, 제대로 된 리듬으로, 당당하게, 전혀 놀라지 않고, 걸으려 한다.

조셉 B.[브로드스키]: 동성애([알렉산드리아 시인 콘스탄틴 P.] 카바피) 일종의 극대화주의

글쓰기의 기능은 주제를 폭발시키는 거다—그래서 그 주제를 뭔가 다른 것으로 변형시키는 것이다.(글쓰기는 일련의 변형이다.)

글쓰기는 사람의 약점(한계)을 강점으로 전환하는 걸 의미한다. 예를 들어, 나는 내가 쓰는 글을 그렇게 좋아하지는 않는다. 그래도 괜찮다. 그것 또한 글을 쓰는 한 가지 방법이며, 흥미로운 결과를 생산할 수 있는 길이다.

[오스카] 코코슈카의 회화에 나오는 다섯 줄의 지그재그 선처럼 글쓰기—[구스타브] 도레의 삽화에 나오는 각양각색의 무늬들처럼 글을 쓰기.

20세기의 위대한 미국 소설들(즉, 1920년대부터: 제임스 이후): [드라이저의] 『미국의 비극』, [도스 파소스] 『USA』, [포크너] 『팔월의 빛』

피츠제럴드가 쓴 글 중에 오랜 명성을 얻을 만한 건 『위대한 개츠비』뿐이다—나머지(『밤은 부드러워』, 『마지막 타이쿤』)는 중류 문화의 쓰레기다.

[로버트] 프로스트의 시 「멀리」를 읽다—

[월트] 휘트먼—[파블로] 네루다

조이스, 토머스 울프("죽은 자만이 브루클린을 안다") > [현대 콜럼비아 소설가 가브리엘] 가르시아 마르케스 조셉: 라틴아메리카의 목소리는 전해 들은 목소리다.

글쓰기의 한 가지 기술(즉, 듣기): 적당한 어조의 화자, 적당한 권태를 찾는 것

율리아누스[최후의 이교도 로마 황제였던 배교자 율리아누스], 『그리스도 교인들에 반대하여』

[초기 기독교 역사가] 에우제비우스, "콘스탄티누스 대제의 죽음에 바치는 송덕문"

율리아누스 > 카바피, 오든} 쇠락하는 복수주의적 문명 vs. 야만

적 도덕주의 단순화의 테마

……

잠행하는 테러

카바피: "그리스 갈망에 바치는 송가"[3](브로드스키)

프로테스탄트의 옳고 그름 vs. 가톨릭의 선악

라틴아메리카는 러시아처럼 비극적 역사가 있다. 독재자 등등. 몸부림치는 문학.

바르트의 글에 나타난 여성혐오

결핵/암 에세이[이 책은 훗날 『은유로서의 질병』이 된다.]

결핵: 열정에 의해 소진(해체)되다—열정이 몸의 해체로 귀결됨. 사실은 결핵이었지만 그들은 사랑이라 불렀다.

……

메모리얼[뉴욕의 메모리얼 슬로언-케터링 암센터. 손택은 이곳에서

3. 존 키이츠의 시 "그리스 항아리에 바치는 송가Ode to a Grecian Urn"를 차용한 말장난/패러디.

1974년 수술을 받았다—근치적 유방 절제술과 림프절 절제 수술이었다—손택은 그 후로 3년간 이곳에서 화학요법과 면역 치료도 받았다.]의 인턴: "암은 방문을 노크하고 들어오는 병이 아닙니다." 질병이 음험하고 은밀하게 침입하는 것으로 표현.

각 섹션에 부제를 달고 경구적으로 글을 쓸 것(열정; 침범; 죽음 등)—형식적으로는, 「캠프에 대한 단상」과 사진에 대한 첫 번째 에세이의 중간쯤.

……

메모리얼의 환자: "육체적으로는 괜찮아요. 하지만 의학적으로는 그렇지 못합니다."

……

(질병 에세이를 쓸 때 개스Gass의 에세이들을 읽을 것)

11월 12일.

기술적 재생산은 벤야민의 말대로 단순히 "시대"가 아니다. 그건 오도다. 그건 나름의 역사가 있다—그보다 역사에 삽입되어 있다. 그 구조물들은 단순히 동시대적이 아니라 "역사적"이 된다. 낡은 석판화, 사진, 만화, 영화 등은 현재가 아니라 과거의 향기를 품고 있다. 벤야민은 기술적 재생산이 모든 걸 영원한 현재로 만들었다고 생각했다—헤겔적 역사의 종말(그리고 역사의 폐지) 이 "시대"에서 산 사십 년의 삶이 그게 사실이 아님을 입증했다.

……

작가의 작품에 대한 회상의 범위

시는 보편성의 공표다—그렇게 말하는 시인들이 있었다.

취향은 대위법적이고, 반동적이다.(취향의 정의)

스타일은 주제를 발견할 때 비로소 발생한다. 참인가?

[오스트리아 예술사가] 알로이스 리에글(산업 미술의 형식 + 디자인에 대하여)

……

"섬세한 감수성이 교활하고 비정하고 실망스러운 세계를 대적하는 것, 이런 건 주제가 아니다. 갈등을 갖고 와."(내가 시그리드에게 한 말[미국 작가 시그리드 누네즈])

……

[라이너 마리아 릴케] 『말테의 수기*Malte Laurids Brigge*』—첫 "기호법" 소설. 엄청나게 중요하며 예지적이며 또한 저평가된 소설인가.

벤야민은 문학비평가도, 철학자도 아니고 해석학적 기술을 문화에 적용하는 무신론자 신학자다.

상징주의 예술 작품에 대한 리비에르의 탁월한 묘사—리비에르는 포기해야 할 것들(고갈되었기 때문에. 너무 엘리트 위주라서. 게을러서. 지나치게 삶을 부정해서)을 묘사하고 있지만 나는 여전히 상징주의의 사고방식에 사로잡혀 있다……. 프루스트는 상징주의자들이 이해했던 모든 걸 포함하고도 여전히 소설을 써냈다.

나는 새로운 변호의 형식을 찾고 있다.

……

12월 8일.

…"사유한다는 건 과장이다." —발레리

……

종교와 정치를 막론하고 모든 정통주의는 언어의 적이다. 모든 정통주의는 "통상적 표현"을 가정한다. 참조. 중국

……

12월 12일.

…볼테르의 데퐁테인 변호. 동성애의 형벌로 산 채로 불타 죽는 처지를 면했다.

1906년 자바(발리?) 엘리트 지배층의 집단 자살

……

미국 문화는 개인성—개인의 권리, 개인적 자아 성취의 권리—을 추앙하는 미국 컬트 문화 덕분에 페미니스트적 반환 청구["요구, 주장"]에 유럽 국가들(예컨대 프랑스, 독일)과는 달리 (어느 정도까지는) 호의적으로 대응했다.

1977년

"인용되고 싶다면 인용하지 말라." (J. B.[조셉 브로드스키])

……

"모든 예술은 음악의 조건을 꿈꾼다."—이 철저히 허무주의적인 발언은 카메라라는 매체의 역사에서 움직이는 카메라의 모든 스타일의 기초에 깔려 있다. 그러나 그건 클리셰, 그것도 19세기의 클리셰다. 미학이라기보다는 고갈된 정신 상태의 투영이고, 세계관이라기보다는 세계에 대한 권태이며, 활력 있는 형식을 진술하기보다는 불모의 데카당스를 표현한다. "모든 예술이 꿈꾸는" 것이 무엇이냐에 대해서는 상당히 다른 관점이 있다. 바로 괴테의 관점이다. 괴테는 근원적 예술, 가장 귀족적 예술을 + 평민들이 도저히 만들 수 없고 경이로 입을 떡 벌리고 바라볼 수밖에 없는 단 하나의 예술과 동일시했고 + 예술은 건축이라고 보았다. 정말로 위대한 감독은 작품에서 이런 건축의 감각을 보여 준다—언제나 어마어마한 에너지의 선을, 불안정하고 + 생명력 넘치는 기세의 전달자를 표현한다.

2월 9일.

암/결핵 에세이의 제목:
"질병의 담론"
또는

"은유로서의 질병"

훌륭한 시는 낭만적 형태 + 현대적 내용을 가지기 마련이다.(브로드스키)

자기 자신에 대해서만 생각하는 것은 죽음을 생각하는 것이다.

모더니즘의 이기주의

판타지들
유아론

소설에 (19세기 >) 내포된 것

세계에 대한 관심(유아론적이지 않음)
인간의 행위에 대해 판단을 내리는 능력(윤리적)
인내심

프루스트(두 세계에 걸쳐 있는 가장 크고 위대한 작품—세계에 대한 것이면서 유아론을 다루고 있음)

도덕주의자로서의 소설가: 오스틴, [조지] 엘리어트, 스탕달, 톨스토이, 도스토예프스키, 프루스트, D. H. L[로렌스]

모더니스트 소설은 어떤 판단도 효력을 유지할 수 없을 때 발생한다.(예. 『안나 카레니나』: 결혼은 좋다, 열정은 파괴한다.) 우리는 언제나 반증의 사례들을 생각한다.

소설에 대한 톨스토이적 개념은 고어 비달을 정점으로 하는 멍청이들(제임스 미치너 등)에게 떠넘겨져 방기되었다. 현재까지 모더니즘의 실적—"예술 소설"—이 무한히 월등하다. 그러나 이젠 막다른 골목에 다다랐다. 우리가 지금 갖고 있는 건 모더니즘의 암호화된 정통주의다.(존 바스, 『유령의 집에서 길을 잃다』, 사로트, 쿠버, 『점보악곡과 수창』—그들은 무엇에 대해서도 글을 쓰지 않는다.)

현재 소설 창작의 문제: 어떤 스토리도 이야기할 만큼 중요해 보이지 않는다.

왜지?

왜냐하면 어떤 교훈(의미, 판단)도 끌어낼 수 없으니까.

톨스토이는 주제가 있었다: 결혼의 본질(『안나 카레니나』), 역사에 대하여 등등(『전쟁과 평화』)

스토리가 없으면, 서사는 그렇게 중요하거나 필요해 보이지 않는다. 불가피성의 특질을 조금이라도 갖고 있는 것처럼 보이는 유일한 소재는 작가 자신의 의식이다.

18세기:

"이성" 동기 부여가 되지 않음

정서와 열정/감정의 구분; 정서는 차분한 열정(예. 자비심, 이기

심, 연민) — 샤프트베리 백작, [데이비드] 흄, 루소를 볼 것
정서의 유연성 발견

[여백에] 윤리적 능력으로서의 상상력

그리스 사람들과 비교:

이성은 동기부여가 된다
정서에는 두 가지 타입이 있다 — 그 사람을 표현하는 정서 + 침략적, 이질적인 것으로 이해되는 정서(우리는 이런 구분을 하지 않는다 — 모든 게 "내면적"이니까)
정서의 유연성을 거의 강조하지 않음

[여백에] 참조. [아리스토텔레스] 〈니코마코스 윤리학〉

……

2월 20일.

어제 두 가지 경험 — [영국계 서인도 제도 작가 V. S.] 나이폴과 점심을 먹고 [러시아 형식주의자 보리스] 에이켄바움의 『젊은 톨스토이』를 읽다 — 내가 얼마나 규율이 없고 윤리적으로 타락한 사람인지 새삼 상기하게 되었다.

오늘이 아니면—내일부터라도:

매일 아침 여덟 시 전에 일어날 것이다.(이 규칙은 일주일에 한 번 깰 수 있다.)
로저 [스트라우스]하고만 점심을 먹을 것이다. ("아니, 점심에 외식하러 나가지 않아요." 이 규칙은 2주일에 한 번씩 깰 수 있다.)
매일 공책에 글을 쓸 것이다.(모델: 리히텐버그의 『쓰레기 책』)
아침에 전화하지 말라고 사람들에게 말을 하거나, 전화를 받지 않을 것이다.
독서는 저녁 시간으로만 제한하려고 노력하겠다. (나는 책을 너무 많이 읽는다—글쓰기를 회피하기 위해서)
일주일에 한 번 편지에 답장을 할 것이다.(금요일?—어쨌든 병원에 가야 한다.)

……

2월 21일.

내가 좋아하는 것들: 불, 베니스, 테킬라, 일몰, 아기, 무성영화, 언덕, 굵은 소금, 실크해트, 털이 긴 대형견, 선체 모형, 계피, 거위 털 퀼트, 호주머니 시계, 갓 깎은 잔디 냄새, 리넨, 바흐, 루이 13세 시대 가구, 초밥, 현미경, 널찍한 방, 오르막, 장화, 생수, 메이플 슈가 캔디

내가 싫어하는 것들: 아파트에서 혼자 자기, 추운 날씨, 커플, 축구

경기, 수영, 앤초비, 콧수염, 고양이, 우산, 사진 찍히기, 감초 맛, 머리 감기(누가 머리 감겨 주는 것도 싫다), 손목시계 차기, 강의하기, 시가, 편지 쓰기, 샤워하기, 로버트 프로스트, 독일 음식

내가 좋아하는 것들: 상아, 스웨터, 건축 드로잉, 소변 보기, 피자(로마 빵), 호텔에 묵기, 페이퍼 클립, 파란색, 가죽 벨트, 목록 작성, 침대차, 청구서 지불, 동굴, 아이스 스케이팅 구경, 질문하기, 택시 타기, 베냉[1] 예술, 초록색 사과, 사무실 가구, 유태인, 유칼립투스 나무, 펜 나이프, 아포리즘, 손

내가 싫어하는 것들: 텔레비전, 구운 콩, 털북숭이 남자들, 페이퍼백 책, 서 있기, 카드 게임, 더럽거나 어지러운 아파트, 납작한 베개, 햇빛을 받고 있기, 에즈라 파운드, 주근깨, 영화의 폭력, 인공 눈물 넣기, 미트로프, 매니큐어 칠한 손톱, 자살, 봉투 핥기, 케첩, 덧베개, 점비약nose dropa, 코카콜라, 알코올 중독자, 사진 찍기

내가 좋아하는 것들: 드럼, 카네이션, 양말, 날콩, 사탕수수 씹기, 다리, 뒤러, 에스컬레이터, 뜨거운 날씨, 철갑상어, 키 큰 사람들, 사막, 하얀 벽, 말, 전동 타이프라이터, 체리, 등나무/라탄 가구, 다리 꼬고 앉기, 스트라이프, 커다란 창문, 신선한 딜dill, 큰소리로 책 읽기, 서점에 가기, 가구가 별로 없는 방, 춤추기, 〈낙소스 섬의 아리아드네〉[2]

1. Benin. 아프리카 서부 기니만에 면한 나라다. 1851년 프랑스 보호령이 되어 1892년 프랑스에 의해 다호메이 식민지로 건설되었다가 1904년 프랑스령 서아프리카로 편입되었다. 1960년 '다호메이Dahomey'로 독립하였고, 1975년에 지금의 국명으로 바꾸었다.
2. 몰리에르의 희곡에 음악을 붙인 리하르트 슈트라우스의 오페라.

2월 22일.

……

내가 너무 많은 사람들에게 예의바르게 구는 건, 충분히 화를 내지 않기 때문이다. 충분히 화를 내지 않는 이유는 내 생각을 확실히 밀어붙이지 않기 때문이다. "다원주의", "대화" 등등 안일한 은신처

나는 비타협을 거부한다. 그래서 날마다 에너지를 잃고 있다.

위대한 비타협적 논쟁—S. W.[시몬 베이유], 아르토, 아도르노(『현대 음악의 철학』). 나로서는 동의하거나 반대해야 한다는 의무감을 느끼지 않는다. 그들은 내 암페타민[3]이고, "필수적인" 논점들이다. 나는 이런 극단들과 연관을 두고 작업하지만 자체적 정의에 따르면—내 견해는 극단적이지 않다.

너무 쉬운 탈출구? 나는 전력을 다하지 않고 있다.

쾌락이라는 위대한 질문. 그에 대해 얼마나 "진지한" 견해를 가져야 하는가? 어느 정도까지 윤리적 규준이 적용될까? 청교도로 유명해지고 싶은 사람은 아무도 없겠지만…….

참조. 아도르노는 윤리적으로 타락하고 역사적으로 반동이라며

3. 중추신경 흥분제이자 각성제.

음악의 쾌락을 비난함.

〈해변의 아인슈타인〉[미국의 연극 연출가 로버트 윌슨의 오페라]을 보고 내가 이런 느낌을 받지 않았던가?—그러면서도 향유할 수 있어서 즐거웠다(기뻤다).

아도르노가 1940년~1941년에 글을 쓰고 있었다는 걸 기억.(나치가 저지른 만행의 인식—미제의 만행들도. 그는 난민이다.) 『현대 음악의 철학』의 작가는 (1947년) 아우슈비츠 이후 어떤 시도 있을 수 없다고 썼던 똑같은 사람이다. 1960년대의 유럽 소비사회에서도 그런 말을 했을 것이다.

……

"세계를 보는 미학적 방식"에 대해서—휴고 볼의 『시간 밖으로의 비행: 다다의 일기』

2월 23일.

……

4년 전 강도 + 강간을 당한 일에 대해 아이린이 해 준 얘기. 자기 건물에서: 새벽 한 시경 집에 돌아와 엘리베이터를 타는데 흑인이 강제로 문을 열었다. 아이린은 비명을 질렀다. "또 비명을 지르면 죽여 버리겠어." 8층(꼭대기 층)으로 그녀를 데리고 갔다. 다음에는 옥상으로 올라가는 계단 중간쯤으로. 그리고 그녀에게 눈가리개를 씌웠다.

내가 물었다. "성적으로 흥분했어?" 아이린은 그렇다고 했다—그리고 그 얘기를 듣고 그런 질문을 한 사람은 내가 처음이라고 했다. "그렇지만 너무나 명백한 질문이야." 내가 말했다.

다음 날 (오늘) 아이린에게 전화를 걸었다. "난 네 친구들이 얼마나 멍청한지를 말한 거야." 내가 말했다. "하지만 네가 4년 전에 있었던 일이라고 했고 + 확실히 괜찮았고, 트라우마가 남은 것도 아니고, 그렇게 차분하게 얘기를 해서—그런 생각을 해서, 쉽게 그런 질문을 했던 거야."

……

2월 25일.

시카고 대학의 교육: "근대"의 관념이 전혀 없다. 텍스트, 사상, 논쟁—모두 시간이 없는 대화 속에 존재한다. 기초적 테마와 질문은 플라톤과 아리스토텔레스가 진술한 것(이론과 실천의 관계, 단일한 혹은 다수의 과학, 미덕과 지식의 관계 등등)이다. 그리고 근대는 역시나 이런 테마들을 논해야 흥미롭고 가치 있다.(우리는 벤섬, 밀, 듀이, [루돌프] 카나프를 읽는다.)

탈시간에 대한 가장 파격적 반대, 이는 "근대"의 범주와 함께 시작한다. 기본적 테마나 질문은 근대의 초입에 (루소, 헤겔에 의해) 진술된 것이며 이전의 사상가들은 근대의 사상가들과 대조를 이루는 한 비로소 흥미롭고 가치로워진다.

역사주의적 접근을 하게 되면 다른 질문들을 던지게 된다. (역사주의는 질문을 변화시킨다—그리고 테마를 파괴한다.) 니체가 파악했던 것처럼 역사주의는 근본적으로 파괴적인 관점이다. 예를 들어 푸코: 인간 과학의 주제 그 자체("인간")가 파괴된다.

……

[날짜 미상, 3월]

[다음은 1970년대 중반에서 후반에 쓴 것으로 추정되는 키치에 대한 일련의 단상들이다. 이 단상들의 관심사 때문에 여기 포함시켰지만, 손택이 언제 쓴 글인지는 확실히 알 수 없다.]

상처를 줄 수 있는 힘을 지닌 말—예. 키치—은 아직 살아 있다.

키치는 단순히 사물의 자질이 아니다—또한 '과정'이기도 하다. 사물은 키치가 "된다."

역사적 범주로서의 키치: "진정성이 있다"는 범주가 중요해진 시

기—19세기

키치의 극장으로서의 일본(테리)

W. B.[벤야민]의 "오라Aura"는 키치의 이미지다.

키치는 스타일이 아니라 메타스타일의 범주다.
러시아 "포슈로스트Poshlost"[4]와 "키치"의 상관관계

***

민주주의 정치/어원학에서 키치에게 필요한 역할이 있을까?

참조. 토크빌(전체주의적 키치를 비판하는 건 '쉬운' 일이다.)

……

[월터] 카우프만: 키치는 무죄다.

나쁜 예술은 키치와 동일하지 않다—예) 이탈리아 15세기~16세기 수에이커에 달하는 형편없는 그림들

……

정치적 종교는 키치 본연의 세계다.

4. 범속성, 속물근성 등을 뜻하는 러시아어.

두 가지 타입

1) 노동절 행진([밀란] 쿤데라)—"삶이여 영원하라."
2) 호르스트 베셀의 장례식(함부르크에서 공산당 끄나풀과 시비가 붙어 살해당한 [나치] SA 행동 대원으로 한 달 동안 병원에 누워 서서히 죽어 갔다. 고통—괴벨스가 날마다 면회를 왔다(미국 역사학자 [찰스] 비어드가 학회 논문에서 묘사한 바에 의거)

베를린 니콜라이 공동묘지에서 치러진 장례식이 〈한스 베스트마르Hans Westmar〉에 묘사되어 있다.(1930년대 초반의 나치 영화)

괴벨스가 창안한 신화
부활 + 귀환의 신화

……

디즈니랜드 + 뉘른베르크 집회는 두 가지 다른 종류의 키치다.

……

3월 6일.

써야 할 에세이: 예술에 대한 마르크스주의(도덕주의) 접근에 관하

여.("세계에 대한 미학적 관점"에 관한 에세이의 보완)

텍스트:

[이탈리아 작가, 정치가, 철학자, 언어학자 안토니오] 그람시
[영국 마르크스주의 예술비평가 크리스토퍼] 콜드웰(스탈린주의자, 속물)
벤야민

4월 19일.

명징 = 이미 알고 있는 것
모호 = 귀 기울여 들을 생각이 없는 의미

[프루스트의] 『되찾은 시간*Le Temps Retrouvé*』에서 열 페이지를 복사(열다섯 살이 되기 전에 읽는 책들처럼 머릿속에 새기기 위해서)

프루스트는 자기가 역사상 가장 위대한 소설을 쓰고 있다는 사실을 알지 못했다.(그의 동시대 사람들도, 심지어 리비에르처럼 그를 가장 흠모했던 이조차도 몰랐다.) 설사 알고 있었다 해도 그에게 좋을 일이 없었을 것이다. 그러나 그는 진심으로 위대한 작품을 쓰고 싶었다.

나도 뭔가 위대한 작품을 쓰고 싶다.

내 야망은 충분히 크지 않다.(이건 단순히 정말로 비타협적이 되는 문제가 아니다.) 나는 착하기를 바라고 사람들이 나를 좋아하기를 원한다. 진짜 감정, 진짜 오만, 이기심을 허락하는 게 두렵다.

나는 노래하고 싶다.

[이디시어로 글을 쓰는 작가 아이작 바셰비스] 싱어에 대해 PR[『파르티잔 리뷰』]에 기고했던 첫 번째 글에서 이미 했던 말이다. 근대의 마비 상태는 지옥에나 꺼지라지.

내게 지성, 학식, 비전은 차고 넘치게 있다. 장애물은 성격이다. 담대함.

무자비함.

뒤샹: 레오나르도처럼 화가치고는 너무 영리하다. 그러나 건설하는 대신—파괴하고, 패러디한다. 레오나르도, 위대한 건설자. 뒤샹, 위대한 해체자. 기계에 대해 똑같이 매혹되었지만 뒤샹은 철저히 유희적이고 허무주의적이었다…….

[날짜 미상, 7월]

"형용사는 명사의 적이다." —플로베르

7월 12일.

프로젝트: 사진작가로서의 내 시선(묵음)을 시인의 눈으로 바꾸기. 시인의 눈은—말을 듣는다. 나는 구체적으로 보고, 추상적으로 쓴다. 프로젝트: 작가로서 그 구체성에 접근하기. 오늘 밤 인도 식당에서 함께 했던 저녁식사 때 밥 S.[로버트 실버스]의 코에 떨어지던 응고된 빛 덩어리.

7월 19일.

마술사(여성)에 대한 이야기

내게 있어 가장 미국적인 것(에머슨 등)은 파격적인 변화의 가능성에 대한 내 믿음이다.

조셉 [브로드스키]은 글을 쓰기 시작하던 때 의식적으로 다른 시인들과 경쟁했다고 말했다. 이제 나는 [보리스] 파스테르나크(나 [안나] 아흐마토바—아니면 프로스트—아니면 예이츠—아니면 로웰, 등등)보다 더 나은(더 심오한) 시를 쓸 것이다. 그런데 지금? 나는 물었다. "이제 나는 천사들과 논쟁을 하고 있어."

질투, 경쟁심의 중요성. 나는 충분히 노력하지 않고 있다.

오늘밤, 니콜에게서 마지막으로 전화를 받고 나서.

아프게 두자, 아프게 둬.

그러니까 이건 더 이상 우리 정문이 아니다. 그러니 가 버려.

기억할 것: 이건 딱 하나 남은 기회일 수도 있다. 일급 작가가 될 마지막 기회.

글을 쓰려면 아무리 외로워도 충분치 않다. 그래야 더 잘 볼 수 있다.

어떤 의미에서—아니 한 가지 의미에서—나는 지난 3년을 니콜과 허비하고 있었다. 그건 알고 있었다—하지만 이제는 그런 가능성이 열려 있지 않으니…….

7월 20일.

고결한 정신의 소유자가 되기. 심오하기. 절대 "착하지" 않기.

(써야 할) 단편들:

[프랭크 오하라의 시] "우리 감정을 기억하며"
"역사가의 초상"
"속도"
"천사들과의 논쟁"

"그리고 마하트마 간디와 함께 한 월요일들"

뒤르흐할텐(꼭 붙잡기)—D[데이비드]는 침대 옆에 쪽지를 남기고 갔다.

…상상력과, 고독에 수반되는 언어의, 엄청나게 비옥한 자양의 힘

8월 4일.

문화적 순간은 각자 수수께끼의 영역을 지니고 있다.
—섬
—과학자의 실험실

8월 11일.

"메 쥬 템므Mais je t'aime" = "쥬 느 브 파 뜨 뻬르드르 꽁플레뜨멍je ne veux pas te perdre complètement"["하지만 나는 당신을 사랑해" = "완전히 당신을 잃고 싶지 않아."]

뭔가 말하는 건 흥미롭다—더 단정적인 판단을 내려야 하는 순간—좋거나 나쁘다고 말해야 하는 순간—을 유보하기
뒤샹의 영향을 받은 미술계에서 가장 널리 유통된 어휘. 케이지, 등등.

아니면 판단을 무관하게 만들기.

……

8월 21일.

……

[미국인 사진가 리처드] 애버던[5]과의 저녁식사: "내게 과거는 철저히 비현실적입니다. 오로지 현재 + 미래에 살지요. 그래서 젊어 보이는 걸까요?"

도리언 게이

……

9월 8일.

……

5. Richard Avedon, 1923~2004. 미국의 사진가. 1945년부터 『주니어 바자』지의 전속사진가로 출발하여 그 후 30년 동안 『하퍼스 바자』와 『보그』의 전문 사진가로 활동하며 미국 패션 사진계에서 최고의 사진가로 자리 잡았다. 『관찰』, 『인물사진』 등의 사진집을 출간했다.

내가 아홉 살, 열 살, 열한 살 때 기사를 쓰고 (젤라틴판으로) 인쇄해서 한 부당 5센트에 팔았던 네 쪽짜리 주간 신문

대화 중 이미지들에 대한 두려움—짜증. 나는 이미 한 가지를 생각하고 시각화하고 있는데, 그 와중에 불쑥 뭔가 다른 걸 보아야 하는 것이다. [미국 작가] 워커 퍼시는 내게 뉴올리언스에서 자기 집까지 어떻게 오는지 설명해 주고 있다. "퐁샤트렌 다리를 타고—26마일[6]—줄처럼 팽팽하게 똑바로 가는 겁니다." 나는 다리를, 플랜테이션 하우스를, 강어귀, 이끼로 뒤덮인 나무들을 눈앞에 그리고 있다. "그리고 그게 맨 밑에 깔린 카드요." 그러더니 나중에는, 구부정하니 앉으며, 팔을 덜렁거리고 있다. "저들이 내 줄을 끊어 버렸어요."(또 줄!)

9월 17일.

분노가 아니라 경멸

> "내가 두려워하는 건 단 하나다. 내 고난에 값하지 못하는 것."
> —도스토예프스키
>
> "내가 두려워하는 건 단 하나다. 내 고난이 내게 값하지 못하는 것."
> —손택

6. 약 42킬로미터

브레송, 『영화에 관한 단상』에서 레오나르도를 인용하고 있다. 예술적 맥락에서 중요한 모든 건 결말이다.

운동선수, 댄서—자기 몸과의 로맨스

아폴리네르는 에펠 탑 + 파리 지붕을 양치기 + 양 떼에 비유한다. 사물을 지리로 환원하는 이미지.

자아의 동굴.

에밀리 디킨슨이 말했다. "예술은 귀신에 들리려 애쓰는 집이다."

이제는 굳이 애쓸 필요도 없다.

그러니 시간의 문제다—이미지가 언제 오는가. 사진에 선행하거나 동시적이다. 그렇지 않으면 주의를 산만하게 한다.

9월 20일.

알코올: 감정을 뒤집기

칼의 [로버트 로웰의] 시. 얼마나 슬픈지. 모두 상실에 대한 것. 늙은이로 태어난 사람이다.

나, 더하기 껍데기: 아이, 청소년, 어른

"약간의 이론을 생산할 수 있을지 보자."

죽음을 눈앞에 둔 소로—사후 세계에 대한 감정이 어떠냐는 질문에: "한 번에 세계는 하나씩."

현재 영어로 글을 쓰고 있는 일급 시인은 없다.

러시아 사람들은 18세기를 보내지 못했다.

조셉 [브로드스키]:

그의 위대한 사랑, 아들의 어머니: 마리나(마리안느) [바스마노바]

그가 베케트를 읽은 때는?

"찾고 있던 선을 발견할 때마다 다음에는 더 어려워진다."

영광, 영광, 영광

그는 실패한 시인인 산문작가들을 좋아한다. 예) 나보코프

"뭐든 2초 이상 쳐다보면 부조리해진다."

……

"각각의 사물은 모두 제 몸에 오줌을 눈다."

"다른 사람들과—내밀하게—함께 하면서, 나는 작업에 필요한 소정의 영적 자양분을 박탈당하고 있다."

"다른 땅—언어."

[날짜 미상]

조셉: 데렉[서인도 시인 데렉 월코트]에 관해서

그가 정신을 집중하게 만들려면 밀어붙여야 해. 그러면 생각을 할 수 있는 사람이지.

그에게 모든 건 현상적이다. 문화적인 게 아니라.

토양이 없는 꽃처럼.

그는 연관을 짓지 않는다.

그는 아무것도 배우지 못한다.

그는 게으르다.

9월 26일.

밥의 집[로버트 실버스]에서 [미국 화가 R. B.] 키타즈와 나눈 대화. "초월적" 예술에 대해 논했다. 드로잉을 할 줄 모른다면 가능하지 않다.(예술 학교에서 더 이상 드로잉을 가르치지 않는다.) 최후의 위대한 화가들은 피카소 + 마티스였다. 살아 있는 최고의 화가: 베이컨 (+ 발투스). 그저 묘사적 회화, 구상 회화에만 관심이 있음. 전체 19세기 프랑스 전통이 앵그르를 참조했다—앵그르 없는 인상주의는 불가능하다. 그런데 지금 누가 그렇게 드로잉을 할 수 있는가? 동시대 사람들 중에서는 뤼시엥 프로이트, 프랭크 아우어바흐, 데이비드 호크니—여기까지는 영국. 미국 화가 중에서 그가 언급한 건 드쿠닝뿐이었다. "그렇지만 우리가 렘브란트를 생각한다면 지금 무슨 얘기를 하고 있는 걸까요? 바로 그게 우리가 동시대 화가들을 평가해야 할 척도다." 또한: 많은 화가들은 노년에 최고의 작품을 창작했다.—미켈란젤로, 티티앙, 고야, 틴토레토, 렘브란트, 터너, 모네, 마티스, 아마도 (현재의 관점에도 불구하고) 피카소.

기예로서의 회화.

돈 바셀미: "백조들을 목 졸라 죽여서는 안 된다고 지시하는 그런 규칙 따위는 필요하지 않다……." 청바지 가게에서 도둑이 잡히는 걸 보고 나서—"저들이 청바지를 묶어서 그를 린치하지는 않기를 바란다."

10월 11일.

소냐 오웰이 오늘 해 준 얘기. 소련 공산당 정치국의 말단 직원에 대해서—그는 결혼을 앞두고 있었다고 한다—"나까지 지루한 모스크바 결혼을 하고 싶지는 않아!"—5백 명의 하객들이 정부 비행기를 타고 카스피아 해의 빌라로 날아가 결혼식에 참석했다—제복을 입은 시종(총개머리, 양말 등등), 하객 의자마다 뒤에 서서 시중을 드는 하인, 하얀 모자를 쓴 하녀—1977년 구체제의 위엄. 하인들은 냉소적이었을까, 내심 즐거워했을까.

……

11월 23일. 휴스턴.

[손택은 미술 수집가이자 후원자인 도미니크 드 메닐의 자택에 손님으로 묵었다. 다음 일기에 이름이 나오는 미술품 중 일부는 드 메닐의 자택에 소장되어 있던 것들이다.]

태초에 추상미술은 없었다. 우리에게 추상적으로 보인다면(예. 바이올린 모양이지만 사실 여성적 우상이라든가.) 그건 우리가 무지하거나 + 대상을 어떻게 읽어야 하는지 모르기 때문이다.

켈트의 두상(아일랜드산, 목재)—6세기?—마오리족처럼 보인다.

메로빙거 시대 이전의 갈리아에서 나온 금화—아니면 더 일찍???—로마네스크 예술의 기초를 제공함

알렉산더의 두상, 페가수스 등등.
피카소처럼 데싸모르슬레Désamorcelé[“해체”됨]

기원전 3만 년 전의 (동물) 유골, 유골에 동물 문양이 새겨져 있다—라스코 벽화 같은 이미지

S. W.[시몬 베이유]는 단순히, 지극히 지적일 뿐 아니라 심오하다. 연민은 여러 계급의 사람들을 아우르는 보편적 감정이다.

[여백에:] [조지] 오웰은 아니다.

반 고흐와 달리: 신경증 때문에 S. W.는 개인들과 열정적인 공감을 삶으로 살아 낼 수 없었다. 그러나 반 고흐는 그녀에 비견할 만한 정신 자체를 지니지 못했다.

해가 나면 달은 더 이상 보이지 않는다.(문제를 풀지 않았지만, 아예 문제가 존재하지 않게 된다.) 나는 해를 찾고 있다.

반 고흐의 편지—미쉬낀 공자의 편지를 갖는 것 같다.

……

『약속된 땅』은 트라우마의 초상이다…….

[에브게니] 바라틴스키: (조셉 말로는 "영미 시인보다는") 러시아 시인, 푸시킨의 친구

12월 4일. 베니스. [손택은 베니스 비엔날레에 참석하러 갔다.]

청명한 날, 세상을 씻어 주는 추위—밤이 일찍 온다—베니스가 이보다 더 아름다운 건 본 적이 없다.

[이탈리아 작가 알베르토] 모라비아를 공항에서 만났다. [영국 시인이자 손택의 친구인] 스티븐 스펜더가 막 떠나려던 참이었다. 먼저 플로리안 카페에서 한 시간 보낸 후 도 포지 호텔에서 [프랑스 시인이자 에세이스트인] 클로드 로이 + [프랑스 여배우이자 극작가인] 롤레 벨롱 + 게오르규 콘라드(헝가리 작가)와 저녁식사. 9시~11시까지 테아트로 아테네오에서 조셉의 낭독회. 그가 일어나서 자기 시를 낭독하자 온몸에 전율이 일었다. 그는 읊조리고 흐느끼고 기가 막히게 근사해 보였다. 보리스 고두노프, 그레고리안 송가, 히브리의 신음소리. 나중에, 조셉과 두 번째 저녁식사를 먹고 산책. 그리고 오후 두 시에 처음으로 호텔 유로파로. N[니콜]의 전화!

니체의 중심 주제(?)는 천재성이다. 그는 천재가 무엇인지 알았다. 그 자존심, 희열의 상태, 과대망상증, 순수함, 무도함을 이해했다.(차후에 독일인들이 그것을 정치로 만들었다.) 니체는 자기가 천재라고 생각했지만, 셰익스피어나 미켈란젤로와는 달리, 끝내 위대한 작품을 써내지는 못했다. 『차라투스트라』는 그가 쓴 최악의 책이었고, 키치였다. 위대한 니체는 에세이들에 담겨 있다—대체로는 파편으로.

두 가지 부류의 작가. 이 삶밖에 없다고 생각하고 모든 걸 묘사하고 싶어 하는 작가들. 추락, 투쟁, 분만, 경마. 즉, 톨스토이다. 그리고 이 삶은 일종의 시험장(우리가 알지 못하는 것을 위한 시험장—우리가 쾌락 + 고통을 어디까지 견딜 수 있는지 어떤 쾌락 + 고통이 있는지 알아보기 위한 시험장)이라고 생각하고 오로지 본질적인 것들만 묘사하고 싶어 하는 작가들. 도스토예프스키가 그렇다. 두 가지 대안. D. 이후에 어떻게 T.처럼 글을 쓸 수 있을까? 일단 해야 할 일은 D.만큼 잘 쓰게 되는 것—영적으로 진지하게 + 그리고 거기서부터 계속 나아가는 거다.

그러나 톨스토이의 면목을 세워 주자면, 그는 뭔가 잘못되었다는 걸 알고 있었다. 그래서 결국 자신의 위대한 소설들을 부인하는 지경에 이르렀다. '예술가'로서 자신의 영적 요구에 부합할 수 없었던 거다. 그래서 예술을 부인하고 실천(영적 삶)을 선택했던 것이다. D.는 예술로 더 높은 영적 경지에 도달하는 법을 알고 있었으므로, 윤리적 이유로 예술을 포기할 수는 없었을 것이다.

유일하게 중요한 건 사상이다. 사상의 배후에 [윤리적] 원칙이 있다. 사람은 진지하거나 아니거나 둘 중 하나다. 희생을 할 준비가 되어야 한다. 나는 자유주의자가 아니다.

"반체제" 예술이라는 개념에는 뭔가 잘못된 데가 있다. 그건 권위에 의해 정의된다. 추상화는 소련에서 반체제고, 미합중국에서는 대기업의 예술이다. 폴란드에서는 관용의 대상이고, 심지어 이십 년 동안 유행하기도 했다. 그 자체로는 내용(?)이나 스타일 관련해 논란 요소는 없다. 예) 추상 또는 구상.

여기 비엔날레에는 패널 토론이나 논쟁이 없다. 그냥 종이들—서로 통합 제본되지도 않고 연사가 강의를 끝내자마자 등사판으로 복사된 종이들을 배포한다.

솔제니친은 순수하게 대하소설 작가다. 또한 스타일에 있어 완벽하게 절충적이다.(19세기 언어도 쓰고 당파적 언어도 쓰고 등등) 장르들을 혼합한다. 사회주의 리얼리즘 소설, 에세이, 풍자, 장광설, 도스토예프스키적 철학소설. 그의 위대성은 그 광범한 시야에 달려 있다.

혁명 직후 집회에서 연설을 하던 피델 [카스트로]에 대한 농담. 전원 일을 하도록 부추기고 + 사회주의를 건설하라는 말을 이렇게 했다고. "트라바조 시, 룸바 노Trabajo si, rumba no."["일은 예스, 룸바는 노."] 그러자 군중이 화를 내며 답을 했다. "Trabajo si, rumba no. Tra-ba-jo si, rum-ba no. Tra-ba-jo-si, rum-ba-no."

조셉: "검열은 작가들에게 좋다. 세 가지 이유가 있다. 하나, 전 국민을 독자로서(독자가 되도록) 연대한다. 둘, 작가에게 힘써 극복해야 할 한계를 주기 때문이다. 셋, 언어의 은유적 힘을 증강시킨다.(검열이 강할수록 글이 더 이솝 우화처럼 된다.)

짧은 농담 하나에 드러나는 유태인의 위상. A. 모든 유태인 + 모든 이발사들을 죽이라는 명령을 받았다. B. 이발사는 왜?

12월 5일.

……

게오르규 콘라드는 야콥[타우베스]을 너무 많이 닮았다—어제 오후 그를 보자마자 나는 마음이 끌리면서도 + 반감을 느꼈다. 그리고 오늘 아침, 플로리안 카페에서 조셉과 함께 둘이서 늦은 아침식사를 하는데—당연하게도, 수전 [타우베스]이 1969년 8월 부다페스트에 있을 때 연애를 했던 남자가 바로 그였다는 걸 알게 된다.

새벽 2시, 로칸다 몬틴에서 아카데미아로 걷다. 다리를 건너, 캄포 산토 스테파노를 지나 다시 호텔로. 가볍게 날리는 눈, 침묵, 텅 빈 거리, 안개, 설레는 추위—너무나 한없이 아름답다. 순수한 산소를 들이쉬는 것처럼.

……

추행을 당하는 것을 뜻하는 이탈리아 표현: "라 마노 모르타la mano morta"["죽은 손"]

[러시아 출신의 프랑스 작가] 보리스 수바린이 시몬 베이유에게 끼친 영향. 수바린은 1934년 스탈린을 비판하는 책을 썼고—말로, 그리고 갈리마르 문고판에서 원고를 거절당하면서 다음과 같은 말을 들었다. "부제 보자미 아베 레종, 수바린, 에 쥬 서레 드 보 꼬테스 깡 부제테 레 플뤼 포르Vous et vos amis avez raison, Souvarine, et je serai de vos côtés quand vous êtes les plus forts."["선생님과 친구 분들이 옳습니다, 수바린 씨. 그리고 여러분의 힘이 더 강해졌을 때 저도 여러분의 편에 서겠습니다."](책은 1938년까지 프랑스에서 출간되지 않았다.)

[여백에] 세 가지 악—여성혐오(성차별주의), 반유태주의, 반지성주의—이들에 대항하여 나는 투쟁한다.

반체제는 (상대적이 아니라) 관계의 개념이다.

조셉: "늘 울고 싶은 기분이야."

수용소[소비에트 굴락]의 수인들은 절대성에 대해—무위의 절대성에 대해 많은 것을 말해 준다. 세계에서 가장 위대한 오입질이다. 그 어떤 감옥의 철창살이라도 끊을 수 있는 금속(1950년대에 배급된 구두의 밑창에 달린 금속 조각). 무력함의 다른 면.

[파벨] 필로노프—조셉이 타틀린, 엘 리시츠키 등등보다 더 위대하다고 생각했던 1920년대의 러시아 화가(1950년대까지 지속되었다.)

1920년대의 러시아 구조주의자: 좋다……. 그렇지만. 산업적 나르시시즘.

화가는 무엇이든 잘할 수 있을 만큼 전문적이어야 한다.

동유럽에서 망명한 작가. 여기 서구에서는 그 무엇도 위협이 되지 않지만 모든 게 적대적이다.

조셉: "그리고 나는 내 정체를 깨달았어. 난 개인성의 관념을 말 그대로 받아들였던 사람이었지." 그에게서 또 예프게니 오네긴 같은 면이 튀어나왔다.

"용기"는 3인칭으로만 쓸 수 있는 단어다. "나는 용기 있다 / 용감하다."라고 말할 수는 없다. 그녀나 그가 용기 있다고 말할 수는 있다. 용기는 행동에 대한 단어이며, 행위를 해석하는 방식이다. 그것은 주관적 상태를 묘사하지 않는다. "두려움"은 반대로 일인칭 형용사다. "나는 두렵다"고 말하고 / 느낄 수 있다.

많은 러시아인들은 유태인과 결혼함으로써 외국으로 나간다. 소비에트 연방에서 유태인은 이동 수단이다.

12월 6일.

축축한 돌 냄새. 비. "폰다멘타fondamenta"["운하를 따라 나란히 이어진 거리"]에 철썩이는 물소리. 시동을 거는 바포레토[7]의 평화로운 신음소리. 안개. 발소리. 까마귀 같은 곤돌라 일곱 척이 비좁은 운하에 묶여 어기적거리며 나른하게 흔들리고 있다.

7. vaporetto, 베니스를 대표하는 교통수단. 시내 주요 명소와 인근 섬들을 연결하는 수상 버스.

오로지 부정적인 관념들만 유용하다. "관념은 이동 수단이다. 오로지 이동 수단인 관념만이 내 관심사다."

"나는 형편없는 스토리를 썼다"고 느끼기는 해도 "훌륭한 스토리를 썼다"는 느낌을 받지는 못한다. 후자는 타인이 받아야 할 느낌이다. 고작해야 형편없는 스토리를 쓰지는 않았다는 느낌이 들 뿐이다……. 용기도 마찬가지다. "나는 용감했어."라는 느낌을 받지는 못한다. "나는 두렵지 않았어"라고 느낄 뿐. 아니면 적어도, 겉으로 드러내지는 않았다든가. 두려움에 근거해 행동하지는 않았다는 느낌을 받을 수는 있다.

그[클로드 로이]는 지쳐 있다. 그는 모두와 알고 친해졌다.

레닌그라드에서 태어난 망명 시인[브로드스키], 새벽 두 시에 비에 젖은 텅 빈 거리를 혼자 걷다. 그러자 "아주 조금" 레닌그라드가 떠올랐다고 한다.

외동인 것처럼 느끼지만 나는 외동이 아니다. 그래서 우리 어머니의 나르시시즘, 부재, 양육 능력 결핍이 그나마 해를 덜 끼쳤다. 동생 주디스에게는 어머니가 좀 더 심했던 걸 보아서 안다. 나는 "개인적 감정으로" 받아들이지 않았다. 나는 그냥 이런 식으로 말할 수 있었다—내게는 '이런' 부류의 어머니가 있다고. 하지만 내가 (이러저러하지 못하고 이런저런 자질을 갖고 있지) 못해서 어머니가 나를 푸대접하고 사랑해 주지 않는다고 생각지는 않았다. 어린 나이부터 나는 "객관적"으로 보는 법을 배웠다.

나는 뭐든 완전히 이해하고 나면, 흥미가 딱 떨어져 버린다. 그리하여 나는 "추방, 유배"에 끌린다. 내 집처럼 편하다는 건 각 단계에서 가능한 것이 무엇인지 안다는 의미다. 각 사건에 지지대가, 즉 일어날 수 있는 가능성들의 완충이 있다. 그러면 모퉁이를 돌아가 봐도 놀랄 일이 없다.

"반체제" 예술 대신 "인가받지 못한", 혹은 "인정받지 못한" 예술?

모든 정치적 언어는 소외되어 있다. 그런 정치적 언어가 적이다.(조셉의 입장)

어디에나 반체제 인사들이 있고 + 자유로운 세계. 반체제가 더 이상 필요하지 않은 세계(즉, 좋은 사회). 이건 여기에서 상정하는 두 가지 이상들이다 — 철저히 반대되는.

……

12월 7일.

우리가 (지금) 허무주의라고 부르는 것이 뭘까? 난 단순하게 생각했다. 대체 어떤 사유가 허무주의로 귀결되지 않는가?

모두가 권리를 논한다(인권 등등)…

…사회적 사유("사회"를 인정)가 아니면 개인주의밖에 없다—심오하게 반사회적인 세계관

사방에 외로운 인물들이 어찌나 많은지—그중에 서로를 좋아하는 사람들은 많지 않겠지—그런 사람들이 반사회적 입장을 취한다. 오스카 와일드. 아도르노. 시오랑.

벤야민이 말년에 공산주의의 언어를 썼던 건 사실이다. 그래서 지금 우리에게 달라 보이는 거다. 그러나 그건 그가 1940년에 세상을 떠났기 때문이다. 그의 말년에는 공산당 언어가 다시 권위를 회복했다. 파시즘('적수'로 지목된)과 싸우는 데 필요하다고 판단되었기 때문이다. 벤야민이 아도르노만큼 오래 살았다면, 아도르노가 그러했듯 환멸에 젖어 반사회적 인간이 되었을 것이다.

(밀라노의 아델피 출판사의 사장 조셉 + 로베르토 칼라소와 저녁식사. 점심은 [폴란드 연극비평가] 얀 코트 + [러시아 문학자] 빅터 얼리치와 함께 했다. 아침은 [스위스 기자] 프랑수아 + [그의 아내] 릴리앙 본디와 먹었다.)

밀라노에서 열렸던 존 케이지의 최근 공연에 대해 로베르토 칼라소가 해 준 얘기—2시간 반 동안 소로의 텍스트에서 발췌한 무의미한 음절들의 연속—밀라노에서 가장 큰 극장인 리리코에서 2천 명의 관객을 앞두고 한 것. 거의 린치나 다름없었다. 공연은 20분 후에 시작되었다. 무대에 사람들이 백 명이나 올라간 적도 있다고 한다—누군가 케이지에게 눈가리개를 해 줬다가 벗겼다. 아무도 극장 밖으로 나가지 않았다. 그리고 내내 케이지는 움직이지도 않고 무대

의 테이블 앞에 앉아 낭송을 했다. 모두가 환호했다. 개선이었다.

케이지는 모든 의미 가운데 공허를 넣으려 한다. [여백에 SS는 "의미"라는 말을 다시 한 번 쓰고 느낌표를 붙여 두었다.] 그는 음악가가 아니라 상냥한 파괴자였다. 텅 빈 새장cage.

***

검열이 없으면 작가에겐 어떤 중요성도 갖지 못한다.

그러니까 검열에 반대하는 건 그렇게 간단하지 않다.

***

수평의 아이디어

***

공산주의 + 허무주의의 수사학. 선하고 싶어 하는 사람들 + 악하기를 원하는 사람들 둘 다 같은 방향으로 가고 있다.

마르크스 + 프로이트는 둘 다 틀렸다. 옳았던 사람은 맬서스다. 무슨 일이 일어나든, 전면에 있는 건 더 억압적 사회다……. 19세기는 우리가 살고 있는 사회를 알아보지도 못했을 거다.

***

……

안개. 코레르 박물관 앞에 서서, 산마르코 광장 건너편을 바라보는데 바실리카가 보이지 않는다. 새롭고 초현실적인 베니스가 안개 속에 있다. 조각조각 잘렸다 다시 조립되었지만 "멀리 있는" 조각들은 사라진 베니스.(조각들 일부가 사라짐)

12월 8일.

영적인 훈련: 사유를 몸으로 내려놓기. 본능의 일부로 만들기. 체질을 바꾸지 않고는 불교도도 힌두교도도 될 수 없다.

***

만조. 산마르코 광장의 널판. 운하의 물이 더 초록빛이고 더 투명하다. 물속의 층계. 물이 기울어지고, 구르고, 철썩이고, 흔들리고, 돌멩이를 친다.

잔혹과 억압의 차이. 나치의 제도화된 잔혹성—공표된 악(독일 비밀경찰의 해골 인장)—정책 / 원칙의 문제로 살해당한, 사지 절단되고 고문당한 사체들. 아우슈비츠만큼 잔인하고 무정한 건 과거에 없었다. 그러나 스탈린 정권은 더 정치화되었기 때문에 더 억압적이다. 사적인 것에 대한 여유가 더 적음. 악보다는 선의 수사학.

"아리아 프리타aria fritta" = 튀겨진 공기(혼란)

T. S. 엘리어트: 예술을 종교적 규준으로 + 종교를 예술적 규준으

로 판단하는 건 우리가 갖고 있는 최선의 척도를 적용하는 것.

[여백에:] “그들은 은유가 되었다.”

***

……

세계의 신성한 본질

[러시아 시인이자 작가인 오시프] 만델스탐, 20세기 가장 위대한 산문작가 중 1인—시를 한 편도 쓴 적이 없지만 금세기 가장 위대한 작가 중 한 사람.

“좌파도 우파도 아니고 어딘가 외계의 장소에서 온…….”

***

[12월 8일. 일기 페이지에 끼워져 있음]

1713

1940년대 초에 앙드레 브르통이 마이어 샤피로를 불러, 빛에 대한 뉴턴의 논문이 1713년 출간되었는지 물어보았다. 샤피로가 그렇지 않다고 말하자 굉장히 실망했다. 날짜를 일종의 표식으로 그림에 박아 넣고 싶었던 것이다.

샤피로는 얀 뮐러[독일계 미국인 화가](1958년경)의 회화들을 알았고 수집했다.

……

＊＊＊

12월 9일.

훌륭한 소설의 주제가 될 만한 것: 선의 유혹(타락). 공산주의. 누가 서방의 "클레르 코뮈니장clercs communisants"["공산주의화하는 사무원들"]의 솔제니친이 될 것인가?

파운드 > 로웰. 시는 머릿속에 떠오르는 모든 것의 기록이 되어야 한다.

＊＊＊

오후 5시 + 8시 사이에 조셉과 함께 올가 러지[에즈라 파운드의 동거녀]를 방문—252 산 그레고리오(살루트 근처)

올가 러지는 언제나 엘리어트를 "주머니쥐…"라고 불렀다. 파운드는 세인트 엘리자베스에서 풀려난 후로 회개한 적도 후회한 적도 없다고 했다……. 눈물을 살짝 비치면서 잠시 말을 멈추고(딱 한 번이었다) 말했다. "있잖아요, 에즈라가 옳았어요. 그이가 옳았어요. 민주주의가 지나치게 횡행해요. 발언의 자유가 지나치다고요……." [미국 작가] 나탈리 바니[여백에: 듀나 반즈와 친했다]는 파운드의 손님으로 라팔로에서 대부분의 전쟁 기간을 보냈다……. 그녀는 비좁은 거실에 [앙리] 고디에 브르제스카[8]가 제작한 거대한 파운드

흉상(마룻바닥에) + 윈드햄 루이스가 그린 파운드의 드로잉을 두고 있었다……. 그녀는 파운드가 "유태인의 이름"을 갖고 있었지만 개명하지 않았다는 사실을 힘주어 강조했다—"처음부터—첫 책부터—그이는 자기 이름을 'E. 루미스 파운드'나 '루미스 파운드'라고 쓰지 않고 '에즈라 파운드'라고 썼어요." 그리고 루미스 가문이 좋은 집안이라는 얘기도 했다. ("뉴욕 사교계 인명부를 찾아보세요. 루미스가 사람들이 많이 나와 있을 테니까.") "성경에 나오는 이름이지요." 내가 말했다. "맞아요, 유태인의 이름이에요. 그러니까 에즈라가 사람들 말대로 반유태주의자라면 그 유태인의 이름을 고집하지는 않았겠지요, 안 그래요?"

그녀는 영국인의 억양이 있었다. 그녀는 숱한 문장들을 말한 뒤 "까삐또capito?"[9]라고 말했다.

"…나는 늙은 수부the ancient mariner 같은 사람이에요." 그녀가 문간에서 말했다. 쉬지도 않고 그녀가 계속 수다를 떠는 사이 조셉 + 나는 코트를 둘러 입고 15분 동안 거기 서 있었다. "그런데 그이 단편이 뭐에 대한 거였죠? 아, 그래요, 죽은 새에 대한 거 아니었나요?" 마지막 방점을 찍는 그 말은 여러 번 써먹은 게 틀림없었다.

8. Henri Gaudier-Brzeska, 1891~1915. 프랑스의 조각가로, 루아르 지방의 생 장 드 브레에서 출생, 뇌빌 생 바스트에서 사망했다. 1910년에 런던으로 이주, 예술 작업을 시작했다. 에즈라 파운드, 윈드햄 루이스 등과 친분을 맺으면서 보티시즘의 멤버로 활약했다. 1915년 프랑스 육군에 참가하여, 전사했다. 영국 조각계에서 추상 조각의 선구자 중의 한 사람으로서, 헨리 무어 등에게 강한 영향을 끼쳤다. 대표작으로는 『사슴』이 있다.

9. 이탈리아어로 '알겠어요?'라는 뜻이다.

시냐프스키는 가족을 소련에서 탈출시켰을 뿐 아니라 수백 권의 책들과 검은 푸들 마틸다도 가지고 들어왔다. 그의 아내는 여러 번 다시 돌아갔다. 모종의 거래가 성사된 것이었다.

칼의 문집에 헌사—표제면과 그 밑에 "로버트 로웰"을 통해 쓴 한 줄. "에즈라에게. 그 무엇보다 사랑과 흠모로." CAL.

***

새로운 직업: 프리랜서 마약 디자이너

각 세기(시대)는 그 나름의 고결한 야만인을 만들어 낸다. 우리의 것은 제3세계다.

[이 일기 옆에 수직으로 선이 그어져 있다.] 조셉: "아크마토바가 입버릇처럼 말했지. '젊었을 때 나는 건축 + 물을 좋아했지. 이제는 흙과 음악이 좋아.'"

바포레토 부두의 끽끽거리는 소리, 밤에 보트에서 사람들이 내릴 때 들린다. 물 위로 미끄러지는 갈매기들 울음소리. 축축한 냄새. 바실리카의 왼편, 흑과 백, 더 보기 좋은 쪽 + 낮보다 밤에 더 또렷하게 보인다. 낮에는 너무 많은 게 보인다. 감각은 밤에 더 예리해진다.

칼뱅은 영적인 귀족이다. 나는 그의 수직성을 좋아한다. 루터는 칠칠치 못한 인간이었다. 자기가 파괴하고 있는 것의 본질조차 파악하지 못했으니까.

[카를로] 리파 디 메아나[베니스 비엔날레의 총괄 감독](약간 웃음을 띠고): "아시겠지만, 이탈리아 사람들이 아침식사로 사자 주스를 먹는 건 아니랍니다."

내가 멍청한 게 싫다고 말할 때 진짜 속뜻은 영혼이 천박한 건 참을 수가 없다는 말이다. 그러나 '그런 말을' 대놓고 하면 내가 천박해지겠지.

12월 10일.

[베케트의] 『마욘, 죽다*Malone Dies*』를 읽고 있다. 이거야말로 사람 인생을—그러니까 글을 쓰는 방식을—바꿔 놓을 산문이다. 어떻게 그걸 읽고 나서 예전과 똑같이 글을 쓸 수 있단 말인가?

게오르규 콘라드: "레크리벵 키 아 데 포지시옹 밀리탕트 에 엉 마조히스트: 일 스 프리브 드 세 프로프르 동L'écrivain qui a des positions militantes est un masochiste: il se prive de ses propres dons."["급진적(정치적) 입장을 취하는 작가는 마조히스트다. 스스로 자기 재능을 박탈하기 때문이다."]

나의 정치적 입장: 전부 반대파. 나는 (1) 폭력에 반대한다. 특히 식민주의 전쟁과 제국주의적 "간섭"에 반대한다. 무엇보다, 고문에 반대한다. (2) 성적·인종적 차별에 반대한다. (3) 자연과 (정신적, 건축적인) 과거의 풍광을 파괴하는 데 반대한다. (4) 민중 운동, 예술, 사상

을 방해하거나 검열하는 모든 것에 반대한다.

{수송

(내가 찬성하는 게 있다면 그건—간단하게—권력 분산, 복수성이다.)

한마디로, 고전적 자유의지론적 / 보수적/ 급진적 입장인 셈이다. 결코 그 이상은 될 수 없다. 그 이상이 되기를 원해서도 안 된다. 나는 새로운 형태의 사회를 "건설"하거나 정당에 입당하는 데는 관심이 없다. 좌파든 우파든 들어가서 내 위치를 정하려 노력할 필요도 없거니와, 그래야 한다는 의무감을 느낄 필요도 없다. 그게 내 언어가 되어서는 안 된다.

***

글을 쓰지 않을 때는 죄책감이 들면서 "충분히" 글을 쓰지 않는 것 같다. 어째서? 이 "죄책감"은 뭘까? 조셉은 자기도 그렇다고 한다. "너는 왜 죄책감을 느끼는데?" 하고 내가 물었다. "전에는 일 년에 이십 편씩 좋은 시를 썼으니까. 이제는 겨우 일곱 편에서 열 편밖에 못 써. 예전에 쓴 시들보다는 대체로 낫긴 하지만 말이야."

조셉에게 〈니노치카〉[에른스트 루비치[10]의 대사를 우려먹는다고 구박했다.(방 안 어느 구석이 내 자리야? 같은 거.)

10. Ernst Lubitsch, 1892~1947. 독일 출생의 미국 영화감독. 독일에서 명성을 떨치다가 미국 이민 후, 《결혼철학》으로 소피스티케이션 희극을 창시하고 《몬테 카를로》 등의 시네마 오페레타로 새로운 경지를 개척하였다.

리파 데 메아나: "유럽의 지식인들은 매운 소스 타바스코의 역할을 맡는다." 불가피하게 극단적 입장으로 이끌리게 된다.

모든 문제가 결국은 정치적 문제라는, 그래서 정치적 수단으로 해결해야 한다는, 그런 생각이 적이다.

***

"같은 형식을 고수해서는 아무것도 살아남지 못한다."([프랑스 마르크스주의 문학비평가] 피에르 마셰리). 최근까지도 그리스 예술은 헤게모니의 이상으로서, 마르크스의 표현을 빌면 "준거인 동시에 성취할 수 없는 모델로서 의미를 갖는" 방식으로 서구 사회에서 살아남아 왔다.

[다음 일기는 네모 칸을 치고 그 안에 썼다.] 서구의 예술: 한때는 아무도 원치 않던, 그러나 이제는 용인된, 우리 자신을 들여다보는 망원경.

***

17세기 + 18세기에 그리스 예술은 본질적으로 성취 가능한 모델로 기능했다. 산업혁명이 일어나면서 성취 불가능한("이상") 특질을 획득하게 된다. 이제 고전은 국민문학 연구로 대체되었다. "총체성의 고향은 문학비평이 되었다."([동시대의 영국 비평가 겸 역사가] 페리 앤더슨)

***

형식주의의 방법: 역사를 모르거나 관심이 없는 사람들에게 적합하다. 이것은 분명 현재 형식주의의 매력 중 하나다. 문학적 텍스트나 회화를 이해하기 위해서는 지적이기만 하면 되지, 굳이 "학식"이 필요치 않다는 것. 작품의 이해에 작품 그 자체 말고 필요한 게 없다는 것.

12월 12일.

성당: (피아자 산 실베스트로의) 산 실베스트로 성당. 그리고 (로마의 피아자 산트 이냐지오에 있는) 산트 이냐지오 성당: 바로크(반종교개혁, 예수회)의 광증. 지나치게 높은 천장—현기증 나는 광경이다—성당 중앙에서 볼 때만 어울리는 가짜 첨탑(트롱프뢰유[11])! 게다가 그걸 구경하는 값이 100리라나 되다니!

***

베케트는 조이스의 정반대. 더 작아지고, 더 정교해지고, 더 요란법석을 피우고, 더 황량해졌다……. 더 작고 간결해졌다. 그런데 베케트의 반대에 있는 작가도 있을까? 일단, 조이스는 아니다. 황량할 뿐 아니라 더 크고, 덜 낡아야 한다—

[날짜는 없고 "1977년의 단상"이라고만 적혀 있다]

11. trompe l'oeil, 실제의 것으로 착각할 정도로 세밀하게 묘사한 그림.

진짜로 부정당하는 한은, 죽음이 가장 중요한 것이 된다.(부정당하는 것이 다 그러하듯 말이다.) 아무 데도 없기 때문에 어디에나 있다. 우리가 죽음을 부정하는 동안은 병적인 죽음 충동이 숭고한 매혹을 갖는다. 어쩌면 이제는 초월적인 가치의 원천을 느낄 수 없게 되었기 때문에, 죽음(의식의 멸절)이 가치와 중요성을 봉인하는지도 모른다. (어떻게 보면, 죽음과 관련이 있는 것만 가치가 있다.) 이는 결국 죽음이라는 개념을 띄우는 동시에 하찮게 깎아내리게 되는데, 이것이 우리 문화의 구조물에서 드러나는 폭력 + 폭력적 죽음의 집요한 도상학을 심오하게 자극하는 것 같다. (본격 현대 소설이 살인에 의해 촉발되거나 결말을 맺는 일이 비정상적으로 빈번하다는 점—사실상 전위적 소설을 쓰는 교육받은 작가가 살면서 살인 사건 근처에 가 본 적이나 있으면 다행일 텐데 말이다.)

최고의 영화(순서 무작위)

1. 브레송, 〈소매치기Pickpocket〉
2. 큐브릭, 〈2001〉
3. 비더, 〈빅퍼레이드〉
4. 비스콘티, 〈강박관념〉
5. 구로사와, 〈천국과 지옥〉
6. [한스 위르겐] 지버베르크, 〈히틀러〉
7. 고다르, 〈그녀에 대해 알고 있는 두세 가지 것들〉
8. 로셀리니, 〈루이 14세〉
9. 르누아르, 〈게임의 규칙〉
10. 오즈, 〈동경 이야기〉

11. 드레이어, 〈게르트루드〉

12. 에이젠슈타인, 〈전함 포템킨〉

13. 폰 스턴버그, 〈푸른 천사〉

14. 랑, 〈마부제 박사〉

15. 안토니오니, 〈일식〉

16. 브레송, 〈사형수 탈출하다〉

17. 강스, 〈나폴레옹〉

18. 베르토프, 〈카메라를 든 사나이〉

19. [루이] 푀이야드, 〈쥐덱스〉

20. 앵거, 〈쾌락궁전의 창립〉

21. 고다르, 〈비브르 사 비〉

22. 벨로키오, 〈주머니 속의 주먹〉

23. [마르셀] 카르네, 〈인생유전〉

24. 구로사와, 〈7인의 사무라이〉

25. [자크] 타티, 〈플레이타임〉

26. 트뤼포, 〈야성의 아이〉

27. [자크] 리베트, 〈미치광이 같은 사랑〉

28. 에이젠슈타인, 〈파업〉

29. 폰 슈트로하임, 〈탐욕〉

30. 슈트라우브, 〈안나 막달레나 바흐〉

31. 타비아니 형제, 〈파드레 파드로네〉

32. 레네, 〈뮤리엘〉

33. [자크] 베케, 〈구멍〉

34. 콕토, 〈미녀와 야수〉

35. 베르히만, 〈페르소나〉

36. [라이너 베르너] 파스빈더, 〈페트라 폰 칸트의 쓰디쓴 눈물〉

37. 그리피스, 〈인톨러런스〉

38. 고다르, 〈경멸〉

39. [크리스] 마르케, 〈방파제〉

40. 코너, 〈교차로〉

41. 파스빈더, 〈중국식 룰렛〉

42. 르누아르, 〈위대한 환상〉

43. [막스] 오퓔스, 〈마담 드……〉

44. [요시프] 케이피츠, 〈개를 데리고 있는 부인〉

45. 고다르, 〈기관총 부대〉

46. 브레송, 〈호수의 란슬로트〉

47. 포드, 〈수색자〉

48. 베르톨루치, 〈혁명 전야〉

49. 파졸리니, 〈테오레마〉

50. [레온티네] 사강, 〈제복의 처녀〉

[이 목록은 228번까지 이어지며, 그 후로는 손택이 방치한다.]

1978년

1월 17일. 뉴욕.

오늘밤 메트로폴리탄 오페라 극장에서 ([미국 문학비평가] 월터 클레먼스와 함께) 〈탄호이저〉를 보았다. 이 음악은 성—에로티시즘—관능에 대한 것이다. 그래서 이렇게 바그너가 꾸준한 사랑을 받는 것이다.

오페라의 스토리는 안타깝게도 전혀 다르다. 천박함, 키치의 문제(섹스 대 충만한 영혼), 호전적인 친나치 성향의 국수주의. 바그너에 대한 니체의 평은 옳았다. 실제로 알고 있던 것보다 더 옳았다. 그러나, 그럼에도 불구하고, 그 육감성이란…….

삶을 뜻하는 히브리어 "차이chai"는 체트와 요드라는 두 글자로 쓴다. 이 글자에는 각각 상응하는 숫자가 있다. 체트는 8이고 요드는 10이니, 둘을 합치면 18이 된다. 자선 기부금으로 18달러를 내는 전통.("차이"를 내다, "트리플 차이"를 내다(54달러), 우리 가족을 위해 1차이, 친구들을 위해 1차이… 등등)

패턴을 찾아야 할 필요성, 모방할 필요성…….

……

1월 21일.

섹스의 평판이 점점 더 나빠지고 있다. 1960년대에는—에너지, 기쁨, 답답한 금제로부터의 자유, 모험처럼 보였다. 지금은 많은 사람들에게 별것도 아닌데 귀찮은 일로 인식되고 있다. 실망. 섹스는 일하고자 하는 욕망의 승고화. 성적 충동이 이를 벽으로 몰아갔다……. 남성의 동성애적 "세계"는 선량한 / 못된 동성애자("fairy", "fag", "fruit"[1]—성적 욕구를 강박적으로 해결하려 드는 사람들)라는 구도를 포기하고 호색하고 사악하고 성에 탐닉하는 매니아들에게 지배권을 넘겨주었다.

***

"소설"과 "로맨스"의 구분은 19세기 내내 중요했다. ([새뮤얼] 존슨의 『사전』에서는 소설을 "대체로 사랑에 관한 짧은 이야기"로 정의한다. 최근에야 "소설"이라는 용어가 위풍당당하게 퍼져 나가 모든 종류의 산문 소설을 의미하게 되었다.

"이것이 소설인가?", "소설은 죽었나?"라는 질문들이 어째서 어리석은지 그 이유를 생각해 보는 또 한 가지 방법

—무대 막(뒤가 비치는 커튼)

1. 모두 동성애자를 비하하는 속어다.

3월 1일. [또는 3월 9일—일기에 날짜는 정확히 적혀 있지 않다.]

이젠 자아비판으로서의 문학비평에 별로 마음이 설레지 않는다. 방법론의 구축, 텍스트의 해체. 비평 그 자체에 대한 비평.

『은유로서의 질병』은 방식은 새롭지만 목적은 전근대적인 문학비평을 "행하려는" 시도다. 세계를 비판하는 목적 말이다.

그리고 이번에도 "해석에 반대"한다. 텍스트 대신 주제가 있다.

나는 질병을 "영적 상태"로 변환시키는 데 반대한다.

은유적 이해, 질병을 도덕으로 변환하는 일이 의학적 현실을 어떻게 오도하는지 다루고자 한다.

***

어떤 계급이나 관계, 또는 단순한 소망으로 볼 때 해방적이라고 간주되었던 현대적 사상들이 훗날 너무도 많은 경우 오히려 구속적이라는 판정을 받았다.

돈 바셀미: "지금 당신의 접시에 담겨 있는 게 아주 많다는 걸 알고 있다."

SF: 비정한 묵시록.

일렉트릭 기타, 딱 붙는 셔츠, 후방 조명을 받아 빛나는 머리카락을 휘날리는 원혼들과 악마들.

3월 16일.

…"바늘구멍에 꿸 수 있을 정도로 얄팍한 플롯"[『뉴욕타임스』의 영화비평가 자넷 매슬린이 〈아메리칸 핫 왁스〉에 대해서]

***

"신경 쓰지 마. 중요한 일 아니야……."

3월 24일.

[미국의 안무가] 머스 커닝햄이 얼마 전 (『뉴욕타임스』의) 인터뷰에서 자기 무용(공연)은 특별히 주목받는 초점이 없도록(탈중심적?) 구축되었고 + 관객들은 자기가 보고 싶은 게 무엇인지 선택할 수 있다고 말했다. "텔레비전처럼 말이지요. 이 채널 저 채널 돌리면서 보잖아요."!

……

체념과 싸우고 싶다. 하지만 싸울 무기가 체념밖에 없다.

……

독서가 나가자 글자들이 나가 버렸다.

5월 10일.

해가 떨어진 후 십 분 동안 지평에 번지는 붉은 빛의 맥동

…해가 방금 넘어간 산의 테두리

화산 꼭대기처럼—

5월 14일. 마드리드.

벤야민—새 책—을 읽다 보니 전보다 덜 걸출하고, 덜 신비스럽게 느껴진다. 자전적 작품들은 쓰지 않았다면 좋았을걸.

도시에 대한 이야기. 두 사람이 도시를 가로질러 배회하고 있다. 한 사람은 성적 모험(창녀?)을 찾고 있고 다른 이는 아파트를 찾고 있다. A. 앞을 본다. 욕망. B. 뒤를 돌아본다. 후회, 잃어버린 공간에 대한 향수. 시간의 두 가지 경험, 공간의 두 가지 경험(미로).

5월 20일. 파리.

1874년, 말라르메가 패션 잡지를 창간하고 편집을 맡았다. 『라 데르니에 모드*La Dernière Mode*』였다. 거기서 그는 새로운 발견(?)을 했고, 레이아웃과 타이포그래피 실험을 처음 해 보았다.

5월 23일.

[독일 출판업자] 카를 한제 영감: 비에더마이어 벙커에 산다.

감정은 흘러넘치지만 채널은 다섯 개뿐이다.

벤야민은 1920년대 초반에 라디오 대화 + 수백 편의 리뷰를 썼다. 여자들을 쫓아다니느라 엄청난 시간을 들였고, 창녀들도 자주 찾았다. 성을 통해 금지된 계급—영역으로 경계를 넘어서는 부르주아 로맨스.

[현대 스웨덴 작가] 라스 구스타프슨의 소설 + 에세이들. [시그프리트] 크라카우어의 소설들.

새로운 사상이 아니라 새로운 물건을 발명해야 하는 시대다. 참인가?

엔젠스베르거 〈타이타닉〉호의 침몰—서사시의 소재다—사람들이 죽음을 맞는 방법에 대해 2백 페이지에 달하는 시를 쓰고 있다.

정치는 이제 끝!

[이탈리아 작가 이탈로] 칼비노는 19세기 파리를 배경으로 한 단편들을 쓰고 있다.

＊＊＊

이제는 안경을 두 개 쓴다는 사실. 먼 데를 보는 안경 하나, 가까운 데를 보는 안경 하나. 예를 들어 서점에서나 카페에 앉아 있을 때는 별로 소용이 없다. 그런 데 가면 책을 읽으면서 동시에 사람들을 보고 싶으니까.

소비 사회의 언어: 포식의 전문용어.

……

5월 24일. 베니스.

베니스에 가면 흐느껴 울게 된다. 이른 새벽 피아자 산마르코를 혼자 걷다가. 그래서 성당에 들어가서 대여섯 명의 신도들 사이에 앉아 미사에 참례하고 영성체를 받았다.

청교도주의: 각양각색의 도덕적 키치.([불가리아계 영국 작가 엘리아스] 카네티)

강한 성격을 보여 주는 한 가지 증표는 몰개성을 사랑한다는 거다.

5월 25일.

벤야민 에세이—도시라는 테마. 작가로서의 벤야민. 프루스트, [루이] 아라공의 "파리의 농부Le Paysan de Paris"의 충격(아도르노에게 보낸 서한, 1935년 5월 31일자)

구조

미로

그 책

카네티와 비교.

[오스트리아 비평가 카를] 크라우스 에세이의 중요성.

한량Flâneur. 매춘이라는 숨겨진 주제. 계급의 장벽을 넘다.

초현실주의 감수성.

마르크스주의의 매력. 브레히트에 대한 비굴한 태도.

문학 기자로 벌어 먹고 살기. 교수가 되었다면(숄렘, 아도르노, 마르쿠제, [막스] 호르크하이머처럼!)

책벌레 방랑자—슈테펜볼프, [카네티의 소설] 「판결 선고식Auto-da-Fé」의 키엔.

망명자의 상황. 유럽의 죽음이라는 주제. 그러나 그는 궁극적인 망명, 즉 아메리카를 지지하지는 않는다.

한 편지에서는 살해당한 독일 문화를 위해 울어야 하지만 바이마르공화국에 대한 향수를 품는 건 음탕한 일이라고 말한다.

벤야민은 자기가 최후의 유럽인이라고 생각했다. 단순한 지식인이 아니라 독일 지식인이라고.

헤겔(또는 니체가 아니라)이 아니라 칸트
바그너-니체 등등의 손이 닿지 않는 모호성, 복합성으로 구상된 "변증법"

모스크바의 묘사: 진부함, 선명함

5월 27일. 베니스.

베니스에서 아홉 번째 체류

1961—어머니, 아이린과 함께(호텔 루나, 호텔 데 뱅)
1964—데이비드와(밥 + 기도)—루나

1967—데이비드와(영화제—호텔 엑셀시오르)

1969—칼로타와(페니체 호텔)

1972—니콜과(호텔 그리티)

1974—니콜과(고센스 아파트먼트)

1975—니콜과(그리티)

1977년 12월—조셉 [브로드스키](호텔 유로파)

그리고 그는 〈타이타닉〉의 침몰에 대한 2백 페이지짜리 시를 쓰고자 은퇴를 하고 베니스로 갔다.

상상력:—머릿속에 여러 다른 목소리들을 갖고 있는 것. 그럴 수 있는 자유.

각 시대별로, 세 팀의 작가들이 있다. 첫 번째 팀: 유명해지고 "위상"을 확보하고 같은 언어로 글을 쓰는 동시대 작가들의 준거가 되는 작가들. (예. 에밀 슈타이거, 에드먼드 윌슨, V. S. 프리체트) 두 번째 팀: 국제적—유럽 전역, 미국 대륙, 일본 등등을 통틀어 동시대인들의 준거가 되는 작가들(예. 벤야민) 세 번째 팀: 여러 다른 언어를 쓰는 후대에게도 준거점이 되는 작가들(예. 카프카) 나는 이미 첫 번째 팀에 합류했고, 두 번째 팀에 입성하기 직전이다. 오로지 세 번째 팀에서 플레이를 해 보고 싶을 뿐이다.

***

디오니소스는 양성애자였다.(참고. [오스트리아계 미국인 정신분석학자이자 작가인] 헬렌 도이치의 강의)

……

***

6월 21일. 뉴욕.

1970년대 레닌 이데올로기의 위기

정적을 어떻게 다루는가를 기준으로 정권을 판단

……

7월 2일.

…시카고의 여자(『선타임즈』의 칼럼니스트 조리 그래험("살아야 할 시간")—암이라는 내 어릿광대 쇼의 공모자—(어브 쿠프치네트의 쇼에 나와서) 최근에 비행기를 탔는데 엔진 하나가 꺼졌던 얘기를 했다. 머지않아 자기를 기다리고 있는, 악취 나고 느리고 괴롭고 추악한 암의 죽음보다는 5분 후에 여기서 죽는 게 낫다고 스스로를 타이르려 했지만 공황에 빠지고 말았다고. 추락하지 않기를 바랐다고. 그녀는 자기 자신의 죽음을 원했다. 자기가 노력해 왔고, 짊어지고 살아가고 있고, 화해하고(익숙해지고) 있던 죽음을 원했다.

7월 8일. 파리.

현대의 에로티시즘—에로틱한 것에 대한 성찰이라는 테마

섹슈얼리티에 대한 푸코의 논의

케네스 앵거, 〈쾌락 궁전의 창립〉

나기사 오시마, 〈감각의 제국에서〉

파졸리니, 〈살로〉

지버베르크, 〈루드비히〉 + 〈히틀러〉

동성애의 바로크

***

네오 키치

현대 동성애적 감정이 에로티시즘에 크나큰 공헌.

***

남자는 자기 어머니였다는 죄로 여자를 절대 용서하지 않는다……. (>>> 바그너)

[이 텍스트 주위로 네모를 쳐 놓았다.] 향후 십 년은 최고이자 최강이자 가장 대담무쌍해야 한다.

[러시아 작가 안드레이] 비에블리에 대해

여러 번 발명된 모더니즘—그중 한 번은 소비에트 연방에서. 억압되었기 때문에 우리에게는 중요하다.

[비에블리의 소설] 『생 페테르부르크』 + [헨리 제임스의] 『카사마시마 공주』를 비교 — 공작을 살해하라는 명령을 받고 자살. 혁명 비극의 고전적 플롯: 살인 명령.

참조. 콘래드, 〈비밀 요원〉

***

나는 내레이션이나 코멘터리가 "꺼진" 영화들을 좋아한다 — 뮈에muet["무성영화"]의 미덕을 새삼 소개(허락)한다.

[사샤] 기트리, 〈어느 사기꾼 이야기〉

[마르셀] 하눈, 〈단순한 이야기〉

멜빌, 〈무서운 아이들〉

고다르, 〈그녀에 대해 알고 있는 두세 가지 것들〉

슈트라우브, 〈안나 막달레나 바흐〉

[미셸] 데비유, 〈도시에 51〉

브레송, 〈사형수 탈출하다〉

그리고 장르를 혼합한 영화들:

[벤야민] 크리스텐센, 〈마녀들〉

[두샨] 마카베예프, 〈WR〉

>>>>>> [지버베르크의] 〈히틀러〉, 〈독일에서 온 영화〉

7월 17일. 파리.

……

에이젠슈타인은 1940년 모스크바에서 〈발키리〉의 프로덕션을 연출했다. 히틀러-스탈린 동맹 이후 + 침략 이전에—공식적으로 친독일을 표방하던 시기에. 프로덕션 노트가 있나?

7월 21일.

"바그너" 에세이? 지버베르크 영화와 [프랑스 오페라 감독인 파트리스] 셰로 / [피에르] 불레즈가 연출한 〈반지〉

……

베를리오즈는 이데올로기가 없었다—제도권 편입을 추구하지 않았다.

…〈지그프리드〉—문제: 처음 2막은 이전 시기에 작곡되었고—3막에서 새로운 구상. 〈반지〉는 2부로 나뉜다.

……

7월 25일. 런던.

조나단 밀러는 메타포리아-메타유포리아meta euphoria[2]를 갖고 있다.

“내 나룻배는 극장에 끌어올려 둔 것 같은데.” —조나단

몸을 기계로 이해해야만 비로소 우리는 인간에게 인간성을 부여할 수 있다.

몸을 이해하는 은유들(예. 심장 = 펌프)은 기계로부터 온다.

……

현대 의학의 두 가지 기본 도구: 소금물(생리 식염수) + 타인의 혈액

……

8월 7일. 파리.

…“골칫거리의 테크닉”으로서 소설([20세기 미국 비평가 겸 시인] R. P. 블랙머), 곤경을 드러내는 수단. 현대의 실존이라는 해결되지 않는 곤경.(!)

2. 공상 과학 태도

1999년 12월 31일, 거기 있고 싶다. 세계사에서 가장 위대한 키치의 순간이 될 텐데…….

모더니즘. 역사적 관점의 회복(준거점: 프랑스혁명, 낭만주의 시인들) 반지성주의. 지성의 프로젝트.

……

조나단은 플라톤의 『향연』으로 〈음주 파티〉라는 BBC 영화를 만들었다.

8월 11일. 파리.

헤르바르트 발덴[3]의 모범적 경력을 기억하라……. 1910년 『데어슈트룸』(코코슈카, 미래파, 칸딘스키, 아폴리네르를 소개했다) 창간. [독일계 유태인 시인이자 극작가인] 엘제 라스케르-슐러와 결혼[1903]. 1932년 『데어슈트룸』 발행을 중단하고 소비에트 연방으로 이주. 그곳에서 소설 「중립」을 썼으나 출간되지 않음. 1941년 3월 31일, 모스크바의 호텔 메트로폴에서 체포. 사라토프 수용소 병원에서 사망.

3. Herwarth Walden, 1878~1941. 20세기 초 독일 아방가르드 시대의 미술 비평가이자 작가로 활동했으며, 표현주의 잡지 『데어슈트롬*Der Strum*』의 창립자다.

8월 12일.

오데사와 이스탄불 간의 거리는 334마일.[4] 사이에 흑해가 가로놓여 있다.

교실용 대형 지도 구하기.

침대 천장에서는 하얀 막대기형 형광등이 스타다.

…셰익스피어에 나오는 명목뿐인 로마…….
…(어떤 신체적 과정이) 의식에 재현되는 일이 없다…….

1920년대(?) 영국의 "파이트 다이버Fait Divers"["뉴스거리"]: 스투키(스티프키Stiffkey지만, '스투키'라고 읽는다) 주교의 운명: 창녀촌에 자주 드나들다가 주교직을 박탈당하고 서커스에 흘러들어가서 술통 안에 들어가 구경거리가 되다가 사자에게 잡아먹힘.

……

[여백에] 귀족들

귀족의 대화(영어):
"인티inties"(지식인이라는 뜻의 인텔렉추얼intellectual의 줄임말)[5] —

4. 약 534킬로미터
5. 여기서는 속물적 공작 부인에 의해 비하적인 뜻으로 쓰이고 있다.

데본셔 공작 부인의 전화 통화를 [영국 소설가] 앵거스 윌슨이 엿들었던 얘기—윌슨 + 친구가 티타임에 초대받았다: 차를 마시고 있는데 공작 부인이 그 다음날 시릴 코널리와 점심 식사에 초대하겠다는 친구의 전화를 받았다. "난 별로야. 오늘 벌써 인터 두 사람하고 차를 마시고 있거든."

나이가 더 든다는 것: 다른 사람들이 다 불쌍해 보이는 것

……

"실험적" 작가, 감독, 화가라는 건 없다. 속물적 개념이다! 그건 대안이나 선택을 전제한다. 그게 아니다. 오리지널이거나 아니거나 둘 중 하나다.

연극: 오리지널 프로덕션
위성 프로덕션

이단적 프로덕션(오리지널의 연출을 뒤집거나 그와 상이한 것)

위대한 작품만이 이 과정을 헤치고 살아남을 수 있다.
바그너 > [아돌프] 아피아 [많은 바그너 오페라의 세트와 조명을 디자인한 스위스 건축가] > [바그너의 손자] 빌란트 > 셰로

참조. 번역가에 대한 에세이에서—예술 작품의 사후 삶에 대해 논한 벤야민의 글

8월 13일.

[손택은 바그너의 음악을 너무나 사랑했고 베이루트 페스티벌에 여러 번 참석했다.]

베이루트 단상:

"너는 두 개의 다른 모델에 영향을 받은 거야. 보헤미아의 모델과 귀족적 모델." 나는 밥 [실버스]에게 그렇게 말했다. 대안적 삶에서 중산적 삶과 관심사들까지. 보헤미아: 알프레드 [체스터]. 그런데 그 결과 어떻게 되었는지 좀 봐. 반면 귀족주의의 분별 있는 매력이란…….

……

귀족의 코드: 절대 불평하지 않는다.

사람은 덕망 있고 점잖으면서도 수동성이나 소심한 태도로 타락하지 않을 수 있다.

미래주의는 구조주의를 비롯해 여러 다른 것들의 원천이 될 수 있다.

주제(?): 이탈리아의 파시즘은 특별했다 > [줄리오 카를로] 아르간, 현재 로마의 공산당 시장은 1930년대 후반의 파시스트 문화 관료였다. 좋은 화가들을 후원하고 유대인을 보호하고 여러 사람들에게

일자리를 주었다. [이탈리아 고전 역사가 아르날도] 모밀리아노에게 백과사전 일을 주었다.

메이 타바크, 집으로 돌아오다가 벌거벗은 외다리 해럴드를 밟고 넘어가다. 로젠버그[그녀의 남편]가 거실 마룻바닥에서 여자애와 성교를 하고 있다가 HR에게 말하기를. "저녁 식사는 한 시간 뒤야."

8월 20일. 뉴욕.

조셉 브로드스키는 시를 쓰기로 결정하면 주제 또는 모델(흠모하는 시인)을 정한다고 말한다. 그리고 혼자 "나는 아크마토바 시를 쓸 거야." 또는 "…프로스트 시" 라든가 "오든 시"나 "[이탈리아 시인 에우제니오] 몬탈레 시"나 "카바피 시"를 쓰겠다고 다짐한다고 한다. 그 아이디어의 핵심은 모델이 되는 시인처럼 쓰되, 더 잘 쓴다는 거다. 물론 절대로 모델과 같아질 수는 없다—그건 그저 혼자 노는 놀이에 불과하다—진짜 시인이라면 오로지 자기 세계에 대해서만 쓸 수 있다.

내년에 할 수 있을 만한 일: 보르헤스 단편(아가톤[알렉산드리아의 대도서관이 기원전 48년에 화재로 사라졌을 때 작품이 다 소실되었다고 알려진 고대 그리스의 희곡 작가) 희곡의 발견), 칼비노 단편, 발저 단편, 콘라드 단편, 가르시아 마르케즈 단편.

바셀미 단편은 벌써 하나 썼다—[손택의 자서전적 단편] 「가이드 없는 여행」—그러니까 바셀미보다 더 잘 썼다는 얘기다. 그게 바로 내가 하는 일이라고 솔직히 자인했어야 한다.

이상적인 단편 선집:

V. 울프, 「그 순간」 또는 「쓰이지 않은 소설」
로베르트 발저, 「클라이스트의 툰」
폴 굿먼, 「순간순간이 날아간다」
로라 라이딩, 「마지막 지리 수업」
[여백에: 독일 작가 볼프강] 보르헤르트, [유태계 세르비아-헝가리 작가 다닐로] 키스
[토마소] 란돌피, 「W. C.」
칼비노, 「달[의 거리]」(『코즈미코믹스』 중에서)
베케트, 「추방당한 사람들」
바셀미, 「풍선」
필립 로스, 「공중에서」[로스의 단편은 1970년 『뉴 아메리칸 리뷰』에 실렸다]
존 애쉬버리, 「산문시」
존 바스, 「제목」 또는 「삶의 이야기」
엘리자베스 하드윅, 「프롤로그」
존 맥피, 「보드워크」
브루노 슐츠, 「모래시계」 또는 「책」
[엘리자베스] 란가서, 「화성」
데 포레,
시냐프스키,

[페터] 한트케,

[오스트리아 시인 잉게보르크] 바흐먼,

보르헤스,「피에르 메나드」

가다,

가르시아 마르케즈,

[스타니슬라프] 렘,「프라바블라이즘…」

[「세 번째 샐리」 또는 「개연성의 용」을 뜻할 가능성이 높다)

발라드,

에세이 선집:

개스,

벤야민,

리비에르,

시냐프스키,

엔첸스베르거,

트릴링,

[알프레드] 되블린, 오거스트 샌더의 사진집 『우리 시간의 얼굴』 서문

굿먼,

사르트르,「니잔」 또는 「틴토레토」

벤,「화가들 + 고대」

브로흐, [유태계 우크라이나 철학자 겸 비평가 라헬 베스팔로프의]

『일리어드에 관하여』 서문

아도르노

아방가르드: 얄팍한 수수께끼들

시오랑의 작품은 죽는 법을 가르쳐 준다.

브레히트는 제자들에게 "3인칭으로 살라"고 충고했다.
허무주의적 태도화

18세기 후반부터 지금까지: 반복해서 등장하는 걸어 다니는 조각상, 귀신 들린 초상화, 그리고 요술 거울.

내 저작에 꾸준히 나타나는 주제 / 상상력(얼마나 핵심적인지): [프랑스어로] 물건과 사물들이 속속들이 스며든 거추장스러운 세계의 비전! 『데스 키트』에서 (마지막에 나오는 목록, 재고 목록), 『사진에 관하여』에서, 「가이드 없는 여행」(+「디브리핑」)에서도. 반대말: 침묵)

……

[여백에 쓰고 밑줄을 그었다.] "그건 글쓰기에서, 혼자가 되는 문제다." V. 울프(1925년 11월 비타 [색빌-웨스트]에게 보낸 편지)

"체인스톡스 호흡"[6]: [삶의] 끝이 다가왔다는 증표—불규칙
[대량 학살자 찰스] 맨슨 이후의 감수성:

6. Cheyne-Stokes breathing. 사망 직전 또는 요독증尿毒症 등에서 나타나는 호흡형. 코를 고는 것 같은 호흡이 몇 번 계속된 후 일시적인 무호흡기無呼吸期가 계속되다가 다시 크고 길게 호흡하다가 점차 작아지는 호흡기가 온다. 이런 상태의 반복을 체인스톡스 호흡이라 한다.

〈텍사스 전기톱 연쇄살인 사건〉 새로운 역치의 경지. 1970년대 가장 중요한 미국 영화다.

펑크 그랑귀뇰—걸어 다니는 사체들—뱀파이어 분장

"위험"

섹스피스톨즈는 1975년~1976년쯤에 첼시에서 부티크를 경영했던 젊은 연인들에게 영감을 받았다. 부티크의 이름은 순서대로 "로큰롤" > "살기엔 너무 빠르고, 죽기에는 너무 젊고" > "섹스" > "선동자들"로 변했다.

……

수줍은 허무주의
일종의 동기 없는 슬픔
이상한 감정이 몰려옴
쾌락의 지리학

11월 1일.

어젯밤 늦게 조셉과 식사. [영국 시인 존] 베트예만을 좋아하려고 노력하고 있다고—"그 가벼운 터치" 때문이란다. 현재 넘어서려고 애쓰는 시인은 이제 만델스탐이 아니라 몬탈레라고 했다.(영악한 조셉) "그리고 수전, 내 생각엔 이미 넘어선 것 같아."

문학과 민족적 메아리.

11월 17일.

오늘 출간된 『나, 기타 등등』을 기념하기 위해 로저 [스트라우스]의 집에서 열렸던 파티가 끝나고—자정에 조셉과 함께 3번가와 17번가 교차로에 있는 커피숍에 갔다. "미국에 6년 살면서 바보가 됐다는 걸 깨달았어. 러시아에 있을 때처럼 은근하고 암시적이지 않아. 미국식 직설 때문이지……. 여기서는 모두가 긍정적이야……. 누구나 도와주려 하고, 친절하고, 지지를 보내려 애쓰지……. 말하자면, 만사를 명료하게 만든단 말이야."

"마지막 줄이 효과가 없다면 안 되지."[손택의 단편] 「베이비」의 마지막 줄에 대한 조셉의 비판. 난 그가 틀렸다고 생각한다.

난 독서에서 힘을 받는다. 그러나 이것이 은근한 암시에 도움이 될까? 조셉: "그건 오로지 다른 사람들한테서 오는 거지."

11월 21일.

베케트의 방식은 은근한 인용에는 아무 쓸모가 없다. 그의 사전에

"지오콘다의 미소" 같은 건 없다. [캐나다 문학 비평가] 케너.

나폴레옹의 축축하고 통통한 등(톨스토이)

공감을 넘어? 충고는 하지 말라. 나는 나 + 다른 사람의 차이를 무시한다.

수단의 한 부족은 중년이 되면 복잡한 신학에 입문하게 된다. 노인들은 끊임없이 웃는다.

『나, 기타 등등』에 실린 여덟 편의 단편에 드러나는 통일성. 순환하는 의미. 프리즘 같은 이야기들. 그것들은 서술에 "대한" 단편들이다. 윤리적 기획의 통일성.

나는 스스로 에세이를 쓰는 걸 불가능하게 만들고 있다.

나는 에세이 + 픽션 사이의 분리(도그마)를 묵살한다. 픽션에서도 에세이에서 했던 작업을 할 수 있지만 그 반대는 안 된다.

12월 5일.

조셉의 수술(개심술)

……

이탈리아 미래파는 "새로운 감성의 원시인"이라는 스타일을 자처했다.

……

윽박지르기는 그만둬

……

카네티 에세이—

작가(위대한 작가)의 아이디어, 프로젝트를 다루어야만 한다

유럽의 모델—구시대적으로 느껴진다는 점—그 영광, 페이소스

브로흐에 대한 카네티의 에세이에서 시작
브로흐, 크라우스, 카프카—C의 모델

죽음에 대한 C의 생각—두려움—불멸의 욕망

여자들에 대한 생색

히틀러에 대한 에세이—그의 군중은 죽은 자들이었다.

[카네티의] 『군중과 권력』: 생물학을 통찰하는 역사(생물학적 은유)

참조. 『반지』: 생물학적 서사(물에서 시작해서 불에서 끝남)

[카네티] 끝까지 좌파의 유혹에서 자유로웠다. 어떻게?

12월 27일. 베니스.

12월의 베니스, 햇빛 찬란한 여름의 베니스의 네거티브 사진. 일종의 '처음 보는 광경'.

추상적인 피아자 산마르코—기하학적—빛의 경계로 구획된—빛의 농도로 구획된 공간. 형체는 모두 실루엣이다.

카지노(팔라조 벤드라민…)에서 바포레토를 타고 올라오면서: 보트 양편으로 아무것도 보이지 않는다. 회갈색 허공을 들여다보기.

대종탑 꼭대기에서 본 바실리카—보일락 말락 한다—도제의 궁전이 안개 속 모네나 쇠라의 그림처럼 보인다.

겨울의 베니스는 형이상학적이고 구조적이고 기하학적이다. 색채가 싹 빠져 버렸다.

[헨리 제임스의] 『황금주발』을 다시 읽었다.

의식의 압력을 느끼고 앎을 얻고 무엇이든 이해하기 위해서는 혼자라야 한다. 사람들과 함께 있는 것, 혼자 있는 것—그건 마치 들숨과 날숨, 심장의 확장과 이완 같은 것이다. 혼자 있는 걸 이렇게 두려워하는 한 나는 절대 진짜가 되지 못할 것이다. 나 자신으로부터 도망쳐 숨어 있는 셈이니까.

나는 서둘러 행동한다—결과를 위해 논증한다—내 지성은 안일하다.

혼자 있을 때 내가 느끼는 우울증은 첫 번째 표층에 불과하다. 공황에 빠져 허둥거리지만 않는다면 다음 단계로 넘어갈 수 있다. 가라앉아서—일이 벌어지도록 두고. 말들에 귀를 기울이고.

……

(밥과 전화로 이야기를 나누며[손택은 이미 일본에 여러 번 다녀왔고 그때 받은 인상들을 짧은 책으로 내려는 구상을 하고 있었다.]) 일본:

근대화된 중세 사회. 근대성 말고는 특별히 지시하는 게 없는 서구의 "기표들"로 충만하다. 서구 "문화"의 패러디. 국가적 기획: 근대 서구 자본주의를 "옮겨 적기"(번안, 변형)… 우리가 생각하는 의미의 법은 없고, 변통, 순응, 위계로 이루어진 거대한 시스템이 있을 뿐이다. 합의의 사회—범죄를 저지른 하층계급을 제외하면 누구나 재기하고 실수를 만회할 수 있다(1960년대 후반의 [극좌파 학생운동] 젠가쿠렌 지도자들은 이제 거물급 기업 중역들이 되었다.) 의례화된 폭력은—파업에서, 나리타 [공항 건설] 반대 시위 등등에서—새로운 변통을 위한 기표를 제공해 준다. 다량의 에너지, 수많은 기표들—반면 실체는 거의 없다. 거대한 동성애 문화, 1천 개의 게이 바들, 돈[도쿄에 거주하는 손택의 친구, 미국 작가 도널드 리치를 말한다]과 돈의 독일인 친구[에릭 클레슈타트]를 만났다. 가부키 극장의 초록색 실내에서—포상은 성 역할을 바꿔 의상을 입은 배우들과 친해지는 것—마치 19세기의 발레 무용가들이나 오페라 가수들 같다. 도쿄에는 블루밍데일 같은 백화점이 열두 개나 있다. 모든 게 똑같아 보이지만 사실은 차이점이 끝도 없다.

1979년

1월 1일. 아솔로.

지버베르크 에세이[손택은 이미 수년 전 한스 위르겐 지버베르크의 영화들을 발견해 〈히틀러: 독일 영화〉의 미국 배급을 주선했으며 1979년 초반에는 벌써 몇 달째 이 에세이를 구상하고 있었다.] "트라우어아르바이트Trauerarbeit"["애도의 작업"]라는 개념부터 시작하자.

"아이인 것보다 더 나빠."

비센자의 두오모에 있는 성 세바스티안의 조각상(좌측 입구에 가장 가까운 제단). 아름다운 누드의 청년이라는 전통이 그레코로만 예술에서 기독교로 이전되었고—동성애적이었으며—이제는 주로 여성들과 일부 남성들의 성적 사색의 대상이 되었다. 3차원의 성 세바스티안은 나도 처음 보았다. 이 인물의 에로티시즘은 회화보다 조각으로 보니 더 도발적이다……. 화살들의 숫자(내가 본 건 최소 두 개에서 최대 열 개였다)와 위치.

거듭 반복해서, 기독교의 전면에 현저하게 드러나 있는 에로틱한 강박에 충격을 받게 된다. 동정녀—동정녀/어머니의 젖가슴—혼절하는 여인—예수의 무릎에 몸을 기대는 애제자—거의 나체로 고문당하는 남자의 육신(예수, 세바스티안)

[시인 로버트] 브라우닝의 단어 "아솔레어asolare"[1]

러스킨의 쾌락은 얼마나 현대적이었을까? 우리가 베니스, 플로렌스, 베로나 등등을 볼 때 느끼는 이런 열정과 향수(거의 애도에 가까운)가 뒤섞인 감정은 아니었겠지. 러스킨은 발견자였다. 누구를 위해서? 이미 알려진 걸 발견한다는 건 무슨 뜻일까? 누구한테 알려진 것?

창문 두 개에 (치프리아니 호텔—아솔로) 각각 탈착 가능한 둥근 플라스틱이 끼워져 있다. 19세기 중간선대[2]가 있는 창문에 끼워져 있던 탈착 가능한 유리 타일처럼 말이다. 하지만 이건 보기 흉하다. 중간선대가 있는 게 아니라 통유리라서.

1월 5일. 파리.

한 시에서 여섯 시까지는 콘라드와 함께 (스코사, 스텔라[카페 두 곳]). 동유럽에 대한 이야기들. "레타티자시옹 데 제크리벵L'étatisation des écrivains"["작가들이 국가에 포섭됨"] 상을 받는다는 것의 의미…….

여기에 이야깃거리—상을 받는 것에 대해?

어떻게 러시아 제국을 미국 제국과 비교하느냐고 내가 말하면(지난번 베니스에서 그가 했던 연설 중에 했던 말 때문—"자본주의의 폭탄

1. 고어체의 이탈리아어로, 바람이나 숨결을 불어넣는다는 뜻.
2. mullion, '멀리온'이라고 외래어를 그냥 쓰기도 한다. 창과 창, 혹은 문과 문을 구분 짓는 직선적 부재. 문 중간에 세워 대는 창문 울거미(선대).

에 맞아 죽으나 공산주의 폭탄에 맞아 죽으나 마찬가지"라고 했다.) 그는 내가 변방, 미 제국의 식민지를 잊고 있다고 상기시켜 준다. 물론, 뉴욕과 모스크바를 비교하면 뉴욕에서 무한히 더 큰 자유를 누릴 수 있는 건 사실이다—자유롭다, "투 쿠르tout court"["그리고 그걸로 끝이다."] 그러나 캄보디아를 차치하고라도, 이란(샤[3]의 사박SAVAK[비밀경찰]), 니카라과에서 벌어진 사태 + 아르헨티나에서 지금 현재 일어나고 있는 사태처럼 잔인한 유혈극은 그 어떤 공산주의 국가에서도 유례없다. 헝가리, 폴란드, 체코슬로바키아 등등에서는 지식인들이 살해당하고 있지 않다. 회유를 당하거나—추방당하고 있다.

……

[바그너의] 〈방랑하는 네덜란드인〉은 흡혈귀 이야기다.

아녹시아(anoxia, 무산소증) = 산소 부족

1월 13일. 파리.

[이반 투르게네프와 연인 파울린 비아르도-가르시아가 쓴 책] 『초상화 게임』의 아이디어에 근거한 중편— + 비아르도, 남편, 투르게네프의 삼각관계. 제임스 류의 단편. 알랭 레네 영화.(〈지난 해 바덴바덴에서〉[4]) 가

3. Shah, 페르시아어로 '군주' '제왕'이라는 뜻으로, 일찍부터 사용되어 왔으나 특히 사파비 왕조 이후 왕이나 군주에 대한 존칭으로 굳어졌다.
4. 알랭 레네의 1961년 영화 〈지난 해 마리앙바드에서〉를 차용한 제목.

르시아 마르케스 류의 판타지. 보르헤스 식의 세계 도서관 재발견.

1월 14일. 런던.

조나단: "나는 돈을 벌기 위해 그 의학책을 쓰고 중간에 몇 가지 아이디어들을 스테이플러로 찍어 붙였어."

나는 [헨리 제임스의] 『황금주발』을 칭찬하고 있었다. J[조나단]가 말했다. "헨리 + 윌리엄을 합쳐 볼트로 고정할 수 있다면 프루스트가 나올 거야."

J.는 오랫동안 기획해 온 19세기 유심론에 대한 저서 이야기를 한다. "모드"에 나오는 전신마비 상태의 환각 묘사는 테니슨이 해리엇 마티노의 『최면에 관한 편지*Letters on Mesmerism*』(1845)를 읽은 데서 나온다.

……

[헨리] 제임스는 1890년대에 [영국 신경과 의사 존] 휼링스 잭슨을 찾아 편두통 치료를 받았다. 잭슨은 제임스에게 "일시적인 귓불 간질"에 대한 이야기를 해 주었다. 이 질병의 영향을 받으면 모든 소리가 멈추는 것처럼 느껴지고, 이상한 냄새가 나고 + 참을 수 없는 악惡의 인식에 압도당하고 만다는 것이다. 『나사의 회전』에 나오는 가정교사의 "환각"(?)에 대한 제임스의 묘사가 여기서 나온다……. 『황

금주발』은 관찰, 보기, 사람이 타인의 감정을 결코 알 수 없음에 대한 소설이다.

변화된 의식 상태에 대한 19세기의 매혹. 이를 해석하는 두 가지 전통. (1) 분신—나의 또 다른 상태, 측면, 면모; 고양된 상태(워즈워스, 도스토예프스키 참조)—이기적 해석. (2) 또 다른 세계—초자연적—정령들. (포, 호프만)

1월 15일. 런던.

V. 울프 패배, 아놀드 베넷 승리—여기

광기는 집요하게 하나의 목적을 파들어간다.

1월 27일. 로마.

카르멜로 베네[5][가 연출한 베르디의] 〈오델로〉. 액션은 대체로 거대한 침대 위에서 일어난다—오델로가 데스데모나를 목졸라 죽이는 장면으로 시작. 손수건 안에서 연출된다. 모두가 흰 옷을 입고 있다. 갈색 얼굴의 오델로. 사람들은 손으로 서로의 얼굴을 만지고 지나가는데, 그러면 얼굴이 까맣게 변한다. 목소리는 마이크로 증폭된

5. Carmelo Bene, 1937~2002. 이탈리아 배우, 시인, 영화감독이자 각본가. 이탈리아 아방가르드의 핵심 인물.

다. 베르디, 바그너 등등의 음악.

[날짜 미상]

야콥 타우베스와의 대화

"날개가 부러진 사상"(아도르노)

[여백에:] 야콥이 말을 할 때 그의 오른손. "천상의 스크루를 돌린다." 내가 1954년에 그렇게 불렀다.

1968년 아도르노가 야콥에게: "저들이[학생들이] 기관을 침공한다면 나는 노란 별을 달겠네."

[마르크스주의 철학자이자 1950년대 캠브리지에서 손택의 친구였던] 마르쿠제의 1956년 입장. 헝가리 혁명에 대한 소련 발표를 지지. 1968년 학생들에게 공감(아도르노 참조)—뿌리가 하이데거이기 때문에.

2월 1일.

[초기 프랑스 영화 작가 조르쥬] 멜리에스 > 지버베르크. 멜리에스는 파리의 자기 집 뒤뜰에서 가상의 뉴스릴(《성 제임스 궁정(영국 궁

정)의 중국 황제The Emperor of China at the Court of St. James〉)을 제작했다.

[멜리에스의 동시대인인 오귀스트와 루이] 뤼미에르 형제 > 고다르?

발견된 대상으로서 언어: [아르헨티나 작가 마누엘] 푸이그. 푸이그는 자기만의 언어를 창조하지 못한다. 언어는 전부 다 발견된다. 그는 걸출한 흉내쟁이다 — 작가로서의 약점을 시스템으로 전환했다.

보부르Beaubourg에서 [벨기에 초현실주의자 르네] 마그리트 전시회. 〈랑피르 데 뤼미에르L'Empire des lumières, [빛의 제국]〉(1953~1954) — 이제는 모두가 보는 무언가를 이미지로서 명명했다. 파란 하늘, 검은 나무, 켜져 있는 가로등.

제국주의적 정신. 조이스, 가다, 나보코프 같은 작가들.

2월 8일.

각각의 사물을 두른 아우라.

그 아우라를 존중하라 — 한순간 멈춰라 — 그 다음에 대상을 파악하라.

미학적 공간: [18세기 프랑스 화가 장-바티스트-시미온] 샤르댕, [미국 실험주의 영화 작가] 잭 스미스

미국 + 서유럽은 서로 멀어지고 있다 — 1950년대만큼이나 차이가

벌어지고 있다. 서유럽은 사회적 민주주의(아무튼 집권 여당이 자처하는 이름대로)를 선택했고 미국은 거부했다. 1970년대의 사건: 1) 지식인 + 예술가에게 개연성 있는 기저의 믿음으로서 유토피아 공산주의의 불신임 2) 서유럽 국가들의 '유럽'화 3) 미국 제국주의 이데올로기의 붕괴 + 강화되는 미국의 문화적·정치적 고립주의

2월 11일.

엔젠스베르거(차이나타운에서 점심)와의 대화: 헤겔의 대체자로서 다윈. 헤겔주의는 생물학적 + 역사적 과정을 별개로 전제. 그러나 아마 역사적 과정은 자연스럽게 진행된다. 진화, 그러나 예측이 불가한 과정.(헤겔주의의 매력은 역사라는 '아이러니'의 관념이었다.) 독일에서는 50년 동안 다윈의 함의에 대해 생각한 사람이 아무도 없었다고, E는 말한다. 적자생존은 가장 강한 자의 생존으로서 불신을 받는다.

자유로운 종류의 에세이를 쓰고 싶다. 하이네를 모델로 인용하고. 나는 루크레티우스를 언급한다—그가 동의한다.

카네티:

> 생물학적 모델(군중 + 권력). 헤겔적 의미에서 "역사"가 아님.
> 20세기 가장 위대한 죽음의 증오자 중 하나
> 유럽 중심은 아님. 중국 또는 아랍 사상을 인용

—또 다른 문화로부터 온 "이해"의 대상이어서가 아니라 진리이기 때문에.
환원주의자는 아니다—어떤 사상을 가능하게 하는 근거를 묻지 않고 "참인가?"라는 질문을 던진다.

카네티 작품의 힘, 독립성— + 주변성. 구겐하임 재단(E.는 "정말?"이라고 묻는다)이 1930년대 후반 + 1940년대 지지했음. 아이리스 머독을 알았고 + 연애를 했다. E.는 런던에서 잉게보르크 바흐먼의 소개로 카네티를 만났다…….

카네티: 탐욕, 식욕, 갈구, 갈망, 그리움, 욕구불만, 황홀, 기호. 이것이 정신의 삶인가?

2월 13일.

오늘 오후에는 두 시간 동안 누레예프의 연습을 지켜보다.

2월 18일.

어머니가 늦은 오후 찾아와 지난 9월 30일 로지가 "급성 심장발작"으로 죽었다는 편지를 메리 펜더스에게 받았다고 말한다……. 어머니가 심한 감정적 동요를 일으켰다는 사실에 나는 놀라고 감동을 받았다. 어머니가 그렇게까지 감정을 느낄 수 있는 분이라고는 생각지 않았다…….

2월 20일.

조셉 [브로드스키]: "나르시스트에게 미끈한 표면보다 더 중요한 건 없다."

"독재의 올림픽 기록이 있다면 정도 + 지속 시간을 모두 고려해 볼 때 금메달은 소련 차지지."

2월 25일.

[미국 안무가] 트와일라 타프[6]를 보면 나 자신이 여자이고 + 미국인이라는 사실과 타협하게 된다……. 성차별이 전혀 없는 춤—각자의 에너지를 지닌 강인한 여자들, 객체가 아니라 주체, 남자들을 두려워하지 않고 유희를 즐기는 여자들……. 미국의 자국 문화 운동(마크 세넷 희극, 프레드 아스테어, 흑인 디스코 댄서들로부터), 미국적 에너지의 활용. 지속적으로 플로어와 접촉, 플로어는 조지 발란신의 작품에서처럼 꾸준히 떠나려 애써야 할 대상이 아니다. 플로어를 치는 것—플로어에 똑바로 전신으로 떨어지고, 일어나려 애쓰며, 플로어를 '껴안는다.'

6. Twyla Tharp, 1941~ . 미국의 현대무용가이자 안무가. 〈막다른 골목〉, 〈우리가 아주 젊었던 시절〉 등의 작품을 남겼다. 댄스와 뮤지컬을 혼합하거나 다른 예술 장르와 교류를 꾀하기도 하고 발레와 재즈 테크닉을 결합하는 등 독특한 스타일을 만들었다.

[콜럼비아 대학에서 진행한] 필립의 트릴링 강의에 대한 설명을 듣다. 처음에는 밥한테서, 오늘 오후에는 다이애너 [트릴링]이 전화로 설명해 주었다.

「캐서본 씨에게 바치는 경의」 필립에 대한 단편을 쓰면 어떨까? 내가 감히 그래도 될까? 나는 나 자신의 분노가 두렵다. 리지는 칼에 대해서 글을 쓸 수가 없다—하지만 내가 보호해야 하는 것은 무엇이 있을까?

여자를 증오하는—섹스를 증오하고—사랑을 증오하는 남자에 대해 글을 써라.

내게 필요한 에너지는 모조리 찾아낼 것이다—「베이비」에서처럼.

필립과 보낸 8년이 어떤 해를 끼쳤던가?

이제는 진실을 쓸 수 있을 때가 되지 않았나? 나는 아직도 그를 보호하고 있다—[손택의 단편] 「되새긴 구원舊怨」의 크랜스턴—여전히 혼자 책임을 떠맡으려 안달.

꿈: 나는 수녀(?)다. 자신을 우러러보는 어리고 수줍은 소녀와 함께 하며 행복한 성생활을 누리고 있다. 또 다른 커플? 처벌을 받기 위해 소환당했다—낡은 고딕 건물—나는 면책 받은 줄 알고—친구를 대동하고 떠나 밖으로 나온다—안뜰에서 서류 한 장을 작성하지 않았다는 얘기를 듣는다—힘겹게 서류를 작성한다(친구한테서 연필을 빌려야 한다)—친구와 다른 건물로 들어간다—납치

당한다—성적으로 거세된다—피를 흘릴 것이다("발정기 질estrus vagina")—다시는 섹스를 할 수 없을 거라는 말을 듣는다.

출처: 오늘 [인도 소설가 R. K.] 나라얀을 읽은 것. 필립에 대해 다이애너가 한 얘기([필립의 강의는 구스타브] 꾸르베 회화 + [안드레아] 만테냐[〈그리스도의 죽음에 대한 애도〉—거세당한 남자로서의 여성]에 대한 것이었다고). 종교 재판장 역할을 맡은 필립.

……

베니스 > 러스킨

신탁, 공적 인물로서의 예술가[—가브리엘레] 단눈치오, 러스킨, 바그너

……

페넬로페로서의 작가—낮 동안 글을 쓰고, 밤에는 지우고

시지포스로서의 작가

『나, 기타 등등』에서 최고의 단편들: 내 "입체파적" 기법, 여러 다른 각도에서 이야기를 서술

막스 에른스트 석판화(?)—1919 "예술은 죽었다. 패션이 있게 하라."

[날짜 미상: 손택과 『파르티잔 리뷰』의 편집자 윌리엄 필립의 만남에 대한 회고. 1960년 또는 1961년 초반에 이루어진 만남이 분명하다.]

유니언 스퀘어의 『파르티잔 리뷰』 사무실—윌리엄 필립이 금속 라커를 열고 + 엘레미르 졸라의 『지식인의 일식*The Eclipse of the Intellectual*』을 꺼낸다.

나(책을 훑으며): "그리 좋아 보이지 않지만 제목은 리뷰할 수 있겠네요."

WP: "아, 똑똑한데."

레니[레너드] 마이클스가 단거리 주자라면 핀천은 마라톤 선수다.

워즈워스의 「현명한 수동성」

……

일본어에는 위선에 해당하는 단어가 없다.

[19세기 이탈리아 작가 쟈코모] 레오파르디[7]—고독의 고뇌, 무상+필멸에 대한 강박, 평생에 걸쳐 "노이아"(형이상학적 권태, 따분함)에 집착

……

7. Giacomo Leopardi, 1798~1837. 19세기 초 이탈리아의 시인. 『죽음에 다가서는 찬가』로 염세시인의 편모를 나타내었다. 명시 『부활』, 『시루비아에』(1828), 『고독한 참새』 등이 있다.

[3월, 날짜 미상]

…19세기에는 소설가들이 과학에 대해 잘 알았다.

—조지 엘리어트… 『미들마치』의 의학적 사유 참조

—발자크: 『인간 희극』 서문—타입에 대한 이론: 마이크로코즘(개인)에서 매크로코즘(사회)을 보다—개인은 적응한다

발자크, 『올빼미 당원』

과학의 영향을 받고 과학에 능통했던 마지막 소설가는 [올더스] 헉슬리였다.

더 이상 소설이 나오지 않는 한 가지 이유—사회와 자아의 관계에 대한 흥미진진한 이론이 없기 때문(사회학적, 역사적, 철학적)

그건 절대 아니다—아무도 안 해서 그렇다, 그게 다다.

현상학적 에세이 시리즈:

—울기
—혼절
—얼굴 붉히기

[19세기 프랑스 과학자] 클로드 베르나르: 내분비 이론

울기:

"눈물이 차오른다"는 개념
액체를 담은 그릇으로서의 몸
18세기 초반 에로틱 문학에 나오는 눈물
감정의 증명으로서 눈물
울 수 없음 = 정서적 불감증

혼절:

정서적 충격에 대한 반응(좋거나 나쁜 뉴스)
언제 그쳤을까?

……

"모든 생명은 형식의 옹호다." 횔덜린 > 니체 > 베베른

[여백에] 유로포리아

일련의 저작을 성공적으로 집필하기 위해서는 아주 많은 것을 포기하거나 빼앗아야 한다.

이혼은 우리 시대 앎의 신호다, 이혼! 이혼! —W. C.[윌리엄 카를로스] 윌리엄스

3월 10일. 나바로.[캘리포니아 소재]

나의 "장벽"을 격파하기 위해 여기 와 있다. 도움이 되는 한 가지 일은 에세이의 초기 단계에서부터 노력하고, 완전한 문장을 쓰기 위해 노력하는 것뿐이다. 개략적 형태의 아이디어는 나중에 보면 빈곤하기 일쑤다.

글을 쓰기 위해서는 곁눈 가리개가 필요하다. 나는 곁눈 가리개를 잃어버렸다.

간결함을 두려워하지 말 것!

4월 13일. (LA에서 도쿄로 가는 비행기)

질투에 대한 답변: "안 돼. 그건(그녀는, 그는) 아무것도 아니었어. 방금 그녀를, 그를 '만끽'했단 말이야."

어젯밤 록시에서 그레이엄 파커[영국의 싱어송 라이터]. 브리티시 록의 냉소주의—

영혼의 소원함. 그렇게 부추기지 말 것.

냉소주의의 기예.

고고하고 옹색하고 단조로운 목소리—억양을 의미와 분리

두뇌의 조깅

불구가 된 해묵은 이론

[4월, 날짜 미상]

일본 단상

절하기—

나라의 공원에서 먹을 것을 달라던 사슴. 빨간 공중전화를 들고 길에 서서 전화에 대고 작별을 고하던 사람. 하얀 장갑을 끼고 대형 백화점 엘리베이터를 조작하던 여자들

주권 우상 파괴
경쾌하게 미끄러지다 + 벌벌 떨다
거짓 맹세를 한
부스러기의

6월 1일.

[미국 사진가] 스타 블랙에게, 연애 초반에 걱정을 하며 D[데이비드]는 말한다. "마음 편하게 가져. 비극으로 가는 지름길은 없으니까."

6월 14일. 파리.

"복스 클라만티스 (인 데세르토)Vox Clamantis (in deserto)"—세례 요한에 대한 언급—"(광야에서) 울부짖는 목소리"

흥미진진하고 + 불안한 스타일

부랑아

단순한 말들, 그 짧은 삶, 마술적으로 "팍" 튀는 생기: 민첩하게, 나른하게, 감염, 휘젓다, 미려함

의적(로빈 후드)

윤리적 테러리즘

7월 19일. 뉴욕.

신경쇠약. 글에 대해. (그리고 내 삶에 대해—하지만 신경 쓸 것 없다.) 글을 써서 빠져나와야 한다.

형편없는 작가가 될까 두려워 글을 쓰지 못한다면, 형편없는 작가라도 되어야 한다. 적어도 글을 쓰고 있을 테니까.

그러면 뭔가 다른 일이 일어날 것이다. 언제나 그렇다.

날마다 글을 써야만 한다. 무엇이든. 전부 다. 항상 공책을 들고 다녀야 하고, 기타 등등.

내 작품에 대한 나쁜 리뷰들을 읽는다. 바닥까지 파 보고 싶다— 이처럼 유약해진 배짱을.

어째서 나는 주로 스키마에 대해서 생각할까.

7월 22일.

교활하고 거미 같은 79세 노인.

프로젝트가 있다는 것: 세계를 창조한다는 것

나는 수동적이 되었다. 발명하지 않고, 갈망하지 않는다. 어떻게든 해 나가고 대처한다.

7월 25일.

[20세기 영국 작가 J. R.] 애컬리 같은 이에 대한 이야기—NYRB [『뉴욕 리뷰 오브 북스』]에 실린 스펜더 논문을 볼 것.

신은 용서할지 모르지만 죄를 사면하는 일은 거의 없다.

새로운 "혁명적" 정권이 과거의 독재정권을 대체하고 있다([이란의] 샤> 호메이니…)—잔혹과 위선이 뒤섞인 새로운 형태

[마리나] 츠베타예바, 만델스탐—발군의 시인들

누군가 리지의 산문을 폄하하기 위해 이렇게 말했다: "한 줄 건너 한 행씩 빼 먹은 것 같군."

좋은 생각이다.

조셉이 어제 베르길리우스(『목가』)를 능가하려 애쓰고 있다고 말했다. 그리고 [러시아 작가 블라디미르] 부코프스키가 최근 캠브리지에서 앰네스티 [인터내셔널]에 CIA 요원들이 있다고 그에게 말했다고 했다.(미국 앰네스티의 새 수장인 휘트니 엘즈워스는 아니라고 한다.) CIA가 침투했다면 KGB 요원들도 있다는 말이다.

콜로세움에 대한 조셉의 이미지: 아르고스의 해골

……

"저널리스트적으로 영적인 삶을 논한다는 건 불가능하다."

[브로흐의] 『베르길리우스의 죽음』을 다시 읽다.

도날드 카네-로스, "고전 + 지식인의 커뮤니티" 『에어리온』,

1973년 봄호.

……

선원의 전통: 시간 엄수와 솔직함

……

11월 2일. 뉴욕.

이틀 내리 단편 작업이 잘 됐다. 소재도 풍부하고, 생생한 연상, 빽빽한 디테일. 그러나 글쓰기가 내리 쏟아지지는 않는다. 너무 품이 많이 들고 지나치게 인위적으로 구축된 느낌이다.

말하는 사람은 누구? (내게) 문제는 삼인칭으로 글을 쓴다는 걸까? 대화 쪼가리들이 산발적으로 흩어져 있고?

나이브한 구석은 글을 써 나가면서 제거하자. 더 빨리 나가자.

리지: "뭐, 그건 그에게는 커튼이지, 아니 우리 제자들 말로 쓰자면 '드레이프'[8]라고 해야 하나."

바나드가 포기하며 하는 말: "일 분도 더는 참을 수 없어. 저 끔찍

8. 가리다, 장식하다.

하고 하찮은 이야기들을 갖고 들어오는 저 끔찍한 여자애들 말이야. 그래서 내가 말해 주지. '너희가 찾는 말은 '드레이프'가 아니라 커튼이란 말이다.'"

플뤼 사 샹쥬Plus ça change[더 많이 바꿀수록]:

1728: 로버트 월폴 수상은 극장 박스석에 앉아서, 자신의 뇌물 수수 + 악행을 고발하는 가사의 노래를 부르던 존 게이의 〈거지 오페라〉에 박수갈채를 보냈다. 심지어 앙코르까지 외쳤고, 나중에 관객들은 그에게 박수를 보냈다.

[플라톤의] 『공화국』: "[민주주의에서 아버지는] 자식과 같아지고 아들들을 두려워하는 일에 익숙해진다……. 메틱[9](외국인 거주자)은 시민과 같고 시민은 메틱과 같고, 이방인은 둘 다와 같다. [여백에: (에른스트) 리스]… 교사는 제자를 두려워하고 제자의 비위를 맞춘다……. 청년은 윗사람과 마찬가지로 행동하고 언행에 있어 그들과 경쟁하며, 노인은 청년에게 양보하며 민첩함과 위트에서 승리를 거두되 심성이 비뚤어지거나 포악해 보이지 않도록 손아랫사람을 모방해야 한다."

……

오래된 프로젝트: 여성 메시아에 대한 이야기, ([프랑스 철학자 샤를])

9. metic, 고대 그리스 도시의 외국인 거주자. 그리스 체류를 위해 세금을 납부했다.

푸리에르, [프랑스 사회 개혁가 바르텔미-프로스페르] 앙팡탱[10] 등등)

시각적 슈퍼마켓

패션에 대한 청교도의 우려

……

웨스트코스트의 슬랭: "클론clones"(동성애 남자)와 브리더breeders(이성애자)

……

11월 28일.

나는 미쳤다, 완전히 돌았다. 그러니 아마 그에 대해 쓸 수도 있겠다. 아무도 눈치 챈 사람이 없다. 내가 얼마나 솜씨 좋게 위장하고 있는지. 아파트를 배회하며 교활하게 샅샅이 뒤진다……. 내 발에 적당한 곳은 아무데도 없다. 시간이 가속된다. 눕는다, 일어난다, 서성거린다, 눕는다, 잠을 잔다, 일어난다, 기타 등등.

10. Barthélemy-Prosper Enfantin, 1796~1864. 프랑스의 사회주의자. 파리에서 태어나 이공계 학교를 중퇴한 후 와인 도매상, 금융업자 밑에서 일한다. 생시몽의 『산업자의 교리문답』에서 영향을 받아 생시몽이 사망한 후의 생시몽파의 기관지 『생산자』(1825~1826년)와 연속 강연회 '생시몽 학설 해설'(1828~1830년)의 중심 멤버가 된다.

버클리에서 본 영화들(퍼시픽 필름 아카이브, No. 29 + 30)

**** 브루스 코너, 〈어 무비A Movie〉

키들랏 타히믹, 〈향기 어린 악몽〉

**** 로셀리니, 〈유로파 51〉

브루스 코너, 〈코스믹 레이〉

이브 알레그레, 〈작고 아름다운 해안〉(1949 — 제라르 필립, 장 세르베…)

보리스 바르넷, 〈오크라이나〉[11](1933)

[안드레이] 콘찰로프스키, 〈바냐 아저씨〉

브루스 코너, 〈리포트〉

* 더글러스 서크, 〈바람에 쓴 편지〉(록 허드슨…)

″ , 〈빛바랜 천사〉

″ , 〈언제나 내일이 있다〉(프레드 맥머레이 주연)

지버베르크, 〈디 그라펜 포치Die Grafen Pocci〉

12월 4일.

신은 창조하기 위해, 소위, 자신의 존재를 축소해야 했다고 한다.

작가?

걸작에 대한 현대의 불신, 즉 위대한 예술의 사후 삶에 대한 불신…….

11. 우크라이나를 예전에는 오크라이나Okraina라고 썼다.

지버베르크에 대한 논문을 쓸 때의 고충: 묘사하는 항목마다 어떻게든 아이디어를 하나씩 집어넣어야 한다.

……

예술은 구체적인 관능적 형태에 내재된 / 관능적 형태로서의 정신적 사건의 프로덕션이다.

'그리고'들은 애원한다.

어리석은 말
"구두쇠의 옹색한 전력을 다해"(파스테르나크)
소스라치게 경악해

이야기되지 않는 것: 모더니즘(모더니스트 미학)의 도그마 다수의 배후에 소정의 병리학적 충동이 있다는 것. 예: 틀과 재현, 경직화에 대한 매료[—]몬드리안

12월 14일.

지버베르크의 미로를 허덕거리며 헤쳐 나가다가 소설의 아이디어 하나를 찾아냈다. 멋진 아이디어다—야심만만한 대작의 아이디어라는 말이다.

[여백에:] 멜랑콜리에 대한 소설. 어쨌든, 그거야말로 내 주제니까. 그러니 난 일관성을 유지하고 있다. 그리고 내가 서정적이면서 + 열정적일 수 있는 자질이 있기도 하고.

프레스코, 피카레스크, 모든 것.

파노프스키를 다시 읽다—귄터 그라스도.

[되블린의 소설] 〈베를린 알렉산더 광장〉을 다시 읽다—멋지다. 그는 유대인이다. 서크가 1936년경 되블린의 유일한 희곡을 연출했다—그리고 그 문제로 고초를 겪었다.

서크[손택은 서크를 만난 적이 있다. 이건 그로부터 직접 들은 얘기에 대한 언급으로 추정된다.]는 카프카가 즐겨 낭송했다는 괴테의 『서동시집*West-East Divan*』의 시 한 편에 대해 말했다.

……

12월 15일.

내 첫 소설은 멜랑콜리의 초상이다. 파노프스키의 에세이 「상징주의 + 뒤러의 '멜랑콜리아'」를 다시 읽는 즐거움을 발견하고 있다.

"멜랑콜리한 유머…는 흙과 본질이 동일하다고 간주된다. 건조하고 차갑다. 거친 보레아스(북풍), 가을, 저녁, 그리고 예순가량의 나이와 연관이 있다."

내가 점성술에서 '토성의 영향'하에 태어난 데는 다 이유가 있다. 모르면서도 나는 알았다. 스물일곱 살에 나는 이끌리듯 예순 살의 인물을 묘사했고 + 제사로 이런 문구를 선택했다. "멩트낭, 제 투셰 로톤 데 지데Maintenant, j'ai touché l'automne des idées"["이제 나는 사상의 가을에 도달했노라. _ 보들레르]

지금은?

할머니의 게필트 생선 요리[12] + 차 한 잔으로부터 오락적 화학물질들로 구성된 손녀의 메뉴로

***

압둘 하미드[13]—1909년 폐위. 터키에서 강력한 권력을 가졌던 마지막 술탄. 편집증—환상의 도시를 건설.

12. 숭어, 잉어 등으로 만드는 유태인의 전통 요리.

13. 압둘 하미드 2세. 오스만투르크제국의 제34대 술탄(재위 1876. 8. 31~1909. 4. 27). 제국의 내정에 개입하는 서구 열강에 맞서 범이슬람주의 정책을 채택했다. 근대적 개혁을 목표로 했던 '탄지마트Tanzimat 운동'을 중지하고, 헌법의 효력을 정지시켰으며, 의회를 폐쇄한 뒤 전제정치를 하였다. 그러나 전제정치로 인해 서구 열강들의 침략이 더욱 강화되었으며, 영토의 상실과 재정 파탄으로 제국의 붕괴를 촉진시켰다. 결국 1909년 군대를 동원한 청년 투르크당에 의해 폐위되었다.

1980년

1월 24일.

"전쟁의 공포"라는 제목의 단편

[미국 작가] 조이스 캐럴 오우츠, 그녀의 남편 레이 스미스 + 스티븐 코흐와 함께 점심. 스티븐은 자신의 심리적 날씨 얘기를 한다—언제나 날씨가 있다는 거다. 아니, 그렇지 않다고, 내가 말한다. 하지만 항상 하늘이 있잖아, 스티븐이 말한다. 누가 외출하는데? 내가 대꾸한다. 난 안 나가. 나는 날씨가 없어. 중앙난방이 있지. 내 중앙난방은 서구 문명이야—내 책 + 그림 + 레코드들.

조이스는 쉼 없이 글을 쓴다. 글을 쓰면서 사색할 수 있다. 자기는 감정이 없단다. 불안을 느낀들 무슨 소용이 있나? "나는 아마 컨베이어 벨트를 탄 것처럼 죽음을 향해 갈 거예요." 조이스는 말했다. 스티븐은 조이스가 서른 살에 신비주의적 체험을 했다고 말했다.—런던에서. 20분 정도 지속되었다고 한다…….

누군가 그녀에 대해 글을 쓸 수도 있겠다.

[조 데이비드] 벨라미의 책 [『뉴 픽션: 혁신적 미국 작가들과의 인터뷰』, 여기에는 손택도 포함되어 있다.]에 실린 오우츠의 인터뷰
그녀의 겸손함.

어젯밤 윌리엄 버로스(+ [영국 작가] 빅터 보크리스, [미국 시인, 사진가 겸 영화 제작자] 제라드 말랑가)와 저녁 식사. 보크리스가 우리, 버로스와 나에게 2년 전 베를린에서 베케트와 함께 했던 "전설적인" 회동에 대해 물었다. "아주 격식을 차렸었지요." 버로스가 말했다. 그리고 나중에는 이 말을 덧붙였다. "베케트는 인풋이 전혀 필요가 없어요. 다 안에 들어 있으니까."

J. C. 오우츠의 작법—문장 또는 단락. 그리고 오려 낸다. 글 조각들에 번호를 붙이고 + 레이아웃을 한다…….

조셉이 말했다. 움직이면 예술이 될 수가 없다고. 발레? 고급 오락이지. 저 미샤를 보라고.[브로드스키의 친구이자 후원자인 발레리노 미하일 바리시니코프]

나는 전투적인 페미니스트지만 페미니스트 투사는 아니다.(D[데이비드])

……

[여백에] 미학: 동시에 수많은 공간 + 수많은 시간일 수 있다.

……

2월 3일.

지버베르크—

…〈칼리가리〉에서, 히틀러에서 [지버베르크의 영화] 〈히틀러〉까지—지버베르크가 추구하는 바. (과장법의 시네필리아: 필름에서 시작하고—이제 필름에서 끝낸다.)

S.[지버베르크]는 자신이 바그너를 히틀러에게서 구해 냈다고 생각한다. 참인가?

S.는 나치즘의 종말론을 진지하게 생각한다.

역사적 사건들은 역사의 무게와 아무 관련이 없는 영적 무게를 갖는다.

2월 14일.

D[데이비드]의 아이디어: 『트리스트람 섄디』 같은 작품—병적인 거짓말쟁이에 대한 단편 같은 것. 비밀을 털어놓는 내밀한 어조—챕터마다 자기 삶의 이야기를 바꾼다.

2월 28일.

레이몬다가 C.[칼로타]에 대해 한 말: "칼로타는 삶과 몹시 초연한 관계를 맺고 있어. 좋은 결과라면 절대로 천박하거나 싸구려가 되지 않는다는 거지. 나쁜 점이라면 타인과 관계를 맺어야 한다는 거야."

19세기 미국 문학의 테마. (멜빌, 제임스): 파괴적 충동을 봇물처럼 터뜨리는 순진무구한 사람들 — 순진함 그 자체로 말미암아.

(문화를 위기로 봄)

3월 10일.

사진 + 죽음에 관한 되블린의 훌륭한 에세이 — 샌더의 책 『벤야민 + 시인의 감수성』에 서문으로 쓴 글.

상징주의 작품들: [루셀] 〈로쿠스 솔루스〉, [뒤샹] 〈큰 유리〉, [브뉘엘] 〈황금시대〉

[레오스 야나체크의 오페라] 〈마크로풀로스의 비밀〉을 지난 사흘 동안 열 번이나 들었다. 내가 연출하고 싶다. 어떻게 해야 할지도 안다. 〈코메 투 미 부오이Come tu mi vuoi〉[피란델로의 희곡 〈당신이 나를 욕망하듯이〉. 손택이 테아트로 스타빌레 디 토리노에서 연출한 적이 있는 작품이다.]처럼 하면 된다.

독서가 걷잡을 수 없는 지경이 되어 가고 있다. 나는 중독자다. 취기를 떨쳐 내야 한다……. 이게 다 글쓰기의 대체품이다. 요즘 이렇게 불안한 것도 이상할 게 없다.

…작가는 글을 쓸 필요가 없다. 글을 써야만 한다고 생각해야만 한다. 위대한 책: 누구도 대상으로 하지 않는다. 문화적인 잉여로 간주되어야 하고, 의지에서 나온다.

3월 15일.

라캉주의: 우회해서 걸어 들어가야 하는 무거운 언어를 준다.

……

김빠진 확실성

스카이다이빙에 푹 빠진 맹인—귀에 마이크로폰을 꽂고 땅에 있는 사람에게서 지시를 듣는다(여자 강사)—그는 다리가 부러졌다. 두 번째 낙하할 때는 20피트(약 6미터) 길이의 줄 끝에 납추를 달아 땅에 닿기 2초 전 알 수 있게 했다. 그는 눈이 잘 보였다면 결코 스카이다이빙을 할 용기를 내지 못했을 거라고 말했다.

……

최면 = 의지의 재구조화

영국 화가—에드워드 아디존(방금 세상을 떠났다)

……

그 맹인은 색채에 대한 얘기를 듣고 싶어 하지 않았고, 사람들한테서 설명을 듣기를 원하지도 않았다. 하지만 영화관에 자주 갔다. "그랬어요?" "못 갈 건 뭐예요." 그가 대답했다. "하지만 발레 공연에는 가지 않았어요. 음악이 아주 좋지 않으면 안 갈 겁니다." 2년 후 그는 시력을 되찾았다. NIH[메릴랜드 베세즈다에 소재한 미국 국립 보건원]에서 마이크로 신경 수술을 받았다. 이제 그는 [뉴욕] 소호의 갤러리에서 큐레이터가 되었다. "당연히 저한테 취향이라는 게 있을 리가 없지요. 예술에 대해서는 아무것도 몰라요. 그렇지만 뭐가 팔릴지, 대중이 무엇을 좋아할지는 잘 압니다."

월러스 스티븐스는 어떤 시詩에 대해 '그 시를 잉태한 때의 울부짖음'이라고 말했다.

……

과거는 공포의 방이다—그리고 페르소나와 사회적 자유를 가르치는 크나큰 배움의 터전이다.

일상적 언어는 거짓말의 융합이다. 그러므로 문학의 언어는 범칙의 언어이고 개인적 체제의 파열이고 영혼의 억압을 부수는 것이다. 문학의 유일한 기능은 역사 속에서 자아를 드러내는 데 있다.

……

츠베타에바는 파스테르나크가 아랍인과 말을 합쳐 놓은 것처럼 생겼다고 말했다.

……

…"당신 지금 내 단편을 밟고 가고 있어요."(방해하는 사람에게)

성적 과잉의 리듬(남성 동성애자의 세계)

……

신성 포기 > 비움

……

아이는 낙원을 떠나야만 한다. 그/그녀는 향수에 젖는가? 꼭 그렇지는 않다. 우울을 묘사([현대 스위스 비평가 장] 스타로빈스키 에세이를 활용)하고 이렇게 말하는 거다. 그들은 향수라고 불렀다고. 멜랑콜리와 유포리아의 대조로 끝낸다.

3월 26일.

바르트가 죽었다.

그리고 데이비드가 사랑에 빠졌다. "그 애는 오늘 그레타 가르보야." 낭만적인 사랑에 빠지면 상대는 대개 가르보다.

3월 27일.

(전화 통화. 그는 지금 샌프란시스코에 있다.) 지버베르크는 현재 리하르트 바그너의 머릿속에 들어가서 슈퍼-파르지팔[1]을 만들고 싶어 한다.

유토피아 = 죽음

사유의 체계, 코스모스를 찍다
유토피아의 문제

유토피아를 위해 삶(여자, 사랑)을 포기하기—그럴 가치가 있는 일인지? 아니다. 그렇지만 유일한…….

내 기술적 체제: 서구 문명(낙원, 지옥)을 헤치고 걷는다—무대에

1. Parsifal. 바그너 필생의 역작. 바이로이트 축제 무대를 위해 작곡한 오페라였다.

서는 도저히 할 수 없는 일

"비유analogies"라는 상징주의적 관념/개념

지버베르크가 촬영하지 않은 한 장면의 기초: 하이네의 발라드인 「디 츠바이 그레나디어Die Zwei Grenadiere」[〈두 사람의 척탄병〉] [이 시에서] 두 병사는 나폴레옹(히틀러)에 대해 회고한다.

디트리히 에크하르트의 "빙하 우주론"…

3월 28일.

"우리 운명입니다. 우리 컴퓨터가 그렇게 만들어져 있어요."(지버베르크)

단막극. "두 소크라테스"—두 소크라테스가 동시에 무대 위에 있다. 인접해 있는 두 감옥 방. 각자 자기 제자들과 함께 있다. 하나는 독약을 마시고 다른 이는 떠난다.

3월 29일.

…방해하면 안 됩니다. 이제 문장이 나오고 있거든요…….

아파트는 자아의 드로잉이다. 내 아파트는 배제가 주제다. 정복된 것들.

연극 세트는 암시적이거나 환각이다.

지오토는 암시적이다.

역사상 가장 유명한 연극 세트—비센자에 소재한 [이탈리아 르네상스 건축가 안드레아] 팔라디오의 테아트로 올림피코는 암시적이다.(사원일 수도, 교회일 수도, 무엇이든 될 수 있다.)

19세기 세트는 환각이다.

역사적 시대 구분에 대한 에세이.

세기 > 세대 > 십 년

……

3월 30일.

…시인의 단위는 단어, 산문 작가의 단위는 문장이다.

……

소망했던 것이 무위로 돌아갔을 때 우리는 다시 살아났다—

[20세기 미국 시인] 마리안 무어

성적으로 깨어 있는…….

4월 3일.

바르트

사람들을 그를 비평가라 불렀다. 그에게 붙여 줄 더 좋은 라벨이 없었으니까. 그리고 나 역시 그는 "세상에 등장한 가장 위대한 비평가…"였다고 말했다. 그러나 그는 작가라는 더 영예로운 호칭을 수여받아 마땅하다.

작품 세계는 거대하고 복잡하며, 자아를 묘사하려는 지극히 분별 있는 노력이다.

결국 그는 진짜 작가가 되었다. 그러나 자기 머릿속에서 아이디어를 몰아낼 수는 없었다.

4월 7일.

예술(가)은 근대성의 이데올로기를 발명한다—

근대성의 이데올로기는 계급(의 지속적 존재)이라는 사실을 부정한다. 더 복잡한 총체성의 자리에 스펙터클을 놓는다.

예술은 이데올로기를 상상한다—(예술을 점검함으로써) 이데올로기의 일관성을 보여 줄 수 있다.

1860년대에, [일기로 유명한 프랑스 작가 에드몽과 쥘 드] 공쿠르는 파리의 죽음을 슬퍼했다. (그들의 파리—1830년대, 1840년대)

쾌락: 상품, (서브) 컬처

새롭고 스펙터클하고 인공적인 공간들—고도로 자본주의화된—경마장, 축구 경기, 피크닉, 보트놀이 파티, 시골에서 자전거

이제 제도화된 쾌락의 공간

……

4월 12일.

아이디어가 없는 에세이: 묘사 + 묘사의 변조

동성애의 남성화—동성애는 더 이상 소외되지 않는다. (자연에 반하는 개념으로서) 문화와 동일시하지 않는다. 동성애자라는 것. 더 이상 사회에 비판적 태도를 취하지 않게 되었다. 이제 동성애자는 이 사회 최악 + 가장 인습적인 취향을 긍정한다. 성차별주의(여성에

대한 증오), 소비주의, 잔인성, 성적 난잡함, 정서적 초연함. 소외된 게 아니라 (스스로 게토를 자처한 것). 극단적 경험이 좋은 경험이라는 생각. 따라서 마약이 '필요한' 것이다. 그게 아니라면 어떻게 8시간 동안 디스코를 추거나 그토록 고통스러운 성행위를 한단 말인가.

울프, 『일기』(1925년 4월 19일): "그 쌍놈의 흐릿한 별은 지나치게 오래 상승세를 타고 있었다."

그리고 사르트르![4월 15일에 세상을 떠났다.]

……

4월 25일.

……

계몽, 탈신화, 환각으로서의 사진. 둘 다.

조셉:
스탈린 치하에서: 검열이 아니라 암전.
군화를 신은 국가가 브레이크를 밟고 문학의 "발전" 속도를 늦춤
본 메테르니히 백작이 하이네의 시를 읽고 나서: "훌륭하군. 즉시 출간된 모든 시집을 압수하시오."
전통적 선택—기억 장치를 작동하기— + 일단 작동하면 다시는

멈출 수 없다

***

[다음 일기는 날짜가 없지만 손택이 카네티 논문 작업을 하던 1980년 4월이나 5월에 쓴 것이 분명하다.]

[이 단어 주위에 네모가 둘러쳐져 있다.] 박리剝離

(공책에, 단편 + 에세이에서 박리된 것들을 보관하자.)

그는 건축가였다. 이제 그는 "상점 기획가"이다.

……

"나는 용감하지 않다. 그저 두려움 때문에 예전에 두려움 없이 행했던 일들을 못하게 되지는 않도록 할 뿐이다."

***

[다음은 "결혼"이라는 제목이 붙어 있다. 손택은 제목에 네모를 둘러 쳐 놓았다. 필립 리프와의 결혼 생활에 대한 날짜 미상의 소회 같다.]

광기는 그이의 유산이다. 물론 결혼할 때는 그걸 몰랐다. 그이는 내 벅찬 기대 속에서 한껏 고양되어 있었으니까. 백 가지 고색창연한 갈망들에 나는 마비되었다. 나는 어렸다. 젊음의 기름지고 향기로운 원자들이 그이의 앙상한 얼굴을 가렸다.

당신이 셔츠를 벗었을 때 나는 허리께에 둥글게 뭉쳐 있던 지방에 충격을 받았다.[손택은 대안적 단어로 "심하게 동요했다"는 표현을 썼다.] 덜덜 떨면서 나는 당신 몸에 팔을 둘렀다. 마룻바닥을 껴안는 기분이었다.

영혼의 유혹은 끔찍한 것이다. 자존심, 억압된 욕망. 본능에 대한 경멸. 타인에게 우월감을 느끼기는 쉽다. 우리처럼 순수하지 않으니까.

우리 결혼, 우리 신성한 결혼. 세상 사람들 모두가 불충하다. 우리는 절대 그렇게 되지 않으리라.

그러나 우리는 '정말로' 순수했다.

당신은 나보다 너무나 늙어 보였다. 나는 그게 창피했다.

모든 것의 쇠락을 신랄하게 관찰하기 — 매너, 언어. 천박한 텔레비전 프로그램들. 부모에게 말대꾸를 하는 [대체 표현: 건방지게 대드는] 자식들. "it's"를 "its"라고 쓰는 학생들.

***

19세기 프랑스인의 성적인 천박함 + 냉소주의(플로베르, 공쿠르 형제) — 영국인의 멍청함 + 촌스러움 — 러시아의 야만 + 수난

……

독일 문화는 서구 문화 최고의 표현이다……. (그래서 자유주의적 정치 체제가 없었다.)

예술의 작업은 독일의 '철학'에 의해 공식화된다. 그래서 모든 독일 예술이 바그너로 이어지는 것이다. 아무리 커도 충분치 않다. >> 독일 문화는 유럽에서 가장 진보적이고 심오한 문화였다.(철학, 학문 + 음악)

도덕적 중범죄
정서적 중범죄

***

아포리스트가 가장 좋아하는 주제: 자기 자신
공책 쓰는 사람

리히텐베르크는 적극적인 여성혐오주의자는 아니다

***

……

[카네티에 대해] 전쟁 전. 업톤 싱클레어 번역 세 편(1930년과 1932년—26살과 27살 때) 그리고 『판결 선고식』. 그의 나이 서른이었다!—그리고 브로흐에 대한 논문(1936), 31세였고. 그 논문은 연설문으로 발표되었다. 작가가 (1) 독창적이고 (2) 시대를 요약하며 (3) 시대의 흐름에 맞섰다는 요지. 마무리: 작가는 숨 쉬고 싶다.

카네티는 지난 150년에 걸친 사유를—그가 역사를 부정하듯이—부정하는 작가인 동시에—전형적인 유럽 구세대 지식인이다. 이 희한한 작품 세계에 의식의 모든 문제들이 들어 있다.(숨겨져 있기도 하고 + 드러나 있기도 하고)

"르 그랑 압상(Le grand absent, 위대한 실종)"은 역사다.

[이 주위로 네모가 그려져 있다.] 『수난으로서의 정신: 카네티에 대한 단상』
각 섹션은 똑같은 비중을 가지므로 단상 형식이 논리적이다.

……

질문을 받으면 뒤샹은 자기가 아무 일도 하지 않았다고, 그저 숨을 쉬는 사람일 뿐이라고 말하곤 했다.

C[카네티]는 생존자다.

뒤샹의 아이디어: 완전히 해방된 남자—그는 더 이상 경력을 일구고 평판을 쌓고 권력을 모을 필요가 없었다.

궁극적 군중은 생각 속에 있는 군중이다. 빠른 + 느린 군중이 있으니 빠른 + 느린 생각들이 있는 거다.

4월 26일.

카네티 논문은 숭모가 주제다…….

책 사랑. 내 서재는 그리움의 아카이브다.

"이윽고presently" + "바라건대hopefully"의 부정확한 활용을 조심할 것

두 가지 관념—"예술적 소명이라는 관념. 세속적 야심을 포기하고 상업적 사회가 이룩할 수 없는 가치에 헌신하고자 한다. 그리고 문화적·예술적 우상 파괴라는 관념. 사회에서 소외되는 예술가, 일탈로서의 예술, 적대적 예술, 아방가르드—이것들이 다 뒤섞여 버렸다. 둘 다 현재 대다수 예술가들에게는 무의미하거나 비현실적으로 보인다.

하지만 예술 비평가들은 코웃음을 치며 경멸하고. 하지만 그건 똑같지 않다.

방금 찾아낸 예전의 메모(1960년대)

캘리포니아는 미국의 미국이다.

윤리 = 신뢰성

……

에세이: (?)

아포리즘. 초단편—이 모든 것들이 "노트의 사유"다. 노트를 쓴다

는 관념에서 생산된다.

사유/예술의 역사를 필사의 형식과 연관지어 추적할 수 있다. 편지, 자필 원고 노트.

노트는 예술 형식이 되었다.(릴케, 리지의 책 [『불면의 밤』], 사유 형식(바르트), 심지어 철학적 형식(리히텐베르크, 니체, 비트겐슈타인, 시오랑, 카네티)이기도 하다.

편지의 쇠락, 노트의 부상! 이제는 타인에게 글을 써서 보내지 않는다. 자기 자신에게 글을 쓴다.

어째서? 인색해서? 어여쁜 구절들, 지혜를 다른 사람에게 허투루 낭비하지 말라—멀리 있는 수신자는 편지를 보관하는 예의도 갖추지 못한 사람일 수 있으니.

직접 보관하라!

아이디어의 사재기.

노트의 페르소나는 다르다. 더 무례하다.(징징 짜는 사람들 생각은 하지 말자!)

아포리즘. 아포리즘은 귀족적 비관주의를 드러낸다.
[여백에:] 경멸, 초연. 대안: 아포리즘은 비관주의와 속도를 드러낸다.

[카네티의] 아포리즘은 응축된 사유다.

[여백에:] 카네티를 읽다 보니 몽테뉴, 그라시안,[2] 샹포르,[3] 리히텐베르크가 떠오른다. 그리고 (동시대인 중에서는) 시오랑—본질적으로 같은 지혜다. 비관주의의 지혜.

아포리즘은 불한당 아이디어다.

아포리즘은 귀족적 사유다: 귀족들이 당신한테 기꺼이 말해 주고자 하는 게 이 정도다. 귀족은 세세하고 낱낱이 철자를 불러 주지 않고도 당신이 빨리 알아듣기를 바란다. 아포리즘적 사유는 사유를 장애물 경기로 구축한다. 독자는 빨리 알아듣고 다음으로 넘어가야 한다. 아포리즘은 논증이 아니다. 워낙 점잖고 교양이 높으셔서 논증 따위는 안 한다.

아포리즘을 쓴다는 건 가면을 전제로 한다. 경멸의 가면, 우월함의 가면. 이는 단일하고 위대한 전통에서 아포리스트가 은밀하게 추구하는 영적 구원을 은폐한다.(아니면 그 과정의 형태를 빚어낸다.) 구원의 패러독스들. 아포리스트의 초도덕적이고 경박한 관점이 자체 파괴되는 결말에 이르면 우리도 알게 된다.

2. Baltasar Gracian, 1601~1658. 스페인의 예수회 회원이자 철학자, 작가, 모럴리스트. 지나치게 세속적이었던 그의 저술은 교단에서 호감을 사지 못하고 오히려 다른 곳에서 널리 읽히고 칭송받았다.

3. Nicolas Sébastian de Chamfort, 1741~1794. 프랑스의 작가. 희곡이나 문예 비평도 있으나 냉철한 눈으로 구체제舊體制 말기의 상류 사회의 인간과 풍속에 신랄한 비평을 가한 『성찰省察 · 잠언箴言 · 일화逸話』(1804)가 특히 유명하다.

사례: 그라시안. 그라시안의 책은 어느 궁정 기사에 대한 관찰로 끝맺는데, 논리적으로 그 궁정 기사는 성인이라는 결론을 내린다. 혹은 와일드. 와일드의 천재성은 대체로 비극성을 뺀 니체로 보이는데, 결국 『옥중기*De Profundis*』의 불행하고 자괴감에 찬 지혜로 끝나고 만다.

4월 29일.

인용 < > 여행
침묵
내가 세상을 다 가지게 해 준 세 개의 아이디어
각각의 아이디어는 나머지 둘이 필요하다.
나머지 둘을 바꾸지 않고 하나를 대체할 길이 없다.

[여백:] 「하노이 여행」, 「가이드 없는 투어」, 「중국 여행 프로젝트」, 「해명」

인용으로 구축된 픽션들—

인용의 선집으로 인지된 세계(사진에 대한 에세이들)

침묵의 긍정으로 끝나는 단편들[—] 「지킬 박사」와 『은인』

[여백에] 『데스 키트』는 인용문의 박물관으로서, 죽음의 비전으로

끝이 난다. 고다르 + 벤야민에 대한 에세이 + 「중국 여행 프로젝트」에 나오는 인용의 테마.

내게 인용은 "초단편"이라는 관념의 연장선상에 있다—모더니스트 감수성의 최초 발견 {슐레겔 형제[오귀스트와 프리드리히], 노발리스}

러시아에서, 사람들은 시인의 마지막 말을 기다린다.(문학이 이토록 중요한 곳은 세계 어디에도 없다.)

"아니, 먼저 말해 줘요."
헝가리 망명자가 말했다.
"진실과 정의 중 어느 것을 선택하겠습니까?"
"진실이요."
"맞아요."
그가 말했다.
뚜 떼 라Tout est là.["거기에 모든 게 있죠."]

공산주의에 반대해야만 한다. 공산주의는 우리에게 거짓말을 하라고 종용한다. 정의의 이름으로 지성(그리고 창작의 자유)을 희생하라고 권유한다. (그리고 궁극적으로 질서를 포기하라고 한다.) [러시아 소설가로 스탈린의 대변인이자 홍보 담당관이 된 일리야] 에렌부르크를 생각해 보라. 그는 알면서도 자기 재능을 제물로 바쳤다.

공산주의는 자본주의보다 훨씬 더 억압적인 관료주의의 창생을 의미한다.

공산주의라는 건 없다. 오로지 국가사회주의가 있을 뿐이다. 승리를 거둔 건 바로 국가사회주의다. (국가주의가 20세기 가장 인상적인 정치 세력이다.) 파시스트의 언어는 패배했고—공산주의 언어는 살아남아 + 최신의 국가주의, 즉 과거 식민지였던 민족들의 수사(+ 편의의 기치)가 되었다.

히틀러는 패배했다. 그러나 국가사회주의는—대문자가 소문자로 바뀌어 소소해진 형태로—승리했다.

영국인, 프랑스인, 독일인이 될 수는 없다. 애초부터 고유한 자질이니까……. 그러나 미국인은 '되는' 것이다.

자연스럽지 않은, 발명된 국가.

가족을 비롯한 모든 인간관계가 계약이고 당사자의 불만 여부에 따라 파기될 수 있는, 아니, 파기되어야만 하는 나라.

[동시대 미국 풍자 에세이 작가] 프랜 러보위츠의 어머니: "하지만 네가 하는 모든 말은 약속이란다." 유태계 청교도의 관점.

이탈리아에서 약속은 계획, 즉 의도의 공표 이상이 아니다. 마음을 바꿀 수 있다는 사실을 모두가 암묵적으로 이해하고 있다.

4월 30일.

열광적인 모더니스트? 비자발적인 모더니스트?

상징주의 소설: 판타지의 내면에 대한 고찰

제일 먼저 미국인이 한 번도 고난을 겪은 적이 없다는 사실을 이해해야 한다. 고난에 대해 모른다는 사실 말이다.(어젯밤 헤베르토 + 벨키스 파딜라[망명한 쿠바 시인과 아내])

나의 활성 어휘를 두텁게 하기 위해 단어 목록을 만들기. '그냥 조금just little'이 아니라 '치졸한puny', 그냥 속임수trick가 아니라 사기hoax, 단순히 창피한embarrassing 것이 아니라 '굴욕감을 주는mortifying', 그냥 가짜가 아니라 허위bogus.

치졸한, 사기, 굴욕감을 주는, 허위로 단편을 지을 수도 있겠다. 그 자체가 스토리다.

5월 2일.

자기 작품보다 윤리적으로 훨씬 못한 시인(조셉!) 이야기

조셉이 어제 (실버팰리스[손택과 브로드스키가 자주 만나던 뉴욕의 중식당]에서 스티븐 + 나타샤 [스펜더] + 데이비드와) 점심을 먹으며

[이란의] 샤와 고문 행위를 두둔했다. 그런데 지금 나는 [브로드스키의 시] "케이프코드의 자장가"를 다시 읽고 있다.

……

5월 6일.

그렇다. 아포리즘적 사유에 관한 에세이! 전부 아우르는 또 다른 결말. "단상에 관한 단상"

카네티의 (1943) 제사. "위대한 아포리즘 작가들은 글만 보면 서로 아주 잘 알고 친했던 것처럼 보인다."

그 이유가 궁금해진다. 아포리즘 문학이 우리에게 지혜의 동질성(인류학이 우리에게 문화의 다양성을 가르쳐 주듯이)을 가르치기 때문일까? 비관주의의 지혜. 아니면 차라리 축약되고 응축되거나 정석을 벗어나는 아포리즘의 양식이 역사적으로 채색된 목소리라서, 채택되고 남녀 불가피하게 특정한 태도를 암시할 수밖에 없다고, 즉 공유된 논제들을 담는 그릇이라고 결론을 내리는 편이 옳을까?

아포리스트의 전통적 논제들: 사회의 위선, 인간 소망의 헛됨, 여자들의 천박함 + 음흉함, 사랑의 거짓됨, 고독의 쾌락(필요성) + 사유 과정의 복잡함 모든 위대한 아포리즘 작가는 비관주의와 환멸이라는 무거운 짐을 짊어지고자 애쓴다—일부는 좀 더 온화하게 (덜 맹렬하게) 덤벼들지만.

모두 사회적 삶의 허위 + 위선에 주목한다. 그리고 위대한 아포리스트 중 다수는 (샹포르, 크라우스) 단순히 여자들에게 우월의식을 갖는 정도가 아니라 경멸적 태도를 취한다. 상당수는 자신의 사유 과정 + 전반적인 사유 과정(리히텐베르크, 비트겐슈타인)에 매료되어 있다.

[여백에:] 역설, 과장을 좋아하는 취향

아포리즘적 사유는 조급한 사유다. 간결성 또는 축약이라는 특성으로 더 우월한 규준을 전제한다.

아포리즘적 사유의 특징적 오만. 허세? 도발?

……

…(대부분의 위대한 아포리스트들이 비관주의자였다는 사실에 있어) 가장 주목할 만한 예외, 리히텐베르크. 그는 인간의 우매함에 대한 경멸을 표현함에 있어 유럽보다는 영국의 모델을 따랐다. 자신을 후천적 영국인이라고 생각하고 영국인의 특징이라고 믿었던 상식을 정신의 가장 큰 미덕으로 꼽았다.

[여백에:] 영국인은 더 초연하다.(와일드, 오든)

[여백에:] 아포리스트가 좋아하는 주제: 자기 자신. 리히텐베르크는 적극적인 여성혐오주의자는 아니었다.

위대한 아포리스트 중에 또 하나의 예외는 [모리셔스의 작가이자 화가] 말콤 드 샤잘Malcolm de Chazal이다—낙관적이지도 비관적이지도 않았다. 자연주의자였기 때문이다.

카네티는 인간의 우매함에 대한 경멸이라는 주류 유럽 전통의 특질을 공유하고 있다—인간혐오, 여성혐오, 아포리즘 전통의 풍토병이다.

아포리즘은 전반적으로 초탈, 일종의 정신적 거드름의 소산으로 간주된다. 시오랑과 마찬가지로 카네티에게서도, 아포리즘은 영원한 학생의 지나치게 열정적인 정신에 알맞은 기술(상품)이다.

근대의 에세이 형식을 발명한 몽테뉴—그 역시 아포리스트였나?

……

글쓰기 치유자들…….

5월 9일.

니진스키는 지식인이 아니었다. 그는 관념이었다.([미국 발레 비평가] A.[알린] 크로체)

카네티 에세이—"카네티"에 대한 한 편의 픽션이다—나의 키엔[카네티의 『판결 선고식』에 등장하는 비극적 주인공의 이름]. 그런 의미에서, 나에 대한 글이다.

『우울한 열정』의 유일한 리뷰는 여덟 번째 에세이가 되겠다—내가 그들을 묘사했듯이 나를 묘사하는 에세이. 지적 탐욕의 페이소스, 수집가(만물로서의 정신), 멜랑콜리 & 역사, 윤리적 언명 대 유미주의의 중재, 기타 등등. 불가능한 기획으로서의 지식인.

내 작품을 총괄하는 주제가 있다고 생각한다면 순진한 거다. 윤리적 진지함, 열정의 테마. 어떤 분위기, 어떤 톤.

에세이를 그만 써야 한다. 어느 시점이 되면 불가피하게 선동적 활동으로 변질되기 때문이다. 내가 소유하지도 않은—소유 근처에도 못 간 확실성을 설파하는 것처럼 보인단 말이다.

5월 18일.

바르샤바는 1950년대 영국 도시 같은 냄새가 난다. 석탄—

야레크 [안데르스—손택의 폴란드 통역가 겸 친구로 이 폴란드 여행에서 도시 가이드 역할을 맡아 주었다.] : "폴란드 같은 나라의 규칙은 '권력을 가진 자는 절대 믿지 말라'는 것이지."

"소련은 실패한 혁명의 사례가 아니라 성공한 전체주의 혁명의 사례다."

폴란드에서 가장 부유한 두 사람—백만장자—은 [영화감독] 안제이 바이다 + [지휘자 겸 작곡가] 크시슈토프 펜데레츠키다.(그리고 [스타니슬라프] 렘)

[폴란드 시인 츠비그뉴] 헤르베르트는 서베를린에 산다./[폴란드 시인 체슬라브] 밀로즈는 버클리에 있다.

야레크의 천주교회 옹호. "뭔가 보편적인 가치를 대변한다고 생각지 않아? 윤리적 가치라든가?"

소련이 지은 "문화 과학 궁전"[4]—1956년 건설—웨딩케이크—꼭대기에 새겨진 스탈린의 이름은 "문화 과학 궁전"이라는 이름을 거듭 주장하는 간판에 가려져 보이지 않는다.

4. Palace of Culture and Science. 바르샤바의 문화 궁전—원래는 스탈린의 문화 과학 궁전으로 알려진—은 소비에트 연방이 폴란드에게 준 '선물'이다. 1950년대 초반, 소련이 폴란드는 물론 동유럽과 중앙 유럽의 모든 나라에 그 영향력을 주장하던 무렵에 세워진 건물로, 원래는 역시 레프 루드네프(1885년~1956년)가 설계한 거대한 스탈린 양식 건물인 모스크바 국립대학교를 모델로 한 대학교를 세우려고 했다. 그러나 폴란드는 문화와 과학 센터를 더 원했고, 건물의 기능이 변경되었는데도 그 건축가, 스타일, 탑은 그대로 유지되었다.

[여백에:] 한 가지 버전: 엠파이어스테이트 빌딩을 오해한 결과.(또 다른 버전: 모스크바 대학)

야레크: "미국이 세계의 유일한 희망이라고 생각하지 않나?"

에드워드 오쿤의 책 삽화 + 회화(1872~1945), 비어즐리 유파.

폴란드에 공산당원은 없지만 경찰은 굉장히 많다. 이제 마르크스 수정주의를 놓고 논쟁하는 사람은 아무도 없다.

……

1946년 폴란드 키엘체에서 집단 학살이 있었다.

야레크는 초연한 말투로 "용감한 나라 폴란드"를 말한다.

표트르가 [문학비평가 아르투르] 상다우어Artur Sandauer에 대해 정부의 "공식적 유태인"이라고 말한다—[브루노] 슐츠의 재발견이 그의 공이라고 하지만 사실이 아니다.

5월 20일. 카지미에시.[크라코프의 유태인 지구]

…톨스토이 작품에서는 패러독스가 절대적으로 부재한다.(『전쟁과 평화』를 다시 읽고 있다.)

애쉬버리[미국 시인 존 애쉬버리, 손택의 폴란드 여행에 동행한 일군의 시인들 중 한 사람]: "내 시의 프라이버시는 사적인 프라이버시가 아니다. 모범적 프라이버시다."

"…초점이 맞춰졌다 흐려졌다 하는 시들."

폴란드에 대한 에세이: 폴란드의 평원 묘사로 시작, 천연의 국경이 없는 나라. 그리고 비톨트 곰브로비치[5]를 인용한다. 열등함이 운명이었던 나라(민족).

크라코프: 트램, 아방가르드 연극, 공해, 구도심, 관광객—바르샤바보다 더 "보수적". 25년간 보이티야[교황 요한 바오로 2세]의 보금자리.

내 작품 얘기를 하자…….

문학적 입체주의 > 여러 시간대 + 여러 공간에 있기, 여러 목소리

재고 목록의 원칙 [/] 인용

……

이 말을 (처음?) 한 건 플로베르였다. "충분히 오래 보면 세상에 지루한 건 없다." 케이지보다 1세기 앞선다.

5. Witold Gombrowicz, 1905~1969. 폴란드의 전위적인 유대계 소설가 · 극작가. 대표작은 『페르디두르케』(1938), 그 밖에 『부르고뉴 공주 이본』, 『코스모스』 등이 있다. 미성숙과 성숙, 젊음과 완성의 대치 속에서 인간 실재의 본질을 파악하려 했다.

6월 29일. 파리.

시오랑과의 저녁: "좌파주의자들 사이에서는 냉소가 허락되지 않는다는 사실을 알아냈어요." 이것이 자기가 젊은 시절에조차—1930년대—공산주의의 유혹에 끌리지 않은 이유를 설명해 준다고.

이탈리아에 대하여: "그곳은 낙원이에요. 암살을 할 수가 있죠. 나라를 떠날 수도 있고."

……

이 사회가 폭력의 판타지를 그토록 많이 공급하지 않는다면, S-M에 관심을 갖는 사람이 이렇게 많지 않을 것이다. 사실인가???

자유로서의 소설: 소설이 범할 수 있는 유일한 규칙은 내면적인 것—스스로 만든 규칙들이다.

……

[여백에:] 섹스 본능이 특이한 연계물(페티시즘 등등)에 종속됨. 관의 감시가 없기 때문—지시도 규칙도 없기 때문. 젠더 역할이 얼마나 광범한 감시를 받는지 생각해 보라.

……

초현실주의: 일상에 대한 적개심 + 사랑과 고독에 대한 감상적 관념

19세기 중반의 메타-레즈비언주의, 교양 있는 보스턴의 비혼 여성들. 올리브 챈슬러 [헨리 제임스의 『보스턴 사람들』의 캐릭터] 등.

……

조셉에 대한 단편: 「광야의 외침 소리Vox Clamantis」

"이 모든 우아한 도약들의 윤리적 함의는 무엇인가?" 최근 발란신교에 입교한 어빙 하우가 묻는다. + 그리고 대답한다. "윤리적 상상력이 물러서 비켜 주어야 하는 류의 아름다움이 있다."

브라보.
또 다른 유태인의 도덕주의를 비교해 보라: [미국 발레 연출자이자 작가] 링컨 커스타인: "발레는 행실의 규범을 다룬다."

……

7월 23일.

예술의 삶 > 예술의 사후의 삶 (예. 부서진 〈밀로의 비너스〉)

7월 30일.

경건이 아니라 조롱

……

[강조된 부분] 위대한 주제 공산주의와의 사랑을 마침내 끝내는 서구. 2백 년에 걸친 열정의 끝.

옮긴이의 글

일기, 수전 손택이 자아를 드러내고 은폐하는 99가지 방법

수전 손택의 첫 일기 『다시 태어나다』를 번역할 때는 갓 허물 벗은 쓰라린 생살을 드러내듯 적나라한 감정을 폭풍처럼 쏟아내는 가차 없는 솔직함이 당혹스러웠다. 그러나 두 번째 일기 『의식은 육신의 굴레에 묶여』는 온전히 다른 의미에서 놀라웠다. 젊은 시절 그토록 솔직하게 쏟아내던 '감정'의 언어는 찾아보기 힘들다. 평생 친구와 연인의 애매한 경계에 있던 시인 조셉 브로드스키에 대한 깊은 애착이나 이탈리아의 귀족 칼로타 데 페조에 대한 불같은 연정이 드러나 있기는 하지만, 젊은 시절과 달리 그 감정에 현존하면서도 한 발 물러나 관조하는 거리감이 더 뚜렷하게 느껴진다. 이 초연한 몰개성성이 『의식은 육신의 굴레에 묶여』를 『다시 태어나다』와 멀찍이 떨어뜨려 놓는다.

이 두 번째 일기가 아우르는 시기, 즉 1964년부터 1980년까지 손택은 개인으로서 작가로서 삶의 전성기를 맞는다. 『해석에 반대한다』와 『은유로서의 질병』을 비롯한 평생의 걸작들이 탄생했다. 파리와 뉴욕을 오가며 지식인들과 교유하며 칼 같은 지적 글쓰기를 실천했다. 손택의 사생활이 상대적으로 평탄했던 건 아니다. 손택은 세상을 떠나는 마지막 날까지 불처럼 사랑했고 그 사랑으로 극심하게 앓기를 두려워하지 않았다. 부서졌다 뭉쳐지고 갈라졌다 아물어도 또다시 부서지고 갈라질 각오를 놓지 않았다는 점에서 끝내 늙지 않는 심장의 소유자였다. 이 일기를 쓰던 당시 전이성 유방암이라는 치명적 질병 진단을 받고도 임박한 죽음과 일상적인 고통 앞에서 가히 초인적인 생명 의지로 맞섰다. 이처럼 글쓰기를 놓지도, 사랑을 그치지도, 고통이 무뎌지지도 않았건만, 이 두 번째 일기에서는 날것의 감정보다는 담담한 독서 목록과 인용문, 프로젝트의 구상과 진전, 관조적인 여행기들과 정치적인 단상들이 차지하는 비중이 훌쩍 커졌다. 혼자서 글을 쓸 때도 걸러지지 않은 감정과 사생활의 노출이 내포하는 위험의 인식, 취향과 사색으로 삶을 바라보는 시선, 어쩌면 이는 '성숙'의 다른 말일지 모른다. 첫 일기에서 완전 연소하는 어느 청춘의 드라마틱한 자기 재현을 일별할 수 있었다면, 이 두 번째 일기에서는 완연한 정점에 다다른 그 유명한 '수전 손택'이—아마도 의도와 무관하게—일기 속에서 자아를 드러내고 은폐하는 여러 방식들을 만나게 된다.

일기라는 장르는 정체성의 구축과 깊게 얽혀 있다. 면도날처럼 예리한 지식인이고 두려움 없는 정치적 행동가였으며 감수성이 뛰어난 소설가이자 다큐멘터리 영화 작가였고 평생 단 하루도 허투루 살지 않은 열정적인 인간이었던 '바로 그 수전 손택'을 더 잘 알기 위해 우리는 그녀의 일기를 읽는다. 그러면서 '바로 그 수전 손택은 누구인가'라는 질문에 대해, 해답은 아니라도 손에 잡히는 단서라도 기대할지 모르겠다. 하지만 손택의 일기를 읽다 보면 해답들은 물론이고 이 질문 자체가 점점 더 복잡하고 심오하며 아리송해진다.

정체성은 주체가 세상에 던져져 사회와 상호작용하며 끝없이 타자화하는 과정에서 생성된다고 한다. 특히 일기라는 형태로 삶을 기록할 때 자아는 불가피하게 스스로를 타자화해 재현한다. 스스로를 "우주적으로 여행하는 멋진 정신"이라 칭한 수전 손택의 두 번째 일기 『의식은 육체의 굴레에 묶여』는 『다시 태어나다』보다 훨씬 더 분절적이고 호흡이 짧은 글들로 이루어져 있다. 긴 호흡의 에세이나 서사보다는 맥락을 짚기 어려운 일련의 아포리즘에 가깝게 느껴진다. 심지어 지극히 사적인 단상마저 "레코드들을 살 것, 읽을 것, 일을 좀 할 것. 나는 몹시 게으르게 지냈다"는 식의 비망록 형태를 띠거나 "나는 너무 많이 웃는다."는 맥락 없는 진술로 드러난다. 일기의 말미에 "단상에 대한 단상"을 놓고 아포리즘은 "영원한 학생의 열정에 알맞은 상품"이라고 술회하는 건 매우 적절하다. 단상과 아포리즘이라는 분절적 글쓰기의 강점은 손택 스스로의 표현대로 애초에 "소유하지도 못한 확실성"을 배제한다는 사실이다. 한층 성숙한 수전 손택의 치열하고 엄연하고 영민한 삶의 형상은 마치 무작위의 조각보처럼 엮여 아무 관련도 없는 진술들의 묶음처럼 보이는 일기의 표면으로 아스라이 떠오른다.

첫 번째 일기와 비교해 볼 때 흥미로운 사실은, 어리고 불안한 자아가 오히려 자기 재현의 서사적 일관성에 집착하는 역설이다. 『다시 태어나다』에서 한창 젊은 손택의 자아는 세계 속에서 작가로서도 개인으로서도 제자리를 찾지 못하고 험난한 방황을 계속한다. 지적일 뿐 아니라 치열하게 정서적인 이 방황의 주인공, 즉 이야기의 등장인물로서 '수전 손택'은 훨씬 서사적이고 소설적이며 따라서 '허구적'이다. 『다시 태어나다』는 아들 데이비드 리프의 표현대로 "의식적으로 자신이 원하는 자아를 창조, 아니 재창조"하는 극적이고 서사적인 자기 재현의 욕망으로 점철된 글이다. 날것의 사생활을 드러내고 노출하는 '포즈'를 취하는 『다시 태어나다』의 글쓰기는 독자로 하여금 관음의 쾌감을 준다. 하지만 손택은 글로 재현되는 자아는 심지어 일기장에서조차 언제나 어느 정도는 허구라는 사실을 의식하고 있었다. 심지어 자신을 독자로 상정하고 타자로서의 자아를 글로 재현할 때에도 말이다.

이 두 번째 일기에서는 수전 손택이 인간적으로나 작가로서나 상대적으로 안정된 자아 개념을 확립하고, 지식인으로서 또 사상가로서 객관적인 권위를 다져 자신감을 가진 후, 그 토대 위에서 사유하고 투쟁하고 향유하고 사랑하는 어른의 일상을 기록한다. 아마도 그래서 이 두 번째 일기에서는 전편을 장악했던 극적 플롯과 매혹적 자아 형성의 강박이 덜 드러나고 심리적·인간적 치부마저도 건조하고 심상한 어조로 꾸밈없이 드러낸다. 『의식은 육체의 굴레에 묶여』에서 드러나는 수전 손택은 정체성에 서사적 일관성을 부여하려 애쓸 필요가 없는 완숙한 자아를 형성했기에 자의식을 덜고 여유를 품은 인상을 준다. 독서와 영화 목록으로 드러나는 취향과 짤막한 독후감들에서 설핏설핏 번득이며 드러나는 사유의 깊이, 타인에 대한 도덕적 판단보다는 일과와 비망록에 가까운 스케치, 철학적 문학적 관념에 대한 촌철살인의 고찰, 당대의 이슈에 대한 꾸준한 주목과 정치적 실천의 기록들로 점철된 일기의 느긋하고 오묘한 몰개성적 목소리는, 실제로는 불행한 사랑과 죽음의 선고, 정치적 행동, 그 어떤 면으로나 가장 치열했던 삶의 한 장을 살아 내고 있었기 때문에 더욱 울림이 크다.

이 책의 대다수를 차지하는 손택의 아포리즘은 그녀가 사랑했던 엘리아스 카네티의 아포리즘처럼 "응축된 사유"다. 폭풍처럼 휘몰아치는 사적 감정이 만들어 내는 서사적 매혹이 사라진 만큼, 날것의 감정과 속내를 굳이 허구적으로 포장하고 매혹적인 자아를 창조하고자 하는 욕망이 충족된 만큼, 이번 일기는 『다시 태어나다』처럼 독자에게 사생활을 훔쳐보며 그녀 삶의 이야기를 소설처럼 재구성하는 쾌감을 허락하지 않는다. 대신 우리가 알고 사랑하는 치열한 지식인 수전 손택이 어떻게, 무엇으로 '구성'되었는지를 보여 준다. 부단한 열정으로 조우하는 책과 사람과 장소와 영화가 "수전 손택"이 되는 과정을 드러내 준다. 진정한 성숙과 인생에 대한 농익은 여유를 토대로 할 때 비로소 가능하기에 의미심장한 기록이다.

그리고 우리가 아는 "바로 그 수전 손택"이기에 의미를 갖는 기록이기도 하다. 수전 손택이 삶으로 실천한 위업들과 걸출한 저작물이 아니라면 몇 페이지에 달하는 단어의 나열이나 영화의 제목들이 이토록 겹겹의 의미를 가질 수 있을까? 이 파편적인 진술들의 묶음은 수전 손택을 어느 정도 가리고 어느 정도 드러내지만, 한편으로는 수전 손택의 삶과 저작으로부터 그 맥락과 의미의 심도를 확보한다. 『다시 태어나다』로부터 『의식은 육체의 굴레의 묶여』에 이르기까지, 우리가 일기 속에서 만나는 수전 손택의 모습에서 꾸준하고 변함없는 한 가지가 있다면 그것은 언제나 "모든 걸 바꿔 놓을 사람이나 예술 작품과 조우하기를 원했던", 감동적으로 의연하게 삶의 마지막까지 불꽃을 태웠던, 상처를 두려워하지 않는 충돌의 열정이다.

2018년 겨울

김선형

옮긴이 김선형

서울대학교 영어영문학과를 졸업하고 동 대학원에서 르네상스 영시 연구로 문학 박사 학위를 받았다. 2010년 유영번역상을 수상했으며 현재 서울시립대학교 연구교수로 재직 중이다.
『다시 태어나다』, 『시녀 이야기』, 『실비아 플라스의 일기』, 『캐주얼 베이컨시』, 『벤자민 버튼의 시간은 거꾸로 간다』, 『바보들의 결탁』, 『곤충극장』, 『프랑켄슈타인』 등을 비롯해 다수의 책을 우리말로 옮겼다.

의식은 육체의 굴레에 묶여
1964~1980

지은이 수전 손택
엮은이 데이비드 리프
옮긴이 김선형
펴낸이 이명회
펴낸곳 도서출판 이후
편 집 김은주
표지 디자인 공중정원
본문 디자인 문성미

첫 번째 찍은 날 2018년 12월 20일

등 록 1998. 2. 18(제13-828호)
주 소 10449 경기 고양시 일산동구 호수로 358-25 (백석동, 동문타워 II) 1004호
전 화 **대표** 031-908-5588 **편집** 031-908-1357 **전송** 02-6020-9500
블 로 그 http://blog.naver.com/ewhobook

ISBN 978-89-6157-095-4 03840

이 책의 국립중앙도서관 출판시도서목록(CIP)은 e-CIP홈페이지(http://www.nl.go.kr/ecip)와 국가자료공동목록시스템(http://www.nl.go.kr/kolisnet)에서 이용하실 수 있습니다.
(CIP제어번호: CIP2018035794)